跨度长篇小说文库
Kuadu Novel Series

跨度长篇小说文库
Kuadu Novel Series

Nine-Day's Queen II

九日女王 II

流珠
◎著

中国文史出版社

图书在版编目(CIP)数据

九日女王. Ⅱ / 流珠著. — 北京：中国文史出版社，2017.10

（跨度长篇小说文库）

ISBN 978-7-5034-9269-3

Ⅰ. ①九… Ⅱ. ①流… Ⅲ. ①长篇小说-中国-当代 Ⅳ. ①I247.5

中国版本图书馆 CIP 数据核字(2017)第 128560 号

责任编辑：卢祥秋

出版发行：	中国文史出版社
网　　址：	http://www.chinawenshi.net
社　　址：	北京市西城区太平桥大街23号　邮编：100811
电　　话：	010-66173572　66168268　66192736（发行部）
传　　真：	010-66192703
印　　装：	北京盛彩捷印刷有限公司
经　　销：	全国新华书店
开　　本：	720×1020　1/16
印　　张：	25.5　　　字数：434千字
版　　次：	2017年10月第1版
印　　次：	2017年10月第1次印刷
定　　价：	59.80元

文史版图书，版权所有，侵权必究。

文史版图书，印装错误可与发行部联系退换。

人 物 谱

英格兰王室都铎家族

玛丽小姐：英王亨利八世与其第一任王后阿拉贡的凯瑟琳所生（婚姻后被废除），为亨利八世之长女。玛丽的全名为玛丽·都铎，与亨利八世最小的妹妹同名同姓。

伊丽莎白小姐：英王亨利八世与其第二任王后安妮·博林所生（婚姻后被废除），为亨利八世之次女。

爱德华六世：英王亨利八世与其第三任王后简·西摩所生，为亨利八世唯一的儿子，玛丽小姐与伊丽莎白小姐同父异母之弟。

萨福克公爵家族

萨福克公爵亨利·格雷：其父为格雷家族第二代多塞特侯爵托马斯，其曾祖母为英王爱德华四世的王后伊丽莎白·伍德维尔。亨利·格雷不是爱德华四世的直系后裔。亨利·格雷的祖父——格雷家族第一代多塞特侯爵托马斯为伊丽莎白·伍德维尔与其前夫约翰·格雷所生。约翰·格雷战死后，伊丽莎白·伍德维尔改嫁爱德华四世。亨利·格雷初封第三代多塞特侯爵，其妻弗朗西丝同父异母的幼弟——布兰登家族第三代萨福克公爵查尔斯去世后，亨利·格雷承袭萨福克公爵之爵位。

萨福克公爵夫人弗朗西丝·布兰登：英王亨利八世之妹玛丽·都铎与布兰登家族第一代萨福克公爵查尔斯·布兰登之女，与其丈夫亨利·格雷育有三个女儿。

简·格雷（本书的女主角"我"）：英王亨利八世之侄外孙女，萨福克公爵亨利·格雷与其妻弗朗西丝·布兰登之长女。

凯瑟琳·格雷：萨福克公爵亨利·格雷与其妻弗朗西丝·布兰登之次女，简·格雷之妹。

玛丽·格雷：萨福克公爵亨利·格雷与其妻弗朗西丝·布兰登之幼女，简·格雷之妹。

西摩家族

简·西摩：英王亨利八世第三任王后，爱德华六世之生母，死于难产。

萨默塞特公爵爱德华·西摩：简·西摩之兄，爱德华六世的摄政王，又称护国主。

苏德里男爵托马斯·西摩：简·西摩之兄，亨利八世去世后，托马斯·西摩与亨利八世的第六任王后凯瑟琳·帕尔成婚。

玛格丽特·温特沃斯夫人：与其丈夫约翰·西摩爵士育有十个子女。爱德华·西摩为其第二子，托马斯·西摩为其第三子。

诺森伯兰公爵家族

诺森伯兰公爵约翰·达德利：其父爱德蒙·达德利为英王亨利七世的财税大臣，因获罪于亨利八世被处死。约翰·达德利七岁丧父，由爱德华·吉尔福德爵士监护，与吉尔福德之女简一同长大，成年后娶其为妻。约翰·达德利为人沉敏多谋，志在复兴家业，初封沃威克伯爵，萨默塞特公爵失势后，成为诺森伯兰公爵，相当于萨默塞特公爵此前的护国主地位。

诺森伯兰公爵夫人简·吉尔福德：与其丈夫诺森伯兰公爵育有多个子女。除夭折的子女外，共有七个子女存活，分别是：约翰、阿姆布诺斯、亨利、罗伯特、吉尔福德、玛丽、凯瑟琳。七个子女中，约翰娶萨默塞特公爵之女安妮·西摩为妻，吉尔福德娶简·格雷为妻，玛丽为亨利·西德尼爵士之妻，凯瑟琳为哈廷顿伯爵之子弗朗西斯·黑斯廷斯之妻。

其他人物

艾伦：简·格雷的保姆。

米妮：简·格雷的女仆。

约翰·伍德：简·格雷幼年时在亨利八世宫中救助过的卖艺少年，靠驯演鹦鹉为生。

玛拉·伍德：约翰·伍德之妹。

蒂尔维特夫人：凯瑟琳·帕尔的好友。凯瑟琳·帕尔为简·格雷的养母，改嫁苏德里男爵后，难产而死。在凯瑟琳·帕尔最后的岁月，蒂尔维特夫人与简·格雷陪伴在侧。

泰尔妮夫人：简·格雷在伦敦塔的女仆。

目 录

第 一 章 徒步 1
第 二 章 孤雁 11
第 三 章 逼宫 21
第 四 章 狭路 29
第 五 章 盛宴（上） 39
第 六 章 盛宴（下） 49
第 七 章 问疾 59
第 八 章 独访 66
第 九 章 炉梦 72
第 十 章 议亲 83
第 十 一 章 蓝衣（上） 91
第 十 二 章 蓝衣（下） 99
第 十 三 章 盘诘 107
第 十 四 章 妙计 112
第 十 五 章 母子 119
第 十 六 章 姐妹 127
第 十 七 章 陨落 138
第 十 八 章 狼藉 146
第 十 九 章 芳约 152
第 二 十 章 掷鞭 157
第 二十一 章 微光 167
第 二十二 章 劫难 176

第二十三章	盲女	185
第二十四章	重逢	192
第二十五章	雪人	198
第二十六章	诺言	209
第二十七章	苦酒	216
第二十八章	风闻	222
第二十九章	怨侣	228
第 三 十 章	和解	235
第三十一章	病魇	246
第三十二章	凶信	253
第三十三章	签名	263
第三十四章	谶言	268
第三十五章	登塔	274
第三十六章	完婚	283
第三十七章	王冠（上）	290
第三十八章	王冠（下）	295
第三十九章	困井	302
第 四 十 章	砒霜	310
第四十一章	智斗	320
第四十二章	出征	328
第四十三章	渡鸦	336
第四十四章	寒雨	347
第四十五章	审判	357
第四十六章	夜晤（上）	364
第四十七章	夜晤（下）	372
第四十八章	神父	381
第四十九章	流星	387
第 五 十 章	断魂	393

第一章　徒　步

  绿宝石般的河谷静卧在高耸的群峰之间，
  调皮的野鸽啊，请别惊扰河谷的酣眠。
  你们的歌声只应献给正午的丛林，
  而不是此时，当薄暮来临之际。
  远方的游子拨动思乡的琴弦，
  心驰神往于莱斯特郡某个不为人知的地方。
  那儿的高原如同古老的勇士执戟伫立，
  那儿的羊群如同奔涌的白云绵延无尽，
  那儿的河谷有着睡美人的清姿与幽芳。
  那儿是他一生的挚爱，灵魂的珍藏，
  斗转星移何曾有过片刻的淡忘。

  当布拉盖特苍翠如云的树林漫入视野，当乡音盎然的风笛荡入耳膜，我竟有了一种游子还乡的欢悦。尽管才离开布拉盖特几个月，但我并不恋家。在苏德里堡，我几乎没怎么想起过它，想到那个从我出生的那一刻起便本该属于我的家。然而，这次回来，感觉有所不同了。我已失去了凯瑟琳·帕尔，在苏德里堡的最后那段日子是那样灰暗，那样令人悲伤。让我忘掉来自苏德里堡的一切愁云惨雾吧。我比任何时候都更迫切地需要家人，需要朋友，需要慰藉，需要改变……布拉盖特能为我带来我想要的一切吗？我充满怀疑，却也暗暗期待。

  走进卧室，我的眼前忽地一亮。我弯下腰来，用手触摸着叠放在床头的那件晨衣。从其折叠的手法及摆放的位置，我已猜出这是谁人所为。晨衣是新制的，用薰衣草浸染过，散发出清雅怡人的气息。两边的袖口上绣了一对碗口大的金盏花。绣工精细，色泽饱满，花朵的形状简单质朴，并不符合贵族阶层的审美观念。就我母亲而言，多半会认为"土得掉渣"，可我不会，永远不会。因为我知道，这是我那亲爱的、留在久远记忆里的保姆，那爱唱歌的艾伦，一针一线为我亲手缝制的。上次回来时，我不曾见到她。而此次，她肯定知道我即将归来。我把窗帘拉开一些，扑面而来的金盏花开得如火如荼、颇为壮观。

"多日不见，你们还好吗?"我向着窗外深深地吸了一口气，问候那些装饰了我晨衣袖口的可爱的花朵。

"你在跟谁说话呢，是这些金盏花吗?"我回过头来，见到的是我的妹妹凯瑟琳与玛丽。

"简，你在宫中时，没少见过奇珍异品、百媚千红吧？怎么对这貌不惊人的金盏花还会产生出特别的兴趣来?"凯瑟琳妹妹漫然应道，"母亲可不这么想。她前天还说，这些粗俗的乡下丫头真是太放肆了，不请自来、有碍观瞻。她要让人连根铲除，好给玫瑰花腾出位置。"

"她真的打算这样做?"我失望地问。

"这有什么好奇怪的呢?"玛丽妹妹一努嘴说，"不上台面的乡下丫头为我们都铎王朝最受宠的玫瑰佳人腾出位置，这难道不是理所应当?"

我的手指从晨衣光滑清凉的绸面上移开，妹妹们的话让我愉快的心情无法再持续下去。

"简，快告诉我们。"凯瑟琳妹妹的眼中有异样的闪光。

"告诉什么?"

"苏德里男爵夫人真正的死因。"玛丽妹妹抢着说。

"难道她真是被伊丽莎白气死的？伊丽莎白抢走了她的丈夫，近水楼台先得月。这件事情你肯定清楚，对不对?"凯瑟琳妹妹歪着头说。

我没有答话。"近水楼台先得月"这样的喻示何其粗鄙又何其不宜！

"快说呀，简。一早知道你要回来，我们在这儿等了你差不多一个上午。"玛丽妹妹又说。

"花这么长的时间等我，就是想问这个?"

"是呀。"她俩同时说。

"不必等了，我无可奉告。"

"这是什么话嘛，不行，简，你非得说说看。"她俩拉扯着我的左右手，如同两块黏性极强的牛皮糖。

"艾伦呢?"我试图摆脱她们。

"问她做什么?"她们终于松开了手。

"艾伦在哪里?"我又问。

"到瑞柏村去了。"玛丽妹妹说，"母亲让她去收蜂蜜。"

"瑞柏村离这儿有多远，路怎么走?"

"不知道，谁管这些?"凯瑟琳妹妹不耐烦地说，"大概只有那些兜售

2

货物的乡间小贩，要不就是马车夫才会关心这种事。"

"简，好姐姐，你还没有回答我的问题呢。"玛丽妹妹开始顿足了。

"改天吧。"我搪塞了一句即脱身而去。

我抱着双臂，望着漫天的雨丝发呆。时间真长啊，太难挨了。不，我要立即见到艾伦，我得去找她。可是，怎么才能找到她呢？有了，"马车夫才会关心这种事"，凯瑟琳说得一点不错。我站起来，去找送我回来的马车夫。

"小姐这个时候要出去？"仆人约瑟夫惊讶地问，"车夫接您父母去了，他们跟一群朋友在洛克威尔村野宴呢。"

"洛克威尔村离这儿很远吗？"

"对车夫来说，还不算太远，也就十里左右吧。不过我也说不准。上次我去过瑞柏村，听人说，再往前面一点就是洛克威尔村了。"

"你知道怎样走到瑞柏村吗？我是说，走路去。"

"这我当然知道，我可是那一带土生土长的人啊。"

"你可以给我带路吗？"

"小姐是说，您要去瑞柏村？"

"是的。"

"就现在？"

"现在不行吗？"

他惊疑不定地望着我："外面在下雨，又没有车。小姐有什么急事？"

"呃，是这样的，我要到瑞柏村找艾伦。"

"好吧，我叫人给您借辆车。不过您得再等些时候，因为我们不能确定人家的马车是不是在家。"

"这太麻烦了，不用去借。就你陪我去吧，约瑟夫。"

"可是小姐，这不成哎。"约瑟夫搓着手说，"您的母亲要我给她修理马鞍。我这儿正忙活着呢，要是误了工，公爵夫人的脾气您是知道的。"

"好的，那你继续干活吧。"

"可是小姐……"约瑟夫还在为难地搓着手，但我已经走开了。

我决定独自走到瑞柏村，对我来说，这是有生以来最长的一次徒步，并且是在无人陪伴的情况下。

雨越落越密了，我的裙裾已沾满了泥污，但我的心绪却轻快得如同一只脱笼的小鸟。我不时地从路边摘下几朵不知名的野花，很快便有了一大抱，娇艳惹眼，芬芳扑鼻。哦，不能再多了，一些花叶已开始从我的怀里挣脱。我急忙腾出手来抢救，以免其堕入泥地，却有更多的花朵从我怀中坠落。天哪，我该怎么办呢？就在这顾此失彼的当儿，迎面来了一辆马车。"等一等！"我大声地朝着它喊。

马车停下了，后座有人掀起了车帘。一个女人探出头来，眼中露出疑惑的神情，一种不能确定的惊喜。

尽管时光已间隔五年，感谢上帝，我仍一眼便认出了她来。"艾伦！"我兴奋地向她奔去。

"简！真的是你吗？简，简！"她将我拉上车来，我们紧紧地抱在一起。

"你现在是个真正的淑女了，噢，我的小简。如果是在别的什么地方，如果不是提前知道你今天会回来，我绝对不会想到是你。神奇的岁月已把你完全变了个模样。你几乎让我不敢相认呢，我的金盏花姑娘。"艾伦激动地说。

"金盏花姑娘"，这个如此亲切又如此感伤的称呼让我不禁热泪盈眶。是的，我变了，她又何尝不是？我离家入宫的那年，她还是个俏丽的金发女郎，我回来的时候，她的金发中已有灰白的发丝，且不再拥有朗润如月的昔日容颜。她显得有些憔悴，实际上，她已经是个中年妇女了。但无论她怎样改变，她仍是我那有着最美声音与最美心地的艾伦，而我，无论我怎样改变，我知道，我永远都是她的满是孩子气的金盏花。

"哟，你从哪儿弄来这么多花？"艾伦说。

"沿途摘的，送给你吧。"我冲艾伦笑了笑。这时我才发现车里还有一个小姑娘，于是，又从花束中抽了几枝给她，"这些是送给你的。"

小姑娘好奇地打量着我，怯怯地伸手接过花，说了声"谢谢"。

"这是米妮·卡特，这是公爵家的简小姐。"艾伦为我们做了介绍。

米妮大概要比我小一点儿，眉清目秀的，只可惜面黄肌瘦。她瘦小的身子裹在一件宽大灰暗的衣衫里，冻得瑟瑟发抖，笑起来嘴唇都在发乌。

"你怎么会在这儿出现呢？我的好小姐。怎么会在这条路上，就你一个人？"艾伦难以置信地瞪视着我。

当她知道我是一路独行来找她，更是惊愕得无以复加："公爵夫人还不知道？我的天，回去后可怎么跟她说呀？"

我心里也不禁一寒，嘴里却装作满不在乎："只不过是小事一桩嘛。对了，艾伦，听说你到瑞柏村是为了收蜂蜜，办妥了没有？"

"办妥了。装了满满一车的蜂蜜，在后面跟着呢，你回头瞧瞧。"

果然，后面转角处不快不慢地驶来了一辆车，距我们百米开外。

"啊，我都闻得到蜂蜜的香味了，好浓好浓。"我探出头去，深深地吸气。

"难道蜜罐打翻了？"我这一说，害得车里那个缩成一团的米妮一下子坐得笔直，脸上写满了惊惧与紧张。

"不会有事的，孩子。简小姐只说闻得见蜂蜜香，没说蜜罐打翻了。看把你吓成了这样。哟，你的手好冷，不会是生病了吧？"艾伦握着米妮的手，关切地问。

"我没……"米妮涨红了脸。

"她大概是冻坏了。怎么也不多穿一点？"我说。

"我……"米妮的脸变得更红了，"我没有……"

我应该猜到的，她甚至没有一件能在这种天气出门穿的衣裳。我解下了自己的披风，一边给她系上，一边说："别嫌它脏。虽说沾雨带泥的，穿上总要保暖一些。"

"不，不！"米妮惶恐地试图躲开。

我不顾她的反对，仍然用披风将她严严实实地裹了起来，且将她强行按回到座位上。"从现在开始，你是我温顺的'俘虏'。"我满意地端详着她说，"其实你长得有些像我。艾伦，你觉得怎样？"

艾伦动了动唇角，却没说什么。

米妮见艾伦如此，只得放弃了抵抗，挪了挪身子低声说："谢谢你，简小姐。"

"不必客气。如果你是我，我是你的话，你也会这么做的，米妮。"

"小姐，我听不懂你在说什么。"米妮抬起头来，眼睛里满是迷惑不解。

"米妮，你是要到我家去吗？"我问。

米妮点了点头。

艾伦瞧了她一眼，微微一笑："米妮的父亲是这一带最有名的蜂农。公爵夫人需要一个调制蜂蜜酒的女仆，我就把米妮给带来了。"

"养蜂很有趣吧？"我问。

米妮的神色仍是那么迷惘，也许不甚明白该怎么来回答我所谓的"有趣"一词。

"养蜂很辛苦呢，简。"艾伦说，"风吹日晒都得守在花田里，像稻草人似的坚守阵地，还得劳心费神计算花期。若是计算不准或天公不作美，对蜂农来说，那就等于是漏勺子盛油——白费劲了。一句话，花田在哪儿，蜂农的家就在哪儿。这一处的花谢了，又要赶着寻找下一处。一年到头居无定所。住的是最简陋的草棚，吃的是最粗陋的食物。光靠养蜂采蜜，也还不够养家糊口。米妮除了帮他父亲养蜂，还会做许多农活。你别瞧她生得单弱，里里外外都是一把好手。这丫头也是个苦命人。原本许了人家，眼瞅就要结婚，那人得了场莫名其妙的病，死掉了。她现在的这个丈夫待她倒是好，却也是个穷苦的后生。前两天给人牧羊遇上冰雹，一只山羊失足坠崖，他跳到前面想要拦住羊，结果自己也坠下山崖摔伤了大腿。这会儿又要养伤，又要赔人家的羊，家里正犯愁呢。"

我再看米妮时，她的眼中已噙满清泪。

"你的丈夫会很快康复的，米妮，一切都会好的。"我对她说。她如此年少便已有丈夫，且早已体验到生活的艰难与不易，这是我所不能及的。

"苏德里男爵夫人下葬了吧？"艾伦望着我，不胜感慨，"真是太不幸了！最伤心的肯定是苏德里男爵，说真的，我一点也不相信人家说他的那些坏话。他爱凯瑟琳，这是显而易见的。凯瑟琳王后是他的至爱，他曾为了她独身那么多年，要想背弃她的话，他早就做了，还会等到今天？"

我没有勇气否认她的说法，亦没有勇气阻止她继续往下说。

"伊丽莎白小姐回哈特福德了吧？没爹没娘的孩子，这又失去了继母。老国王在世时，口口相传的都是凯瑟林王后如何将她视同亲女，她对王后又是如何情深孺慕。不料老国王一去世，就立马走调了。竟说她跟苏德里男爵……噢，这说的是人话还是鬼话？但愿她能远离那些卑鄙小人的中伤。简，我总觉得，你的身上有凯瑟琳王后的影子，锦心绣口、满腹才学。"

善良的艾伦，她既不认识苏德里男爵夫妇，也不认识伊丽莎白。但她总是愿意把人往美好的方向想，何况这些人还曾与我朝夕相处，她愈发找不出理由不对他们深表同情、大加赞叹。

"也许，他们没有你想象得那么好。"这句话，我无法在艾伦面前说出口。

我转向米妮说："跟我说说你家的情形吧，米妮。你不肯说，那就让我来猜一猜吧。我首先要猜的是，你的年龄。我猜你有三十了。"

果然，这样的搭讪令米妮几近"崩溃"，她不再保持生涩的沉默："不，我怎么会？"

"那你就是三十五。你不会超过三十五岁一个月零一天。"我无比严肃地说。

"我有那么老吗？"米妮显然已忍无可忍，她的声音从一只细弱的飞蚊变成了嗔怒的黄莺。

"我当然知道你连三十岁的一半都不到，除非我的视力与众不同。"我笑了起来,"怕你不肯理我,我才故意这么说的。现在,肯和我说话了吗?"

米妮红了脸,笑意渐渐浮荡开来。

夜色渐浓,雨雾愈厚,我们终于到家了。老远便能望见各个房间跃动的烛光,从一点微红到一片璀璨。刚下马车,两个妹妹就把我给围住了:"简,你怎么现在才回来?哟,哪来这么一个小姑娘,又黑又脏,瘦得皮包骨头?"

"好了,请让开一些。"我说。

"简,母亲有话问你呢。让你立即就去。"玛丽妹妹眨眨眼说。

此语不善。我望了眼凯瑟琳妹妹,她贴近我的耳朵说:"你得当心点儿。母亲很不高兴。"

"为什么?"

"这还用问?你跑出去大半天了,并且是一个人跑出去的。"

母亲在她的卧室里等我。我进去的时候,她正用一只火钳拨弄壁炉里的木柴,她的动作透露出内心的烦乱。

"母亲,您找我?"

她撂开火钳,一双凛冽的目光向我转来:"小姐,你希望我怎样接待你呢?一个曾在宫中谙习礼仪的姑娘回家后的第一件事,你认为应当是什么?"

"母亲,我回来时,您跟父亲并不在家。"

"我们在不在家,这都不该成为你胡作非为的理由。"

"胡作非为?可我根本……"言犹未尽,一记清脆的耳光震动了屋内的空气。

"为什么?"我捂着火辣辣的脸,一时间愤懑盈胸。

"这话应该我来问你!"母亲叫嚷着,"为什么在雨天独自出门,溅得一身是泥狼狈而归?噢,你不必解释。已经有人告诉我,你这么做只是为了一个微不足道的仆人!"

"母亲,请您原谅,我很久没见艾伦了!"

"你也很久没见到你的父母了!看样子,你并不急于见到他们!"

我顿时语塞。的确,为什么会是这样?

"这件事若是传出去,会是多大的笑料?男女老少都会为之笑掉下巴。他们会说,这就是格雷家的女儿,一个曾经入宫多年、饱读诗书、富有教养的女孩。她把家奴看得比父母还更重要。像个下等的女仆一样在下雨天独自奔走在郊外,只是为了迎接一个家奴的归来!"母亲瞪着我,用嫉恶如仇的目光。

"未必人人都这样认为吧。"我愤然还击,"难道别的那些有教养的女孩从未想过要回报保姆的爱护,或者她们根本不需要散步?"

"哪来这些歪门邪理?"母亲越发来了气,"看来,这么多年你在宫中算是白过了!有教养的女孩知道该怎样处理与保姆的关系,她们断不会路远迢迢地去迎接一个保姆,她们明白自己的身份与地位。如果要散步,她们会选择优美的庭院、晴朗的天气来展现细步纤纤、华衣芬芳。而你本来可以成为这样的女孩,几乎不费吹灰之力就可以做到。是谁让你变成了异端?是那个集王后、王太后、苏德里男爵夫人等身份为一体的古怪女人吗?噢,不朽的凯瑟琳,让你的一个养女纠缠你的丈夫,却让另一个养女效仿村姑的行径,你真是一个有着变态倾向的母亲!"

"不是这样,男爵夫人不是你所想的那样!"我激烈地否认。

"我当然知道她也不想这样!可问题出在了哪里呢?她曾是亨利八世那个时代最了不起的英格兰女人,拥有两个出身高贵且具有极高才智的养女。可到头来,她教会了她们什么,她又得到了什么?让自己死于人们的耻笑与非议,这是凯瑟琳生前所能想象、所能预测的吗?"

"母亲!"

"我不希望我的女儿受到任何的耻笑与非议,但你今天的所作所为比起先王的女儿伊丽莎白小姐,我只得说,你们是同样地丢脸,以不同的方式!"彼时烛光一暗,恰如母亲阴郁的脸色。

我俯视着裙角,默不作声。

"这类事情今后不许发生!即使你不为自己着想,也要为你的家庭。"母亲的语气终于缓和下来,"回房去吧,想来你也累了。在很多方面,只怕我还得从头教起,好在以后有的是时间。"

我正要转身,母亲却又发话了:"等一下。"接着对她的女仆说,"去把那个养蜂的小姑娘带来。"

米妮被带来了,在母亲犀利的目光下,她好似一只误入罗网的山雀。

"怕什么?我又不会吃了你!"母亲眉毛一扬,"你是谁?"

眼见米妮是那样瑟缩畏惧、手足无措,我便替她答道:"她是……"

"我问的是她,难道她没长舌头?"母亲截断了我的话。

"我是克利夫·卡特的女儿米妮。"

"哦,是马车夫的女儿。"母亲轻笑一声。(注:卡特为英国人的姓氏,作为职业,在英语中指的是马车夫。)

"不,夫人,我父亲是蜂农。"米妮更正道。

"啊，是蜂农。"母亲抬手按着额头，"我想起来了，是我差人要你来的，我这里需要一个调制蜂蜜的姑娘。你显然觉得蜂农要比马车夫高人一等，或是你认为你要比村里别的姑娘高人一等，好吧，给我解释一下原因。"

"夫人？"米妮不明其意。

母亲径直上前，以指尖拨弄着她所穿的那件披风："告诉我，亲爱的姑娘，这件衣服是你的吗？"

米妮未及作答，母亲已一掌掴在她的脸上："我要的是一个养蜂人的女儿，结果却招来了一个贼，一个在我家公然行窃却还若无其事的贼！"

"夫人，"米妮大声哭诉，"这件衣服不是我偷的。是，是她……"她泪眼汪汪地望着我，却又住了口。

"米妮不是贼，母亲。是我在路上遇见了艾伦与米妮的马车。我见米妮穿得太薄，就把我的披风给她披上了。她原本不肯要，是我一再坚持的！"

"是你？又是你！"母亲厌烦地说，"多么仁慈的举动！这样刮风下雨的天，你穿得也并不暖和啊，我的女儿。可你总爱多管闲事，习惯性地以他人为优先考虑的对象。这挺难得，真的，这挺难得。"

"走开！"母亲朝米妮挥了挥手。

米妮正待离去，母亲却又大声呵斥："站住！"

又是一记清脆的耳光，打得米妮一个趔趄，几欲摔倒。

"虽然你不是贼，可你仍然做了错事。这一巴掌是要让你长长记性，永远不要忘了自己是什么人，不要接受你不该接受的东西。记清楚了，乌鸦终究是乌鸦，变不成凤凰。"母亲淡淡地说。

米妮捂着脸，含泪奔出。

"我原来还想，这个养蜂人的丫头若还乖巧伶俐，今后也可以供你使唤。现在看来，用不着了。"当屋里只剩下我们母女二人时，母亲说。

"是的，用不着。在我固然是用不着，在她，也不必有这样的好福气。"我只觉得气往上涌。

"我真弄不懂你，你中了什么邪吗？"母亲将下巴一昂，端秀的侧影在烛火的映衬下有种形容不出的凶戾，"让那些微贱的下人伺候我们，这难道不是天经地义的？你说的'用不着'是什么意思？莫非你要事事亲为，解雇所有的奴仆才算满意？那我倒要问问你，你究竟做得了什么事？你能洗衣做饭，你能牵马坠镫，还是你能耕田犁地、打谷扬麦？再不济，想来你会割草种豆、养蜂调蜜？"

"这些我都不会，您也不会！"我大声说，"正是这个原因，我们理当体量他们的艰苦，理当对他们怀有哀悯之心。"

"但首先，我们不能与他们混为一谈。"母亲冷着脸说。

"我在宫中时，曾亲眼看见王后为穷苦人缝制衣裳。连王后都能……"

"这事无须你来提醒，为穷苦人缝制衣裳可不是凯瑟琳·帕尔首创。这样的事，凯瑟琳·帕尔干过，简·西摩干过，安妮·博林干过，就连神圣罗马皇帝的姑母——阿拉贡的凯瑟琳也干过！"

"那么我做错了什么，米妮又做错了什么？"

"'亲民'跟'媚下'是两码事，路遇仆人并与之同车，你把我们格雷家的脸都丢尽了！"

"那您要我怎么样呢？您难道不曾说过，雨天独行在荒野不成体统？"

"雨天独行在荒野固然不成体统，跟仆人同车就更是大错特错！"母亲一翻眼，骂道，"一句话，你该拿出格雷家大小姐的款儿。你上车是没有错，但她们必须下车！可你倒好，竟跟她们同车而回，打成一片！车上还有艾伦，她也忘了自己的身份吗？枉自在这儿做了这么多年，看来竟是留她不得了。"

眼见得艾伦将被殃及，我急忙说："母亲，您说的那番道理我都明白。今日之事只怪女儿太糊涂。艾伦说不过我，只得依了我。我今后全都改过来还不成吗？"

"是得改，"母亲这才露出了一丝真正的笑意，"贵族得有贵族相！在先王亨利八世的那个时代，我们英格兰的贵族加在一起也不过六十有余，比大洋深处的万花筒水母还要稀少，至于我们这些皇亲国戚，更应另当别论。对那些奴仆下人，只消在适宜之时给他们几分好颜色看已是他们莫大的荣宠了。罗马人将奴隶视为会说话的工具，我们的社会可要宽容多了，但宽容并非没有尺度。虎羊不可同笼，上等人与下等人是有着千差万别的。尊卑混淆，那他就会得意忘形，骑到你的头上。那时你哭都哭不及呢。凌驾众生是上帝赋予我们的权力，违天而行只会自速其祸。"

回到自己房中，我颓然扑倒在床上。返家之初的愉快心绪已荡然无存，我只觉得无比苦闷、极其厌倦。

第二章 孤　雁

秋意已深，阳光却十分煦暖。我坐在草色微黄的斜坡上，手执一支笔，膝盖上摊开着柏拉图的《理想国》。西风吹来，带来了天边的雁语，也带来了不远处的狗吠马鸣。

"快来呀，简，我们马上就要出发啦。"我的两个妹妹站在坡下的空地向我招手。

"噢，狩猎就免了吧。你们知道的，那不是我的爱好。"我朝她们摇了摇头。

"总是这样令人扫兴。"凯瑟琳妹妹把舌头一伸，"英格兰的最高峰斯科费尔峰又开始云环雾绕了。"

"千真万确，天下最没劲的人是简。天下最顽固的雾，莫过于斯科费尔峰的雾。"玛丽妹妹说。

"斯科费尔峰的雾"听上去有点怪怪的，这是两个妹妹给我所起的绰号。至于是谁最先想到的，已无从考证。尽管她俩都坚称独家拥有它的发明权，甚至为此闹过不合，却也乐于利用这个绰号来一致"对外"，譬如此时，她们对我怀有共同的"仇视"。

"下来吧，我的女儿。"父亲也走了出来，吹出一声长长的呼哨，加入了对我的召唤。

我起身收拾了书本，将衣裳稍作整理，走下斜坡。

猎鹰松开了脚扣，绿松石般的眼睛闪烁着机警而又兴奋的光芒，停在父亲伸展开的胳膊上，做出振翅待命的姿态。

"这不是温尼？"我问。猎鹰温尼是父亲出猎时必不可少的搭档。

"当然不是，这是维格。温尼老了，速度与眼力都大不如前。两个月前，维格已完全替代了温尼。它比温尼强多啦，来自圣乔治海峡的年轻雄鹰，捕猎的天赋令人啧啧称奇。怎么，你现在才发现它不是温尼？孩子，你自己算算看，你游离在我们的狩猎大军之外有多长时间了？"

"父亲，我不喜欢狩猎，我怎么也喜欢不起来。"

"别说这种让人无法理解的傻话，"身着猎装的母亲颇具狄安娜（罗马神话中的狩猎女神)的英气,玩弄着手中的马鞭向我走来说,"你若大声嚷嚷你对狩猎毫不在意,人家肯定会觉得你是个冒牌的贵族。先王在世时曾将狩猎视为最大的乐趣,他的近臣没有一个不是此中高手。尤其是你祖父查尔斯,人尽皆知他之所以那么受宠,在很大程度上得归功于他的狩猎技巧。先王亦曾对此大加赞赏,他多次表示,跟查尔斯一起出猎是他一生中所能品尝到的最过瘾的快乐之一。"

"祖父精于狩猎我是听说过。不过我想,狩猎恐怕不是祖父取悦于君王的唯一本事吧?在君王对臣子是否称职的考量中,狩猎能够占据多大的比重呢?"

我的回答得到的是母亲的嗤笑:"那么依你说,什么才是重中之重?难不成,取悦君王的唯一本事是埋头苦读?如果这也能算作本事的话。"

"我也只是随口说说。"在母亲咄咄逼人的目光下,我开始感到不安,"狩猎是男子的长项,生为女子,这大概可以不用苛求吧?"

"谁说的?"母亲口不饶人,"当初安妮·博林能够引起先王的注意,就是因为她有一种压倒须眉的果敢气概。汉斯·霍尔拜有幅名画《令人难忘的狩猎》,画的就是安妮陪伴先王狩猎的情景。她身着一套男式的猎装,半眯着眼,枪口瞄准远方的猎物,那姿态,是别具一格的俊俏、想象不出的潇洒。可惜那幅画在安妮失势后被销毁了。但经历过那个年代的人都懂得,女人不再是沉默的影子,如果方法得当、命运配合,女人也可以当上主角。自那时起,狩猎已成为贵族女子的时尚。简,你既熟知历史,为何对这段历史却不甚知之?"

"是啊,当初我对你们的母亲惊为天人,就是因为对她的马上风姿留下了永不磨灭的印象。"父亲笑着说。

"那个时候的母亲是什么样的?也像今天一样扬鞭跃马、意气纵横?"我问。

母亲脸部的线条柔和了许多:"自然跟你大相径庭。简,时代变了,观念得与日俱新。我年轻时就发现了这点,为什么更年轻的你却拒绝承认呢?示弱的女人永不可能引人注目,不能引人注目的女人非但可怜,并且可鄙。"

"听见没有,简?不要做个可怜可鄙的女人,而要做个,做个像母亲一样,像母亲一样……"玛丽妹妹话只说了一半,似乎有种形容不出的苦恼。

"你母亲在你这个年纪,是个敢作敢为、任情任性的大小姐。"父亲有些高兴,却又有些无奈地说,"记得有一次,我跟她闹了点别扭。弗朗西丝，你还能想起来吗？"

母亲唇角一扬："是哪一次？"

"那时我们新婚不久，也是像这种天气出外狩猎。我正跟你并辔而行，忽然一道影子从脚下掠过。我说那是松鸡，你却认定那是一只蓝狐。我们谁也不服谁，也不追赶猎物了，脸红脖子粗地争论起来。盛怒之下，你挥鞭击中我的嘴唇，还神气活现地扬言：'我说蓝狐就是蓝狐，敢说不是，你还想试试吗？'可怜我嘴肿得像腊肠，稍微一动就痛得又是抽筋又是吸气，哪里还敢跟你斗狠？哇，才结婚便摊上这样一位野蛮新娘，谁的命比我更苦？"

"萨福克公爵被人狠狠地用马鞭抽肿了嘴巴？并且这个行凶者还是您新婚的娇妻？父亲，您的耐性真好。若是哪一天，我有这么一个野蛮新郎的话，我会叫他立即滚蛋。"凯瑟琳妹妹说。

"这才是我的女儿呢。"母亲说，"凯瑟琳，婚姻也好，人生也罢，无非如此。不是西风压倒东风，就是东风压倒西风。总之，你得尽一切努力去占据上风，成为中心。"

"女人们，你们太可怕了。不过，我想请教一下萨福克公爵夫人，天上的太阳只有一轮，若是人人都想成为中心，那天上得新增多少太阳啊？人间会变得多么悲惨。不是你把我晒干，就是我把你烤焦。大家同归于尽，这又有什么意思呢？"父亲眨了眨眼睛。

"即使不能成为太阳，至少也要留在离太阳不远的位置。要告诉自己，你不是可有可无的配角，来到这个世上，你注定并且一直打算要比大多数人都强。好了，我们别在这里浪费唇舌了。若将聊天的工夫用在捕猎上，我至少已经擒获……"

"一只狐狸。"父亲接口说。

"一头野猪。"凯瑟琳妹妹补充道。

"我看，或者还可以增加一打斑鸠。"玛丽妹妹的想象力也并不逊色。

"那么，我们还等什么呢？格雷家的优秀猎手们，我们这就出发。"母亲在空中甩出一记响鞭。

"出发啦，我们出发啦！"两个妹妹一脸欢欣雀跃。

"祝您全胜而归。"我说。

"那你呢？"母亲问。

"我……我还是留在家里吧。"

"我对你的劝导难道只是耳旁风，你让我们白等了你这么久？"母亲的眼中有郁怒的火簇。

"很感谢您的劝导，"我费劲地寻找着理由，"不过我仍觉得，我只会为您英勇的狩猎添乱，我更适宜留守。"

"来吧，简！"母亲将马鞭交与父亲，牵过了我的手。母女之间，这本来应该是再自然不过的动作吧？但我的生活中，其发生的频率是如此低，以至于一旦发生，我真正是受宠若惊、颇觉突兀。

母亲的语气愈发亲切起来："我会教你。我该把你留在我的身边，像你两个妹妹一样。我总是为了你好，可又总是事与愿违。不过现在也不算太迟。跟我来，我的女儿，再多给我一点时间，我不仅会让你重新认识这个世界，还会让你重新认识你自己。"

我不由自主地笑着，终究还是摇了摇头："母亲，我不想去，我今天不想去。"

"什么？"母亲温软的手猛然加大了力道，铁钳般箍紧我的手腕，全然不顾我疼得眼泪都快掉落下来，"跟你说了那么多，难道都是对牛弹琴？"

父亲见状不妙，试图拉开她的手："别跟她认真。简这孩子你是知道的，一旦犯起倔脾气来，就是上帝也说不动她。让她独自在家好了，等我们前呼后拥、暗尘逐马地回来，烹羊宰牛且为乐，她却没份。她呀，她就知道这味同嚼蜡是啥滋味了。"

"我同意，大姐不去只怕还要好些。有她在，狩猎哪里还能成为狩猎？这狩猎一变质，放生就乘虚而入了。"凯瑟琳妹妹说，"那还是在半年前吧，大姐跟我们出去过一次。本来我们已将目标锁定一只闲步水塘的鹭鸶，这家伙，白衣飘飘的活像一个吟游诗人。我们正打算冒犯诗人一下，软心肠的大姐却跳了出来捣乱，踩得脚下啪嗒作响，吓得那只鹭鸶展翅狂飞。鹭鸶尽管丢掉了诗人的高雅，好歹赶在箭头到达之前保住了小命。可我们呢，苦巴巴地在那又脏又臭、蚊虫肆虐的水塘边守了半天，只落得两手空空。大姐不去也罢，她呀，成事不足，败事有余。"

凯瑟琳妹妹似在揭短，但我明白她真实的用意是在为我开脱。我暗暗报以感激的眼神。

母亲却只冷冷地瞅着我说："你就跟在我的身后。我倒要看看，这种假慈假悲的做作会不会在我的视线中再次发生。"

"这我不能保证。"我顶住了她的目光，"何必让我扰了您的兴呢？"

"那么，你倒说说看，你为何对狩猎一事如此抗拒？你自己畏缩不前倒也罢了，为何还要阻止别人射杀鹭鸶？是想以此来掩饰你的恐惧呢，还是要以此淡化你的无能？"

渴望母亲的理解真是难乎其难。连凯瑟琳妹妹都能看出我是为了给那可怜的猎物留得生机。可是，我为什么要这么做呢？为什么要破坏他人狩猎的乐趣？

"我抗拒狩猎，是因为我对猎杀怀有天生的反感。鹭鸶在水塘边自得其乐，如凯瑟琳所言，像是白衣飘飘的吟游诗人。为什么我们要杀死这温文尔雅的生灵，要毁灭那天然美丽的图景呢？万物皆有灵，如果可以的话，我愿意用心去爱护它们，而不是带给它们惊扰与伤害。"

母亲瞪视着我，瞪视着我这"斯科费尔峰的雾"。不，在她的眼里，其实我更像是"斯科费尔峰的怪物"。我的手腕被她拗得几欲折断，但她终于松了手："我看，你这人除了死读书外，就找不到什么赏心乐事了。除了读出一肚子的奇谈怪论，恨不得让所有的人都知道你有异于众。你，你太让我失望了……"

我深深垂首，承受着她那如火喷涌的怒意。

"哎，用得着大动肝火吗？大动肝火肯定会有损花容，我美丽的夫人，"父亲挽起了母亲的手臂，"别再为这个傻里傻气的姑娘而烦恼了。瞧那边，我们还有两个聪明活泼的女儿呢，让她们跟随我们狩猎去吧。"

母亲本已随着父亲走出几步，却又猛然回过头来，指着我说："书就不必读了。今天剩下的时间，都用来完成你的'更衣记'吧。"接着又叫，"艾伦，去叫艾伦来！"

"我在这里呢，夫人。"

"去把我为小姐在米兰订做的那些衣饰一一取出，好好伺候小姐试衣，有不合尺寸或是服色不对的记录下来。"

"是的，夫人。"艾伦应道。

架鹰牵狗，一群人很快消失了踪迹。但留给我的，却并不是如释重负的轻快，因为我马上就要面对试衣这个苦不堪言的难题。

"我们这就回去吧，简？"艾伦说。

这对她也是苦事一桩，夹在我们这对脾性不合的母女之间，她的处境不会太妙。

"好的。"我说。总不能因为我，让她不仅丢掉在这里的差事，且在别处也难以求职。因为依照风俗，一个仆人若想到别处寻找工作，她（他）通常会带上前任主人所写的证明品行优良的推荐信。一个没有拿到推荐信的仆人是难以另谋高就的，她（他）的品行极有可能受到下一任主人的质疑。

一条浅翠的撑箍裙捧在艾伦的手中："这件怎么样？"

"行啊。"我无所谓地点了个头。

"在这之前,您还得先穿上这个。"她从那堆目迷五色的绮罗丛中,又寻出一件缀有数颗宝石的胸衣。

"天哪,这么硬,又不是古代士兵的铠甲!我不穿,打死我也不穿。"我神情悲壮地说。

"让我来帮您,小姐。您会习惯它的,甚至会离不开它。上流社会的淑女都这么打扮自己,您的母亲就是一例极佳的示范。您长大后,一定不会比公爵夫人逊色。"

早在两周前,我就按照母亲的要求试穿过所谓的淑女新衣。"简,你差不多是个成年人了,在衣着上,也得有个成年人的样子。你的衣物得与你的社会地位匹配。这样的话,在社交场合露脸时,它们会助你一臂之力的,会让你信心满满、神采飞扬。"母亲教导我说。

然而,当我形同木偶般被全新包装之后,等在更衣室外的母亲并没有见到她那神采飞扬的女儿,她等到的是一串凄厉的哭喊。

"出什么事了?"母亲冲进更衣室时,我正胡乱撕扯着身上的衣服,脸上汗泪交流。

"我好痛,好难受。这里,这里快要透不过气来。"

"傻孩子,别这么紧张。"母亲按住了我的手,扑哧一笑,"我还当是发生了什么意外呢。这很正常。你见过破茧而出的蚕蛹吗?变身为蝶总要费些周折。小姑娘要换上淑女装,也得先吃吃苦头。"

"什么?难道所有的淑女都必须这样穿衣着裳?"我目瞪口呆地望着母亲的纤纤细腰,这跟她那鼓蓬蓬的裙幅形成了太过鲜明的对比。难道,这也是蛹化蝶飞的成果?那金属制成的胸衣与鲸骨的裙撑有没有令她心生恐惧、止步不前?

"简,你尽可放心大胆地穿上它们,瞧我,我跟我的衣着合二为一,你迟早也会跟你的衣着合二为一。当然刚开始时,是会觉得有些别扭,久而久之,就什么问题也没有了。请记住昂首挺胸,面带微笑,做个真正的名媛淑女。"

"如果非得这样打扮才能成为一位名媛淑女,我宁可把尝试的时间放到几年之后。母亲,我还是做以前的那个简吧。让我轻松一些,自在一些。"我向她请求。

"你早已不是从前的你了。一年大似一年,得着眼于未来。你是怎么了,简?记得我那时还不到你现在的年龄,已经偷偷地在试穿我母亲的衣裳。我将母亲最爱用的浅杏色胭脂抹上腮颊,连她的眉型也模仿得惟妙惟肖。后来被母亲发现了，她惊奇得不得了。有次宫中举办舞会，母亲就带着我，让我完全按照她的模样装扮起来。那是一个多么让人振奋的夜晚。先王站在远处，当我的目光遇到他的目光，我清清楚楚地听他对左右说：'那个身穿橘红锦缎的女孩是谁？是朕的玛丽妹妹吗？朕没有看走眼吧？玛丽妹妹竟比二十年前还要年轻！'"母亲说话时，双眸晶亮、唇角含笑，仿佛又回到了少女时代。当然，她的少女时代与我的少女时代是多么不同！她的性情与我的性情，又是有着多大的差异！

"母亲，我断不能跟您相比。"我小心地斟酌着言辞，"恐怕我又要令您失望了。"

"你呀，仿佛令我失望是理所当然。在你的养母凯瑟琳·帕尔面前，你可是个乖巧听话的好孩子呢。"母亲语含酸意，"即使凯瑟琳·帕尔在场，也不能不支持我。她曾是宫中穿着最讲究的女人。你倒不妨问问她，她那如仙似幻的风仪、那华美清贵的形象是生来就有的吗，有没有进行过加工与雕琢？你真的不曾注意到，仅就五观与身材而言，她实在算不上一个别具魅力的女人？"

这我从前可从未想过，但它或许属实。

"可是，徒有其表又有多大的意思呢？过分的华丽与夸饰与我的年龄并不相宜。"我犹自辩称。

"我看，这跟年龄毫无关系，只是因为你是个爱说大话的胆小鬼罢了。说穿了，你是怕疼。这我跟你解释过的，刚开始时都这样的。我们这个阶层的女人谁不是这样过来的？你为什么非得自异于众呢？"

"我……"

"简，看在上帝的分儿上，别再跟我过不去，也别再跟你自己过不去了。耶稣被钉在十字架上，与你当前所吃的这一点苦相比，那是有着天悬地殊之别吧。你知书明理，你必须懂得，为了信仰，再大的牺牲与痛苦都可以付出，都可以承受。放松一点，我的孩子。如果这一点苦头就让你大感恐慌，作为你的母亲，我将严重怀疑你是否会在未来的任何事上有所成就。"

"耶稣所受的痛苦与我此时所感到的痛苦根本就是两码事，根本就没有比较的价值！"我不住地摇头，"如果要靠衣着来象征或预示某个人的成就，对我来说，这显得既空洞又悲哀！"

"悲哀？"母亲的手掌扬在空中，但这一次，却没有落在我的脸上。她几乎是咬牙切齿地说，"有你这样的女儿才是我最大的悲哀！赶紧给我穿好衣服，我警告你，我的耐心已经被你磨尽了！"

"好了吗？奥罗拉小姐（奥罗拉为罗马神话中的黎明女神）得费多少时间来梳妆打扮呀？"

"真是的，再这么等下去，只怕星星都快睡着了，别把奥罗拉小姐等成勒托夫人（勒托为希腊神话中的暗夜女神）了。"

"别等了，我们来数一二三。数完一二三她还不出来，我们就先散了。简，你听见没有，我们来数'一——二——三！'"

更衣室外，传来了女孩子们的议论与笑闹。那是我的表姐表妹们，应母亲之邀来观看我的"新装"。

"听见没有？她们急着见你呢。你想怎么样呢，丢人还没丢够？"母亲的眼神凌厉无比。

"简，快出来！简，快出来！简，快出来！"更衣室外响起了急如鼓槌的击掌声。

"好，你这就出去见她们！"母亲推搡着穿戴未齐、狼狈不堪的我出了更衣室，我听见人群中发出了唏嘘与尖叫。

"很抱歉，让你们久等了。"母亲笑了笑，眼角斜睨着我说，"是奥罗拉小姐还是勒托夫人，就由你们来评判吧。"

女孩子们张口结舌，相顾无言。

"爱丽丝小姐，这件黑貂长裙美极了，很配你的肤色。"母亲走到一个女孩子的跟前，露出赞赏的目光。

"谢谢您，夫人。"爱丽丝兴奋地说。

"薇诺德小姐，让我看看你的手套。"母亲向着另一个女孩子走去，"尾指这个位置上的三颗蓝宝石非常特别。我想，这是来自东方的宝石？"

"这我不是很清楚，是我母亲送我的生日礼物。"薇诺德也是一脸的欢喜。

"选用东方的蓝宝石再按照意大利的风格镶嵌，你母亲可真有眼光。"母亲托起薇诺德的小手，仿佛托起的是一件无价之珍，"拥有这么漂亮的一双手套，这双手的主人也就拥有了无可匹敌的美丽。亲爱的孩子，你今年多大了？"

"十三。"薇诺德有些羞涩起来。

"戴着它会不会感到有些紧？"母亲又问。

"是有些紧。可是我母亲说，这是时下流行的款式，并且……"

"并且能够恰如其分地衬托出你可爱的手形，是这样吗？"

薇诺德尽管已羞红了脸，却仍笑着点了点头。

"姑娘们，你们都那么赏心悦目，每个人都美得像是一朵带露的鲜花，让人无法忽视你们的光芒。"母亲的目光扫过了在场所有的女孩子，只除了我，"你们的衣饰与你们相得益彰。如果要我从中评选出奥罗拉女神，我肯定会犯难的。因为你们每个人都装扮得精妙无比，你们都很聪明，都很努力。"

女孩子们迎受着母亲的巡视，也许，她们在等待母亲的宣称，等待母亲宣称自己就是那个胜出一筹、冠绝群芳的黎明女神奥罗拉。

然而，母亲迅速收回了目光，转而对着我，她又笑了："奥罗拉虽不易评选，但我至少明白，这儿有一个人，与瑞格蕾尔（传说中的丑妇，皮肤枯皱、手如利爪）倒是不相上下。"

"夫人，您说的不会是您的女儿，我们的好姐妹简吧？"一个嘴快的女孩子问道。

此言一出，视线齐刷刷地聚集到我的身上。我听到了窃笑与低语。

"表妹还没打扮停当呀？我们等了她好些时候，她怎么会？"某个表姐不解地问。

"邋遢小姐，你给她们说说，究竟是怎么一回事。"母亲托起了我的下巴。

我只觉得委屈极了，泪珠潸潸而落。

"我这女儿怪头怪脑，放着大好衣物不肯试穿，偏要穿成这种惊心刺目的模样，我是拦也拦不住，没有吓坏各位吧？"母亲的话愈发令我无地自容。

"夫人不必为此生气。"表姐嫣然一笑，为我解困，"要说表妹的口味呢，跟我们是有些区别的。比如说，她能安安静静看书，从早坐到晚都不成问题。换了我们就不行了，反正我是决不能一个人待在一间屋子里的，我要有人陪着说说笑笑，热热闹闹的，才会觉得充满了乐趣。可表妹恰好是个反面。这试穿新衣嘛，对我们来说可能不无新奇，但对表妹，却不是这么一回事了。夫人先别着急。多试几次，等到轻车熟路时，还怕表妹不能像您一样仪态万千地在人前亮相吗？"

"你就试它一下吧，我的小姐。"艾伦几乎是用哀求的语气同我说话，她打断了我的回忆。

"多试几次……轻车熟路……"我又想起了表姐的话，想起了在我出丑的那天，更衣室外的女孩子们围观我的眼神，惊异与怜悯兼而有之。我想起了那个最小的表妹安迪，才刚十一岁半，细如柳丝的腰身已开始忍受撑箍裙的约束。她骄傲地仰起脸来，从容自如地展示新装，那是出自她的未婚夫婿，有着白象纹章的杜克兰姆家的馈赠。

既然她们都能做到，为何我却不能？既然这是成长的必然，我又岂可例外？我叹了口气，伸开手臂，让我的躯壳接受全新改装的命运。

改装完毕，已是日色迟迟。我强忍着新衣带给我的不适之感，傍窗面坐，手捧《圣经》，却再也读不进去。

又是一天即将结束，我得到了什么呢？无边的空虚伴随碎灭的阳光落在我的头上。谁能告诉我，我的明天是否也是这样？我为何而来，为何而生？有谁关心我心灵的需求与渴盼？一只大雁远远地飞来，是一只迷路的孤雁吗？嘎嘎啼鸣，羽翼凌乱。它将飞往哪里，何处能找到它的同伴？而我，我也与这孤雁一般，迷失了方向，望不见明天。

"公爵和夫人回来了！"楼下的喧嚣中止了我的遐想。

"这么快？"我有些惊疑不定。因为按照往常的经验，父母外出狩猎不到灯火通明时是绝不会打道回府的。

今天可真是不同寻常。

第三章 逼　宫

　　事实上，是一场波澜忽起的政变让父母那日的狩猎戛然而止。有使者飞马至猎场传信，沃威克伯爵约翰·达德利突然发难，联合南桑普顿伯爵与阿朗德尔伯爵进逼温莎宫。

　　"还真没看出来，达德利竟也是个脑有反骨的家伙。一个不被看好的逆臣之后，陛下枉自破格提拔，养熟的老鼠咬布袋，他逼宫图的是什么呀？难道他想篡逆行凶、自立为王？真是一头丧心病狂、自不量力的蠢驴！"母亲对此深表诧异。

　　"事情不会这么简单。以我对他的了解，沃威克伯爵素来谨言慎行、心思缜密，他从来不做没把握的事。"父亲仍在沉吟中。

　　"这倒也是，"母亲的脸上霎时疑云弥漫，"这个达德利可一点都不笨，他的手段倒叫我见识过一回。亨利那件事怕已过去了一二十年吧？那时的达德利别说封爵，连个低级的官阶都没混上，一副人见人弃的落魄相。他的老岳父吉尔福德爵士过世了，吉尔福德爵士膝下无子，论理，遗产得传给侄儿。那个傻乎乎的侄儿满以为走了大运，乐颠颠地跑来拜望我们，要我们为他主持公道。谁知达德利抢先一步，买通了先王的秘书克伦威尔，骗取了爱德华的全部遗产，倒叫我们白白为人忙活一场。咳，从那时起，我就看透了他，此人绝非善类！"

　　"母亲，早在一二十年前您就看出沃威克伯爵要大搞阴谋、篡逆行凶啊？"凯瑟琳妹妹用手捂住喉部，激动不已，"那您怎么不及早告发？那样的话，国王也就不会有此一难了。"

　　"原来沃威克伯爵是个大骗子，骗的还是他死去的岳父！"玛丽妹妹也激动起来，"这样的人怎么还能做国家的大臣？厚颜无耻的家伙，骗了死人还不够啊，还要骗国王？他想骗取国王的遗产，不，是国王的财产吗？"

　　玛丽妹妹问得不无滑稽。然而此时此刻，对于她这稚拙的问话，我们谁也笑不出来。

　　"别在这儿瞎掺和，你知道什么国家大事？"母亲白了她一眼，"回你自己的房间，我们没空跟你歪缠。"

"是否意在篡逆还很难说，我总觉得吧，事有蹊跷。不管怎样，我得先赶到温莎。"父亲向外喊道，"备马！"

"等等，勿忘相机而动！"母亲攀住父亲的肩头说。

"父亲，您要救救爱德华，请您尽全力救他！"我跟在父亲的身后大喊。

"怎么了，孩子？"父亲回过头，我的眼泪令他有些意外，"国王的安危如此让你牵挂？王公大臣可要比你淡定多了。"

"国王有难，国家有难，大臣们却淡定处之，这还是国王的忠臣、国家的梁柱吗？或者他们早已想好了退敌良策？"我满腔愤然。

"要你这么瞎起劲做什么？简，你不过是个女人，一个无足轻重的女人！"母亲厉声喝止，"小姐，你只会不失分寸地引用几句书本中的陈词滥调！大臣们还轮不到你来评说呢，他们比你更知道该怎样做人！"

"或许事情跟大家想的并不一样。简，以我的预感，国事还不至于不可收拾，用不着你一个小姑娘来为之操心。"父亲拍了下我的后背，匆匆离去了。

很快又传来了新的消息，沃威克伯爵的逼宫是为"清君侧"而来。当晚父亲便回家了，衣不染尘，脸上未见一丝辛劳，仿佛不是去救驾而是参加了一次极普通的朋友聚会。越是如此，母亲与我们三姐妹越有一肚子的疑问。

"哎，你们不要这么心急好不好？你们有四张嘴，我可只有一张嘴，先回答谁呢？还是听我一个人说吧。"父亲笑着喘了口气，绘声绘色地为我们讲述起了"清君侧"的经过。

他说，当城楼上的国王凭栏而立、探首俯视时，沃威克伯爵亲率众人跪拜在地。"吾王圣明，我等若有不臣之心，岂不畏上天降罪？"沃威克伯爵且拜且泣。

"然则卿等因何而至？"爱德华喝问。

"欲为圣明除弊事，肯将衰朽惜残年？臣等初衷莫过于此，伏乞陛下鉴之察之、谅之允之。"沃威克伯爵泪汗交流。

"弊事？不必再绕圈子，卿尽可明说。"

"一切弊事皆因一人而起。此人目无法纪、欺君罔上、罪恶滔滔、罄竹难书。此人不除，则民无宁日，国无宁日，陛下亦无宁日。臣斗胆……"

"此人是谁？"

"此人穷兵黩武，挑起我朝与法兰西、苏格兰双线作战，腹背受敌。

因他之故，将士血流成河、尸横异国；因他之故，父母双亲不得奉养，孤儿寡妇哭号不绝。此人治国无方，致使百姓流离失所、饿殍遍野，奸民趁机而起，朝廷措手不及。此人貌作慈善、心实凶险，一味中饱私囊、骄奢淫逸，将国库挥霍一空犹未知足……"

"够了，不用长篇大论，朕想知道的是，这个人是谁？"

"此人就在陛下近旁！"

"你？你？还是你？"爱德华环顾左右，游移不定的目光中透着森森冷意。

仿佛为爱德华的目光灼伤，近旁的大臣无不深深垂首、神情紧张。

"有种的自己站出来！"

"站出来伏法认罪！不然的话，我们可就不客气了！"

兵临城下的军士发出了雷鸣般的呐喊。

"怎么，你们中竟没有一个是他声讨之人？没人与他当面对质，没人与他当面理论？"爱德华怒气冲冲地在城楼上来回走动，"难道有人默认了他所犯下的罪过？这么说，达德利闯宫惊驾竟是正义之举？"

"有种的自己站出来，别让国王陛下替你背黑锅！"楼下的军士一片哗然。

"几个鼠辈安敢在此逞能？"终于，有个人站了出来说话。

说话的是当今的摄政王、萨默塞特公爵爱德华·西摩。

沃威克伯爵望着他，两道冷峻的目光仿佛是来自千里之外的深海。

"约翰·达德利，你不过是个新晋的小贵族，君王之前竟如此嚣张！你有什么资格对我信口狂吠？如果说我有罪、我有错，我唯一的错处就在于当初看走了眼，把你这个狼心狗肺的东西当作了奇才。当初我因见你在军事上颇有建树，且又娴于外交，以为你能忠勇为国、勤谨事君，从此对你格外看顾，在君王面前屡屡进言，为你争取到了实现抱负的机遇。你且扪心自问，若没有我爱德华·西摩替你铺路，你能有今天的风光？好好想一想，你这个沃威克伯爵是从何而来，是从天而降还是沾了你那死于叛国罪的老父的荣光？你为何背恩弃义？你为何血口喷人？你这浑蛋，你是犯了失心疯吗？"萨默塞特公爵气势汹汹，两眼红得滴出血来。

沃威克伯爵神态肃然，并不为其所迫："大人所谓予我之恩，私谊也；而我今日'背恩弃义'，乃报国也。就冲着大人那句'忠勇为国、勤谨事君'的训诫，今日之下，我约翰·达德利必不敢有负大人期许。至于我有没有血口喷人，且让我们当着上帝与君王，当着英格兰的百姓，把所有的事实从头道来，再得出一个水落石出的结论。"

"欲加之罪，何患无辞？"萨默塞特公爵狂笑，"今天你若是落入我手，我也会让你尝尝语言的火力。可你不要忘了，国王才是英格兰真正的主人，这温莎城中尚有扼腕勇士、忠贞臣民，何况各地勤王兵马也会闻风响应。因此我想，你可以趁早带着你的痴心妄想回家养神。没准儿，你可以编出一部戏来，交给马戏班尽情发挥，以此吸引市侩与愚民的眼球，并让他们为你捏造出来的结论而啧啧惊叹。"

"看来，舅舅没有看戏的心情，各位请回吧。"爱德华淡淡地说。

"臣等此来非为儿戏，臣等有肺腑之言献于君王！"沃威克伯爵仍伫立不动，他身后的军士也伫立不动。

"怎么，一个也不肯走？那么，这出戏朕是非看不可了。沃威克伯爵，朕倒要看看你的剧情编得是否合情合理？"

"陛下！"萨默塞特公爵变了脸色。

"你，说下去！"爱德华指着沃威克伯爵，似乎是兴之所至。

沃威克伯爵有条不紊地开始历数萨默塞特公爵的罪状与劣迹。具体到某些事项时，萨默塞特公爵好几次都欲发作，但爱德华只是不动声色地聆听，萨默塞特公爵也只得忍着性子听下去。

"这也只是你的一面之词，口说不足为凭。"爱德华的神色仍是淡淡的，不带一丝喜怒。

"臣已召集枢密院的各位议员，臣建议就此质询萨默塞特公爵。传唤证人出场并审验证据，以此证实臣所言不虚。"

"你召集了枢密院，是谁给你的权力？"爱德华大怒，"朕岂会受你的胁持？你以为趁朕不备引兵前来，只消把刀架在朕的脖子上，就能让朕听命于你？"

"陛下，臣不敢，也绝无此意！"沃威克伯爵垂首说。

"那么你的目的是？"爱德华向萨默塞特公爵看了一眼，"难道仅仅是为他一人？"

沃威克伯爵屈膝再拜："西摩大人初为先王为陛下挑选的辅政大臣之一，在先王崩逝后即以护国主自居，且对外谎称此系先王遗愿。而事实上，先王只在遗旨中提到西摩是摄政团的成员，并未将其列为摄政团的核心。但摄政团的其他成员畏其为陛下的舅氏，加上陛下您初登王位需内外齐心，才对西摩篡改遗旨的做法姑息容忍。而西摩一旦身居高位，便排除异己弄权专政，屡用瞒天过海的伎俩逃过陛下的烛察。所行不义不法之事不可枚举，实在有损国家的前途与陛下的清誉。愿陛下以社稷国法为重，不徇私情，将萨默塞特公爵交由枢密院审判。"

"舅舅，你有何要说？"爱德华叹了口气，问道。

萨默塞特公爵恼恨交加、惊惶不已："陛下千万不要听信达德利的胡言乱语！如果陛下将臣交给他们，下一步，他们就会向陛下动手了！"

"朕不相信，他们还真有这个胆，敢向涂过圣油的国王动手？"爱德华向沃威克伯爵一挥手说，"沃威克伯爵，叫他们退兵！"

然而，沃威克伯爵仅仅后退了三步，他身后的军士亦随之后退三步，以示对君权的敬畏，但也仅此而已。

"公爵大人，请您自个儿走下来吧。把您的罪恶转嫁到国王身上，您于心何安？"

"护国主先生，您好歹给自己一个护国的机会吧，不要白白地担了虚名。请问这些年来，您的所作所为究竟是在护国还是在毁国？自己走下来吧，如果您不想对您恩重如山的君王受到连累，如果您不想被三军将士视为懦夫。"

楼下众人又鼓噪开来。

两道怨愤自萨默塞特公爵的眼中划过，他终于说话了："沃威克伯爵，休得对国王无礼。我可以满足你们的要求，如果将我置于死地是你的唯一目的。"

"舅舅？"爱德华望着他。

"请陛下将臣手刃，掷臣头颅于城楼之下。"萨默塞特公爵慨然说。

"这怎么可以？"爱德华大为震动。

"事已至此，臣为奸人所迫，不能再伺奉陛下。臣愿以一腔热血溅于叛军之前，而臣之魂魄也将永久追随陛下左右！"萨默塞特公爵解剑递与爱德华，"请陛下赐臣一死！能够死于陛下之手，臣可以含笑无憾！"

爱德华摇头一叹，将萨默塞特公爵的长剑扔在地上，拍抚着公爵的后背说："舅舅，你是朕在世上屈指可数的几位亲人之一，朕宁可失去连城之璧，也断不肯失去舅舅。我相信，沃威克伯爵跟你之间可能有些误会，你们需要好好地沟通一下。"

言毕又对着沃威克伯爵说："将相和方能国事兴。沃威克伯爵，今日之事适可而止，你明白朕的意思？朕会让萨默塞特公爵接受枢密院的质询，但必须是一场公正无私的质询。"

一场有惊无险的"逼宫"就此落幕。几天之后，对萨默塞特公爵的审讯（爱德华讳之为质询）也雷声大、雨点小地收尾了。据父亲说，发问最猛烈、最尖锐的那个人倒不是沃威克伯爵，也不是沃威克伯爵的盟友南桑普顿伯爵与阿朗德尔伯爵。

"那么会是谁呢？还有谁更迫切地希望看到萨默塞特公爵粉身碎骨？"母亲饶有兴致地问。

"肯定是萨默塞特公爵的大仇家，连他本人都意想不到的。"凯瑟琳妹妹说。

"我想，这个人一定特阴险，挑了这个时候跳出来兴风作浪。摆明了嘛，是要对萨默塞特公爵直取性命。"玛丽妹妹直眨眼睛，"父亲，他是谁呀？"

"是我们的老熟人，苏德里男爵托马斯·西摩。"父亲摸着下颌说。

"苏德里男爵不是大姐的义父吗？他还是萨默塞特公爵的亲弟弟！"玛丽妹妹大叫，"怎么会是他呢？"

"这哥儿俩，为着卖乖争宠连骨肉亲情都不顾了。"母亲只是笑了笑，"饶是苏德里伯爵那样卖力，怎么仍没扳倒爱德华·西摩呢？可见人家盘根错节、势大气粗嘛。"

"夫人这话是真知灼见。萨默塞特公爵毕竟是一棵饱经风雨的大树，要连根拔起可不太容易呢。主持审讯的沃威克伯爵深谙此理，他心里明白着呢，国王的那颗小心脏还对他的舅父多有眷顾。因此在许多地方，倒是沃威克伯爵在替萨默塞特公爵开脱，甚至在为萨默塞特公爵说话。最后呢，只弄出了一份模棱两可的笔录到国王那里交差。"

"国王有没有生气？"凯瑟琳妹妹问。

"君心如海，不可测量。"父亲说，"不过，大臣们却有一种心照不宣的共识，或许这种结果，正是国王所乐意看到的。逼急了的兔子都会咬人，要将他的舅舅逼入绝境，国王的心里怕也不会答应。倒是借着逼宫这出戏，打压了一下萨默塞特公爵不可一世的气焰，这对国王来说，也未见得是件坏事。"

"模棱两可的结果就是不了了之？"母亲说，"审了那么些天，我却不信，萨默塞特公爵没有一丝把柄被别人抓在手里。尽管只是含糊其词的笔录，以国王的眼睛，岂会看不出一点问题？"

"这问题问得妙。可关键就在于，国王决定不再深究。"父亲说时不免有些自得，又有些遗憾，"可惜我没有儿子。不然的话，这种场合，正好让他见识一下宫廷中的幽微纡直、水深水浅。当然啦，国王在面子上还是要将萨默塞特公爵略加训斥，要他引以为戒。天知道这种旁敲侧击的训斥对我们这位护国主的耳朵能造成多大的影响？而以沃威克伯爵为首的三位伯爵也被国王骂了个狗血淋头。国王表示此类举动不会有第二次，若是他们三人再敢蠢蠢欲动，那就表示他们已经活够了。"

"我倒觉得吧,爱德华越来越有君主的范儿了。沃威克伯爵亦不可小觑,是个角色!"母亲翘指点赞。

"我怎么觉得沃威克伯爵有些傻呢?"凯瑟琳妹妹说。

"我也觉得!"玛丽妹妹举手表示同意。

"哦,你从何而知呢?"这次轮到父亲好奇了。

"你想呀,他这回费了那么大的力气,冒着那么大的风险,却不曾撼动萨默塞特公爵分毫,反倒换来了国王的一顿臭骂。自此之后,国王那里,必会嫌着他多事且不老实。而萨默塞特公爵那里呢,头狼既缓过这口气来,便会对恶犬发动反攻。所以我是觉得沃威克伯爵傻到极点了,搬起石头砸了自己的脚。他呀,他就要引火烧身了。"凯瑟琳妹妹颇为自信地说。

"我觉得他傻,是觉得他做起事来稀里糊涂、前言不搭后语。"玛丽妹妹则说,"先是坚持要让萨默塞特公爵受审,又怪头怪脑地在审讯中为萨默塞特公爵开脱。他到底想做什么啊?他能不能想清楚后再做?"

"玛丽妹妹,请相信这点,他至少要比你想得清楚。而你,也许要到几年之后,才能想清楚今天发生的一切。"母亲拧了下玛丽妹妹的耳朵,"有没有人告诉过你,你是我的女儿中最迟钝的一个。我的孩子,在我们谈正事时,你别再插话好不好?要插话,也得等到你长到简的那个年龄。"

"简,你几乎一言不发呢。来吧,说说你的看法。"父亲忽然注意到了我的存在。

"我没有什么看法。"我说的是实话,我还不能参破此次逼宫事件的玄机。

"怎么会没有看法呢?你的妹妹们都能畅抒己见,你比她们年长,读的书也比她们多,你没看法那才奇怪呢。"父亲说。

"我……我还是不大懂……"我支吾着。

"又一个反应迟钝的女儿!更糟的是,她对这些事漠不关心,就像她对狩猎、着装一样漠不关心!"母亲鄙夷地瞧了我一眼。

"母亲,您就别再跟父亲一道,强迫姐姐回答她不愿回答的问题了吧。斯科费尔峰的雾总是给人一种神秘之感,她即使心有所思、意有所想,也不会公之于众的。"凯瑟琳妹妹又来为我解围。

"姐姐的神秘之感比起斯科费尔峰的雾来,是增加了深度与厚度。"玛丽妹妹刚才还在为母亲的批评而快快不乐,此时却又活跃起来,"现在她有了一个新的别号,'海洋之心'。谁想出这个别号的,就不告诉你!所以呀,亲爱的母亲,您永远无法了解你这个神秘的大女儿,就像你没法接近我的这个年龄并对我形成正确的认识。"

"好啊，你倒会反唇相讥。说你迟钝，你的这番话，却是说得既聪明又轻灵。"母亲不禁笑起来。

"谁聪明，谁轻灵，能比得上我吗?"凯瑟琳妹妹做不依状。

"是啊，谁也比不上我家的二小姐，我美丽的小云雀。"父亲拥着她，怡然而笑。

"父亲，我们来打个赌如何?"凯瑟琳妹妹说，"我赌沃威克伯爵很快就会被萨默塞特公爵围追堵截、疯狂追杀。瞧着吧，公爵会吃掉伯爵，这就好比是象能吞马。"

"唔，这倒新奇有趣。可是，以什么为赌注呢?"父亲笑嘻嘻地问。

就这样，一场对于政局的讨论变成了家庭聚会的佐料。萨默塞特公爵与沃威克伯爵做梦也不会想到，他们的前途命运竟会成了格雷家父女打趣、下注的对象。

第四章　狭　路

　　凯瑟琳妹妹失去了她的赌注，那已是几周后的事了。那一天，我们姐妹三人正聚在一起做针线活。说实话，我们的手艺都不咋样。
　　"天哪，你这绣的是什么嘛？说它是马吧，又长了一对牛角。说它是牛吧，又长了一张马嘴。原来这就叫作牛头不对马嘴。"凯瑟琳妹妹凑近玛丽妹妹的绣样说。
　　"你又比我强多少？"玛丽妹妹大不服气，"你绣的灰鹤是个残废，斜眼睛、左脚比右脚短了一截。我有生以来，还从没见过这么难看的灰鹤。"
　　"母亲说过，我们只要拿得起针线便差强人意了，没必要在这上头浪费过多的心思。"凯瑟琳妹妹又将目光掉转到我的绣活上，"简，我看你做的活儿连差强人意都说不上呢。真是的，你都不给我们带个好头，怎怪得我与玛丽毫无长进、每况愈下？"
　　"你敢说我？我让你以小欺大。"我拿起绣活在凯瑟琳妹妹的头上敲了两下，凯瑟琳躲闪不迭，又叫又跳。
　　正说笑间，父亲来了，一副乐呵呵的样子。
　　"凯瑟琳，你输啦！"这是他的第一句话。
　　"输了什么？"
　　"就是那个有关公爵伯爵的打赌呀。你赌公爵会吃掉伯爵，可事实是——"
　　"是伯爵吃掉了公爵，以弱胜强？"
　　"不，是他们讲和了，他们已重归于好。"
　　"我不信！"凯瑟琳妹妹跳起来惊呼，"大象能跟河马讲和？"
　　"我也不信！"玛丽妹妹急忙应和，"不是说好了要斗得你死我活吗？重归于好了谁是赢家呀？"
　　"萨默塞特公爵的女儿安妮将与沃威克伯爵的儿子约翰订婚，他们都是赢家。"父亲笑着说，"还邀请我们去参加约翰与安妮订婚宴，就订在这个月的十五，在萨默塞特公爵的魁克山庄。"
　　"哇，这绝对是本朝最轰动的喜事！"凯瑟琳妹妹又是一声惊呼，"两家大人相互仇视，他们的儿女却情投意合。最终爱情战胜仇恨，公爵与伯爵为了儿女的幸福而化敌为友。这么感人的结局还有啥好说的呢？我甘愿认输，输得开心！"

"今天几号了，凯瑟琳？"玛丽妹妹忽然想起了什么。

"九号。"凯瑟琳妹妹说。

"那么没几天了。公爵嫁女、伯爵娶媳，到时候去赴宴的人肯定排长队呢。天哪，我新做的衣裳要到十七号才能送来。那我穿什么去呢？不行，我得跟母亲商量，让他们给我提前送来！"玛丽妹妹急了。

我不觉好笑："这是多大的事？新衣不能送到也不要紧，我的衣裳借你穿好了。"

"你的身材跟我没有可比性嘛，"玛丽妹妹有些着恼，"何况你的衣裳也不见得有多漂亮。"

"打扮得那么漂亮干什么，又不是你自己要订婚。"父亲在一旁逗乐。

玛丽妹妹脸一红，旋即回答："父亲，我这也是为家里争口气嘛。母亲不是常说，我们格雷家的女儿，在任何场合都要成为最显眼、最具吸引力的目标？"

"你会成为这样的目标的，我的女儿。"父亲吻了下玛丽妹妹。

"简、凯瑟琳，你们也得为你们的穿戴提前准备了。我希望，我的女儿到时候能够一展风华。"父亲又说。

"这个你不用为我操心的，亲爱的父亲。"凯瑟琳目光一转，笑颜明媚。

"当然啦，我可以想象得到，一旦我家的小云雀展开她的羽翼，就连宫中最自恋的女士也会感到惴惴不安，更不消说男士们，他们的眼睛会不停地围着你打转。"父亲继而转向我，"你呢，简？在我们家中，你是最奇特的一个。你就像是一个坐拥奇珍的女王，却对属于自己的珍宝毫不动心。你干吗总是穿得那样素淡、那样单一？给你们透个底儿，这次的订婚宴连国王也会亲临。所以说，我们家的每个人都不得怠慢。尤为重要的是，不能让萨默塞特公爵家的三千金把我们格雷家的三朵鲜花比了下去，这是关系到荣誉的问题！"

"哇，这才来劲呢。"凯瑟琳妹妹叫道，"终于可以看到国王的庐山真面目了。"

"棒极了！有国王在，订婚宴只看国王好了！"玛丽妹妹快乐地说。

"简，告诉我，对于这次赴宴，你还需不需要特别准备些什么，我是说珠花啦、项链之类有助于提升形象的饰物？跟你的妹妹们相比，你几乎显得有些暮气沉沉了。开朗活泼是年轻人的天性,别忘了,你还十分年轻!"父亲望着我,不放心地说。

"我想,我不大适合那种场合。"在他殷殷的目光下,我唯有退缩。

"这一次你不可再推托。即使我同意,你母亲也决不会答应。明白吗,我的女儿?"

"推托什么,你们有什么事瞒着我?"母亲的声音从我身后响起。

"啊,弗朗西丝,你来得正好。"父亲将萨默塞特公爵与沃威克伯爵重归于好的消息复述了一遍。

"这算什么,别开生面的鸿门宴?萨默塞特公爵还有此雅兴?"母亲微微一笑。

"我说呢,萨默塞特公爵哪里会安什么好心。"凯瑟琳妹妹骤然提高了警惕,"老狼请吃鸡,今天好运气?差点上了他的当。哪里是在邀请我们赴宴,弄得不好,咱们都得陪着沃威克伯爵全家玩完,那才冤枉死了!"

"那倒不至于,订婚宴我们还是要去的。萨默塞特公爵仍是护国主。他既然有这登高一呼的雅兴,给他捧场是我们义不容辞的责任。"母亲又是一笑。

"那,我们会不会有危险呢?"凯瑟琳妹妹仍心存忧虑。

"这我可以担保,赴宴跟躺在摇篮里一样安全。"母亲神情笃定地说,"好啦,女儿们,到时你们只消带上一双眼睛、两只耳朵,好好地观赏,好好地回味。"

到了参加订婚宴的那天,我和两个妹妹坐进了同一辆马车。这一次,我没有落单,我的父母不再允许我像上次逃脱狩猎一般继续游离于格雷家族之外。

我穿上了母亲为我挑选的衣物,假发遮额、脂粉覆面,花了好几个时辰才完成了这套繁复无比的梳妆。而这样做的直接后果是,在出门之前,当我从镜中窥见自己的全貌时,几乎有种灵魂出窍之感。

两个妹妹的尖叫也印证了我的惊愕:"噢,简,你完全脱胎换骨了!"

"你们又何尝不是?"凝视着外形变得如此陌生的妹妹们,我只有苦笑。

"简,你觉得我们今天能盖过萨默塞特公爵家的三千金的风头吗?"玛丽妹妹不放心地问。

"这很重要吗,玛丽妹妹?要知道,就我的感觉,披挂上这样一身行头无异于忍受酷刑,你难道不觉得很不舒服?"

"嗐,这点的不舒服根本不足为道。"玛丽妹妹昂着头,却仍改变不了她驼背的姿态,"为了美,一切都是值得的!"

"说得不错。"离我们不远处,母亲骑在马上发话,"在妹妹面前,你该用心树立起一个姐姐的榜样,而不是唉声叹气、牢骚满怀。"

"我呢?母亲,您瞧我怎样?"凯瑟琳妹妹牵动裙幅,优美地转了一个大圈。

"我的凯瑟琳早晚会出脱成一个远近闻名的美人。我想,如果今天国王在场,他也会对你赏识有加。"母亲露出了微笑。

"说不定,他会将你当场许配给萨默塞特公爵的儿子,倘若公爵的儿子尚且未婚的话。"玛丽妹妹捂着嘴偷笑。

凯瑟琳妹妹倾身向她扑去:"我叫你乱嚼舌头!"两人拉拉扯扯,玛丽妹妹直往后退,险些跌倒。

亏得父亲扶住了她:"小姐,在这个关头上,弄脏了衣裳可就大煞风景啦。"

玛丽妹妹果然紧张起来,追着我们直问:"我的裙子有没有弄皱?我的头发,要不要重新梳下?"

"是呀,没准儿你会因此失去被国王指婚公爵之子的机会,那你的损失可就大了去了。"凯瑟琳妹妹报复道。

"上车吧,姑娘们。"母亲笑言,"公爵之子或伯爵之子,对我们家的姑娘绝不是什么遥不可及的人物。只要你们好好地表现,没有什么是你们不能想到、不能得到的。公爵之子或伯爵之子?也许我们的期待还不止于此呢。"

马蹄嗒嗒,我们行驶在蜿蜒逼仄的乡村小径上。田间地头,不时有三五成群的身影进入我们的视线,是些农家的女孩子,年龄从几岁到十几岁不等,做着农活或是提着食篮为她们忙于耕作的家人送饭。

"快看,多华丽的马车!"

"瞧那车头的纹章,我敢说,这家人起码是个侯爵!"

"那里面还有女士。我看清楚了,是三个,比我们大不了多少。"

"是富贵人家的小姐啊,打扮得好神气。"

那些女孩子对着我们的马车指指划划,眼睛里流露出天真的羡慕。

然而也有另一种声音:"她们的头发颜色多奇怪啊。"

"这都不知道啊,人家戴的是假发。"

"为什么要戴假发?难道她们自己的头发不能见人?"

"当然不是,戴假发是上流社会的时尚。"

"时尚又是什么?"

"哎，你怎么问个没完啊？时尚嘛，就是喜欢，就是习惯。比如你喜欢偷懒，你习惯在晚饭后打哈欠。"

"去你的，你才喜欢偷懒呢，你跟车里的那几个小姐一样，是无所事事的大懒虫。"

"哈，我看你是眼红人家。"

"眼红人家，这话说你还差不多。至于我，我才不稀奇那个样子的荣华富贵呢。如果要我戴上那样的假发去充当阔人，我宁可比现在还穷！我的头发多好看，就像田野里金黄的麦浪，为什么要跟那种丑怪的假发来做交换呢？"

话虽如此，那个对我们颇有微词的女孩对我们仍相当关注。她目光灼灼地追随着我们，继续发表自己的看法："我觉得她们其实挺可怜的。塞在一只闷腾腾的车厢里，为什么不肯下来自己走路呢？早上的空气这么新鲜，难道她们就不想像我们这样在沾满露珠的草地上蹦蹦跳跳？她们头上戴的是假发，她们用来走路的腿脚总是有血有肉，不是什么假腿吧？"

我与两个妹妹亦从车上揭帘窥望。"慢些走。"我们吩咐车夫。

"听见没有？她骂我们的假发丑怪，还骂我们用假腿走路，真是气死人了。"凯瑟琳妹妹撇撇嘴说。

"酸葡萄心理罢了，理她做甚？"玛丽妹妹说，"她还觉得我们可怜，这可不是疯话吗？人人都想成为像我们这样的女孩。"

"此话也未必尽然。"我叹了口气，"成为像我们这样的女孩，固然得到了很多，但也失去了很多。"

"失去了什么呀？难道我们不是应有尽有？"玛丽妹妹不解地问。

"你认为我们是应有尽有？"

"那你倒是说呀，我们失去了什么？"

"我们缺失的是自由。自由跟我们的距离就像大地与星空的距离。"

"你所说的自由是什么呢？"玛丽妹妹的脸上写满了困惑，"不化妆、不戴假发，让我们与这些蓬头垢面、以丑为美的乡下姑娘毫无分别，这就是你所要的自由吗？"

我瞧了瞧玛丽妹妹那张因浓妆艳抹而眉目全非的小脸，凯瑟琳的也是一样："对我来说，没有哪种美能够胜于天然的美。"

"那就太可惜了，你只怕生错了人家。"凯瑟琳妹妹在我脸际轻轻一拧，"来生你也做个乡下姑娘吧。跟着穷愁潦倒的父母吃苦受累，不过没关系呀，你有蓬头垢面的自由。"

我摇了摇头，不再说什么。两个妹妹发出胜利的欢笑。我们继续前行，经过某座山丘时，一阵歌声如微波柔浪漾入我们的耳际：

  等你在诺丁山上，
  我挥动着闪亮的镰刀。
  遍山的青草恰似我的思念，
  刈割不尽，起伏如潮。
  该不该让你知道，
  你山脊般健壮伟丽的少年。

  等你在塞文河畔，
  我放牧着寂寞的牛羊。
  水中的幻影拼出我的依恋，
  时时刻刻，暮暮朝朝，
  该不该让你知道，
  你河流般神秘可爱的少年。

  等你在油菜花田，
  新酿的麦酒清醇甘鲜。
  花香与酒意宛若我的心愿，
  又是春天，又是春天，
  该不该让你知道，
  你烈酒般令人迷醉的少年。

  "唔，唱得倒是不错！乡音俚曲，原来也有它的好处。"玛丽妹妹脱口而赞。

  "我明白了，"凯瑟琳妹妹做醒悟状，"这才是大姐所要的自由，自由地遇到一个山脊般健壮伟丽，还有什么河流般神秘可爱的少年。"

  "凯瑟琳！"我一边叫着，一边伸过手去抓她。

  "哎，别这么凶巴巴的，哪个少年能受得了你？"凯瑟琳且躲且喊，"简，你快放手。我再也不敢，再不敢了。"

  我停止了对她的"攻击"，凯瑟琳理了理衣裳，忽然间敛起了满面的笑容："或许在这方面，我们还真的不如乡下姑娘呢。尽管我们现在锦衣玉食、有求必应，然而到了将来的那一天，所谓女大当嫁的日子，我们要么是听从父母的安排，要么是接受公爵之子或伯爵之子的挑选。"

"那是一定的，"我说，"你可以想象得到，我们站在一大群待嫁的姑娘中间，等候门当户对的贵公子凭着一时的好恶对我们点头或是摇头，就如我们凭着一时的好恶挑选出门所穿的衣物。"

　　"真是这样吗？"玛丽妹妹仰起脸来，"难道我们就不能挑出一个称心可意之人，像这歌中的少年，在将来的某个美丽的春天？"

　　"亲爱的小妹，"我对玛丽妹妹说，"这样的少年不会出现在衣冠楚楚的车厢内，不会出现在杯盘狼藉的宴会上，他属于乡野，属于乡野的春天。"

　　"那样的话，我便只得放弃他了。"玛丽妹妹宣称，"说到底，他只是一个埋没在乡村的无名少年，而我，我是格雷家的玛丽。你走低的路吧，我走高的路，我们的道路天生不同。"说着拉下了车帘。

　　"适合歌中少年的，是歌中的牧羊女。"凯瑟琳却又拉起车帘探首向外，"至于我，我才不会……"话犹未完，她忽地发出了一声尖叫。

　　"怎么了？"一语未了，连我也感觉到了，几点泥浆直扑我的眉心，避无可避、狼狈已极。

　　两个妹妹的情况也好不了多少。凯瑟琳是整张脸都染满了泥污，而玛丽妹妹的假发全被毁了。

　　我们的车停了下来。一名身披白裘的男子在不远处勒马闲看。显然，我们的妆容溃于一瞬，都是拜其所赐。车夫欲待上前理论，但不知为何，行至中途却又缩回了脚步。

　　"哈哈，哈哈……"白裘男子手持一根马鞭，笑得几欲从马上坠落。

　　"先生，你笑够没有？"我强压住满心不快。

　　"你说什么？"他从马上一跃而下，总算止住了狂笑，由于狂笑而变形的五官也已恢复如常。不可否认，这是一个外形俊美的少年，眉目清朗、细高身量，配着一匹青丝系马尾、黄金络马头的坐骑，一看即知，是个来头不小的纨绔子弟。

　　"你，你这个冒失的恶鬼！"凯瑟琳妹妹破口咒骂。

　　"你赔我假发！"玛丽妹妹从头上摘下假发，用尽力气向少年掷去。

　　少年用剑尖挑过假发，取下来拎在手中，一脸坏笑："这是什么？是你的头发？嗬，怪事天天有，今天特别多。原来你长了两个头，一个真脑袋，一个假脑袋。最好再来个半真不假的脑袋，还得想办法订购四只假臂，这样的话，你就可以自豪地宣称，伦敦市民，我要你们全都拜倒在我的裙下，因为我是一个三头六臂的女孩！"

　　"你，你！"玛丽妹妹快要气哭了。

"你什么？别不好意思呀，"少年向我们走近，仍是一副嬉皮笑脸的样子。玛丽妹妹待要拉下车帘，反倒被他高高揭起，"小妹妹，你承不承认，我刚才的话可是正中你的下怀？"

"姐姐！"惊怒之下，玛丽妹妹只得用眼光向我们求助。

"浑蛋！"凯瑟琳妹妹抡起扇柄敲打少年的手背。

少年却夺扇在手，用威吓的语气说："小姐，你得为你的辱骂向我道歉，否则的话……"

"否则怎样？"我问，"再溅我们一身的泥，以炫耀你的功绩？"

"是呀，我看你也只有这招。"凯瑟琳妹妹说。

少年被激怒了，拔剑直指凯瑟琳妹妹："你再说一遍！"

"再说一遍又有什么不同？你听好了，"凯瑟琳高声说，"你这蠢猪，你这恶鬼，你这浑蛋！"

少年紫涨了面皮，眼看就要发作，此时此际，却有一匹骏马朝我们飞奔而来。骑手自马上跳落，身着黑裘，眉眼与那白裘少年颇有相似处，神情则是两样。

"弟弟，看来还是我的马快！你出发比我早得多，可我还是赶上来了！"黑裘少年意气扬扬。

"我的哥呀，不是我的马慢，也不是我的骑术拖了后腿。关键在于，这一带都是小路。"白裘少年顿了下，用剑尖将我们姐妹三人从左到右地指过，"而我老是跟在这群时走时停的绵羊后面，你说我的速度能快得起来吗？我在后面一个劲地吹口哨，要她们给我让路，可她们装作没听见，根本不理。我的哥呀，你好在没有走在我的前面。要是让你碰上这么一群戴着假发、假装斯文的绵羊小姐，管保把你气个半死。"

"你倒会恶人先告状！"凯瑟琳妹妹怒目而视，"嫌我们挡了你的道，你怎么不说说你对我们所做的'好事'！"

黑裘少年望着白裘少年，眼中满是疑问。

"挡了我的道还这么趾高气扬？小姐，我只能说，你活该自找！"白裘少年把脸凑近凯瑟琳妹妹。凯瑟琳伸手抓他，却被他反手扣住。

"弟弟，你究竟做了什么？"黑裘少年急步上前，拉开了白裘少年的手腕。

"他故意驱马踏泥，瞧我们被他害的！你弟弟的这儿有问题吧？"凯瑟琳妹妹指着自己的后脑勺，"一个半疯半癫、装怪耍宝的害人精！"

"啊，竟然是这样！"黑裘少年将我们三姐妹的狼狈相尽收眼底，诚恳而又温和地说，"抱歉之至，我弟弟实在有些失态，就让我来赔个礼吧。"

"仅仅是有些失态？你倒会避重就轻。"凯瑟琳妹妹把脸扭向一边说。

"赔礼有什么用？我们要去参加一个极要紧的宴会，被弄成这个样子，可怎么见人呀？"玛丽妹妹更是哭丧着脸。

"哪个要你赔礼，罗宾？"白裘少年把那顶假发扔向黑裘少年，"听见没有，她们不需要，我也不需要。你这叫作多管闲事，两处不讨好！"

玛丽妹妹却又嚷了起来："你赔我假发，你赔我假发！"

黑裘少年拿着那顶假发，双手捧给玛丽妹妹说："小妹妹，非常对不起。我们都是在路途中，我的手边没有假发。如果有，我一定赔给你。或者你可以将你的地址告诉我，我家里还有几个姐妹，回家后，我会让她们挑一顶跟你相配的假发，然后我会送到府上。"

他说得如此诚心诚意，玛丽妹妹倒不好怎样了："这……这倒不必，不必这么麻烦。可就是他，他……"

"小妹，别再说了。让这两位先生走。"我打断了她，从黑裘少年的手中接过了假发。

"你是她的姐姐？"白裘少年朝我微微一笑，"这句话听上去倒还不错。可你干吗不早些出口？白白浪费了我的时间，这会儿又想顺水推舟卖个人情？"

回答无理之人的最佳方式就是当他不存在。"请吧，先生。"我对黑裘少年说。对白裘少年，则视若不见。

他却益发张牙舞爪起来，冲我扮了个鬼脸，做了个威吓的手势："以后，最好将令妹管好。你应当提醒她，没事的时候，不要向陌生男人媚眼乱飞抛送假发，让人产生误解。还当她是头昏脑热急于出嫁，才不择手段出此下策。"

玛丽妹妹气得嘴唇发青："我母亲不会饶过你，你将为你的言行后悔不及！"

"这么说，你母亲是老妖龙？而你们，统统是老妖龙的女儿？"白裘少年咂嘴弄舌，"不过，你不必为我担心。你母亲若是地窖里的老妖龙，我父亲就是专杀妖龙的草原狼王。哈哈，这就叫作魔高一尺，道高一丈。"

"别理他。"我搂紧了玛丽妹妹，又对黑裘少年说："您得体谅我们，先生。对于出言不逊的人，我们还真不知道该怎样应对。"

"我出言不逊？"白裘少年眼含暧昧的笑意，"你以为你很淑女你很高尚？一双眼睛直是往我哥哥的脸上溜，你这打的是什么主意？不过在此之前，你是否应当打听一下我哥哥的情况，至少你该问问我嫂嫂的意思。看她是否允许她帅气的丈夫被那些自作多情的女孩多看几眼？"

这话真够噎人,在我,只是觉得他浅薄好笑。我仍微笑着面对黑裘少年说:"先生赶路心切,您还希望听到更多的题外话吗?太多的题外话已经破坏了沿途美丽的风景,这真是非常遗憾。"

"我同意您的意见,愿你们能忘记这段小小的不快,继续愉悦的旅程。"黑裘少年转身上马,"弟弟,我要回去一趟。父亲有样东西我忘记给他带了。怎么样,咱们拼下回程吧?你准跑不过我。"

"喂,你等等。你这不是调虎离山吗?"白裘少年匆匆望了下我们,也跃身上马,"罗宾,你别夸海口。看我的,罗宾!"一溜烟地追逐而去。

剩下我们三人相互打量,俱是面目污损几不可辨,我们笑成了一团。

"我们干脆也回去吧,这个样子还想抛头露面简直是恐怖!"玛丽妹妹说。

"可是时间……"我叹了口气,"是的,我们必须回去梳洗一下。不然的话,会把母亲吓倒。"

"我们肯定要迟到了,母亲定会火冒三丈。可她怪不着我们,她要追究的话,就去追究那个白衣浑蛋吧。真倒霉,我们忘了问他的名字,只知道他的哥哥叫罗宾。不过,母亲是有办法查出他的老底的。母亲会为我们报仇,会让他跪地求饶!"凯瑟琳妹妹握紧拳头说。

于是,我们遣了个仆人去向母亲报信,然后随车返回了。

第五章　盛宴（上）

　　为了节约时间，我们回去后只做简单梳洗，然后换上家常衣着。这一次，是快马加鞭直奔目的地，居然还赶在了开宴之前。

　　我们的管家威尔逊站在石阶下迎接我们："可算来了，简小姐、凯瑟琳小姐、玛丽小姐。夫人正等着你们呢。"他口中的"夫人"是指我们的母亲。

　　"哎，母亲在哪里？"一进客厅，玛丽妹妹便问。

　　"几位小姐是？"一名身穿蓝色制服的仆人，应当是魁克山庄的仆人，对威尔逊说。

　　"萨福克公爵家的小姐，正在寻找她们的母亲。"威尔逊虽只做寻常介绍，但说到"萨福克公爵"一词时，却有一种不言而喻的自傲。

　　"噢，是贵客到了。"魁克山庄的仆人恭恭敬敬地说，"那我引了小姐们去寻夫人吧。"

　　"这倒不必，我看你这儿已经够忙的，你且招呼那些新到的客人吧。"威尔逊说，"我进去请夫人出来。"

　　"我们就在这儿随便看看。"我说。

　　"好的，小姐们请随意。"魁克山庄的仆人微笑着点了个头。

　　"哇，好美的地毯！"玛丽妹妹推了我与凯瑟琳一下。

　　"一朵朵绣花鲜灵活色的，又轻又软，踩上就像云中漫步一般。"凯瑟琳也不吝赞词。

　　"可不是嘛，这些花实在太逼真了，我简直挪不动脚步呢。虽然明知不过是绣出来的花，还是有些提心吊胆，怕踩坏了它。"玛丽妹妹一边说，一边踮起脚尖走路。她那副略带夸张的摇晃不定的步伐既有趣又好笑。

　　忽然，玛丽妹妹腰身一闪，刚巧被一个从她身边走过的青年搀了一把。

　　"小心些，小姐。"搀她的青年待她立定后方才放了手。

　　"谢谢您。"玛丽妹妹似乎觉得自己有必要解释一下，"地毯上的花很别致，我光顾着瞧它了。"

"这不奇怪,许多人都有同感。"青年的嘴角衔着一缕骄矜的笑意,"这幅地毯价值一百零二个英镑,是威尼斯这一季的抢手货。"

"花一百英镑买一幅地毯?"玛丽妹妹瞪圆了眼睛,"出手真阔呀。听人说,国王去年过生日时,想拿出五十个先令来赏给仆人尚且不能。哦,我不该这么说……我听到的只是传闻,传闻而已。"

显然,玛丽妹妹已意识到自己的失言。

"知道这则传闻的人太多了,小姐,您不必因此而责怪自己。"青年抬起手,抚弄着小指,小指上那只硕大的红宝石戒指兀自烁动生辉。这青年高高的个儿,相貌堂堂,在我的印象中,与某人颇为肖似。是的,就连他那不经意的抚弄小指的动作,也流露出与某人神似的风流自赏。

"是啊,现在有一种流行的说法是,"玛丽妹妹稍作停顿说,"英格兰最富有的人不是国王,而是……"

"玛丽!"妹妹的轻率令我颇感不安,我瞪了她一眼,"别胡说!"

"这位小姐倒是颇有见识,您又何必把自己弄得这么紧张?"青年微露不悦。

"见识?"这回轮到我哑然失笑了,"她哪里知道……"

"我固然是孤陋寡闻,不像大姐你,能将《公祷书》倒背如流。可在某些方面,你知道的也并不比我多。"玛丽妹妹说时横了我一眼,"大姐,请你今后好歹给我个面子,别动不动地当着绅士打断我要说的话。"

"小姐,您在这里尽可畅所欲言。"被玛丽妹妹视作绅士的青年彬彬有礼地说。

"当然是这样,来到这儿我觉得十分舒适。"玛丽妹妹朝他笑了下,"请原谅,我都忘了说到哪里了……"

"您正就英格兰最富有的人发表看法。"青年提醒她。

"谁是英格兰最富有的人?"凯瑟琳插话说,"先生,您的看法是?"

"哎,我对这个问题很有兴趣,正要听取令妹的高见。如果我没弄错的话,你们是三姐妹吧?"青年打了哈哈。

"是的,我们是三姐妹。"玛丽妹妹抢着说,"来自布拉盖特的三姐妹。"

"来自布拉盖特的望族?府上是?"青年抬高了眉毛。

玛丽妹妹含笑不语。

"原来是萨福克公爵家的小姐们,失敬了。"青年肯定地说。

"请问尊府?"玛丽妹妹反过来问他。

"小姐还没答完我的问题呢,您欠着我。"青年似乎无意透露自己的身份。

"噢，那个问题，关于英格兰的首富？"在他鼓励的目光下，玛丽妹妹更加语无遮拦，"照理说是国王。可天下人都知道，魁克山庄的主人萨默塞特公爵，才是真正意义上的富可敌国。"

"是吗？您也这样相信？"青年难掩满脸的快意。

"那还用说。如果，"玛丽妹妹抿着嘴笑，"如果真像您所说的那样，买幅地毯就花掉了一百个英镑。别说英格兰国王，就是法兰西国王也未必……未必有此豪举。"

"得了吧，玛丽，"凯瑟琳妹妹不耐烦地说，"能拿得出一百个英镑的人多如牛毛。当然，不是所有的人都会为了一幅地毯而一掷千金。"

"一幅价值一百零二个英镑的地毯的确算不了什么。不过，据我所知，为了建造这座魁克山庄，萨默塞特公爵足足投入了八万英镑。怎么样，是笔惊人的数目吧？法兰西国王在马赛新建的行宫也才不过七万六千英镑，而纳瓦尔国王一年的花销还不到一万英镑……"青年一脸认真地说。

认真归认真，在我却是觉得乏味极了。八万英镑与七万六千英镑有多大的区别呢？又是什么一万英镑……没完没了地对比着王侯将相的开支用度，他究竟是何用意？

"先生，您曾提起威尼斯。您不会是位威尼斯的商人吧？"就连玛丽妹妹也忍不住打起哈欠来。

"我看这位先生不像。"凯瑟琳妹妹乐了，"不过，他如果肯屈尊到布拉盖特推销威尼斯地毯，我可以打包票地说，他已成功了一大半。"

青年脸色一暗，飞扬的言辞就此终结。

"喂，约翰，你在这儿干什么？"一个快活的、如热牛奶般散发出洋洋暖意的声音从背后传来。

是苏德里男爵托马斯·西摩。他神采奕奕地站在那儿，几乎又像从前一样帅不可挡了，无论是其外貌还是衣着，都已重返巅峰状态。看来，他已摆脱了丧妻的阴影。

"你好，我亲爱的女儿，"他打量着我，唇边的笑意在逐渐加浓，"你难得出来一趟，怎不穿件鲜亮的衣裳？莫不是害怕打扮得太好，一不小心夺走了另一个公爵小姐，我们今天的女主角安妮·西摩的风头？唔，这倒是个情理之中的考虑。毕竟，我们的护国主大人有着奇异的、令人生畏的自尊心。可是呢，真金不怕火炼，真正的淑女是一块天然美妙的磁石，无论走到哪儿都会带着超强的吸引力。你瞧，这个傻小子不是闻风而至了吗？啊哈，约翰，老实招认吧，你是为了三位小姐中的哪一个？"

"先生，您认识我姐姐？"

"先生您是？"

玛丽妹妹与凯瑟琳妹妹先后发问。

"我该先回答谁呢？"苏德里男爵朝她们亲切地、一视同仁地笑。

"您先回答玛丽吧。"凯瑟琳妹妹说。

"我是否认识你们的姐姐？这个问题其实不用我来回答。你们想想看，平白无故地，我会称你们的姐姐为我的女儿？"

"您是苏德里男爵？简的义父？"凯瑟琳妹妹叫了起来。

"啊，苏德里男爵？宫廷中最耀眼的男士……"玛丽妹妹惊喜交集以至失语。

"你好，玛丽。"苏德里男爵伸手给她。

"您怎么知道我叫玛丽？"玛丽妹妹满心高兴地握住了苏德里男爵的手。

"简曾经说起过你，当我妻子在世的时候。你也是的，凯瑟琳。"苏德里男爵又向凯瑟琳妹妹伸出手去。

"您好，男爵。"凯瑟琳说。

"幸会。"苏德里男爵说时推了下被他称为约翰的那个青年，"你也是这样想的，对不对？"

见我们眼含疑问，苏德里男爵爽然一笑："约翰是萨默塞特公爵的儿子，魁克山庄的少东家。"

"噢，是这样啊！这就难怪了。"玛丽妹妹欲言又止。

"难怪什么？"苏德里男爵问。

"难怪他对我们脚下的这幅地毯了如指掌，"凯瑟琳妹妹说，"这位少主人曾向我们介绍说，这幅地毯价值一百英镑。不对，是一百零二个英镑，少一个英镑也买不到这幅举世难求的地毯啊，想来卖家也不肯缺斤少两地出售。"

我极力忍住即将爆发的大笑，这感觉，就跟想要遏制皮肤某处的奇痒一般困难。我终于还是笑了，难怪他的相貌及其风流自赏的小动作给我一种似曾相识之感。原来他的父亲是萨默塞特公爵，而他的叔父正是眼前的这位苏德里男爵。

"简，有那么好笑吗？"苏德里男爵又问。

这一问使得玛丽妹妹与凯瑟琳妹妹也大笑起来。

"什么事这么高兴？"苏德里男爵还在那里追问，我们愈发笑得直不起腰来。

"但愿这几位小姐不是因为我而乐成了这样。"约翰·西摩的脸上有些挂不住了,"对不起,恕不奉陪。"抛下这句话后,他迅速离开了我们。

苏德里男爵望着我们,他的眼中也是笑意满满:"告诉我,你们的开怀大笑与我亲爱的约翰侄儿有关吗?这家伙,一向只知道炫富耍宝,典型的萨默塞特公爵式的作风。"

"他对每个来宾都是如此吗?"凯瑟琳妹妹问,"这么露骨地显摆,我们还真的不大适应呢。"

"可不是,"玛丽妹妹大方而微带羞涩地说,"母亲希望我们能在这种场合见识一些出类拔萃的世家之子,恐怕她的希望要泡汤了。"

"真是的,你们的母亲何必如此急于求成?"苏德里男爵说,"就我看来,在这种场合能够邂逅青年才俊的机会简直微乎其微。"

"您为什么这么说?"玛丽妹妹不大高兴了,"当然,就您看来我只是一只不起眼的丑小鸭。"

"不,你完全误会了我。"苏德里男爵说,"我是想将那些所剩无几的青年才俊留给一个跟你同名的女孩。"

"跟我同名的女孩,她也叫玛丽?"

"是的。"

"她是谁?"

"她是我的女儿。"

"您是说简?"

"不,"苏德里男爵笑容可掬,"是我的亲生女儿。"

"您的亲生女儿?"凯瑟琳妹妹忍不住问,"就是王后……"

"是前王后凯瑟琳为我所生的女儿。"苏德里男爵纠正道。

"天哪,她才多大?"凯瑟琳妹妹发出一声惊叫。

"男爵先生,您明明是在戏弄我们!"玛丽妹妹终于反应了过来,"你笑我们急着……你,你也跟那个恶人一样!"

"什么恶人跟我一样啊?是哪个恶人?"

我明白玛丽妹妹口中的恶人是指那个白裘少年。为了避免玛丽妹妹的尴尬,我岔开话题说:"男爵,您的女儿一定更加可爱了。"

"是的。"苏德里男爵的眼中有欢欣也有伤感,"你离开苏德里堡时,她还只是一个哭哭啼啼的婴儿,如今可会笑呢。没有哪个孩子比她更像天使。"

"我真想见到她。"

"你会的,简。我有种预感,你会很快回到苏德里堡。"

"男爵先生，听说苏德里堡是爱德华国王赠予您的礼物？"凯瑟琳妹妹问。

"是的，爱德华国王对我总是恩宠有加。这座古堡是他赐给我的新婚贺礼，为了我与那位杰出女士的结合。"

"我倒希望哪一天能去拜访您的古堡，如果我母亲不反对的话。"玛丽妹妹说。

"小姐，如果我是你的母亲，我会认为'反对'一词是缺乏自信的表现，我看不出'反对'有任何用处。"苏德里男爵转向我说，"我说得对吗，简？"

"凡事但求心安理得。心安理得即不必在意被人否定抑或反对。"我这样回答。

"哈，活像一个尖刻的小修女，这真是有趣。不过别忘了，简，你是萨福克公爵家的大小姐，是萨默塞特公爵的座上客，修道院的习气与你并不相宜。"苏德里男爵微笑着用目光向我们逐一致意，"年轻的女士们，好好地品味这次盛会吧，暂时失陪了。"

"男爵先生，听说国王也会大驾光临。不知是否已经……"玛丽妹妹在后追问。

"你见过国王吗，小姑娘？"苏德里男爵侧身问。

"哦，在今天之前，我们还不曾有幸……"

"如果是这样，那真是双重的不幸了。"

"男爵先生，您是说？"惊异与失望之色交集于凯瑟琳妹妹的眼中。

"爱德华今天不会来了，玛丽。他是一个极其优秀的年轻人，具有一切成为伟大君主的潜质。正因为此，我才为你的偶像不会在今天现身而感到遗憾。"苏德里男爵的话语中有难以掩饰的快意。

"是吗？您怎么知道？"玛丽妹妹叹着气，与凯瑟琳妹妹交换着将信将疑的眼神。

"这个嘛，且让我想想，"苏德里男爵用手指点了点额角，"也许我与爱德华有着某种心灵感应。"

"哦，那您只是随便说说？"玛丽妹妹犹自企盼。

"谁知道呢？"苏德里男爵绚然一笑，"振作一点儿，我亲爱的姑娘。起码不能让我们今天的东道主扫兴，尽管我已预先闻到了一股扫兴的气息。"

"奇怪，他怎么知道国王不会来？我想，他是在故意骗我们，等国王来时，好给我们送上一份大大的惊喜。"玛丽妹妹望着苏德里男爵的背影说。

"我倒觉得,他是话中有话。"凯瑟琳妹妹说,"你没听见,他一口一声地对国王直呼其名,足见他与国王的关系非同一般。"

"简,你是怎么称呼国王的?也叫他爱德华吗?"玛丽妹妹转而问我。

"小时候是这样。"

"那么现在呢?"

"有时也这么叫。"

"有时那就意味着十分有限了。"凯瑟琳妹妹说,"我没说错吧,苏德里男爵之于国王,是至关重要的。"

"他是如此英俊倜傥,又有上佳的风度。"玛丽妹妹感叹,"我这才懂得什么叫作百闻不如一见。"

"那么那位呢?"凯瑟琳妹妹悄悄指向不远处的另一个年轻人。

是萨默塞特之子约翰,他指手画脚地对着另一拨女宾谈论着什么。不会又是那幅天价的威尼斯地毯吧,实在令人忍俊不禁。

"那一位可就差远了。看长相呢,倒有几分苏德里男爵的皮毛,可惜一张口就露了馅,那一位是个大俗物。"我揣摩着两个妹妹的心意说。

"大姐说得对极了!"玛丽妹妹深表鄙视,"嘀,公爵的儿子就这么个水准?不知道的人还当他的亲爹是暴发户呢。别管他了,苏德里男爵这是上哪儿去了呢?大姐,你说他与伊丽莎白小姐会不会在此重逢?"

"玛丽,我不认为你应当关心此事。"

"简,别这么古板好不好?"从我这儿一无所获,玛丽妹妹不免有些怏然不乐。

"简、玛丽,你们瞧那儿。"凯瑟琳妹妹忽然有了新发现。

是我们在路上遇见的那个黑裘少年,站在临窗处与一个身穿玫红织锦裙裳的女士有说有笑。黑裘少年正对着我们,而那个与其倾谈的女士则只见侧影,一头金红色的长发将她的脸庞遮住了大半。

"原来他也是萨默塞特公爵的客人。"凯瑟琳妹妹说,"他的那个可恶的弟弟呢?如果他们是一起来的,我正好当众揭发他的丑行。"

"走,我们找找去!哥哥就在眼前,弟弟还会远吗?找出他来,我定要痛痛快快地出口恶气!"玛丽妹妹说。

"弟弟纵然是个恶少,可他哥哥却谦和有君子风。做哥哥的既已向我们表达歉意,在这等场合,我看还是息事宁人吧。"我说。

"难道,就这么便宜了他不成?"凯瑟琳妹妹想了想,一咬嘴唇说,"好,我听你的。一半也是因为他哥哥做事漂亮。玛丽,咱们且放他一马。"

玛丽妹妹点了点头："他虽不义，我们却不能失了教养。我们若跟这种人锱铢必较，岂不等于自降了身份？"

"正是这个道理。"我说。

"简，你认识跟他说话的那个女人吗？"凯瑟琳妹妹问。

我不知道该怎样回答。黑裘少年与那个女士仍在倾谈中，看上去神态十分亲昵。她有些心不在焉地抚弄着一只手套，手套不慎落地，他很快弯腰去拾，还给她时，眼中满是温柔的神情。而她似乎已忘了要接过手套，只用一双同样温柔的眼睛深深地凝视着他。

不等我开口，玛丽妹妹先问："是他的夫人吧？他弟弟说他结婚了。"

"我看不大像。"凯瑟琳妹妹说，"瞧他的那双眼睛，更像是望着自己的未婚妻。通常情况下，男士们只有当着自己的未婚妻，才会那样痴迷，那样……该怎么说来着？那样溶化。"

"可他明明已结婚成家。并且简也说过，他谦和有君子风，想来是个正派的男人。"玛丽妹妹说。

"谁是正派的男人？谁又是不正派的？"一个声音在身后响起。

转头一看，是我们的表姐夏洛特·布朗，丰容盛饰、香风习习。

"夏洛特表姐，你也来了！"玛丽妹妹欢喜地叫了起来。

"西摩家的安妮订婚，我怎能不来呢？我和安妮从三岁起就是好朋友了。"夏洛特好奇地问，"你们刚才说的是谁？"

"你认识他吗？"玛丽妹妹指着临窗处。

"怎么不认识。说起来，他跟今天订婚的安妮小姐，很快就要成为亲戚了。"

"他是？沃威克……"我有些明白过来。

夏洛特笑了："不错，他是萨默塞特公爵的准亲家，沃威克伯爵家的公子。罗伯特·达德利的名字你总该听说过吧？跟他相熟的人都叫他罗宾。"

"表姐，那你跟他一定很熟吧？"玛丽妹妹问。

"那是当然。在年轻一代的贵公子中，罗宾绝对是个值得注意的人物，英勇和善并且魅力十足。"夏洛特不无得意地说，"亲爱的表妹，你们早该出来交际交际。"

"我们哪比得表姐你呢？母亲对我们一向管得很紧。"凯瑟琳妹妹说。

"可以理解的。公爵家的小姐，家教自是要严格一等。"

"表姐，和罗宾在一起的那个女孩又是谁？"玛丽妹妹问。

"这你也不知道?"夏洛特吃惊不小,"我的好表妹,太阳你总该认识吧。英格兰昨日沉落的太阳,你不会不知道他的大名?"

"你是说先王亨利八世?她跟先王是什么关系?"

"这个呀,你姐姐最清楚不过。你姐姐曾经跟她亲如姐妹。"夏洛特看了我一眼,"这是人们普遍的说法。简,你同意吗?"

我唯有报以微笑。

"这么看来,她就是那轮已经沉落了的太阳,亨利先王的女儿伊丽莎白小姐。"凯瑟琳妹妹说。

"哇,居然是她!"玛丽妹妹兴奋地叫嚷,"我还以为,我还以为……"

"以为什么?"夏洛特问。

"以为她是那个罗伯特·达德利的妻子。"玛丽妹妹报颜说。

"其实呢,也不怪你产生这种误会。不知情的人若是看见他们俩在一起,多半会跟你有此同感。"夏洛特笑了下,解释说,"伊丽莎白跟罗宾称得上是青梅竹马,她认识罗宾更在认识你们的姐姐简之前。"

这出乎我的意料。跟伊丽莎白在一起时,我从未听说过罗伯特·达德利这个名字。

"他们的关系比一般意义的青梅竹马要深。"凯瑟琳妹妹说,"瞧他们谈得有多投入。似乎这里别无他人,而他们两人才是世界的中心。"

"那她为何不嫁给他呀?那个罗伯特·达德利干吗不娶她?让人以为真正想娶她的人是苏德里男爵。"玛丽妹妹一脸纳闷。

"等你看到她与苏德里男爵在一起,你又会觉得她心之所系的人是苏德里男爵了。"夏洛特说。

"这我就不懂了。"玛丽妹妹愈发迷茫。

"玛丽妹妹,这就是伊丽莎白小姐的特别之处。她是太阳的女儿,受人崇拜、被人围绕,这对她来说再容易不过。更何况,她的身上还有一半她母亲的血液。请别忘记,安妮·博林是个怎样的女人。"夏洛特拖长了声音说。

幸好隔得远,不必担心谈话的内容被伊丽莎白听见。我望着窗边的伊丽莎白,此时她已完全转过脸来,抬手撩开拂面的长发,露出樱草花般喜气盈盈的微笑,双目含情,犹如星耀幽潭。

"如果苏德里男爵碰巧见到这一幕,他会怎么想呢?"玛丽妹妹说。

"噢,天哪,有这么巧吗?苏德里男爵说来就来了。"凯瑟琳妹妹急忙掩口。

客厅一片默然。人们像我们一样静静地观察,目送苏德里男爵走至窗边,猜想着他的反应。

他的笑容再亲切不过,仿佛一切都在阳光之下,毫无芥蒂,无须隐藏。倒是跟他握手的罗伯特·达德利略有几分局促,而他对待罗伯特,则是如兄弟亦如子侄。至于伊丽莎白,他的神态表明了一切。那是热烈如火的目光,是渴望得到对方心许的恋人才有的目光。伊丽莎白能读懂那份狂热与急切吗?

"天哪,苏德里男爵这不等于在向全世界宣布,伊丽莎白小姐是他喜欢的人?"玛丽妹妹轻声说。既然玛丽妹妹都不会弄错,伊丽莎白岂会弄错?

伊丽莎白成了全场的焦点。她会作何表示呢?她只是微笑着,那浓淡适宜的笑容让人无法深入她的内心,好似有心,又恍若无意,既是一个天真端庄的少女,又是一个并不显山露水的智者。

无论如何,就观望的角度,这三个人不仅熟识且相处融洽,反令别有想法的观望者自讨没趣。

"如果有一天,我能像伊丽莎白小姐一样,被两个英俊得无以复加的追求者围在中间,我肯定幸福得找不着北。"这是玛丽妹妹的感言。

"谁追求谁,谁理会谁,还不是那么显而易见呢。"凯瑟琳妹妹说。

"我早说了,伊丽莎白是此中高手。或许某一天,英格兰会出现一场因她引发的特洛伊战争。当然,这可是后话了。"夏洛特将一只眼睛闭了下又旋即睁开。

第六章 盛宴 （下）

"夏洛特，私议王室可不是明智之举。"母亲在这时现身了。

"哦，表姨，我只是……"夏洛特涨红了脸说。

"女孩子，我奉劝你一句话，纵使管不住自己的思想，也要管好自己的嘴巴。"母亲含笑打量她，"夏洛特，你倒是越发出落得标致了。不过一个女人若想引发一场战争，美貌起到的作用能有几分呢？你刚才那句话，不知是在抬高伊丽莎白小姐呢，还是在贬损她？这种话，还是闷在自己的心里要安全多了。"

"谢谢您的教诲，亲爱的表姨。如您所言，美貌所能起到的作用是微不足道的。满堂粉黛中，表妹们今天真是格外可爱呢。"夏洛特说毕抽身而去。

然而，她那句"表妹们今天真是格外可爱"的评语已足以引起母亲的重视，或许没有她的"提示"，母亲也已注意到了这点，只不过经她"提示"之后，母亲的情绪是火上浇油了。

"究竟是怎么回事？我左等右等，等到人家的女儿百媚千娇地一一亮相了，你们却连个影子都没有。你们怎会穿成这个样子？简，是你的主意吗？像个贼似的半路折回，哄着两个妹妹陪你更换衣装，然后又像个贼似的溜到这里来，向公众展示你们不加修饰的尊容。你自以为这样美得很，是吗？"

母亲手中的马鞭已扬了起来，如果不是在萨默塞特公爵的客厅，我想，我身体的某个部位必然是马鞭击打的目标了。

"不是简，母亲，您错怪她了。"凯瑟琳妹妹拉着母亲直是摇头。

"一个粗蠢的家伙在路上故意让马蹄溅了我们一身的泥水。我们只得回家换衣。因为时间不够嘛……"玛丽妹妹说起伤心事，已是泪盈于睫。

"竟然有这种事！"母亲说，"还是故意的！你们当时为什么不叫喊出声呢？"

"我们贪看沿途的风景，落在后面了。"凯瑟琳妹妹说。

"那你不会赏他两个耳刮子？"母亲说。

"我倒想这么做呢。可我们终究是女孩子，惹不起他。"凯瑟琳妹妹说。

"未必每个女孩子都像你们一样畏畏缩缩，亏你还是我弗朗西丝的女儿！让我来告诉你女孩子应当怎么做！如果我是你，我会从车夫那里一把抢过马鞭，兜头盖脸地朝他打过去！"

"哇，母亲您真是女中豪杰！"玛丽妹妹说。

"他叫什么名字？"母亲问。

"您是指那个溅得我们泥泞满面的人？"玛丽妹妹说，"哈，我就知道母亲您饶不过他，您会为我们出气！我拿这个警告过他！这个人是——"

"这是个我们从未见过的人。"我打断了玛丽的话，"有个好心人正好路过，把他赶走了。"

"是的，这就是整个经过。"凯瑟琳妹妹会意地说。

"那么那个好心人又是谁呢？"母亲问。

"这个我们也不知道。"这一次，玛丽妹妹答得很快，"一个既体面又帅气的年轻人。说不定，就在这儿等着开宴也未可知。"说完还煞有介事地跳起脚来左顾右盼，引得母亲也随着她的视线东张西望。我和凯瑟琳妹妹则在一旁偷笑。

母亲瞪了我一眼："有你在，就起不了好头，出乖露丑也是难免。"又瞪了玛丽一眼，"你呀，只会卖弄小机灵。真正一遇上事儿，就傻了眼了。人家欺负了你，你连人的名字都弄不清楚！还想让我替你出气，真够笨，瞧你这笨脑瓜子！"

"看来让你们出席这次宴会是我的失误！"母亲叹了口气，"还想与萨默塞特公爵的女儿一较高下，你们也不照照镜子。走吧，跟我去见这儿的主人。"

我们跟着母亲走进一间精雅却稍小的客厅，里面有几位衣着不凡的人士。我一眼认出了其中的萨默塞特公爵，而那位站在他身旁的、穿着一袭织锦羽衣的女孩，一望可知是今日盛宴的女主角，萨默塞特公爵的爱女安妮小姐。

"公爵大人，请允许我向您介绍我的三个女儿，简、凯瑟琳、玛丽。"母亲说。

"欢迎之至。"萨默塞特公爵的眼光从我身上一掠而过，"这是您的大女儿吧，跟爱德华国王同年同月同日生的那个？我在苏德里堡见过她。"

"公爵真是好记性。是的，她就是我的大女儿简。"母亲望着我的目光中有暖暖笑意，"蒙先王垂爱，与凯瑟琳王后将简收为养女。后来凯瑟琳嫁给了令弟，简又成了苏德里男爵夫妇的养女。"

萨默塞特公爵点了点头，微笑着向他的女儿安妮说："安妮，这是萨福克公爵家的三朵花。你们年龄相仿，肯定能成为知心的好朋友，不是吗？"

安妮抬起了天蓝色的大眼睛。她的表情略显生涩，与她那身灿若云霞的羽衣不甚匹配。

"你们好，简、凯瑟琳、玛丽。"安妮的笑容一闪而过。

见此情形，母亲笑着说："公爵大人，您的女儿今晚真是美极了。安妮的衣裳尤其别致。杀身炎洲里，委羽玉堂阴，为着这件羽衣，不知折杀了多少毛羽丰美的小鸟。"

"这上面有上百种鸟类的羽毛呢。"安妮的笑容活泛起来，"有金丝燕、凤头鹦鹉、天堂鸟、蓝歌鸫、红点颏、五彩相思鸟……"她一一道来，许多鸟类的名字我还是第一次听到。

"要在英格兰搜集到品种如此繁多的鸟类，肯定是件吃力不讨好的事。"母亲说。

"这些鸟羽是我从罗马商人手头买来的，有些鸟类是异域的品种。"萨默塞特公爵说。

"这样取材独特的羽衣再加上巧夺天工的缝制，我看就是给王后穿也必能称心惬意。只可惜当今的英格兰后位犹虚，您萨默塞特公爵的女儿也算是头等的贵妇了。这件衣服，由她来穿真是别有风味。"母亲说。

安妮不安地看了眼父亲。萨默塞特公爵的表情倒也泰然："多谢夫人的美言。不就一件衣服吗，被夫人这么一赞，真有几分天花乱坠的意味了。不是因为小女订婚，我也不会如此张扬，让人看着有意炫耀似的。好在夫人是个明白人，我这样做，也是出于对沃威克伯爵的尊重。"

"公爵女儿与伯爵公子联姻，这真是天大的喜事。"母亲说，"听说国王也要来喝杯喜酒。双骄合璧不但惊动了君王，更是羡煞了世人。"

"说句玩笑话，夫人且莫着急。"萨默塞特公爵虽然带着笑，却全无玩笑之意，"夫人的几位爱女也渐渐大了，早晚您的家中也会出现双骄合璧的喜事。您说是吗？"

"托您吉言。"母亲说，"安妮的妹妹们呢？我这三个女儿老早就想一睹风采了。"

于是，我与妹妹们又被介绍给萨默塞特公爵家另外的两个女儿，玛格丽特与简，与安妮正好合成三千金。这两个姑娘虽不像安妮一样"流光溢彩"，但其打扮亦已华贵难言，一派浓浓的萨默塞特风。而我与妹妹们则

51

是一派淡淡的萨福克风。打个比方说，前者如同丽日高悬，后者如同素月低徊。然而淡淡的只是装束，在内心深处，我的妹妹们是一千个、一万个地不甘平淡。

"瞧她们那副顾盼自得的样子，全靠衣装撑出来的。"凯瑟琳妹妹轻轻揪了我一下，低语说，"把我们衬得跟乡下人似的。"

"我们不该来这儿，凯瑟琳。"玛丽妹妹沮丧地嘀咕，"真寒碜，跟这些天鹅公主相比，我们活像三只灰不溜秋的秃鹫。"

"这是什么比喻，拿秃鹫来比我？"凯瑟琳妹妹怫然不乐。

与萨默塞特的公主们相见后，就该轮到与沃威克的王子们照面了。沃威克伯爵家的好几位公子都身着黑衣，其中的一位便是罗伯特·达德利。而与安妮订婚的约翰·达德利则一袭绿裳，凯瑟琳妹妹对我耳语道："他倒像是一颗夹在黑珍珠中间的绿珍珠。"

"不过，还是要数罗伯特这颗黑珍珠最是出彩，绿珍珠的光度实在不够啊。"玛丽妹妹说。

"这有什么要紧？"凯瑟琳妹妹说，"只要那只七彩天鹅喜欢就行。天鹅公主与珍珠王子的结合，谁能质疑这段天造地设的美满姻缘？"

"七彩天鹅"指的身穿羽衣的安妮。这个比喻令我会心地一笑。

当我们被介绍给罗伯特·达德利时，他只是谦逊地微笑着，就当我们是初识一般。但玛丽妹妹颇不甘心，悄悄走到罗伯特身前说："怎么没见到你那个作恶多端的弟弟？难道他不是达德利家族的一员？"

"他不在这儿不正如你所愿吗，格雷小姐？"罗伯特说，"让我们忘了这件事吧，祝你们姐妹能在这里度过一个心旷神怡的夜晚。"

最后走进来的那个人身材高大，一双鹰隼般的眼睛出奇锐利、格外明亮，其庄严的气度犹在萨默塞特公爵之上。尽管就神色而言，相比萨默塞特公爵，他几乎可以算是清和平允。

"啊哈，伯爵大人，您迟到了，您肯定是魁克山庄来得最晚的一位贵宾。"母亲扬声说。

"抱歉让诸位久等。只因国王陛下有事急召，这时才得脱身。"

"国事先于家事，这是理所当然，可见国王对伯爵的倚重。就连今天这样的日子，竟也离你不得。"母亲笑问，"圣驾没有随行？"

"圣驾随行的话，我也不是夫人口中所称，来得最晚的贵宾了。"

他是在暗指我母亲已提前得知国王不会驾临？而在更早的时候，苏德里男爵也向我们透露了这一消息。当着安妮小姐的面，母亲明明说的是国王也要来喝杯喜酒，又是什么双骄合璧惊动了君王云云。母亲的话岂非自相矛盾？爱德华今晚究竟能否到场？人群中已响起了轻微的喧哗。

"简、凯瑟琳、玛丽，这位便是我朝的名臣沃威克伯爵。"母亲向我和两个妹妹说，"沃威克伯爵，这是我的三个女儿。"

"晚上好，格雷家的小姐们。"沃威克伯爵的目光在我脸上停留了一下。尽管停留的时间极短，但对我来说，它却有如闪电的强光，我隐隐觉得有些后怕。

"什么时候开席呀？我可是饿得饥肠辘辘了。我们要不要催催魁克山庄的主人？"母亲说，"安妮小姐美得飘然若仙，约翰公子又是这样人才出众，伯爵，真要恭喜您呀。"

这时又有人走了进来，是萨默塞特公爵与安妮小姐。公爵的脸色略有些发暗，而安妮呢，那袭光艳无比的织锦羽衣仿佛减去了三分喜气。

"国王临时有别的安排，无法亲自主持小女与达德利公子的订婚宴了。"萨默塞特故作平淡地当众宣布。

当所有的来宾获知这一消息后，"多大的遗憾"成为全场共有的叹惋。玛丽妹妹轻轻推了我一把："简，你说这儿最失望的人会是谁？"

"萨默塞特公爵。"

"不对。"

"安妮。"

"也不对。"凯瑟琳妹妹凑过来说，"人家已经名花有主，真正失望的，是那些还在寻找归宿的名花。"

我恍然大悟。两个妹妹指的是在场的那些母亲以及她们花枝招展的女儿。

"可是，国王只有一个，她们若真有那种想法，岂不是所求过奢吗？"

"你笨呀，简，"凯瑟琳妹妹睃了我一眼，"只要国王金口一赞，这中间的某些姑娘就会身价倍增，更别说还有钦定婚事的可能。"

"所以说嘛，咱们还不算倒霉透顶。"玛丽妹妹总结说，"假如国王今晚驾临，我们可就惨了。到那时候，别的姑娘们都风风光光、得意扬扬，我们却是灰头土脸、没颜落色，只怕母亲要气得吐血了。"

如此说来，国王的缺席独对我们格雷家的三姐妹有利。环顾四周也证实了这一点，到处是失意的面孔、震颤的叹息。可是还有一个人，却并未受到这种情绪的影响，他神采奕奕，脸上找不到半分儿的"失落"迹象。见我注意到他，他索性向我高举酒杯，左边眼睛闪动了一下，分明是在暗示："瞧我说的如何？"

"苏德里男爵。他倒像是高兴得很。"玛丽妹妹说，"这么多的苦瓜脸中，难得看见一张蜜瓜脸。不过我实在弄不懂，他在高兴些什么？"

"他是在高兴国王没给萨默塞特公爵面子吧？西摩兄弟失和，足见传言不虚。"凯瑟琳妹妹说。

萨默塞特公爵与安妮很快恢复了举办喜宴者应有的神态。虽说国王不能亲临，这场筹之已久的订婚宴仍盛况空前，食物用具更是集精美之大观。说来惭愧，有好些菜肴与果品我与两个妹妹皆是头一次尝到，连名目都说不上来。饶是这样，玛丽妹妹还是不停地问我，引得一位颇显富态的邻座夫人频翻白眼。

"玛丽……"我朝邻座努了努嘴。

玛丽妹妹不作声了。不料片刻之后，她又故态重萌。新上的甜点香似青柠却味同冰雪，无须咀嚼入口即化。"简，这道点心叫什么？"这一回，玛丽妹妹故意提高了声气，"你在宫中可是尝遍了御厨的手艺，你觉得魁克山庄的厨子与御厨相比如何？"

邻座的夫人嫌恶地紧蹙眉头。显然，她认为玛丽妹妹是在信口开河。不说别的，单从"以衣取人"的角度，要把我们三姐妹与宫廷一词联系起来已是十分牵强可笑。她断然扭过头去，留给我们一个冷艳的后背。

这么一来更是惹恼了玛丽，她的音量越发扬了上去："大姐，有的女人专爱穿得花哨却毫无品位，用王太后凯瑟琳的话来说，是什么来着？我记得她跟你说过嘛……"

此语一出，那位披金曳绣的邻座夫人立即回过脸，带着山雨欲来的怒色。

见势不妙，凯瑟琳妹妹微倾酒杯对邻座夫人说："这道甜点看着倒好，吃起来却并不怎样。配上葡萄酒，倒又尝出了另一种味道。您要不要试试看？"

邻座夫人换出一脸浓浓的笑意，果真斟上葡萄酒自饮了一口，随即持杯走至玛丽妹妹与我之间："这两个小姑娘我怎么从没见过？听你们说话就知道你们见识不错。你们且来认认，这个酒杯是出自哪个国家、哪个时期？"

玛丽妹妹接过酒杯，里里外外瞧了个仔细："是中国的瓷器吧？至于时期嘛，让我姐姐告诉你。"一边随口说着，一边将酒杯传给我。

不料那夫人已尖叫起来："不要摇来晃去，这个杯子可打碎不得！"

我的手悬在了半空，尚未接过酒杯。玛丽妹妹则大吃一惊，她纤细的五指间，酒杯已有些拿捏不稳，那夫人却又劈手去夺，酒杯就此跌落。玛丽妹妹急忙俯身去救，终究来不及了。

邻座夫人发出一声狂叫："小丫头，你打碎了萨默塞特公爵最为心爱的酒杯！"

"这……"玛丽妹妹慌了神，"这不是……不是我，是你！"

"怎么，还想诬赖人，瞧你这副毛手毛脚的脾性！"邻座夫人步步紧逼，"也不看看今天是什么场合、什么日子，给萨默塞特公爵制造晦气！"

末句真是厉害，我感到一道道目光正朝着我们的方向聚拢。

"夫人，"我咬了下嘴唇说，"酒杯是我妹妹准备还给您时落地的，她和您在交接之中发生了意外，并不能肯定是她一人的失误。何况即使是她的过失，那也是无心之过。我们来到这儿是为了向萨默塞特公爵道喜，如你所说，这样的场合，这样的日子，只有喜气没有晦气。"

"说得倒是轻巧，"邻座夫人报以冷笑，"这种酒杯是萨默塞特公爵的珍藏。我记得公爵曾经说过，这是中国皇帝的专享之物，得来十分不易。除重要的日子重要的客人，公爵一向秘不示众。今天你打碎了公爵的珍品还想嫁祸于我，真不知道是何用心。"

"夫人，"我从地上拾起一块碎片，"您一定弄错了。这不是什么珍品，只是一件普通的瓷器而已。"

邻座夫人气得满面通红："小小年纪，狡辩的功夫倒是一流！萨默塞特公爵竟然只用得起普通的瓷器，难道你家的瓷器比这更胜一筹？"

讥笑议论声一哄而起。我能感到凯瑟琳妹妹使劲地拉了我一下。

"这只是普通的瓷器。"我坚持说。

桌子那端的母亲坐不住了，起身走近我们，对邻座夫人说："多诺德伯爵夫人，我女儿年少不知事，无意冒犯了您，还望不要见怪。"

"她是您的女儿？那么她，还有她，也都是？"多诺德伯爵夫人面露惊讶之色，指着玛丽妹妹，又指着凯瑟琳妹妹，旋即笑意盈然，"我早该想到的，亲爱的弗朗西丝，这就不要紧了。萨默塞特公爵的酒杯再是贵重，可也贵不过与格雷家的交情啊。要不这样吧，等会儿我去跟公爵解释，就说是我摔碎了那只宝贝。总之，我不会让他难为你家这几个小姑娘。"

眼看事情即将平息，却有一股力量推动我直言不讳："请容许我说，夫人，这只酒杯并非宝贝。"

我感到凯瑟琳妹妹再次拉了我一下，狠狠地，比刚才还要用力。

多诺德伯爵夫人的神情在短暂的回温后趋于冷淡："小姐，做错了事要勇于承认而不是用狡辩来开脱自己。弗朗西丝，不介意我这么说您女儿吧？"

"当然不会，您说得完全正确，我亲爱的朋友。"母亲转向我，"简，去向多诺德伯爵夫人道歉。"

"道歉？我没做错什么，更没有狡辩……"不容我说完，母亲已掐紧我的手臂，将我拖向多诺德伯爵夫人。

"当着大家的面，别再给我出丑！否则，我就没有你这个女儿！"母亲冲我扔下两句冷冰冰的话。

愤怒与屈辱啮咬着我的内心，然而，这又是何其可笑！在母亲的面前坚持自我，从来都是必败无疑。"夫人，您是对的，我错了。"我正视着多诺德伯爵夫人，仿佛说着与己无关的事。

多诺德伯爵夫人微仰着脸，带着胜利者的宽容："罢了罢了，我不计较就是。"

而就在这时，有人穿过人群走了过来，弯腰拾起散落在地上的一块瓷片。

"沃威克伯爵，"多诺德伯爵夫人倾身向前说，"这只是一个意外。是这个小姑娘一时失手，打碎了萨默塞特公爵最得意的一只酒杯。我们正为怎么跟公爵解释发愁呢。我想，这事顶好由您来说。您一出面，公爵的心情定能转阴为晴。"

"就这么一件小事？何必跟公爵提起？"沃威克付之一笑，"难道公爵还要索赔不成？这也不难，我赔他就是。"

"伯爵真是慷慨仗义，"多诺德伯爵夫人笑言，"不过，您未必知道这件宝物的来历。这不是一个普通的杯子，而是出自中国皇宫。"

"是吗？"沃威克伯爵说，"据我看来，这个杯子不大可能是内廷之物。"

多诺德伯爵夫人脸色一暗："可是，这个杯子我曾亲眼见过，并且是从萨默塞特公爵的口中得知，这是中国的宫廷瓷具。"

"如果出自中国宫廷，瓷具必定极为脆薄。"

"可不是嘛，越是珍贵的瓷器越易摔碎。您怎么反倒认为不是呢？"多诺德伯爵夫人颇为不解。

"夫人您瞧这些残片的形状。若是瓷中精品，堕地之际理当'粉身碎骨'，而这些残片却像大朵的花瓣。萨默塞特公爵虽然雅好中国瓷器，但瓷中精品毕竟十分难求，有时不免降格搜罗，一些质地粗实的仿品由此进入府中却也不足为怪了。"

多诺德伯爵夫人默然了。"既是伯爵这么说，那一定有您的道理。"她勉强笑了下，"弗朗西丝，伯爵很赞同您的女儿呢。我大概错怪她了。"

"不管怎么说，是她打碎了萨默塞特公爵的器物，粗瓷也好，精品也罢，错从她起，是我教女无方。"母亲说。

"不，公爵夫人实在教女有方。"沃威克伯爵瞧了我一眼，嘴角挑起一抹淡笑，"您有一个性情婉顺的女儿。在当今之世，能够听从父母的孩子已是少之又少。而从这个姑娘的身上，我看到了美德的延续。"

天哪，在母亲的压力下违心地道歉，居然被他认为是听从父母的"美德的延续"，这是怎样荒唐的逻辑？然而，转念想到那个白裘少年——他的某位儿子的行径，我觉得这样荒唐的逻辑也不难理解。想来那个任性恣情的白裘少年一定让他伤心头疼，他才会对我这样的"婉顺"女儿赏识有加。我不觉有些同情他了。我猜想着，他与那位白裘少年的父子关系，甚至不及我们这种虽矛盾重重却仍维系着表面温情的母女关系。

"啊，萨默塞特公爵来了！"人群中一阵沸动。

弄清事情的经过后，萨默塞特公爵一笑置之："这只酒杯确为仿品。你们不会反对吧，如若一门心思地精益求精，那就不但活得太过辛苦且活得有些乏味了。可是话又说回来了，盛宴当前，需要的是精瓷映衬、佳酿陪侍。以粗瓷待客，是我府中的管家虑事不周。来啊，给这儿所有的贵客都换上精瓷美酒，我要与在座诸君同尽今夕之欢！"

于是，我手中的酒杯被换成了精瓷，当然，两个妹妹也不例外。玛丽妹妹再也不敢造次，捧起酒杯又轻轻放下，她向我使了个眼色，压低声音说："这种杯子会不会又是一个一碰即碎的瓷娃娃？罢了，我还是忍着酒馋吧。萨默塞特公爵虽然财大气粗，可公爵家的酒杯却是伤不起呀。"

酒过三巡，一名歌手弹琴吟唱，词云：

> 我高贵的夫君，
> 即使隐居人海也傲然不群。
> 赫赫声名，昭昭功绩，
> 举国上下无可匹敌，
> 古往今来无可代替。
>
> 我高贵的夫君，
> 即使置身阴霾也坦然不惧。
> 冰雪肝胆，天神威仪，
> 终将刺破怯弱的谎言，
> 把消失的光明还给云霓。

我高贵的夫君，
你是上帝的使者驰骋在英格兰大地，
而我只是长在民间的一朵矢车菊。
当你的车驾从我身边经过，
一场奇遇美好得令人难以置信。

我高贵的夫君，
你于万花丛中将我摘取，
不顾群花的嫉妒待我一心一意。
从此我的命运便与夫君密不可分，
直到我的眼睛被险恶的谎言所蒙蔽。

我高贵的夫君，
在这真相大白之际，
欣喜与羞愧在我胸中交集，
你厚郁的恩泽已流入我的血液，
你慷慨的度量将深铭我的记忆。

我高贵的夫君，
我要请求你的宽恕，
用我全部的心灵与生命，
我要向你重申爱情与忠贞的誓言，
因为我已再次爱上并永远臣服于你。

　　弹唱之际，沃威克伯爵刚巧起身向萨默塞特公爵敬酒。那歌词的内容无法教人不对沃威克伯爵此时的动作产生联想。"简，沃威克伯爵可没料到这一招吧？瞧，大家都等着好戏上演呢，看他如何扮演对高贵夫君唯命是从的贤妻。"凯瑟琳妹妹用脚尖悄悄地碰了下我的脚。
　　毫无疑问，在场的人都盯着沃威克伯爵，他比今晚订婚的那对青年男女更能挑起人们心中的兴奋与紧张。然而，沃威克伯爵却是面不改色，石像般的脸上带着一点淡笑。至于他有无受到歌词的感召，这就不得而知了。
　　谁曾说过，天下没有不散的筵席？《高贵的夫君》曲终奏雅，无论它是否收获预想中的效果，这场华美冗长的盛宴终于成为了过去。

第七章 问 疾

　　爱德华病了。起初，这算不上什么耸人听闻的消息。这一年来，每隔一月半月的总会传出圣躬违和的风声。爱德华原本体弱，现又步入加速成长的少年时代，发育给其并不强健的体质所带来的影响更兼国事劳心，"生病"也就顺理成章了，没人把它太当一回事。"男孩子嘛，在蜕变为男子汉之前，也跟姑娘一样娇嫩呢。我记得先王亨利八世也曾一度略显文弱。可当先王十八岁时加冕，已令各国的观礼使者惊叹不已。按照西班牙使者的说法，英格兰年轻的君主壮实得抵得过两头牛。爱德华国王也会有这么一天的，他会长成一棵参天大树，会让全欧洲在他的雄姿下瑟瑟发抖！"见多识广的老臣一脸慢条斯理的淡然。

　　然而，爱德华在那年圣诞将临时的重病却改变了人们惯常的看法。"快些收拾，弗朗西丝。我们立即就走，到我祖父在多西特的领地避避风头再说。"某天夜里，父亲突然从宫廷返回，把我们都召集了起来。

　　"怎么了？"母亲目光一紧，"英格兰的国王仍然在世吗？"

　　"爱德华很可能过不了这一关。御医认为，假如今晚他的病情仍无变化，也就是三四天的事了。弗朗西丝，我们得做最坏的打算。"父亲懊丧地说。

　　"好吧，我觉得还没到最坏的时候呢。不是还有今晚吗？再说了，御医的话，代表不了天意。即使爱德华真有什么三长两短，与我们又有什么干系？我真不明白，你干吗弄得像是末日就要来临？"

　　"与我们又有什么干系？"母亲的冷漠令我震惊，"您对他的生死毫不关心？"

　　"噢，见鬼，给我闭嘴！"母亲冲我怒吼，"我当然关心，你的问题实在愚不可及！"

　　"玛丽小姐已经回宫了。"父亲说。

　　"什么，这么快？"母亲面色一寒，"是爱德华让她回来的？"

　　"目前人心惶惶，谁都不知道下一步应当怎样。有人主张玛丽小姐即刻去见国王，也有人还在竭力阻止。"

"这么说，玛丽并没见到国王？"母亲问。

"我走的时候还没有。可我瞧那势头，玛丽小姐随时都有可能冲出重围。"

"她要冲出重围，首先得问过萨默塞特公爵的意见。我倒不信，她能绕过萨默塞特公爵这一关！"母亲说。

"萨默塞特公爵能有什么意见呢？"玛丽妹妹满脸疑问，"即使国王平时不待见玛丽小姐，可是生了重病，姐姐来看弟弟，这也是人之常情嘛。萨默塞特公爵为什么要阻拦玛丽小姐？"

"闭嘴，又一个愚不可及的问题，又一个愚不可及的女儿！"母亲绝望地说。

"我来告诉你，玛丽，"凯瑟琳妹妹说，"玛丽小姐此次回宫，并不是看望弟弟的病情那么简单。国王如有不测，玛丽小姐定会争夺王位。"

"是这样啊，难怪萨默塞特公爵会从中作梗。都说国王与玛丽小姐失和，是受了萨默塞特公爵的挑唆。他当然不想看到玛丽小姐成为女王。"玛丽妹妹在恍然大悟后又产生了新的疑问，"可是，万一，我并不这么想，可还是觉得，万一国王……那么好运就会轮到玛丽小姐了，萨默塞特公爵肯定气得只有干瞪眼。凯瑟琳，你说什么争夺王位，玛丽小姐跟谁争夺啊？只要国王去世，王位不就是她的吗？"

"王位绝不能由一个私生女来继承，尤其是一个笃信天主教的私生女！"母亲转向父亲，"亨利，你这就进宫，要让国王相信你的忠心，也让别的臣僚看到你的立场和决心。"

"这不是一着险棋吗？"父亲不安地挠着头皮，"国王危在旦夕。人人但求自保，再多的忠心又有何益？如果玛丽小姐上台，我的立场与决心就会首当其害。到那时再想另寻退路，可就太晚了！"

"玛丽不可能上台！国王的亲信决不能坐视这样的怪事发生！"母亲加重语气说，"无论是萨默塞特公爵还是沃威克伯爵，一个是国王的旧宠兼亲舅父，一个是国王的新红人，哪怕他们像两只恶狗一样斗得天昏地暗，在对付玛丽这件事上，他们的意见是不难统一的。玛丽上台对谁都没有好处。就凭这个我敢断言，玛丽翻不了天！"

"夫人所见不差。倒是我，一时手忙脚乱失了主意。"父亲猛敲额头，"对，在这个时候，我该守在国王的身边才是。"

父亲已快步如飞地冲了出去，我忽然想了起来："等一等，父亲！"说完跃起便跑。

"这是什么？"父亲从我手中接过了那座袖珍的雕像，"你冲进屋里让我等着，就是为了找这个小玩意？"

"如果能见到爱德华，请把这个护身符带给他。"

"护身符？这是谁的雕像？一个戴着王冠的小孩，可是，他并不像我们的爱德华国王。"

"是犹大王国的约西亚，他在八岁时登基为王。"

"明白了。"父亲将雕像揣入怀中，跨上马鞍。

"如果……如果有机会跟他说话，请告诉他，约西亚不会对任何困难低头，而他，他必将完成约西亚所未曾完成的使命。"我拉着缰绳说。

"我会的，简。现在，别再耽搁了。"

我松开手，父亲鞭马而去。

"看来，你真的很关心他！"我含泪转身，碰上的是母亲含义丰富的眼神。

我以为她会接着说一些不无嘲讽的话。但是这一次，她的态度颇见和善，拍了拍我的肩头说："简，他不会有事的。我们全家不会押错了希望。"

"父亲干吗走得那么急啊？我也有话要他捎给国王。"玛丽妹妹朝我跑来，"我也有护身符呢，不比大姐的那个差。"

"省省吧，玛丽。"凯瑟琳妹妹说，"国王根本不认识你。而简，简跟他可是多年的同学。"

"能跟英格兰的国王成为同学，这是多大的幸福啊！"玛丽妹妹无比羡慕地望着我。

"玛丽、凯瑟琳，"我一手挽起一个妹妹，"让我们一起为国王的健康而祈祷吧。"

"万能的主啊，我们祈求您，把健康与活力还给我们的国王，英格兰的春天与希望。"我与两个妹妹一同跪倒在教堂，低切却满脸热诚地祈祷。刹那之间，时光流转，我恍若回到了幼年，玛丽小姐生病的那次，我与她的弟妹们亦曾那样热切地为她祈祷。今天，生命垂危的是她弟弟，玛丽小姐可会感到悲伤？

"爱德华，不知爱德华此时怎么样了？"我的心扑通扑通直跳。

那天夜里，我做了许多奇怪的梦。在梦中，先后出现了三个女人。

第一个女人是玛丽小姐。她披着鲜红的长袍在镜子前左顾右盼。当她从镜中看到我时，禁不住嫣然一笑："简，我就要穿着这件衣裳登基加冕了。怎么样，我像不像个女王？"

"你穿的是爱德华的衣裳！"我大声嚷道，"这么紧这么窄，你根本穿不了。"

"是吗？"玛丽小姐的笑容有了种可怕的意味，"你最好把你说过的话立即忘掉！否则的话，我什么都不能保证。"

"保证什么？"我焦急地东张西望，"爱德华呢，爱德华在哪里？"

"谁关心这个？"玛丽小姐的眼中掠过一丝烦乱与不快，"今天是我的好日子，提他做甚？"

我掉头就跑。玛丽小姐的声音从后面追来："给我回来！你休想找到他，永远休想！"

我只是拼命地奔跑，我得远远地逃离玛丽小姐。

"简。"第二个女人向我迎面走来，那是凯瑟琳·帕尔。

"王后，您看见爱德华了吗？"我松了口气。

然而，她只是默默地看着我，用忧郁难言的目光。

"您看见爱德华了吗？"我使劲地摇撼着她。

"他的母亲来接他了。"凯瑟琳·帕尔将手指按在嘴唇上，"轻声些，别惊动了她。她并无恶意，她只是太想他了，世间所有的母亲不都是这样？"

"离我的儿子远些，弗朗西丝的女儿！"凯瑟琳·帕尔消失了，第三个女人如轻烟般地闪身而出，就站在凯瑟琳刚才的那个位置。

"您是简王后吧，爱德华的母亲？"我用颤抖的声音问。尽管在这之前我从未见过她，然而，那样似曾相识的眉眼，我知道自己没有猜错。

"不许你叫他爱德华！离他远些，你会害死我的儿子！"她的目光中充满了怨恨与敌意。

"您的儿子跟我从小相识，我们常常谈起您。请您放心，我们之间有着明朗诚挚的友谊，不会让彼此受到一点伤害。简王后，您知道吗？您的小爱德华，那个早在出生之前就被无数英格兰人所寄予厚望的'光明王子'，已经当了好多年的国王。他正努力超越他的父亲，成就一番前无古人、后无来者的伟业。他非常想您，只有在想您的时候，他才会软弱地哭泣。他憧憬着有那一天，能在天国里牵着您的手，将他治理过的锦绣山河指给您看。"

"但他还能拥有多久呢，这锦绣山河，这壮志宏愿？有你们这么一群人在一旁眈眈而视，我的爱德华早已心力透支，我苦命的孩子就快燃烧殆尽。他的父王在世时，只知道给这个唯一的继承人一再施压，全然忘记了他还是一只纤弱的稚鸟；而你们，你们这些所谓的忠实臣民，你们效忠的只是王冠与野心。假如王冠与野心需要我儿子的生命来交换，你们会毫不犹豫地跟魔鬼做成这笔交易。弗朗西丝的女儿，你跟别人也没有什么不同！你母亲是什么样的人，你也是什么样的人！你能不承认吗，猎豹的后代不会是驯鹿。而你，作为猛兽家族的一名成员，你迟早会露出你的贪婪与噬血本性！"

"夫人，您这么说，是既看低了您的儿子，也看低了我。"我激动地反驳，"顶着压力不断地向前，是为人君者必须经受的考验。爱德华虽然年少，可他有着跟您丈夫一样的铁胆雄心，压力不会将他击垮，反倒会锤炼他的意志，坚固他的信念。您知道爱德华现在最需要的是什么？他最需要的不是您的怜爱与痛惜，而是您的赞许与鼓励。您的一句鼓励可以唤起他千倍的力量，让他站在世界之巅而面无惧色。王后，您希望看到您的儿子永远是一只躺在温床上梳羽自怜的稚鸟吗？您不希望他飞向更加广阔的天空，在风雨中展示出一个男子汉所真正具有的英雄气概吗？而我，作为爱德华的朋友，我希望看到！在我自己，我是不会妄想什么王冠与野心的。我相信爱德华，相信他有能力来证明他配得上那顶王冠。尽管他会为之受苦受累，可是比较起无所作为，即使受苦受累他也甘之如饴。"

"少来这些花言巧语，累死了他，不正称了你们这些人的心意？我只要我的儿子平平安安，我不要什么装腔作势的英雄气概。在'明王''圣君'那些光环的引诱下，爱德华还能活得像个正常的人吗？难道所有的人都是瞎子，从未察觉到他还不满十六岁，却在精神与身体上都已不胜重负。每天夜里，每个清晨，我千万次地乞求上帝，求他停止我儿子的艰辛苦劳，求他停止大臣们的拔苗助长，求他停止野心家的冷酷窥伺。然而没有用，上帝似乎聋了哑了，不给我一句切实的回答！如果我不能阻止厄运与丑恶，就让爱德华跟我去吧，跟我到一个不被打扰的、清静宁和的地方。"简·西摩怅然一叹，她的眼睛与爱德华一模一样！

"简王后，请您理智些。爱德华还不能跟您走。是您说的，他还不满十六岁，他的艰辛苦劳是会得到报偿的，他的努力定将开花结果！把您的儿子留给英格兰，把您的儿子留给我们吧。英格兰不会令你的儿子失望，您的儿子也不会令英格兰失望！"我膝行上前，抱着她的双腿痛声哭喊。

"得啦，别假惺惺的！"她冷冷一推，我不由坐倒在地。那双跟爱德华一模一样的眼睛浸透了憎恶的毒液。我从未被人如此憎恶过，本能地闭上了眼，只感到奇寒彻骨。

当我再次睁开眼睛，简·西摩已不见踪影。

"爱德华，爱德华！"我不顾一切地狂叫起来。然而，等我的视线渐渐清晰时，我见到的是我母亲的眼睛，带有三分的冷酷、七分的傲气，与简·西摩截然不同!

"你一晚上都在说胡话,搅得一家人不得安宁。"母亲说,"还叫着自己的名字呢,简,简,一会儿又是什么爱德华、英格兰,真是爱国爱到骨子里了。"

唉,她哪里知道,如果我真的一晚上都在说胡话,那胡话中的简肯定不是我自己,而是爱德华的母亲简王后。一个多么不祥的梦,还好,那只是一个梦!

"父亲,父亲回来没有?"我急欲跳下床来。

"早回来啦。都快中午了,你昏睡了这么久。"母亲说,"还是上床再躺会儿吧。你的热度才退了些,别这样神经兮兮的好不好?"

"热度?"我摸了摸脸颊,"没什么不正常呀。"

"现在正常了,昨晚上你可是烧得一塌糊涂。"母亲摇了摇头,"你这孩子,平时对什么都淡淡的,可有可无的样子,这一次却如此上心。只怕我跟你父亲突发急病,你也不会像昨晚那样呢。"

我窘得不行,心里更如油煎火燎般着急。

"简。"父亲的声音令我一震。终于,不顾母亲会怎么想,我直奔主题:"国王,国王是否无恙?"

父亲只是平静地望着我。我的眼泪滔滔而下:"是她带走了他!天哪,为什么我要做那样的梦呢?不,这不是真的!"

两个妹妹向我奔来。

"简,你哭什么呀?"

"简,你该高兴才是!"

她们的叫声混在一起。

"什么?"我顿然明悟,"国王他没事?"

"傻丫头,他当然没事!"父亲开怀大笑,"我们只不过是想看看,你对国王的关心能达到哪种程度?哈哈,陛下无事,我们格雷家自然也是万事大吉。这一次,亏了有你母亲临危不乱,我才没有忙中出错。哪晓得他能恢复得那么神速,连御医都认为不可思议!那些在国王病中仓皇出奔的臣子可是悔青了肠子,如今正加足了马力颠簸在回京的路上。最后悔的肯定要数玛丽小姐。人家是仓皇出奔,她却是不召自来、败兴而归,再没有比这更令人啼笑皆非的事了!"

"功败垂成,玛丽女王又变成了玛丽小姐。命运的手段让人不得不服啊。"凯瑟琳妹妹此话虽说得有些刻薄,但这也是事实。

一时间,我的胸中是五味杂陈。我是该对爱德华的转危为安感到欣幸呢,还是该关注一下玛丽的处境?他们两个人,曾是我生活中不可分割的异姓骨肉。可自从先王去世之后,爱德华与他的姐姐便关系渐疏,隔阂日深。两人久不相见,一见面就是剑拔弩张。有没有什么办法,能让他们尽释前嫌、和好如初?

第八章 独 访

　　时节已是深冬，在今年的第三场大雪后，我的父母又带着两个妹妹狩猎去了。尽管在这个季节，鲜活易见的猎物已十分稀罕，然而父亲却有他的说法："不管怎样，这总比猫在家里强。哪怕颗粒无收呢，就当是出去跑跑马，总要胜于闲得发慌。"

　　母亲与两个妹妹也颇赞成。结果呢，猫在家里闲得发慌的角色又留给我来扮演了。雪后的世界虽一片荒寒，但在冬日阳光的映照下，却有着宛若仙境的清妙莹洁。我在院中支起了画架，呵手试笔，调色弄墨，专心致志地描绘起雪后的远景。

　　一双冰凉的手蒙住了我的眼睛。这不是艾伦的手，我可以感觉得出，这是一双很细致的手，修长且又光滑。它似乎对我并无恶意，尽管它那瘆人的寒冷让我略微畏缩了一下，可我还是不由自主地抬臂覆上了那双手，想把身上的温暖传递给它。

　　那双手似乎迟疑了一下，忽地移开了。"简。"我回过头来，是爱德华，他满面含笑地迎着我的目光。

　　"陛下。"我起身太急，纸笔被碰翻了一地。

　　"你假装画画，其实早就看到朕了？"爱德华一边帮我收拾残局，一边问。

　　"那怎么可能？除非我的眼睛长在了后脑勺上。"

　　"这就奇怪了。以常理推断，我攻其不备，你早该吓得哇哇叫了。可你非但没有受到惊吓，还握住了那双从你背后突施冷袭的手。你把朕当成谁了，是你家中的某个人吗？"

　　"这，并非如此。陛下，您的手跟我的家人并无相似之处。我是觉得那双手太冷了，不管那双手的主人是谁，我只想把我的热量分一些给它。"

　　"多么真诚而又简单的回答。可是简，好心未必总有好报呢。滥施同情绝不是美德。如果那是一条毒蛇，一条冻僵了被焐暖，焐暖后醒过来的毒蛇，你猜它会怎样？"

　　瞧他说得如此严重，我不禁好笑："陛下的手跟冻僵了的毒蛇还真是没啥区别呢。下一次，我在滥施同情前一定要问，'您是爱德华还是美杜莎（希腊神话中的蛇妖）？我给您温暖，您该不会……'"

"嗷呜——"爱德华仰首长啸，并张大嘴巴做出扑噬的动作。在我们年幼的嬉闹中，这声长啸与扑噬的动作是他惯用的"恐吓"手法。

我笑着向后退却，立定看时，站在我对面的已是一位身材颀长的少年。还记得我初入宫时，先王亨利八世曾让我与爱德华背靠背比对身高。

"看起来，简还要略高一些。"似又听到了王后凯瑟琳·帕尔的声音。

"是啊，男孩子的后劲足。简，你可要小心啦，爱德华会超过你的，他会长得，哈哈……"那是亨利八世的笑声。

"比教堂的塔顶还要高，比天还要高！"这话是我说的吧？

"比天还高那是不可能的。不过，可以期待与天齐高。"亨利八世的笑声再次响起。

而今天，爱德华果真已在身高上超过我了。但无论是凯瑟琳·帕尔还是亨利八世，都没能亲眼验证这一天的到来。流光抛人，年光暗换。

"简，真不敢相信，你都长这么高了。那年你第一次到宫里来时，才这么点大。"爱德华傻笑着，比画着。

"您也是的，陛下。"看来，我们想到一块儿了。

"好久没见到你了，简。你成了一个熟悉的陌生人。"

"您也是的，陛下。"哎，我怎么又重复了一遍呢？但这的确是我们的同感。我觉得自己也像他那样傻笑起来。

"简小姐。"管家威尔逊气喘吁吁地踏雪奔来。

"这位先生说，他有生意上的事要与公爵商谈。"他一脸狐疑地望着我与爱德华，"我请他改天再来，因为主人不在家。可他根本不听，我刚才又在应酬别的客人，一不留神，竟让他给闯了进来。小姐，您看？"

"虽说主人不在家，我也算是半个主人吧，威尔逊？"

"小姐……"威尔逊越发摸不着头脑。

"这位是热那亚服装商的儿子，爱德华，呃，爱德华·道顿。"我灵机一动，"是有生意上的事，母亲以及我们姐妹春季的服饰，需要送来过目。道顿先生，您今天来晚了一步，家父家母狩猎去了。"

"既然小姐是半个主人，且服饰又与小姐密切相关，那么跟你商量下细节也是一样。至少，我没有白跑一趟。"爱德华说。

我点了点头。

"这不大妥当吧？"威尔逊连连摇摇头，"公爵在场，肯定不会同意。"

"公爵在场，我就用不着在场了。可是现在公爵不在场，所以，我应当在场。"

"那么你且说吧，说你来这的目的。"威尔逊无奈地做了让步。

"生意上的事，不足为外人道。"爱德华向他蔼然一笑。

"你！"威尔逊气得直瞪眼。

"道顿先生有他的顾虑。威尔逊，你先回去吧。"我说。

"那我另外去叫两个人？"威尔逊不得不再让一步。

"哪怕你叫两千人，我坚持只跟你家的主人谈，并且是在外人回避的前提条件下。"爱德华声称。

"简小姐，这怎么行？"威尔逊望着我。

"道顿先生是个极其谨慎的商人。我想，我们应当按他们的行规办事。"我说。

"可您不能单独跟他……简小姐，起码得有一个女仆。"威尔逊着急了。

"哪有那么啰唆？我父亲跟他谈话时，身边是不是也必须预备一个男仆？"我的话让威尔逊没了辙。他鞠了一躬，转身离去。

"行有行规，家有家法。服装商的儿子想跟公爵家的大小姐套近乎，并且是在无人监护下套近乎，这像什么话？"爱德华朝我扮了个怪相。

"既如此，陛下何不自曝身份？爱德华·道顿哪有爱德华·都铎厉害？"我反唇相讥。

"是呀，是要叫你见识一下爱德华·都铎的厉害！"爱德华抓起脚下的积雪向我投掷。我起先还躲闪着，被掷中了好几次，终于奋起还击，不再忍让了。

我们欢笑着，叫嚷着，奔跑着，跳跃着，恰似童年那般。直到爱德华的笑声中出现了令人揪心的咳喘，童趣就此终结。将刚刚团紧的雪球胡乱一扔，我跑到了他的身边。

爱德华仰身倒在雪地里，一副攒眉蹙额的样子。

"陛下，您……您还好吧？"

"朕……朕很难受。"爱德华一脸不堪其苦的表情。

"我能帮您吗？或者，我去找御医来？"我心都提到了嗓子眼上。

"御医也救不了朕。朕的病，只有朕知道。"爱德华的声音是如此低弱。

难道他又犯病了？看这情形，比不久前的那次还要凶险。泪水从我眼角滑落，我的视线变得一片迷蒙。

"好咸呀。"爱德华抱怨说。

"啊，对不起。"是我的眼泪不慎落到了他的嘴唇上。

"你为什么哭泣呢，简？怕朕会死？"

"不，不要乱说。我只是……如果我能代您生病那就好了。"

"那么你不怕死？"

"我纵死了，又有什么可惜，世间不过少了一个平凡的女子。而您，您是英格兰的曙光。"

"你真无私，真够朋友，真有牺牲精神。"爱德华目不转睛地望着我。

"这句话，是我从陛下那里学来的。陛下曾对玛丽小姐说过，如果可能的话，您心甘情愿代她生病。"

"可是现在不同了。"爱德华的眼中闪过一丝阴郁，"朕不会心甘情愿地代她生病。而玛丽，却是心甘情愿地盼朕早死。"

"玛丽决不会这样想！爱德华，她是您的亲姐姐，您是她唯一的弟弟。便有再多的挑唆与离间，我就不信，姐弟之情就这样不堪一击。"

"挑唆与离间，你从哪里听来的？"爱德华从雪地里坐起，无奈地冷笑，"无知的世人都是那样以为的吧。以为我与玛丽之间的所有问题，都来自外物的介入，或是来自于无事生非的误会。总之，事情本不该如此。事情本不该如此，朕也这么想过！可是，这已是清清楚楚的事实。事情真的到了这个地步，这难道只是挑唆与离间的功效吗？"

他说得又急又快，我顿时愣住了。

"为什么不说话了，你不相信朕的推断？"

"是的，我不相信！"我大声说。

"你凭什么……"

"因为陛下所言非实。您刚才还病容满面，现在却已若无其事了。"

"看见朕若无其事你反倒闷闷不乐，你是不是也跟玛丽一样，盼着朕……"

我起身就走，不再理他。他快步追来，我更是走得如旋风一般。忽听到身后"哗啦"一声，回头一看，爱德华已栽倒在地。

"哎呀，哎呀！"这一跤跌得显然不轻，爱德华的呻吟声不像是假的。

我犹豫了一下，还是返身扶起了他："陛下，您没摔着吧？"

"放心吧，朕的身板硬朗着哪。"爱德华拍了拍衣服上的雪，狡黠地一笑，"朕乃钢筋铁骨，又不是朽木薄瓷，随你怎么摔都依然故我！"

他居然知道了那日魁克山庄的碎瓷之事。虽说瓷杯并非碎于我手，以讹传讹，看样子我已担定了碎瓷的恶名。

"真的？"

69

"那还有假?"他愈发昂起头来。

我顺手一推,他竟再次倒地。

"陛下不是钢筋铁骨吗?"

"不行,你这是突施冷箭、攻人不备!"

我再次将他拉起:"我也想不到陛下会装病。您一装病,可真是吓坏我了。"

"朕刚才,是有那么一点不舒服。忍一忍,也就过去了。朕只是跟你开个玩笑嘛,试试你对朕的病情将作何表示。"

"陛下也曾这样试过玛丽小姐吗?也许,她没中您的圈套,您因此推断,玛丽小姐对您的病情无动于衷?"

笑容在爱德华的脸上凝结了,一提到"玛丽",他便再无好颜好色。"朕有点冷。"他裹紧外衣说。

"陛下,您一个人来的?"我问。

"出门时倒是有十来个人,可现在嘛,"他得意地拍了拍胸口,"没错,就我了。"

"我们进屋去吧,您大病初愈,这天寒地冻的,本不该出门。"

"这种话,应当由朕的保姆说,而不是由你来说。"爱德华一边随我走,一边说,"你怎么也不问问跟朕一起出来的那些人呢?是怕他们人多势众,府中接待不了吗?"

"这何须问。"我说,"陛下肯定来了个金蝉脱壳,在中途甩掉了所有的尾巴。我猜,他们这时候正急得要头撞南墙呢。跟丢了君王,宫中定已乱成了一团。"

"你要劝朕回去?"爱德华问。

"不,这种话,应当由我的父母来说,而不是由我来说。"我学着他刚才的语气。

"朕出宫前就打听过啦,你是一个人在家。这样的话,朕在这里想待多久就待多久。难得有一天自由自在的日子,没有大臣的念叨、侍卫的盯梢。朕就像是一只回归森林的麋鹿,想跑到溪边喝水,可惜大雪阻断了道路。"

我想起了第一次见到他的情景。在汉普顿宫,那个生气勃勃、野性犹存的喂鹿男孩。那仿佛还是一年前的事。但这么多年已经过去了,如今的他已是一国之主,但此时的愿望不过是要做只森林里的麋鹿,能够无牵无绊地生活。"就让爱德华跟我去吧,跟我到一个不被打扰的、清静宁和的地方。"简·西摩的话无端跳上了心头。梦境与现实叠映,我把这股不祥之感硬生生地压了下去。

"等风雪消停、天气晴定时,我、玛丽小姐、伊丽莎白小姐,我们一起陪您到森林里去。所有的花都开得喜气洋洋,枝繁叶密,青草肥美,就等着您去大快朵颐。您的视觉与味蕾都准备好了吗?如果您仍坚持要变成一只麋鹿的话。可是现在,您必须跟我回屋了。"我拉着爱德华的手,那双手仍然冷如寒冰,嘴唇亦微微泛青。

第九章　炉　梦

　　我们回去时，客厅已有一众仆人整齐地侍立两旁。毫无疑问，这得归功于威尔逊的通风报信。
　　"简，你父母不是都狩猎在外吗，怎么家里还设有天罗地网？"爱德华不满地嘟哝道。
　　"艾伦，拿瓶酒来，再拿两个酒杯。你们都下去吧。"我向他们挥了挥手。
　　他们肯定会感到惊异，但仍遵从了。艾伦用托盘盛着一瓶酒与两个酒杯。"你可以走了，艾伦。"我说。客厅中只留下了我与爱德华。
　　我拨旺了炉火，让爱德华尽量靠近壁炉坐，又倒了一杯酒给他，爱德华一饮而尽。
　　"陛下，现在暖和一些没有？"
　　"好多了。"爱德华说。
　　我握着他的手，那里的皮肤开始有了微温。
　　"简，别这样好不好？老是拿朕当个病人，你让朕嫉妒你的健康！"
　　"陛下今天已不是病人，可您不久前却是重病在身。万一再次……"我忽然说不下去了，爱德华如此忌讳言病，我这不是哪壶不开提哪壶吗？
　　"简，你看这个！"他举起了那个约西亚的小雕像，"有你的护身符，朕要像约西亚那样英勇无畏地活下去呢。朕的身上，肩负着对王国与宗教的责任！"
　　"它真的传到了您的手中？微薄之物，我还担心您的近侍会拒之不理呢。"
　　"它传进来时，朕已没多少指望了。就连御医都以为是死马且当活马医了，我收到了这个护身符与你的祝福，那些人也许是抱着姑妄听之的一线希望吧。"
　　"陛下究竟得的是什么急病啊？您把我们都吓了一大跳。我还做了个梦……"
　　"说下去。"

我摇了摇头，不肯继续。

"梦是反面的，你不必太在意。即使你梦见朕已呜呼哀哉，朕也不会怪你。"

"爱德华，我可没有……"

"生死之外，皆为小事。既然不曾梦见山陵崩，还有什么好碍口的呢？"

"我梦见了简王后，您的母亲。"

爱德华的眼神是如此专注："朕从没梦见过她。无论朕的内心有多想她，可她就连一个虚幻的梦都不肯给朕。你也从没见过她，你怎么知道梦见的是她？她跟你都说了些什么？她是什么样子？她有没有提到朕？"

我将梦境原原本本地告诉了他，却删去了她要带走爱德华的意图。毕竟，以爱德华身体的现状，这一段只能令他伤心不已。

"她什么都知道，可怜可敬的母亲！"爱德华流泪说，"她知道朕的劳苦，知道朕所面临的压力。她一直注视着朕，为朕忧心忡忡，可她却帮不了朕。她要朕提防虎视眈眈的阴谋家，她太了解她的儿子了，她的儿子正如履薄冰啊。稍有不慎，就会前功尽弃。"

"爱德华！"

"在那生死一线间，反倒让朕认清了形势，看清了许多人，也想清楚了不少问题。朕很幸运，也非常不幸。"

"陛下为什么这么说？"

"简，"他望着我，眼中带着一丝轻嘲淡讽，"你以为所有的英格兰人都像你一样，为朕的病情祈告上天？啊，或许祈告上天者也还大有人在，可那是为了朕吗？不，那是为了他们自己。朕那时躺在床上，气息奄奄，那班大臣与朕的两个舅舅，萨默塞特公爵与苏德里男爵，都守候在旁。他们没说一句宽慰的话，甚至没有一个鼓励的眼神。可他们并不沉默，窃窃私语，眉传目动，朕看在眼里，也记在心里。或许有人以为朕已昏迷过去，窃窃私语就变成公开讨论了，再由公开讨论变为面红耳赤地争执。苏德里男爵是最积极的发言者，那大意是，朕的二姐伊丽莎白是最合适的继位者，只有在她的引领下，我们这个新教国家才能青春焕发、蒸蒸日上。有几个大臣对他表示附和，但更多的却倾向于朕的大姐玛丽。倾向玛丽的人侃侃而言——'玛丽小姐是先王的长女。于理于法，于国于人，她都是王位的首选。先王从前亏负了她，陛下的这场病，或者正是天意呢。天意要将英格兰还给玛丽小姐，我们只能顺天意而为之了！'而朕的另一个舅舅萨默塞特公爵，他既不赞成贝茜，也不嘉许玛丽，你知道他看好谁？"

听他谈笑风生地诉说着，心寒彻骨却是我唯一的感觉。想想看，当着一个重病的少年，一群人所急于讨论的，却是取而代之的问题。如此口无遮拦，如此迫不及待！

"他看好谁？总不会是他自己的儿子吧？"我问。

"堂堂护国主怎能犯下如此低级的错误？选他的儿子当国王，这样的好事跟谁合作去？"

"可是，"我咬了咬嘴唇，"除了陛下的那两个姐姐，哪里还找得到能跟王位沾边的人？"

"话不是这么说。直系继承人虽极为匮乏，沾边的可就太多了。都铎一族支脉庞大，就连你，说起王位的候选人，你也是有份的！"

"陛下！"这一推论几乎令我绝倒，"萨默塞特公爵还会想起我？不，这不是他的作风，更不是他的思路！"

"非常遗憾，他所能想到的，的确不是你，而是父王的另一个私生子。"爱德华说。

"亨利·费兹罗依？"

"是的，连朕都几乎忘了，除了同父异母的两个姐姐外，朕还有一个同父异母的哥哥。尽管他的生母远不如玛丽与贝茜的生母，伊丽莎白·布伦特（亨利·费兹罗依的生母）没有当过一天的英格兰王后，她顶多算是父王的女友。"

"先王还是很看重他的，曾经把他封为里士满公爵。可他不是在先王去世前便已病逝了吗？"

"岂止病逝于先王去世前，他病逝时朕甚至还没出生呢。"

"萨默塞特公爵莫非昏了头？这时才想起他，可不是太迟了？"我无比惊奇地问。

"不迟，对萨默塞特公爵来说，如果能找来亨利·费兹罗依的子女，那就一点也不迟。"

"太费神了，并且也没有把握。这么多年，从未听说亨利·费兹罗依还有后代。就是有，以他的年纪，他的子女只怕还不到您继位时那般大呢，怎么能够坐上王座呢？对不起，陛下。"我忽然意识到，我的设想是建立在爱德华病将不起的基础上。

"啊，这不算什么，朕知道你是无意的。但朕的舅舅与大臣们，他们却是有意的！对萨默塞特公爵，寻找亨利·费兹罗依的后代不过是个托词，是缓兵之计，这总要强于让朕的两个姐姐登上王位。只需要等朕咽气，萨默塞特公爵便可重新摄政，将政局控制下来，再找出一个年龄相当的小孩来王袍加身，对外宣称是先王的孙辈，都铎王朝不就顺顺利利地传承了下去？"

"萨默塞特公爵，还不至于用心如此险恶吧？"

"也许，要想对得起良心一点，他可以多花时间去寻找亨利·费兹罗依真正的后代。实在找不出，还可以考虑父王别的私生子，倘若父王还有私生子流散民间。"爱德华的眼睛里闪耀着憎恨的火焰。

我知道，那个被爱德华所敬仰、所热爱过的护国主已永不复存在。

"疾风知劲草，板荡识诚臣。朕亲爱的舅舅真是个千古难得的忠臣，他给朕上了毕生难忘的一课。"爱德华微笑着说。

"在病床上听到这些谈论固然令陛下不快，不过，陛下若是换个角度，"我小心地看了爱德华一眼，"也就不会那么气愤填膺了。"

"换个角度，换个什么角度？食君之禄，担君之忧。朕平日对待臣属，不可谓不厚。尤其两个舅氏，萨默塞特公爵与苏德里公爵，国家多难，朕宁可克己撙减，也不肯使他们的开销与排场受到影响。朕在膳食上力求删繁就易，魁克山庄却是宾客满门极尽奢豪；朕的猎苑空空荡荡，苏德里堡却是百兽争啸。朕对此并非全无计较，朕只是在忍，在傻傻地想，朕的大度与宽容不会没有回报。可惜啊，朕一生病一切都变了个味儿。朕所得到的回报居然是众叛亲离！朕比萨默塞特公爵的偶像，博才多识的托马斯·莫尔还要傻得彻底。与其寄望于萨默塞特等人的忠心大爆发，不如等到全世界都来承认乌托邦。简，你知道这多么可笑，多么可笑！"他狂笑着，顷刻间已笑得泪流满面。

"陛下，您生病的那晚我父亲说过，国王危在旦夕，人人但求自保。'但求自保'一词或许就是您患病之时的众生相吧。陛下如果站在众生的角度，却也不以为奇了。今日之英格兰，新教与天主教未分胜负，宗教统一遥遥无期。也许您不曾意识到，当时您病得有多严重。大臣们深恐政局就此逆转，新教被天主教取代。他们怕因此祸及家人及自身，才有那些奇怪的想法。他们虽然极其自私，但在自私之中，也不是没有为这个国家的前途考虑。凡人的自私是怯懦，王者的宽厚是仁德。陛下，请用一颗宽厚的心去宽恕怯懦吧。因为，您是坚不可摧的王者；而他们，他们只是易于动摇的凡人。"我望着他，恳切地说。

"简，你分析得很对，朕心里要痛快多了。"爱德华连连点头，"是这个理。他们在自私之中，也有着对国事的考虑。天主教的不贰之臣当然会叫嚣着让玛丽继位，而信仰新教者，以朕的两个舅舅为例，或是力推贝茜，或是举荐亨利·费兹罗依，尽管各有各的算盘，但都不愿看到宗教改革的成果毁于一旦。这么看来，朕的两个舅舅也不是不可体谅。简，你说过，你死不足惜。朕呢，亦死不足惜。只要朕死之后，宗教改革能继续推进。至于由谁来继任……"

"爱德华，您还这么年轻，会有时间来让您实现您所梦想的一切！"我打断他说。

"天有不测风云。朕这次的病，让朕明白，在任何时候都要有最坏的打算。"爱德华神色凝重，他的声音听上去是那么苍老，那么不真实，"谁能继任朕呢？玛丽？贝茜？朕似乎没有选择的余地。父王为什么不给朕多留几个兄弟？玛丽与贝茜，她们根本不配为都铎的后人！"

"陛下不必过于在意。提议玛丽、贝茜继任，这只是大臣们迫于形势所做的最坏的打算，陛下刚刚说到，在任何时候都要有最坏的打算。在这件事上，玛丽与贝茜两位小姐又有什么过错呢？爱德华，还记得那三只玉连环吗？还记得玛丽小姐生病的那些日子吗？还记得凯瑟琳王后的临终牵挂吗？"我极力苦劝、急不择言，竟将苏德里男爵夫人的身份还原为凯瑟琳王后了。

"那些早已过去了，跟现在毫无关系。"爱德华挪身向椅背上一靠，表情冷淡。

"您真正的护身符不是那个约西亚的雕像，而是凯瑟琳的玉连环！那晚，我该让父亲把它带到您的身边。看着它，想一想曾伴随自己一起成长的那些人、那些往事，也许，能让陛下的心变得比现在柔软。"我站起身说。

"你到哪里去？"爱德华也站起身来，拉住了我的手腕，"去找那个玉连环？朕不要看，朕不想看！找出来又能怎样？能找回儿时的单纯与明净？能找回所剩无几的姐弟之情？"

我顿时语塞，默然抽回了手。

"坐下吧，简。在宫里，朕连一个可以说话的人都没有。就连贴身仆人，面相忠诚，服侍尽心，也难保不是萨默塞特公爵或是他人的眼线。"

我保持着默然，爱德华也不开口。不知过了多久，仿佛被壁炉里的噼啪声同时惊醒，我们不约而同地去拿火钳，两只手碰到了一起。

"简，你是故意不理朕？"

"陛下既然如此不信任人，我还能说些什么呢？您的两个姐姐不能令您放心，大臣们也不能令您放心。而我，我不过是您从前的一个朋友。这种友情，属于'早已过去'的范围。如果幸而健在，在您的心里，大概也是'所剩无几'吧？"

"简,不要插入朕与两个姐姐之间的是是非非,这事你管不了。"爱德华抿紧了薄薄的嘴唇,那样子,像极了他的父亲亨利八世,"朕不是一个心肠冷酷的人,跟你一样,朕时常会想起幼时。朕会想起凯瑟琳·帕尔,想起我和你,在厨房里的捣乱,在卧室中的迷藏。朕也会想起人见人怕的父王,在朕的心里,他永远都是最亲最爱的慈父。父王母后,再加上你,就构成了朕值得珍视的全部童年。而玛丽与贝茜,从一开始就是命运错误的安排。她们的母亲对不起父王,她们的出生带给父亲的痛苦要大于快乐。而她们却因此感到愤愤不平,她们恨我抢走了父王所有的疼爱,抢走了她们的锦绣前程。朕与她们,是永远不能达成谅解的。要么没有她们,要么把她们变成朕一母所生的同胞。既然命运已无法提供这两种可能,终其一生,朕就只能对她们严加防范,只能与她们暗中较量。"

"难道陛下与您的两位姐姐之间,除了恨、防范以及较量之外,就别无所有了吗?即使你们只是同父异母的姐弟,难道就没有一点血缘亲情?而相比于命运所犯的那些错误,你们可有需要反思,需要自责之处?"我问。

"自责?如果真有人需要自责,也该先问玛丽,再问伊丽莎白,然后,才是朕。"爱德华气恼地说,"如果仅是命运的错误,朕还可以设法修补。问题是,很多错误是人为的。玛丽与伊丽莎白可不像你想象得那样清白无辜!"

预料到我会表示异议,他做了个制止的手势:"朕不是一个容易被人言左右的昏君。玛丽与贝茜,朕虽然跟她们见面很少,但对她们的行止,朕却并不糊涂。玛丽一心想要恢复天主教的荣光,连你,不也认为玛丽一朝得势,天主教就会取代新教?朕生病时,玛丽就等在外面。等着朕死,这是明确无误的信号。朕心烦意乱,没有见她。当朕的病情略有起色,她甚至并不要求见朕一面,没留下一句话就扬长而去,来去匆匆,连表面文章也不肯敷衍,她对朕这个弟弟,还有何亲情可言?"

"陛下既已病无大碍,玛丽小姐便解忧释虑了。她久居外地,在此敏感之际赶回宫中,被陛下拒见本已深自不安,再加上忧谗畏讥,来去匆匆也就在所难免了。之所以不辞而别,这有什么可疑的呢?不过是要向公众表明自己决无窥探王位之意。"这是我给出的解释。

"太牵强了。很抱歉,朕不能接受你的说法。"爱德华说,"奇怪,你总是帮着她们说话,似乎朕在吹毛求疵、无中生有。照你看来,玛丽是忧谗畏讥、忠而见疑的受害者;贝茜呢,你怎么评价你的这位朋友?"

"陛下对贝茜也有所不满?"一时之间,我不明其意。

"你还没回答朕呢。"爱德华笑了笑,"说说看,她是个怎样的人?"

我愣了下,回答道:"说她的好话,您信吗?说她的坏话,您难道还没有听够?"

"乌云难遮日,真金不怕火。她若光明磊落,再多的坏话也抹黑不了。简,你对她,是了解得太多,还是了解得太少?"

"陛下?"

"为什么要瞒着朕?在苏德里堡,你明明知道那件事是怎样发生,怎样结束的!先王的女儿、朕的二姐伊丽莎白,居然在众目昭昭之下勾引继母的丈夫,制造了都铎王室最大的丑闻!"

"伊丽莎白……"我整个地乱了头绪。

"如果不是她,凯瑟琳·帕尔不会死得那样凄苦吧?朕不该答应他们结婚!朕的舅舅苏德里男爵,是他亲手毁掉他的妻子,毁掉了朕的继母。机缘凑合,他也会毫不犹豫地毁掉朕。在朕的病榻前,他叫得比谁都响。左一个贝茜,右一个伊丽莎白,仿佛他是力大无穷的参孙,只要振臂一呼便能把他的甜心继女擎上王座。简,你真该瞧瞧他那副丑态毕露、恬不知耻的样子!"

"陛下,对于凯瑟琳的逝世,贝茜的悲痛绝不会比您更轻。凯瑟琳生前曾经说过,在她的继子继女中,贝茜是她的最爱。而贝茜对凯瑟琳的感情也是深厚无比。尽管在凯瑟琳生命中的最后那段日子,她们之间发生了一些令人费解的事件。但那也是事出有因。贝茜少不更事,有时又有些任性。但凯瑟琳还是原谅她了,那三个玉连环就是最好的言证。凯瑟琳都已原谅她了,陛下还不能原谅她吗?"

"少不更事?"爱德华掂量着此话的含义,转而问我,"这个借口选得不好。若说少不更事,你比贝茜更为年少,为什么那些'令人费解的事件'偏偏发生在她与凯瑟琳之间,而不是你与凯瑟琳之间?"

我只觉得血往上涌、满面通红:"这我怎么知道呢?所有的事不都在陛下的掌控之中吗?又何须言说?"

"朕没别的意思。"爱德华诚恳地望着我,"别为此动气,简。但你不该向朕隐瞒有关贝茜的一切。不是有句话吗,苍蝇不叮无缝的蛋。众口汹汹,毕竟不是空穴来风。"

我暗暗叹了口气,心知欲为贝茜洗白已是不可能了。

"所以,朕更有理由要好好地活下去。在找到下一个能真正担负起英格兰兴盛重任的国君之前,朕要死里求生,不能让朕的心血,不能让英格兰的变革半途而废!"爱德华笑了,"将约西亚的雕像握于手心,朕不停地向着上帝求助。头上像是戴了千斤重枷，一次次地被摁入泥淖，又在一次次的挣扎中破土而出。等朕醒来时，是大汗淋漓后的一身轻松。'上帝并没有抛弃朕，他从来都不会！'朕的心中不由充满了喜悦与感激，一下子奋身跃起。而床边守了一夜的大臣，朕的那两个舅舅，第一个反应是看傻了眼，第二个反应则是夺路而逃。只恨爹妈没有多生两条腿，这一句形容真是妙透了！他们，他们一个个……"爱德华笑得手舞足蹈，"一个个魂不附体。朕又活过来了，他们还以为是诈尸。这群胆小如鼠的骗子，外强中干的恶棍！"

"满朝大臣难道都是骗子与恶棍不成？就没有一个忠信之士？"我摇了摇头。

"也不是那么绝对。"爱德华用手托着下巴，想了想说，"幸好，有那么一些例外。有一个人，朕认为还是可靠的。"

"是沃威克伯爵？"我不假思索地说。

"你怎么知道，简？"爱德华跳了起来，似乎我破解了他的一大机密。

"当今英格兰最具影响力的大臣，您的两位舅舅已被排除在'可靠'的认定范围，除了沃威克伯爵，还会有更多的选项吗？"

"这事你决不能跟任何人提起。今天我们谈话的内容，也不要告诉他人。"爱德华说。

我点了下头，忍不住又多问了一句："沃威克伯爵，他究竟有何过人之处？"

"他尊重朕，理解朕，引导朕，支持朕。你能从萨默塞特公爵那里读出多少虚伪，便能从他那里读出多少真诚。空谈误国为前者所长，实干兴邦为后者之任。正是因为有了他，朝中的直臣才敢于同萨默塞特公爵抗争；正是因为有了他，朕才有了当机独断的可能。沃威克伯爵答应过朕，到朕十八岁时，对于任何国事，都有独立思考、签章施令的权力。那时候，朕会把爱德华·都铎写得遒劲有力、龙飞凤舞，而不是像现在一样，在别人的授意下做出违心的决定。十八岁，十八岁是个多么美好的年龄。朕几乎是等不及了。只有到了十八岁，朕才能真正地当家做主、当机立断。也只有到了十八岁，朕才能做些朕喜欢的事情。"

"在当机立断之外，陛下还喜欢做些什么事呢？现在就不能做吗，为什么一定要等到十八岁？"我好奇地问。

"朕想像父王一样出外巡视。然而，每一个人，就连沃威克伯爵都会说，以朕的体质、朕的年纪，巡视是太遥远、太不靠谱的事情。朕不能一天十个小时地策马奔驰，不能登山临水，不能与朕的人民近距离接触。朕至今都不知道，在那蔚蓝色的海岸边听潮会是什么感受，不知道四月里最美的鲜花是开在约克郡还是开在康沃尔郡？"爱德华沉痛地说，"朕是英格兰的国王，对于英格兰的山川草木，却不比一个普通的英格兰人更为熟悉。朕爱这个国家，对这个国家的可爱之处却都来自于间接的听闻，毫无切身的体验。简，朕是不是太可悲了？一座华丽乏味的宫殿困住了朕，一群各自为利的大臣困住了朕。除了国王的身份，朕还有什么呢？有时候，朕真想不顾一切地大叫，这不是朕所想要的人生，更不是朕所想要的生活！简，你能明白吗？"

"我当然明白。"我说，"因为，我也有同感。我也想要不顾一切地大叫，同样是因为无法自主的生活，同样是因为离题千里的人生。"

"朕还以为，你过得相当适意呢。可以读你喜欢的书，在灵感的驱动下作画。不像朕，朕是英格兰最尊贵的穷人、最显赫的囚徒。"

"跟陛下一样，就精神与灵魂的渴求来说，我也是个极度贫乏的穷人，一个捆手束脚的女囚。"

"是吗，谁让你极度贫乏，又是谁让你捆手束脚？"爱德华问。

"我母亲，或者，是天下的母亲，又或者，是整个社会。今日之世，人人皆然，想要成为另类，还真不容易。"我说起了在家居生活中所受到的种种束缚。尤其是试衣的苦恼，却无法像儿时一样口无遮拦地向爱德华倾诉。我闪烁其词、吞吞吐吐，反倒惹得爱德华大笑不止。

"简，能够向朕展示一下你的收藏吗？"

"什么？"

"就是你那些可怕的服装呀，来自女士的秘密武器。"

"这不可能，除非……"

"除非什么？"

"除非陛下是英格兰的女王。"

"唔，这么说，朕还不是万分不幸。至少，朕免除了连女王都无法摆脱的苦刑，不会被矫情做作的服装所奴役，这就是身为男子的至福啊。"爱德华感叹道。

"身为男子的至福当然不只这些。陛下，不管遇到了多少的不如意，凭您的坚持，凭您的拼劲，您肯定不会虚度一生，您会最终实现宏愿，给后世留下一个铭刻着您的名字、洋溢着您的气息的强大王朝。爱德华六世的王朝，这会成为英格兰历史上闪光的记忆，必须以浓彩重墨书写的一笔。"

"那么你呢，简？"

"我?"我微笑着摇头,"无论对于今世还是后世,我都是一个无名氏,默默无闻的简。虽然顶着格雷这一姓氏——英格兰名门望族的姓氏,但我只会成为一个平凡的女子,与英格兰成千上万个简别无二致。"

"那你岂不是比朕更糟?"爱德华说,"你不如意,朕也不如意。你有你的枷锁,朕有朕的枷锁。但朕,如你所言,朕还能以王朝的前景为奋斗目标,这会战胜朕在私人生活方面所感到的那些不快与不如意。而你,你能得到什么,能实现什么呢?只是作为一个无名氏生存,你又何必从小被送进宫中接受跟朕一样的教育?简,你白用了那么多年的功。你读书与否,对于你的命运,对于这个世界,又有什么不同?"

"是呀,我也很纳闷呢,这个问题,应当问我的父母与您的父王。读了书又能怎样呢?我们共同的老师凯瑟琳·帕尔,也没见她做出什么惊天动地的大事。总之,身为女子,是毫无意趣的。哦,不对,"我想了想,热烈地说,"我可以为您的成功而感到欢欣。正因为读了书,跟您有相同的志向,我为您而感到的欢欣才更为深切,更为丰厚。有朝一日您大功告成,我灰暗平乏的生命也会感染上不同凡响的光彩。能亲眼看到爱德华六世的王朝成为全欧洲的中心,这将是我的梦想、我的荣幸。"

"简,谢谢你的激励,这非常非常,振奋人心。"爱德华扬声说,"再给朕一杯酒吧,我们该举杯相庆。有了你的这番话,你我的人生都不是那样难以忍受了。这是因为,一切都是值得的,既然有更艰辛、有更光荣的未来在等待着我们。就让我们听从未来的召唤吧,为未来干杯!"

我斟上了酒,我们重重地碰杯,晶亮的酒液泼溅出来,犹如一朵深紫色的烟花,转瞬即落。然而,纵使转瞬即落,烟花毕竟还是绽放了,美得惊心动魄。而我们的梦想,也终将绽放,哪怕只在顷刻之间,却也美得惊心动魄。

"再来一杯!"在炉火的映照下,爱德华微醺的面容透着健康的红润,与他在雪地里费力喘咳的模样已是判若两人。

"简,朕要告诉你,如果不当国王的话,朕想做什么?"爱德华笑了,"你能猜到吗?"

"约克大主教?"

"完全——"

"完全正确?"

"不,是完全——错误!父王在成为王位继承人之前,差一点成为约克大主教。而朕,朕从未想过,也从未渴望成为约克大主教。"

"可您……您是那样专注于宗教改革。"我有点意外地说。

"为宗教改革的未来着想，朕又何须成为约克大主教，干脆成为罗马教皇岂不更加省事？罗马教皇信奉新教，则普天之下、率土之滨，都是新教的圣地。简，作为一个国王，朕当然这么希望。但作为个人，朕最想做的，是纵横四海，一往无前，为世人开启一个全新的世界，就像克里斯托弗·哥伦布一样！"

"为克里斯托弗·哥伦布干杯，为开启一个全新的世界干杯！"我说。

我们的酒杯又一次碰响了，又一朵深紫色的烟花满满地绽放。

"简，你最向往、最喜欢的事是什么？"

"你能猜到吗，陛下？"

"朕的心愿，你没猜到，你的心愿，朕也不愿毫无根据地乱猜。还是你自己说吧，这是公平的交换。"

"如果陛下想成为克里斯托弗·哥伦布，那么我，我是不是得认真考虑一下，成为一个遨游汪洋的女冒险家？"

"你取笑朕，简。"爱德华终于反应了过来。

我们笑着，连壁炉里的柴火似乎也在纵情欢笑，噼啪之声，格外清脆。一炉清梦，其乐无穷。

第十章 议 亲

"约瑟夫,看在上帝的分儿上,你还磨蹭些什么?"

"看在上帝的分儿上,该你送上去!"

"公爵叫的是你!"

"公爵夫人可不这么想。他们正在气头上,一个男人进去多不方便。有些话,女人听见不算什么,男人可就犯了大忌。"

"胡说。越是这种时候,越是需要一个守口如瓶的人。而这恰恰是女人的弱项。公爵夫人怎能容忍一个女人送进去?"

两个仆人,约瑟夫与贝蒂,站在楼下推推搡搡,竞相"谦让"。

"简小姐。"看到我时,他们都停了下来。

"怎么了,贝蒂?"我问。

"公爵要出门,叫约瑟夫送靴子。但公爵夫人却不让公爵出门。你看,我们这不是左右为难吗?"贝蒂说,"简小姐,你顶好换个时间上去。"

"为什么?"

"公爵因为没有儿子,正跟公爵夫人怄气呢。最近经常这样,唉!"贝蒂叹了口气。

"得了,是祸躲不过!让我仗着这张老脸给公爵送进去吧。公爵夫人要打要骂,随她好了。反正又不会少我一层皮。"约瑟夫挺了挺胸,捧起靴子,以凛然就义的姿态走上楼去。

"简小姐,您的父母无所不足,就差一个儿子。公爵和夫人都已人到中年,他们心里急呀,这又不是急得来的!"贝蒂感叹道。

母亲在生了我与两个妹妹后,已连续数年未能生育。尽管她与父亲年龄还不算太大,然而随着时光的流逝,"无子"似乎即将成为不可逆转的命数。这也就意味着,"萨福克公爵"的爵位面临失传的危险,由玛丽·都铎与查尔斯·布兰登所建立的布兰登"公国"终将后继无人。为这事,父母一直愀然不乐,近年来更是显而易见。尤其是母亲,她具有极其强烈的家族荣耀感与优越感,而我们姐妹三人与她理想中的女儿又相距太远。

"我只要一个儿子,一个光辉夺目的关键先生,根本不需要这么多平庸无奇、令人头疼的女儿！"我能揣摩出母亲心中的那份失落与寂寞。

晚餐的时候，父母仍未露面。我们三姐妹并未像往常一样说说笑笑，每个人的心里都怪不好受。

"儿子真有那么重要吗？"玛丽妹妹打破了沉默。

"那还用说？"凯瑟琳妹妹用叉子敲了敲餐盘的沿口，"只看先王亨利八世就可以知道。先王对他那些不中用的妻子或杀或废，这都是冲着什么呀？是冲着神出鬼没的爱情吗，才不是呢，是冲着儿子！"

"母亲一向都瞧不起先王那些无子失宠的妻子。如果生不出儿子就得背上不中用的骂名，凯瑟琳，那你可得小心些，别让母亲听见这个！"玛丽妹妹紧张起来。

"谁知道生个儿子有这么难！布拉盖特的晴天都到哪儿去了，莫非只有等到萨福克公爵三世横空出世的时候？母亲真是太偏心了，好像我们不是她亲生的。我们每个人都成了她的出气筒。一句话，我们三姐妹在她眼里都是多余！"凯瑟琳妹妹抱怨道。

"就是嘛。"玛丽妹妹应和道。

"大人们有大人们的烦心事。母亲如果有儿子，那将是我们的弟弟。你们呀，就别太自我中心了。别这么小心眼好不好，凯瑟琳。"我说。

"大姐一向好涵养，这一点，我们是学不来的。"凯瑟琳妹妹说。

"什么大人不大人的，你以为自己还很小吗？简，你不知道母亲怎么说你呢。"玛丽妹妹撇了撇嘴，"这个家里要真是添了个弟弟，有你的地位才怪呢。"

"母亲，她说了我什么？"我怔了下问。

凯瑟琳妹妹急忙瞪了玛丽妹妹一眼："母亲不过是说，简比较固执，不容易接受变通。"

一听即知，凯瑟琳妹妹将母亲的原话进行了"适当"的删改，以减低对我可能造成的刺激。

"无所谓，在三姐妹中，她最感到不满意的，大概就是我了。"我说。

"不过说实在的，有时我挺佩服你，简。只有你敢违抗母亲的意旨。而我跟玛丽，我们会观风向、看天气，见势不妙，立马服服帖帖。只有你，能跟布拉盖特说一不二的女皇较劲。简，我觉得吧，母亲似乎有些怕你呢。真的，你别笑。"凯瑟琳妹妹说。

"简，下周家里又要请客。你高兴不？"玛丽妹妹问。

我摇了摇头："我才不像你们呢，一听到请客就兴奋得像是两只渴望遛弯的小狗，你们这叫人来疯！"

"幼稚，无药可救的幼稚！"玛丽妹妹模仿我的口吻说。

"所以说呀，你永远生活在自己的世界里，拒闻窗外事，小姐。"凯瑟琳妹妹说，"跟你透个底吧。母亲这次请的是 G 勋爵跟他的儿子。至于目的是什么，你自己好好琢磨去！"

"不会吧，一定是你和玛丽编派出来的！"我说。

"那么上个月呢？上个月的 F 伯爵也是我们编派出来的？"凯瑟琳妹妹反问，"你呀，你这才叫幼稚呢。你的终身大事一日未定，母亲大人就一日不会善罢甘休。"

"这回来的是 G 勋爵之子。我们把母亲为你物色的对象按字母编了号。"玛丽妹妹笑着对我摇动着五根手指，"简，你要珍惜机会哟。不要等到字母表编完，仍让我们毫无所获。"

"这样好了，G 勋爵之子留给你去对付。如果'G'这个字母运气不错的话，玛丽你很快就会有所收获了。"我说。

"我倒是跃跃欲试呢，可谁让你是大姐呢？你跟凯瑟琳都没有着落，我这个小妹又怎好争先？"玛丽妹妹转脸冲凯瑟琳妹妹一笑，"是不是啊，凯瑟琳？"

"玛丽，你这口是心非的小东西。"凯瑟琳妹妹说着又"教训"起我来，"说真的，简，别太挑剔了。要知道，暴殄天物可是一项不可饶恕的罪过。英格兰的贵族从南加到北，从东加到西也还不足百数。过了这个村，没了那个店。别再糟蹋机会了，简。"

"懒得跟你们歪缠，看谁暴殄天物呢，你们的眼里还没得出结论吗？"我推开餐具站了起来。我的餐盘已空空如也，而两个妹妹的餐盘却是一片狼藉，内容丰富，不忍卒视。

几天后，G 勋爵和他的儿子如约而至。饭毕，母亲与 G 勋爵在客厅的一端展开试探性的对话，我被留在客厅的另一端，与 G 勋爵的儿子"闲谈"。而我的两个妹妹，则在灯光稍暗的角落弹琴低吟，使客厅两端的谈话不至于历历可闻却又隐约相通。

"我儿子与你女儿，看上去还真像那么一回事呢。"G 勋爵的声音穿过琴音向我们袭来。

我朝母亲的方向望去。不知母亲向 G 勋爵说了句什么，G 勋爵越发加足了音量："公爵夫人，艾德不仅是我的继承人，他在爱尔兰的伯父，在波西米亚的叔父，都以他为唯一的继承人。那两个老家伙不情愿也没办法，谁让他们只生了一大堆花红柳绿的空心果篮？"然后，母亲又说了句什么，惹得 G 勋爵乐不可支，"你不知道空心果篮的意思？哈哈，意思就是，娇生惯养的赔钱货。照我们老家的习俗，空心果篮是女孩的代名词。对于富贵人家，所有的女孩都是空心果篮。"

"那么，我也是他所认定的空心果篮之一了？"我在心里暗想，"空心果篮跟他的儿子还真像那么一回事，这岂不是鼓励他的儿子向空心果篮示好？当然，如果空心果篮能为他的儿子'倾囊而出'，令志得意满的新郎在娶妻之时顺便娶了岳父的家业，那又何乐而不为呢？"

"呃，简小姐，我想，您对于我这个人，还不大了解。"G 勋爵的爱子艾德咳嗽一声，同我搭讪道。

"是的，您与令尊是第一次过访布拉盖特。"我微微一笑，继续俯首于膝上所摊开的那本书。

"我父亲的话，关于女孩，可能偏激了一点。"艾德又说，"可这个世界从来就是如此，一个家族的财产得由男子来掌握。通常来说，没财产的女孩是令人气馁的。而有财产的女孩，其实也不是真的有财产。我是说，有财产的女孩名下的财产，就其财产的本身来说……"

"您的财产之论十分精彩，先生。"我不得不打断了他的絮叨。

"可您还没有听完，我是说……"

"您的话并不费解，我想，您已表达得再清楚不过。"我头也不抬地说。

我希望他走开。其实，摊开膝上的书，我一个字也读不进去。然而，不装作看书，我又能怎样呢？

"艾德学识很好。可以这么说，不用打算盘，他心里就有一本账。"G 勋爵热情的嗓音再度穿越了轻柔的琴声，"不信，我让他过来算给您看。"

然而，母亲用手势阻止了他，分明是说："无须演示，我相信便是。"

"您对于我这个人，还不大了解。我呢，也还不大了解您。"艾德又说话了，"简小姐，您怎么老是盯着这本书，能让我看看您的书吗？"

我合上书页，递给了他。

"《伯罗奔尼撒战争史》？"他似乎挨了一闷棍，"小姐，您看这种书？"

"是啊，您大概并不喜欢吧？"

"哪里的话，战争是男人的事，这书对我也还凑合。"艾德挺了挺胸，一脸义正词严，"我只是站在您的角度。这不是一本写给女士的书。对女士来说，这本书是混乱的、凶险的、残忍可怕的，总之，它不适合您。"

"您读过这本书？"

他摇了摇头。

"那您从何得来的印象呢，这本书混乱凶险、残忍可怕？"

"所有的战争不都是这样吗?"艾德的脸色微微一沉,"简小姐,这是稍具常识的人都会有的印象。"

"是吗?看来这本书的作者也不过是个稍具常识的人。他写了一本毫无看点、毫无新意的书。"我取回了书,把它放到一边。

艾德却又拿起了那本书,瞄了一眼封面说:"修昔底德是它的作者?简小姐,这修昔底德瞧着很眼熟嘛,这个人像是大名鼎鼎。"

他努力回想着,久久没有出声。

"算了,修昔底德虽然有名,但对大多数的人来说,也是只知其名不识其人。您的批评他可未必听得进去。"我说。

"要想认识他还不容易?不是我自夸,小姐,连国外的王族也跟我家素有交往,这个修昔底德,不会比帝王将相更难请到吧。您如果真的对他的这本什么、什么尼斯之战感兴趣,您来定个日子,我让父亲出面请他。"

"这倒不必了。"我忍着笑。

"您以为这是办不到的事?简小姐,尽管我对您的家庭无比敬慕,不过在这件事上,我家的办法与效率,比起萨福克公爵,说不定更有出人意料的地方。"艾德很有信心地说。

"勋爵家的办法与效率自然毋庸置疑。可问题是,您如何能请到一位已经去世了一千多年的古人呢?"我十分无奈地说。

"去世了的古人?"艾德变了脸色,"您是说修昔底德?噢,我早该想到的,这根本不是一个英国人的名字。修昔底德,听上去像是埃及的法老。《伯罗奔尼撒战争史》,"他再次瞄了一眼那本书,随即推论道,"是在尼罗河的上游还是下游,有座城市叫作'伯罗奔尼撒'?"

"伯罗奔尼撒在希腊南部。"对他南辕北辙的臆想,我只得加以更正。

"那么修昔底德也不是,肯定不会是什么埃及法老?"他惊慌起来。

"修昔底德是古希腊的历史学家。"

"很好,很好。"艾德用哭笑不得的眼神望着我,仿佛伯罗奔尼撒没有选址于尼罗河而选在希腊,修昔底德既非当代的英格兰人亦非古代的埃及法老,都是由我造成的,是我的循循误导,令其一错再错。

"抱歉。"终于,敌不过他的目光,我无比窘迫地表示了懊悔。

"有啥好抱歉的?"他扬了扬眉,表示不在意,却也难掩沮丧,"简小姐真是博学多才。如果一个孤陋寡闻的人初次听到您的名字,也许会犯跟我一样的错误,或者把您的出生年代弄回到两千年前,或者把您的出生地点设想为尼罗河畔。"

"那我就是古埃及的木乃伊了。"我说。

"对不起，我不会说话。"艾德强笑了一下，显得无精打采。

G勋爵与他的儿子只是匆匆的过客。不过，对于那一晚的一面之晤，母亲倒没有责怪于我。

"世上竟有这样不知趣、不识相的蠢材！无论我怎样明示暗示都不肯起身走人，以为我们格雷家不知有多稀罕、有多仰慕他这棵枝肥叶壮的大树。'位尊而多金'，这是我弗朗西丝为女择婿最起码的标准。位尊还放在多金之前。这户人家，除了妄自尊大，真不知道从何'尊'起。格雷家还用不着这种一夜暴富的俗物做靠山。"

对于母亲的明见卓识，我深感雀跃。但雀跃未几，布拉盖特又迎来了新的来客I先生。几番宾来客往后，两个妹妹都闹起了情绪。凯瑟琳决定罢弹，玛丽决定罢唱，以抗议我的消极相亲、无所作为。

"每次都是这样。来的时候是陌生人，走的时候比来的时候还要陌生。最大的不同就在于，来的时候有人笑逐颜开，走的时候却是冷面如霜。在这儿伴奏岂不是白效力吗？没人听我们奏乐，没人听我们吟唱。我无聊得快要睡着了。"凯瑟琳妹妹打着哈欠说。

"那么，拜托你们了，请别再奏乐，别再歌唱。"我说。

"哎，连句感谢话都没有，"玛丽妹妹说，"你以为我们愿意为你做这些啊？我们还不是希望你……"

"希望今后别再浪费你们的时间。"我大声嚷道，"不行，这事必须停下来。我得跟母亲说，必须停下来，否则我会疯掉！"

"在太岁头上动土？你敢这么告诉母亲的话，你没疯掉，母亲也肯定疯掉了！"凯瑟琳妹妹说，"你要惹怒了母亲，还想不想活了？"

"你不想活虽无所谓，可别连累我们也没好日子过。"玛丽妹妹接着说。

我立即蔫了气。的确，母亲大人可得罪不起。

母亲对我的态度也在发生着变化。她的目光落在我的身上，颇似艾德那日带给我的感受，令我芒刺在背窘迫不安。

终于有一天，她将满腹的怨气都发泄了出来。引燃她怨气的，是我们所收到的一纸请柬。

"伯德家的三公子威廉与克利夫家的二小姐埃丝特于复活节订婚，敬邀光临。"母亲念罢请柬，转对我说，"小姐，说说看，你有什么感想？"

"克利夫家的埃丝特？"玛丽妹妹瞪圆了双眼，"写错名字了吧？她不是，她不是？哎，这是怎么一回事啊？"

见势不妙，我只好一言不发。

"你的事难办,东不成,西不就。现在外面有了许多难听的传言,说你为了一个服商装的儿子神魂颠倒,看谁都不顺眼,才弄到今天这个地步。简,你倒是给我解释解释。"

那日爱德华微服到访,谎称是服装商的儿子。事后我虽以他言伪饰,毕竟不能事过无痕,影影绰绰已令家人起了疑心。

"母亲,您还需要什么解释呢?那个服装商的儿子走错了地方,我原以为,他真的是跟父亲有约在先。可是母亲您……您是不会弄错的……您的女儿还不至于这般没眼界吧?"

"这还像句话,你再是不济,倒也犯不着为了一个来路不明的服装商的儿子而贬低自己。"母亲皱眉说,"可要说到威廉·伯德,那是我为你预备的人选。而埃丝特·克利夫,是我为你临时找来的女伴。瞧瞧人家埃丝特多有能耐,不声不响地便上演了一出宾主易位。他俩就要订婚了,那么你呢,请问你的位置在哪儿?"

"母亲,我与威廉、埃丝特并无深交,如果他们觉得幸福的话,这样做又有何不可呢?"我平静地说。

"有何不可,有何不可?"母亲狠狠地敲了下我的额头,"人家拿你当傻子看,埃丝特每次陪着你都想的是怎么跟威廉互通心曲。人家多会利用机会。你呀,稀里糊涂地出了局,还装作什么事都没有。恭喜你,简·格雷小姐,恐怕你已成为这一带最大的笑柄了。"

"我怎么就成了笑柄呢?"母亲的话让我很不服气,"威廉无意于我,我也无意于威廉。埃丝特与威廉两下有意,有情人终成眷属,事情的经过就是这样。"

"人家才不这样看呢。"母亲冷笑道,"在人家看来,你是一个被人愚弄的姑娘,在最后时刻才闹明白,你是在跟一个根本不想娶你的男子谈婚论嫁。"

"我与威廉?不,我们从未谈婚论嫁。母亲,我们只是普通交往罢了。在我在他,都是在双方父母的授意下而略有交往。母亲,其实我早就想跟您说,这是毫无作用的。您看,埃丝特的父母并没要求埃丝特什么,威廉的父母也从未见过埃丝特,但他们还是成了恋人。还是顺其自然吧,母亲,求您今后别再为我费心了。"

"好一个顺其自然!埃丝特比你还小了半岁,她的父母什么都没做,却自有佳婿送上门来。我要顺其自然,只怕你这辈子也休想嫁出去!"母亲越说越是生气,"跟你一般年龄的女孩,斯诺家的唐娜,柯林家的爱尔莎,伯兰家的赛娅,一个个都觅到了如意郎君,而你,却弄出了一段有辱声名的'误解'。简，我真不知道你是怎么想的。即使你不喜欢威廉·伯德，也不能将他拱手让给埃丝特呀。让人以为你人善可欺，既无吸引力，也无抵抗力。那埃丝特并不出色，就以容貌而言，也不过是中人之姿而已。可她惯会装作小鸟依人的模样，男人嘛，没有不吃这一套的。遇到这种不怀好意的女伴，你首先要有决断，其次要有能耐。"

"母亲要我有怎样的决断与能耐呢？"我问。

"这也用得着我来教你？这种事只消稍加提点，女孩子全都无师自通的，如果你还是个女孩子的话。"母亲转向凯瑟琳妹妹，"凯瑟琳，你会怎么做？"

"以其人之道还治其人之身。埃丝特不是惯爱扮作小鸟依人吗，那就表现得比她更为温柔可爱。"凯瑟琳妹妹妩媚地一笑，"把威廉·伯德从埃丝特的手中抢过来，在威廉与埃丝特一拍两散后跟威廉摊牌。要和颜悦色地告诉他，抢他，不是因为他有多迷人，有多抢手；抢他，只是为了礼尚往来，以酬谢某人的两面三刀，以回报某人的见异思迁。"

"听见没有，简？"母亲对凯瑟琳妹妹频频点头，"妹妹比你可要精通多了。你呀，不知什么时候才能开窍？"

我无言以对，的确，在这种女孩子全都无师自通的事上，我太过愚拙，有如异类。

"希望日后能打个翻身仗吧。"母亲将目光再次刺向我，"好好地记住今天，简。自己的终身大事，你也该上上心了。放出你的眼光与手段来。到你订婚时，你的未婚夫一定要比威廉·伯德强百倍，否则就不能算是一雪前耻。"

第十一章　蓝衣（上）

　　尽管母亲期望颇殷，"一雪前耻"却是毫无消息。到那年年底，不仅威廉与埃丝特正式结婚了，又有几家显贵的公子小姐传出了嫁娶喜讯，而我却是一切如故，比照之下，父母不免颇多感触。

　　"好事多磨，我们格雷家的姑娘可不能将就。"父亲总算说了一句，"但愿开年大吉，简能带给我们一个惊喜。"

　　"是呀，就为着格雷家的姑娘不能将就，我心里真是堵得慌。"母亲气恼地说，"上哪儿去找一等一的人家？何况简，瞧她那副傻里傻气的样子，你就是把哈布斯堡的王子送到她的眼前，我看也是白搭。"

　　"你这叫门缝里瞧人，把人瞧扁了。"父亲还是维护我的，"我的女儿还怕觅不到婆家？她只是欠缺一些运气而已。而运气这东西你是知道的，你越是在意它越是疏远，倒是无意之间妙手偶得，不知不觉就把你给成全了。放心吧，属于我们女儿的好运一定会来。"

　　就在这时，我们收到了宫廷新年舞会的邀约。

　　"哇，爱德华国王的亲笔签名，国王的字体这么漂亮！"玛丽妹妹笑颜如花，闭着眼睛做深嗅状，"国王万岁，化装舞会万岁！我的第一个化装舞会，这可是我生平中的第一件得意事！你们笑什么，我是说真的。凯瑟琳你帮我想想，我该化装成什么呢？"

　　"小精灵爱尔芬怎么样？"凯瑟琳妹妹笑着说。

　　"哦，就是那种爱恶作剧的草地精灵？倒是俏皮得很。虽说稍嫌平凡了一点。可我的身材这么矮，也只有扮成爱尔芬还比较省力。至于其他的，想扮也扮不像啊。"玛丽妹妹不禁自怨自艾。

　　"爱尔芬娇小轻盈、讨人喜欢。妹妹你扮起她来有着天然的优势，又何必考虑别的那些跟你并不相称的形象呢？爱尔芬非你莫属。精灵的世界多奇妙啊，你跳起精灵舞来必会给人耳目一新之感。"凯瑟琳妹妹说。

　　玛丽妹妹又高兴起来："那么你呢，凯瑟琳？啊，像你这么漂亮，扮什么都不成问题。不过正因为此，你才更不容易挑到一个能让你艳惊四座的角色。你扮什么好呢？我来想想……"

她们热心地商议着，有时还会发生一些争吵。在反复地比较与犹豫之后，直到舞会的前一天，凯瑟琳妹妹才决定以《荷马史诗》中的瑙西卡娅公主为装扮对象。而玛丽妹妹的爱尔芬装束则老早准备好了，她已试穿了好几次，对着镜子左顾右盼，唯恐在哪个细节上发生纰漏。

最后，当她俩牵手并肩向我跑来时，两张脸笑成了两朵相映生辉的粉红玫瑰。

"瞧我怎么样，简？"

"简，我还行吧？"

她们争相问。

"这是我见过的最真实的爱尔芬，这是我见过的仙味十足的瑙西卡娅。"这是我的由衷之言。

"你呢，简？你打算扮成什么？"她们齐声问。

"这还用说？自然是斯科费尔峰的雾。"

"可是，雾是扮不出来的。"玛丽妹妹说。

"那就不用扮了，因为我早已与斯科费尔峰的雾合二为一了。"我说。

"跟我们玩文字游戏啊，简？"凯瑟琳妹妹说，"到现在还要保密。不过不要紧，到明天出门时，你的秘密在我们面前定会一览无余。"

当我身着家常的蓝衣、素面无饰地钻进马车时，等在里面的两个妹妹简直不敢相信她们的眼睛。"你怎么可以这个样子出门？"她们同时惊问。

"我说了我是斯科费尔峰的雾，斯科费尔峰的雾当然可以这样出门。"

"可是母亲……"一向口齿伶俐的凯瑟琳妹妹舌头打了结，"难道母亲……母亲她，还不知道吧？"

"她知道并且同意了。"

"不可能的！"两个妹妹又同时叫了起来。

"简，这可是化装舞会呀，是宫中的化装舞会！"凯瑟琳妹妹强调道，"化装舞会岂能容你'原形毕露'地去出席？你实在不想去的话，独自在家也行啊，干吗要这样穿，这不是去给新年舞会泼上一盆冷水吗？万一破坏了国王的好兴致，那还得了？母亲会同意你？"

"我是不想去，可母亲非得要我去。我就说，那得依我一个条件，我拒绝化装。我也以为母亲会冲我发火，可她一口答应了。"

"这又是为什么呢？"

"哪有那么多的为什么？"拗不过妹妹们穷诘不放的斗志，我将母亲的原话重复了一遍，"好啊，你不妨依照你的想法行事。在众人之前亮亮相，看看别人眼中的你，跟你自己心目中的形象，有多大的差异。"

"是啊,这比不去还要糟糕。"凯瑟琳妹妹不无同情地说,"我知道你不喜欢往人堆里扎,但你故意不化装,不想惹人注意都会惹人注意了。到时候,对母亲一定是个很大的打击。"

"所以啊,我更是非去不可。有了这一次的遭遇,母亲就不会再勉强我,从此后大可随心穿戴,永远不为化装所困。"

"你想得倒是挺美呢,简。"凯瑟琳妹妹眼睛向上一翻,"今晚回家,吃过母亲的一顿鞭子后,看你还敢不敢再放豪言?"

"是呀,大姐,你这不是成心跟母亲捣乱吗?也不想想会有多么严重的后果?"玛丽妹妹咬着食指说。

"不如此,母亲怎能对我完全'死心'呢?想让母亲彻底放弃我,在这次化装舞会上,我就一定要有特别的表现。一顿鞭子有什么好怕的?一点皮肉之苦而已,换来的却是一劳永逸的放任自流。一顿鞭子也是值得的!"我豪情不减地说。

尽管当着两个妹妹,我颇有几分女中豪杰的气度,然而,当我们步入宫殿后,我的心情却在急剧地发生变化。起初,人们对我的出现是不以为然的,我很快意识到了,之所以对我不以为意,是因为有人把我当作了两个妹妹的女仆。但是渐渐地,我被更多的人辨认了出来。

"那是萨福克公爵的三个女儿。那个一身蓝裙的,是公爵的长女。"

"公爵的长女,你大概弄错了吧?你确信她不是女仆?"

"长女没有她的妹妹们会打扮,她不像是来参加舞会的。"

"你懂什么呀。这就叫作以静制动,哗众取宠。无装胜有装,这正是她一心想要取得的效应。"

"是吗?看不出她年纪不大,心机倒是很深。不过说实在的,化装舞会嘛,比的当然还是化装技巧。我倒丝毫看不出,她有一鸣惊人的苗头。"

"她这是自作聪明,心思不用在正道上。这样的女孩现今多了去,但就今晚而言,她肯定是最愚蠢、最失败的一个!"

"凯瑟琳、玛丽,你们跳舞去吧。我想去那边坐坐。"我对两个妹妹说。

"我就知道会是这样!"玛丽妹妹一脸憋屈的样子,"那些人尽盯着我们。大姐,要不你先回去?"

"要不,我陪你回去?"凯瑟琳妹妹说。

"没事儿。我在这儿并没有妨碍任何人,任何人也别想妨碍我。"我故作洒脱地一笑。

"这不是赌气的时候。"凯瑟琳妹妹悄声叹气说,"简,如果你不想听到……"

"你们这是做什么呢?"母亲打断了凯瑟琳妹妹。

"母亲,简,我们……"凯瑟琳妹妹话未出口,母亲的表情却再是明白不过,这在她的掌控之中。

"为了参加这个舞会,你和玛丽很动了一番心思。什么样的付出便有什么样的收获。现在,享受这个舞会,享受这个夜晚,享受你们的份所应得。至于简,你们大可不必担心,这儿有我呢。"母亲说。

一支欢快跳脱的乐曲响了起来,玛丽妹妹情不自禁地以足尖打起了拍子。

"还等什么?去吧,爱尔芬如果闻歌不舞,那多半就是假的了。别忘了化装舞会的规矩,一旦露馅被人发觉,是要重罚的。"母亲用笑容催促着两个妹妹。

"那我们就进去了。母亲,您要看着我;简,你也要看着我!"玛丽妹妹欣喜地拉起凯瑟琳的手,两人一边跑一边回头向我们微笑。

母亲也向她们报以微笑。待她们已全然不见时,母亲的笑容也全然不见了。"你早该预料到的,简。你既有胆量以素面示人,就该有同样的胆量来经受人们对你做出的反应。这是十分自然的反应,这是可以想象的反应。就切身体验而言,更是含义丰富。可以这么说吧,这是你人生中最需要、最缺少的一课!现在,你爱去哪儿,就去哪儿吧。可是你得记住,不到舞会散场,我不许你离开!"

说完撂下我就走。我寻找着幽暗之处,寻找着隐僻之处。然而,满堂的欢歌笑语中,我该藏身何处呢?

"那是谁啊,那个蓝衣女孩?发生什么事了,她怎么一个人站在那里,脸上一点表情也没有?"

"是萨福克公爵家的简·格雷,最近受了点刺激。可怜的姑娘被她的未婚夫抛弃了,心情不好,你看,她根本就没化装!"

"说抛弃是言重了吧,她压根儿没喜欢过那个威廉·伯德。伯德当机立断另选佳偶,她却两头落空,这事怪谁怨谁?这姑娘的品位一向有别于众,说起来还很有几分罗曼蒂克的色彩。是她家的女仆亲口说的,她对误闯家门的一个服装商的儿子一见钟情。两人相见恨晚,促膝而谈足有半天时间,这中间并没有第三个人在场。可惜服装商的儿子一去不返,不然的话,倒是一段耐人寻味的佳话。"

"她就是简·格雷呀?就是那个修昔底德的崇拜者?跟人相亲的时候不谈风花雪月,而是一千年前发生在希腊的一场战争。修昔底德应当对她感激涕零才对。一个已经被遗忘了上千年的名字在英格兰大有死灰复燃之势，这是谁的功劳？说起来，她还是修昔底德的大恩人呢。"

"哦，原来是她，传说中那位令人肃然起敬的女学究，古老灵魂的忘年交。利用一切机会炫弄学问，令潜在的追求者大失颜面。有句话是，可怜之人必有可恨之处。这样的姑娘不仅可怜可恨，还很可怕！"

"是很可怕。除了所谓的学问外，她只怕什么都不会呢。她甚至反对使用束胸与裙箍，说这是对女性身心的严重摧残，把她母亲气得直翻白眼。真难相信，这种笑话会发生在一个公爵小姐的身上！今天她虽然没有化装，束腰与裙箍总算是与她同来，这已算是不小的进步了。"

"真不明白她为何而来？从头看到脚都找不出装扮的迹象，是为了在公众之前证明她傻得没底呢，还是她对自己的容貌太过自傲？"

我感到无地自容。也许，这只是我的幻觉，所有的声音都那么虚浮。我还是很在意他人的观点与看法的，尽管在思想上，我太不合群。然而，我终究只是一个女子，一个年轻的、容易感到羞涩的女子。那些讥讥讽讽的暗潮几欲将我淹没。我晕头转向，无可遁形。

"又见到你了，公爵小姐。"一个海盗装扮的人跟我招呼道。

我困惑地望着他。他取开了面具，夸张的浓髯将他的脸部占了大半。

"怎么，没认出我来？今天在路上还算顺利吧？"他掀髯大笑。

那双眼睛，那双一半是讥笑一半是藐视的眼睛，原来，我还一直记得。

"怎么没看见你的那两个妹妹？我还以为，你们总是三位一体呢。"见我无意答话，他又笑着说，"还在为上次的事闷闷不乐吗？忘了它吧，我早忘了，我这人就是这样，一向不拘小节、不计前嫌。"

"我不知道您在说些什么，也不想知道。"为了不让他继续胡搅蛮缠，我转身就走。

"嗬，这么健忘啊，你的记性比我祖母还坏。"他却涎笑着又跟了上来，"让我给你提个醒吧。几个月前，家兄约翰与萨默塞特公爵之女安妮订婚。你不妨回想下，在赶赴婚宴的路途中，发生了什么。"他开怀大笑，那双眼睛，同几个月前目睹我与妹妹们泥污满面时一样促侠，一样喜不自禁。"祝你愉快，女士。倘若今晚你不能感到愉快的话，总不能再次归咎于道路不平吧？"

他一定是在"观赏"了我的窘状后才故意这么说的，一念至此，我对他的厌恨又增加了几分。但我还是一言不发，因为除此之外，我想不出能用什么姿态来更好地向他传达我的鄙视与厌憎。

"你有着惊人的克制力，女士。孤高自许，不入时人之眼。弄巧成拙，真是可惜。但在可惜之余，对你孤军奋战的精神，哈哈，多么难能可贵的精神，对此我深表同情。"他大笑而去。

　　双腿站得有些麻木了，但我，却不愿坐下。一坐下，肯定又会被人嘲笑："看，板凳小姐形单影只，好不凄凉啊。她在等人邀舞，她今天还没有跳过一支舞。坐在那里守株待兔，瞧她那副心急如焚的样子！"

　　然而不坐下，就能与这欢声舞影共徘徊的环境相安无事吗？人人都在舞步轻旋，唯我独自向隅，我被越来越多的目光所追逐、所质询，寡不敌众，我只想逃之夭夭，越快越好。

　　"不到舞会散场，我不许你离开！"母亲寒冷的眼神在不停地闪烁。

　　"不，我要坚持到最后一刻。我不会认输，我决不认输！"我对自己说。

　　有个人影似乎在跟踪我。潜行于后，忽左忽右，尽管动作十分隐蔽，我又是那样心烦意乱，可他定已跟踪了相当一段时间，难免露出行迹，加上他的服装太过沉重不易转身，还是让我给察觉了。

　　我故意挤进人群，疾行数步后猛一回头，果不其然，那个跟踪我的人影避让不及，差点跟我撞上。

　　他戴着沉重的盔甲，模仿的是狮心王理查时代的勇士。"先生，您的行为不够光明磊落。"我对他说，"狮心王的部下永远冲锋在前，不会尾随于后。"

　　他的眼睛在面具后熠熠发光，透出奇特的沉着。

　　"可否请您让一让，您挡着我的路。"我说。

　　"不一定吧。"他的声音像是沉闷的雷声，说不出的虚假做作，"我好好地走在这儿，是您回头挡住了我的路。"

　　"照您这么说，是我理亏了？"我笑了笑，"我怎么就没想到呢？这里的一切都是化过装的，连声音也不例外。既然无理的要装成有理的，有理的就只能让位给无理的。我让您便是。"说毕我扭头就走。

　　我的手臂被人从后面拽住了，转身看时，竟然是那个甲胄在身的"勇士"。

　　"请问，您还有什么要赐教在下？"我愈发气恼。

　　"小姐，要让狮心王的部下不再尾随于后，最合理的做法就是接受他的提议，与他共舞，在这新年的前夕。"那个虚假的声音再度响起。这一次的声音尖细无比，如同一只弄舌学语的鹦鹉。

　　"鹦鹉？"多年前的那个圣诞夜从脑海闪过。"格蕾丝，难道是她？她能有多大的魔法，把自己由一只小鸟化身为眼前的这尊'庞然大物'？"

"不想知道我是谁吗？"他揭开面具，露出了真容，也恢复了本来的声音。

"爱德华！"我完全愣住了。

"喂，你怎么样了？"他扶住了我。

"我好像做了个怪梦。人们都把自己隐藏了起来，在那些无奇不有的面具下，谁也看不出谁是谁。您究竟是谁呢？是戴着面具的国王，还是真正的国王？有那么一瞬间，我还以为您是格蕾丝，那只久违的鹦鹉。"

他大笑起来，是不容置疑的爱德华的笑声："你居然把朕当作了那只鹦鹉，你的想象力真够强大，这也证明了朕的化装之术是怎样登峰造极、蛊惑人心。来，朕让你摸摸看，这张脸上的皮肤是不是真正的皮肤？你一定要告诉朕，朕是戴着面具的假王呢，还是表里如一的真王？"

说罢拉起我的手按住了他的眉心，眼睛笑成了两弯新月。

他的笑声与他的动作，如同来自山林的清风，令所有的热闹与喧哗都沉静了下来。不必东张西望也心知肚明，我们成了全场的聚光点。

"陛下！"我不安地屈膝道。

"简，朕佩服你的勇气。"他朗然一笑，又对我附耳道，"你刚才的勇气呢，好像在跟全世界挑战的勇气，怎么全不见了？"

"我不是要跟全世界挑战。我只是，只是不会化装，不想把自己隐藏在奇装异服与生硬的面具之后。"

"化装与隐藏有时是生存的技巧，有时却是为了短暂的逃避，在别人的世界里获得自己想要得到的东西。简，难道你从来不曾想过，要成为一个跟现实中的自己完全不同的人吗？"

"有时也这么想过。可要通过化装来塑造另一个自我，这不等于是掩耳盗铃？再说了，化装起来太过累赘。我们这些人，平日里谁不是过着披枷带锁、貌合神离的生活，再加上这副化装的道具，岂不是给自己又增加了一重枷锁？"

"嗯，这倒是新鲜的说法，谁人的生活不是披枷带锁、貌合神离？在生活的舞台上，每个人都已戴上面具登场，又何必再添上一层面具，何必重复化装？"爱德华若有所思地说。

"您也许会觉得我既蠢又傻，陛下。"

"不，恰恰相反，是你的存在让这儿其余的人显得既蠢又傻。知道吗，简，你让万紫千红都失去了颜色。"

"您在安慰我，谢谢您，巧口善言的陛下。"

"朕说的都是实话。你也不需要别人的安慰。别人的说法与做法很难动摇你的意志，你是个很有主见的姑娘。"

"是吗？但愿我能具有陛下所赏识的勇气与坚韧的品质，可惜我尚未真正地具有。"

"在某些方面，朕与你相似。朕跟你一样，珍视心灵的完整与独立。可我们又都是身不由己的，要做到柔而不挠、刚而不折，那是何其之难！"爱德华的眼中有种悲壮的色彩。

一股暖流激荡在我的内心，我深受感动。在这个夜晚剩下的时间，我不再感到孤立无援。

第十二章　蓝衣（下）

"哗——"爱德华卸下铠甲，扔在地上发出刺耳的声响。除去了那套笨重的装束，站在我面前的，是一个身如修竹的少年。

"我们跳舞吧，简。"没等我回过神，爱德华已拉起我的手臂。于是，如坠云雾一般，我们驰游在音乐的围抱中。

人群闪向两边，我们成了绝对的中心。所有的人都停止了跳动，似乎因为我们的存在，冻结了他们跳舞的权利。

一曲舞罢，爱德华微笑着对我说："你今晚很美，简。"

这话是说给我听的吗？哦，没那么简单。因为接下来，他分明是用宣战般的语气说："你们都同意吗？青春素雅，这才是真正的美。它英勇无畏、不会欺骗、无可比拟。"

一时间，所有的面具都摘了下来。人们肃然而立，哪怕心里不以为然。

他痛恨欺骗，这我理解。然而，纵使痛恨欺骗，也不必在今天这个夜晚来借题发挥吧。人们会怎么看我？

"怎么了，简？"爱德华看出我神思不属。

"陛下，您对在下不吝溢美之词，尽管受之有愧，我还是不胜感激。可您想过吗，在众人之前说这样的话，会给人一种什么样的错觉？"

爱德华笑了笑，转身吩咐乐师："奏《绿袖子》！"又对静如止水的人群说，"大家一起跳呀，独乐乐不如众乐乐。不会跳舞的姑娘是木头，不会跳舞的男士是笨伯。跳起来，都跳起来！"

清歌绕梁，舞步生光。旋转之间，我仿佛见到了伊丽莎白如大理石般苍凉的面庞，见到了母亲且喜且疑的凝注，见到了沃威克伯爵深不可测的探视，还有那些在不久前对我颇多非议的眼睛与口舌，此时却带着一种惊奇与讨好的意味。全变了，人们对我的看法与想法，简直是瞬息万变！

这是怎样的夜晚，这又是怎样的音乐？

我思断肠，伊人不臧。

弃我远去，抑郁难当。
我心相属，日久月长。
与卿相依，地老天荒。
绿袖招兮，我心欢朗。
绿袖飘兮，我心痴狂。
绿袖摇兮，我心流光。
绿袖永兮，非我新娘。
我即相偎，柔荑纤香。
我自相许，舍身何妨。
欲求永年，此生归偿。
回首欢爱，四顾茫茫。
伊人隔尘，我亦无望。
彼端箜篌，渐疏渐响。
人既永绝，心自飘霜。
斥欢斥爱，绿袖无常。
绿袖去矣，付与流觞。
我燃心香，寄语上苍。
我心犹炽，不灭不伤。
伫立垄间，待伊归乡。

（注：《绿袖子》为英国民歌。本书所引用的诗句为网络诗经体版本，由莲波改写，名为《袖底风·绿袖》，与原作的内容不尽相同。）

"陛下，为什么要这样做？您想加深人们的错觉吗？"我不解其意。

"你以前听过，简？"爱德华一笑。

"谁能不知道它？先王为安妮·博林所写的《绿袖子》。可是陛下，自从先王禁止唱它，我还以为，这首歌永远都不可能在正式的场合演唱了。"

"没有什么不可能。今晚，朕终结了这一禁令。之所以会成为禁令，是因为《绿袖子》所咏叹的对象，安妮·博林骗取了父王的信任与深情。如果这首歌是写给朕的生母，它的命运就会截然不同。然而，歌曲本身是没有错的，感情本身也是没有错的。最热诚的感情浪费在了一个最冷血的骗子身上，我能体会到父王在洞悉事实后所产生的那种痛恨与幻灭。但我永不会憎恨这首歌，因为在每个男士的心中，都住着一个无比美好的绿袖子。"

"那您更有必要为这首歌选对时空与听众，不能让它一错再错。"我只觉得喉咙干涩，却仍装作平静说，"总不能让人以为我，以为我……"话说了一半，便再也说不下去了。

"以为你是朕的绿袖子？"爱德华笑了起来，"简，朕似乎没有预料到啊。不过看样子，他们是准备这么接受了？看那些人的表情，好像他们什么都明白了。"

他的笑容如同幼时与我一起密谋一场恶作剧，又是紧张，又是得意。可这又怎能等同于幼时的恶作剧呢？"陛下，您这不是坑了我吗？"

"朕明明是在帮你嘛。"爱德华眉毛一扬，"朕听见那些人对你指指戳戳、肆意奚落。一群俗不可耐却膨胀自满的贵妇，她们有什么资格来贬损你、攻讦你？朕实在气愤不过。"

"多谢陛下的救急义举。"我苦笑着说，"您用这种方式来为我解困，这适当吗？如果我非得借助与您共舞来博取人们的敬意，那我岂不变得庸俗而又势利？而庸俗势利恰是陛下所鄙弃不取的。"

"这个嘛，是朕失算。"爱德华想了想说，"你说得对，我们不能抛弃了自我去迎合他人。朕用这种方式来抬举你，就等于是在迎合那些势利小人的看法。啊，别管那么多，我们跳我们的舞。朕很久没有跳舞了，音乐与舞蹈让朕感到暑夜新浴般的放松，让朕能够纵容自己。至于那些既虚伪又虚荣的假面傀儡，他们爱怎么想就怎么想吧。"

拉手、转圈、腾跃，从科兰托舞到莫里斯舞，我们一支又一支地跳着，带着一种复仇的快感，带着一种微醺的心情。是的，尽管我口口声声不愿与君王共舞来换得人们的敬意，然而，得与君王共舞，对那些世俗之人所给予我的羞辱真是再好不过的绝地反击，是妙不可言的报复！报复的快感不独为我所有，爱德华显然也沉浸其中。当然，他的报复对象与我不同。"他们爱怎么想就怎么想吧。"谁敢对他说不是，谁又敢对我说不是？

在母亲的督导下，我曾花费过大量的时间用于练习舞蹈。虽然我对习舞并无太大的兴味，但在今天，那些辛苦的练习却都排上了用场。也许是心情使然吧，我第一次觉得跳舞是那么快乐的事情，我跳得非常投入，也非常开心。也幸好，是爱德华与我共舞。如果换了别的哪位男士，我一定不会感到如此无拘无束。

"简，没想到啊。你这埋首穷经的女学究会跳这么多种舞，真是个奇迹！"爱德华赞叹道。

"您也是的，陛下！我很是好奇，还有多少种舞步您不曾施展出来？对一个励精图治的国王来说，您实在不该懂得那么多！爱德华，歇口气吧。要不，您换个舞伴如何？"我有些跟不上他的步伐了，又喘又笑。

他却跳得更加灵捷，且加大了旋转的幅度："不，不能停下来！快呀，简，朕命令你跟上，朕知道你能跟上！一个晚上只与一位女士共舞，这似乎不合章法。但朕说过，朕要纵容自己，这注定了是个不合章法的夜晚。别停下来，我们一直跳，从这儿跳到大殿外，如何？"

跳到殿外去？这是何等胆大妄为？然而，为什么不能，既然这注定了是个不合章法的夜晚！我一径儿地对着他傻笑。在众目睽睽之下，我们从容地借助舞步向外滑行。殿外有星月皎洁的夜色，离开了人间灯火的映照，真是清丽无比。

我们消失在人群的注视中，却没有一个人跟出来。仰望夜空，临风倚栏，此时的感觉无以言表。

仿佛有一个默契的约定，我们都不愿打破幽雅的夜境。我几欲启口，却又闭唇不发，终于还是说了句："爱德华，我们回去吧。"

"才从笼中逃脱，你就让朕痛快一回吧。这里没有别人，朕很安心。"月光下的爱德华一脸的孩子气。

"这样不好吧？那些人……"我漫无目的地回头看了一眼。

"你既那么在意那些人的想法，今晚为什么还要素衣赴会？"爱德华凝视着我，"看来，你也并非是无所畏惧的。"

"人言可畏，岂能无惧。请原谅，陛下，我、我不能不有所顾虑。"

"原谅什么？只要我们内心坦荡，其他的，都不足为虑。"爱德华笑着说，"你顾虑什么？我们像是一对即将私奔出逃的情侣吗？"

"陛下！"我既羞且窘，一时语塞。

"我们正在由人生的第二个阶段向第三个阶段攀登，从少年到青年。这也就意味着，婚姻开始向我们招手，并且即将收网。你的父母，朕的臣民，莫不热衷于此。生于帝王之家、公卿之族，婚姻的目的与情感的倾向往往不可兼顾。就情感而言，婚姻往往背道而驰，但对责任而言，婚姻却必不可少。如无意外，朕也将同朕的先辈们一样，缔结政治姻缘，朕的王后可能来自异邦，不会讲一句英语，但这又有什么关系？只要朕与她，尽到了对彼此国家的职责。即使她是一个异教徒，朕也要千方容忍，尽力感化。朕会与她同德却难以同心，她是朕的妻子，却不是朕的爱人。"

爱德华的脸上流露着超出年龄的沧桑，他接着说："朕明明知道，情感必须、也终究会让位于职责，但在某些时候，还是忍不住幻想能将二者统一起来。说不定，朕会比父王走运一些。既然父王能将绿袖子变成他的妻子，朕的生命中，为什么就不能出现一个比安妮·博林更值得倾心、更值得付出的绿袖子？在最不可能的时间、最不可能的地点找到生命中的至爱，她的出现犹若流星照亮漫漫长夜，既令人惊喜若狂，又令人黯然神伤。与她相聚如同天堂，与她别离如同死亡。从一个极端到另一个极端，以灵魂所能达到的最高的纯度与最深的浓度。你呢，简？你所向往的爱情，是什么样子的？"

我低下了头。然而，在他真诚的、鼓励的目光中，我还是说出了心里话："我所向往的，是这个世上，有这么两个人，心心相印，他们之间，时而渊静如海，时而滔滔不绝。把两个人的光焰合成一轮满月，使彼此的人生没有缺憾。"

"你所想象的他，会是怎样的一个人呢？"

"是怎样的一个人，谁知道呢？希望他，既有温柔的情感，又有高傲的灵魂，既有睿智的思想，又有鲜明的个性。他就像是海洋，既深沉又热烈，既奔放又含蓄，既宽容又执着，既博大又谦逊。"

"如果上天让你遇到了那个人，你会怎样？"爱德华又问。

"这也要说啊？"我说，"我反对。"

"反对无效。"爱德华如法官般板紧了脸，"简·格雷，你仍坚称是爱德华六世的忠实臣民吗？回答朕是与不是。"

"是。"我颇觉好笑。

"那好，爱德华六世在此。你当有问必答，言无不尽。"

"遵命，我的陛下。"

"如果上天真的让你遇到了他，你会怎样？"

"让我想想看。"忽然间，一个念头闪现出来，"跟他手拉着手，赤脚奔跑在鲜花如锦的旷野。"

"这么简单？"

我点了点头。

"朕喜欢你所描述的画面。很简单，很美丽，但要成为现实的话……"爱德华微微一顿，转而说，"祝你美梦成真。"

"也祝陛下美梦成真。愿您成为上帝最为眷顾的一位英格兰国王，无论在人生的哪个方面、哪个阶段。"

他微笑着看着我，没再作声。毕竟是冬月的风，语笑春温时尚不觉得，吹得久了，沉默下来，方始觉得寒气侵人。

"'私奔'就此结束，我们进去吧，进去给他们一个大大的惊喜。"爱德华不无戏谑地说。

当他挽着我的手臂步入大殿，各种喧闹霎时终止，迎接我们的是一个无声的世界。

"现在，有没有找到一点渊静如海的感觉？"爱德华在我耳边说。

"哪里是渊静如海，分明是敢怒不敢言。陛下，您没看见那些人的脸色？"我低声说，"他们似乎惊呆了。"

"能不惊呆吗？看到朕与你如此亲密地挽手同行，他们会不会以为，朕就要宣布与你订婚了？"爱德华眨了下眼睛说。

"让一切恢复原样吧，陛下。今天晚上，您把在场的人也捉弄够了。"我说。

他拍了拍我的手背，对众人说："现在，朕要宣布——"

屏息以待，如临大敌。空气变得紧张起来，一位神经娇弱的贵妇在发出"啊"的一声颤音后，摇晃着身子晕倒在地。一波未平又起一波。只见一名老臣奋力推开人群，扑到爱德华的脚前嘶声力呼："不可，陛下！"

"继续奏乐，继续跳舞。"爱德华不慌不忙地说。

又是一阵屏息以待。爱德华未再发话，那名力呼不可的老臣不由傻了眼："陛下，您要宣布的就是这个？"

"哈特爵士，你为何如此激动？难道你还期望朕另外宣布什么？"

"不，臣没有。"哈特爵士好似一脚踩空了台阶，一脸苦相地支吾道。

"朕倒要问你，你说什么不可？难道朕的这场新年舞会，犯了你的大忌吗？"爱德华含笑问。

"老臣一时失神，陛下，是老臣说错了话。"哈特爵士垂头丧气地说。

"偶尔说错了话朕并不在意，朕所在意的，是有人用错了心。朕不是小孩子了，很多事情，朕自己心里有数，不需要有人耳提面命，告诉朕可与不可！"爱德华笑容尽敛，冷冷的目光把人群从远到近，又从近到远扫视了一遍。

乐声再起，舞步翩然。但我们的心情，已不似跳第一支舞时那般明快。

忽然，一个伟岸挺拔的身影与一个白衣少女从我们身边闪过，是苏德里男爵与伊丽莎白小姐。

苏德里男爵的眼中满是笑意："陛下，下一支曲子是我所写的歌词。希望您能喜欢，您不会怪我擅自做主，让乐师改奏曲目吧？要知道，您的表态比日月的昭示还要重要。倘称圣意，对我将是莫大的激励。"

"亲爱的舅舅，朕期待你的新曲。"爱德华笑着看了眼伊丽莎白，"姐姐，凯特的祭日快要到了吧？男爵夫人是你养母，到时候朕想跟你一起，到她的墓前看看。"

"陛下，男爵夫人的祭日是在九月。"伊丽莎白屈膝应道，带着几分惶然。

"哦，那么还有好几个月呢。你倒记得这样清楚，朕很意外。"爱德华淡淡地说。

一支从未听过的新曲响了起来，苏德里男爵对伊丽莎白鞠了一躬，这是求舞的前奏，后者却微笑着摇了摇头。

爱德华面色一僵，悄声对我说："我们到那边去吧。"

苏德里男爵却是不以为意。他用放肆而又热烈的目光锁定了伊丽莎白，朗声而歌：

晚风沙啦啦地吹响，
雨点与落叶一起飞扬，
撩开你的窗纱吧，
我可爱的伊莎贝拉，
我等着你的一个手势、一个信号，
就像晨起的猎人渴望第一支箭，
就像荒野的旅客期待第一炉火，
我等你等得心已跳出了胸膛。

怕什么世人的责难，
管什么恶毒的诽谤。
敞开你的心扉吧，
我甜蜜的伊莎贝拉，
我等着你的一个微笑、一个张望。
就像离弦之箭永不回头，
就像森林之火一发难收，
你的爱情早已和我一样疯狂。

温婉的白昼终将服膺于黑夜的魔力，
来吧，伊莎贝拉，
你不会听任家人嫁给那个脸色苍白的理查。
趁着夜色我盗走了公爵的骏马。
我将用它带上我的伊莎贝拉，
迎接五月的第一缕朝霞。

让我们尽情欢笑，尽情流泪，

庆祝我们已拥有整个天下！

未待曲终，爱德华已停止舞步。他面无表情，似乎戴了一层无形的面具。

"陛下？"我不安地问。

"新年快乐，简。"笑容又回到了那张脸上，"跳舞，跳舞，还是跳舞！"他对我说。

直到黎明，我与妹妹们才同车返回，通宵达旦的舞会已令我筋疲力尽。

"姐姐……"

"姐姐……"

凯瑟琳妹妹与玛丽妹妹自然有一肚子的疑问要问我。

然而，我只闭目装睡。两只叽叽喳喳的百灵鸟没了辙，车里只听见她俩此起彼伏的唉声叹气。

回到家中，母亲还等着我去答疑呢。"我累得只想倒头就睡。"我对母亲派来的女仆说。

我终于得到了想要的解脱与绝对的安静，尽管只是暂时的。

第十三章　盘　诘

"到这儿来，简。我差人叫了三次你才下来。这都快到下午了，还没睡够吗，还是根本就没睡着？"

我必须面对母亲，这是早晚的事，天知道这有多难。

"昨天晚上，我们都注意到了……"母亲微笑着向父亲递了个眼色，"亨利，你说是不是？"

"这真是太奇怪了。"父亲揉了揉眼睛。那个一觉睡到第二天下午的人仿佛不是我，而是他。他的目光中有恍惚，有不解，当然，更有意外之喜。

"简，"母亲称呼我的语气已迥非往日，这反倒令我极为不适，"这次的舞会，你定要以素面示人，我真是担足了心。本以为一定会败北而归，挫一挫你的傲气。结果却是大获全胜。可以这么说吧，女儿，你一夜走红了。"

"可不是嘛。"父亲得意地摸着下巴，"我今早出门，还听见路上的行人在打听什么'那个在新年舞会上大出风头的女孩叫什么名字，是谁家的小姐？她穿的那身蓝衣是在哪儿做的'。我估计，过不了多久，蓝色准会成为英格兰女士最受欢迎的颜色。"

我笑了笑："我看未必。大家都选蓝色，这个世界不是太单调了吗？"

"孩子，你可真能沉得住气。"母亲的语意再明显不过了，"把千千万万的女孩子聚在一起，大概只有你能做到这点。你有一种出人意表的潜质，简。"

"不是您所想的那样，母亲。"我急欲否认。

"难道我看错了？"母亲摇头大笑，"整个晚上、从到头尾，爱德华只跟一个女孩子跳过舞，哪怕一时半刻，他的眼睛也从未从她身上离开。场上那么多的衣香鬓影，风流婉转尽态极妍，却不曾分得英格兰国王一个浮光掠影的垂顾。我会看错吗？你信不过我，还可以问问你的父亲，问问你的两个妹妹，问问舞会上你认识的任何一个人，恐怕他们都无法驳斥我的看法。"

父亲对母亲点了点头，证明其所言非虚。

"国王是跟我跳了一个晚上的舞，但是，不是您所想的那样。"我重复了一下刚才的表态，"因为他发现我没有化装，被人讥讽却无力还击，国王动了侠义之心。他告诉我，在他的新年舞会上，他不能接受一张愁容不展的脸，他要每个人，尤其是我，他童年时代的亲人与好友受到尊重，得到快乐。"

"是吗，弗朗西丝？"父亲转向母亲，"国王只是为了让简免于受窘。我们会不会想得太多了？"

母亲的脸上微有不快，但她的声音，却旋即恢复了原来的热度："国王果有侠义之心，跟你跳一支舞，甚至跳几支舞，便能圆满地解决问题了。可问题是，整个晚上，除你之外，他从未找过第二个舞伴。身为万众瞩目的一国之君，为了让童年的好友获得尊重与快乐，就必须花掉他整晚的时间吗？盛会之上，有女如云而心无旁骛，仅凭一点儿时的情分与王者的仁心，这样的解释是不是太过牵强？"

"他只是行为过激。因为他对我说过，看到我饱受刺激，他实在气愤不过。"我解释道，"国王毕竟年少气盛，出于维护我的好意而加以力捧。'到了明天，还有谁敢轻视你？'他这么对我说。"最后那句话是我临时加进去的，以为这样一来，母亲的想象力便会就此止步。

"他让人演奏《绿袖子》，那是他的父亲亨利八世写给安妮·博林的情歌。为什么要选这首乐曲，并且跟你单独在外面待了那么久？你们说了些什么？莫非就只有经典的一句——'到了明天，还有谁敢轻视你？'"母亲继续追问。

"信不信由您，如果您不想为此自寻烦恼。"

"简，你这是在对你的母亲说话吗？"母亲厉声问，顷刻间却又软化下来，含笑说，"这种事情，女孩子总是羞于承认的。所谓旁观者清，当局者迷。让我为你挑破那层薄纸吧，我的女儿。国王维护你、力捧你，那只是一个借口。他中意于你，这才是关键，是实质。"

"是啊，简。"父亲用手指敲着膝盖说，"当国王和你手挽着手从殿外走进来，此时无声胜有声，没有人还能想得起呼吸。当国王说出那句——'朕要宣布'，便是一个三岁的儿童也能猜出那后面的内容，他要宣布的是跟你订婚。与布拉盖特的简·格雷订婚，眼看已是唾手可得了啊。我就像昨晚所唱过的另一首歌，'心都快要跳出了胸膛'！哦，弗朗西丝！哦，弗朗西丝！现在回想起那一时刻，我还激动得喘不过气来。"

"就差了那么一点火候，真是可惜！"母亲重重地叹了口气，"要不是温斯顿·哈特那个老家伙从中作怪,爱德华的金口玉旨没准儿已经生效了。温斯顿·哈特,你不过是个名不见经传的小贵族,凭什么跟我们格雷家过不去!我记着这件事呢,我会跟你没完!"

"弗朗西丝,你没听人说过?哈特爵士有个心肝宝贝似的独女,今年正好十五岁,一心想邀圣宠,不知吓跑了多少媒人。难怪他会横生枝节、百般阻拦。那意思,还不够明显吗?"父亲与母亲一唱一和。

"百般阻拦,那叫百般阻拦吗?"我反问道,"爱德华要宣布的内容跟我毫不相干……你们明知道的,这绝不可能!又何必捕风捉影、乐此不疲?"

父亲望了眼母亲,母亲也望了下父亲,他们在忽然间哑口无言了。

门外响起了轻微的窸窣声。父亲起身查看,却又悻悻然走了回来:"几只老鼠,专爱鬼鬼祟祟。再让我看见,一定连皮带骨地狠揍一顿。"

"亨利,不要跑题,扯到不相干的事情上!"母亲有些不耐烦,却又自言自语道,"简,你说绝不可能,这是怎么回事?"

"爱德华的婚事,首先要得到枢密院的通过,枢密院的那些老古董就知道墨守成规。"父亲似乎找回了部分的理智,"通常情况下,英格兰的姑娘不会嫁给她们的国王。"

"是的,英格兰的姑娘很难嫁给她们的国王,这是世代所立的规矩。没有哈特爵士,也会有别的人,会有更多的人加以阻挠。你们同意吗,我的父母大人?"我松了口气。

"但国王是中意你的!无论你怎样为他开脱,为你开脱,你们之间,绝不只是停留在朋友的那个层次。"思之再三,母亲仍不肯放弃她的判断。

"我也这么觉得。"父亲连连点头,"如果有人对'两情相悦'一词缺乏了解,只消观察一下你跟他跳舞时的神情就不言自明了。"

"父亲,那是你这么想。我根本没有!"我叫了起来。

"也许,你还没有意识到……再想想,或者你会有不一样的发现。"母亲的眼中又饱含了期望。

"不是这样,不是!我要对你们说多少个不是你们才能明白?"我迅速起身,脚不沾地地逃开了。

"别走啊,简。"父亲犹在身后召唤。

卧室的门外,也响起了一阵窸窣声。我闻声坐起,两个妹妹,凯瑟琳与玛丽,正从门缝向内探看。

"原来是你们,父亲还说是老鼠。他说要把老鼠连皮带骨地狠揍一顿,这倒是个好主意。你们去跟他解释一下吧。"我对她们说。

她们蹦蹦跳跳地跑了进来。

"简，需要解释的是你。我们实在太想知道了。"玛丽妹妹几乎扑到我的身上。

"你们不是都听到了吗？"我问。

"简，你没说真话。"凯瑟琳妹妹笑着说，"当着父母的面，有些话，也许你不便说。可我们是你的妹妹，是你的心腹啊。"

"你们是我的心腹？这我还是第一次听到。"

"干吗那么见外呀，简？姐妹之间，应当坦诚相待。"凯瑟琳妹妹又说。

"我没有不坦诚呀。你们的疑点，跟母亲一样，而我的解释，也并无新意。"

"我是第一次见到国王。"玛丽妹妹说，"他那样年轻，那样瘦削，完全不同于我的想象。可他的眼睛亮极了，就像传说中的神灯一样光照四壁；他的言行举止是那么高贵飘逸、令人惊羡。我呀，我就忍不住想，如果他能看我一眼，我一定会欢天喜地、心花怒放。后来，他是看到我了，在那一刹那，我觉得自己像被一束奇丽的阳光所击中，尽管阳光转瞬即逝，而我，跟在场的大多数人一样，都看清楚了阳光所指的方向，那就是你，我的姐姐。"

"国王这样做是有目的的，他本想帮我一个大忙。"我说。

"也许，连你自己都没有察觉到吧？你跳舞的时候充满了欢乐。那是我不曾见过的简。众所周知，斯科费尔峰的雾不喜欢狩猎，不喜欢置身于人海之中。可是昨天晚上，在人海之中你却并无不适，而是悠游自得、容光焕发。请问这是何故？"凯瑟琳妹妹说。

"因为昨夜的舞会跌宕起伏，很是刺激。"我毫不口软地答道，"爱德华的中途相助改变了人们对我的轻视，我的挫折感被骄傲感所取代。你说，一个人一旦感到扬眉吐气，她能不悠游自得，能不容光焕发？"

"可是国王……你能确定，国王对你真的没有，没有一点特别的心思？"玛丽妹妹仍缠着我问。

"小妹，国王的心思是你能够琢磨出的？"我笑了笑，"把白日梦建立在国王身上，可要小心搬起石头砸了自己的脚。"

"你说什么呢，简？"母亲就站在门口，冷着脸问。

"我……"

"你是不会做白日梦。像你这样的女孩，大概也没有几个男士肯对你做起白日梦来！"她瞪了我一眼，又对两个妹妹说，"不许你们对国王说三道四。听到没有？"

凯瑟琳和玛丽老老实实地低着头走了出去，门"砰"然一声关上了。

我的心却再难平静。

"也许，你还没有意识到……"

"也许，连你自己都没有察觉到吧？"

母亲与妹妹们的暗示仍回荡在耳边。她们在暗示我可能爱上了爱德华，真是这样吗，我爱上了他？

"在最不可能的时间、最不可能的地点找到生命中的至爱，她的出现犹若流星照亮漫漫长夜，既令人惊喜若狂，又令人黯然神伤。与她相聚如同天堂，与她别离如同死亡。从一个极端到另一个极端，以灵魂所能达到的最高的纯度与最深的浓度。"这是昨天晚上，爱德华对我谈起的关于"爱情"的设想。

若是以此理论为依据，那么很显然，哪怕我们跳了通宵的舞，说了一夜的话，他仍然没有爱上我，我也没有爱上他。爱情的到来定当风驰电掣，爱情的体验必须动魄惊心，既有烈酒的醇厚、蜂蜜的芳郁，更有火焰的狂热、冰雹的力量。这才是爱，席卷一切的爱，既有战栗的希望，也有哀痛的毁灭。爱是生命中最强烈的感受，既有难以承受的挫败，也有无可替代的充实与满足。无论败笔还是得意之笔，爱是生命中最浓丽的色彩。

"如果有人对'两情相悦'一词缺乏了解，只消观察一下你跟他跳舞时的神情就不言自明了。"

一向心思并不细密的父亲也这么说。真是这样吗，难道这只是爱德华刻意制造出的假象？我心中一惊，似水流年、风云变幻。舞会上那个身材颀长的年轻人已不再是我童年记忆里亲如手足的友伴。我们长大了，从男孩女孩变成了少男少女。在彼此关怀之外，我们之间，或者也有了一份说不清道不明的吸引，尤其是我们两人都不安于现状，都有一种渴望自主的意志，在这方面，我们产生了极强的共鸣。"然而，这不会是爱情。"我背对着窗外的夕阳自言自语，摇了摇头，似乎摇掉了一个精神上的包袱。

"大概没有几个男士肯对你做起白日梦！"恼怒之下，母亲曾如是教训我。但她的眼神却别有意味。她在期待着舞会的后续，尤其当她目光闪亮之时。

第十四章　妙　计

　　日子一个接一个地溜走了，母亲闪亮的目光并未得到任何应验。我们再没有接到来自宫中的舞会邀约，我在那个新年之夜所取得的颠覆性的成功如空气般地蒸发了。生活又变得淡如白水。然而那一天，父亲却带回了一个惊人的消息。"我的夫人，我的女儿们，出大事了！今天有人刺杀国王，不早不晚选在了领圣餐的时候！"

　　"竟有这等事，国王怎么样了？"母亲首先发问。

　　"好在侍卫反应敏捷，奋不顾身替国王挡住了致命的一剑。天哪，流了那么多的血，连大主教的法袍都被染得一片鲜红。"

　　"刺客呢？"凯瑟琳妹妹问。

　　"刺客当场自尽了。宫里宫外乱成了一锅粥，正忙着追查幕后主使。"

　　"谁会是幕后主使呢？"母亲又问。

　　"这个还真难说。沃威克伯爵认为是有人打着玛丽小姐的旗号干的，也不排除玛丽小姐本人。萨默塞特公爵则认为是上次逼宫的阿朗德尔伯爵在背后捣鬼。他们两人唇枪舌剑互不相让，国王的脸色难看极了。"

　　"你的脸色也难看极了，亨利。好像他要行刺的不是国王，而是你。"母亲望着父亲说。

　　"刺客当时离我很近。弗朗西丝，那真是惊魂一刻，我还以为自己快没命了。"父亲的手掌沿着脖子上下滑动，手背青筋凸出，可见内心的惊悸，"我脸上还有没有血？侍卫的血，也溅到了我的脸上。我起码洗了五次以上，可总是觉得还在那儿。你们看，有没有洗干净？"

　　"我看，还有一点儿没洗掉呢。"玛丽妹妹说。

　　父亲即刻面色如土，颤声问："在哪儿？快拿镜子来，快拿镜子来！"一边说，一边使劲地胡乱擦拭。

　　"我说着玩的，父亲。哪有什么血迹呀？不过就是，你的脸、你的脸像是有些肿。"玛丽妹妹挨上去说。

　　"能不肿吗？你自己试试看，如果你肯花时间反复洗脸五次以上。"凯瑟琳妹妹偷偷一笑。

"走开！"父亲瞪眼吼道。

"亨利，还有什么不对的？"倒是母亲瞧出了端倪。

父亲惶惑地说："那个刺客，我好像在哪里见过。"

"那你可得用心想一想。国王不正在全力追查此事吗？你若能提供一鳞半爪的线索，就是立了大功了。"母亲说。

"我想不起来。也许，我根本没见过他。可他为什么在抹脖子自杀前要冲我一笑呢？好像他认识我似的。哎，他笑得真是吓人。"

"他到底是谁，你跟他不会有什么，我是说，有意想不到的联系？"母亲不放心地问。

"我怎么知道？"父亲一下子火了，"一个渎神弑君的亡命之徒，我跟他可是八竿子打不着边儿！"

"我倒要看看，这次是沃威克伯爵的判断不失分毫呢，还是萨默塞特公爵的见识离事实更近？"母亲说。

几天后，一队人马不速而至，将父亲强行带走了，为首的那个人正是哈特爵士。

"我犯了什么法？哈特爵士，这根本就是栽赃陷害嘛。"父亲既惊且急。

"公爵大人，请吧。是不是栽赃陷害，到了伦敦塔，自会立见分晓。在下王命在身，不敢耽搁太久。"哈特爵士抱着双臂说。

"可是你刚才说，那个刺客，他叫什么兰斯·弗厄姆？"

"兰斯·弗厄姆只是化名。他的真名是马克·安德森。怎么样，对这个名字，你多少有些印象吧？"

"马克·安德森，这是个很普遍的名字，一百个英国男人中，你甚至不难找到有十个人跟他同名。"母亲已是怒色盈面，"哈特爵士，我们两家素无冤仇，一向井水不犯河水。可近些天来，你却对我们屡下毒手。你若安心想要整垮格雷家，那我给你一点建议，不妨多转动下脑子，弄出点真凭实据来。"

"国王陛下一向重视真凭实据，在下对此更是不敢怠慢。倒是夫人您，恐怕您对在下有些误会。在那次新年舞会上，夫人以为在下阻挡了令爱的好姻缘，满心的不悦都挂在脸上。其实您是错怪了我，因为就真凭实据而言，夫人您是不是欠缺了一些理直气壮呢？"哈特爵士满脸堆笑说。

"不必绕着弯子东拉西扯。我只问你，马克·安德森跟我丈夫有何关系？"

"国王派出的密探在马克·安德森的住所搜出了一把小刀。据工匠说，这把小刀的产地应当是在府上。"

"什么样的小刀？哈特爵士，请出示一下。"母亲说。

"对不起，夫人，仓促之间奉命而来，如此重要的物证我竟忘记带了。夫人既这么好奇，要不要到御前一同观赏？"

"不，不，弗朗西丝，你别再说了。"父亲已是乱了方寸，用近于哀恳的音调向哈特爵士说，"哈特爵士，我不敢质疑你此行的合法性。可是请你务必相信，对于马克·安德森所犯下的滔天大罪，我绝对是不敢听闻的，更别说跟这有什么瓜葛了。至于那把刀，不是有人栽赃陷害，就是马克·安德森的偷盗行为。请你，请为我禀告国王，我愿在家中候旨不出，等到彻查此事后再到宫中伺候陛下。"

"公爵，现在说什么都没用了，您请吧。"哈特爵士对同行而来的卫士比了个合围的手势，"国王为了公爵的清白起见，选了个极好的去处以便进一步研判。这世上的颜色无论怎样涂抹混杂，在爱德华六世所管辖的领地内，可从来都是白就是白，黑就是黑，白的变不成黑，黑的也变不成白。善有善报，恶有恶报。不是未报，时候未到。怎么样，公爵大人，请务必配合一下。"

在父亲的不断呼冤与母亲的厉声阻挠中，父亲还是被他们带走了。

家里陷入一片恐慌，就连仆人们也无心做事。一向有着"小宫廷"之称的萨福克公爵府在一夜间败落得不成样了，门前荒芜，访客绝迹。母亲终日在外奔波，天不见亮便乘车驰出，夜色已深才缓辔而归。

我们三姐妹尽量不去打扰她，只在一旁偷偷观望。后来还是鼓起勇气，一起走到她的身前。我小心问道："母亲，父亲他，还好吧？"

"这种蠢话还是留着问你自己吧。"母亲将马鞭随手一扔，桌案的一角被打落下来，"他如果还好，我还用得着这么起早贪黑地到处打听、四面求人吗？"

"父亲，我要父亲！"玛丽妹妹已哭了起来。她这一哭，引得我与凯瑟琳妹妹也不由得失声啜泣。

"哭，你们就只知道哭，这是哭给谁看？"母亲喝止道，"我的丈夫，你们的父亲还活在人世呢。把你们的眼泪送给那些幸灾乐祸的坏蛋吧，送给那些巴不得我们垮台的仇人！"

"可我们，我们怎么会有仇人呢？"凯瑟琳妹妹怯怯地问，"像萨默塞特公爵，像沃威克伯爵，'仇人'一词，似乎是他们两家的专属。"

母亲没有回答她，眼睛望向别处："对男人以及家庭来说，儿子总是多多益善。在子嗣问题上，先王孜孜以求近于偏执，尽管为人诟病，还是给我们英格兰留下了一脉单传的王子。而你们的父亲，他最大的遗憾就是命中无子。这个道理，我现在才算体会到了。"母亲的眼中有无尽的悲哀，"生女儿有什么用啊？哪怕你为她操心千回，她却不能为你分忧一次。现在家里出了这样的大事，我能指靠谁呢？"

"母亲，父亲和刺客的案件能有什么牵连呢？我们难道就找不出一个可以为他澄清事实的办法？"我问。

"马克·安德森是我们从前的仆人，木匠安德森，就是那个绰号叫作半个酒鬼的安德森的儿子。酒鬼安德森早在三年前就死掉了。至于他从哪儿冒出了这么个儿子，我跟你父亲是毫不知晓。老安德森从没结过婚，下葬的时候还是以单身汉的名义。多么可笑又是多么恐怖，这条老狗，貌似忠厚老实、木讷寡言，竟藏着一个秘密，他有一个不能见光的儿子。这个所谓的儿子是他跟魔鬼的老婆所生的吗？也许就是为了这个，他才故作糊涂，用半个酒鬼的绰号保护了逆子，蒙骗了大家。"

"这么说，父亲与此事是完全无关了？"我又问。

"我说无关，你说无关，这有什么用？"母亲烦乱地说，"我们一家人的命运如今是攥在别人的手心里。你明白吗？"

"国王不会责罚一个无辜之人。他有胆有识，既不会因为一个刺客而惊慌失措，更不会因为刺客的父亲是我们家从前的仆人而大兴冤狱。"我辩称道。

"看来你对国王是大有了解、很有研究嘛。难怪他对你另眼相待。"母亲拉着我的手，叹了口气，"简，如果没有你父亲的这件事，你和国王……不谈这个了。你父亲的事才是当前最紧急的。此事可大可小，也许就是那么一两个人，能决定整个事情的走向。"

"要不，我去求见国王？"再也顾不上避嫌了，我直截了当地说。

"你以为你是谁，他会见你？"母亲抛下我的手，冷笑道，"即使在这之前，他有过那么一些想法，想要跟你确定什么，那也已经风吹云散了。现在他的生命与统治都受到了威胁，他却不曾找出那个元凶。你以为，在这样的形势下，他还顾得了儿女情长吗？他会听信你的一面之词？请记住，小姐，当前的你，什么都不是，你只是一个可疑对象的女儿，不再是他私心恋慕的姑娘。"

"那我们、我们会不会也被关起来呀？"见母亲说得这样严重，玛丽妹妹几乎又要哭了。

"我现在所要做的事，就是要把你们的父亲从这场灾难中解救出来。救了你们的父亲，也就解救了我们全家！"母亲的声音颇见力度。她不是一个怯懦的女人，想到这点，我稍感安定。

"可气的是，墙倒众人推。那些忘恩负义的家伙明明可以为我们分辩，却闭目养神置若罔闻。这笔账我是一定要算的，等我翻盘之后。"母亲恨恨地说。

"父亲交往素阔。他那么多的朋友中，就没有一个肯为我们出头说话的？"凯瑟琳妹妹问。

"朋友，是要到了这个时候才看得出来。"母亲的嘴角微带笑意，"尽是些虚情假意、没心没肺的软骨头。倒是有个人跟他们不一样。他答应帮我们，很有诚意。虽说连他也承认，这件事十分棘手，他希望能想出一条万全之计。"

"是谁呀？"我们都迫切地想知道。

"国王的舅舅苏德里男爵。以他的能力与影响，只许成功，不许失败。否则……噢，没有否则，他定能做到！"母亲说。

父亲平安地回来了。短短的几天，他已憔悴得不成人样。时哭时笑，时喜时悲，毫无疑问，他受到了很大的刺激。在他回来后的第二天，刺客一案宣告终结。"沃威克伯爵赢了。"母亲淡淡地说了句。此案最终确定为北方的天主教教徒所为。尽管还不能明悉玛丽小姐与案情是否有关，但在疑云重重之后，爱德华与其长姐的矛盾已是人尽皆知了。

"亨利八世的女儿真是狠毒啊，竟然雇凶对自己的国王弟弟痛下杀手！"

"骨肉相残，却以宗教信仰不同为借口！弟弟逼迫姐姐，姐姐谋害弟弟，这是都铎王族的大不幸，也是我们这个国家的大不幸！人间悲剧就在眼前，但愿在我的有生之日，它不要那么快地到来。"

民间已有许多杯弓蛇影的看法。刺客一案，不仅损毁了玛丽小姐的形象，对于国王爱德华的统治，也是不无负面影响。

但就我们的生活而言，总算又恢复了表面的平静。肯特教区的奥威尔神父由于年老体衰，下个月就将离职。离职前有个小型的告别仪式，我们全家都获邀参加。父亲尚未从惊险的传讯中完全解脱，他需要母亲在家陪伴。两个妹妹也对这个告别仪式毫不热心。

"等我拉丁语说得流利些再去送别他吧。当然，我要是像你，简，那可不用愁了，大可摇头晃脑地现场为他来上一段拉丁语的临别致辞，一定能把老神父感动得热泪纵横。"凯瑟琳妹妹说。

"我也是的。"玛丽妹妹说，"要是临时抱佛脚还来得及的话。"

结果呢，只有我一个人去参加了奥威尔神父的告别仪式。"只有坚如磐石的心才能抗拒貌似真诚的诱惑。孩子，愿上帝赐予我们抗拒诱惑的清醒与定力。"在令人伤感的仪式的最后，奥威尔神父慈爱而又用力地拍了拍我的后背。

回家之后，我被母亲唤了去。两个妹妹的身影在门外晃了下便不见了。我在心里检点了一下当天的行止，觉得并无不当之处，可妹妹们为何要在门外潜行呢？

"简。"母亲的笑容是真实的，找不出一点挑错的意图。

我越发觉得不自在了，她却又是一笑："很久没有离开家了，你会习惯吗？"

"您说什么？我是去跟奥威尔神父告别，并没有离家很久呀。"我有些莫名其妙。

"我说的不是那件事。是这样的，你的义父希望你能到苏德里堡住上一段时间，你明天就去吧。"她说得那样轻松自然，仿佛谈到的是一顿即兴的野餐，她的某个女儿可以乘兴而去。

"半年以前，您不是亲自到苏德里堡把我接走的吗？您根本不愿意我留在那儿。"我提醒她说。

"哦，倒也不是根本不愿意。我那么做是有欠考虑的。那时男爵夫人刚过世，你知道世人的嘴巴有多么坏。我对男爵怀有偏见，现在看来，实在是无此必要。男爵的个人品质并无瑕疵。凯瑟琳·帕尔的葬礼也算是极尽哀荣了，丈夫对亡妻能这么尽心的，真是为数不多。再说了，男爵至今犹未续弦，其谨慎持重可堪表率，令人敬佩。"母亲居然对苏德里男爵唱起了赞歌来，今夕何夕，我不由暗自惊叹。

"尤其是这一次，你父亲能摆脱牢狱之灾，他可没少出力。他呀，他有一条妙计。不过现在，知道的人越少越好，否则妙计也就不妙不灵了……"母亲忽然止住了话头，笑吟吟地望了我一眼，"总之，他是一个朋友、一个靠山。更何况，他是你的义父，我们两家应当比一般亲戚还要亲近。"

"只能说是曾经的义父吧？"我说，"他之所以与我有过短暂的父女之名，纯粹是因为前王后凯瑟琳·帕尔的关系。但凯瑟琳既已去世，您又对他曾经极为反感，我呢，即使谈不上什么反感，却肯定缺少女儿对父亲所应有的敬意。我想，苏德里堡我就不必再去了吧。"

"简，你这说的是什么傻话？对苏德里男爵，我从未表示过任何反感，只是误听人言，对他有所偏见。可现在不一样了，我们两家要相互依赖。男爵与国王有甥舅之亲，在很多地方，我们都要借重他呢。"

她对苏德里男爵是完全改观了，父亲的这场祸事可能是个重要的契机，照母亲所言，苏德里的"妙计"能让父亲摆脱灾难。虽不明了这条"妙计"的底细，可是，我为何要去反感我们家的恩人呢？想到这里，我对自己刚刚说过的那番话，不禁感到有些后悔。

"那么就这样说定了，简。要知道，目前的形势还不是十分明朗，说不定你父亲还会接受进一步的质询。改善我们与苏德里男爵的关系，此事有百利而无一弊。去他那里住上一段时间吧。男爵的母亲，国王的外婆玛格丽特·西摩夫人会与男爵一起负担起教育你、抚养你的责任。刺客一事闹得人心惶惶，我们必须预先为自己留条退路。与苏德里男爵结盟，我们就能有备无患了。"

"那我什么时候可以回家呢？"既然到苏德里堡已是势所难免，这就成了我最关心的问题。

"咦，还没离家便想要回家，简，你真的这么留恋这个家吗？"母亲反问道，"如果你的养母凯瑟琳·帕尔还在，恐怕你就不会这么说了吧？那时的你，恨不得插翅飞到她的身边。我呢，也就由着你，爱在苏德里堡住多久就住多久。如今你养母虽不在了，可男爵的母亲完全有资格取得对你的监护。我相信，我的女儿，你会与男爵的母亲相处得十分愉快。"

我只感到万分沮丧，母亲并没有忽视我的表情。她拍了拍我的脸颊："高高兴兴地去吧，你是个知书达理的姑娘，你会赢得他们的喜爱，尤其是，你会赢得凯瑟琳的女儿玛丽·西摩的喜爱。这也是凯瑟琳的愿望。被阻隔在另一世界，她一定热切地希望你能多花些时间来陪伴她的女儿。这是你唯一能回报她的方式，你同意吗？"

我同意了，我还能说什么呢？第二天便离开布拉盖特，再次踏上了前往苏德里堡的旅程。

第十五章　母　子

　　初夏的苏德里堡拥有任何一名职业或非职业的画师都乐意见到的自然风光，但在古堡深处，除了花瓶里每日更换的山茶与睡莲，若是足不出户的话，你很难感受到自然风光的魅力。古堡内部的生活是精细的、华美的，同时兼有深邃与空洞两种特质。其实古堡内部的生活更像一幅图画，因为它的按部就班，因为它的一成不变，在富丽的陈设与布置下甚至比虚拟的画面更加显得古色古香。

　　连婴儿室也不例外。银制的烛台、银制的水罐、银制的高脚杯，就连餐桌上的盐瓶也是银制的。所有银制的器具上都镌刻着"M·S（玛丽·西摩）"的姓名缩写，一切都是属于她的，那个还在摇篮中牙牙学语的小女孩。轻暖的天鹅绒被，上好的塔夫绸窗帘，金缕织成的椅垫，镶有象牙的床架装饰，东方香料清柔如兰的气息。身着制服、穿梭忙碌的仆从，负责喂食的保姆就有两个，人人各司其职，务使生活流程保持一丝不乱。"给西摩小姐穿衣服了。""给西摩小姐准备早餐。""给西摩小姐洗澡。""给西摩小姐点灯。"从表面看来，这个小女孩正享受着同龄孩子所不敢希冀的太多宠爱。但与同龄孩子不一样的是，她没有母亲，没有兄弟姐妹，她的父亲有时也会走进她的房间，但停留的时刻以及到来的次数都十分有限。

　　"男爵很爱他的女儿，对他来说，她胜于世上的一切。"玛丽·西摩的保姆埃文斯夫人曾告诉我，"可他是个男人，他不知道该怎样爱她。有一次，他把酒瓶带了进来。亲自动手倒了一杯，试图让西摩小姐品尝。我战战兢兢地制止了他，他当时脸色很难看，我简直以为他要揍我一顿，他却只是叹了口气，'你说得没错。如果凯瑟琳看到我这样哄孩子，她肯定受不了。我是个倒霉蛋，我是个失败者，连合格的父亲都做不到。我不知道该怎样陪伴女儿。看到她，我又是开心，又是伤心。如果不是她……如果没有她……我的妻子，那样一个得来不易的妻子，我是愿意和她长相厮守的。她原本可以为我带来更多的子女，她还欠我一个儿子。上帝，为什么要这样惩罚我？'简小姐，我想他是酒后失态。在这之后他再也没有带着酒瓶来过。只要身上还有酒味儿，他是不会走进这个房间的。因为后来又发生了一件事，他让西摩小姐亲她，西摩小姐因为讨厌那股酒味儿，把小脑袋转来转去就是不肯。男爵很情绪化，有时对人很亲切，有时又很严厉。高兴起来可以不分主仆；可他一旦脸一黑，会把你吓得浑身直打哆嗦。总之，他是那种真正意义上的大男人，对他女儿却是体贴无比。一个还不满周岁的小姑娘哪用得着这么大的排场呀？我听说，即使是先王的女儿伊丽莎白小姐，那会儿她还是先王的合法女儿呢，她的用人数目也不比西摩小姐多。"

"西摩小姐，这是简小姐。你有了一个姐姐，她也是你父亲的女儿。你喜欢她吗？"埃文斯夫人对玛丽·西摩微笑道。

我弯下腰来，把头挨近摇篮边。小玛丽鼓着嘴，瞪大了眼睛望着我，那张天真无邪的脸上霎时间漾满了笑意。男爵曾经无比自豪地说，他的女儿比任何一个孩子都更像天使。说真的，即使天使也不可能比她笑得更甜美、更动人。更让我心情激动的是，小玛丽的那双眼睛酷似我的养母凯瑟琳·帕尔，尤其当她微仰着下巴向人睨视之时，简直跟她的生母一模一样。我几乎流下泪来。为的是有着这样一双眼睛的人已永远离开我了，但它却又以另外一种方式获得了重生，我对小玛丽充满了爱怜之情。

凯瑟琳·帕尔埋在苏德里堡的教堂墓地。那里既没有她已故的亲人，也没有她丈夫的先辈。那是一座新坟，也是一座孤坟。有时候，我和埃文斯夫人会带上小玛丽去那儿散步，凝听鸟语啾啾，眺望绿荫如盖，对比着下葬那日的情景（裹尸布所覆盖的冰冷的愁容，再也感受不到她生气勃勃的谈吐），我不禁想到："在经历了那么多的苦难波折之后，凯瑟琳·帕尔可以尽情享受这一带的风景，能够得到彻底的安息，这对她来说，或者就是最好的归宿了。"

"简小姐，我刚才跟您说话呢，您却什么都没听见。"埃文斯夫人说。

"哦，对不起，我有些走神了。"我笑了笑。

"在想什么有趣的事吗？"

"唔，我只是想，如果我死后能埋在这样清凉宜人、绿意盎然的地方，那就死而无憾了。"我随口说。

埃文斯夫人却是一脸吃惊的样子："您还这样年轻，上帝也不允许您有这样的想法！我看您是触景伤怀，又想起了可怜的夫人。我们走吧，简小姐。说真的，这儿太冷清了。若是我一个人，听到风吹树叶呜呜作响，还真有些害怕呢。"

"你呢，你也害怕吗，玛丽？"小玛丽冲我甜甜地一笑。幼小的她还不知道，这儿就是离她母亲最近的地方。

"凯瑟琳·帕尔之墓。苏德里爵士挚爱的妻子，玛丽·西摩慈爱的母亲。"我的目光沿着碑文上下滑动。

这是对于一个女人一生的评价与定性。是通用的碑文，适用于所有的女人，只要她能满足两个最基本的条件，在成为一个妻子之后再成为一个母亲，当然，还得有一些附加的条件，出身良家，有贤德之名。至于她在其他方面是否独具特色，简直不值一提。

"挚爱的妻子，慈爱的母亲。"这未必不是凯瑟琳·帕尔的心愿。然而，"挚爱的妻子"是个一戳即穿的谎言，"慈爱的母亲"却又未及证明。凯瑟琳·帕尔，她真能在此无忧安眠吗？她是否已经淡忘并原谅了她的丈夫，但她决不会淡忘并不再挂念她的女儿，尽管她们的母女之缘只有那么短短的数十天。

"这儿平时可是少有人来？"我问埃文斯夫人。

"墓地有专人管护，您看这些林木花卉的长势就可以知道。不过苏德里男爵难得来。"顿了下，她又补充道，"简小姐，这并不意味着男爵已淡忘了帕尔夫人。守墓人老凯奇说，每次男爵来这儿，都会亲手采选一束紫丁香，然后呢，他会默默地与紫丁香一起，在帕尔夫人的墓地一坐就是老半天。他对已逝的帕尔夫人实在怀有很深的感情。也许是为了避免过度伤心，他少有来到这里。"

"男爵至今犹未续弦，其谨慎持重可堪表率，令人敬佩。"我想起了母亲对男爵的赞叹。

"哦，我并不是说，男爵毫无续娶之意，"埃文斯夫人有些不安地说，"男爵毕竟正当盛年，为西摩小姐着想，她也急需一位继母。既是理想的妻子，又是理想的继母，这样的女士还真难寻觅呢。"

正说着，我忽然发现，苏德里男爵挽着一位老夫人向我们走来了。

小玛丽也看到了她的父亲，乐得手舞足蹈，咿呜作声。

男爵把他的女儿高高举起，小玛丽笑得更欢了。她爱她的父亲，而对于那位伸手来抱的老夫人，则别过头去躲避。

"西摩小姐，怎么又开始认生了？你的祖母玛格丽特夫人，上个月你到她家里去过。她家里有许多漂亮的奶牛，你可爱喝那些热气腾腾的鲜牛奶了。来吧，到你祖母的怀里来。让她亲亲你那桃子般粉嫩粉嫩的小脸。"埃文斯夫人试图将小玛丽送到玛格丽特夫人的怀里，却弄得她啼哭不止。

"好啦，好啦，我老喽，不再讨人喜欢，应当有自知之明，别惹我的小孙女生气。是吧，玛丽？"一番折腾之后，玛格丽特夫人将小玛丽又还给了埃文斯夫人。"真累呀。"她喘着气说。

待她呼吸平稳之后，男爵笑着对她说："母亲，我小时候不会这么磨人吧？"

"你呀，你倒是不认生，你是个厚脸皮。说起磨人的程度，你比起她来起码要超出十倍！"玛格丽特夫人一边说，一边笑眯眯地望着我，"这就是简？"

"是的，这就是简，我的另一个女儿。在玛丽出生之前，我们对她的疼爱比对亲生女儿还要有增无减。可怜的凯瑟琳，她制订了多少计划，做了多少打算呀，原以为能亲自将这个孩子养育成人。噢，何必再提起这些？"男爵叹了口气，对我说，"简，这是我的母亲，玛格丽特·温特沃斯女士。"

"玛格丽特夫人。"我向她屈膝颔首。

"真可爱。"玛格丽特夫人握着我的手说，"你母亲弗朗西丝只有三个女儿？"

"是的，我有两个妹妹。"

"那她舍得你呀？我是说，她舍得让你住在别人屋檐下，由别人来教养？"

"母亲，我可不是别人。我说过，凯瑟琳在世时，我们对简的疼爱甚至要胜过许多人对亲生子女的疼爱。就亲情而言，可以这么说吧，跟简的生父萨福克公爵相比，我觉得自己并不处于劣势。"男爵抗议道。

"啊，我真是个老糊涂，我也不知道我为什么会这么说。"玛格丽特夫人慈目含笑，"我有九个孩子，五个男孩，四个女孩，全都由我一手带大。小的时候，他们成天吵嚷打闹，有时也让我心烦，甚至让我疲倦不堪，可我还是感到特别满足、特别骄傲。对一个母亲来说，这世上最大的快乐就是跟自己的孩子们在一起时所感到的快乐。九个孩子的脾气性格各个不同。托马斯是最调皮胆大的男孩。有一次他爬上树掏鸟窝，从半空中跌下来，足足昏迷了两天。我们都以为他活不成了，不料……"

"不料他两只眼睛骨碌一转，腾身而起赛过鲤鱼打挺！"男爵作势猛袭，惊得玛格丽特夫人连连后退，要不是男爵出手敏捷地托住了她，老夫人险些便要跌倒。

"托马斯，你这冒失鬼，真是江山易改，本性难移。你以为你还是三尺幼童啊？我却不行啦，我这颗衰老的心脏再也受不了这样的刺激。"

"我最最亲爱的母亲，您必须原谅您粗鲁冒失的儿子。"男爵笑嘻嘻地说，"谁让您把那些已经重复了上百遍的陈年旧事在简的面前又温习了一遍呢？令一个父亲在女儿面前没有面子，您是不是做得有些过分了？"

"你总是有理，专爱在强词狡辩上下功夫。"玛格丽特夫人轻轻拍打了一下男爵的脸，"我的那些女孩子中，简的性情最好，从来不会与谁口角，从来不会与谁争执。她富于同情，善于倾听。女孩子们活似叽叽喳喳的小鸟，而她，她却像是静静的流水，那个时候，我们把她叫作影子姑娘。而你，托马斯，你是我的皮猴小子。可我现在只有五个孩子了，有四个孩子已被召唤到上帝的身边，其中就包括简。如果先王不曾注意到她，她或许会一辈子默默无闻，谁知道呢？或许她宁可如此，因为她只是一朵淡雅动人的小花。她原不该离开得那样早！为什么我要活得这样长啊，我的生命的长度已超过她的一倍！如果我能把寿命分出一半给她，给安东尼，给玛格丽特……如果上帝允许的话，尽可以把我的寿命都拿去，拿去分给我的孩子们，我会不胜感激。"她哽咽着，为了她的女儿简，也为了其余那些早逝的儿女。

"别难过了，母亲。"男爵用自己的脸紧贴着玛格丽特夫人的脸，"想想看，纵使失去了一小半，您还有一大半。五个孩子可不是个小数目哇，且不说比起先王的独子仅存您已算是绰绰有余，就是跟简的母亲萨福克公爵夫人相比，您也是大赢家。有儿有女，且在数量上占有绝对优势。萨福克公爵夫人是个极为骄傲自负的女人，当然，方方面面，她都有傲人的资本。可她瞒不过我。有一件事，她抱憾颇深，她没能为公爵生下一个儿子，这让她无法释怀，也许还有些为之自卑。简，不介意我这么猜度你母亲的心情吧？"

我摇了摇头，男爵虽然过于直率，但他所说的却是事实。

"亲爱的母亲，直到今天，您还有三个身强力壮的儿子呢。我们会保护您，让您安享晚年、幸福无忧，请您放宽心吧。"男爵对玛格丽特夫人说。

"安享晚年、幸福无忧，我可以这样期望吗？"玛格丽特夫人喟然一叹，"托马斯，你为什么要跟爱德华斗来斗去？自家兄弟之间，究竟有什么解不开的疙瘩？你们这个样子胡闹，只能使亲者痛、仇者快。若是你们的父亲还在，他肯定会为狼厅（西摩家族的祖屋）的未来忧心如焚。"

男爵默然不应。

"我知道你嫌我唠叨。我的有生之日不多了，我曾亲眼看到西摩一族由寒微而得盛宠，这一切始于你的姐姐简。虽说你姐姐由一名宫廷女侍荣膺王后之尊决非我所企望，然而，由低登高易，要想长期占据上位，则太难。一不当心就会跌落谷底，到那时候，要想粗衣蔬食、苟且偷生也是不能了。托马斯，你今天的脸色很差，你以为我没看出来吗？是为了新晋封的诺森伯兰公爵吧？"

"约翰·达德利居然也进入公爵的行列了。昨天还只是沃威克伯爵，今天已是权压公卿的诺森伯兰公爵，命运可真会开玩笑！"男爵冷笑道，"我倒是看得很开。机会嘛，就像池塘边的野鸭子，考验的是眼明手快好身手，谁先捉到那就是谁的运气。只是不知道大哥是否介意有人在他的卧榻边打鼾，而这个狂妄的打鼾者还是他从前的下属、曾经的亲信。"

"达德利跃居高位我并不在乎。我所在乎的，是世人的反应。人人都说是因为我的两个儿子水火不容，才让达德利抓住了可乘之机。托马斯，有了这样的话，我还能坐得住、睡得稳吗？幸福无忧，你叫我如何幸福无忧？"玛格丽特夫人已是满脸不快。

"我向您保证，母亲，达德利之所以能够平步青云，全是我的好大哥，您的长子爱德华一手造成的，这事跟我毫不沾边。您稍微动下脑子就能得出跟我相同的结论。请您好好地想一想，作为护国主，他这几年来都做了些什么，他尽到了护君卫国的责任吗？前年的公祷书叛乱中，他几乎无事可为；去年几个农夫发起反圈地暴动，又几乎吓破了他的胆。时人是怎么形容他来着，'萨默塞特公爵躲得老远，以隔岸观火的态度瞪眼傻看'。他不愿做、他不敢做的事，全他妈的都让达德利替他做了。干这种差事，达德利可没打算隐姓埋名，他心狠手辣从不手软，终于得到了上帝与国王的认可。然后事情就反过来了，当达德利将萨默塞特围困在温莎城堡的那天起，我那说一不二的大哥已威风不再，朝政不再是他的私房菜。他把自己消化不了的部分分赠给达德利，附带把自己的女儿也嫁了过去。可惜达德利并不领情，他已尝到了客大欺主的甜头，怎肯停下乘胜追击的脚步？达德利的用意实在太明显不过。他要扳倒大哥，要让萨默塞特公爵像只小狗一样尾随在诺森伯兰公爵的身后！"

"哦，哦，我这儿像有热火在烧！"玛格丽特夫人指着自己的头，显得极其难受。我赶紧搀扶着她，靠着一棵树缓缓坐下。

"母亲，我不该说这些。我不是故意惹您生气，现在呢，您好些没有？"男爵也来帮忙，蹲下身来，把两手放到玛格丽特夫人的膝盖上。

"萨默塞特，爱德华，你大哥，我儿子……"玛格丽特夫人起初简直不知所云，她涣散的目光渐渐聚拢来，盯着男爵一字一句地说，"你的大哥垮不得。强敌当前，你们兄弟俩若还不能联手对外，西摩一族将难逃大劫。我说过，我不稀罕荣华封顶，然而，在荣华的唆使下，我不能失去了一个女儿后，又要失去一个甚至更多的儿子。托马斯，一定要和你大哥齐心协力啊。只有你们兄弟俩齐心协力,我们西摩一族才能渡过这个难关!"

男爵淡然一笑:"母亲,您是否觉得,您的这些话,更该说给您的另一个儿子听?一碗水总要端平了才会相安无事。"

"我会的,我当然会的!"玛格丽特夫人说,"我会去找你大哥。那么,你是不是答应了我?不许敷衍,用你的心与行动来答应!"

"我答应您。"男爵的表情活似一个顽皮的小男孩,"有什么办法呢,我们都是您的儿子。法力无边的圣母,在任何事情上,我们都愿无条件地服从您。"

"你这贫嘴的孩子。我既不需要你在任何事情上服从,也不需要你无条件地服从。这里只有一件事,还有一件事,你得听我的。"玛格丽特夫人望了眼埃文斯夫人,她抱着小玛丽离我们有稍远一段距离。

"您又来了,母亲。"男爵一伸舌头,摇了摇头。

我这才意识到我应当跟埃文斯夫人一起,我已经听到了这对母子间太多私密的谈话。

"亲爱的,你别动。"玛格丽特夫人抓住我的手,不让我离开。也许,在她的眼中,我只是一个小女孩,与她同名的女儿一样,安静沉默,让人放心。也许,有一个人在她身边,能给她增添一股力量,让她直面那个高大骄纵的儿子,被时光与生活所完全改变的小男孩,说出一个母亲的真实想法。

"别告诉我你无意再娶。我只想知道,你打算娶谁,在什么时候?"玛格丽特夫人问。

"哦,关于这事,我只能告诉您,目前还进展缓慢。"男爵微微一笑。

"一个女婴的父亲可不能单身太久。先生,如果你爱你的女儿胜于世上的一切,那么在考虑再婚时,你就一定能够做出正确的决定。只要她是一个温柔可亲、富有爱心的淑女,小姐也罢,夫人也好,娶到一个能为你分忧解难的贤内助,重建一个安定祥和的家园,你的心便得到了来自上帝最真诚的祝福。至于出身、财富、容貌,都并不重要。一个再婚的男人,首先要保证前妻留下的儿女受到最好的照顾。孩子,你早已过了那种浪漫不羁的年龄,你不适合那种太年轻的、沉迷于新鲜刺激的姑娘。切不可目高于顶,切不可忘乎所以。"

"您说完了吗?"男爵冷冷地问,"您今天实在说得够多了。我可不可以做个假设,其中的部分内容,是出自您的另一个儿子,那位萨默塞特公爵?"

"托马斯,你这浑小子,说的是什么混账话?"玛格丽特夫人颤抖得厉害，我的一只手也被她带动得晃荡起来，"如果你不是我的儿子，我才懒得管你呢。你想怎么胡闹由你高兴，天塌下来你自个儿去收拾残局。我是个苦命的寡妇，一个半截入土的老太婆，多活一天少活一天又有什么关系？"

"母亲，您消消气。您的话儿子哪能不听，儿子总是跟您一条心。"男爵又露出一副恳切的神情。

"好啦，我们走吧。简，你扶我起来。"玛格丽特夫人说。

"让儿子陪您回去，"男爵从我手中"抢"过了玛格丽特夫人，"孙女虽好，毕竟亲不过儿子。是不是这个理，母亲？回头我们打牌去，您的牌风最好，陪您打牌是儿子的一大享受。"

"无事献殷勤，你哪有真心陪我这个老太婆？"玛格丽特夫人口里虽这么说，神态却已自在多了。

"等下。"男爵从玛格丽特夫人的胁下轻轻抽回了手，"我去采些紫丁香，凯特最喜欢的。"

玛格丽特夫人点了点头，叹息着说："谁说我的儿子薄情寡义？托马斯，我知道，无论何时何地、来世今生，你都放不下凯瑟琳。可是孩子，你也该为她想想，找一个能让她安心阖目的继任者。为她着想就是为她的女儿着想，她的女儿也是你的女儿，"说时将目光投向埃文斯夫人怀中的小玛丽，"可爱的天使，她值得拥有一切美好的东西。若是因为你行为不慎而伤害到她，你于心何忍？你怎么对得起凯瑟琳？哪怕把她的墓地堆成了花海，也无法消除灾厄。不要追求高不可攀的星辰，世上没有任何一个男人能承受由此造成的损毁与失败！"

男爵两眼望天，脸上却是毫无表情。

我们走近埃文斯夫人。小玛丽早已睡熟了，微微张开嘴，那份朦胧而又纯真的笑意着实动人。

"为了她，你就答应我吧。"玛格丽特夫人几乎是在恳求自己的儿子。

"嗯。"男爵点头应道。

"E是个禁忌，一个你必须忘怀、不再尝试的禁忌。答应我。"玛格丽特夫人低声说。

"您要我答应的事实在太多了。即使我想答应您，要在这么短的时间内，恐怕也是力不从心。所以请您答应我，今天之内别再要我答应什么。"男爵的脸色变得沉重起来。

玛格丽特夫人不再说话了。我回首看时，那座凄迷的墓地边，一丛紫丁香在风中摇曳，空自鲜妍。

第十六章　姐　妹

"下个月就迎娶伊丽莎白小姐？哪有这种事，又是哪些人在乱嚼舌头？"

"绝对不假，这回是动了真格的。男爵正跟哈特福德的司库帕里先生商议来着，要把他的庄园与伊丽莎白小姐的地产连成一片。不过这件事目前还有些棘手，因为伊丽莎白小姐还不到可以亲自处置地产的年龄。可她一旦成为男爵夫人，情况就有所不同了。男爵有权为妻子代管地产，当然，他会遵从伊丽莎白小姐的意愿。"

"将自己的地产交给丈夫掌管？伊丽莎白小姐不见得会喜欢这种改变吧，除非她信不过自己的管家。否则的话，以她的聪明，又何必急于将自己的终身托付给一个比她年长二十几岁的鳏夫呢？苏菲，那些旁听杂说的我可从来不信。你呀，你也别听见风就是雨。"

"可事实明摆在那里嘛。连伊丽莎白小姐的贴身女仆丹妮也证实了这一说法。说是这些天正忙着清点伊丽莎白小姐的财物，添置嫁妆已提上日程了。埃文斯夫人，你虽然对人世富有见识与经验，可是恕我直言，对于年轻小姐的心思，你就有些外行了。我们男爵是天底下最抢手的鳏夫，是男性美的集大成者，既是国王的舅舅，又是英格兰的海军大臣。左看右看、横看竖看，这样出色的人物难道不是旷古少有？比她年长二十几岁又怎么着？比她更小的姑娘们不也被迷得心荡神移？我们打个赌如何，伊丽莎白小姐如果要出嫁，唯一的可能性必定是苏德里堡的主人！"

"这个可能性几乎等于零。国王的女儿下嫁，首先要征询枢密院的意见。而要取得枢密院的同意，短短一个月的时间是远远不够的！"

"埃文斯夫人，你的观点太正统了。我们的这位主人呢，行事为人都特别得很。他上一次婚姻不也没有征询枢密院的意见吗？那时王太后尚在服丧期间，若是惊动了枢密院，事情哪会办得成啊？男爵定要自作主张，枢密院不也二话没说？这次娶的是伊丽莎白小姐，一来她不是先王的合法女儿，二来也不存在礼仪习俗方面的阻碍。男爵连王太后都敢娶，还会惧怕枢密院的事后追究吗？"

"难说。上次枢密院没有追究，保不住这一次也会睁只眼闭只眼。上次是为着他心仪已久的一位女士而甘冒风险，同样的风险，不一样的感情，他还愿重复一次吗？国王的舅舅也好，海军大臣也罢，国有国法，家有家规，越是高位的人，越是不能越雷池一步。苏菲，别把事情想得那么简单。男爵的母亲玛格丽特夫人，她心目中的儿媳首先得是一个成熟的女子。"

"所有的女子都将迅速成熟，如果她能步入婚姻的话。对于这点，玛格丽特夫人不妨放长眼光。再说了，男爵的眼光才是最重要的。毕竟是男爵娶妻，母亲的意见只能退居其次。玛格丽特夫人前天不是回到狼厅了吗？说到底，在苏德里堡，她只是一名暂住的客人。她虽然关心儿子的婚事，却也不便横加干涉的。"

我在男爵女儿的卧室里陪着小玛丽一同玩耍，外屋说话的是埃文斯夫人与女仆苏菲。"E 是个禁忌，一个你必须忘怀、不再尝试的禁忌。"我想起了那日在凯瑟琳的墓地，玛格丽特夫人力图迫使男爵做出的允诺。不出意外，玛格丽特夫人口中的"E"应当是在暗示伊丽莎白。无论做母亲的有多担心，男爵仍然我行我素。而伊丽莎白，在经过了继母丧亡的变故后，她真的还对男爵怀有情意、存在幻想吗？我心里好像被什么东西堵住了，而埃文斯夫人与苏菲还在那儿继续争论。

"埃文斯夫人，我知道，西摩小姐是你最疼爱的人，你担心伊丽莎白小姐年纪太轻，无法担当起继母的责任。其实你是多虑了。要知道，贵族小姐们并不过多依附于她们的母亲，照顾这些娇弱的小花是你我这些仆人的天职与本分。男爵终究是要续娶的，无论是娶年轻的还是年长的，新夫人进门后，你仍是西摩小姐身边的第一保姆。说穿了，贵族老爷们雇用我们，是看在我们做事的能力上，而不是为了向我们询问有关他们私事的看法。"

"正是这话。贵族老爷们雇用我们，可不是为了向我们询问有关他们私事的看法，苏菲。你若是个遵守本分的仆人，也不会到处打听、随意散布那些有关主人私事的消息了。该做什么、不该做什么，我比你可要清楚得多！"

见我不再理她，小玛丽急得"叽叽咕咕"叫了起来。

"西摩小姐，你希望谁来当你的继母？"我把她抱了起来。

她笑着，那双酷似凯瑟琳·帕尔的眼睛里没有一丝阴影，只有纯洁的快乐。我不觉好一阵心酸。如果事情真像苏菲预料的那样发展，伊丽莎白将很快成为小玛丽的继母。那么我呢？当伊丽莎白再次走进苏德里堡时，我们又将怎么相见？曾经的姐妹变作了义母义女，尽管就辈分来说，我算是她的外甥女。可她只比我大了四岁，就连她的姐姐玛丽小姐，过去不也时常叫我简妹妹吗？啊，那仿佛是上辈子的事了。依偎在凯瑟琳·帕尔膝下的岁月已被时光带走得太远。

我想离开这里，虽然，小玛丽的笑容是那样牵系人心。

"你呀，对这个世界来说，现在的你就像是一个远来的娇客。越是无知，越是好奇，是这样吗，我亲爱的小姑娘？"我吻了下小玛丽的脸颊。

来这里之前，按照母亲的说法，我不过是住上一段时间。那么现在，三个月过去了，我比男爵的母亲玛格丽特夫人住得还久。"由男爵和他的母亲一起抚养你。"母亲的这句话是何其冠冕堂皇。而事实是，玛格丽特夫人每次到苏德里堡，不过停留三两天，最多的一次也没超过五天。男爵呢，也是成天见不到人。其实我已这么大了，哪里还需要儿提时的那种抚养呢？男爵甚至没有为我聘请一位教师。"这里的书汗牛充栋，哪怕你一目十行呢，我敢说，就是一千年也读不完。"男爵曾说笑道，"坐享书城是凯瑟琳生前最大的乐事。怎么样，简，就在这儿继承你养母的遗志吧。与其把一个附庸风雅、照本宣科的所谓'学者'弄进家门，我更倾向于你自修学问。真才实学不是来自于别人的灌输，而是取决于自我的禀赋与努力。是这样吧？"

苏德里堡的藏书之丰的确令人惊叹。书室与小玛丽的育儿室，成了我勤于光顾的地方。在这里，我渐渐忘记了家居生活中母亲所施予我的那些压力。日子过得很充实，尽管充实之中也有那么一些无法填补的空虚与孤寂。我会想起与伊丽莎白、爱德华同窗共读的时光，会想起凯瑟琳·帕尔的鼓励以及耐心的讲解。可他们早已不在身边了，我从书籍中所感悟的事理无法与人倾谈，所汲取的力量不能与人共享。童年已永远遗失，现实却是如此纷乱。书室并不是避世的桃源啊，我不禁叹起气来。

"姐姐！"

"简！"

那一天，我无缘无故地又叹了口气，忽然看见两个妹妹推门进来。

"你们怎么来了？"

"来看看你不行吗？"凯瑟琳妹妹一把夺过了我手中的书，"简，你都读得唉声叹气了，干吗不换种活法呀？"

"书是读不完的，书里的世界哪有我们眼前的这个世界精彩？跟我们到外面来，让你呼吸一点人间的空气。"玛丽妹妹拉起我的手说。

"谁送你们来的？"我仍然有些惊愕。

"是我。"门口站着苏德里男爵。

"我们来看你,路上遇到了男爵。他可真是霸道,没等我们反应过来,便一阵风似的把我们的女仆与车夫都赶到了他的那辆车上,随后挥鞭驾马,亲自把我们带到了苏德里堡。说真的,这简直是场劫掠呢。说不定,我们的车夫回去后会向母亲禀告:'公爵夫人,您的两个女儿被一个来历不明的强盗劫持了。哦,您别着急,就我看来,他不像坏人。很有可能,他是一位侠盗。说不定,他就是传说中的汉丁顿伯爵罗宾汉本人。'"凯瑟琳妹妹笑语如珠,她后面的话,用的是我们马车夫的语调。

"你说对了,小姐,侠盗罗宾汉是一位我十分敬仰的前辈。为了将他的遗风发扬光大,今天,我就冒险扮演了一回劫掠者的角色。令人惊喜的劫掠,难道不是吗?劫掠者与被劫掠者都心情大好。"男爵躬身说。

"男爵,能带我们去参观下您的家吗?这儿可真大,我有些找不着北了。"玛丽妹妹说。

"没问题,能向格雷家美丽的小姐引见这儿的一草一木,我真是太有面子了。"男爵笑了笑,却又说,"可惜今天不大凑巧。我今天出门,是要到宫里去,跟国王商谈组建舰队的事。一遇上两位能言善道、好似天仙下凡的小姐,竟把国王与职责都忘得一干二净了。"

"那可不敢再耽搁您的时间,苏德里男爵,您赶紧进宫吧。"凯瑟琳妹妹说。

"国王不会因此而怪罪您吧?"玛丽妹妹问。

"国王贤侄对我一向都是格外体谅的,我这个舅舅毕竟没有白当。万一国王非得怪罪不可,我当然也不会替人代过。最简单的方式就是,让国王光临寒舍,当他看到格雷家的小姐在此,什么解释都是多余的了。"说到这里,男爵留心看了我一眼,"他的无名怒火,肯定会为我们中的某个人而自动熄灭。君王的心意可并不难猜,是这样吗?"

这话说得太明显了,两个妹妹窃笑不已,我只觉得脸红耳热,却又出声不得。

"简,带你的妹妹们到处走走吧。我先到宫里去,各位,我们晚些时候再见。"

"这里只有姐姐吗?"玛丽妹妹有些按捺不住,急切地开始东张西望。

"我的母亲玛格丽特夫人,她在几天前离开了。当然,这里还有我的女儿,跟你同名的玛丽,简会带你去看她。"男爵说。

"就这么几个人?"玛丽妹妹的急切之色分毫未减。

"还有仆人。所以小姐,你大可不必担心在这里不能得到良好的照顾,尽管出于好玩，我吓跑了随你而来的女仆。"

"哎，玛丽，你怎么老说这些没要紧的话？男爵要进宫面见国王，你真是的，别再问个没完好不好？"凯瑟琳妹妹瞪了玛丽妹妹一眼。

"我只是……"玛丽妹妹咬了咬嘴唇，忽然迸出一句，"伊丽莎白小姐不在这里吗？"

绕来绕去，这才是她关注的重心！这个傻妹妹，也只有她能问得出口。男爵倒是并不着恼，笑得自然而又豪放："如果你想早一点在这里看到伊丽莎白小姐，你可以主动跟她说嘛。不过我想，兴许不用等太长的时间。苏德里堡既然能吸引格雷家的小姐入住，伊丽莎白小姐又岂能例外呢？"

"我们只是来看看，不是要住到府上。"玛丽妹妹说。

"我说的是你们的姐姐简。只要有一个格雷家的女儿住在苏德里堡，就足以见证格雷家与西摩家的深厚交情了。"男爵大笑起来，"小姐们，希望我们两家能在不久后成为真正的亲戚。啊，看来有人又要不以为然了。也是，与其言多必失，不如保留一些含蓄的美感。我们回头见。"

男爵走后，我先带两个妹妹去了育儿室。

"这就是苏德里男爵的女儿吗？她比小猫大不了多少。"

"我们小时候也跟她一样？她的小脚丫怕是从没下过地吧？她能听懂我们在说什么吗？为什么她要把拳头放到嘴里，她是不是饿了？"

两个妹妹一边逗弄小玛丽，一边不停地向着埃文斯夫人发问。直到小玛丽尿湿了衣物哇哇大哭，埃文斯夫人忙得两手没空，她们才跟着我走出了育儿室。

我们开始绕着苏德里堡转悠。"男爵的家，是贵族中的这个。"玛丽妹妹竖起大拇指说。

"怪不得别人说，西摩小姐的闺阁与公主的居室一般无二，今天可算眼见为实了。"凯瑟琳妹妹说。

"何况这儿很快就要迎来半个公主。"玛丽妹妹探询着我的目光。

"玛丽，对于苏德里男爵未来的妻子，我只能说，目前还是个未知数。"

"什么未知数呀？连男爵本人都大大方方地承认了，伊丽莎白小姐入主苏德里堡已是指日可待。简，你也未免太谨慎了一点。"凯瑟琳妹妹说。

"男爵已向伊丽莎白正式求婚，连我都能背得出那封信的内容——'您的美貌与令德已让我深深沦陷，使我不再成为自己的主人。'"玛丽妹妹说。

"你亲眼看过那封信吗？"我问。

"这怎么可能？可是，这封信既然众口相传，那就容不得置疑、抵赖。"玛丽妹妹摇头晃脑地继续推论，"苏德里堡即将喜事连连。迎来半个公主，走出一位王后，这儿很快就要成为万众瞻仰的胜地了。"

"伊丽莎白小姐可不喜欢别人把她叫作半个公主。她是先王的女儿，她的婚事是国家大事，得由国王与大臣们说了算。当今国王还十分年轻，王后之选更是一国大事。玛丽，你别信口胡说。苏德里男爵爱开玩笑这是谁都知道的，没人会把它当真。"

"没人把它当真还会把你送到这儿来？"玛丽妹妹说，"简，我们是不是你的妹妹呀？你看你，把脸拉得这么长，跟自家人说话，打官腔似的，那么生硬，那么不中听。"

"简，其实你不必东支西吾，我劝你趁早实话实说，免得日后难以下台。"凯瑟琳妹妹仿佛想起了什么，忽然间满面红晕。

"简，凯瑟琳就要订婚了。所以，你还有什么难为情的吗？你是大姐，更应该对我们知无不言。"玛丽妹妹说。

"凯瑟琳？"我吃惊地望着凯瑟琳妹妹，"可我离开家还不到三个月。你要跟谁订婚？"

"卡迪夫堡的亨利·赫伯特。"凯瑟琳妹妹娇羞地一笑。

"亨利·赫伯特是彭布罗克伯爵的长子，那也是个很有来头的家族。说起来，你跟他的姑姑还有一层特别的关系呢。"玛丽妹妹故作神秘地说。

"他姑姑？"

"给你一个提示。他母亲的名字是安·帕尔。"

"安·帕尔？"我有点明白了。

"安·帕尔是凯瑟琳·帕尔的妹妹。这也就是说，凯瑟琳·帕尔是亨利·赫伯特的姑姑。还有哪，南桑普顿侯爵威廉·帕尔是他的舅舅。"

"果然来头不小。"我笑了。

"亨利毕业于剑桥大学彼得学院，博学多才，彬彬有礼。"玛丽妹妹继续说，"他隔三岔五地来我们家做客，给我们带来好多礼物，当然啦，其中的三分之二都是送给凯瑟琳的。有时候，他会跟父亲一起去狩猎。有时候，母亲会跟他从上午一直谈到下午。'都弄清楚了，那小子真是不错。'这是父亲的原话。有了这句话，凯瑟琳的态度从隐隐约约变得一片明朗。而亨利先生呢，把'隔三岔五'改进到了'隔二岔三'，来得更勤，留得更久了。"

"凯瑟琳？"我望着她，她只含笑不语。显然，对玛丽妹妹所说的那番话，她全盘认可，毫无异议。

"那是一个怎样的人呢？"我又问。

"一个少有缺憾的人。要门第有门第，要才情有才情，连容貌也是一流的。凯瑟琳想要不肯也难啊。她若不肯，我倒愿意与她做个交换。"玛丽妹妹说。

"你，你还是个小不点儿呢。"我捏了下她的鼻子。

"这么小就想抢姐夫……"话未说完，凯瑟琳妹妹已窘红了脸。

"你还没嫁过去呢，人家倒成了我的姐夫，这我还真是闹不懂哎。"玛丽妹妹故作糊涂，虽是对我发问，一双眼睛却向凯瑟琳斜睨了过去，"简，你倒是给我说说看，这是什么逻辑？"

"小鬼头，谁要你搬嘴弄舌的？"凯瑟琳妹妹急得伸手追打，"有你这样讨厌的小鬼，活该让母亲把你赶出家门。"

"赶出家门有什么了不起？那我就搬到这里和简一起住。好让亨利·赫伯特一心一意地追求你，这可遂了你的心愿吧，别不承认！"玛丽妹妹又笑又躲。

"简并不需要你搬来同住，傻妹妹，这是显而易见的！"凯瑟琳妹妹转移了话题。

"哦，这我怎么没想到呢？"玛丽妹妹笑了，"也许，简这里也藏着一位'隔三岔五'先生。有关这位先生的动向行迹，比起亨利·赫伯特来，更是不可说，说不得。"

"少来这一套，"我横了她一眼，"没影子的事你也能编派出来？"

"凯瑟琳，你瞧简的脸皮有多厚，口风有多紧。无论我们怎么打边鼓，她还是那个不冷不热、以不变应万变的样子。"玛丽妹妹渐渐失去了耐心。

"简，对我们开诚布公就那么难吗？"凯瑟琳妹妹说，"我的事，你全知道了。可你呢，瞒得跟铁桶似的，到现在还不肯透露一点，你也未免太不够意思了。"

"还是直说了吧，简。"玛丽妹妹催问道，"你在这里见过国王几次？"

"你们想听真话还是假话？"我问。

"真话！"

"我从未在这里见过国王。"

"不可能！"她俩都叫了起来。

"那么这样说好啦，国王来过一百次。只要你们肯相信。"

"满打满算，你在这里还没住上一百天呢。简，你为什么非得讳莫如深呢？我们又不是不知道你来苏德里堡的目的。"凯瑟琳妹妹不满地说。

"目的，能有什么目的？"我大声说，"我是为了父亲才来的。是母亲要我到苏德里堡住上一段时间，因为她确信，如果我们与苏德里男爵建立起良好的关系，将有助于父亲辩诬洗冤、早日摆脱软禁。"

"这或许是目的之一吧，但不是全部。"凯瑟琳妹妹说，"父亲早已恢复了自由，但你仍然住在这儿。"

"就是嘛。父亲现在想去哪里就去哪里，前不久还与亨利·赫伯特去了一次约克郡。简，你再仔细地想一想，母亲最大的期待是什么，想一想你在这儿最主要的目的。"玛丽妹妹说。

"最主要的目的？什么是最主要的目的？你们似乎比我本人还要清楚，这真是奇了。"我十分讶异。

"你怎么什么都不知道呢？"玛丽妹妹惊叹道。

"可怜的简！"这是凯瑟琳妹妹的惊叹，但她很快又说，"唔，母亲这样做，也不是毫无道理。她大概在想，如果跟你和盘道出，以你的性格，没准儿煮熟的鸭子都会吓飞，把好事变成了坏事，所以没有对你挑明。唉，早知是这样，我也不该多嘴的！"

"玛丽，告诉我，你还知道些什么？"我把玛丽妹妹拉到了一边。

玛丽妹妹看了眼凯瑟琳，犹豫了一下，对我说："你去送别奥威尔神父的那个下午，苏德里男爵到我们家来了。你知道，我和凯瑟琳听说过许多关于男爵的事，他一上门，我们都很激动。于是，我们就蹑手蹑脚地下了楼，听见他们三个人在客厅里小声说话。"

"三个人，你是说，父亲、母亲与男爵？"我问。

"聪明。"玛丽妹妹继续道，"然后男爵就说，根据他的观察，格雷家会出一位王后。不过就是，成事在天，谋事在人，二者缺一不可。"

"父亲起初还有些迟疑，"凯瑟琳妹妹接过了话头，"因为历来英格兰的王后，十之八九会在国外的公主中遴选。若依照前例，当今国王极有可能娶一位法国公主。但男爵并不这么看。他对父亲说，想想你的那位曾祖母吧，伊丽莎白·伍德维尔当年不过是个名不见经传的平民女子，一个一无所有的寡妇，却成功地迷惑了年轻的爱德华四世，让他在英格兰的历史上写下了'爱江山更爱美人'的浪漫传奇，距今还不到一百年呢。再看看我们当今国王的父亲亨利八世，读一读他的王后花名册，安妮·博林、凯瑟琳·霍尔德、我的妹妹简·西摩，以及我那蕙质兰心的亡妻凯特，请问她们之中，哪一位是拥有公主之尊的国王的后代？娶妻必公主的法则早已行不通了。处当今之世，国王的意志就是一切。他的心里若是认定了谁，谁就是英格兰的王后。"

"男爵可真会说话。"玛丽妹妹补充道,"他还提到了我们家那个刻有双喜的水晶盘。说是早在那时,先王就有意让爱德华跟你喜上加喜、亲上加亲。后来又把你接进宫里,这意图还不够明显吗,他要把你培养成下一任国王的王后。"

"何况说到公主之尊,"凯瑟琳妹妹面带傲然之色,"我们格雷家的女儿多少也是沾边的。我们的母亲虽不是公主,我们的祖母却是公主。比起安妮·博林之流,可谓云泥立判!新年舞会,国王的心意已为世人窥知。'少年人一向执着于情感,倘若要他接受一个从未识面的法国公主,他是宁可逃到天边的。'这是男爵的断言。不过男爵也说出了他的担心,他怕别的贵族乘虚而入、渔翁得利。"

"唉,谁让英格兰有那么多仰慕龙门的未婚姑娘呢?哪一个不是人比花娇、跃跃欲试?"玛丽妹妹说,"这是男爵反复强调的重点,得趁热打铁,早定大局。"

"而要趁热打铁,最好的办法就是让你跟国王时常见面。"凯瑟琳妹妹说,"见面的次数越多,就会加深彼此的感情。但在我们家里,却不大方便。若是国王动辄前来,别人知道我们家有三个女儿,不免会招惹闲话。于是男爵主动提出,让你住到苏德里堡。国王来看舅舅,这便顺理成章了。他说定能玉成此事,甚至送了金币给父亲,说是预付的定金。'这个你先收下,我愿为此支付两千英镑,你不介意分期支付吧?事若不谐,你们尽可双倍索赔。'这是男爵的承诺。"

我的心里袭过一阵冰凉,又是一阵火热。凯瑟琳妹妹还在那儿叙说:"父亲可不见得也那么幽默。'这合适吗?还是先问问简吧。'他就像是一个拿不定主意的孩子,不住地搓着手,眼巴巴地望着母亲。'还有什么好问的,简现在并不在家。'母亲肯定地说,'这事就这么定了,男爵。简是我们的女儿,也是您的女儿。我们所做的一切不都是为了她吗?为了她的未来,也为了我们的未来。'"

多么婉转动人的说辞:"为了她的未来,也为了我们的未来!"谈笑之间,一桩见不得人的交易就此达成。"我被自己的父母卖了,以两千英镑的价格!"我差点狂笑起来。"我被卖了,我被卖了!"恍惚中,另外一个女子在向我呼号。悬于家中客厅的那幅肖像有人破卷而出,那是玛丽·都铎,我的祖母,她曾经被她亲爱的王兄出卖过。王兄的理由也很简单,把我母亲对苏德里男爵说过的话稍稍改动一下,当年亨利八世很有可能对他妹妹说过:"将你嫁到法国,既是为了你的未来,也是为了我们的未来。"

但至少,祖母在远嫁之前,被明明白白告知过。而我,却是糊里糊涂地被骗到苏德里堡，为即将展开的王后争夺战充当一枚冲锋陷阵的棋子。是棋子，无须具有思考的功能，只须听从弈者的指挥。

"简，你这是怎么了？要到哪里去？"两个妹妹追了出来。沉陷在突如其来的气恼与羞愤中，我甩开她们奔向一条杂草丛生的荒径。

"简，母亲这也是为了你的终生幸福嘛。虽然没有事先给你交底，但她终究是为了你好。"凯瑟琳妹妹追上来拉着我的手说。

"为了我好？哼，要她这样对我好，我可受不了。凯瑟琳，若是有人包办你的一切，包揽你的一生，只消对你说一声'这是为了你好'，就可以将你本人的意愿置之不顾，你会怎么想呢？"

"姐姐的意愿是什么？"玛丽妹妹问，"难道你对国王真的毫不在意？他在众人之中邀你独舞，整整一个夜晚毫不保留地与你一人分享。如果这都不算爱情的话，什么又是爱情呢？"

"也许你现在还不知道，你对国王的感情。"凯瑟琳妹妹笑着说，"就像我对亨利·赫伯特，我也是最近才确信不疑的。简，母亲的做法即使并不可取，但你若从另一个角度看，平心静气地从另一个角度看，你与国王之间，是否能够成就彼此的幸福，你仍然感到大为不快吗？亲爱的姐姐，请正视你的感情。如果婚姻不可推拒，要在国王与那些素未谋面的相亲者中择夫选婿，你是选前者呢，还是选后者？同样的，对国王而言，要他在来自异国的公主与你之间做出选择，他会选前者，还是选后者？"

这个问题倒是我从未想到的。是的，如果婚姻不可推拒，无论对我还是对爱德华，凯瑟琳口中的"前者"都是难以接受的。可是，真的就没有第三条道路吗？爱德华所憧憬的，乃是"在最不可能的时间、最不可能的地点找到生命中的至爱"，而我，我所思慕的，是一种"时而渊静如海，时而滔滔不绝"的两心相印。无论爱德华还是我，都不可能在宫廷生活中实现我们的痴念。婚姻不可推拒，可我们还如此年轻！爱德华想要像个真正的冒险家一样扬帆出海，我呢，我也渴望能够呼吸不一样的空气，渴望见识广博的世界。可以肯定地说，他并不急于娶一位王后，而我，对于择夫选婿也毫不动心。

"他什么也不会选，同样的，我也什么都不选！"我冲口而出。

"这个回答好矫情！"凯瑟琳妹妹举起了两根手指，"假如我们只有两道菜来供应晚餐，一道卷心菜，一道龙虾，你选谁？"

"当然选龙虾啦。"玛丽妹妹快速抢答，"对于你前面的那个问题，我们当然要选国王。"

我只是摇头。

"还是不选？那你不怕饿肚子呀？"玛丽妹妹说。

"婚姻并不等同于晚餐。"我说。

"婚姻终将变成晚餐，不管你承不承认。选与不选，婚姻还是会被端上餐桌。而你，无论口味如何，都得坐在那里吃掉你的晚餐。"凯瑟琳妹妹说。

"哎，我还真的有些饿了。"玛丽妹妹嚷了起来，"现在别说龙虾，有卷心菜也可以凑合的。天啦，太阳都落到山脚下了，苏德里男爵还不见回来。简呢，是绕来绕去没一句真话。我们怎么办，今晚必须留在苏德里堡吗？"

第十七章　陨　落

　　苏德里男爵直到深夜才回，而我的那两个妹妹，是在第二天上午回去的。妹妹们本来要向他辞行，可他却并未露面。
　　"简小姐，这是怎么一回事嘛？昨天晚上，男爵又喝得醉醺醺的闯进育儿室了！"妹妹们走后，埃文斯夫人满脸焦虑地告诉我。
　　"你不是说过，只要喝了酒，他是绝对不来育儿室的。"我感到有些异常。
　　"他又是哭，又是笑。又是呼唤死去的帕尔夫人，又是咒骂他的哥哥萨默塞特公爵。唉，一定是因为他和伊丽莎白小姐的婚事不那么顺遂。被他这么一闹，西摩小姐也惊醒了。男爵竟然冲着西摩小姐大吼大叫，仿佛西摩小姐跟他有着什么深仇大恨。哦，我不该这样说。因为男爵很快就后悔了，他开始咒骂自己，又忙着安抚西摩小姐。西摩小姐反倒哭得更凶了。折腾了一夜，这才刚刚入睡呢。简小姐，我们到外面说话。"
　　这并非是偶然失常。接下来的一段时间，夜闯育儿室开始频繁发生。苏德里男爵似乎变了一个人，在酒精与暴怒情绪的驱使下，他完全失去了理智。现在，不只是埃文斯夫人在反复地问"这是怎么一回事嘛？"整座苏德里府都人心惶惶。因为苏德里男爵的失常不仅表现在夜闯育儿室，他还动不动地殴打仆人，甚至不需要任何借口。短短几周之内，便有数名仆人自请辞去。"男爵从前是个多么温和怜下的主人啊。可像现在这样乱发脾气，实在让人吃不消。说不定哪天会被他一拳打死，倒不如自寻出路吧。"在离去前，他们叹息着说。有天夜里，埃文斯夫人打发人来请我过去。我起初还以为小玛丽出现了什么意想不到的状况呢，赶到育儿室，几名女仆正聚在一起嘀嘀咕咕，眼中流露出惊恐的神色。
　　"埃文斯夫人？"
　　"简小姐，原谅我这么晚了把您冒失地请来。"埃文斯夫人迎上来攥紧我的手说，"男爵很快就要到家了。他又喝醉了酒，他的仆人莱恩预先回来报信。很可能，他又会闯进育儿室。我们都有这个预感。"
　　这里的每个人都愁容满面，除了在摇篮里做着翻身练习的小玛丽。

"可是我……我能起到什么作用呢?"我一边问,一边也不禁犯起愁来。

"有您在,至少能给我们壮个胆。简小姐,您是男爵的义女,这就等于是苏德里堡的半个主人。男爵纵有天大的怒气,在您面前,总要克制三分。您说是不是?"埃文斯夫人说。

"留下来吧,简小姐。"女仆们将我团团围住,仿佛我是她们的救星。

"三天前,男爵在这儿乱扔东西,把瑞秋的额头砸伤了。可怜的姑娘吓得够呛,连着三天以来什么活也干不了。别的姑娘们也是提心吊胆,就怕下一次获罪的会是自己。简小姐,为了我们大家,请您留下吧。"

"好的。"我答应道,"但愿传来的消息是误报,但愿你们的预感是错误的。"

"托您吉言,那我们是不是可以安安心心地睡个觉了?这一个月以来,我几乎从没睡踏实过。"一名女仆忍不住打起呵欠来。

"我可是全无睡意。一想到男爵那副恶狠狠的样子,就跟魔鬼附体似的,谁都有可能成为他发火泄怒的对象。我不干了,明天我就辞职!"另一名女仆情绪激动地说。

"谁在说我坏话?"门被砰然撞开了,苏德里男爵趔趄着脚步走了进来,向我们乱晃着五指,"魔鬼附体,真是的,我怎么没有想到过呢?我这家里八成是有魔鬼附体了。你、你给我过来!"他向那名情绪激动的女仆勾了勾小指。

"尊敬的爵爷,我刚才说的是我的前一任主人。跟他相比,您简直,您简直太好了!"女仆的声音在颤抖,身体也在不住地颤抖。

"那你说说,我好在哪里?"苏德里男爵用手捏紧了她的下巴,痛得她眉眼都移了位,却不敢轻哼一声。

"男爵,仔细弄疼了您的手。汉娜并不是故意的,她今晚有点昏头昏脑,其实她并不知道她说了些什么。请您把她交给我,让我来处置。"埃文斯夫人赔笑解释道。

"我的仆人由你处置?你也不过是个下人,你以为你是什么东西?你这样为她说话,莫非你是这个女妖的同伙?"苏德里男爵看都不看埃文斯夫人一眼。汉娜的脸上已是湿漉漉的一片,分不清哪些是汗水,哪些是泪水。

整间屋子一下子静了下来。我听见自己的声音溅破了喑哑的深渊:"放开她,男爵!她不是女妖,您的家里又怎会有妖魔?苏德里堡是奉旨敕造的贵戚名宅,地杰景胜,得天之佑。"

"唔，此话有理。"苏德里男爵将汉娜随手一推，如水中倒影一般，摇晃不定地走到了我的身边，"来呀，给她斟上酒。为了得天之佑的苏德里堡，我们得喝上一杯。快去，立即就去！不听我的？好啊，我要剁下你们的手，谁都跑不掉，一个都不留！"

所有的人都闻之色变，刚刚逃过一劫的汉娜几乎瘫倒在地。

"在此之前，且让我们来玩玩戏法。"苏德里男爵说毕，转身推门而出。大家尚未喘过气来，他却再次踢门而入。这一次，他的手里高高地举起两瓶酒，一左一右。

"哈哈，怎么样，见者有份，咱们来个一醉方休。真是的，有哪件事能难得倒我托马斯·西摩？我想怎样，便要怎样；我说怎样，便是怎样。"苏德里男爵自说自话，不胜得意。见无人理他，却又转喜为怒，"别他妈的摆出一副臭脸给我看！难道我少了你们的工钱？你，你给我滚过来！"

倒霉的汉娜又一次成为男爵泄愤的对象。"我不干了。我是说，辞退我吧。求求您，我不干了。"汉娜手足并用地往后爬，尽可能地远离苏德里男爵。

摇篮里的小玛丽"哇"地哭了起来，似乎也已明白正在发生什么。

"男爵，您的女儿……"埃文斯夫人抱起小玛丽，用充满祈求的目光望着苏德里男爵。

"玛丽，亲爱的孩子。"男爵伸开双臂，手中仍然握着那两只酒瓶。

玛丽哭得更厉害了。

"男爵，请您改个时间来看您的女儿，夜已深了，她需要休息。"我大着胆子说。

"岂有此理。我的女儿，我想什么时候来看她还要征得你的同意吗？这事就连萨默塞特公爵也管不了，你，你又算是哪根葱，这么讨人嫌！"苏德里男爵挥动酒瓶，作势击打我的头部。

我克服着厌恶与恐惧的侵袭，未做分毫闪避。

"好，比起那条滑稽可笑的小爬虫（他指的汉娜）来，你要强多啦。像你这样硬气的女孩子还真不多见。这样吧，给你满上一杯酒。你喝下它，咱们今晚好说好散。"

"去拿杯子来。"我对身旁的女仆说。

深红的酒液注满了酒杯。强忍着种种不适，我一口气喝了下去。

"好！"苏德里男爵鼓起掌来。

"现在，请您回屋休息去吧。"我说。

"我这不是已经回屋了吗？苏德里堡的哪间屋子不是归在我的名下？"

苏德里男爵咧开嘴大笑,"再拿几个杯子来,我们一起喝!"

"男爵,请兑现您的承诺。一个男人若是不守承诺,喝得再多也不过是个酒疯子而已。借酒盖脸是懦夫的行为。喝得再多,又能解决什么问题?"我不觉提高了嗓音。

"你敢骂我是懦夫?"苏德里男爵瞪着眼,将一只酒瓶向着地面猛地一摔,霎时间已是碎片四溅。

我的额角似乎被碎片割破了,我抬手一抹,手心里沾满了血点。

"快给简小姐包扎一下。"埃文斯夫人急忙说。

"伤着你了吗,孩子?"苏德里男爵转动着眼珠,脸上竟然露出了些许心虚与慌张。

伤口很快包扎好了,我并不感到怎样疼痛。

"我不是懦夫,简。萨默塞特公爵才是懦夫,既无耻,又阴险。"苏德里男爵颓然说。

"您累了,男爵。您是知道的,您的女儿小玛丽怕闻酒味。请明天再来看她,好吗?"我微笑着说。

"明天,是的,我会明天再来。"苏德里男爵念叨着,顷刻之后,却又变得愤愤不已,"玛丽还有许多明天,你们也有许多明天。可我的明天呢,我还有几个明天?有人在变着法儿地钳制我、打压我,我什么时候才有出头之日?一事无成啊,我的明天永不会到来。"

我想起了凯瑟琳·帕尔昔日对他的评价:"这是一个由于出众的仪表而被宠坏了的男子。人人都认为,他的能力与他的外表不相上下。他自己也这么认为,以至于做了那么多的错事,这对他也是一种折磨与煎熬。"

倘若凯瑟琳·帕尔还在,以她的才智与爱意,或许能令失控的男爵悬崖勒马。可她不在了,天知道一匹脱缰的野马会做出怎样的事情?

"简,我们要互相帮助。你我只有互相帮助才有明天。否则的话,皮之不存,毛将焉附?玛丽还不到一岁,我要拼尽全力来保障她的明天。我不能失败,为了玛丽我也不能失败!"苏德里男爵向前斜倾着身体,两眼直勾勾地望着我。

"男爵,如果您是清醒的话,您将看到,无论从任何方面,您都不需要我的帮助。而我,我也并不认为,我必须得到您的帮助。"

"哟,瞧你说得这么风轻云淡。别这么自作清高好不好,我亲爱的姑娘?难道你希望别人来抢夺爱德华对你流露出的情意?英格兰的王后之位已经在向着你招手了,你又何必忸怩谦让、假装糊涂?作为你的义父,我可不能眼睁睁地瞧着你失去了这天赐的良机。我要在国王面前细数你的优点长处，我会为你们的见面提供各种便利，会制造各类惊喜来加深他对你的印象。而你，也别忘了在国王面前为你义父多加美言，让他不再听信于萨默塞特公爵的三寸毒舌。我的要求并不高吧？举手之劳而已，对你不会造成任何损害。国王很喜欢你，你的话他一定能够听进去。"

我一语不发。

"这不是害羞的时候，简！萨默塞特要置我于死地，我跟他就要背水一战了。你非帮我不可！"苏德里男爵眉头一拧，放出狠话说。

"萨默塞特公爵是您的兄长，男爵。他的心地，不会像您所说的那样不堪。您醉了，英格兰的王后不是您所能过问的事。可以肯定地告诉您，无论将来英格兰的王后是谁，我都会向她致以一个臣民所应当怀有的敬意，这也是发自我内心的敬意。我们都是国王陛下的臣民，您是我的义父，更是国之重臣，对于如何侍奉国王、效忠国事定当了然于心。国王也曾面嘱家父要安守本分，他最反感的就是人心不足、贪利忘义。男爵大人，事有可为，事有不可为，您可不能模糊了这可为与不可为的界限呀。"毫不客气地说出这番话后，我以为，苏德里男爵又要大动肝火了。

但他竟然没有发作，只是用奇怪的眼神看了我一眼："说来说去，你还是不肯帮我。女士，你的心肠真是冷酷，对一个即将堕水之人，竟不肯稍加援手。"说着竟又释然一笑，"也难怪，女人天生就是规行矩步的动物，对你而言，明哲保身永远是放在第一位的。倘若扫清了一切障碍，有人把王后的桂冠奉送到你手上，你还会拒绝吗？到了那时，你肯定早已忘掉你今天的这些话了，这些遮遮掩掩、装模作样的假话。尽管你是如此冷酷虚伪，可谁叫你是我的义女呢，你不便采取主动，就让我来为你攻城拔寨、扫清障碍吧。"

"男爵大人，我想，我已把自己真实的想法完全说了出来。您为什么还要曲解我的本意？您以为所有的人都像您一样吗，追名逐利，不知餍足，不顾后果？"我简直气坏了。

"我不求你，世界上有的是路，这条走不通，换一条再走。"苏德里男爵似乎并未听见我的话，一味沉湎在自我的盘算中，"天无绝人之路，我总会想出办法的。萨默塞特公爵借口国王有病在身，不让他出来接见群臣。以为这样就能独揽朝政，他这是篡逆，他这是妄想！我不怕他，我偏要做给他看！再过一周，我要隆重举办婚礼。我会给国王寄出请柬，当然也少不了萨默塞特的那一份。我能想象得出他那副七窍生烟的样子，最好把他气得一命呜呼，对这个国家来说，反倒是一桩幸事。"

"他要绕过萨默塞特公爵擅娶伊丽莎白，天哪，只有几天的时间了！"

我心里一惊。抬头看时，正好碰上埃文斯夫人震骇的目光。

"简，你有什么好担心的？跟我的新夫人相处并不难。你们从前是很好的朋友，将来会成为更好的朋友。"苏德里男爵无所顾忌地说。

"男爵，您的家事我不该预闻。如果您确信，国王会欣赏您的这种做法，在您已经选定了结婚对象与结婚之日后他才最后一个知道。如果他所有的臣子都像您一样处理婚姻大事，我朝也不必维护什么人主威望了。"

"不是我不维护他的威望。我苏德里男爵娶亲，这是正正当当的喜事。我很想禀报国王，得到他的首肯与祝福。可是这些天来，我连国王脚底的灰尘都碰不到，更别说国王本人了。老是说他有病。是真病还是假病，大概只有萨默塞特知道，或者诺森伯兰也知道。哼，他们当我是软柿子，随手捏捏就可以扔到一边。这股腌臜气我是受够了。我要反击，要给他一点颜色瞧瞧。我要让这个王国听到我的声音，要让国王脱离奸佞的魔掌。你们可都听到了？回答我，都听到没有？"狂呼乱嚷一通后，只听咕咚一声，苏德里男爵忽然仰面倒在了地上。

"啊——"女仆们吓得尖叫不止。定下神来，屋子里已响起了雷鸣般的鼾声。苏德里男爵居然睡着了。

四名男仆将苏德里男爵抬了出去。剩下的夜晚对于我们，却是注定无眠了。尽管每个人都备感疲惫，可谁也没有离开。就这样静静地坐在一起，在这砭人肌骨的深冬，每个人的脸色都如夜色般惨淡。

"苏德里男爵为什么定要跟萨默塞特公爵作对呢？"一名女仆问。

"是萨默塞特公爵定要跟苏德里男爵作对，男爵处处都被他排挤。你听男爵的口气，简直有种鱼死网破的悲壮呢。不就是娶个新娘吗，又碍着萨默塞特公爵什么了？"另一名女仆说。

"我感到会出大事的。"埃文斯夫人长叹一声，对我说，"简，我们要不要把玛格丽特夫人请来？男爵已经失去自制力了，再这样闹下去，这个家会变成什么样子？"

没等到男爵的母亲玛格丽特夫人来到苏德里堡，男爵却已出了大事。元月的一天深夜，不知是否又是在纵酒狂饮之后，这一次，苏德里男爵没有闯进育儿室，而是闯进了紧临国王卧室的御花园。国王的一只西班牙猎犬被惊醒了，锐声发出警告。情急慌乱之中，男爵扳动了枪支，猎犬当场毙命，闻风而至的卫士将男爵围了个插翅难逃。

男爵的枪支被缴下了，卫士们被他们的发现惊呆了，里面竟然装满了子弹。倘不及时制止，与御花园相距不远的国王卧室会发生什么呢？

"先生，你想谋害国王？"

"不，我只是，只是要把国王带到一个更安全的地方，让国王成为真正的国王。"苏德里男爵的解释令卫士们哄然大笑。

第二天，苏德里男爵被押进了伦敦塔，罪名是劫持国王未遂。

但这还只是开始。不到一个月的工夫，枢密院已搜集到关于他的三十三项大罪。罪名包括：鼓动叛乱、企图推翻爱德华六世的统治；夜闯王宫意欲劫杀国王；私自与海盗议和、瓜分赃物；与造币厂司库暗相勾结，筹集反叛之资⋯⋯

其中的任何一项罪名都足以令他丧命。连国王的姐姐伊丽莎白也被牵连了进去，她的教师阿什利夫人被关进了伦敦塔。伊丽莎白不得不闭门不出，连日接受由萨默塞特公爵亲自指派的官员展开密集如雨的盘问。

"作为苏德里男爵即将秘密婚娶的女子，她对男爵的计划知道多少？"

"她有没有与苏德里男爵沆瀣一气，直接谋夺她那国王弟弟的利益？"

据说，伊丽莎白从容自若，回答得滴水不漏。苏德里男爵准备娶她，这从何说起？这样的消息只能由国王亲口告诉她，她从不理会那些无聊的谣言。至于苏德里男爵别的那些秘密，既然枢密院皆是事后才知，在她更是闻所未闻了。

伊丽莎白被宣告无罪。而苏德里男爵，却是坐实了三十三项罪名，枢密院通过了他的死刑执行令，萨默塞特公爵拒绝签署。无论是真心还是假意，这都并不重要了。

苏德里男爵即将失去头颅，对于枢密院的审判，在大多数的时候，他仅仅报以孤傲的沉默，偶尔也会发出朗朗讥笑。就在临刑前的那个晚上，他还写了个纸条，让他的心腹仆人藏进鞋里，试图带给伊丽莎白。据说他在纸条中历数了萨默塞特公爵的种种罪恶，要伊丽莎白伺机除掉公爵。当然，这只是据说而已。

还有一则传说是，有人将伊丽莎白与萨默塞特公爵之间的问答告诉了苏德里男爵。"她闻所未闻？"苏德里男爵仰天大笑，"那就让她闻所未闻吧。"

一五四九年三月二十日，苏德里男爵被送上了断头台。国王的舅舅、王太后的丈夫、海军大臣、英格兰最英俊的男士⋯⋯这么多眩人耳目的称号居然集中在一个人的身上，而这个人很快就要失去一切了。所有的嫉妒、万千的感慨，都由于他的受刑而达到了极点。有人曾在事后说，当苏德里男爵人头落地的那一刻，围观者的惊呼直贯云霄，几乎让整座伦敦城停止了心跳。无数的女人在为他哭泣。从十二岁以上到五十岁以下，未婚、寡居，以及失婚的女性群体，谁不曾梦想过他的风采，谁不曾怀有

"执子之手"的痴望？然而，在悲伤之余，她们却也长舒了一口气。"现在，他再也不能三心二意了。冰冷无情的断头台成了他的新娘。在死神所统辖的王国，既没有兄弟相残，也没有欲念纠缠，他的睡容将如白雪般静穆，愿他能够得到真正的安息。"苏德里男爵的一位暗恋者道出了众人的心声。

第十八章 狼　藉

他真能得到安息吗？男爵的尸首尚未安葬，奉旨抄家的士兵已风风火火地赶到苏德里堡。

他们冲进大门，冲进花园，冲进卧室，冲进客厅，卷起一股怒涛狂潮，最后，连育儿室也无法成为最后的净地。

"都不许动！"

"如果想要照顾好你们的小命，就像死人一样保持沉默吧！我要你们像死人一样听话，都明白了吗？"

那些人朝着我们肆无忌惮地大吼大叫。

"先生们，你们知道这是什么地方吗？你们要干什么？"埃文斯夫人挡在一名横冲直撞的士兵身前，气得浑身发抖。

"什么地方，罪臣的贼窝罢了，有什么好神气的？"那名士兵将埃文斯夫人狠狠地掀到了一边。

我抱紧了小玛丽。她已有好些天没见到她的父亲了，没人告诉她，苏德里男爵去了哪里。尽管她还不能说话，却早已哭哑了嗓子。

"浑蛋，这是我的，是我第一个找到它！"

"我才是第一个找到它的人，想来冒功，你他妈的是不是长错了脑袋？"

又有几名士兵在对吵辱骂中走了进来。

"怎么回事？"一名军官皱眉问道，看样子是这群人的头目。

"这本书是我发现的，在中间那个书房，装在一只纯金盒子里面。可戴维尔硬是把金盒子给抢走了，还要拿走这本书。队长，您给评评理看！"

"一本破书而已，为它，也值得抢个头破血流？别在这里丢人现眼了，你们这些没见过世面的熊样！"军官漫不经心地接过那本书，翻开扉页读出声来，"给我亲爱的女儿，K。"

"K"是凯瑟琳的缩写，这是凯瑟琳·帕尔留给小玛丽的祈祷书，我曾亲眼见过，正如那名士兵所说，装在一只纯金盒子里。

"队长，您不知道这宝贝的来历。这本书是已故的苏德里男爵夫人的遗物。您一定也还记得，男爵夫人曾是先王亨利八世的王后。这个女人能说会道，颇得先王欢心。这本书是先王为其生日而专门定制的。连装书的盒子都用的是纯金打造。至于这本书嘛，嘿嘿……"

"难道这本书是金页子做成的？"军官眼睛一亮，"你小子怎么知道这么多？你们莫不是串通好了哄我？"

"属下岂敢。是不是真金做成的书页，这也只是属下的一种猜测。可是你想啊，苏德里男爵做了这么多年的皇亲国戚，又娶了先王的王后，再加上利用职务之便，从海盗那里没少弄到好处。在咱们查抄的这些人家，算得上是数一数二的大户。为此属下事先打探过，有哪些地方需要特别留意。可以这么说吧，属下发现这本书，有偶然也有必然。"士兵诡笑道。

"是吗？"军官还有些半信半疑，"去叫个金匠来！"一边说，一边摩挲着书页，似欲亲手验证书页的质地。

"这前不挨村，后不着店的地方，到哪儿去找金匠？不如回去后再找人鉴定吧。"

"笨蛋！"军官拍了那个士兵的脑袋一巴掌，"这么大一座苏德里堡，竟找不到一个金匠吗，还用你到外头找？苏德里男爵一向最会享受，他的府中，怎会没有金匠？"

他把那本书弄得沙沙响。我怕他一急之下撕坏了书页，只得说："这只是一本普通的书，根本不是什么金页做的。"

"你是什么人？"军官打量着我，"是金匠的女儿？这说话的语气，倒不像一个女仆。"

"这是简·格雷小姐。她是苏德里男爵的义女，萨福克公爵是她的生父。"埃文斯夫人说。

"公爵的女儿反倒做了男爵的义女？这种事倒是不常见。人往低处走，水往高处流，竟有这样一档子怪事。"军官满脸惊奇。

"人家是苏德里男爵嘛。"又一名士兵说，"苏德里男爵得势时，还真没几个公爵敢跟他较劲。"

"是的呀，公爵的女儿也不算什么。就连先王的女儿伊丽莎白小姐也给他当过义女。"说话的是第三名士兵。

"又是一个义女？"军官的嘴边泛起了笑意，"苏德里男爵到底有几个义女？"

埃文斯夫人瞪了他一眼，什么都没说。可那几个士兵已经议论开来：

"目前就只剩下这一个了。不过呢，这个义女是个不相干的人，跟伊丽莎白小姐有所不同。"

"瞧她那副一本正经的样子,这小姑娘多半还是个嫩倭瓜。不过呢,以苏德里男爵的风流德性,谁知道呢?"

一群人笑得前仰后合。我愤怒得叫了起来:"你们还是人吗?卑鄙,龌龊!"

"卑鄙、龌龊,这些不大光鲜的词语还是用到你的义父身上吧,我等可断不敢当。"军官将脸色一正。

"你手中的这本书,是一个母亲在临终前留给她女儿的纪念物。请你还给她的女儿,还给玛丽·西摩小姐。"我大声说。

"谁是玛丽·西摩小姐?"

"就是她!"我抱起了玛丽·西摩。

"小姐,我很遗憾地告诉你,这里的一切,都不再属于玛丽·西摩小姐。作为罪臣之后,她是没有继承权的。我等奉王命前来行事,无论是你,还是这个混沌无知的婴儿,都阻挡不了。否则即以违旨论处,你听清楚没有?"军官俯下头说。

"一本普通的《祈祷书》也要被你们争抢侵吞,请问,这是否也要以违旨论处?"我并没有被他吓退。

"你好大的胆子。小姑娘,你最好站开些。不然的话……"

"把书还给她。"军官的话,被一句厉喝打断了。

"萨默塞特公爵,"军官一脸惊诧,"您怎么也来了?呃,下官奉旨行事,也有很多难处。"

萨默塞特公爵冷眼环顾四周,隐约露出一丝伤感的神色。当他的眼睛转到玛丽身上,方才微微一笑。"把她抱走吧。"他对带来的一名侍从说,"保姆呢,去把她的保姆叫来。"

埃文斯夫人走了出来,向萨默塞特公爵屈膝道:"公爵大人,我是她的保姆,这里的人都叫我埃文斯夫人。"

"那么,我的侄女还是由你来抱吧,埃文斯夫人。"萨默塞特公爵又对那名侍从打了个手势,"把她们带走。"

"公爵大人,您要把我们带到哪里去?"埃文斯夫人惶然问。

"到我的家里。否则,你们还有什么地方好去?"萨默塞特公爵一声长叹。

"谢谢您。"埃文斯夫人哽噎着说。

"如果你不是那样狠心对待你的弟弟,玛丽需要住到你的家里吗?黄鼠狼给鸡吊丧,你这是安的哪门子好心?"我在心里骂道。

萨默塞特公爵似乎看穿了我的心思,表情淡漠地说:"苏德里男爵虽是咎由自取，府中的这些妇孺之辈却不当受到牵累。至于你，简·格雷小姐，你跟男爵本无血缘相连，只是在此暂住，你父母已禀明国王，明日便会派车接你回去。"

我立即变为局外人了。既已成为局外人，当我向着门外走去时，已没有一名士兵上前阻拦。

"把那本书还给她。"萨默塞特公爵又说。

"简·格雷小姐，这是你的书。"木立一旁的军官急忙将《祈祷书》双手奉与我，仿佛急于卸下一个负担。

"公爵，"我转身对萨默塞特公爵说，"这本书是凯瑟琳·帕尔夫人留给玛丽·西摩小姐的，书中有她的题词。"

"这书暂且由你保管。等玛丽·西摩学会读书识字的时候，我会着人来取。"

哼，说得真是丝丝入扣、情理相宜。我抱着那本书，偏要刺激一下他的良心。"刚才这位军官告诉我，由于她的父亲罪大恶极，西摩小姐已丧失了继承权。"我缓缓说道，相信在场之人都已听得分明，"谢谢您的特别关照，公爵大人，让西摩小姐至少还能得到一件她母亲的遗物。男爵与男爵夫人定会对您心存感激、永志不忘。"

两道难以言说的厌憎从萨默塞特公爵的眼中划过。"再见，简·格雷小姐。"他皮笑肉不笑地说。

夕阳如血，晚风如泣。我独自去了男爵夫人的墓地，为凯瑟琳·帕尔献上了一束斑斓如梦的紫丁香。很有可能，这是最后一次了。从此之后，还会有谁来到这片废墟为她献上尘世的眷恋呢？丁香如梦，人生如梦。她若有所待地栖息在曾经有过朗朗欢笑、昂昂生机的家园，如今却是荒凉一片。失去了丈夫，不见了女儿，凯瑟琳·帕尔，该是何等悲怆，何等孤单！

第二天，我回到了布拉盖特。

"简，你终于回来了！"凯瑟琳妹妹与玛丽妹妹都跑了出来。

"苏德里男爵，他做了多可怕的事啊！"

"他不是国王最喜爱的舅舅吗？为什么他要劫持国王？还想促成你跟国王……他哪里知道，国王是那样恨他！"

妹妹们一边感叹，一边诉说着苏德里男爵事败后对我们的家庭所造成的损害。

"父亲被带到了宫里，好几天没有任何消息。母亲还以为他也出事了。"

"那段日子，每天都有人上门，以至于我们的早餐与晚餐随时会被中断。各种各样的人物向母亲提出千奇百怪的问题，弄得母亲不胜其烦。简，我们家甚至住进了军队，名为保护萨福克公爵的家眷。'夫人，您若再不说出实情，您的丈夫只怕会有更大的麻烦。'他们不止一次用这样的话来要挟母亲。当然，他们并未得逞。父亲被放了出来，第二天还得参加枢密院对苏德里男爵的审判。母亲与他发生了激烈的争吵。母亲要父亲对这次审判做出支持的表态。父亲却很是犹豫。'三十三项大罪呀，一个人怎么可能犯有这么多的罪行呢？即使枢密院全体通过，国王会相信吗？这会不会是国王在考验我们呢？苏德里男爵毕竟是他的宠臣。'母亲却肯定说：'明眼人都能看出，这是一场毫无悬念的彻底清算。国王真若有心袒护他从前的宠臣，哪里会让人拟出三十三项大罪？你呀，就别抱什么幻想了，照我说的去做。在这种关头，最重要的是要洗清自己。不怪我们投井下石，是苏德里男爵行事荒唐，自速其祸！单枪匹马的竟想劫持国王，他难道是用脚趾头来思考吗？早知他是这种人，我才不会跟他来往呢。更别说是把简送到……这家伙，嘴比蜜糖甜，脑子比木瓜还笨！他把我们给骗了，那三十三项大罪还概括不全呢，还该加上一项招摇撞骗罪！'"

这么说来，在审判苏德里男爵的法庭上，我的父亲也已准时出场。与别的"同仁"一道，严格按照法律程序逐条逐款地核定昔日盟友的罪行。

"有罪！"

"有罪！"

"有罪！"

父亲要重复三十三遍"有罪"的声明！在每次声明时他都面不改色吗？而苏德里男爵，静聆审判结果的苏德里男爵，他的表情、他的心态，会是怎样？

小玛丽在萨默塞特男爵家只住了几天。不久后，她被送给我的继祖母凯瑟琳·威洛比夫人监护。凯瑟琳夫人比我母亲还要年轻两岁，她精力充沛，同时还照顾着另外十二个孩子，她不拒绝将领养孩子的数目增加一位。

有人经过苏德里堡，说是断垣残壁，尽成野鼠狐兔的乐园。富贵好比草上露，露凝露散，只在朝夕之间。

苏德里男爵死后第三年，萨默塞特公爵的大限之日也已近在眼前。由于与诺森伯兰公爵长期不和，萨默塞特公爵决定发动政变，将其亲家赶出权力的游戏圈。他没有成功，反被诺森伯兰公爵击中要害。萨默塞特公爵被判"谋逆罪"，于一五五二年一月被处死在断头台。

对于这位大舅舅的非正常死亡，爱德华在他的日记中惜墨如金地写下了一句话："今天早上八九点之间，萨默塞特公爵在希尔塔被砍掉了脑袋。"

"父王，谢谢您给了儿子一个可堪倚重的护国主！"

"他会让我成为英格兰的约西亚！"

许多年前，那个意气风发的少年曾经当着我对萨默塞特公爵赞不绝口，那颗天真澄明、激情沸动的心灵由于君臣相知而鼓满了风帆。那一年，他只是一个不到十岁的小男孩，失去了父王的庇护，在凄风冷雨中返回伦敦，一路上饱受人们的冷眼与讥嘲；而他，他亦未获公爵之尊，爱德华·西摩，这个仍然处于黄金年龄的四十岁的男子用强健的手臂将幼弱的君主紧紧揽住，用振聋发聩的怒吼宣告了新时代的到来，爱德华六世的时代取代了亨利八世的时代。

是他激励他高歌猛进，是他鼓动他锐意改革。他的决心、力量、气魄，有很大一部分，是来自于他。而他，则以其悯农尚武的摄政风格，为爱德华六世时代的前半段历程留下了特有的印迹。他愿为他粉身碎骨，他愿对他以国相托。他们之间，亦曾有过输肝沥胆，亦曾有过精诚合作。甥舅一心，明主良臣，令天下动容，百姓感激。

靡不有始，鲜克有终，到如今，一切俱已化为灰烬。是他下令杀死了他的护国主。谁能说清，是他必欲置其一死，还是另有势力操纵在后？谁能说清，这杀念何时而起，因何而生？主动与被动、狠断与哀怜，可曾有过徘徊与互换？

他爱他的母亲，他们母子在这个世上的相聚不过数十日而已。相聚苦短，他甚至没来得及看清她的容颜。他此生最大的愿望莫过于让母亲复活，但他无法做到。他能做到的，是要做出一番事业让他的母亲引以为傲。

王图霸业谁做主？明知悲多乐少、情悭义薄，怎奈风雨满征途，不见来时路。为此，他杀死了他的两个舅舅，她母亲的一兄一弟。

满目狼藉处，欲哭无声；无限伤心中，谁可倾诉？

第十九章　芳　约

　　国王病重的消息又传出了好几次。大臣们更加着急了,为国王物色王后已是刻不容缓。假如爱德华就此撒手人寰,英格兰随时可能重新陷入动乱。

　　"无论怎样,得有一个继承人。如果年内能够为国王举行婚礼,到第二年,蒙天怜鉴,英格兰或许还能得到一个小王子。"

　　"继承人必须放到第一位。至于王后人选嘛,只要过得去,有宜男之相,至于家世背景什么的,那都是身外之物,就别太苛求了。"

　　火速立后的主张在朝中渐成气候。但对我的父母而言,这并非什么好事。

　　"连菲尔德·宾格力的女儿也进入了候选花名册,这简直乱了套了!"父亲直摇头,"若是先王仍在,看到他的儿子居然会跟那些刚刚封爵、资历平平的小户人家谈论婚事,一准会活活气死。年轻的狮王娶山鸡当太太,为的是要跟时间赛跑,尽快生出一只小狮子来。抱有这样的想法,可不是急昏了头吗?"

　　"我们的简倒没有名列其中,我们的女儿竟然让位给山鸡的女儿!叫我如何能够咽得下这口气?"母亲气愤不已。

　　"这个……还不是因为苏德里男爵。简是他的义女,大臣们可不愿意国王未来的妻子跟苏德里男爵再沾上什么联系。男爵一案,对我们家多多少少也是一个打击。还有那个刺客事件,没吃羊肉反惹了一身膻气,真是活见鬼了。总之,人一旦不顺,喝杯凉水都会塞牙。现在就是我们的不顺时期。弗朗西丝,国王既已不待见我,咱们且忍耐些吧。"父亲无奈地说。

　　"怪我们操之过急,反被别人踩住了尾巴。"母亲说,"国王立后这件事,难道就没有一点转圜的余地吗?何不从侧面打听一下,如果国王的心中还有简,我们是不是还可以做点文章?"

　　"这件事,咱们就别去搅和了。"父亲说,"国王的这个病,只怕难好呢。费了九牛二虎之力,即便把简送上了王后之座又能如何?国王的妻子会很快成为寡妇。小王子的母亲,这岂不是没影子的事?让那些人去水中捞月好了，咱们家就不凑这个热闹了。"

"国王的妻子会很快成为寡妇，爱德华竟已病到了这个程度？"母亲沉吟道，"寡妇也不要紧，寡妇还可以再嫁嘛。然而若只是丧夫无子的寡妇，那可不是白嫁了一场吗？英格兰迟早还是别人的，唔，这样的话，就没啥意思了。"

一五五二年十月，我满十五岁了。我收到的生日礼物比往年要丰厚得多。最大的感动来自玛丽小姐。我听父亲说，她到伦敦来了，来探望她的国王弟弟。原是打算小住一段时间，并且有意参加我的生日庆典。然而与往常一样，她与爱德华再一次不欢而散，玛丽小姐匆匆离开了。"从前王宫是我的家，现在我却成了不受宫廷欢迎的客人。"她撂下这么一句话。但她并未忘记派人给我送来一件象牙色的丝绸长裙，连同她的亲笔信。"亲吻你，祝福你，谨以薄礼一份代表我的心意。爱你的大姐姐，玛丽。"她在信中写道。

"玛丽出手倒是十分漂亮。"母亲点头赞道，"这样的面料，在英格兰可并不多见。而据我所知，玛丽的日子过得并不宽裕。她能为你置办这份贺礼，一来说明她对你颇为重视，二来也是为了向人证明，她的实力不可小觑。爱德华尚未娶亲，她仍然是这个王国位居榜首的女人。我们对她，必须报以十二分的恭敬。"

我写了回信，母亲亦修书一封，又选了几样珍玩，让人带给玛丽。至于那条象牙色的长裙，并不是我所喜欢的颜色与款式，只试穿了一回就束之高阁了。对玛丽的心意，我唯有付之一叹。

十五岁，这是成年的标志了。镜中的少女沉凝端静，有着愁云淡抹的额头，明如春水的眼眸，这就是简·格雷。我望着镜中的影像，像是第一次认识自己一样，有些惊喜，不太自信，又有几分莫名的惆怅。

十年之前的简·格雷是什么样子，我已经想不起来了。十年以后的简·格雷是什么样子，哦，我才不愿去想呢。十年以后我二十五岁。对我来说，二十五岁太苍老太遥远了。我只想好好地拥有当前，当前便是最美的时光。

然而，最美的时光可不能浪费在遐想与憧憬中。对于我的父母，如何为我觅得一个丈夫已是迫在眉睫的大事。

"明年就是十六岁了。十六岁的姑娘还不出嫁，这有点说不过去了吧？"连凯瑟琳妹妹也这样说我。她与亨利·赫伯特的婚事已成定局，只因双方家长在嫁妆聘礼的细节上还存在争议，但也只是时间上的问题了。

"如果凯瑟琳结了婚你还没出嫁，那多没面子。"玛丽妹妹竟用起激将法来，"简，你可得抓紧啊。"

"这跟面子有什么关系呢？玛丽小姐与伊丽莎白小姐不也没出嫁吗？小妹，别这么见识短浅好不好？"

"玛丽小姐还想出嫁，都可以给人家当祖母了。"凯瑟琳妹妹刻薄地说，"伊丽莎白小姐也快二十了吧？若不是苏德里男爵出了那件事，他定会娶她！真是可惜，他们曾是那样般配的一对儿！那样一个世间少有的夫婿惨死在嗜血的斧头之下，她会怎么想？除他之外，她还能看得上谁呢？"

"姐姐，你是不是还想着非国王不嫁啊？"玛丽妹妹问我，"大臣们为了国王娶妻忙得是上蹿下跳，要说你呢，真是父母的一块心病。你跟国王怎么就不能好事成双呢？我才不信国王病得那么厉害呢。你嫁进宫去，国王一高兴，没准儿会不治而愈。'朕根本没有病，'国王会对外宣告，'朕的病是因简而起。现在，有简陪着朕吃饭，陪着朕上朝，朕可有精神了。'哎，你们笑什么？这不是没有可能的！"

"简，你快打扮一下，跟我去参加一个宴会。"母亲的到来打断了我们的说笑。

"我不去。"我稍微扭动了一下身子。

"给你十分钟的时间，别惹我发火。"母亲没好气地说。

和往常一样，这是一次没有"下文"的宴会。也和往常一样，席间不乏绅士淑女，其中有位波丽·杜丹纳小姐是美第奇家族（佛罗伦萨之名门望族）的后裔，显得格外娇艳活泼。母亲的朋友李夫人把我介绍给一位世家子弟，而这位世家子弟的眼睛一直不曾离开波丽·杜丹纳小姐，对我只是淡淡敷衍而已。

"真是抱歉，"李夫人事后向我们解释说，"这个年轻人不识好歹，他被杜丹纳小姐完全迷住了。杜丹纳小姐是这一季交际场中的花魁，她半年前才踏上英格兰的土地，真正可笑，从王孙公子到廷臣卿相，无不为其倾倒。据我保守估计，她收到的求婚信起码已有一打。其实依我看来，她也未见得比令爱更为俊俏，且又是个毫无根底的外国人，只是胜在风姿柔媚、言语婉和，令人易生亲近之意。这班小姑娘中，若是说到身世高贵、内蕴幽雅，自然就会想起令爱。可条件太好了，有时却给人一种高处不胜寒之感。公爵夫人倒不必过于放在心上，下次我一定给令爱挑个更相配的。"

母亲只是一笑了之。背人之处，却对我多有埋怨："毫无进展，仍然毫无进展！说什么高处不胜寒，李夫人那是善于辞令，你若能学到她的三分，跟波丽·杜丹纳相比，也不会落后那么远！叫我怎么说你好呢？不会穿衣，不会撒娇，不会谑笑，不会暗示。没有一点女性的手段与特质，简直有辱于我们这个雪月风花的都铎时代！真不明白爱德华当初看上了你哪一点？傻成这样也想捕捉到一个丈夫？只怕一个村姑也要比你在行。至少，她不会对别人的致意无动于衷，不会对别人的殷勤视而不见！"

"您说得对，母亲。"我抬起下颌说，"我不会穿衣，不会撒娇，不会谑笑，不会暗示，不会都铎时代的调情。要成功地捕捉到一个丈夫远远超出了我的能力范围。亲爱的母亲，别再为此枉费心血了好吗？我是您最没出息的女儿，您认命吧，我已认命了。"

"认命，你敢跟我顶嘴？"我已跑远，母亲的声音却紧追不放，"回来，给我回来，看我教你怎样认命！"

为我之故，父母没少长吁短叹。然而世间事总是难料，毫无进展的平静终于被打破了。那一天，父母二人将我唤了去，两人皆喜滋滋地望着我，似乎对我产生了什么新的兴趣。

"简，你还记得诺森伯兰公爵吗？"父亲问我。

我愣了下，一时之间，没反应过来。

"他从前是沃威克伯爵，我们不是时常谈起他吗？"母亲说。

"是的，你们谈起他最多的时候，就是那次温莎政变时。后来萨默塞特公爵被处死时，你们也说到过他，说他是害死萨默塞特公爵的元凶。"我一边回忆，一边说。

"呃，这害死一词，不大准确。萨默塞特公爵犯法当死，诺森伯兰公爵是为民除害，为君除逆。"父亲更正说。

"诺森伯兰公爵有个小儿子，名叫吉尔福德。今年十七岁，长得一表人才。公爵已在今天向我们正式提亲了。公爵雅意，不可辜负。这门好亲，不可错过。"母亲笑吟吟地说。

"诺森伯兰公爵的儿子叫吉尔福德？"急中生智，我竟想出了一条反对的理由，"诺森伯兰公爵的岳父不就是那位爱德华·吉尔福德爵士吗？多年以前，公爵用不光彩的手段谋夺了吉尔福德爵士的遗产。也许公爵感到过意不去，就以岳父的姓氏来为自己的儿子命名？"

"这件事已过去那么久了……"父亲不无尴尬地一笑，仿佛谋夺遗产的不是诺森伯兰公爵，而是与他相关，"简，你从哪里知道的？"

"咦，这不是你们亲口说出来的吗？诺森伯兰公爵是什么样的人，你们一向不是清楚得很吗？为什么会来了一百八十度的大转变？沧海桑田也没这变化得快吧。"

"我们所了解的，是从前的沃威克伯爵。"母亲敛起了笑意，"要说到诺森伯兰公爵，少不得要另换一种眼光。好个不晓事的丫头，诺森伯兰公爵乃是我朝中流砥柱，是高山仰止的护国主。连国王都对他如敬尊长、礼遇有加，你竟然出语轻慢，实在太不会审时度势了。"

"我是不会审时度势。一个护国主栽了跟头，另一个护国主悄然崛起。那个吉尔福德，假如他不是诺森伯兰公爵的儿子，你们还会这样热心地撮合他与你们的女儿？"

父亲似乎未料到我会如此回答，犹如被蜇伤了一下，茫然望向母亲。

"假如你不是我们的女儿，我们当然不会这样热心！"母亲的目光冷而厉，"萨默塞特公爵何止是栽了跟头，他彻底完了，连身家性命都搭了进去。诺森伯兰公爵怎么啦？他可不是偷偷摸摸地崛起，他的崛起有声有势、惊心醒目，全英格兰都把他视为大英雄，每一个有适龄女儿的母亲都愿意与他家联姻。"

"您也许愿意，但是，我不愿意！"我咬了咬牙，豁出去说。

母亲大为震怒："你再说一遍！"

"弗朗西丝，你先别着急。"父亲按住母亲，语气温和地对我说，"简，可怜天下父母心。我们可是全心全意地在为你着想啊。"

"全心全意地为我着想？"我几乎笑出声来，"你们把我送到苏德里堡，也是全心全意地在为我着想？"

"那是我们看错了人。"母亲懊恼地说，"苏德里男爵不过是个吹牛大王。牛皮吹破，害人不浅。但诺森伯兰公爵绝不同于苏德里男爵。诺森伯兰公爵有实力亦有才干，为国谋事极合圣衷、深受信赖。既然国王都信得过他，你为何对他独持偏见呢？"

"就算你对公爵有偏见，对公爵的儿子总不该也怀有偏见吧？"父亲说，"你又没见过人家。听我说，简，吉尔福德是个很好的青年。难得跟你年龄相近，你们一定会谈得来。"

"是呀，见一面总是无妨。随意一些吧，贝阿特丽丝终归是会遇到但丁的，人生的惊喜说来也就来了。"母亲朝父亲笑了笑，"你跟公爵商量个时间，给我们的贝阿特丽丝（贝阿特丽丝为意大利诗人但丁的恋人，但丁在《神曲·天堂篇》中写道：自从初次在凡间一睹她的芳颜，直到最后一次在天堂与她相见，我对她的歌唱从来不曾间断）与但丁定好芳约。"

第二十章　掷　鞭

由于我的坚持，跟吉尔福德见面的地点既不是在诺森伯兰公爵府，也不是在我家，而是选择了我父亲一个朋友的乡间别墅希灵山庄。

我和家人在相亲的头一天晚上来到希灵山庄。第二天，当朝阳渐渐升高之时，我们三姐妹透过同一个窗口，看见有两个人影正向着郁郁青青的田野策马而来。

"怎么会是两个人呢？"玛丽妹妹奋力倾身向前，以便占据最佳的观察角度，"来的是公子与他的仆人吧？"

"我看不大像。应当是诺森伯兰公爵和他的儿子。"凯瑟琳妹妹推断道。

"公爵的儿子要都像那个罗宾一样可就没的说了。十足的骑士范儿，风度翩翩，气度不凡！"玛丽妹妹热烈地赞叹。

"简，他们来了。夫人请你下去。"艾伦在外面敲了敲门。

"哎，等等我。"玛丽妹妹连蹦带跳地又去照了下镜子，方才牵着我和凯瑟琳的手一同下了楼。

一前一后的骏马上跳下了两个人，诺森伯兰公爵与他的儿子。

"这是小儿吉尔福德。"诺森伯兰公爵微笑着对我们说。

两个妹妹，不知是谁掐了我的手臂一下，我才从惊愕中回过神来。

竟然是他？"公爵的儿子要都像那个罗宾一样可就没的说了。"他不就是罗宾的弟弟吗，那个可恶至极的白裘少年！

"吉尔福德公子，这是我的三个女儿。大女儿简，她的两个妹妹，凯瑟琳与玛丽。"母亲颇为热情地说。

吉尔福德露出了一个温文尔雅的笑容："初次相见，深感荣幸。"

"你……"玛丽妹妹噎住了喉咙。

"怎么，这位小姐有什么话要说？你是不是在哪里见到过我，你确信没有认错人？"吉尔福德将腰身弯低一些，似乎要让个头娇小的玛丽妹妹辨认仔细。

"不，我没见过你！"在母亲探究的目光中，玛丽妹妹慌了神，眼睛望向别处。

"希灵山庄景物清幽，是这一带有名的避暑胜地。公爵大人平日里忙于国事，难得清闲一回。既来之，则安之，就让我与外子给您做个向导吧。"母亲说罢对我眨了下眼睛，"简，你陪吉尔福德公子到那边山头走走。"

我与吉尔福德登上了一座小山，两个妹妹远远地跟在我们后面。

"小姐，如果我没记错的话，这是我们第三次见面了。"在确定远离了父母一辈的目力追踪之后，吉尔福德毫无顾忌地大笑起来。

两个妹妹不知发生了什么，刚刚走近几步，吉尔福德忽地脱手将马鞭向她们掷去，吓得她们扭头便跑，再也不敢跟来。

吉尔福德又是一阵大笑，惊飞林间鸟雀，扇下落叶如雨。

"这个时候，藏在生命中最深处的生命之精灵，开始激烈地颤动起来，就连很微弱的脉搏里也感觉了震动。"这是但丁在诗歌中对初次邂逅贝阿特丽丝的动人追忆。

可眼前的这个年轻人，与他的每次见面只能激发我一种感情，一种深植于心、不可更改的厌恶。

"这地方选得不错。"吉尔福德望了望四周，"按照某些人的理解，是谈情说爱的好地方。有人给了我一个建议，最好能够在女孩面前背上几段怡情悦性的诗句，然后一本正经地告诉她，这是自己为她特意创作的。只消把娴雅的佩吉临时换为甜美的阿芒达，把撩人愁思的春风改为温情脉脉的西风，那就浑然天成、合题切景了。格雷小姐，你肯不肯赏给我这样一个机会呢？"

"你的这份虚情假意还是留给别人吧，我恐怕消受不起。"

"我也觉得这个法儿对你并不适用。众所周知，一个知道伯罗奔尼撒的女孩是令人毛骨悚然的，当着这种女孩剽窃篡改前人的作品太容易露馅。因此又有人给了我第二条建议，每天给您献花，不断寄出充满情意的信函，信中可以洒落一些水珠充当泪水，说我愿意为你而生，愿意为你而死，直到你信以为真。格雷小姐，你会不会信以为真、顺势而为？或者明知是假，却仍然乐于向那位可能让你摆脱单身苦恼的对象卖弄既天真又愚蠢的纯洁？"

"达德利先生，你觉得这是一个很好笑的游戏吗？"我反问道，"单身的苦恼，大概对你才是一种苦恼吧？"

"你呢，格雷小姐，你不想把它当作一个游戏？"吉尔福德向我逼近两步，他的眼神是轻薄的，言语却是刻毒的，"穿得跟我第一次见到你时一样，整个一假人似的。请问你穿成这样是何目的呢？'来向我求婚吧。'你的全副装束都在替你说话。可是为什么，在那次新年舞会上，满目的山珍海味中，你却像是一盘鲜美爽口的青菜，对于吃腻了鳟鱼浓汤的肠胃，还真是一味妙不可言的调剂。我今天才算想明白了，格雷小姐，这要谢谢你，是你让我茅塞顿开。在那次舞会上，你哪里是在孤军深入，自然是有人在你身后出谋划策。所谓兵不厌诈，对付不同的男人要用不同的心计。'亲爱的女儿，这一次，你得素面朝天；亲爱的女儿，这一次，你得淡浓艳抹。为啥要有这么大的反差？这你就不懂了。素面朝天是为了对付那个文弱多情的小国王，淡浓艳抹是为了对付这些醉生梦死的公子哥儿。'你的母亲在你身上没少倾注心血吧？"

我用眼角的余光瞟了他一眼。他比我高出了大半个头，那张充满戾气的脸对我形成了俯冲之势。

"滚开，你这个胡说八道的神经病！"我朝他大喊。

"滚开，你这个令人作呕的格雷家的小姐！"他也朝我吼叫。

忽然之间，我笑了，满腔的怒意一扫而空："'令人作呕的格雷家的小姐'，达德利先生，我得感激你对我的评价。你，鄙视我；我，讨厌你。这不是再好不过吗？我们这就去告诉各自的父母，让我们提前结束这场游戏吧。"

"你是当真的？"吉尔福德问，嘴角挂着一丝讥诮。

"当真！"我肯定地点了点头。

"这么说来，你并不想嫁入达德利家族？你将对你的母亲怎么说呢？"

"我会说，如果我早一点知道你就是那个跟我们结怨在先的路人，就不会有今天的这次见面了。"

"小姐，你可真能记仇。"吉尔福德耸了耸肩，又将食指一弹，"不过我很怀疑，令尊令堂是否有你这样的血性。对他们来说，女儿的脸上溅破了胭脂花粉，这也算是结怨吗？在他们的人生中，不知趟过了多少泥水脏水。他们的神经比你可要健全得多。这么说吧。如果我父亲要你的父母弯腰，虽然他们未必乐意，但也极有可能会把腰弯到地上。"

"那么，你去告诉你的父亲，"我抬手向前一指，"跟我见面对你来说是一种折磨！你无法容忍跟我在一起的每一分、每一秒，因为……"

"因为你是天底下最乏味、最令人作呕的女孩，没有之一。"吉尔福德无比开心地接口道。

"我们就此告别吧，我不希望我们之间还有第四次见面。"我说。

"我也不希望。可是，等一等，格雷小姐。"我回过头来，吉尔福德扬起半边眉毛,冲我咧嘴一笑,"要让这次会面成为永别、成为绝唱的话,你找的那些理由未免分量不足。回去后你继续想吧。想它个三天三夜,如果你能想出什么神奇的招数让令尊令堂改变心意,那我是不是要跟上帝打声招呼,让太阳在深更半夜爬上山坡,以此庆贺你的成功?"

回去之后,父母已经送走了诺森伯兰公爵,正满面欣喜地等着我呢。

"怎么样,吉尔福德是个好小伙吧?比诺森伯兰公爵可要英俊多了,只是还不具有公爵那种人见人惧的威势。他还年轻,年轻人有年轻人的活法呀。真要像了他的父亲,那就过于少年老成了。"父亲笑眯眯地说。

"快的话,年底就可以办婚事,这也是公爵的意思。"母亲拿起父亲的一只手,轻轻拍了拍。

"所以,我们要祝贺你,我的孩子。"

"不,我讨厌这个吉尔福德,他也受不了我!"瞬息之间,我冻结了他们的笑脸。

"你又怎么了,简?"母亲勉强按捺住心中的郁闷,"早上还是兴致勃勃地出去,见到吉尔福德时不也客客气气的吗?你是不是太紧张了,或者是他太紧张了?第一次见面总是有些别扭。当年我第一次见到你父亲,不也怀着跟你一样的心情吗?再多见几次,你一定会有不同的想法。"

"母亲,我跟他根本不是第一次见面。在这之前,我们已经见过两次面了。您还记得诺森伯兰公爵的儿子与萨默塞特公爵的女儿订婚的那天吗?我和妹妹们迟到了,您为此很不高兴。而造成我们迟到的原因,正是这个吉尔福德。尽管在那个时候,我们还不知道他的名字……"

我的话说完了。父亲露出诧异的神情,母亲却是一脸轻松:"这是多大的事儿?简,你若就为了这么一点不痛快而拒绝了一个前程似锦的年轻人,岂不是弃本逐末、得不偿失?"

"前程似锦"这个词语令我大受启发,我侃侃而言:"听说诺森伯兰公爵有好几个儿子。按照法律,日后继承爵位的,只能是公爵的长子,其余的儿子将一无所获。以此看来,吉尔福德很难说得上是前程似锦吧?母亲为我考虑得无所不周,怎么忽略了这个问题呢?"

"女儿,你的观点改变了不少嘛,这是可喜的进步。"母亲欣然说,"按常理是这样。不过诺森伯兰公爵是何等样人,他的儿子还愁找不到出路吗?尽管不是长子,吉尔福德仍然大有可为。我早就想好了。我和你父亲没有儿子。你跟吉尔福德结了婚,他就等于是我们的儿子了。将来你父亲可以去求国王开恩,把爵位传给吉尔福德,那他不也是个公爵了?简,对于这门婚事,你可得好好配合。诺森伯兰公爵的本事大着呢,移山倒海只在谈笑之间。吉尔福德迟早会是一个公爵；而你，我的女儿，你也许不只是个公爵夫人。"

"把父亲的爵位让给这个无赖，这是多么慷慨的设想啊。国王也是这么想吗，他会让您如愿吗？仅仅因为吉尔福德是诺森伯兰公爵的儿子，还是因为他是您所挑选出的女婿？"我愤然问。

"兼而有之吧。"母亲淡然说。

"选中了这样一个人，您不觉得反胃吗？母亲，您对人品的高低优劣是否已全然不顾？对不起，我不是您，更做不到像您一样，唯前程是瞻，对别的一切都失去了敏感。"

"利害相权，不因轻害而损重利。"母亲用凌厉的眼神望着我，"人品什么的，可以改进嘛。吉尔福德只有十七岁，无论人品还是性格，都有很大的改进与重塑的空间。世上岂有十全之人，看事看人要从大局上着眼。我的女儿，你的身上也有很多明显的缺点啊。人家未曾嫌弃你，你又何忍出以恶声呢？"

"不，他是嫌弃我的。他说了许多难听的话。他说……"

"如果真有这些话，让他亲口告诉我，不用你来转述。"母亲干净利落地打断了我。

"姐姐，姐姐。"当我满心气馁地回到卧室后，两个妹妹却跟了进来。

"你真要嫁给那个吉尔福德？这算什么呀，母亲简直毫无道理！"连玛丽妹妹也站到了我一边。

"这种人恶心死了！"凯瑟琳妹妹更是语颇不平，"可母亲一心想要奉承诺森伯兰公爵，简，他们已基本谈妥了。"

"基本谈妥了？"我绝望地问。

"诺森伯兰公爵当时还有几分犹豫，他对母亲说：'你的女儿读书太多。有人告诉我，她是一个有很多想法的姑娘，一个想法很不一样的姑娘。'母亲却说，'如果她不是一个读书太多的姑娘，她能承担起大事吗？你们达德利家要娶的，不仅是个低眉顺眼的儿媳吧？我的女儿的确有很多想法。但是，您也承认，她是一个听话的女儿。我会让她听您的话，大人。'"凯瑟琳妹妹说时深深地看了我一眼，"简，他们的表情挺古怪的，接下来又放低声音在那里叽里咕噜了大半天。然后我想，他们肯定谈成了。母亲红光满面，看上去，她比诺森伯兰公爵还要高兴。"

三天之后，同样的地点，我"等"来了同样的人。

野芳烂漫的小径上，渐渐闪现出一匹马、一个人。

这一次，是吉尔福德独自而来。

九陌花正芳，少年骑马郎。这是个约会的好时节。如果……来的不是他，而是一个令我心动的人，该会有截然不同的心情吧？

来的是他，偏偏是他！美景良辰，鲜衣怒马，是怎样的浪费、多大的讽刺！

"你是在等我吗，格雷家的简小姐？"吉尔福德傲然笑道，"你说过，我们的上次见面会是最后一次见面。为什么这最后一次却没完没了呢？"

"这应该问问你的父亲。"我又是狼狈，又是气愤。

"还得问问你的母亲。"吉尔福德故意对着我的耳朵说，"她比我的父亲更加热衷于这桩婚事。因为她是这么认为的，一旦婚事确定下来，格雷家将占到达德利家一个很大的便宜。"

我走开几步，稍稍避开了他："他们怎么想，跟我毫不相干。我来到这里，并不是为了忍受你的嘲讽。你呢，你也不想把大好时光耗费在你所毫无兴趣的人身上吧？"

"这倒是说到我的心坎上了。"吉尔福德点了点头，"我想约会的对象，跟你没有一分一毫的相似。你呢，我的小姐，还在想着你那国王'真主'吧？"

"先生，请自重！"

"可我没有不自重啊？我说的是大实话。"吉尔福德不胜委屈。

"算了，"我懒得辩白自己，直奔主题说，"必须让我们的父母打消他们的念头。在这一点上，我们要共同努力。"

"那你说，怎么个努力法？"

"你没有跟你父亲说，你对我毫无好感，我跟你想象中的妻子有着天壤之别？"我问。

"那你有没有告诉你的母亲，你对我恨之入骨？"

"没有。"我有些语无伦次了，"有啊，不是恨之入骨，反正也是差不多的意思。"

"那你母亲有何反应？"

"她认为这是小事，不值一提。"

"哈哈，那么太巧合了。我的父亲也是这样。对他来说，我对你有无好感都并不重要。"吉尔福德用轻飘飘的语气说。

"看来，我们的父母并不在乎你我的幸福，他们想要促成结婚的，不是我们两个人，而是两个家族，格雷家族与达德利家族的结合。"我笑了，"而要阻止这件事的发生，就只有依靠你我二人的力量了。"

"你我二人的力量能够做到？"吉尔福德怀疑地问。

"回去告诉你的父亲,你另有所恋。如果这还不能令他心软,那得加重一点,告诉他,你已经和另外一个女孩子订有婚约,你不想、你也不能成为一个违约负心之人!"

"这是什么馊主意,让我揣上熊心豹子胆去撞诺森伯兰公爵的枪口?"吉尔福德生气地说,"我是有属意之人,可要无中生有地弄出一份婚约来,这不是既坑了我也坑了她吗?这不但会毁坏一个女子的名誉,也会毁了我的名誉!父亲决不会因此停步不前。他会把我狠揍一顿,然后用漫不经心的口气告诉说,'这是无效婚约,是一钱不值的儿戏。把它彻底忘了吧,你是自由的,我的儿子。你的未婚妻只有一个,贤淑端庄、心无杂念的简·格雷小姐。'"

"那你还有别的办法吗?"顾不上他对我的挖苦,我强压着上涌的怒气。

"办法嘛,倒是有一个。"吉尔福德用手按着额头做沉思状,"假如上天不肯让我活到跟你结婚的一天,或者不肯让你活到跟我结婚的一天……唉,可惜我们都太年轻了一点。这种可能性嘛,好像很难实现。"

"又或者,证明这桩婚事无法完成……要么证明我不是男人,要么证明你不是女人。这意思就是,上帝的惩罚,天生的身体缺陷之类的。"吉尔福德咧嘴一笑,"别这样看着我。你有没有这方面的缺陷,我可以对天发誓,那是天知地知你知而我不知。噢,我这么说是不是太粗鲁了一些?可是这个办法绝对管用。只要证明我们是同性,这桩婚事立即告吹。"

"这种证明,还是不用搬上公堂吧。"我终于爆发了,"直接去对你的父亲说,大家不都省事?"

"你说什么?"吉尔福德恶狠狠地瞪着我。

"是我去对你父亲说,你就等着瞧吧。"我看穿了他的怯懦。

"你去?你……你说……说你不是女人?"吉尔福德愣住了。

我红了脸,狠狠地回瞪了他一眼:"我是要去告诉你的父亲,我不会嫁给你。"说完,我扭头便走。对诺森伯兰公爵这个没胆无脑、言谈荒诞的儿子,我打心眼里看不起。

"你,你不会真的要去吧?听我说,这没用的。你试都别试!"吉尔福德在后面警告我,"我父亲不会放过任何一个给他难堪的人,你只会把自己变成一个傻瓜!"

"小姐,公爵请您进去。"当我拖着淋湿了大片的长裙走进诺森伯兰公爵府中时,不禁打了个寒战。

几分钟前,我尚在门外迟疑。也许,趁着被人发现之前,我该终止这趟"率性而为"的"冒险"。我该接受吉尔福德的警告："你只会把自己变成一个傻瓜！"但我仍然来了，仿佛神差鬼使一般。

诺森伯兰公爵从楼上走了下来，显然，他的目光没有漏掉我冒雨而至的窘态。

"简小姐，你这是一个人来吗？有什么事我可以为你效劳？"诺森伯兰公爵的语气温而淡。

想起了母亲对我徒步独行的训斥，我的勇猛气概已消失了大半。如果让母亲看到这一幕，她会以为这简直是在侮辱她的视觉！

"公爵大人，"我艰难地开了口，事实上，我是在木然地重复着已经花费了好几个夜晚不断练习的台词，"我来这儿只是为了一件事。关于我，关于令郎吉尔福德……我不会嫁给他，他也不会娶我。公爵大人，我之所以这么说，并非是对您与您的家人怀有、怀有不敬的看法……我尊敬您，可您必须相信，我这么说是出于肺腑。如果能得到您的谅解，我与令郎都会对您感激不尽。"

"简小姐，你对我的儿子有什么不好的看法吗？"诺森伯兰公爵剪断了我那不成样的背诵。

"我只是……我对他没有特殊的感觉，他对我，也没有。"

"婚姻并不是依靠特殊的感觉来维系的。你和他见面不多，今后会有大把的时间来培养感情。"

"我和令郎格格不入，应当说，我们的天性大不相同。并不是所有的感情都能用时间培养起来。时间再长，松树上也开不出花朵。公爵大人何不顺其自然呢？尽管您无所不能，却无法要求松树开花这样的事情发生吧？"

"一棵不开花的松树，说的是你自己吗，简小姐？"诺森伯兰公爵十指交握、气定神闲，"你有没有跟你母亲谈过你的想法，她是什么意见？"

"公爵大人，如果您能同意。我母亲她……她一向尊重您的意见。"我听见自己的声音如钟摆般颤个不停。

"这也就是说，你是单独前来，你母亲对此毫无知觉？"诺森伯兰公爵瞬了瞬目，"你母亲向我保证过，你是一个听话的女儿。我并不怀疑此话的真实性。因为就在一年前，一次宴席上，我见过你。你给我留下了不错的印象。"

"而您明明知道，那件事错不在我。公爵大人，今天的这件事，我同样没有错！"我努力控制着情绪与嗓音，如同一个初次远航的水手试图掌控一条行驶在惊涛骇浪之中的小船。

"你的脸色很差。这样倾盆大雨的天气一路走来,肯定是受了凉。简小姐,我让仆人给你换身衣服,当然,我会为你请个医生。"诺森伯兰公爵说着站起身来。

"我没有病。我既不要换衣服,也不要请医生。公爵大人,您得答应我。我不会再来打扰您。只要您同意解除……"急乱之中,我知道自己闹出大笑话了。我与吉尔福德之间并不存在任何形式的约定,"解除"一词,实在用得太不得当。

"你病了,简小姐。我给你的建议是,尽量少说话,先休息一下。"诺森伯兰公爵的语气仍不失礼貌,在起步离去之时。

"不,公爵,请您务必听我说完。"什么都顾不得了,我挡住了诺森伯兰公爵,带着一种破釜沉舟的"悲壮","我已跟他人订有婚约。您的儿子,也有他的心上人。无论从道德还是感情的角度,我和他,都不该受到逼迫。"

诺森伯兰公爵斜睨着我,那神情,仿佛是看着一个天外来客。"我不会强迫你嫁给我的儿子,也不会强迫我的儿子娶你。"他那双冰蓝的眼睛散发出冷傲的光芒,"可是你要知道,婚姻从来都不只是建立在两个男女之间。不讲求家世门楣的契合,仅凭一时的情之所钟而结为夫妇,这样的婚姻比芦苇还要脆弱,经不起几下折腾就会被现实的风雨折断。婚姻应当是一棵大树,盘根虬结,巍然屹立。简小姐,你年轻好学、聪明多思。对于父母之命,多多少少是有一些抵触情绪。你的已有婚约之说是临时编派出来的吧?据我了解,你的求婚者并不踊跃。你的家庭对你有着很高的期许,这也就是说,你的选择面窄之又窄。我并不是想打击你,年轻的姑娘。跟你一样,我的儿子要择偶,那也是非常之难。阳春白雪之族,总是面临曲高和寡的窘境。简小姐,我代表吉尔福德向你父母提亲,是出自十二分的诚意。你能多出一些诚意来吗?难道你母亲不曾开导过你,男女私情只如过眼烟云,而两个势均力敌的家族合二为一,却可以创就万世之基。小姐,你说你是一棵不开花的松树。开不开花,其实无关紧要。只要达德利家与格雷家能够根脉相连,长成一棵万古长青的苍松,那才是我们的最终目的。"

"万古长青的苍松?"我惨笑起来,"公爵大人,很遗憾,我没法将自己的血液融入这棵盘根虬结的苍松之中。这么复杂的人生,如此高深的哲理,我不想领会,也领会不了。"

"不,你迟早是要领会的,不管你愿不愿意。如果两个家族的光辉前景不足以令你动心,要用荣华富贵来打动你,显然也并不可取。你是公爵的女儿，从小习惯了富丽的气象，对你来说，富贵已是家常之物，不必通过成为公爵的儿媳来为已经拥有的资本增添厚度。可是我要说，有一样事物，远重于家族的前景，富贵的维系，那就是上帝给你安排的使命。"诺森伯兰公爵的眼中有奇异的闪光，"上帝的荣宠是不容推却的，简小姐，你必须从现在起就做好准备。"

他在故弄玄虚，我并不买账："如果由上帝做主，他肯定不会为我做出这样的安排。只有两个情同生死、恩深义重的灵魂才能在上帝的祝福下结为佳偶。而其他的结合，纯粹出于利益考虑的结合，不会得到上帝的认可。"

"利益考虑虽然听上去很俗，但这不是人世的规则吗？人们在购买物品之前都是要比较价格、挑选货色的。婚姻也是门大学问呢，简小姐。世间万物都讲求一个匹配，上帝是匹配的主宰。婚姻是天定的，你要懂得随遇而安、惜福从命。"

他是如此执拗地把"天意"挂在嘴边，这不是欺人太甚吗？"天定还是人为？"我反问道，"在您认为，是前者；在我看来，却是后者。我是薄福之人，配不上您的儿子，此事万难从命。"

"简小姐，我还有别的事。我会吩咐仆人让你换衣休息。"诺森伯兰公爵微露倦意说。

"公爵大人，该说的，我都说了。我不会更改我的心意。我，这就告辞。"

"你不能走，简小姐。"诺森伯兰公爵一脸坚决地拦住了我，"医生很快就到，你不能穿着湿衣裳出门。"

"不，让我出去！"我叫了起来。

诺森伯兰公爵将我推回客厅，门被重重地关上了。

我倚窗而立，天，一点点地黑了下去，暗了下去。

不知过了多久，客厅的门再次开启。迎面而来的，是母亲那张比雨天还更阴郁的脸。

"夫人，您的女儿生病了，但她拒绝医生进来。"诺森伯兰公爵紧跟在后。

浓重的风声雨味，从屋外长驱直入、卷地而来。

第二十一章　微　光

我躺在深不见底的黑暗里，瞪眼望着墨云般的天花板，其实什么也看不见。这不是我的卧室，是一个我从未踏入的房间，我家的不为人知的密室。初初进来时，那呛人的灰尘让我一阵接一阵地咳喘，可现在，十天过去了，我不再咳喘，我的身体已经习惯了这里，而我的心灵，也由惊痛转为麻木。"他们会把我关一辈子吗？一辈子，会是多少月、多少天？"泪水似乎已经枯干了，尽管眼睛总是那么酸涩肿胀。

十天以前，母亲几乎是连拖带拽地把我从诺森伯兰公爵的客厅弄进了家门。

"你中了邪吗，简？"母亲的指甲深深地掐入我的胳膊，"人有脸、树有皮，你怎么能够做出这样的蠢事？"

"诺森伯兰公爵不是托人传了话吗，简可能受了什么刺激。她病着呢，你就不要再去刺激孩子了。"父亲叹着气说。

母亲的目光尖刀般地从我脸上刮过。忽然，她的目光不再那么锋利割人了："一个即将订婚的姑娘，对于未知的命运忐忑不安，是会发生这种失态的。是这样吗，简？"

我冷冷地望着她，用静默与她对峙。

"让简好好地睡一觉。明天再找个医生瞧瞧，给这孩子调理一下。至于公爵那边，我们再耐心地做点解释，事情也不是不可挽回。"父亲打着圆场说。

"我神志清楚，我的身心比你们任何人都更健康！公爵不再需要你们的解释了，公爵的儿子不会再娶我，请你们别再烦我！"我横下一条心来。

"去拿我的马鞭来！"母亲咬牙怒喝。

马鞭很快取来了。仆人托在双手之间，惶惑地问："公爵夫人，您这个时候还要出去？"

"滚开！"母亲一把夺过了马鞭。

"是，我这就给您牵马。"

"唰！"马鞭笔直地甩了出去。

"公爵夫人……"仆人哆嗦着嘴唇，茫然地举起手来，遮挡着被马鞭击破的部位。

"我叫你去牵马了吗，谁让你自作主张？"母亲骂道，"没上没下坏了我的规矩。你今晚就滚，滚出我的家门！"

"公爵夫人，我并不是要坏您的规矩。我只是会错了意，求您饶我一次吧。"仆人哀求道。

"你被开除了，听懂我的话了吗？这就是你会错了意的后果。在这个家中，我说什么就是什么，没有讨价还价的余地！"这分明是在指桑骂槐。

仆人掩泣而出。母亲朝我扬起了马鞭："怎么样，你也想试一试吗？"

"您没有权力打我！我不是一匹马，不会盲目地跟从你所选定的方向。我是一个有自我意志的人，请您尊重我的意愿！"

"唰！"马鞭击裂了我的衣袖。

"是我把你带到这个世上，你的生命是我给的。你的每一根头发都来自我的赐予，你的每一滴血液都得之于我的温度。我对你拥有绝对的权力！你的意志，你的意愿，你还要求些什么？如果没有我，你会比空气还更虚无。如果你的名字前面不冠以这个家族的姓氏，谁会有兴趣对你多看一眼！你跟那些穷街陋巷的野姑娘毫无两样，甚至比她们还有所不如！"

"穷街陋巷的姑娘也有她们的母亲。她们的母亲，不会像您这样强人所难吧？母亲是女儿的债主吗，赐予女儿生命，就是为了索取高额的回报？"

"唰！"马鞭再次甩落。一阵钻心的奇痛令我翻滚在地。"不要打了，不要打了！"我听到了两个妹妹的哭叫。

"你们也想尝尝鞭打的滋味吗？"母亲向两个妹妹吼道，"要么滚，要么像个哑巴一样别吱声！"

"弗朗西丝，你先别动气。"父亲又急又怒，试着取走那把仍在晃荡不止的马鞭，"你的手流血了。为这不懂事的孩子，犯不着气伤了自己。"

"不懂事的孩子？先生，你的女儿就是这样被你宠坏的！"母亲挡开了父亲的手，扬声说，"她很快就十六岁了，你怎能继续把她当作不懂事的孩子呢？二十年前，跟她一样大的我已经成为你的妻子了。而她，除了一肚子不切实际的狂想外，是既不愿意为她自己的幸福，也不愿意为了这个家族的幸福履行一个女人必须担当的责任与义务。我是她的母亲，我有我的责任与义务，那就是要教会她，教会你我的女儿。如果今天晚上我仍然不能让她认清形势，不能让她丢掉那些乱七八糟的想法，我就不必有她这个女儿了。她不配成为这个家庭的一员！"

"简，给你母亲认个错。"父亲低声对我说，"不然的话，你可要吃大亏了！"

我偏过脸去，闭上了眼睛。

密如雨点的鞭子不断地击打在我身上。仿佛被一片火海吞没了，难忍的烧灼让我咬破了舌头，但我既没有呼号，更没有求饶。

母亲重复着挥鞭的动作，直到累得抬不起手腕，直到把马鞭打断。

当仆人们把我从血泊中抬起，我几乎已经昏了过去，却被他们的搬动惊醒了过来。

"别以为你就得逞了。你要吃的苦，才刚刚开始呢。"母亲的声音是苦涩的，却又带着一种冷森森的威胁。

迷迷糊糊中，我听到了有人在一边抽泣，一边低语，那是艾伦与米妮。

"真是狠心。这全身上下就没有一块还算完整的皮肤。"

"还给弄到这么一间黑屋子来，这哪是养伤的地方嘛。"

"当心蜡烛滴油，不要拿偏了！"

"这里真黑。外面太阳明晃晃的，这儿倒好，点上一打的蜡烛还是阴惨惨的。简小姐她，她会不会……呀，她还活着！你瞧，她的眼睛睁开了！"

"简。"艾伦轻轻摇了摇我。

"哎哟。"我不禁嚷了起来。她这一摇，我的伤口又恢复了痛感。

"简，我可怜的孩子。你怎么把自己弄成了这样呢？"艾伦搂着我的脖子，热泪滚滚。

"艾伦！"我也不禁抱着放声大哭。

"还不算太坏。"我们渐渐平静了下来，艾伦为我拭了下眼角说，"你母亲下手虽重，毕竟没伤着筋骨。看上去皮开肉绽，其实伤得并不深。你年轻，身体又一向都好，一准恢复得快。"

她一边说着，一边与米妮一起开始为我上药。药膏涂在患处凉悠悠的，两双饱含关爱的手，抚平了我的痛楚。

"简，这件事，也有你的不对。"艾伦摇了摇头，"做女儿的，怎能那样冲撞自己的母亲呢？"

"是她逼得我无法可想，无路可逃。难道，你也认为我是罪有应得？"我又惊又气。

"她这也是为了你的幸福。"

"我的幸福还是她的幸福？"

"你这话好无道理。你的母亲,她已经是个公爵夫人了,她还能怎样幸福呢?当然,如果她的女儿能风风光光地嫁进另一个公爵家庭,她的幸福之感还将加深,还将扩大。可归根结底,这是为了你的幸福呀。"

"未必一个女人定要得到一个丈夫才算得到了幸福。"

"什么?"艾伦叫道,米妮也抬起了头来,她们似乎听到了异教徒的言论。

我被她们看得有些发窘,换了种说法:"诺森伯兰公爵的那个儿子,我是绝对不会接受的。"

"那个年轻人我也见过,外面瞧着倒是挺好。"艾伦说,"你的两个妹妹对他也没有什么好感,我听说了原因,他在你们赴宴的途中使了坏,你们全都把他恨得牙痒痒。按说呢,这虽然有些伤面子,倒也不是什么解不开的仇……"

"艾伦,如果有只苍蝇在你面前飞来飞去,你会怎么办?"我剪断了她的话。

"把它赶开得了。"艾伦不大明白我为何要在这时跑题。

但我很快让她明白了:"假如有一个人,不但不让你赶走苍蝇,并且要你把那只苍蝇吞到肚子里去,你的感受会是如何?"

"可是,"艾伦又笑又叹,"吉尔福德少爷,他不是苍蝇。你夸大了对他的嫌恶之感。"

"不是苍蝇,却也不是璧人吧?"我耸了下肩,"我总不会为了他那'瞧着倒是挺好'的外表而心生爱悦。"

"我也知道,有这么一个不愉快的开始,要让你在短时期内爱上他,是不太可能的。可是简,婚姻就是婚姻,它不是虚无缥缈的想象,而是,而是不可言说的现实。婚姻中更多的是包容,而不是难以把握的爱。"

"艾伦,你是怎么结婚的?对于你的婚姻,你满意吗?"我问。

"我十四岁的时候,媒人用一匹小马、几件衣裳,那是我的聘礼,很简单很顺利地说成了一门亲事。我的丈夫是个坏脾气的粗人。结婚头几年,我对他也曾有过幻想。后来,那些幻想一点点地死去了。再后来,我的丈夫也死去了,我成了一个寡妇,开始给一些乡绅贵族帮佣,慢慢地积攒了一些经验。再后来的事,你都知道了,我成了你的保姆。"

"艾伦,你从没跟我说起这些事!"我惊诧于她那有如仙乐的嗓音,她曾为我唱过那么多美妙的歌曲,我从未料想到她此前的生活是如此艰辛坎坷。

"都过去了,我不愿提。想起来也是徒惹伤心而已。"

"米妮,你呢?你爱你的丈夫吗?"

米妮的脸红得跟烛光一样。在我询问的目光下,她轻轻点了点头,却又犹豫着补充道:"他有时也打我,因为我们实在太穷了。他说自己像牲口一样干活,这不是人过的日子!他说娶了我只不过让他更累更穷!有时打了我,他会一连好几天对我恶声恶气;有时却流着泪要我原谅他,而我总是立即就原谅他了。"

"瞧,能在婚姻中找到爱情的人并不多,能在爱情中获得幸福的人更是少得可怜。想想看,简。就连你的祖母、先王的亲妹妹不也在她十八岁时被嫁给了法国的路易老王吗?比起她来,你的运气显然不坏!再怎么着,吉尔福德少爷也是眉清目秀、人才英挺;而你的祖母,她的年龄仅仅是她丈夫的三分之一!"艾伦加重语气以示强调。

"这些话,是我母亲让你跟我说的吧?"我猛然惊觉。

"简。"艾伦的表情既诚恳又羞惭,"别再跟你母亲对立。人是拗不过命的,我不想看见悲剧发生。"

"你的口气挺像诺森伯兰公爵。不过,他没提到悲剧。怎么,你们事先没有统一说法,你比他还要悲观呢。"我怀疑地望着艾伦。

"诺森伯兰公爵?简,我并没有为他说话。"艾伦满脸困惑,她那样子不像装出来的。

"那我告诉你,我不会屈服于他们。在我看来,没有爱情的婚姻才是真正的悲剧。我拒绝出演这场悲剧。"

"简……"艾伦惊慌地发出了一声低呼。

可我已经脱口而出了:"我不信,这就是我的命!是他们要把这桩婚事强加给我,假借命运的名义。如果国王知道我的处境,他会制止他们的。"

"国王当然知道。事实上,格雷家与达德利家结为姻亲,正是爱德华国王所极力促成的。"母亲的声音在背后响起。这是她第一次出现在这间黑屋里,在将我打得半死不活的第五天之后。

"我知道你恨我,简。你恨我,因为你是一个没有头脑、只为着你所构建的那个幻境而活的女孩。你在流沙中为自己建造了一座与世隔绝的理想之屋,以为可以天长地久,其实眨眼的工夫,它就会土崩瓦解,不知去向。"母亲的话,让我的身上起了一阵寒意,"国王很想跟你交流一下心得。因为在他生命中的某个时期,他也犯下了跟你相同的错误,他建造了一座流沙中的王国。而现在,他的时光用尽了,他的王国,不是流沙中的王国,而是真实的王国,正挣扎在风雨与动荡之中。"

"爱德华！"我的心一下子堕入了冰窟。

"哭什么？国王仍然在世，尽管已是日薄西山。他很担心这个国家未来的走向，即将向诺森伯兰公爵委以重任。他十分关注你与吉尔福德的婚事，曾经向人表示：'对于简，朕另有一项要事交代。她应当尽快成婚，以便危急之时，诺森伯兰公爵能够忠心不贰地执行朕的旨意。'"

"难道国王在质疑诺森伯兰公爵的忠心吗？"我极为不解，"让我嫁给公爵的儿子，是为了确保公爵的忠心？"

"只是其中之一吧。国王的心思，比你所能想象的，可要深得多。可以这么说吧，达德利与格雷的结合，是家事，也是国事。"

"诺森伯兰公爵果能忠心不贰，即使我不嫁给他的儿子也会如此；若他的忠心并非坚不可摧，那我嫁给他的儿子又何济于事？不，我要去对国王说……"我忽然意识到，我可能再也见不到爱德华了。本来我还计划着，要带个口信给他。他知道了我的遭遇便会飞奔而来，命人打开暗室，让久违的阳光如春潮般涨满了每一个角落，涨满了忧愤郁塞的心田。我和他，将在朗朗丽日下面对面地倾谈。爱德华必将为我消愁释虑——"你不用理会诺森伯兰公爵与你的父母，朕这就答复他们，这门亲事永不会实现。"而我，我将跃起欢呼，"陛下圣明，谢主隆恩！"

可现实却是如此残酷。爱德华重病在身，不但不能聆听我的心声，并且全然知晓诺森伯兰公爵与我父母的合谋。他竟然同意将我嫁给吉尔福德，打着维护江山的旗号。即使他不了解吉尔福德，可他总该了解我呀。他忘了在那个新年舞会上，我们所谈到过的那些幼稚但真挚的对于爱的向往。他怎么可以这样做，怎么可以不顾我的思想与愿望？噢，一定是我父亲在他的病榻边向他保证——"尊敬的陛下，我的女儿简与诺森伯兰公爵的儿子吉尔福德互有情意，我们做家长的也为他们感到高兴。请您赐福于他们吧，陛下。两个年轻人的幸福，两个家庭的幸福正焦急地等候您的裁定呢。"

"父亲，您在说谎！"我痛苦地捧住了头。

艾伦与米妮有些莫名其妙，这里并没有我的父亲。

"装病扮糊涂是混不过这一关的。我打伤了你的身体，可没打伤你的脑子。"母亲一只手撑在腰际，微微俯下头来，"看清楚了，小姐。非得一意孤行，将自己隔绝起来，你能得到的，就只是这样一间暗无天日的陋室。若要离开这里，要解决这个问题，你就必须改变一下你的想法，你必须把我当成一个真正的母亲。"

"问题不在我，而在于您。您永远做不到像一个真正的母亲那样爱我！

您爱的是别的一些东西,您的女儿不屑一顾的东西!"我瞪着一双悲哀的眼睛。

"心如顽石,仍然心如顽石!"母亲的手掌又举了起来。

"怎么,还要打我,还没打够?"我扬起脸来。

"公爵夫人。"艾伦急忙把母亲拉向一边。

"转动一下你的死脑筋,给你自己一个台阶下吧。"母亲气冲冲地走向门口,又回过身来,"我倒要看看你还能嘴硬几天?艾伦,今天晚上不许给她送饭!"

没有白天,没有黑夜,我在这个被世人遗忘的角落住了快一个月了。没有书本,没有阳光,我的脑子变得有些呆钝,既不哭,也不笑。艾伦与米妮前来为我送饭换药的时间,成了我唯一与外界交流的机会。然而她们停留的时间已严格受到母亲的控制,门闩响动,她们来了,门闩再响,她们走了。我贪婪地追逐着从门缝带进的那一点微光,那亲爱的、给人温暖的光明。如果我能变成一只飞蛾该有多好,我会毫不费力地从门缝飞出,飞向美丽的蓝天白云,飞向清新的田野草地。

身上的伤渐渐愈合了,而心口上的伤,却仍血流如注。艾伦希望我能软化下来,每天进来的时候,她的眼睛总是烁动着光亮,而出去的时候,却黯然无语。

"简,你太瘦了。"有一次,艾伦摸着我的手臂流泪说,"已经骨瘦如柴了。冬天很快就要来了,你这样子,是撑不下去的。暂时答应了你的父母吧,别为难自己了,孩子。"

"暂时答应?可这不是暂时的事啊,艾伦。"

"出去了再说嘛。好好的人真要关出了毛病来,那才不值呢。"米妮也在一旁说。

"所以,你要帮帮我,艾伦。"

"说吧,我能为你做些什么?"

"帮我逃出去。"

"这,这可不行!"艾伦变了脸色。

"你宁肯看到一个人慢慢地渴死,也不愿给她一滴水吗?得之则生、不得则死的那一滴水,只在你的一念之间啊。"我按紧了她的手。

"简,不是我不肯帮你。一来看守得这样严,连墙壁上都长了眼睛,你根本逃不了;二来即使逃了出去,你将何处安身呢?"艾伦抽出手来,覆盖在我的手背,"听我说孩子,你对外面的世界没有一点概念。粗糙的生活会让你丧失从书本中吸吮的所有诗意。忍饥挨冻、求告无门,你哪里知晓流浪的辛酸与苦味？什么样的人、什么样的地方能接纳你，你想过这些吗？"

"是啊，简小姐。真要出了这个家门，您一天也过不下去！"米妮那张小小的脸显得严肃极了，"鱼儿只能生活在水中，筑巢的鸟儿只会选择树林。鱼和鸟的生存环境是不能互换的。就像小姐您，您若离家出走，不就成了一条跳出水面的鱼吗？鱼儿是没法在岸上行走的，所以小姐……"

"回到那盆足以憋死人的浑水中去吧。"我接过她的话说，"浑浑噩噩地坐以待毙，这种痛苦实在算不了什么。"

"简……"艾伦说，"我不想看到你这么痛苦，我真不知道该怎么做。"

"艾伦，帮我逃出去，只有你能救我！"

"不，这绝对不行！"

"我是要去投奔一个人，不会弄到忍饥挨冻、求告无门那个地步。我仍是一条鱼，只不过是从这一盆水跳进了那一盆水。我还会回来的，艾伦！"

"投奔谁？"艾伦问。

"蒂尔维特夫人，她是苏德里男爵夫人的好友，曾陪伴男爵夫人度过生命中最后一段时光。离开苏德里堡时，她曾对我说过，假如我日后遇到什么困难，她随时准备着伸出援手。我和她一直都有书信来往。几个月前，他们举家南迁到了阿什贝。艾伦，我要去找她！"

"你哪里出得去呀，小姐？这样吧，让我给她带个信。"艾伦说。

"远水不解近渴，我等不及了。他们随时可能逼我出嫁，我随时可能死在这里。只有逃到蒂尔维特夫人家，我才能得到安全。"

"蒂尔维特夫人，她地位很高吗？"艾伦自问自答，"苏德里男爵夫人的临终女伴，还用求证什么身份地位呢？但你这样做，她就等于间接破坏了你的好事。你母亲会为这个恨上她的，会找上门去。到时候她的脸上不好看，你呢，照样改变不了已定下的婚事。徒然伤了母女之情，岂不是竹篮打水一场空吗？"

"什么叫徒然伤了母女之情？"我反问道，"你有没有见过比这更坏更糟的母女之情？蒂尔维特夫人也许能够从中调和。倘若她也做不到，像我们这样的母女之情还有什么希望呢？"

艾伦用担忧的目光看了看我，又低头想了一会儿，终于说："蒂尔维特夫人，倒也可以试一试，这是没有办法的一个办法。可是，你怎么出得去呢？难哪。"

我等的就是这句话！"百密总有一疏。只要你有心帮我，办法嘛，哪会想不出来?"我抑制着激动的情绪。烛影沉沉,我们都埋头寻思起来。

"明天再说吧,我们该走了。今天已待得太久了,你母亲会起疑心的!"艾伦长叹一声。

"我倒有个办法,不知道行不行得通。我再想想看,明天告诉你吧,小姐。"米妮露出了一个生动的微笑。

"米妮!"我紧紧抱住她,满心不舍地松了手,"明天,我等着你们!"

门被关上了,那无比珍贵的一线微光又坠入了幽黑的深渊。挺直了背脊,我在黑夜的最深处含泪背诵:

你要谨守你的心,胜过谨守一切,因为生命的泉源由此而出。

你无须惧怕,因为我与你同在;你不要惊惶,因为我是你的神。我必坚固你,我必帮助你,我必用我公义的右手扶持你。

你从水中经过,我必与你同在;你趟过江河,江河不会将你淹没;你在烈火中行进,仍将安然无恙,火焰不会扑袭到你的身上。

上帝啊,请倾听我的祈祷吧。愿你赐我以信念,赐我以坚强,赐我以力量。

第二十二章 劫 难

攥紧了那个并不厚重的包裹，我低着头，尽量放轻脚步向着大门走去。

那短短数十步的距离成了难以飞渡的天险。我的心擂鼓般地狂跳着，在接近大门的那一刻，一双脚似乎生了根似的，没法挪动分毫。

"米妮，你今天可起得比蜜蜂还早。你这是要到哪儿去呢？"守门人揉了揉眼睛，向那灰蒙蒙的雾色喷出一口热气。

之所以选择今天，既是因为这个多雾的天气，也是因为这个守门人。只有选对了薄弱环节，才能一举突破。

"阿齐姆这段时间老是看见重影，上次我出门时，他竟然把我当成了另外一个人。他又不肯告病，怕因此丢了这份差事。"艾伦是这么说的。

"他会不会因为我而丢了差事呢……"这一想法实在无助于我急于出奔的心情。

"要不打消了你的念头吧，简。谁知道你离家后会发生什么？我不该帮你，说不定我会害了你！"艾伦有些后悔了。

"不，我要走，我非走不可！哪怕让阿齐姆丢了差事，他还可以再找一个。而我，一旦失去这个机会，我这一生就完了！"我狠了狠心。

"米妮？"见我没有回话，阿齐姆又揉了揉眼，"是不是你？"

情急之下，我重重地点了下头，随即以手遮挡住大半个脸部，一边咳嗽，一边小跑而出。

跑出几步后，我又蹲下身来，装作查看鞋子。我身上穿的是米妮的衣裳，足踏的是米妮的木鞋。十分肯定，在阿齐姆的眼中，我的背影是真实不讹的米妮。

确信他没有跟上来，我站起身，不紧不慢地拐入一条小路。在这雾气迷漫的清晨，路上只有我一个行人。尽管如此，我还是在走出一二里后，才找到了一片能够将我完全隐没的树林。打开包裹，我急忙换下了米妮的衣服，换上一套男装。害怕被人发现的心理使我处于高度紧张之中，直扑耳膜的一声鸟鸣已足以让我魂飞魄散。惊悸之下，我拉破了刚刚换上的衣裳，肘部出现了一条很长的裂缝。天哪，这真是出师不利。我不能这样走出去，这会让人笑话的。然而，我能走回去吗？不，开弓没有回头箭。"从现在开始，你只是一个长途跋涉、去看望亲戚的农家男孩。一个农家男孩的衣服破了，有谁会感到惊奇呢？"我对自己说。

　　定了定神，我戴上了帽子，又对着小镜子照了下，确信每根头发都被妥帖地藏进了帽子里。"有点像个农家男孩了！"我竟高兴起来，"如果眉毛能再浓一些，嘴巴大一点，那就像极了。"

　　树林外传来了马车路过的声音。我三下两下拨开了浓枝密叶，马车上只有一个车夫。对我来说，这是送上门的好运。

　　"停一下，请等等。先生，你的车能不能坐到阿什贝？"我唤住了他。

　　"阿什贝可是一个很远的地名啊。我只能把你送到约内尔，你可以从约内尔再到阿什贝。"车夫拉住了辔头。

　　"好的，那你让我上来。"我一口答应道。

　　"到约内尔要四十个先令，你有吗？"他摸了下头，笑着问。

　　"有的！"我深恐他会拒绝，从包裹里取出一只布袋，双手举起，把布袋摇得叮当作响。前天夜里，我才在艾伦的解释中，知道了先令与便士的各种用法。作为一个公爵小姐，我虽拥有少量的零花钱，却从未亲身进行过货币交易。一先令能买些什么，一便士能买些什么，艾伦都有详细的讲解。而现在，我即将用出四十个先令了。这是一种多么新奇的体验啊。我学会用钱了，成了世俗的人，活生生的人。我真想好好地拥抱一下艾伦，但这却是不可能的。

　　"小子，你那布袋里不会装的是瓦片吧？"他仍不肯相信。

　　"那我先付你路费得了。"我数出四十个先令给他。

　　他接在手中掂了掂，脸上反倒加深了怀疑："最近这个地段很不太平。你的钱，不是偷来的吧？"

　　"哪能呢，你可别诬赖人。"我装出生气的样子，"我看你是不会驾车，要不就是压根儿不知道阿什贝在什么地方。把钱还给我，我坐别人的车好了。"

　　"上来。"他收起了我的钱，简洁地说。

　　我不慎踩滑，摔在了地上。

　　车夫跳了下来，帮我坐上了马车，他自己也坐回了原位。

　　"你从没坐过马车？"他说，"到阿什贝干吗？你家里是做什么的？"

　　"哪里的话，马车我是常坐的。马蹄还会打滑呢，我呢，我刚才是一不小心踏空了。"早已想好的、临时编造的话同时涌到了我的嘴边，"我到阿什贝，是去看我的大伯。他在阿什贝做皮货生意。家里的意思，要我拜他为师，跟他学艺。"

"你家里是做什么的？"他又问。

"呃，种田人家，没啥好说的。"

"你是独子吧？"

"这……你是怎么看出来的？"

"看你不像个种田人的样子。你倒像是……"

"像什么？"我强作镇定问，手心已捏出了汗来，准备着一旦身份暴露，立即弃车逃逸。

"像是乡绅家的少爷。你该不会是跟你爹妈闹了不和吧？你这是离家出走吗？"

还好，他只疑心我是乡绅的少爷。我的心稍稍平定了下，只得顺着他的话说："那又怎么样呢？"

"你住在哪里？我送你回去！"他掉转了马头。

"转回去！"我着急地说，"那四十个先令，你不想要了？"

"为了四十个先令而蒙上个拐带少年的罪名，这可犯不着。"车夫停止了前行，"少爷，你得为我想想。我得为你坐牢去。我的儿子还不到十岁，你这不是绝了我一家人的生路吗？如果我把你还给你的爹妈，那又是一说了。多多少少他们会表示一下，给我一个小赏。比起四十个先令来，领这份小赏更对得起我的良心。"

"我不是什么少爷！"我敲了敲车窗，"没错，我是一个农户的独子，要到阿什贝学做生意。倒是你，一开始就居心不良，先诬赖我是小偷，又把我说成是乡绅家的少爷。这不明摆着是想赖掉我的车费嘛。我要放开喉咙喊了，你拐带少年，是个见钱眼开的骗子！"

"别喊了！好心当作驴肝肺，我心脏不好，受不了你的惊叫。"车夫又一次掉转马头，"少爷，不，男孩，你当真不是离家出走？"

"大叔，这你尽管放心。我的话，句句是真！"

"你这孩子，看着倒是实诚，就是摸不清来路。这么说来，你是一个正直的好人，是自愿到阿什贝去？这是我的最后一个问题。"

"是的，是的，是的。"我将同样的话说了三遍。

车夫没再问了。在这宁静的清晨，只听见马蹄悦耳的行进声。我们之间，没有继续对话。窗外的景色由昏蒙灰暗变得明朗亲切，恰如我的心情一样。沿途的风景看得有些累了，我就闭上眼睛，沐浴着初冬的旭日，轻声哼唱起了维吉尔的《牧歌》：

梅提氏卢斯你啊，在榉树繁枝造就的华盖下斜卧，
用你那纤细的芦笛试奏出山林的清歌。
瞧我——却要离开这美丽的故园，流亡他乡，
你却还在荫凉中随兴而坐，
使迷人的"阿玛瑞丽"的美名在林中响彻。

提梅里伯斯啊，你眼前所见的安适与逸乐，
是一位神祇慷慨相赐，
我也常用年幼羊羔的血，将他的圣坛沾染，
他允许我的牛犊在林间徘徊嬉戏，
也使我如我所愿，恣意吹着我的牧笛。

多么希望，马车能够将我带到《牧歌》中的那片土地，隔绝了灰暗无情的现实，让我不再遭受风风雨雨的侵袭。投奔蒂尔维特夫人是正确的决定吗？我忽然犹豫起来。她是我唯一能够投奔之人，然而，即使她一片热肠，我的举动能得到她的首肯吗？说不定，她会把我送回父母那里，倘若她的观点与我的父母相似，不是没有这种可能。这令我悚然一惊。

"还有比阿什贝更远的地方吗？"心神恍惚之中，我脱口而问。

"你到底想去哪里？你是不是有什么难处，孩子？"好心的车夫放慢了速度。

"没有啊。"我装作轻松的样子，"我这是第一次出远门嘛。从没到过比阿什贝更远的地方。所以随便问问，还有什么地方比阿什贝更远？"

"原来是个没出过远门、没见过世面的孩子，难怪我总觉得你有些不对劲。"车夫说，"比阿什贝更远的地方可多了去。我跑遍了莱斯特郡，你学皮货生意，我认为最应该去的地方不是阿什贝，而是亨达里。那里出产上等的绵羊、上等的羊皮。当然，那里最出名的，是那些头脑精明、眼力比老鹰还要厉害的皮货商人。"

他竟兴致勃勃地谈起了"皮货经"，我在心里只有一味地苦笑。纵然能够到达《牧歌》中的地点，不幸为艾伦所言中，我将以何为生呢？我不懂皮货，不知稼穑，不明世情，不识路途。我十五岁了，长年以来过着因循守旧的公爵小姐的生活，如同家中的那些古老器物一样，空有一个贵重的外壳，却毫无实用价值。看来还得硬着头皮去投奔蒂尔维特夫人啊。我既没有独立生活的本钱，更没有独立生活的能力！

日色不知在何时隐没了，薄寒的暮意笼盖着四野。许多我叫不出名儿

的鸟雀向着不同的方向穿梭来往，时而交集，时而分散，在天空中织出一幅五彩斑斓的归飞图。

"鸟儿回家喽。明天见吧，我的朋友。"车夫响亮地吹了声口哨，模拟着不同音调的鸟鸣，那声音滑稽而又动听。

我不禁黯然。是的，这是倦鸟还巢的时刻。而我，却不敢言倦。我的"逃亡"生涯才刚刚开始。不久之前，我还为着隐居山林、弃绝人烟而深感欢愉，此时此际，却又因为无家可归而心烦意乱了。

"约内尔到了。"车夫停下车来，"你可以在这儿等车，让人把你送到阿什贝。有便车的话，天黑前一准能到。孩子，你的大伯住在哪儿？对了，你还没有告诉我你的名字。"

"我是安迪·休斯。"我胡诌了一个名字，"你呢？"

"我们那一带都管我叫作汤普森大叔，我有个亲戚在阿什贝，他是个船夫，船夫凯文，就住在阿什贝的湖边。安迪，你头一次出门人生地不熟，需要帮忙的话去找我的那个亲戚吧。向他通报我的名字，他会关照你的。"

"谢谢你，汤普森大叔。"我道谢未毕，却听得长长一声马嘶，马车向前斜冲几步，忽然停了下来。

"怎么了，你？"我一边问，一边紧张地伸长了脖子张望。

路的正中并排站着四个人。两名壮汉，一个瘸腿的少年，还有一个年龄在四五十岁之间的大叔。他们的眼中射出饿狼般的寒光，一种不祥的预感已将我攫牢。

"晚上好，我高贵的老爷。"一名壮汉不紧不慢地走了上来，一副瓮中捉鳖的语气。

另外三人也随之而至，对我形成了合围。

"高贵的老爷？"瘸腿少年又笑又嚷，"扁担大哥，你又赌输了。高贵的老爷就是不肯上钩，这里头坐着的，是个刚刚啄破了蛋壳的小家伙呢。"

"小家伙今年几岁了？"大叔模样的人冲我和气地一笑。

"你们，是什么人？"我的心直往下沉。

"哈哈，他说话真逗。你这说的是哪国的话，小子？"另一名壮汉把手掌重重地按到了我的肩膀上，"今天让你长见识了，你碰上了一群绿林好汉。"

我用力甩掉了他的手。

"小朋友还挺硬气的。"大叔再次发话了。

"废话少说，咱们商量个事儿吧。"那最先向我走来的大汉对我说，

"兄弟，咱哥儿几个也是穷得没法子了才干上这门营生。瞧我们那个最小的兄弟，比你大不了几岁。你呢，舒舒服服地坐在车里看野景，而我那兄弟却拖着一只站不直的残废腿，他得为全家谋生。兄弟，你就发发善心吧。借点钱给咱哥儿几个，咱哥儿几个也不一定非得跟你过不去啊。"

"借几个钱，有你们这样借钱的吗？这根本就是拦路抢劫。即使得了手，对你们的家人来说，难道是什么光荣有面子的事情吗？不义之财，君子不取。凭借匹夫之勇横行霸道，你们不感到羞耻吗？"我愤然问道。

"怎么着，你小子还敢教训人？说得跟教士一样，告诉你，教士来了也没门。宗教改革让最虔诚的基督徒都丢掉了性命，谁吹嘘仁义道德，谁就活该倒霉。"大叔一改和气之容，狞笑着说，"我们不是君子，我们只为自己活着。英格兰的君子早被杀光了，死绝了，就连我们的护国主萨默塞特公爵不也被国王砍下了脑袋吗，他可是唯一能为老百姓说话的好人！贵族老爷打着法律的名号巧取豪夺，是他们逼得失去土地的流民铤而走险。借几个钱还是太客气的说法，你若不喜欢，咱就明打明敲地直说了吧。亲爱的跛脚鸭兄弟，你来告诉他。"

"留钱不留命，留命不留钱！"瘸腿少年振臂高呼。

八只恶狼般的眼睛，如同盯住一只即将到口的猎物一样，随时准备对我发动攻击。

"别过来，别过来！如果你们还有一些良知，还有一点良心，你们决不会抢劫一个孤身的旅客！"我惊慌地大叫。

"安迪，安迪。"眼看已陷入重围，车夫只得壮着胆子走下车来，"你就不能少说两句吗？乡亲们都很仗义，他们是不会伤害你的。"

"乡亲们？"车夫的圆场之词令我叫绝。

车夫继续向他们打躬作揖："大哥们多多包涵。这孩子叫安迪，跟你们一样，是个苦出身。家里原是种田人，圈地之后穷得揭不开锅，有人给他指了一条生路，要到阿什贝学做生意。要知道我跟他也是刚刚认识，我这说的都是实话。这天冷地寒的，几位大哥守在这儿也挺辛苦。我看这样吧。让这孩子送大哥们一些辛苦钱，不，我想说的是，大哥们给他留下几个路费，让他平安到达阿什贝，成不成？"

"不成！"绰号为"扁担大哥"的壮汉断然说，"我们在这儿设套，原本指望能套着一只大熊，没想到三天三夜，就钻进了这么一只小兔崽子。我们还有一家老小呢，用不着在这里猫哭耗子假慈悲。"

另一名壮汉将我抱了下来，他抢走了我的包裹。"哧啦"一声，打好结的包裹被他撕裂了，他用短剑挑开了包裹里的钱袋："这里头可是藏着宝贝呢。"

瘸腿少年急忙将钱币悉数抖落在地。"一个先令，两个，三个……哇，这简直是座宝库。我们发大财了。"

"乖乖，你从哪里弄到的？"抢我包裹的壮汉朝他的同伙挤眉弄眼地笑了笑。

"这小子，八成是偷来的。小学徒给老师送见面礼，是不是太阔绰了一点？""大叔"的心情也相当不错。

"还给我！"我绝望地叫道。

"这个给你！""扁担大哥"将取走了钱袋的包裹掷还给我。

一件女式的长裙在半空中跌落出来，那是米妮的长裙，我从家里出来时的衣着。

"里面还有女人的东西。肯定是个扒手了，并且是个熟手！""大叔"看了瘸腿少年一眼，"既是这样，咱们还客气什么？"

我将长裙与包裹紧紧搂在胸前："这是给我妹妹捎带的。你们不能动它！"

"哈，你这个谎话精，一会儿说是去学生意，一会儿又说要去妹妹那里。跛脚鸭兄弟，别听他的！"

"哎，大哥们与人为善，让他留下吧。"车夫带着笑脸劝阻道，"你们已经赚了大头。这夜里头怪冷的，真要把他冻死了，他爹娘也会心疼呢。"

"那好，看在你的面子上，咱们就不再跟这个小扒手斤斤计较了。你这就上去驾车，带我们离开。""大叔"吩咐道。

车夫讪笑着点了个头，却并未挪动脚步。

"干我们这行是有信用的。只要你把我们带到我们想去的地方，你的车费保证分文不少。你完全可以把我们当成来自伦敦的体面主顾，你的人与你的马，就像接待一个真正的绅士一样无须担忧。"这是"大叔"给车夫开出的"条件"。

马车启动了，车夫坐在马上，用眼神示意我尽快离开。然而，我能到哪里去呢，我已经身无分文了。"别丢下我，让我上去！"我追着马车狂奔，终因筋疲力尽而坐倒在地。望着远去的马蹄所溅出的微弱火星，我跌坐在旷野里号泣起来。

但我不能在这儿痛哭。在最后一缕天光坠入地平线之前，我必须找到一个住所。我拎着包裹，拖着快要走断的双腿，一刻不停地向前穿行。终于，踩着厚毯似的吱嘎作响的落叶，在那黑黢黢的密林的尽头，我发现了一座蓬草搭成的小屋，想来是守林人的住地。推门进去，里面空空的，蛛丝百结,仅有一张简陋的床,上面堆满了稻草。"这里一定很久没有住人了,是上帝的指引,让我找到了避难的'圣地'!"我为自己的"伟大"发现而深感庆幸。差不多已有一天粒米未沾,我又累又乏,用两件厚重的衣服将自己裹了起来,很快便盹着了,不知何时,却被一种奇怪的叫声惊破了浓睡。

那是野兽的叫声。我分辨了出来,是狼群在嚎叫,很近很近,简直能够闻到一股咻咻热喘的气息。我睡意全消,一下子坐了起来。薄薄的木板门被撞得"啪啪"响,是风力使然呢,还是狼群在采取行动?

我咬住了手指,不敢发出些微声息。过了一会儿,狼群的嚎叫渐渐远去,但我不敢开门一探究竟。

"它们还会再来吗?保护我吧,你无所不在的上帝!"

为了驱赶满心的恐惧,我努力去想别的一些事物。毫无疑问,在布拉盖特,我的离家出走已经败露并引发轩然大波。"人呢,她人在哪里?"母亲的震怒与父亲的骇异,妹妹的追问与仆人们的恐慌,一浪接一浪地涌来,乱纷纷地从我眼前掠过。

父母不会因为"家丑不可外扬"而就此吞声。白白丢失了一个年满十五岁的女儿,令屈指可待的"龙凤配"化为泡影。这样的怪事定然事出有因。他们必将掘地三尺寻找答案。是什么环节出了纰漏,得以让我神不知鬼不觉地"失踪"?每天为我送饭换药的艾伦将成为第一个怀疑的对象,而米妮、拉齐姆,他们也难逃劫数。唉,我光顾着自己,却让他们为我替祸背罪。我,要不要回去看看?

回去,我还回得去吗?我又想到了爱德华。他曾那样反感"圈地运动",他是否知道,在他继位八年之后,他的国家仍有失去地产的流民以劫掠为生?而他,早晚都会听到我离家出走的消息。他是王宫中高贵的囚徒,我呢,在被洗劫一空后得到了凄惨的自由。爱德华,你会不会羡慕这样的自由?在这个危机四伏的夜晚,你睡得可好?

我的上下牙齿在不停地打战,尽管把带在身上的衣服都穿上了,我的手脚仍然冻得像冰块一样。我再也无法睡下,坐在那里等待黎明。然而长夜漫漫,似乎永无止境,以至于我不无悲观地思忖:"我会死去吗,死在一个无人知道的地方?在死去之前,再也感受不到光明将我拥抱?"

冥冥中,我听到了来自天国的声音:"我以永远的爱爱你,我以慈爱吸引你。"另一个声音随之而来:"为了基督的缘故,我在那些软弱、凌辱、艰难、逼迫与困苦中,都感到喜悦;因为我什么时候软弱,什么时候就刚强了。"

我热泪潸然，端然凝坐，为这照透寒夜的明灯，为这矜怜众生的神意。我一定能够走出困境，我是上帝的不屈不挠、不折不弯的女孩。就像在家中的那间黑屋所做的那样，我用全部身心向上苍祷告：

神赐给我们，不是胆怯的心，乃是刚强、仁爱、谨守的心。

大蒙眷爱的人哪，不要惧怕，愿你平安，你总要坚强！

第二十三章　盲　女

　　我得到了光明的酬劳。当曙色染红了脚下的枯叶，我竟怀着依恋的心情离开了这间草屋，在这间屋里所度过的那个非常之夜会让我终身铭记。

　　肚子饿得更厉害了。有生以来，我第一次尝到饥肠辘辘的滋味。无论如何我得吃点东西，我觉得体力正在一点一滴地流失。虽然躲过了成为狼群的腹中之物，我会不会饿毙在这荒郊野外呢？上帝能坚固我的意志，我却不能只凭一股精气神活着。我加快了脚步。实在不行的话，决定到田地里弄些生菜充饥。除了饿，我还渴得难受。远远地望见东南方向有条河流，我立即摇摇晃晃地向着东南方前行。"水，给我水！"我在心里狂喊。有些后悔在走出那片密林之前，没有痛饮叶上的露珠。"笨呀，我还可以以树叶为食。我怎么没想到呢？"

　　我吃力地俯下身，掬水在手，喝了个痛快。"真甜，这是上帝赐给我的仙露！"我满怀感激地抹去了嘴角的水珠。我的嗓子得到了很好的照顾，但我的肚子仍在强烈地抗议。

　　"到哪里去弄些食物？"这个问题太令人头痛。或许，我该丢掉一切想法，去打听集市的方向，伸手乞讨，这也是迫不得已。然而，即使我能克服自尊心的障碍，我的体力足以支撑我走到集市吗？我觉得万分沮丧。就在这时，我听到前面的草丛中有人在唱歌，且还伴随着"噼啪"的声响。我悄悄走了过去。一个又脏又黑、衣着破烂的少年正在草丛中烤鱼，手里拎着一条小鱼，身边的地面还有好几条。

　　他警惕地转过身，看见是我，又自管唱了下去：

　　　　亲爱的比利，我最好的朋友
　　　　我们无家可归，东游西荡。
　　　　今天在财主的马厩借宿，
　　　　明天在屠夫的锅里喝辣吃香。
　　　　快乐时我们一起打滚，
　　　　挨打时我们有难同当。

> 我发誓不离开你，
> 你发誓不离开我。

"这是我的地盘。你是哪儿来的？"少年傲兀地扬起头，那神情，跟王座上的爱德华竟然不无相似。

"你好。如果这是你的地盘，我、我不会侵占。"我看了一眼那条烤焦了的小鱼，咽了下口水，连说话的力气都快没有了，"我……你的鱼……我用衣服来换，请不要拒绝我。"

我抖索着双手打开包裹，打开我仅有的百宝箱。"你可以随便挑选。"我说。

"全都是女孩子的玩意儿，一共也没几件嘛。我拿来有什么用？"他满不在乎地说。

"请不要拒绝。我只要一条鱼，把那条最小的给我吧。我饿了一天一夜了。"

"给！"他把烤好的鱼送到了我的嘴边。我以最快的速度吞了下去，眨眼的工夫，可怜的小鱼已是尸骨无存。

"急什么，别被鱼刺卡着。我上一次被鱼刺卡了喉咙，手伸进去这么深，才把鱼刺给弄了出来。"他比画着说，"我把上颚抓破了，痛得直打滚。我最长的挨饿纪录是五天。不骗你，有五天的时间，连根耗子的尾巴都没捞到。你才饿了一天一夜就熬不住了，以前没挨过饿呀？"

"谢谢啦。"我说。

"饿了就直说呗，吞吞吐吐的多不爽气。再来一条！"他慷慨地提议。

"不了。"我摇了摇头。

"你刚才还饿得发昏呢。一条猫食都不够的小鱼，就能打发你的胃口了？"

"不是。"我瞧着他手中的第二条烤鱼，"我不能让你也饿着肚子。"

"嘻，原来是为这个。我饿惯了，没事儿。再说啦，还有这么多的鱼。等到不够的时候，我再下水捉去。"

"可我身上没钱。"

"我不要你的钱。你这人怎么这么别扭，说话跟个妞儿似的。对了，那些妞儿的衣服是你偷来的吧？"

"那是我妹妹的衣服。我去看亲戚，路上遇到了强盗。"我接过了第二条鱼，一边细嚼慢咽，一边虚实结合地向他大略讲了下被抢的经过。

"那你现在怎么办呢？可惜我也没钱。"他搔了搔头。

"前面有村庄吗？"

"有啊。一直向东，走个小半天就到了。"

"谢谢你的款待，我要到村子里去了。"我说，"你的那位朋友呢，他没跟你一起？"

"什么朋友？"他一脸茫然。

"比利，你刚才唱到的那个有难同当的朋友？"

"比利不是人，它是一只小狗。"他笑了起来，旋即脸色一暗，"我的小狗比利，一个月前，我们一起翻墙逃跑时，被一根尖头木棒刺穿了后背，它死了。"

"除了比利，你没有别的伙伴了吗？"我问。

"啊，有的。"他举起了鱼叉。

"你有父母吗？"我又问。

"有的。"他指了指天，又指了指地。

"你的兄弟姐妹呢？"

"你问那么多干吗？你是什么人？"他从地上一弹而起，灵便得像条泥鳅。

这时我才注意到，他的右耳不见了半边软骨。看来，他是一个资深的流浪汉了，尽管他还只是一个孩子。爱德华曾经告诉我，在他的父亲亨利八世在位时，曾制定了针对流浪汉的严酷法令。流浪汉被视为英格兰的耻辱，是文明社会旨在消灭的疮痍。亨利八世的律法规定，流浪汉在第一次被捕时，将受到鞭刑的处罚。在第二次被捕时，除鞭刑之外，还会被截去右耳上的半边软骨。第三次被捕，将被监禁起来。如有别的违法行为，最严重的，甚至可能被处以死刑。

"祝你好运，愿你早一天回到家乡。"我对他说。

"你在诅咒我？你是法官派出的密探吧？"他跳开几步，朝我龇牙咧嘴，"有本事来抓我好了。我还有这只耳朵呢，你们就是割掉了我的两只耳朵，也别想把我赶回老家。"

唉，我怎会如此大意呢？法令还明文规定，被捕的流浪汉在接受体罚后，将被遣返出生地或是其受罚前居住三年的地方。"愿你早一天回到家乡。"这句话对他来说可不就是诅咒嘛。

然而，我该说什么好呢。"祝你好运，远离追捕与迫害；愿你永别故土，一帆风顺地飘荡在外。"

这难道不是一种变相的诅咒？不行，哪能这样说话呢？当我再次抬头时，流浪儿已踏歌远去：

187

外面一间屋，童工一百五，
　　　并坐捡细毛，不敢怨劳苦。
　　　都是穷苦人，终日不休息，
　　　清晨到深夜，各得一便士。

　　我所碰到的这个流浪儿没有因为圈地而变成童工，可他所受到的迫害，却并不轻于童工。童工劳作到深夜，毫无自由且不敢口出怨言。而流浪儿呢，行走在前有狼后有虎的江湖，流浪儿的自由还是真正的自由吗？百姓流离，童孺哀苦。天意若何，王道安在？

　　又是飞鸟归林之时了，我将归向何处呢？玫瑰色的晚霞将河岸镀成一片金黄，已能望见前面的村庄与炊烟了。我在一家农舍前停了下来。一名少女坐在门外的一个木墩上，脚边放着两个大盆，她正弯着腰搓洗衣物呢。

　　少女的身旁还有一只小山羊。见我到来，小羊发出一串"咩咩"的叫声。少女抬起头来。她的眼睛清澈照人，但还是能够看出它的异常。"多可惜，她是一个盲人。"我暗自感叹。

　　"你是一个过路的姑娘？"盲女缓缓转过脸来，现在，她与我是面对面了。

　　"你，难道你能看到？"我心里十分纳闷。

　　"不，我是听到的。阿瑞尔，就是我的那只羊，她告诉我说，有一个姑娘，不像是本村的，从这儿路过。"

　　难怪小羊的叫声十分特别。原来，是她向主人传递了信息。

　　"我……"盲女的微笑令我精神一振，"能不能在你这儿休息一下？"

　　"可以呀。"她愉悦地扬了下眉毛。

　　"是这样的。我走了很长的路，很累，很饿。因此你看，能不能找点食物给我？"

　　"你是一个异乡人吗？一个姑娘，单独来到这儿？"盲女的微笑消失了。

　　"我是一个落难的异乡人。相信我，我没做什么坏事，也不会对你做什么坏事。我只是向你要求一碗饭，或是随便一点可吃的东西。如果你肯收留我一个夜晚，你几乎就是我的救命恩人了。"

　　"你叫什么名字？"

　　"简。小姐你呢？"

　　"小姐，竟然有人叫我小姐。"盲女的表情既欢喜又惆怅，"哦，别把我想得那么了不起，落难的姑娘。如你所见，我只是一个瞎子，瞎子玛拉，靠着给人洗衣服过活。阿瑞尔是我唯一的好友。有人和我说话，我总是高兴的。"

"玛拉，能遇见你，我也很高兴。"强烈的饥饿之感令我浑身乏力，索性坐到了地上。

"你说起话来有气无力，一定是饿虚了。"玛拉起身回屋，不多会儿，端着一个碗走了出来，"我这儿还有一些冷饭，你先吃了吧。"

碗里的麦糊只有小半，我接过来便吃了个碗底朝天。

小羊"咩咩"地叫个不停，绕着我走来走去，这是什么意思呢？

"她也饿了吗？看见我独享美餐，嘴馋了。"我摸了摸美丽的羊角，小羊生气地向后一跳。

玛拉笑着摇了摇头，小羊继续发出示威般的叫声。

"别这么小气，阿瑞尔。我们必须让这位过路的姐姐先填饱肚子。急人所急，想人所想，懂了吗？"玛拉也摸了摸羊角。小羊亲热地往她身上蹭了蹭，不再向我示威了。

"你把你的晚饭给了我，阿瑞尔是在替你着急呢。"我琢磨了过来，"这可怎么好呢？你是不是，家无余粮了呀？"

"啊，问题不大。别为这个过意不去，简。我哥哥今晚会回来，最迟明天准到。他一回来，可就不同了。"玛拉显得神采焕发。

"你家里还有其他人吗？"

"三年前我祖母还在。可现在，只有我和哥哥了。"

比起我碰到的那个流浪儿，她总算还有一个哥哥可以依靠。

"你哥哥每天都回来得很晚吗？"

"他在外地，跟着一个剧团到处演出。去过好多地方，伦敦、南安普敦、艾塞克斯，以及临近法国的加莱。对了，有一次，他还到过汉普顿宫，见到了老国王亨利八世和他的王后，那时的爱德华国王还是一个小王子呢。按照我哥哥的说法，国王和他的家人是既和气又有趣，不愧是英国贵族中的第一家庭。"说起自己的哥哥，玛拉很是引以为荣。

"那他一定少有回家吧？"

"是啊，在以前，长的话要两三年才回来一次，短的话也得大半年呢。倒是这一两年，他回来的次数多些。祖母去世后，他放心不下我，宁可少挣些钱，三四个月总要回家看看。"

"平时就你一个人在家？"

"是呀，可我还有阿瑞尔。"

"你的眼睛，真的一点也看不见吗？对不起，或许我不该这样问。"

"我并非生来就是瞎子。我是在三岁的时候生了一场病。因为没钱治病，病好后就双目失明了。我曾见到过这个世界，还记得那些花草的颜色、那些山林的形状。我知道绵羊与山羊的区别。尽管现在的我眼前一片漆黑，瞧不见我亲爱的阿瑞尔，但我能够想象出她的样子，像雪一样洁白，两只小角好似弯刀。过路的姑娘——简，你是叫这个名字吧，你看到的阿瑞尔是这样吗？"

"正是这样。"

"阿瑞尔能帮我做许多事情。她会把我洗好的衣服送回我的顾客那里。有了她，我可以走上二三里山路。我难过的时候，她也闷声不响。我快乐的时候，她会跳上我的膝头。如果我一连几天没有接到洗衣服的活儿，她就主动减少她的食量。而我接到了活儿，她总是又兴奋又担心。她会朝着洗衣盆说上一大堆的话，那些话只有我能听懂。'怎么还有那么多要洗呀？你歇会儿吧，手都快要搓掉皮了。''我给你唱支歌好吗？可惜你看不见，我跳起舞来那才美呢。'如果能长出两只手来，她一定会跟我抢活干。这小东西，真会心疼人，也让人心疼。我自己宁可多吃些苦，也要让她过得舒服。我宁可自己饿着，也要省出玉米棒子、野麦、浆果给阿瑞尔。"玛拉忽然停住了，"简，你还饿着吧？你要是明天来，我可以保证给你一碗堆得冒尖的晚餐。是我哥哥带回来的米粒，而不是这种掺了野菜的麦糊。啊，明天的这个时候我们就可以饱餐一顿了。留下来吧，简。说说你的事情。你不像是本地的口音，你从哪儿来，要到哪里去？"

"咩——"小山羊又换叫声了，撒开四蹄欢脱地向前冲去。

"我哥哥回来了！"玛拉热切地说。

落霞的余晖中，一个年轻人正急步走来。一只羽衣鲜丽的大鹦鹉姿态优美地立在他的肩头。

是约翰·伍德与他的格蕾丝，我整个地愣住了。

"哥哥，哥哥！"久别重逢的兄妹俩拉着彼此的手，泪眼含笑，相互打量。

"哥哥，这是简。她从我们这儿路过，要借宿一晚。"玛拉对约翰说。

"伍德先生，你还好吗？"

"哥哥，你和简是认识的？她知道我们的姓氏呢。"玛拉惊喜地叫道。

约翰困惑地望着我，摇了摇头："我不记得在我的熟人里面，有你这么一个人。"

"那你还能记起很多年前的汉普顿宫吗？你不妨问下格蕾丝小姐，汉普顿宫的蜜汁杨桃味道怎样？"

"哦，是你！"约翰的眼睛睁大了，"简·格雷，这不是做梦吧？"

"不是做梦。"

"萨福克公爵的女儿居然出现在穷乡僻壤，你怎么会穿成这样？简，你把我弄糊涂了。"

"萨福克公爵的女儿？简，哥哥说的是你吗？"玛拉更是一脸的迷糊，"约翰，他刚才要我给她一碗饭。公爵的女儿也会吃不上饭吗？"

"会的，我会向你们解释。"我说。

约翰用鸟语与格蕾丝交谈数句。格蕾丝在约翰肩头展开了半边翅膀，宛如舞者褰起了半幅衣裙："简小姐，谢谢你还记得我。我也仍然记得你呢，汉普顿宫中善心的小姐。"

第二十四章　重　逢

那天夜里，我们围坐在点燃的禾秆堆旁。我将自己从家中出走的前因后果告诉了伍德兄妹。而他们，也对我谈起了各自的生活。

约翰对剧团的班主颇多怨言，说他盘剥员工、趋炎附势，在权贵面前极尽阿谀奉承之丑态，在穷人面前却横眉竖眼如同一只战无不胜的斗鸡。

有一次，他们在南安普顿演出时，一个退居乡间的大贵人患有严重的失眠症，试尽了各种疗法却鲜有效验。巫医献上了一道奇策，只要弄来一只能说会道的鹦鹉，以温水煮死加入药物之中，病人必当安枕无虑。大贵人闻言大悦，向班主表示，愿以重金买下格蕾丝，而班主也对大贵人的报价十分动心。约翰与班主大闹一场，让格蕾丝被活活煮死，这就等于剜去了他的五脏六腑啊，他怎能答应呢？

"反了反了，一个在我手头讨生活的小乡巴佬竟想造我的反，这不是没事找死吗？"班主气得快要发疯，揪住约翰连踢带骂，"你跟你的鹦鹉一样，都他妈的是贱命一条！你小子给我听好了，卖不了鹦鹉，我就把你给活剥了！"打完骂罢，班主用套狗的铁链将约翰锁了起来，连续几天只扔给他一些狗食，想让约翰服软，但约翰始终没有哼过一声。自那时起，格蕾丝便开始拒绝进食。班主想将格蕾丝尽快出手，但那大贵人又提出了一个条件，他必须在服药之后证明疗效显著，否则不但分文不给，且要告发班主"欺班"之罪。班主一听话不对路，这才放过了约翰。让他与格蕾丝加演三场，以弥补剧团的损失。

"我们都叫他什么来着？"说完这话，约翰对格蕾丝又嘀咕了一句。

"两面三刀的变色龙。"格蕾丝怪腔怪调地叫道。

"太对了。"约翰继续说，"简小姐，这家伙一心钻进钱眼里。在他看来，穷人是比泥土里的爬虫还要低贱的生物。别看他恨不得将格蕾丝熬成肉汤给那个肠肥脑满的大贵人治病，我们演出时，穷人的孩子若是溜到后台摸一摸格蕾丝，被他看见了，少则一顿咆哮，多则一顿毒打。他那样子简直是要吃人。说真的，我真怕哪一天会被他生吞活剥。我不肯顺遂他的心意，他时时都拿这个来威胁我。'总有一天我要敲掉你的后脑勺下酒，臭小子，你和你的鹦鹉都跑不掉！'这是他的口头禅。他打起人来比地狱里的鬼卒还要可怕。瞧我这儿，还有这儿，到处都是被他打的。"

"你这下面的头发？"约翰的耳朵背后居然有片光秃秃的地方，我倒吸了一口凉气。

"被他打狠了，这儿连头发都不敢再长了。"约翰露出了一丝苦笑。

他的笑容是如此沧桑。一个不到二十岁的年轻人，竟然已经有了秃头的部位，伤痕遍体、不堪细看。

"约翰，你为什么不与那个毫无人性的班主解约呢？你有格蕾丝，可以另找一个剧团呀。"我对他说。

"解约还早着呢，我和班主签了四年，到今年年底才过两年，想要毁约，这不是在自掘坟墓吗？再说了，即使解了约，又有什么不同呢？天下乌鸦一般黑，像我这样的卖艺人，只不过比古罗马的角斗士要幸运一点。说穿了，不也是活一天算一天吗？"约翰说话的口气活似一个看透了人世的老人。

"其实，你可以回家的。玛拉她一个人……"

"你以为我不想回家？"约翰郁怒地说，"我要是有个像你一样有钱有势的好父亲，我会流浪在外吗？那些贵族老爷抢走了我们最后一寸土地，还要把所有的流浪汉剪草除根，这还有没有天理？"

我的脸"腾"地红了，我低下了头。

"对不起，我并不是有意刺激你。我知道，你离家出走，有你的原因，你也是迫不得已。"约翰仍是一脸激楚，"可是，你不能怪我将玛拉独自留下。事实是，如果我和玛拉都留在这里，那我们两个人都没有活路。我曾经试过的，就留在本地，给人当雇工。但那样的话，挣的钱就不够养活两个人。可怜的玛拉，她被送到了济贫院。那哪是什么济贫院，那是个专为羔羊设套的狼窝。玛拉在那儿饱受虐待。不到两个月，济贫院不要她了，通知我说，必须把她送到精神病院。我不得不贿赂了管事的人，才将玛拉接回家来。玛拉，你给简说说看，在济贫院，他们是怎么对你的？"

"他们叫我擦地、搓麻绳。只有很少的一点睡觉时间，我每天都是在鞭打中醒来，甚至新年的一天。那个大块头的詹姆斯，新年那天比平时多抽了我两鞭子。'这是给你的新年礼物。'我永远都记得他那夜枭般的笑声，我至今都觉得心惊胆战。只要那个声音一响起，我就知道发生了最坏的事情，连上帝都无法阻止。有时候，就连来济贫院视察的绅士，那些有地位的、捏着鼻子说话的绅士，都夸我擦得十分干净。可他们一走，他抓起鞋底对着我的眉骨就是一记狠抽。我哭着问他：'为什么打我？'他的回答是：'因为我喜欢，瞎猫小姐！我打你，是为了让你牢记不许偷懒。'"玛拉的眼中已泛起了泪花，"还有一次，一位视察的绅士滑倒了。詹姆斯认为是我擦地时没有吸干水痕造成的，他先是拿了一根针在我脸上乱扎，又叫嚷着要用尖刀剜下我的眼珠，'反正是个睁眼瞎，留着它早晚是个祸害'。他叫得整幢楼都晃荡起来，连院长都被惊动了。院长提醒他当天是国王的生日，对犯事者从重处治有所不宜。于是詹姆斯决定'放我一马'，换了较轻的一种处罚，拿起一杯滚水淋向我的手腕。'这是国王陛下的恩典，要不要再来一下？'他那可怕的笑声，永远都在那里，就像一个鬼魂，一个永不消失的鬼魂。"

"都过去了，都过去了，玛拉。"我紧紧地抱住了这个饱受磨难的女孩，"约翰不会再离开你，我向你保证。"

"约翰已为我付出了太多。我现在这样挺好的，不能再拖累约翰。"玛拉说。

"简，你明知道我不能丢掉剧团的那份工作。玛拉不可以跟在我的身边。变色龙根本不会允许……别的剧团也不会答应。"约翰用略带责备的眼神看了我一眼。

"是呀，我还不如格蕾丝，我也不如阿瑞尔。它们是比人还更聪明的动物，而我，一个四肢健全的瞎子，却必须依赖小动物来过活。约翰，我老是提心吊胆，怕你在演出中有什么闪失。格蕾丝再怎么机智，可它不是一个能运用魔法消灾解难的仙灵，它终究只是鸟类，它的能力不会超出一只小鸟的能力。当你生病的时候，它没法照顾；当你被'变色龙'欺负的时候，它也只有干着急。哦，亲爱的格蕾丝，请不要嘟起你那可爱的小嘴。我没有怪你，我怪的是我自己，怪自己是这样一个残废。约翰我的好哥哥，我知道，你在外面总是挂念着我，一刻也不能放心。我就怕你在演出时分神，我不但不能帮你，反倒成了你的累赘。逢年过节，别人家里都是欢聚一堂，可我们，却总是在不同的地方。你跟格蕾丝搭档，我与阿瑞尔为伴。盼来盼去，一年中只有那么短短的几天可以见上一面。若不是为了这短短的几天，我真不明白活着还有什么乐趣？"玛拉以手抹泪说。

"你们兄妹俩很快就能在一起了，不会再有任何的别离，不会再有担忧与牵挂。我会向爱德华，会向国王禀告此事。约翰，就像那个圣诞之夜，你的愿望必会兑现。"

"简小姐，还会有那样一个圣诞之夜吗？亨利国王真是个少有的好国王。他不仅放了我的祖母与妹妹，还为我们一家准备了一份丰厚的圣诞礼物。给祖母的是一个银制的十字架，玛拉得到了一对宝石耳坠，我呢，赏给我的是一双轻便的鹿皮靴。就连格蕾丝,也得到了一只打造得十分精致的喂食的水杯。"约翰的眼睛闪闪发光。

"玛拉,你喜欢那对耳坠吗?为什么不戴上它们呢?你戴上它们,肯定会非常漂亮。"我故意这么问,是想让玛拉快乐起来。

"好小姐,我当然喜欢。喜欢得每天都放在枕边,虽然我不能亲眼见到,但我的心里却是美滋滋的。我感谢国王的好意,我为他的健康而诚心祈祷。可我们是那么穷。那对耳坠,我没敢戴过。就在亨利国王去世的那一年,把它卖掉了,连同鹿皮靴与水杯,为了给祖母治病。但她老人家还是没能治好。她离开我们的那天,我们把那个银制的十字架给她挂在胸口,她说了句'托亨利国王的福,我这穷老婆子也能风光体面地被引见给上帝了',嘴角笑微微的,一脸的知足。"

"不对。祖母并不知足,她望着我们俩,满是不舍。"约翰更正道,"祖母从来没有说过那么多的话,似乎有交代不完的事,'你们要这样,你们要那样'。她仍然设法用她渐渐冷却的羽翼遮护我们,不更事的小鸡永远跟在老母鸡的身后。这多令人伤心啊。但她还有一句话,是留给爱德华国王的。'上帝,你要保佑他,保佑亨利国王的儿子,英格兰最璀璨的珍宝,都铎王室的唯一希望爱德华。愿爱德华国王长命百岁,幸福无量。'"

"爱德华比他父王还好!"我立即说,"他若知道你们的遭遇,决不会坐视不管!"

"问题是,他怎么能够知道呢?像我们这样的人家,哪敢奢望上达天听?"约翰笑了。

"你也许见不到他。但我……"忽然之间,我发现自己的想法是何其荒谬。我现在不仅在物质上一无所有,在身份上亦是一无所有。我与爱德华的距离,正如伍德兄妹与爱德华的距离一样有着云泥之别了。

"别难过,简小姐。你毕竟不同于我们。也许你还能见到国王。"约翰强自宽解道。

"我走的时候,倒是从来未曾想到,跟我永别的不仅是我的那个家,还有其他的人,我的两个妹妹,我的那些亲戚。当然,还包括了伊丽莎白与爱德华。"我沮丧极了。

"你瞧,这是没法一刀两断的。你已经后悔了,是不是?"约翰关切地问。

"我不后悔。可是……"

"你从未体验过生活,简小姐。你以为,在你的那个圈子里,生活是一潭死水。你要跳到圈子外,跳进我们的圈子中。可我们的圈子里同样没有鸟语花香，有的是贫贱、羞辱与劳碌，那是一个更可怕的结局。你想过没有？一株花，一棵树，是不能随便移植的。就比如说……"

"哥哥！"玛拉打断了他。

"不说这些了。"约翰叹了口气，"各人有各人的不幸，各人有各人的苦难。前几个月我们到伦敦演出时，其实我，我见到了爱德华国王。"

我与玛拉皆惊呼出声。

约翰却露出了一个苦笑："我也只是远远地见到，在泰晤士河边临时搭建的一个观礼台。我能望见他，他却不会看到我。他瘦得惊人，却穿得很厚，裹在那堆富丽臃肿的服装里，像是一个即将融化的雪人，碰都碰不得。然而，仍然有股力量在支撑着他的尊严，那是他的眼睛，奕奕有神，是他生命中精髓之所在。他向百姓们说了一些话。大致意思是，今年虽有灾荒与叛乱发生，我们仍要保持纯洁的信仰，敬奉上帝、忠君爱国，无惧一切磨难与考验，我们必会守得云开日出，等来风调雨顺。我会加大赈济灾民的力度，会拿出私房钱来帮助你们。"

"我不是说了吗？他比他的父王还要好。他能给出的，比他的父王所能给出的还要多得多。"

"你真这样认为，简？"玛拉说，"不过别人说，爱德华是英格兰有史以来最穷的国王。他有私房钱吗？"

"一国之主怎会没有私房钱呢？"约翰说，"然而比起他的父亲亨利国王，他至今尚未亲政，说他是最穷的国王并不为过。简，我倒觉得，爱德华国王所能给出的，不仅不如他的父王，甚至也不如英格兰历史上任何一位先王。因为他是幼主，他的手头没有实权。那些别有用心的坏蛋打着他的旗号做了许多坏事。亨利国王在世时，我们还没穷到这个地步。就连萨默塞特公爵当政时，他对农民也是较为同情。可爱德华国王将他杀掉了。现在上台的是那个刽子手诺森伯兰公爵，他在科特屠杀了三千个流离失所、揭竿而起的穷苦弟兄。谁能比他更卑鄙，谁能比他更凶残，谁能比他更奸诈？他把爱德华国王牢牢攥在了手中。"

"哦，我从没听到过这些。"约翰悲愤的质问令我呆住了。但我很快找到了辩解之词，"爱德华就快成年了。再过一两年，他肯定能够亲政。到那时候，一切都会大变样的。约翰，我们对他要有信心。"

"我不想打击你，简小姐。爱德华国王还能活到亲政的一天吗？他就像是一片雪花，随时都有可能融化。真的，如果不是亲眼所见，我也不会相信人们的那些传言。他的身体非常虚弱，在场的许多人都暗暗叹气：'我们的小国王就要夭折了。这么年轻就要死去，这是没法假装、没法掩盖的事实啊。'"

"爱德华……"我痛心地掩面而泣。

"简,简。"玛拉柔声哄劝道。

"我说错了,简。"约翰不自在地说,"别放在心里。天晓得,跟你一样,我也总是希望他好。上天既然让他成为亨利国王的独子,并且在他不满十岁之时便将英格兰的王位赐给了他,可见上天也是一位望子成龙的慈父。英格兰国王爱德华六世,他既是亨利八世的儿子,也是上天的儿子。上天会对他倍加珍惜的。"

我们聊到了深夜。以后的几天,我或是帮着玛拉洗衣做饭,或是跟着约翰锄草种豆。起初我笨手笨脚,闹了不少笑话,打翻了洗衣水,割伤了手指,烧焦了麦糊,生火时被熏得眼泪汪汪。连格蕾丝都看不过去了,冲我直叫"瘸子爬树,越帮越忙"。而阿瑞尔,在眼睁睁地瞧着我打翻了那个堆满待晾衣物的洗衣盆后,也连连向我发出喷怒的抱怨,弄得我好是尴尬。

我不能在这里久留。对于生活困蹙的伍德兄妹,我绝对是个负担。然而,在什么时候与他们告别,下一步该去往何方,我却毫无主意。

在这里,只要是晴朗的夜晚,都能看到星斗灿然。有时我会想,为了与满天的星斗相伴,无论付出怎样的代价我也愿意!但更多的时候,我心事重重。我的自由随时可能被扼杀,被终结。这样一想,我就再没有心情欣赏那繁星如海的夜空了。

那一天终于还是来了。一群人,包围了我们的小屋。

"放开约翰,我跟你们回去。"我冷静地说。

"小姐,你知道我们是谁?"为首的那个头目大感惊异。

"我不需要知道你们是谁。你们是我父母派来的,这错不了吧?"

"错不了。不过就是……你能告诉我你的名字吗?"

"简·格雷。希望你们没有找错人。"

"那么一定是了,就是你,小姐。你给我们制造了不少麻烦呢。这正是,麦芒掉进针眼里——太凑巧了。"

第二十五章 雪 人

　　我被带回了布拉盖特。令我意外的是，艾伦、米妮，乃至守门的阿齐姆，无不各司原职。家中也是一切如常。没有人提起我出走的话题，甚至一点暗示也没有。仿佛这件事根本不曾发生，踬踣于途的那段日子被彻底删去了，那只是我在心神错乱之下所做过的一场怪梦。为什么会做那样的怪梦？这可不难解释。对于一个即将离开父母、步入陌生家庭的准新娘，她肯定会感到极大的不安与压力。没什么大不了的。事实会证明，这些不安与压力很快将被新婚的欢愉所淹没。

　　我与吉尔福德的婚事被定了下来。"五月二十五日是个好日子。简，你将和你的妹妹凯瑟琳一起结婚。亲爱的孩子，那一天会有三对新人。你与吉尔福德，凯瑟琳与亨利·赫伯特。还有一对你想不到吧，是吉尔福德的妹妹。她的名字也叫凯瑟琳，达德利家的凯瑟琳将嫁给哈廷顿伯爵的继承人弗朗西斯·黑斯廷斯。"母亲把我搂得紧紧的，有着无限的感慨与陶醉，"我本来是想选在五月节那天。你们以后每年的结婚纪念日都是五月节——瓜果女神的祭日，同时又是入夏的第一天。既新鲜又喜庆，既甜蜜又很有纪念意义。然而诺森伯兰公爵分不出身来，五月节他得跟国王一起过，如果国王的身体还能撑得住的话。不过五月二十五日也很是不赖，这是爱德华国王与诺森伯兰公爵共同选定的。由国王赐婚，真是莫大的荣幸。想想看，我一下子就嫁出了两个女儿，有了两个可爱、拥有巨大潜力的年轻人做女婿。这是多大的成就呀。简，只有当你成为母亲，你的女儿出嫁时，你才会感受到我此时的心情！"

　　"我恐怕永远也感受不到您此时的心情！"我的眼中只有无尽的悲哀，"如果我有资格成为一个母亲，我决不会逼迫我的女儿出嫁，决不会毁掉她的人生，更别说还要为此沾沾自喜。"

　　"别以为我已原谅了你，头脑发热、不知羞耻的姑娘！"母亲的手僵然垂下，板着脸说，"在我活着的每一天，我都不会忘记你弃家出奔的行为。我们的母女关系，再也不比从前。你为这个家庭所带来的耻辱，是抹不去、洗不掉了。可是我得说，你是个幸运儿，简。尽管你干出了这样一件自毁前程的大蠢事，但我们还得维护你。因为我们是你的父母，你可以对我们无情，我们却不能对你无义。你离开家的那些日子，每一天对我来说都是天塌地陷。我这心里就跟热火煎油一样难受，人前却不能露出一点异样。我放过了艾伦与米妮，哪怕有种种迹象显示，她们是你的同谋。但我硬是咽下了这口气，为的是不让外界起疑。诺森伯兰公爵那边，我只有采取缓兵之计。推说你偶染小疾，不日将愈。这'不日'一拖就是十来天，对能不能将你找回，我实在没有一点把握。而就在这时，国王赐婚的恩旨已经下来了。我早就跟你说过，这是国王的意思。让我们全家获罪于国王，你真忍心这么做吗？你的妹妹凯瑟琳，她对亨利·赫伯特已是一往情深。你若违逆圣意，非但我跟你的父亲不能完身而退，你妹妹凯瑟琳与亨利的结合也将变得非常渺茫。简，你能够这么做吗？拆散了你妹妹的好姻缘，你这为的是什么呀？"

"我……凯瑟琳……不……不……"我心乱如麻，嘴唇抖动着，却说不出一句完整的话。

"明天爱德华将召见你们三对未婚夫妻。好好地去吧，简。如果你想利用这次机会来达到你自己的目的，我劝你，还是趁早死了这份心。我知道，爱德华对你有过一些比较特殊的感情。但他首先是个君主，对于这点，他比你要明智得多。让你嫁给吉尔福德，他也是经过了反复考虑的。他现在仍重病缠身。简，你还要我怎么说呢？别再拿你的这些私人问题来烦扰他了，还有更多的大事等着他去处理，而他只有微如萤火的一点生命了。在占用他的时间时请你手下留情，不要让你的妹妹将来恨你！"母亲的眼圈也似乎红了，当她说到爱德华的病情时。

第二天一早，我与凯瑟琳皆被盛饰起来。我们同坐一辆马车，而跟在我们车后的，是吉尔福德兄妹的马车，再以后，则是两位先生，彭布罗克家的亨利·赫伯特与哈廷斯家的弗朗西斯·黑斯廷斯。吉尔福德的妹妹凯瑟琳只有八九岁的模样，而她的未婚夫弗朗西斯·黑斯廷斯则是个身材高大的青年。这是多么令人震惊的一对！

一路上，我妹妹凯瑟琳很少说话，她的脸上始终笼罩着明朗的喜色。当马车驶入宫廷后，她再也按捺不住内心的激动了。她对我说："简，这是真的吗，肯定不是做梦？哎，我好紧张，好幸福。过了今天，我就可以对每个人说，我进了王宫，得到了国王的接见。哈，这感觉有多妙啊！我这一生所梦想得到的东西，似乎都已触手可及了！"

"至少在我们之中，有一个人是幸福的。幸福的比率高达百分之五十，这已经超过预期了。"我勉强笑一下。

"简，我知道，吉尔福德不能令你称意。我的运气太好，你的运气太糟。如果你仍然没有做好结婚的准备……"凯瑟琳妹妹低声说，"我们一道去求国王。我可以等你的，姐姐。我们去求国王推迟婚期，等你找到了合心的人，我们再一起举行婚礼。"

"让我自己来吧。凯瑟琳，你什么也别多说。"我感动地捏了捏妹妹的手。

接见的过程似乎并不会太长。我们六个人分列成三对，我与吉尔福德、凯瑟琳妹妹与亨利·赫伯特、凯瑟琳·达德利与弗朗西斯·黑斯廷斯，依次接受了国王的祝福。

当爱德华走到我的面前时，我只能用一双充满泪意的目光望着他。虽然明知徒劳无益，在极度的矛盾之中，我仍抱有一丝幻想。

"吉尔福德，"爱德华微笑着对吉尔福德说，"简是个好女孩。朕要你起誓，你不会辜负她。在任何情况下，你都不会置她不顾。"

"是的，陛下，我起誓。"吉尔福德的声音听上去是那么不真实。

"跪下说，看着她的眼睛，握着她的手。"

我惊得直想跳开："别这样，陛下！"

"如果他是一个具有骑士品格的男人，他自然知道该怎么做。还没结婚就这么顾惜他，你是怕他跪痛了膝盖吗，简？"

这句话让另外两对新人发出了轻微的笑声。

吉尔福德果真跪了下来，握着我的手，完全按照爱德华的要求。

"太拘谨，太严肃了。吉尔福德，你几乎像个小教士呢。不过，朕很喜欢，这是一个男人对婚姻应有的态度。"爱德华转而对我说道，"简，你要做一个好妻子。请相信吧，这既是天作之合，也是幸福人生的开端。"

他拉起我的手，又拉起吉尔福德的手，让我俩的手再次握到一起："朕祝贺你们。你们的婚事是这个国家最值得期待的喜事之一。你们要相亲相爱，永以为好……"

对他其余的话，我的耳朵已失去了听力。

从侍臣挥退的手势看，我知道这次接见已宣告结束。六个人中，我落在最后，心神恍惚地向宫外走去，却被侍臣挡回了："简小姐，国王请你回去。"

凯瑟琳妹妹掉过头来，担心地望着我："我陪姐姐回去。"

"凯瑟琳小姐，国王挽留的是简小姐。"侍臣温言阻止道。

于是，我又心神恍惚地转身返回。

"简，你这是怎么啦？"爱德华关切地问。

我哭了，哭得一发不可收拾。

爱德华将他的一只手臂伸了过来："你的衣袖全都湿透了。如果你还想哭，朕的衣袖借你一用吧。"

我轻轻推开了他，收泪问道："陛下，您能取消我的婚礼吗？在保证我妹妹的婚礼能照常进行的前提下？"

"这么说来，对于这门婚事，你是有着相当的不满。"爱德华说。

"是的陛下，我有我的理由！"

"可朕，也有朕的理由！"

我为之一震："赐婚不是出自我父母以及诺森伯兰公爵的要求，而是您本人的旨意？"

"是的。不过，你父母与诺森伯兰公爵是早有此意的。朕的旨意与他们的心愿不谋而合。"

"您的旨意，他们的心愿？那么我呢？陛下，您最厌恶被人摆布，现在，您却跟我的父母一道，随心所欲地用一道赐婚的圣旨来摆布我！"

"随心所欲，朕几时能够随心所欲？"爱德华惨然一笑，"这一天不会太远了。一瞑不视而万虑全消……"一阵嘶声干咳令他蹙紧了眉头。

"爱德华……"我想起了约翰的那句形容，"他就像是一个即将融化的雪人。"眼前的爱德华，更像一个正在融化的雪人。想起我们小时候堆雪人，最高兴的时刻就是看到雪人由零化整、栩栩如生。"那是我们一手创造出来的呀，他整个属于我们。"爱德华兴奋得直翻跟头。然后呢，我们会手拉着手围成一个圆圈，将雪人圈在中间，又是唱歌又是跳舞。连玛丽小姐都不肯错过这一乐事。然而，极乐之后就是极悲。最悲伤的时刻莫过于看到雪人由整化零，在灼人的阳光下残缺乃至消失，这时我们往往会大哭一场。我们甚至会咒骂阳光，骂它是杀人凶手。"我不想再看见这个杀人凶手，啊，我可怜的雪人！"爱德华因此大发孩子气，命人拉下窗帘，躲在房中不愿出来了。

谁能想到，爱德华，这个未满十六岁的大男孩，也会像雪人一样化为虚无呢？他已瘦得形销骨立，脸色灰白毫无光彩。他的声音，在几个月前的那次舞会上还是那样清亮爽脆，然而今天，连声音都完全变样了。他的声音涩暗嘶哑，听这声音就会让人明白，他是个重病之人。

"我不该再去烦扰他。"在这一时刻，我不得不赞同母亲的话。

"听你母亲说，你病了一段时期。朕原来还有些担心来着，今天看来却是全无必要。你脸色红润，生起气来像一只铆足了劲的小牛。可见精力充沛，斗志旺盛。"爱德华从下往上地瞧着我的脸，直瞧得我忍不住转怒为笑。

"陛下，哪有像您那样形容人的，您这是在骂我呢。"我说。

"朕不是在骂你，朕是在夸你。羡慕加嫉妒，这是朕对你的观感。"

"羡慕、嫉妒，这真是——从何说起？"我暗自苦笑。

"朕嫉妒你充满了生命力。你可以运用你的生命力来配合你顽强的意志。而朕，朕的生命已不再听从于朕的意志。每过一天，每一次移动，对朕来说，都是提心吊胆、竭尽全力的搏斗。"

"爱德华……"一时之间，我竟忘记了君威莫近，仍然当他是当年的那个小男孩。我哽咽着伸出手，触摸他那瘦得惊人的面容，"陛下，您得长胖一些啊。您是不是太挑食了？您得加大饭量，这样才能养精蓄锐，为您的身体增加元气。"

"是啊，朕的元气、朕的生命力都到哪里去了呢？这个问题只能由上帝来回答，而不是朕的饭量所能解决的。我们还是先说说你吧，怎么样？"爱德华叹了口气，望着我笑。

"也许你还不想结婚。也许，你只是反对与吉尔福德结婚。"他一边猜测，一边观察着我的表情，"又或者，你还有许多别的理由。如果是从前，朕会听你一一讲来，我们会为之开怀大笑。然后朕会说：'你想怎么样就怎么样吧，简。哪怕全天下的人都跟你为难，朕仍然与你站在一起。'这是你希望听到的。朕是你的朋友，你寄望于一个朋友的理解与支持。朕理解你，却不能支持你。没时间了，朕没有时间了，简。还有两个月，就是你举行婚礼的吉日，而朕却不一定能看到了。你明白吗？朕将孤零零地死去，作为一个短命的、未婚的君王。甚至不如埃及的图坦卡蒙（埃及新王国时期的法老。九岁登基，十九岁暴卒）。他至少为他的王国留下了后代，他的身畔有他的爱妻与他同葬。而朕，朕将独眠于荒冷的墓室。许多年后，也许有人会指着朕的坟墓说：'这里埋着一个败家子，一个真正意义上的孤家寡人，是他断送了都铎王朝的命脉。'一想到这里，朕就心如刀割。朕对不起朕的父王与祖先。如果父王的儿子不止朕一个，对朕来说，死亡也就不足为惧了。朕会将这个国家传给亲爱的兄弟，朕的生命，朕的祖先所创下的基业，都有了延续。早知如此，朕该听从大臣们的意见，该在两年前完婚。无论新娘是谁，只要有个儿子……朕是不是变得跟父王一样疯狂了？真有这么一个儿子，他今年能有多大？将一个婴儿奉为国王，这个国家将付出多大的代价，得承受多少意想不到的风波啊。国王之路是坎坷艰险的。朕九岁继位，自那时起，便不曾有过一天舒心展意的日子。朕没有子嗣，这对都铎家族来说固然是大不幸，对这个未能降生的婴儿，对那个差点成为寡妇的新娘，却是不幸中的万幸呢。"

"不要说了，爱德华。"一种冰凉的不祥之感贯穿了我的全身。

"最对不起的，是朕的母亲。如果不是因为朕，她现在还好好地活着。"爱德华又咳了起来，捂着胸口缓过一口气，继续说，"十六年前，朕该替了朕的母亲去死。简，简，你别哭呀。"

"爱德华，爱德华！"我伤心已极。

"唉，朕随便说说而已。朕的心情不好，因为三天两头的老是生病。"爱德华反倒宽慰起我来，"尽管死神对朕念念不忘，朕是藏身的高手，会把自己藏在一个死神找不到的地方。简，我们小时候捉迷藏，你不也是输多赢少吗？死神未必比你厉害，她赢不了我。死神是个驼背弯腰、行动迟缓的老太婆，你瞧，她这样走路。"一边说，一边做出拄杖而行、老态龙钟的滑稽模样。

我哪里还能笑得出来。爱德华的病况是一目了然的，他心里清楚，我也没法装作糊涂。

"陛下，您究竟得的是什么病？为什么会病了这么久？御医若是不胜其职，您还可以向全国召集良医，或是遣人到海外寻求秘方。总不能就这样……这样不明不白地拖下去。"说到后来，我备感碍口。

"朕的御医已换了一打。英雄之见略同，他们一致诊断朕得的是肺炎，但肺炎总是好不了。朕隐隐约约地听人说过，朕的肺部已坏掉了大半，这大概才是实情。有句话叫作无力回天，朕也想知道自己究竟得的是什么病，但又害怕知道。"爱德华凄然一笑，"你得勇敢一些，简。在这个世上，无论是你，无论是我，都不可能按照各自的心愿来得到幸福。想象终归是想象，与失去生命相比，其他的一切都轻如浮云。诺森伯兰公爵是我唯一能够信任的人。在朕走后……当然这只是假如，他的品德及才能将为英格兰的新君保驾护航。新君是谁，人们都在急切地打听。玛丽以为非她莫属，她的亲信每天要来打探好几次消息。她做得太明显、太过分、太过火了！她甚至让人来暗示朕、胁迫朕，如果朕不传位于她，谁能保证她的表哥查理一世不会对英格兰兵戎相见呢？"

"这真是玛丽的原话吗？会不会又是有人从中挑拨？英格兰与西班牙，难道又要爆发一场战争？"我难以置信地问。

"即使不是原话，离她的本意也差不了多少。战争嘛，不是她想挑起就能挑起的。查理一世动辄扬言要为他的表妹'大打出手'，可他哪一次兑现过？真要动起手来，无论英格兰还是西班牙，都没有绝对的胜算。"爱德华说。

"陛下，您谈起战争时，再不像从前那样慷慨激昂了。"我惊讶不已。

"是的，英格兰不会再轻易动武。朕继位之初，为萨默塞特公爵的'豪言壮语'所迷惑，对法兰西与苏格兰投入了重兵。连年征战，使我国的财力大伤元气，百姓因此困乏不堪，朕也有了悔悟之意。自从起用诺森伯兰公爵后，凭借他的外交努力，我们与法、苏二国签订了停战和约。我们撤出了科龙，法兰西支付了军费赔偿，国家的财力这才有了恢复气象。虽说这几年的收成因为天灾而减产，多亏诺森伯兰公爵持筹握算，明后年以后，总会有所起色的。"

"今日的诺森伯兰公爵，岂知他日不会成为第二个萨默塞特公爵？"我忍不住反问道。

"你是因为这种担心而拒绝了诺森伯兰公爵漂亮的儿子吗？"爱德华笑了，"诺森伯兰公爵告诉朕，吉尔福德对你倾慕有加，曾好几次打算向你求婚。可你却是有所顾忌。据诺森伯兰公爵分析，你顾忌的是他，萨默塞特公爵的继任者。你怕萨默塞特公爵的命运会降落到你未来的夫婿之家？简，朕向你保证，即使再过一万年，也不会有这样的事发生！因为诺森伯兰公爵与萨默塞特公爵毫无共性可言。如果要将人物划分成正反两类，那么可以肯定地说，萨默塞特公爵是反面人物的代表，而诺森伯兰公爵则是正面人物的旗帜。"

"可我记得，曾经有段时期，你也将萨默塞特公爵视为正面旗帜的！"

"那是朕年幼无知。赫拉克利特说过，人不会两次踏入同一条河流，朕不会重蹈覆辙。朕的眼力会那么差吗？再说了，朕不会总是'遇人不淑'吧？"爱德华说着，打开了一个盒子让我看，盒子里的文书全都龙飞凤舞地写着他的签名。

"给我看这些做什么？国家大事的，我又不懂。"我边看边问，"陛下，这么多的事项，都得经过您的认可？"

"在萨默塞特公爵当道之时，朕只是一个签字的工具，他说什么便是什么。他要朕同意的，朕不能反对。朕想同意的，他若反对则万万不行。朕不过戴着一顶虚假的王冠，而萨默塞特公爵才握有真正的权杖。非但朕的臣民听命于他，就连朕，朕也同样听命于他。按照父王的遗命，朕将在年满十六岁后主持朝政。但萨默塞特公爵可不这么想：'国王要主政起码得到二十六岁！'天哪，二十六岁，他干吗不说三十六岁呢？朕永远都得是个由他看管的小娃娃吗？他广植党羽，枢密院的大臣全都出自他的门下，与他一个鼻孔出气。而朕的宫廷，不过是他家的后院罢了！"爱德华愤然挥动了一下拳头，"但诺森伯兰公爵，却是另一路做派。诺森伯兰公爵让朕亲自挑选枢密院的成员，让朕亲自管理政务。他坚持重大国事必须由朕裁定。可以说，自诺森伯兰公爵开始，朕的签名才是一个名副其实的国君的签名。与萨默塞特公爵的飞扬跋扈不同，诺森伯兰公爵谦虚下士、从善如流。大臣们在萨默塞特公爵之前噤若寒蝉，在诺森伯兰公爵面前却无所不言。自从诺森伯兰公爵取代了萨默塞特公爵，我朝君臣皆额手称庆。"

爱德华如此盛赞诺森伯兰公爵，令我着实不解："诺森伯兰公爵真像陛下说的那样好吗？可是在民间，他的声誉似乎还不如萨默塞特公爵呢。"

"你竟然还知道这些？"爱德华有些吃惊，"的确，民间流行一种说法，萨默塞特公爵是好公爵，而诺森伯兰公爵却是坏公爵。萨默塞特公爵之所以赚得了好公爵的美名，是因为在各种场合，他总是不厌其烦地拿出一副同情农民的腔调。他反对圈地运动，可他并未采取有效的措施来制止圈地，反倒加深了农民对贵族的仇恨，酿成叛乱却又束手无策。当科特叛军泛滥成灾时，萨默塞特公爵依然毫无作为，将朕置于风口浪尖却不问不管。危急之时，是诺森伯兰公爵身披战袍，为朕擒斩贼首。若非如此，朕或许已死于乱军之中。而诺森伯兰公爵反被咒骂为杀人不眨眼的凶手。简，你不知道，他平时是一个多么温和、多么善良的人。连朕的小狗死了，他都会为之流泪。他也不想杀那么多的人啊。他是在为萨默塞特公爵的过失顶罪。民间怨声载道，这都是萨默塞特公爵执政所留下的种种弊端与遗患。可惜人们并不明了。诺森伯兰公爵荡平科特叛军之后，他们以为诺森伯兰公爵是英格兰贫困动乱的始作俑者。但这不是事实，不是真相。"

"您为什么总要谈起他呢？诺森伯兰公爵，那是一个看不透的人。他是好是坏，也许是您关注的重点，但对于我，这一切有什么意义呢？"

"有意义，当然有意义！如果你爱这个国家，如果你是一个坚定的新教徒，那你就应当承认，诺森伯兰公爵的存在真的是太重要了。如果，如果朕不在了……诺森伯兰公爵是唯一能够制约玛丽的人。这也就意味着，英格兰的宗教改革不会半途折翼，我们不会被愚昧的天主教再次蒙住眼睛。这还不够重要吗，简？"

我震惊到了极点："诺森伯兰公爵能制止玛丽小姐，陛下，您的意思是？"

"只要有诺森伯兰公爵，玛丽就永不可能复辟天主教。"爱德华语气肯定地说，"你是知道的，弥撒仪式早已取缔了。百姓们如若违反规定，必会受到严惩。但玛丽，玛丽是个例外。要她放弃弥撒，她声称宁死不屈。为了迁就玛丽，我不得不做出让步，允许她举行私人弥撒。但她并不满足，竟以威逼哄骗的手段迫使她的家臣仆役全都参加弥撒。且以此为契机，四处煽风点火，鼓动那些意志薄弱的百姓从恢复弥撒开始，叛离新教，回归天主教。"

"陛下就不能与玛丽小姐多沟通一下吗？"我问。

"天无二日，国无二教。新教与天主教势不两立，除非玛丽改教，不然的话，对于英格兰，她始终是个心腹大患。朕将她的家臣仆役关押了一批，严禁他们再参加弥撒。这自然是做给玛丽看的，这一招叫作杀鸡儆猴，朕原想给她一个警告，让她收敛一下气焰。可她不但不思悔改，反倒怀恨在心，竟跑到西班牙的大使那儿去诉苦，要求她的查理表哥火速出兵、对英宣战。西班牙大使正好借此大做文章，提出要与诺森伯兰公爵会谈。请注意，与诺森伯兰公爵会谈而不是与朕会谈。西班牙大使表示，朕远未达到明辨是非的年龄，朕所采取的那些揄扬新教的举措均是任性之举。他对诺森伯兰公爵说：'英格兰国王只有十四岁。十四岁的少年还没定型。近朱者赤，近墨者黑，贵国国王惑于邪教，对他的姐姐、亨利先王的长女冷酷绝情、毫无礼数，实在有违我家查理国王之望。西班牙希望得到一个合理的解释。'而诺森伯兰公爵的回答是：'我家国王虽只有十四岁，但阁下尽可放心，年龄不是问题。我家国王不到九岁即登王位，睿资神授、勤于圣学，他在国内深受拥戴，完全能够像一个四十岁的男人一样裁决政事。他从未亏待过玛丽小姐，"冷酷绝情、毫无礼数"的不是我家国王而是玛丽小姐。阁下切勿偏听玛丽小姐之词。西班牙以天主教为国教，这对我国人民并无不妥。我国以新教为国教，与西班牙亦并无不妥。英格兰有权决定自己的宗教信仰，贵国何必强人所难？若阁下肯向查理大帝陈以恳言，则英格兰与西班牙仍和好如兄弟；如若不然，则英格兰必以精兵良卒列于边境，随时迎候贵国的远到之师。'"

"诺森伯兰公爵，他没丢陛下的面子。这一席话说得真是大义凛然、不卑不亢。"我称赞起来。

"不但会说，并且能做。诺森伯兰公爵言行如一，是个赤胆忠心的能臣。朕有那么多的臣仆，其间不乏阳奉阴违的小人。只有诺森伯兰公爵，他是朕在这个国家唯一可以信赖的人。只有他，能够让朕安全，让朕的国家安全，也能令你安全。朕走之后，英格兰怕是免不了有一场动荡了。简，你现在明白了吗？朕同意诺森伯兰公爵代他的儿子向你的父母求婚，既是为了笼络诺森伯兰公爵，也是为了格雷家族的安全啊。你们两家的结合对于英格兰的稳定必将起到关键的作用。简，你还会怪朕吗？怪一个即将被人世抛弃仍不忘家国的薄命之君？"

他捂着胸口大咳。过了很长一段时间，才停了下来。他的衣袖，那只借我拭泪的衣袖，此时已沾满了殷红的血点。

"爱德华，爱德华！"我觉得自己的心也开始滴血了，我哭喊着，"我不该让您说那么多的话。您歇息一下吧，什么都别说了。"

"不，你得告诉朕，你会不会怪朕？否则朕即使到了另一个世界，朕的心也会为此纠结。"

"噢，不会的！"我大声说。

"你真的愿意嫁给吉尔福德？"

"是的，我愿意。"我违心地说。

"那就好。"爱德华惨白的脸上恢复了一丝生气，"简，有时候，我们不得不改变自我。就拿你来说吧，你曾经对朕说过，你有多厌恶那些所谓名门淑女的装束。但今天，你也被这样打扮起来了。你好像一下子长大了十岁，成了画像中的高尚仕女。朕觉得这并不难看。可见不是所有的改变都令人恐惧。上帝若是再给朕十年的生命，朕会变成什么样呢？啊，想不出来，想不出来。简，成年人有成年人的法则。你会适应这些法则的。朕相信，会有一段非常美好、非常幸福的生命等着你去体验。而朕……"

"爱德华！"我万箭穿心般地难受。

"别这样，简。荷马说过，人的生命就像树上的叶子，朕只不过比别的树叶凋落得早了一些。"爱德华平静地说，"假如有一天，你来到朕的墓地，请为朕诵读一段《伊利亚特》吧。'我的朋友啊，要是你我能从这场战斗中生还，得以长生不死，拒老抗衰，与天地同存，我就再也不会站在前排里战斗，也不会再要你冲向战场，人们争得荣誉的地方。但现在死的精灵正站在我们身边，数千阴影，谁也逃生不得，躲不过它的击打——所以，让我们冲上前去，要么为自己争得荣光，要么把它拱手让给敌人！'或是那段'只要我还活着，只要还能见到普照大地的阳光……'"

"我会为您诵读的。"我凝视着他，"但是，不是在您所说的地方，而是当您病好之后，在花园里，在布谷鸟欢鸣的清晨。我不会为您诵读那样悲凉的诗句，我会为您诵读'啊，青春，你永远是可亲可爱的'。"

"病好之后，朕最渴望的，是走出王宫，看一看外面的世界。朕要用自己的目光来丈量每一寸山河，尽情地呼吸那来自旷野的、散发着鲜花与朝露气息的清风。朕要走到百姓的中间，了解他们的需要，感受他们的生活。"爱德华的眼睛明亮无比。

我没有告诉他自己在民间的那段经历，我不忍打破他的憧憬。"外面的世界是混乱的，你的人民贫苦不堪。"我能这样对他说吗，这对他的病情有什么好处？

"简，你该回去了。"爱德华说。

"再见，爱德华。再见，陛下。"我屈膝退出，泪眼蒙眬。渐行渐远，爱德华的影子变得越来越小。终于，连那个小小的圆点也看不见了。我的眼前唯有茫茫无垠的雪野，而那个像雪人般的爱德华，却连同我们的童年一起，消失在了岁月的尽头。

第二十六章　诺　言

五月二十四日，婚礼的头一天，母亲把我叫到了她的屋里。

她指着桌上的珍珠匣对我说："它是你的了，简。你的妹妹凯瑟琳，她不需要这些。因为她的幸福已如一池涨满的春水，她什么都不缺了。可是你，我的女儿，尽管你比她还要嫁得好，对于即将来临的幸福，你却仍然心怀疑虑。希望这盒珍珠匣能为你鼓劲打气，愿你祖母的幸福与好运能沿袭到你身上。"

"母亲，谢谢您。谢谢你们如此处心积虑地为我制造幸福与好运。"我冷冷地说。

"听我说，简，婚礼只是个形式而已。"母亲加重语气说，"我们不是没有考虑过，你与吉尔福德的这种情形，在短时期内或者是难以做到亲密无间的。这也就是说，诺森伯兰公爵夫妇认同我们的看法，事实婚姻无妨拖后一点。这也就意味着，举行婚礼后，你只是换了个居所而已，你随时都可以回到我们这里。怎么样，我的这个主意还不错吧？"

我点了点头，心里的负担骤然减轻了大半。

"诺森伯兰公爵夫妇之所以同意这个提议，这充分表明了他们对你的喜爱与尊重。同样的，对他们的儿子吉尔福德，你是不是也应表现出旗鼓相当的尊重？"母亲停了一下，又说，"要包容你新婚的丈夫。如果你不打算在短时期内给予他本该得到的爱情与体贴，那你就要想到，一个青年公子也许会到别的地点，会向别人索取生活的乐趣与甜蜜。你若因此而心怀嫉恨，就会影响到夫妻的感情。"

"谢谢您的开导，"我一口答应，"吉尔福德尽可以寻找他的乐趣与甜蜜。无论以何种方式，在什么地点，选择什么样的人，我保证，毫不过问。"

"别这么兴高采烈，简。你现在对他不感兴趣，并不代表着你对他永远不感兴趣。你还有很长的一辈子，有足够的时间让你为年轻时所犯下的错误而自责不已。"母亲冷笑着说，"如果有一天，你回心转意了，你感到自己需要一个丈夫了，但他已经受够了你的冷漠，对你视若不见充耳不闻。你就是捧出一颗流血的心来献给他，他也不为所动。那时人们会怎么看你呢？一个自作自受的弃妇。老无所依，孤苦伶仃。你不想落得一个如此凄凉的结局吧？简，看紧你的丈夫，别让他离你太远。这是我对你的忠告。"

一手"包容"，一手"看紧"，母亲的驭夫之术自有高明之处。这也许是至理名言，但我，却是一个差生。我会把一切搞砸，如果我有胆量告诉她的话。

"你们在做什么呢？弗朗西丝、简？"父亲捧着几只锦盒走了进来，后面跟着我的两个妹妹。

"是刚收到的贺礼吧，干吗献宝似的捧了进来？"母亲数落道，"好歹你也是个公爵，又不是没见过世面。"

"你来看看，弗朗西丝。不是我没见过世面，你也不问问送礼的人。喏，这只水晶盘，是爱德华国王送的。这还是爱德华出生那年，先王亨利特为雕制的，庆祝爱德华与我们的简同日而生。看这上面的'双喜'一词，与我们家里的那只刚好是一对儿。"

"让我看，让我看嘛。"玛丽妹妹挤过来说，"咦，这只盘子要比我们家的那只好像大了一些。"

"是要大一些，莫非是雌雄双盘？如果爱德华国王是以此为聘礼，这不就是一段佳话了吗？"凯瑟琳妹妹说。

"这本来就是一段佳话。"母亲更正说，"连国王都这样认为，所以才送了这样一份贺礼。他最器重的大臣之子与他幼年的好友结婚，对于他以及他的国家，这难道不是双喜临门吗？"

"这份贺礼，是玛丽小姐送来的。"父亲又揭开了另一只锦盒。

"哇，好精致的耳环！"玛丽妹妹叫了起来，"这也是给简的？这太不公平。"

"你是在为凯瑟琳抱不平吗？"父亲问。

"啊，我才不觉得呢。我不在乎有没有礼物。"凯瑟琳妹妹说。

"我是为我自己。"玛丽妹妹叹了口气，"为什么没人送礼物给我呢？简和凯瑟琳都出嫁了。我原以为，会有更多的人来安慰我。"

父母与凯瑟琳都笑了起来。

"听见没有，简？"父亲对我说，"别总是苦着一张脸，眼红你的人可不止玛丽一个呢。你会爱上你的丈夫的。如果没有我们这些人，想一想，只有你和他，在大自然所赋予的那些充满诗情画意的图景中，两张青春洋溢的脸，两颗年轻的心，谁能相信不碰撞出火花？"

母亲含笑点头:"简,没有一个新嫁娘是心如铁石的。你父亲说得很对。终有一天,你会被打动。你以为你跟别人不一样,古往今来的新嫁娘有哪一个是不一样的呢?钟情于人并为人所爱,千千万万个新嫁娘都会经历这一过程。"

"亲爱的孩子,这是难得的殊荣。"父亲又说,"我与你母亲结婚的前夕,先王亨利也曾送来了贺仪。我高兴得一晚上也合不上眼,第二天带着两个墨黑的大眼圈去迎娶新娘,你母亲差点没认出我来。弗朗西丝,先王送给我们的那只希腊古瓮你收在哪里?拿出来让这三个孩子也长长见识。当然,爱德华送来的这只水晶盘更是有着深远的含义。双喜临门只是一层意思,更深的含义在于天下平安。我们的水晶盘上雕绘的是两朵红玫瑰,爱德华的这只上面却是两朵白玫瑰。红玫瑰与白玫瑰加起来,不正是我都铎王朝的象征吗?"

"我要是你,简,我今晚上也会高兴得合不上眼。明天带着两个墨黑的大眼圈去见新郎,哈,他不会把你认成别的人吧?"玛丽妹妹眉开眼笑。

那晚真是一个不眠之夜。我不止一次地想,如果我也像爱德华一样病体不支,要取消婚礼不就易如反掌了吗?我竟然羡慕起爱德华来。"我要是他该有多好!"然而,短暂的羡慕之后却是深自痛悔,"我怎么能够这样自私呢?居然容许自己有这样的心思!"

有什么办法能阻挡明天的来临呢?有什么办法能让明天的太阳不再升起?当窗边出现了第一缕鱼肚白时,我闭紧了双目却管不住热泪奔流。

上帝啊,不该来临的日子,不该来临的命运,终于还是来了。

婚礼在杜尔汉姆举行。这是一座有着悠久历史的古宅。先王亨利八世及其父亲亨利七世都曾在此居住,华丽的庭院与大理石台柱令杜尔汉姆颇有一种王宫的遗韵。从这儿居高临下,能俯视泰晤士河、怀特霍尔宫以及萨里山脉的美景。

如今,它归在诺森伯兰公爵名下了。在今天的婚礼中,三对新人中的两个,亦是出自诺森伯兰公爵之门。

爱德华指派了观礼大臣代表他前来致贺。爱德华的贺礼——先王亨利八世为其爱子所特制的水晶盘,与我家中的那只水晶盘,被一起悬挂在大厅正中。双盘相映,光芒四耀。

伊丽莎白也在嘉宾之中。虽独立一隅,但其修长的身材与清傲的气质仍引人注目。

诺森伯兰公爵的儿子罗伯特与另一名女孩携手同行。女孩的面容未脱稚气,却又另有一种幽怨的神色。

"那是艾米，罗宾难得公开的娇妻，年纪轻轻就成了一个无人问津的怨妇。罗宾的心里满是伊丽莎白，而伊丽莎白，在失去苏德里男爵后，再也不想失去罗宾了吧？瞧他俩眉目传情的样子，艾米又不是没有看到。"

"我若是她，我就走开。国王病重，罗宾难道没有盘算过？如果他娶的是伊丽莎白，那就等于娶了半个王位继承人。何必碍着人家的好事呢？达德利家肯定悔青了肠子。早知今日，当初哪里会娶进这样一个女人？"

这些毫无顾忌的议论令我心里一阵厌恶。伊丽莎白向我遥遥一笑，我迟疑了一下，还是走了过去。

"贝茜，好久不见了。"我说。

"今天是你大喜的日子。这种场合，我从来都是不可或缺的点缀。"伊丽莎白淡然一笑。

从她口中说出的"大喜"一词，于我却有锥心之痛。

"如果不喜欢的话，你不一定非得出现。"我立即意识到自己词不达意，"贝茜，我是说，假如你没有这个心情，你大可不必将就别人。"

"是吗？那么你呢？对这场婚礼，你是喜欢还是不喜欢，你的心情怎样？"伊丽莎白目光逼人。

我无法回答。

"为什么要嫁给吉尔福德？你跟他竟能相互吸引，这真是奇事一桩啊。"伊丽莎白继续追问，"大可不必将就别人，这句话也同样适用于你自己吗？"

"不，贝茜。"我摇了摇头，"这是父母为我选定的婚事。对于这门婚事，我没什么好说的。"

"没什么好说的？"伊丽莎白望了眼悬于正中的那两只水晶盘，"也许只是跟我没什么好说的。简，这么做是不是太明显了一点？这管用吗？"

"贝茜？"她那挑战般的眼神令我十分困扰。那两只水晶盘，固然是有一种炫耀的意味，跟她又有什么冲突呢？

"简，到这边来。"母亲又开始召唤我了。

伊丽莎白微微一笑，掉头离去。

"简，这就是吉尔福德的母亲。"母亲说。

这是我第一次见到我的婆母，诺森伯兰公爵夫人。她个子很高，两道目光有着剑一般的锋芒，这与普通女性所惯有的温婉风格形成了一个强烈的反差。

"简，这是个特别的日子。你终于成为我们家的一员了。"诺森伯兰公爵夫人对我笑了笑，那是社交礼仪中公爵夫人所应有的微笑。尽管她就站在我的面前，但那微笑，却如同来自十万八千里之外。"

"夫人，你还没有把我们的儿女给简做个介绍呢。都是一家人了，大家来认识一下。"诺森伯兰公爵一边说，一边让人把他的儿女们都召集了过来。

"这是小约翰，跟他的父亲同名。我的头两个儿子没能养活，另有两个小女孩也没能养活。约翰算是我们的长子了，他已承袭了沃威克伯爵的爵位，他的妻子是萨默塞特公爵的女儿安妮·西摩。这是阿姆布诺斯，这是亨利，这是罗伯特。这是玛丽、凯瑟琳。我们家是两个女孩，女孩的数量略嫌单薄了一点。"说起自己的儿女，诺森伯兰公爵夫人的笑容是两样了。那是一个母亲的微笑，带着一种如数家珍的宠溺。

我朝他们一一望去，这并不是我与他们的首次见面。在萨默塞特公爵之女安妮与诺森伯兰公爵（当时还只是沃威克伯爵）之子约翰的订婚宴上，我或许已见过他们中的大多数。安妮与约翰已经成婚了。但在当前，除了安妮夫妇与那个被人亲切地称作"罗宾"的罗伯特，我实在没法弄清他们每一个人的名字与相应的面貌。但大致印象是，他们中的大多数年龄应该在十几二十岁之间。有的已经结婚，旁边站着他们同样年轻的妻子或夫婿。

"简，你可真是多子多福。"母亲称呼的是诺森伯兰公爵夫人的名字，她与我同名，"成年的儿子都有五个，一个个又都是那样漂亮精神，上帝对你是何等偏爱啊。你别说，我还真是不服气呢。生儿子这样的好事怎么让你一个人包揽了呢？先王穷尽一生也未曾盼来的盖亚（盖亚是希腊神话中的大地之母，所有天神都是她的子孙），不料却在达德利家生根发芽了，这上天可也真会捉弄人。我的命还不如先王呢，至今膝下无子，我跟亨利所能指望的，就只有这么三个女儿了。尤其是我们的大女儿简，她对于我们的意义，比别人家的儿子还更重要。都是做母亲的人，这点你也是可以看得深透的，是这个道理吧？"

"弗朗西丝，你的女儿便等于是我的女儿。尤其是简，自然格外不同。这是你我早已达成的共识了。"诺森伯兰公爵夫人深深地看了我一眼。我有一种奇怪的感觉，她像是盯着一件价值不菲的礼品，却又不确定它是否物有所值。

是的，这场婚礼就像一次礼品交换，在萨福克公爵夫妇与诺森伯兰公爵夫妇之间。也许对诺森伯兰公爵夫人来说，标名为"简"的礼品不无赝品之嫌，而在我的母亲——萨福克公爵夫人的眼中，标名为"吉尔福德"的礼品与她的预估又相差多少呢？

我又一次被他们出售了。上一次,是出售给我的义父,苏德里男爵;而这一次,却是我的公婆,诺森伯兰公爵夫妇。上一次是两千英镑,这一次呢?

"诺森伯兰公爵夫人,您可以告诉我吗,您的丈夫付给了我的父母多少钱?"我回击着诺森伯兰公爵夫人的目光。

"你说什么,简?"诺森伯兰公爵夫人一脸茫然,继而转顾我的母亲,"弗朗西丝?"

"这是什么鬼话?"母亲一把拉过我说。

"请把我的新娘还给我。"吉尔福德把我又拉了回来,"握着我的手,握得再紧一些,简,"他用"深情"而又"殷切"的眼睛望着我,"你被幸福冲昏了头脑。你都不知道自己在说些什么。我也是的。我差点想不起来自己为什么要出现在这里,我差点想不起你是谁了。"

"哎,这倒是真的。婚礼上的糊涂事儿可多着啦,情绪失常也是难免的,你瞧这位新娘,说起话来已是未饮先醉了。要喝了酒,还不知会醉成啥样呢。我结婚的时候把新娘的妹妹误以为是新娘,我是在婚后的第二天才看清了新娘的样子,还以为自己娶错了人呢!"

人群用欢笑淹没了我所制造的尴尬场面。

婚礼进入了核心部分。

"简·格雷,你是否愿意成为吉尔福德·达德利忠实顺从的妻子?"主教微笑着问我,那声音却是如此庄重。

"不!"我用同样庄重的声音回答。这个回答是给上帝的,我要让上帝明确地听到我的心声。

空气仿佛凝固了,主教的脸上完全没有了笑容。他露出了几分慌张,显然,我的回答对他是个意外的打击。如果因此归咎于他,这是一个多么奇怪的世界啊。

"姐姐,你说错了,应当说是。"吉尔福德的妹妹、小新娘凯瑟琳朝我眨了眨眼。这个七八岁的小女孩即将对她的新郎说"是",而我,我却演砸了这场戏。

"简,你不能这样。"我妹妹凯瑟琳从她丈夫的身旁探出半边身子,悄声对我说,"太晚了,简。"

"太晚了,简。"吉尔福德也在我的耳边说,"你想让我们两家沦为全国的笑柄吗?如果他问的是——'你愿意成为爱德华·都铎忠实顺从的妻子吗?'你会怎么回答?把你听到的'吉尔福德·达德利'当成是'爱德华·都铎',回答是,简。"

"我会回答是,但不是你所以为的那个缘故。我不需要你的指示,更不需要你的命令。"我咬紧了牙关。

"简·格雷,你是否愿意成为吉尔福德·达德利忠实顺从的妻子?"主教又一次问我,他的语气与神色中增添了祈求的成分。

我抬眼望了下母亲,她的脸色已是一片灰白。而坐在母亲旁边的国王派遣的观礼大臣,也是一脸困惑。他将向国王汇报婚礼的情况,爱德华还在等着我的"好消息"呢。

"我愿意。"我冷冷地说。

主教如释重负地点了点头。从他嘴里又畅通无阻地奔涌出庄严动人的词句:"你们已两心相许,交换了坚如金石的誓言。愿你们情深不移,直至生命的最后一刻;愿你们偕老白首,将今天所有的细节都铭心刻怀。让今天的每一次心跳都追逐飘舞的彩霞,让今天的每一次呼吸都带动草木的芳馨。亲人们,朋友们,让我们一起见证这无比美丽的时辰吧。我郑重宣布,在上帝的面前,吉尔福德·达德利与简·格雷结为夫妇。达德利先生与达德利夫人,请你们跟我一起说:'你往哪里去,我也往哪里去。你在哪里住宿,我也在哪里住宿。你的国就是我的国,你的神就是我的神。'"主教用优美的拉丁文诵读起了《圣经》中的一段祷告。

我嚅动着嘴唇,全然不知所云。

"吉尔福德,跟着我说。"主教责备的对象居然不是我。

"我拉丁文不好,主教大人。请您说慢些好吗?"

主教放慢了节奏,但吉尔福德仍未跟上。他错误的学步偏又朗然有声:"你的过失就是我的过失,你的难关就是我的难关。"引得人们大笑不止。

"吉尔福德?"主教无奈地望着他。

"主教大人,我还有一个问题。"吉尔福德煞有介事地问,"您刚才说到了彩霞,什么心跳追逐彩霞,这当然非常美妙。可是看在上帝的分儿上,都这个时候了,彩霞怎么还不肯露面呢?你听,外面雨下得这么响,彩霞大概不会来为我们捧场了吧?"

又是一片哗笑。主教有些讪讪的,面无笑意,却又不得不跟着笑。

好在,另外两对新人的宣誓仪式没有再给主教添乱。两个凯瑟琳——我的妹妹与吉尔福德的妹妹,她们及其丈夫让主教重拾了行云流水的优雅与尊严。

第二十七章　苦　酒

婚礼之后是夜宴。米妮斟满了两杯酒，一杯给我，一杯给吉尔福德。

"简小姐，吉尔福德少爷，请尽饮此杯。为了庆祝你们的新婚之喜，萨福克公爵夫人命我调制了百花蜜酒。喝下它，你们的生活会像百花一样甘芳甜美。"米妮嘴里说着喜庆的话，一张小脸却不胜凄楚。

"米妮。"我亦凄然望着她。她的丈夫一个月前外出牧羊时在暴风雨中走失了。几天前，人们在沼泽中发现了他的尸体，他的怀中还抱着一只小羊。这一次，他没有重复坠崖逃生的幸运。

"咦，你们这是做什么？愁容惨淡、垂泪相看，把婚礼弄得像是葬礼似的，这跟甘芳甜美有多大的关系？"吉尔福德仰头饮下了那杯酒，抹了抹嘴唇说，"这酒的味道不错！怎么样，简，你也来上一杯？"

他那挑衅的语气令我极为不快。我推开酒杯说："谢谢你，米妮，我不想喝酒。"

"您的母亲在那边看着哪，夫人会怪罪我的。"米妮急得又要流泪，"求您了，简小姐。"

我咬了咬牙，饮下了那杯酒，由于喝得太急而呛咳起来。

"并不甘芳甜美，是不是？"吉尔福德凑近我的耳朵说，"跟自己不爱的人结婚，与自己不爱的人共饮，这种痛苦并不是你的独家体验。"

"你！"我惊讶地望着他。

"得了吧，简。你我之间，还用得着尔虞我诈吗？不必像你我的父母一样口是心非，你我心里都是透亮的。要你对我产生感情，这毫无可能；要我对你产生感情，这比白日见鬼还难。我们各有所思，各有所爱。然而，我们却在上帝之前许下了最不该许下的诺言。那个诺言是给另外一个人的，这杯酒也是给另外一个人的。这样的话，诺言才是甘芳的，蜜酒才是甜美的。可惜呀，你我都不会再有这个机会了。我们犯下了无法弥补的大错，我们该怎么办呢？"吉尔福德大笑起来，笑得难看极了。

"你的过失就是我的过失，你的难关就是我的难关。"原来，他是故意这么说的。

我心里一阵伤痛，忽又想起了与吉尔福德狭路相逢那日，所听到的那支民歌：

> 等你在油菜花田，
> 新酿的麦酒清醇甘鲜。
> 花香与酒意宛若我的心愿，
> 又是春天，又是春天，
> 该不该让你知道，
> 你烈酒般令人迷醉的少年。

那杯酒，真的好苦。我的一生似乎已经结束了，我再也没有机会、没有心情去憧憬、去感受到怦然心动的爱恋了。这是多么可悲啊。一朵花，奋力地破土而出，却从未真正地绽放，尚未真正地绽放便已枯萎零落了。我在上帝之前许下了虚假的诺言，这是不可更改的。从此之后，不管我们是否愿意，以世人的目光，从任何一个国家的法律与道德的角度，我与吉尔福德已然结为夫妇。我成了一个已婚女子，如同我们这个时代这一年龄的大多数姑娘一样。可是她们，那些姑娘们，是否也像我们一样许下虚假的诺言呢？她们所饮下的婚姻之酒，是否也是苦涩不堪？

我的目光随着米妮转向了当天的第二对新人，我的妹妹凯瑟琳与亨利·赫伯特。这一次，米妮十分顺利地完成了她的任务。他俩接过了米妮献上的蜜酒，两个人都笑得像花儿一般甜蜜。至于那第三对新人，吉尔福德的妹妹凯瑟琳与弗朗西斯·黑斯廷斯，年幼的新娘只在杯沿轻抿一口，再由新郎代其喝下。两人看上去也是笑意盈盈。完全感觉不到快乐的新婚夫妇，在这世上终究是为数不多吧？

然而我与吉尔福德并非那天婚礼上仅有的两个不快乐的人。米妮不快乐，小小的女孩失去了她所深爱的丈夫，却在别人的婚礼上敬奉美酒，这无疑会加深她的悲痛。伊丽莎白也不快乐。我的视线好几次与她相触，她的眼光中仿佛带有利刺，真不明白她为何要这样看着我。

按照婚俗，在婚宴之后，新郎新娘要带头跳舞，这向来都是婚礼的重头戏。但我推说头痛，于是，吉尔福德与一个我不认识的姑娘翩翩起舞了。而另外两对新娘，自然是与她们的丈夫同舞。

"真不像话。"我听见有人说，"婚礼上不跳舞的新娘，我这还是头一遭儿见到。借口什么头痛，我看她是存心的。回答主教的时候居然声称自己并不愿意，问第二遍时才勉强改口。诺森伯兰公爵夫人就站在我的对面，气得就要当场发作，还好诺森伯兰公爵拉住了他的夫人。公爵再是有涵量，脸上也是说不出的不自在。嘿，这些个小动作我可是瞧得一清二楚。"

"是不像话，这简直就是僭越嘛。瞧这排场，不像公爵的儿子娶妻，倒像是国王娶后。那墙上的'双喜'据说还是出自先王亨利的旨意，原本是要等到爱德华成婚时派上用场的。新娘还是预定的那个新娘，新郎却换了一个。真不知道爱德华的心里作何感想。"

"噢，难怪新娘不乐意呢。没有当上王后，也没有当上公爵夫人，甚至不是嫁给公爵的继承人，这期望越高，失望越大嘛。说到排场，倒的确有些怪异。先王亨利娶了好几个王后，我也曾荣幸地参加过王室婚礼。可没有哪一次，弄得这么'树大招风'。各路人马齐来朝贺，除了西班牙外，各国的使节都到齐了。依我看来，帝王娶妇也不见得有如此热闹。诺森伯兰公爵素以老谋深算著称，偏在这时抛下重病的国王为儿子大办婚事，这葫芦里还不知卖的是什么药呢？"

我愤然起身，急欲离去。在我即将步出大厅之时，却被我母亲给拦住了。

"给我回去，简！"

"我头痛得快要裂开。如果您不想看到我继续失礼，请您……"

"啪！"这一巴掌打得既狠又重。我看见母亲张嘴动舌、怒容满面，耳朵里却只有嗡嗡隆隆一片杂音。过了好一会儿，才算缓过了劲来。

"别以为你嫁到了达德利家，我就管不着你了。你仍然是我的女儿，你这专唱反调的逆女，你要毁掉我这一生的心血吗？"母亲厉声呵斥。

"一生的心血？"我笑了起来，"您一生的心血就在于强迫别人屈服于您的意愿？您是我的母亲，是您让我在上帝的面前说了谎。这门婚事不会得到上帝的赐福。我此时的心情，就跟枯木槁灰一般。这您从不在乎。只要您高兴，我死了你还可以把我的尸体嫁给达德利家。真是遗憾。当初生我的时候，您应当生下一个既没有思想，也没有感知能力的简。那样就没人跟您唱反调了。"

"还好，我的另外两个女儿并不像你。给我回去，简。"母亲拽住我不放，"你非得把自己想象成一个不幸的人，难道你想因此破坏你妹妹的幸福吗？在凯瑟琳的生命中，今天是最为重要的一天。已经有人在谈论她的姐姐了，谈论婚礼上那个古怪的新娘，而她，也不可避免地会因此受到非议与歧视。'格雷家的两个新娘，一个装疯卖傻，一个奴颜媚骨。那装疯卖傻的就跟梦游似的，那奴颜媚骨的笑得够甜，但也够假。'你没听到这些话吗？"

我挣扎着，仍然试图摆脱她。

"你想让人怎样去回禀国王呢？爱德华的时间不多了。你的不幸能大于他的不幸？"母亲又说，"上次他召你入宫，他是怎么嘱咐你来着？当然，如果你真的像你以为的那样意志坚定，刚才在上帝的面前，你就该一口拒绝，没人堵住你的嘴巴，没人逼你说谎，是不是？但你没有这么做，你也不会这么做。你毕竟是我的女儿，你不是一个坏女孩。你既然答应了上帝，上帝也认可了你的婚姻，你就不能自食其言。回去吧，简，所有的人都等着你呢。去向他们证明，你是一个一诺千金的姑娘；去向他们证明，你有信心、有能力走进你的新生活。"

我又回到了大厅，出乎意外，人们用热烈的掌声来欢迎我的回归。

"简，你还能坚持吗？你的头还那么疼吗？"凯瑟琳妹妹顺着舞步跳到了我的身边。

"现在好多了。"我朝她笑了笑。

我再次看到了伊丽莎白。她也没有跳舞，手中捏着一只酒杯，向我漫然晃了晃，便举至了唇边。

一只手取走了她的酒杯，那是罗伯特·达德利的手。我听不清他们在说什么。然而，罗伯特的眼神说明了一切。专注、深幽、厚重，从没有哪个男子像他注视伊丽莎白那样注视过我。他爱伊丽莎白，那是与苏德里男爵截然不同的爱。但他，他却另娶了艾米。难道他的婚姻与他的弟弟吉尔福德相似，也有着迫不得已的苦衷？可怜的罗伯特，可怜的艾米，可怜的吉尔福德，可怜的我，我们都被苦痛无望的铁栅给锁住了。

"米妮，给我蜜酒。"我主动要起酒来，这让米妮大为惊异。

"给我蜜酒。"我并不看她，却重复了一遍。

就这样，我一杯一杯地痛饮着蜜酒，用蜜酒的苦味淹没我心中的苦味。无人劝阻，无人理会。但我知道，我清楚地知道，人们的眼光并没有放过我。失态的新娘仍继续着失态的表演。凯瑟琳妹妹、爱德华国王，都不用管了，全顾不上了。且莫思归去，须尽笙歌此夕欢。人们什么时候才肯尽欢而散？今晚真长啊，喝了那么多的酒，我却愈发手足冰冷，连同我的心，既苦且寒。

"这是有史以来最长的一天吗？这是第十杯酒，不，是十一杯，十二杯也有可能！"当母亲满面寒霜地走近我时，我已喝光了盘子里所剩的最后一杯酒。

笙歌消歇、舞步凌乱，最后一曲终于宣告结束。我起身离去，有人在背后唤我，似乎是达德利家派给我的一名女仆。我反倒走得更急更快了，急于甩掉当前的一切，如同一只被箭镞所射中的野鹿以最快的速度逃奔深山。

我推开卧室走了进去，这，就是我暂时的避难所，是我在当前的环境下所能找到的深山。

这是一座极其奢华的"深山"，尽管其堆金砌玉的风格并不为我所喜好，然而，我总算回到了一个人的世界。这使我略感安心，我在床上躺了下来。

我绷紧的神经刚刚松弛了一下，旋即被破门而入的声音震醒了。

吉尔福德一手握着酒杯，一手叉在腰间，一脸的匪夷所思。我跳了起来，赤足踏在地上，一颗心直往下沉。

"怎么回事？难道计划有了变化吗，怎么也不提前通知我一声？"吉尔福德问道。

这句话也是我想问的。昨夜母亲明明说过，两家已商定好了，婚礼不过是履行一下形式，不会有实质性的婚姻。莫非达德利家想要违约？

"出去！"我朝他叫了起来。

"怎么又变卦了？"吉尔福德仰首饮酒，继而将空杯掷之于地，"难道没人告诉你吗，你的母亲意图将你我塑造成兄妹般纯洁的新婚夫妇。哈哈，兄妹般的纯洁，这是多么冠冕堂皇。上帝竟会准许兄妹成婚？你们的花样真是太多了，让人头昏脑乱、应接不暇啊。"

"出去，"我厉声说，"别以为你装成醉鬼就可以为所欲为。你再不出去，我就要大喊了，别逼我让你难堪！"

"为所欲为？我要能为所欲为，我会跟你结婚，跟你这个方圆十里内最令人乏味的女人？"吉尔福德将握紧的拳头猛然撒开，"你太看得起自己了，简。你有什么资格朝我大呼小叫？这是我的家、我的卧室，是你厚颜无耻地闯了进来。难道你母亲不曾向你面授机宜，勾引男人要适可而止，别太露骨。过于露骨非但会吓跑即将上钩的新郎，并且会摧毁我们两家的事前约定。一个如此猴急且又喜怒无常的新娘，这就是你所精心设计的自我形象？"

一席话说得我羞愧难当。"你的卧室？噢，不，我以为这是我的。对不起，我走错地方了。"

"不客气，我接受你的道歉。我还说呢，一个蓬头散发、光着脚丫的新娘竟想取悦于新婚之夜的丈夫，即使这个丈夫是鬼魂的化身，恐怕也不见得愿意委身相就吧？即使在鬼魂的世界，这种新娘也毫无魅力。"吉尔福德耸了耸肩,"这是你第一次对我说对不起,希望你能经常使用它,那就平安无事了。我这人不难相处,是不是啊,简?"

"少爷少夫人……"达德利家的女仆站在门外,垂手窥望。她举起灯烛,引我来到为我准备的卧室。我的新婚之夜,就此惨黯收场。

"我要能为所欲为,我会跟你结婚,跟你这个方圆十里内最令人乏味的女人?"

"一个蓬头散发、光着脚丫的新娘竟想取悦于新婚之夜的丈夫,即使这个丈夫是鬼魂的化身,恐怕也不见得愿意屈就吧?即使在鬼魂的世界,我敢打赌,这种新娘也毫无魅力可言。"

即便我对吉尔福德全不在意,这样的语言仍令我深感耻辱。当然,令我最难受的还是在上帝之前许下的那个虚假的诺言。我哭湿了枕头,这是罪不可赎的许诺,我已走向沉沦,无法回头……

第二十八章 风 闻

新的一天开始了。这间屋子以及窗外的风景是那么陌生又那么真实。我拿起妆镜前的一把梳子,这不是我的梳子,但其奇巧的雕饰却吸引了我的注意。我将梳子翻了一面,这一面没有任何雕饰,却刻有"J·D"的缩写,意味着"简·达德利",这不正是我的名字吗?一夜之间,我由简·格雷变成了简·达德利。

我取出了那盒珍珠匣,揣度着祖母初嫁之时,在新婚的第二个清晨,她可曾像我一般惶然无主?珠翠辉煌,件件助新妆。然而,纵有新妆胜画,又能打扮给谁人看呢?与我一样,她也是不情愿的,与我相比,她的不情愿有过之而无不及!首先,她是嫁到遥远的异国他乡,而我,母亲已允诺我随时可以回到布拉盖特。其次,就像人们所说的那样,她嫁的是个年老貌寝的丈夫,而我的丈夫吉尔福德,却是青春年少。再次,在嫁给法兰西国王时,玛丽已有心上人,而我,我却未曾承受这双重的痛苦。

不到一年的时间,祖母便等来了生命中的转机,既然祖母都能熬过那段艰难的岁月,我又为何不能?"从今天起,忍耐是我最大的法宝。"我对自己说。我的心情好了许多,对着珍珠匣,不知不觉竟微笑起来。

"达德利少夫人。"昨夜将我从走错的卧室中带出,又引我来到这间卧室的那名女仆再次出现了。

"达德利少夫人?"我的心中一阵惊跳。

"可能您还不大习惯吧。以前那几个达德利少夫人也是这样。"女仆笑着说。

"是呀。你家主人有好些儿子呢。就不知道,我是第几个达德利少夫人?"

"我们公爵共有六个少爷。除了最小的查尔斯少爷外,其他的少爷都已成年并娶妻。吉尔福德少爷是公爵夫妇的第五个儿子,您是第五个达德利少夫人。"

"这样的话,不是太复杂了吗?达德利少夫人有五个之多呢,如果大家同时出现,单是称呼达德利少夫人,怎能分得清谁是谁呢。对了,你叫什么名字?"

"回少夫人,我叫卡洛。从今天起,我就是您的女仆了。诺森伯兰公爵夫人命我来伺候您的起居。"新来的女仆三十岁左右,皮肤黑黑的,一脸精明能干的样子。

"卡洛,你不必以达德利少夫人或是少夫人来称呼我,这样易生混淆。你就叫我简女士吧。"

"少夫人过虑了,其他几位达德利少夫人与她们的丈夫并不住在府中。从现在起,我是您的贴身女仆。我所称的达德利少夫人非指他人,您会习以为常的。"

"你是我的贴身女仆?"这令我有苦说不出,"可我总有跟她们碰面的时候。几个达德利少夫人同时出现,还不把人搅迷糊了?还是叫我简女士吧,总要方便得多。"

"简女士,"卡洛望了我一眼,却又改了口,"达德利少夫人,您有所不知。我们公爵夫人与大小姐跟您是同一个名字。您瞧,三位简女士,那才真要让人晕头转向呢。您会让公爵夫人骂我的,达德利少夫人。"

天哪,为什么父母就不能为我想出一个特别一点的名字呢?看来,我是没法摆脱达德利少夫人这一称谓了。

"达德利少夫人,我来为您梳妆吧。"卡洛亮闪闪的目光探入珍珠匣中,"这是夫人的嫁妆吗?一看就知道是名门小姐,这么讲究的首饰肯定大有来头。这是国外买来的吧,不大像是我们英格兰的样式。少夫人,您喜欢哪一件,我给您戴上?"

我淡然一笑,推开了珍珠匣:"我什么也不想戴。"

"那,我来为您梳头吧。"卡洛敛起兴冲冲的神色,扬起那只刻有"J·D"字样的梳子。

"我自己来。"我按住了她的手。

"少夫人对我有什么不满意的地方吗?"卡洛紧张起来,"若有不满意的地方,还请明示。伺候不好少夫人,我可怎么去回复公爵夫人呀?"

"我来伺候少夫人。"门外传来了一个熟悉的声音。

"艾伦!"我惊喜地叫道。

"我是说,你我来一起伺候少夫人。"艾伦对卡洛说,"我是少夫人的保姆,少夫人的母亲萨福克公爵夫人让我继续服侍她。像梳妆打扮这种事,一向归我经管。妹妹你先下去歇着,待会儿自有唤你之时。"

"可是……"卡洛的脸上疑虑重重。

"妹妹辛苦了一夜,这是少夫人对你的体恤。像梳头这样的事儿,你就放心交给我吧。"艾伦的语气越发亲切婉和。

"去吧，卡洛。"我朝她点了点头。

卡洛这才垂首而去。

"这个卡洛，倒像是诺森伯兰公爵夫人有意安插的伏兵。"艾伦望着她的背影说。

"那么你呢？"我问。

"我？"艾伦指着自己的鼻子，"我是萨福克公爵夫人派出的伏兵。"

"两兵相接，各为其主。艾伦，真是母亲让你来的？"我笑着问。

"那还有假？"艾伦摇头一叹，"为着你离家出走那件事，我也知道，公爵夫人早把我给恨透了。可她这一次为啥又派我来？替她想想，除了我，她还找得出更合适的人吗？她要我来照顾你，同时，要我多留一份心思，给她盯住这儿的动向。"

"动向？"我心里突地一跳，"会有什么动向？"

"爱德华国王的生死，诺森伯兰公爵的立场与态度，你母亲说，此事瞬息万变，不容出点差错。"

"可这样的事，连大臣们的心里也没个底。要你盯着又有何用？"

"这……这我哪里知道啊？你母亲只是让我向她随时报送消息，她说，这是我将功赎罪的机会。她还说，我是一个心细的人，且要我加倍心细，眼观六路、耳听八方，不放过任何异常迹象。"

过了几日，母亲又增派了两名女仆给我。这样，艾伦便能腾出时间以尽探听之责了。我的婆母，诺森伯兰公爵夫人来看过我两次，对我母亲增派女仆的做法却是不大高兴。

"简，你若是觉得役使乏人或是婢仆服侍得不够尽心，你只管跟我说呀。怎么还去麻烦你母亲呢？毕竟你已是我家的媳妇，何必这么见外呢？"诺森伯兰公爵夫人一副质问的语气。

"这倒不是见外。"艾伦赔笑说，"虽说就夫人看来，此事未免画蛇添足，但萨福克夫人爱女情深而唯恐有所不及，这也是无可厚非的。"

"无可厚非？"诺森伯兰公爵夫人眉毛一挑，甚是不悦，"我家的媳妇不该由我家的仆人来照料？你们几个把她团团围住，这样层层设防是为着什么？"

"公爵夫人，这并不是设防不设防的问题。"艾伦笑得有些窘迫，"是我家夫人牵挂小姐，我是说，我家夫人牵挂达德利少夫人，她心里一直放不下，我们也就是……遵照她的意思让达德利少夫人按照原来的生活习惯……"

"不必往下说了，越描越黑，根本解释不通！"诺森伯兰公爵夫人打断了她，"当母亲的都要像她那样想，天下的姑娘就没法出嫁了。我又不是没嫁过女儿，想糊弄我，这可不是什么站得住脚的理由。"

说罢又转头看着我："这件事，到底是你母亲的意思呢还是你本人的意思？叫她们几个人过来，只是为了顺应你原来的生活习惯？"

"母亲这都是为了我好。她能这么为我想，我很感动。"对她专横的口气有所不满，我故意做出一副母女同感于心的样子。

"原来的生活习惯得改。"诺森伯兰公爵夫人笑了笑，"不是一家人，不进一家门。你的新家才是你生活的重心。艾伦我留下了。其余那两个女仆，就还给萨福克公爵夫人吧。让她们带句话给你母亲，嫁女儿不等于搬家。有舍才有得，船到桥头自会直，就别太操心啦。"

母亲增派的女仆就这么被打发走了。我对艾伦摇了摇头："你还想继续当你的伏兵吗？诺森伯兰公爵夫人是不是发现了什么？"

"不会。"艾伦说，"如果被她发现了，那我肯定会第一个被赶走。"

"不是第一个，但也有可能，你会成为第三个。艾伦，只要你陪着我就行了。其他的，别再管了，好吗？"

"好的，简。"艾伦的脸上掠过了一丝苦笑，"只是你母亲那边，一定会非常生气。两个女仆被退还回来，这当然扫了她的面子。我真没想到，诺森伯兰公爵夫人竟也这么厉害，跟你母亲可以打个平手。可再是厉害，她却遇到一件绝大的难事了。她心情很坏，跟她说话时你一定要注意，别让她迁怒于你。"

"绝大的难事？"我惊问道，"这么说，你还真的打探到了什么名堂？"

"是从诺森伯兰公爵的贴身男仆那儿传出来的，诺森伯兰公爵有可能跟他的夫人离婚。"

离婚是个极其"生僻"的字眼。除了先王亨利八世，英格兰的臣民上至贵族下至草民，鲜有离婚之例。我当即给镇住了："哪会有这种事？就在那天婚礼上，公爵与夫人不是一直挽臂同行、笑颜相对吗？"

"是啊。那天我还听见有人说，诺森伯兰公爵夫妇比新婚夫妇还要抢眼。他们之间的恩爱与默契是年轻夫妻最向往的那种境界。"

"哦？"我回想着婚礼上所见，果然不差。

艾伦又说："后来我才知道，诺森伯兰公爵幼年时便失去了父母，是公爵夫人的父亲收养了他。他跟公爵夫人两小无猜，是一对少年恋人。直到诺森伯兰公爵外出谋事时才向她表白心迹，两人互赠信物后挥泪而别。公爵一去两年毫无音信，讹传公爵已死于海难。那个时候，公爵夫人有许多追求者，其中不乏豪门巨族之后。但她一一回绝了，一心一意地等着那个生死不明的无名氏。到了第三年，他回来了，回来后的第一件事就是娶了她。她成了达德利夫人，与他同沐王恩，共享富贵。他们结婚快三十年了，生育了那么多的子女，他们还缺什么呢？什么都不缺了。"

"什么都不缺了却要离婚？诺森伯兰公爵的那个男仆，为啥要散布这种谎言？"我愈发加重了疑心。

"这也许是谎言，也许不是。"艾伦的表情有些奇怪。

"先王离婚是为了另娶，是出于子嗣的考虑。诺森伯兰公爵，他不愁子嗣，他爱他的夫人，他不会另娶。"我思忖道。

"这很难说。据那个男仆说，他的确是有另娶的想法。"艾伦对此很是肯定。

"他想娶谁？"

"伊丽莎白小姐。"

我一下子明白了："诺森伯兰公爵，他看准国王好不了了。他以为娶了伊丽莎白小姐就能统治英格兰，天哪，他真是这么想吗？"

"现在还摸不准。可是我想，你母亲会对这条信息十分在意。"

"即使他真的这么想，他还来得及吗？"我摇了摇头，"先王离婚另娶整整花了六年的时间，而爱德华国王，还会给他六年的时间好整以暇地完成此事？他是爱德华国王最为重视的臣子。他若真有篡位之心，在这个时间点上，更应深藏不露。做出欲娶伊丽莎白的姿态对他有何好处？那只能让爱德华国王对他失去信任，也会让天下人对他失去信任。"

"话虽如此，利令智昏，却也不能完全排除。"艾伦皱眉说，"也许，这第一步，诺森伯兰公爵是想让伊丽莎白小姐登上王位。至于娶伊丽莎白，原是放在第二步。可是有人瞧破了他的心思，把这步骤颠倒过来，故意将第二步说成了第一步。"

"他还不至于吧？"我想着爱德华对诺森伯兰公爵的种种嘉许与好评，"爱德华国王自有识人之明。诺森伯兰公爵位高权重，当此非常之际，遭人谤毁、受人中伤也在意料之中。"

"但愿如此。"艾伦松了口气，"这样的话，国王与英格兰才不至于被辜负。诺森伯兰公爵夫人，尽管不是那么和气，可是谁也不希望有什么不幸发生在她身上。还有你，简，这对你也非常要紧。诺森伯兰公爵是这个国家的忠臣，他的家庭就会受到庇护。你母亲要我探明动向，这归根到底还是为了你呀。别看她平时对你可能严格了一点，但你却是她一心牵系的，她要确保你的安全。"

是这样吗,我的母亲?我心里一热,连忙扭过头去,不让艾伦看到我盈眶的泪水。

虽说环境变换了,仆人变换了,我的生活,仍如未嫁前一般。诺森伯兰公爵夫人声称要改变我的生活习惯,但那只是她在一气之下的扬言,此后从未再度提起。就当前来看,她丈夫是否怀有另娶的异心,对她来说,这比什么都更重要。她的注意力不容分散,我这么分析来着。

通常来说,我与诺森伯兰公爵夫人见面只在午餐与晚餐之时,跟她的儿子吉尔福德也是这样。诺森伯兰公爵是餐桌上的稀客,大概只出现了那么三两次,他绝大部分的时间是在宫中度过的。吉尔福德亦少有在餐桌上露面,诺森伯兰公爵夫人又次之。至于我,我倒是餐餐不漏。偶尔餐桌上只有我与诺森伯兰公爵夫人,她眉头紧锁,显然心思并不在此。我们之间并无任何交谈,但我仍然感到头上乌云滚滚,雷雨风暴蓄势待发。

第二十九章　怨　侣

六月里的一天，国王在宫中赐宴，诺森伯兰公爵夫妇、我与吉尔福德，皆在被邀之列。比起上一次见面，爱德华略显神清气朗，让人对他的病体，又产生了新的希望。

"你还好吗，简？"他微笑着问我。

"我们非常幸福，难以想象地幸福。"吉尔福德握着我的手，抬高起来给爱德华看。

爱德华又是一笑："看来朕这媒人没有做错。简，朕想听到你亲口说。"

"是的，很幸福。"我点了点头。幸福与不幸福又有多大的关系呢？我的生活与从前没有差别。如果我从前的生活可以称为幸福，那么当前的生活又何尝不可以称为幸福？

我的父母也参加了今天的赐宴，另有几家贵族，国王的姐姐伊丽莎白小姐。

赐宴的第一道菜是鹅肝酱。吉尔福德将他的那份倒了三分之一到我盘中："简，你喜欢就多吃一点吧。"

我微微一怔，他何曾知晓我的偏好？喜欢鹅肝酱，怎么连我自己都不知道？餐桌上的人却是齐刷刷地望着我，眼中大有深意。

"吉尔福德真是体贴。这对小夫妻不是五月节后才结的婚？那天婚礼我也在场。这才几天呢，就把新娘子的口味牢记在心了。"坐在我对面的那位夫人称赞道。

"我这儿子向来粗枝大叶的，对于饮食之类，更是毫不讲究。"诺森伯兰公爵夫人含笑说，"有一次，家里的厨子一连几天都上了同一道菜，只有吉尔福德浑然不觉，还一股傻劲地问我们为何弃之不顾。没想到娶了媳妇后，他却变了一个人。说起来也是因为夫妻和睦，新婚燕尔，别有一番情味。"

"说得好，敬新婚夫妻！"爱德华举起了酒杯。

我正踌躇着是否举杯，吉尔福德却伸过手来拿走了我的杯子："臣妻不善饮酒，请陛下容臣代饮。"

"不善饮酒？"爱德华摇头一笑，"可朕似乎记得，简的酒量不弱。"

"是吗？"吉尔福德重新审视我，"我还以为你滴酒不沾呢。为啥我们每次出去，你都要我代饮？"

"傻小子，你的新娘让你代饮，那是为了让你在她面前展示你的男儿气概。这事我是经历过的。当年我的夫人还不是跟她一样？显得新娘更加令人怜爱，新郎更加豪爽英迈。"一位老贵族哈哈大笑起来。

"那你就代她喝吧，年轻的勇士、体贴的新郎。"爱德华颔首说。

吉尔福德饮尽了两杯酒，脸上光华绽放，引得在座的人们谈笑起来，居然乐而忘餐了。

"简，我有一些话，想跟你说。"吉尔福德眨了眨眼。

"哎，有什么悄悄话也讲给我们听听，这小两口，让人瞧着心痒痒的。"有人起哄道。

吉尔福德露出惊慌为难的样子，朝我递了个眼色："算了，这儿人多，我们回家再说吧。"

又有人打趣道："好甜的'我们'。悄悄话是要留在私下说的。那私下里，更不知道是怎么个甜法呢。"

"看见他俩真是让人心喜。谁家的小夫妻不是这样，情意融融、如胶似漆？"

满堂欢谑之中，却有一位贵妇失声啜泣起来。

"您这是怎么了，休斯夫人？"

"对不起，我太失礼了。陛下，我……"休斯夫人起身致歉，"我只有一个独女，她结婚已有半年。可她的丈夫待她十分不好，我女儿每次回家，都哭得一塌糊涂。我很后悔，总觉得对不起女儿。如果我那女婿也像诺森伯兰公爵家的少爷，哪怕只有他的七八分，那我女儿……我苦命的女儿啊。"

"艾丽克斯，"说话的是休斯夫人的丈夫，"这些家务纠纷，在陛下面前不宜提起！"

"可我忍不住啊。"休斯夫人犹自带着哭音，"看着人家小夫妻和和美美，我怎能不想起我们的珍妮？当初还不是你，偏要选中了那个生母早逝的塞尔特。那小子脾气太坏，像个夷族蛮人似的，这都是缺乏教养所致啊。你呀，是你害了女儿一辈子。"

"要选对女婿，还真非易事。"另一名贵妇说，"休斯夫人你也别太伤心了。你那女婿脾气虽然坏了些，只要心地不坏，日子久了，对你家珍妮终归是有真情实意的。毕竟要像诺森伯兰公爵家的少爷一样，那是百里无一。你别说，这姻缘也是有遗传性的。像诺森伯兰公爵夫妇，像萨福克公爵夫妇，都是有名的美满姻缘。父母一代的幸福传承到他们的儿女身上，算是佳话的延续了。"

"诺森伯兰公爵，您还有未婚的儿子吗？"又一名贵妇发问。

"有的话，给朕预留一个。"爱德华说。

"陛下，您要预留，这却是为何？"那名发问的贵妇大为不解。

"夫人您呢，先说说您的理由。"

"我嘛，无非是为了我的女儿。可是陛下……"

"朕是为了姐姐。"爱德华转向伊丽莎白，"贝茜，你觉得怎样？"

伊丽莎白笑而不答。

诺森伯兰公爵那张表情凝重的脸此时却是晴空一片："臣最小的儿子至今未婚，他还不到两岁。"

众人皆笑作了一团，诺森伯兰公爵夫人亦向她的丈夫露出了会心的笑容。在这个时候，倘使有人站出来"揭秘"："诺森伯兰公爵正打算跟他妻子离婚，欲效仿先王亨利八世，为恢复自由之身而战。亨利八世最终克服万难而娶安妮·博林。你们知道诺森伯兰公爵想要续娶的对象是谁？这人远在天边，近在眼前，乃是亨利八世与安妮·博林的女儿伊丽莎白小姐。"在座者大概都会笑翻。

真是的，这样的谣言未免编派得太失水准了。然而，难道爱德华对此也有所耳闻吗？他是不是在试探诺森伯兰公爵？如果是，那他的试探是能够令人满意的。诺森伯兰公爵的神态是如此坦荡，如此自在，他的夫人亦与之互为呼应，他们的美满姻缘看来不是虚话。

而我与吉尔福德，却显然不是这么一回事。赐宴结束，爱德华与我们作别道："很久以来，朕没有这样开怀笑过，朕几乎都忘了笑是什么样的体验了。谢谢你们，这是欢心畅意的一天。朕有一种轻飘飘的感觉，似乎可以飞到月亮上去跳舞。等朕病好后，简，我们一起跳舞。吉尔福德，我们一起喝酒。"

"看到他们，国王的病都好了一半。这对年轻人真是可爱。"

"不仅可爱，并且暖心。国王也是该娶妻的年龄了。病好后赶紧定下王后，这世上不又多了一对温馨喜人的小夫妻？"

我甩开吉尔福德的手，一头钻进了马车里。

"哟，小新娘面嫩，逃跑了。"后面是一连串的笑声。

我前脚回到卧室，吉尔福德已后脚跟来。

"达德利少爷，请问今晚我有没有走错地方？"我瞪了他一眼。

"大概没有。"他耸了耸眉。

"这是我的屋子吧？"我又问。

"算是你的吧。"他笑了下，"那又怎样？"

"请你回到自己的屋子。如果你记不得回去的路径，我可以让我的女仆为你带路。"

"你的女仆？"他扬声大笑，"让你的女仆统统出去！"

艾伦与两名女仆赶来一探究竟，却被他拦住了："偷听人家夫妻间谈话，你们是不是太缺德了？"

"少爷，您喝了酒。"艾伦愈发感到不妙。

"是替你家小姐喝的，国王还夸我体贴呢。怎么，你不信啊？有本事的话，你尽管到国王面前告我的状啊。不过现在，你得听我的。你听好了，给我立即滚，滚得远远的！"

"少爷！"艾伦既惊且疑，既怒且急，却仍站在那儿望着我。

"艾伦，你们都退下吧。我跟少爷，我们是有一些话要谈。"我故作平静地说。

艾伦只得与那两名女仆一起离开了。

吉尔福德重重地摔上了房门："咱们可以说说悄悄话了吧？"

"你还没说够吗？今晚上你说得够多了！"我狠狠地瞪视着他，"说假话是种享受吗？你似乎乐在其中。"

"干吗不乐在其中？瞧你的父母，瞧我的父母，他们比我还乐呢。还有国王，为人牵线搭桥的成功之感令他心花大放，全然忘了自己重病在身。更别提那些慈眉善目的观众，把我们视为恩爱夫妻的那些可怜虫。让他们继续高唱婚姻的赞歌，为英格兰王国撮合更多的伪劣姻缘，这难道不是人心所向吗？"

"你是故意的。这对你，既是游戏，也是报复！"

"这么说也未尝不可。"吉尔福德冷笑一声，"看来你不喜欢。既不喜欢，你为什么不当场戳穿？哈哈，你也不想扫了大家的兴吧？既然在场的每一个人都愿意假装陶醉，你我又何妨顺水推舟？我这么做，还不是为了你，为了你我父母的面子，更为了英格兰国王的面子？我苦哈哈地在那儿强撑面子，你倒好，一声不响地丢下人就跑，连散场都没等到。你这算什么？这是对我当众羞辱，是在糟蹋我的心血，是在践踏我的智力！"

"你愿意假装是你的事，可别拉上我。今后你我如果不得不出现在公众场合，希望我是我，你是你，咱们各行其道。"

"这哪行啊？照你这么行事，岂不辜负了萨福克公爵嫁女的美意，岂不辜负了国王赐婚的盛情？"吉尔福德竟神态悠然地坐了下来。

"你为什么还要加重我的痛苦？吉尔福德，别忘了你也是所谓'美意'的受害者，你才不管什么'盛情'呢。哪怕有国王的旨意又能怎样？国王的旨意能将吉尔福德·达德利变为简·格雷名义上的丈夫，但它能够决定两颗心真正的归属吗？"我叫了起来。

"是啊，没有谁能够勉强我们的内心，连上帝也不能。"吉尔福德点头微笑，"尽管我不喜欢你这副文绉绉的腔调。然而你说对了，作为'美意'与'盛情'的受害者之一，我不仅憎恨，并且真诚地诅咒这门婚事。在这一点上你我非常合拍，我敢说，比你与国王的新年共舞还要合拍。干吗用这种眼光看着我？说句良心话，嫁到达德利家，其实对你毫无危害。你的父母早已为你想好了万全之策。倘使爱德华国王先行弃世，而我的父亲能在新朝站稳脚跟，那么你我的婚姻无妨假戏真做，倘使我的父亲失势落马、风光不再，你我的婚姻自当迅速了结，各奔前程。"

"他们是这样跟你说的？"我心中一梗。

"这还用得着说出口吗？这种事，只可意会，不可言传。你白读了那么多书，脑子看来并不管用。"

"你……"我顿时噎住了，愤然斥骂，"你的脑子若是管用，你若是个真的男子汉，你会束手就擒地接受你所憎恨与诅咒的婚姻，还要强颜装欢地撑起什么面子？你，你不觉得可耻吗？"

这话戳中了他的痛处。吉尔福德一弹而起，气势汹汹地抡起拳头却又在半空中收了回去："算了，我不跟你理论。我可怜你，我纯洁乏味的好妻子。倘使我的父亲失势，你的父亲就会声明婚姻无效，你我不曾有过真正的洞房花烛，而究其原因，自然是错在男方。然后他会把你嫁给另一座'高山'，也许会再次施展真戏假做的手法。那么在短暂的一生中，你就可以多次获得结婚的良机。到你四十岁的时候，如果你能活到四十高寿的话，也许你会像先王亨利八世的那位西班牙发妻一样，以贞洁问题而名闻天下。你将受到万众瞩目，并有幸接受罗马教皇的垂询——'简·格雷女士，在经历了不可胜数的婚姻与长达二十年的婚姻生活之后，你为什么还想成为一个新娘呢？难道你要逆天而行？'而你，我毫不怀疑你能保持你那一贯的优雅，用你幽怨的嗓音，用你受伤的眼神，用你洁白无瑕的美德起誓，你仍是一个百分之百的处女，就像刚出娘胎一样光洁如新。那是因为，尽管有过多次婚姻，但每一次你都嫁给了不是男人的男人。得益于此，你才保全了如同守灶女神赫斯提亚一般神圣不可侵犯的童贞。我想，教皇肯定会同情你的这些悲惨遭遇。他会慨然应允你的再婚之请，并会亲自为你主持婚礼，说不定还会邀请你那些徒有虚名的前夫共襄盛举。而我，作为你的第一任未能染指的前夫，我将美滋滋地喝上你的喜酒，顺便对你送上决非忸怩的祝福。"

"你说这些话，只能证明你的确是个不是男人的男人。你，你粗鄙、下流，真不是东西！"比吞下一只苍蝇还要难受，我气得浑身乱颤、泪光闪闪。

"生这么大的气啊？"吉尔福德反倒笑了起来，"你若不想如我推测的那般，在四十岁时仍完璧如初，饱受婚姻问题的非难，那么我们现在就真做夫妻如何？"

"真做夫妻，多好的提议！"我瞪视着他，"达德利家花天酒地的少爷，会与方圆十里最令人乏味的女人，会与连鬼魂都觉得毫无魅力的新娘真做夫妻？"

"这话是我说的？"吉尔福德故作惊讶，向我逼近道，"什么时候？不过，我也许改变了想法，具体来说，是改变了部分想法。乏味那是一定的，那是你的天性，当然也是后天的精心养成。然而从公正、全面的角度看来，你还不至于一无所取。萨福克家的公爵小姐，毕竟不失为一个正当妙龄的漂亮姑娘，一个值得享用的漂亮姑娘。欢娱嫌夜短寂寞恨更长，这意思你懂吧？哈哈，你怕了，别跑呀。听我说完，我不会勉强你。但你如果愿意的话，你可以主动来找我。"

"你是我所见过的最恶劣的人。如果你愿意，下地狱去吧！"我恨不能直唾其面。

"但在下地狱之前，我们不妨让假戏成真，再让真戏成假。把原来的安排颠倒一下顺序，这才是绝妙的报复，对不对？"吉尔福德的眼神中有一种深深的怨毒。

我不寒而栗："报复谁？你的父母，还是我的父母？"

"都是！"他的眼睛一下子变得血红，"我痛恨他们，我不想一辈子被人支配，受人摆布。知道吗，如果不是你……他们不会把我看得这么紧。他们会把我逼疯的，我有我的活法，我有我的……我不愿意，比你更不愿意！简，你明明已经离家出走，为什么要半途而废呢？那些天，我每天都盼望你能走得更远一点，希望你能彻底消失。但你居然回来了。我就像是一个已经松绑的犯人被再次定罪，这一次，他们把我捆得动弹不得。我快闷死了，我快渴死了，却没人给我一点空气，给我点滴的水……"他忽然纵声大哭起来，哭得那样哀切，像个孤苦无助的孩子一般。

原来，我的离家出走并不曾瞒得天衣无缝。原来，他是支持我出走的唯一的人，而我的出走，对他的一生竟然具有如此重大的意义！对他的愤恨与憎恶不由烟消云散。"吉尔福德，别太难过。"我对他说，"我们现在是一根绳子上的蚂蚱，急也没用。但我们会有办法的，一定会有办法。"

第三十章 和 解

第二天，母亲派来的马车一大早已在门外等候。而诺森伯兰公爵夫人彼时尚未起身，我让女仆给她留了个口信，就带着艾伦踏上了返家之程。

母亲如此急切地接我回家，这我却是未曾想到。这是思女之故吗？我不敢这么理解。应当另有原因。会是什么原因呢？我一踏进家门，父母便双双迎了上来。

"母亲，您为何接我回家？"我问。

"怎么，你在诺森伯兰公爵那里倒是如鱼得水、乐不思归啊。简，你有没有按照我所说的去做？"母亲转动着一双眼睛，盯着我浑身上下地察看。

"干吗这样看着人？"我被她瞧得极不自在。

"看你是不是像你丈夫所说的那样幸福，你是不是真的成了一个新娘？"

"这不正是您一心希望的吗？"说完这话，我又转向了父亲，"还有您，这也是您的期望。"

"这当然好。"父亲顿了下说，"但我们没想到……孩子啊，这来得太急了一点。"

"什么叫太急了一点？嫁出去的女儿泼出去的水，您当初就该想到的！"我轻轻一笑。

"难怪人家说，女大不中留。当初死推硬拒的一门亲事，这才几天啊，你这达德利少夫人就当上瘾了？我们养了你十五年，难道竟还抵不过吉尔福德的几句甜言蜜语吗？"母亲的脸色陡然阴沉下来。

"弗朗西丝。"父亲微微一叹，笑着对母亲说，"这也未尝不是一件好事。"

"好事坏事连个影子都没有呢。"母亲气冲冲地说，"诺森伯兰公爵竟然不守信义。不行，他得有个说法！"

"这次是谁让您失望了呢，是您的女儿我，还是诺森伯兰公爵？"我忍不住讽刺道，"您跟诺森伯兰公爵达成了什么约定？让我与吉尔福德举行形式上的婚礼，这并非是为我着想，而是冲着您与诺森伯兰公爵的约定。这一定是个相当诱人的约定吧？我很好奇，您跟诺森伯兰公爵，谁能够获益更多？"

"简，我们是为了你的安全！"父亲以手势制止了雷霆满面的母亲，"诺森伯兰公爵毕竟根基不深。在此非常之时，他若心怀异志，英格兰免不了会有一场大乱。而你，也会受到牵累。"

"所以我们才要艾伦紧跟在你身边。诺森伯兰公爵，他实在是个居心叵测之人！"母亲说。

我瞧了艾伦一眼："您指的是公爵将娶伊丽莎白这件事吧？这是艾伦为您打探到的'珍贵信息'。"

"这事可靠吗？你的眼睛长哪儿去了，你有没有看出异常啊？"母亲着急地问。

"我没心思看，这事与我有什么关系？"我故作懵懂状。

"怎么会没关系？叫我怎么说你呢？你真是，傻得无药可治了。"母亲不胜其烦地嚷了起来，"诺森伯兰公爵果有此心，我和你父亲岂会答应这门婚事？让你们举行形式上的婚礼，我们才能进退自如、游刃有余。"

"这么说来，公爵若娶伊丽莎白，我与吉尔福德就能解除婚姻？"我的心猛地一跳。

"明白了。"母亲松了口气，脸色由阴转晴。

"弗朗西丝，你明白什么了？"对母亲情绪的骤变，父亲颇觉费解。

"这不是明摆着吗？简还不是吉尔福德的妻子，她现在还在想着解除婚姻的可能性。本来我也不会相信，这样的两个人，这么短的时间，哪能有什么突飞猛进的变化呢？很好，简，你做得很好。那天在宫里，你与吉尔福德都表现得可圈可点，简直跟真的似的。弄得我这心里七上八下，就怕你上了人家的当。"

"我的女儿这般机灵，她是不会上当的。"父亲呵呵笑道。

"只是那诺森伯兰公爵，他心机很深，难以识透。当着国王，倒也回答得滴水不漏。"母亲皱眉说，"他与先王的女儿伊丽莎白？这看似荒谬却也不得不防。简，你在家里先住上几天，咱们得望望风向了。"

三天之后，母亲却又对我说："简，你的婆母诺森伯兰公爵夫人，她要你立即回去。"

"我不回去。"我垂下了眼帘。

"你丈夫吉尔福德自杀了。"这句话，母亲说得很快，可她的声音，却是那样清晰确定。

"什么?"我完全不能相信自己的耳朵。

"他喝了一种毒酒,好在被人发现了,喝得不是太多,应当无大碍了。"

"那,也许是有人要害他。他是不会自杀的。"

"不,没人害他。是他自己喝的毒酒。"

"为什么?"

"是啊,为什么?"母亲冷笑一声,"那日宫中赐宴,他不是表演得挺带劲儿吗?好一出凤协鸾和的喜剧,怎么一转眼,就变成服毒自杀的悲剧了?简,你是不是刺激了他?他虽然只是你名义上的丈夫,但这夫妻之分已定,或迟或早,生米总是要煮成熟饭的。你做了什么事,怎么忍心那样待他?"

"我跟他平时少有见面。我怎么知道他……"我叹了口气,"我没有刺激过他。他贸然自杀,应当不是为了我。"

"是的,他不是为了你。若是为了你,他就不会自杀了。"母亲的语气里既有讥讽,也有同情,"一个男人抛下新婚的妻子自杀,可见在他的心中,新娘有多重的分量。"

"那么,他是为了别人?"从母亲的眼光中,我有所启悟。我想起了吉尔福德对我说过的那些话,我一度当它们只是调侃。是啊,他的确说过:"我想约会的对象从来都不是你。"他还说过:"我们各有所思,各有所爱。然而,我们却在上帝之前许下了最不该许下的诺言。"原来,那不是调侃,他所说的每一句话都是真的!

"一个巡演剧团的女戏子,那才是他的甜心,他自我认定的'爱妻'。"母亲不屑地数落道,"跟你一样,他也想出了离家出走这一'高招'。不过跟你不同的是,你是带着你的怪脾气离家出走,而他呢,是跟他的甜心私奔。非常不幸的是,那个女戏子在骗到他的钱后来了个人间蒸发。吉尔福德受不了这个打击,跑到下等酒馆喝了毒酒。如果诺森伯兰公爵再晚些时候找到他,可能找到的就不再是一个伤心痛哭的儿子,而是一具毫无感觉的尸体了。那样的话,我的女儿你,就会在结婚不到一个月的时间内变成一个寡妇。"

"寡妇?"我完全找不到这个悲哀的名词与我之间的联系。在我心里,始终否认自己已经结过了婚,更别说想到成为寡妇的可能了。因此,我坦然说,"您说他已无大碍,那就是没有生命危险了。您说过,他不是为了我而自杀,我这个时候回去,能有什么用呢?"

"你真冷漠,小姐。你的丈夫刚刚死里逃生,而你居然无动于衷!"我的回答愈发激怒了母亲。

"可我回去也不见得有什么用处。"我抗议道,"也许,不,可以肯定的是,他根本不想见我。对他而言,这世上有我也好,无我也罢,都是一样的。没有我其实更好。因为那样的话,他就能从这段虚伪的婚姻中解脱出来了。"

"又来了,你的那些奇谈怪论。"母亲扫了我一眼,"你得回去,非得、必须、马上,一分钟也不能耽搁。这件事终是瞒不住的,很快就会被传开。如果你不回去,那就更加坐实了传言。吉尔福德是因情自杀,而他的情感问题却与你无关。那样的话,必会令国王震怒。吉尔福德会失去国王的恩宠,而你呢,一个公爵小姐竟然不敌民间的女戏子,你会受尽鄙视。不止你们两人,我们格雷家与达德利家都难辞其咎。简,你必须回去,回去以安人心。"

我带着艾伦回到了诺森伯兰公爵府。在去往吉尔福德住处的路上,诺森伯兰公爵夫人跟我打了个照面。她劈头便问:"你还知道回来,萨福克公爵小姐!"

"您的儿子吉尔福德,他怎么样了?"对"萨福克公爵小姐"一词所包含的讽刺意味,我唯有在"吉尔福德"之前添加"您的儿子"来加以回敬。

"这句话恐怕要更正一下,你最该问的是:'我的丈夫吉尔福德怎么样了?'"诺森伯兰公爵夫人铁青着脸说,"一个母亲可不止一个儿子,一个妻子却只能有一个丈夫。你太不把他当回事了,你根本没把咱们达德利家放在眼里。你当达德利府是村店旅舍吗?就是村店旅舍,也得结了账再走人。而你,走的时候竟然连声招呼都不打,你把我们置于何地?"

"对不起,公爵夫人。"这点是我理亏,我解释道,"那天是我母亲急于见我,清早便派了车来。我以为家里有什么事,而您那个时候还在休息,我不便打扰,就只留了个口信。"

"是吗,这么急着回去,你家里能有什么事呢?"诺森伯兰公爵夫人笑了笑。

我答不上来,只好保持沉默。

"这所谓的急事是你母亲想女儿想出来的心病吧?"诺森伯兰公爵夫人一脸的不屑,"她把你当成一个受了虐待、急须投入母亲怀抱的小媳妇?她还想知道什么?想知道我的儿子跟你有没有圆房?"

"公爵夫人!"我气红了脸说,"对于这种问题,您最好去问您的儿子。"

"我是要问他。问他为什么会那样傻,傻到结婚不到两周便要自杀?是谁逼他自杀的?为什么他要挑在那个时候,妻子刚回娘家就喝了毒酒?"诺森伯兰公爵夫人的嗓音寒而厉。

"您的儿子自杀,绝不是为了我。"我慌乱地直是摇头,"可是就在我们从宫中回来的那个晚上,他跟我说了许多话。他说,他就像是一个犯人被捆绑得无法动弹。他讨厌我,讨厌这桩强加给他的婚姻。他还说,他快被闷死了,快被逼疯了。但我没有想到,他会自杀。那天晚上,虽然他显得既消沉又沮丧,但他毫无实施自杀的意图。公爵夫人,尽管我并不了解您的儿子,这我还是能看得出来。"

"的确,造成我儿子自杀的直接原因,那不是你。"诺森伯兰公爵夫人恨声叹道,"可是这件事,你也脱不了责任。你像是一个新婚的妻子吗?成天冷着脸,摆出一副拒人千里的样子,哪一个丈夫见到这样一种妻子不感到憋屈,不感到寒心?我儿子还不到二十岁,一个人见人爱的小青年,你凭什么瞧不起他?人家的新娘像是一盆热腾腾、红艳艳的小火炉,你却是那焐不暖的冰块。他能不讨厌你吗?跟他一起结婚的两对夫妻,我的女儿,你的妹妹,正与她们的丈夫共度蜜月、共享柔情。而你,你向你的新郎奉献了什么样的蜜月?我的儿子曾经向我诉苦:'母亲,我不想跟简一起去宫中赴宴,我受不了她那眼神。跟她在一起的每时每刻,对我来说都是苦差。'可他仍然维护了你的颜面。你呢,还一个劲儿给他难受。那天晚上的事,别以为能瞒过我。你们为什么大吵大闹,你给了他多大的刺激?他是被你伤透了心才想到私奔的。居然去找那个毫无心肝的女戏子。她跟她的情夫合谋,干着图财害命的勾当,原本要把我的儿子活活烧死后再双双遁逃。好在我们的人赶到了,吉尔福德也真是命大。可他一时想不开,又跑到酒馆喝了毒酒。一天之内,我的儿子两次与死神擦肩而过,我差点就要失去这个养育了十八年的宝贝儿子。他的命这次是保住了。但今后呢?今后谁来向我保证?"

"公爵夫人,您认为您的儿子为何会临危履险?"我问。

"这个就要问你了,简。"诺森伯兰公爵夫人责备道,"我儿子还很年轻。他充沛的精力与丰富的感情得有所寄托。你对他过于漠视了,他才会把心思转移到他人身上。所以我说,在这件事上,你的过错并不小于我儿子所犯的过错。如果我儿子真有什么意外,你的良心会没有负担吗?"

"但您的儿子认识那个心地险恶的女孩,应当是在认识我之前吧。他的感情早已有所寄托,结婚之前他便向我坦言,他另有所恋。我也曾一再要求取消婚约,可你们毫不理会。现在出了这样的大事,谁该承担大部分的责任?"我反问道。

"我不是在为自己的儿子说话,更不想就这门婚事与你争论。"诺森伯兰公爵夫人冷冷的目光刺向我,"每个男人在结婚之前都会有一些荒唐的想法,有的人甚至婚后也是这样。那是男人的世界,做妻子的没有资格过多干涉。当初是你的父母主动提出将你嫁给我们的儿子。虽然我们听到过一些风言风语,说你曾经为此离家出走。你要知道,一个女孩子若是行为不端,还能嫁到什么体面人家?可你父亲拍着胸脯向我们发过狠,说是绝无此事,又急不可待地要确定婚期。我丈夫是个厚道人,他相信你的父母,也相信你的为人。我儿子吉尔福德也别无二话。可以说,这在我们已是做了很大的让步了。你就没有一点感恩之心吗?"

"如果您与诺森伯兰公爵当初能断然拒婚,那我定会不胜感激。现在要我感激,是不是太晚了?"

"你……"诺森伯兰公爵夫人睁大了双眼,"你这是什么意思?"

"对不起,我无法成为你心目中的好儿媳,我永不会成为一个百依百顺的妻子。愚笨如我,很难理解'让步'一词的真正含义。恕我直言,一门婚事若是必须通过让步来达成,这婚姻的基础也就不大坚实吧?如果'让步'的确存在的话,那也是在我的父母与您之间。这中间是否存在隐情,是否存在不快?"

狼狈、惊骇、憎恶,各种各样的表情自诺森伯兰公爵夫人的眼中一闪而过,却很快归于克制与冷寂:"问你的父母去吧。我的儿子正病着,我没心思再跟你耗下去。"

我向她微微屈膝:"我此刻正是要去探望您的儿子。"

"他是你的丈夫!"诺森伯兰公爵夫人锐声说,"不管你与柔顺的妻子相距多远,你跟他是夫妻而不是路人!他在你的生活中,永远要放到第一位。简,你给我听好了,我不许你伤害他。在这个时候你若继续做出漠不关心的姿态,你就跟那个丧尽天良的女戏子没什么两样了。我才不管什么约定,什么让步,我一步也不会让了!给你的父母带个信吧,别再试探我的脾气,别再考验我的耐心!"说罢拂袖而去。

"公爵夫人这是怎么啦,每句话里都带着刺,一字一字地扎着人真疼,好像一只发怒的母老虎似的。"艾伦担心地望了我一眼,"简,你别跟她斗气呀。她是长辈,是你的婆母,斗起气来,你是既输理又吃亏。她的儿子险些进了鬼门关,她的心情很坏,你得多体谅她。要说吉尔福德少爷,也真没什么不好。说句大实话,你对他真太冷漠了!不怪公爵夫人心里不是个味儿,连我,也看不过去呢。"

经艾伦这么一说，我倒真有几分不安起来。"好了，你回去吧。"走至吉尔福德的居所，我向艾伦点了点头，"我去看看他。"

吉尔福德独自坐在花园里，目光空洞而又呆滞。我站在他面前好一会儿，他才有了反应。

"走开！"他朝我挥了挥手，仿佛是在驱赶一只可厌的虫豸。

"吉尔福德，我来看看你。"虽说在他面前开口是件很不自然的事，但一旦开了口，我似乎就找到了谈话的感觉，"对发生在你身上的那件事，我很震动。那件事可能发生在我们每个人的身上，你是无可指责的，吉尔福德。"

"丈夫背着妻子私奔，那个被遗弃的新娘居然声称她的丈夫无可指责。你不是蠢到了骨子里就是聪明过了头。这篇不痛不痒、不浓不淡的开场白得归功于我岳父岳母的精心调教或是指使吧？'简，不管发生了什么，对付男人最有效的办法，莫过于谦卑温顺。'看来他们的教导真没白费啊。"吉尔福德用的是阴阳怪气的腔调。

但我没有被他吓退，我只想从我的眼睛里向他表露我所有的诚意："我没有对你谦卑温顺，更没有受人指使。我刚才对你所说的每个字，都是出自真心。我并不是在奚落你，也并不是在自我标榜所谓贤妻的度量。我和你，并非心甘情愿结为夫妻，这门婚事并不符合你我的真实心态与愿望。所以我觉得，即使你爱上别人，那也是无可指责的。"

"少跟我来这套！"吉尔福德咬牙切齿地说，"我不要你来假惺惺地表示理解，施舍怜悯。这件事，的确不该发生在我的身上。如果它必须发生，也该找上像你这种闭门不出、头脑空空的女人。哎，我怎么忘了，像你这种只比朽木多出一口气的女人，你是根本不需要什么情感滋润的。这世上没有谁能爱上你，哪怕只是假装爱上你。所以说，无可指责的是你。你永远是个旁观者，永远冷血，永远正确！"

"我是来看望你的，不是来跟你吵架。"我苦笑了一下，"你真的那么恨我吗？我并没有对你做过什么呀。造成我们目前的这种状态，并非是你我二人的过错。吉尔福德，你的话太伤人了。我不是一个冷血的人。我，我不像你所说的那样不堪！"

"是的，你不是一个冷血的人。你也有热情的一面，展示给你认为值得的那个人。我承认，我是说得过分了些。连你，竟然也是有人喜欢的！国王爱德华，哈，你们俩倒真是很像。"吉尔福德忽然仰头大笑，"他跟你一样冷淡、一样古怪，只有一块冰才能欣然接纳另一块冰。连你，竟然也是有人喜欢的！别以为我这是在妒恨你！可我吉尔福德，我的身体比你们强健，我的头脑比你们灵敏，我比你们更加懂得生活，也比你们更加渴望生活。为什么我会落得这样一个下场，被一个最卑鄙、最凶残的女人所选中？你不是读过很多书吗？读遍了世上的奇书，你能给我一个合情合理的答案吗？"

"凭什么你以为只有你才懂得生活、渴望生活？"我反击道，"拥有强健的身体与灵敏的头脑就能有愿必偿、有求必应吗？那么拥有王位、正当青春的人，岂不是更有理由受到命运的关照？"

"啊，你总是向着他的。我们年轻的圣徒爱德华，英格兰病弱的雄狮。命运对他还不够偏心、还不够关照吗？作为亨利老王的独子，从出生之时就将万千宠爱集于一身。不到十岁便当上了国王，手握乾坤已有六年。而我，我比你的国王还要年长三岁，可我至今一事无成。我什么都没有，只有一大把被荒废掉的时光。我不想把这一辈子跟一个轻视自己的女人拴在一起。我要寻找自己的幸福。可我找到了什么，为什么我要承受这样的奇耻大辱？"吉尔福德揪着自己的头发吼叫道。

他那痛苦绝望的表情令我极为震撼。"每个人都有自己的不幸。"我心慌意乱地加以劝慰，"爱德华虽然不到十岁就当上了国王，但他的身体状况糟极了。他也有很多无法达成的愿望，有许多实现不了的梦想。生活对我们每个人都很悭吝，都很残酷，都很无情！"

"不要再说了！"吉尔福德的额头上已是青筋暴突，"收起你的泛泛而谈！什么是愿望，什么是梦想，你为它们付出过什么？什么是残酷，什么是无情，你有过切身的体验吗？"

"我付出过，也体验过！我曾离家出走，这事你是知道的！"

"哼着小曲离家出走，一路饱看山光水色。这有何难，也值得一提？"吉尔福德指着自己的心口说，"你这里面，有没有流过血，有没有被一剑刺穿过？被一个你最珍视、你最爱恋的人？为了她你宁肯不要自己所有的亲人，宁肯斩断自己所习惯的生活。为了与她远走高飞，你可以隐姓埋名，甚至做好了归田务农的打算。就因为她的一句话——'来找我吧，越快越好。我不在意你的婚姻与家庭，让上帝与诸神为我们做主，我们将不再分开，生死一心。'"

他忽然住了口，也许他发现了，他的心事不便让我倾听。

"说出来吧，说出来要好受些。"我凝视着他那张年轻的、激动的脸。

于是，他又继续诉说下去："整整两年了，两年以来，她不断地给了我希望，又不断地夺走希望。和你结婚之后，在我以为已毫无指望时，她却托人给我带来了书信，短短的几行字，每个字都在跳舞，那是她的笔迹与风格。我以为，她终于下定了决心。而我，我的心中满是狂喜与感激。我立即朝她飞奔而去。'你带了多少财物出来？'这是她见到我的第一句话。当弄清我身上所带的家当后，她柔情的面孔立即变得阴狠毒辣。'就这点东西还想跟我过完一辈子？公爵家的少爷，别这么呆头蠢脑好不好？这连三个月也维持不了，咱们早晚会沦为乞丐。怎么样，你是跟在我的屁股后头吃软饭拣剩菜呢，还是去找你的富贵爹爹要钱，再弄些值钱的玩意儿出来？'看穿了她的嘴脸，我表示决不回去。恼羞成怒之下，她叫出了她的情夫。'你答不答应？不答应的话就别怪我绝情。像这种挥刀斩鸡头的把戏我已玩过很多遍了，从未失手过。我不可能败在你的手下。否则的话——'我问她：'否则怎样？'那个情夫接过话说：'否则便砍了你的人头代替鸡头。'我把能够想出的最丑恶的咒骂一股脑地倾倒出来。这个我曾准备向她奉献生命的女人，成了一个神情癫狂的凶手。'杀死他，杀死他！'她一遍又一遍地叫。而那个情夫，一刀又一刀地捅向我。在那一时刻，我放弃了所有的抵抗。对我来说，活着还有什么意思呢？不如一死痛快！"

"他们没有杀死你，而你，又去自杀了一次。"我叹了口气，"吉尔福德，面子真有这么重要吗？"

"我不是为了面子，我是为了这里！"吉尔福德又一次指向心口，"这里已经被杀死了。活着，比死还要寒冷，还要可怕！"

"那个女人和他的情夫呢？"

"跑掉了，统统跑掉了。"

"那你更应当振作起来，站出来揭发这桩罪行。因为那个女人很可能还会寻找下一个下手的对象。"

"在这个时候我还应当想到别人吗？"吉尔福德咆哮起来，"当我被刺得浑身是血时，有谁站在我的身边，有谁对我伸出过援手？"

"那是因为当时无人在场。如果我在，我会为你挡住刀口，我不会任由他们逃脱。"

"你？"吉尔福德的嘴角微微抽动了下，"我倒不知道，你有这么大的能耐。"

"有的事，尽管难以启齿，但我们仍要抬起头来面对。这样才能战胜它，才能克服它，才能彻底地了断它。"

"跟我母亲说的没啥两样！'忘了它，就当是疯狗咬了你一口。这样对你比较好，我的孩子。'"吉尔福德又变得情绪激动起来，"但它不是疯狗，是你全部希望的所在，被一刀刀地切割，被那些狂笑与辱骂所折磨，被贪婪所迫害，被放荡所玷污。你整个的身心都被掏空了，你整个的人都已垮掉了。你还要强装什么好汉，还有什么心情谈论战胜、克服以及见鬼的了断？"

"但你总要走出这段阴影呀。"

"要了断，其实也并不难。"吉尔福德喘了口气，"死了不就了断了吗？"

"你现在还这么想？"

"不这么想我还能想什么？"

"我知道这件事对你打击很大。可你知道吗，这件事，它改变了我从前对你的一些看法。"

"别告诉我，你觉得我的这段经历可歌可泣，足以写出一部悲情卖座的罗曼史。"

"不，我要说的是，这件事让我认识到了你的真诚与率性。我原以为，你只是一个轻狂自大、浑噩度日的公子哥儿，但你不是，我错认了你。你也跟我一样向往自由，渴望摆脱来自父母与习俗的束缚与封锁。你敢于爱上一个出身低微的女人，并敢于为了她而与命运抗争，这足以证明你的傲骨与血性。然而对于这个世道，我们都知之甚少，与父母斗，同习俗争，我们力不能敌。我离家出走前，曾被母亲鞭打并被关进一间不见天日的黑屋里，离家出走后，也曾遭人抢劫身无分文。住在荒野的草屋，忍受屋外野狼的嚎叫。当然，这根本没法跟你惨痛的遭遇相比，但我们都已感受到了人生的走投无路。在不同的时间、不同的地点，以不同的方式看到各自的希望灰飞烟灭。我们流泪，我们哭号，却无人理会。"

"我也似乎重新认识了你，简。"吉尔福德惊讶地说，"原来，我们竟有这么多的共同点。原来，你也吃了不少苦头。我曾对你说过许多刻薄的话，我还以为，你今天只是来挖苦我、讥笑我。简，你能原谅我吗？"

这是他第一次要我原谅他，语气恳切且饱含苦涩，他的脸上已全然不见我们初次路遇时的那股骄盈之气。

"我觉得，尽管我们都做了一些为世人所看低的傻事，但我们并无理由看低自己。我们能有多大的过失呢？我们并不曾要求太多，我们的想法简单而又自然。为了自我而活，为了心灵而活，这有什么错呢？"

"自我，心灵？这些书本上的字眼，太玄虚了，别跟我卖弄这个！"吉尔福德烦躁地说，"在我，只凭一种感觉。我感觉到自己已经完了，彻底完了。这你懂吗？"

"在听到上帝最终的召唤之前，一切都没有定数，你还远远没完，吉尔福德。"我深深地望着他,"爱德华国王随时可能被死亡带走,但他仍以惊人的毅力坚持着,他仍在为国操劳。而你呢,仅仅因为一个负心的女人便自悲自怜、自暴自弃,这是多么令人不齿的行为!一个人跌倒了并不可耻,可耻的是他因此失去了站立的能力。你见过那些穷苦人吗?连基本的生存都无法保障,更别说是去寻求情感的满足与支持了。可他们仍然顽强地活着,如同蓬勃生长的野草。坚韧、耐心,这是最可贵的品质。人活一口气,你难道是个没有志气的人吗?假如你不在意为世间豪杰所笑,你就像个可怜的小媳妇一样继续自悲自惜吧。假如你的心里还有一星微火,对于未来,对于生活,那么请守着它,请燃烧它,不管风有多狂,雨有多重。哪怕受再多的伤,吃再大的苦,泪流尽,血流干,也不要熄灭你的心火。"

第二天,在餐桌上,吉尔福德与诺森伯兰公爵均未露面,我与诺森伯兰公爵夫人面对面而坐。

"吉尔福德今天的精神好多了。"诺森伯兰公爵夫人对我一笑,"谁说你对我的儿子没有影响力?你们的和解来得正是时候,无论对他,还是对你自己。"

"夫人,这不是和解不和解的问题。我与您的儿子并未发生过任何冲突。"

"冲突那是谈不上,但肯定有过不和。怎么我一说话你就非要表示不同的意见?"诺森伯兰公爵夫人脸上的笑影淡了,却又旋即加浓,"我知道你面薄。你们刚刚和解,只怕你的心里还有些疙瘩。简,你什么顾虑都不必有,不会再有人挡在你们中间了。"

我吃惊地望着她。

"那个骗了我儿子的女戏子被她的情夫亲手斩杀了。那个情夫也已无路可走,他到我儿子去过的那家酒馆服毒自杀了。为我儿子准备的毒酒,成了他毙命的良药。"

"他也喝了毒酒?"这真够惊悚,哪有这样的巧合?

"敢跟诺森伯兰公爵作对的人是不会有好下场的。这,既是报应;这,也是命运。"诺森伯兰公爵夫人呷了口晶红的果汁,悠悠然说。

第三十一章　病　魇

"艾伦，你看什么呢？"我在楼梯的拐角处站住了脚。

"到这儿来。"艾伦向我招了招手。

楼下墙角边，一名女仆正在检看竹筐里的红杏。

"今年雨水多，这红杏被可恶的虫子咬坏了不少。你要用心地挑，挑大个的，新鲜的。若是打了马虎眼，把次等的送出去充数，我这不是吓唬你，别说这个月的工钱，你下半辈子都甭想在别处找到合法以及不合法的营生。"达德利家的管家维多克低下头来与那女仆说话。

"哎呀大主管，有这么严重吗？"女仆咕嘟着嘴，"你也说了，今年的红杏原本收成就不怎样，雨打虫咬的，还能剩下几个上品？就连咱们公爵大人也没这般挑剔过。这送人嘛，你送我还的不都是个虚礼？凭他怎么尊贵的人物，除了国王，还能越过咱们公爵去？公爵是要给国王送礼吗？"

"不是国王，是国王的大姐玛丽。"

"原来是她。用得着这么巴结吗？听说玛丽小姐连先王都不待见，当今的国王更是对她避之不及。这么一个被人压着踩着的老小姐哪里值得我们公爵去讨好？"

"你懂个屁！"维多克训斥道，"此一时彼一时，爱德华国王伸腿一走，玛丽小姐立即就会身价不同！公爵是有远见的，这位姑奶奶还怕没人侍候？咱们得赶在前面！"

"公爵要扶持的不是伊丽莎白小姐吗？不是说，他准备将她扶上王位，哪怕不得不离开公爵夫人？"

"伊丽莎白小姐，当然也怠慢不得。你另选一篮杏子，送给伊丽莎白小姐。"

"还要选一篮？"女仆瞪大了眼睛，"您是说，一篮还是一筐？"

"动作麻利些，我说的是一篮。"

"这是什么道理，玛丽小姐送一筐，伊丽莎白小姐送一篮。伊丽莎白小姐不比玛丽小姐重要？"

"伊丽莎白小姐本来就排在玛丽小姐后面嘛。"

"公爵是想全面撒网、两处讨好？一只王座上坐不了两个人。她们俩究竟谁能当上女王？公爵一会儿倒向伊丽莎白小姐，一会儿倒向玛丽小姐。难道他还没摸透国王的意图吗？"

"不该问的东西最好闷在心里，管好你的嘴巴，做好你自己的事情！今天中午以前，给两位小姐的新鲜红杏必须送到她们府上。"

我收回目光，掉头下楼。艾伦跟在后面，轻声说了句："这里的人从上到下，哪个不是一双势利眼？看样子玛丽小姐又要得势了。"

我正要说话，艾伦却将我拉到一旁。

一匹马旋风般地急驰而入，差点撞到我的身上。

"少夫人，怪我没长眼。您还好吗？"男仆乔纳森跳下马来，面色发白，满头大汗。

"你这呆头笨脑的小子，真是烂泥扶不上墙头。"维多克也赶了过来，连连向我赔罪，"少夫人，您受惊了。我这一不留意，就让乔纳森闯出了大祸。这可怎么好呢？您还能走动吗，要不要去请医生？"

"我好着哪，什么事都没有，你们不必惊慌。"我看了乔纳森一眼，"你干吗跑得那么急？"

"我是去给玛丽小姐送信，哪知还没跑过桥头马掌就脱落了一只。"乔纳森一脸的可怜相，焦虑不安地望着维多克。

"这儿有我呢，换了马快去！"维多克朝他使劲地眨了下眼睛。

乔纳森换了马，一溜烟地又疾驰而出。

艾伦忙用衣袖为我挡住扬起的飞尘，瞪着远去的人马愤然说："哪有这样跑马的，倒像有鬼追着他！"

"少夫人，您有所不知，"维多克满脸堆笑地对我说，"公爵大人每天都会带信给玛丽小姐。他向玛丽小姐保证过，要在第一时间向她通报国王的病情。乔纳森就是去做这件事的。这是头等的大事，不敢耽搁。"

"像这样送信有多长时间了？"我问。

"打上周起吧。国王的病，从上周起就恶化了。"

"恶化是什么意思？"我的心猛然一沉。

"恶化就是，国王的病已是药石无灵，快到头了。"

我想起了宫中赐宴时的情景，那天的爱德华浑然不似药石无灵的模样。

"国王的病情被说成是'药石无灵'，这也不是第一次了。为什么你们就不能往好的地方想？"我瞪了他一眼，心里仍怀着一丝侥幸。

"这一两年，国王的病起起伏伏的也不知闹腾过多少次。每次看似不行,又都奇迹般地挽转了回来。但这一次真是不一样了,只怕上帝也救不了他。"维多克加重语气说,"公爵现在每天都亲自给玛丽小姐写信,他越是忙,对玛丽小姐越是仁义尽至礼不厌繁。为了让玛丽小姐随时知悉国王的病情,公爵原本要把玛丽小姐亲迎入宫。但不知是何缘故,玛丽小姐却一再推辞逡巡不前。公爵二话不说,又自掏腰包为玛丽小姐在伦敦近郊营造了一座府第,每天为她送去一封亲笔信,详细叙说国王的饮食起居,遇有重大国事,也向她一并禀报。少夫人您说说看,像我们公爵这样忠心为国的大臣自古以来能有几个?那些眼红他的贵族,从前还信不过他,只道他暗藏私心,怀着不可告人的目的。这下还有什么好说的?就连玛丽小姐,也对公爵心悦诚服。当众夸他劳苦功高、谦逊沉稳、临危不乱,真正称得上是中流砥柱。"

我返身上楼,头脑里乱成一团。

"简,诺森伯兰公爵会跟玛丽小姐合作吗?这真是想不到的事!"艾伦说。

"你会把今天听到的内容告诉我母亲,是吗?"我问。

"你母亲一定会大失所望。你父亲也会。"艾伦叹了口气,"你们格雷家与达德利家信的都是新教,怎会去支持以天主教为信仰的玛丽小姐?你母亲要我为她打探消息,我猜,她对于诺森伯兰公爵的态度,也不是很有把握。最理想的继位者应当是伊丽莎白小姐,她跟你们信仰相同,于国于家,都很有利。没想到诺森伯兰公爵已投向玛丽小姐,只怕你母亲还毫不知情呢。我得回去一趟,让她提前有个心理准备。"

"你不能去!"我按住了她的手,"我的父母无权干预。即使是玛丽小姐继位,只要这是国王的旨意,为枢密院所认可,那就是光明正大,令人信服的。"

"我也是这么想。但你母亲……"艾伦说,"其实她就是知道了也是徒增烦恼。国家大事,一个妇人家哪能插得上手?也好,我全当没听见。"

然而第二天,母亲竟又派了车马接我。我与艾伦互看了一眼,难道她已有所知晓了吗?母亲门路宽广,她的消息总是来得十分灵便。

"回去后还是说实话吧,"艾伦说,"哪一样能瞒得了公爵夫人?"

"等等,"我问车夫,"你出门前,我母亲说了些什么?"

"她让你立即回来。先王的女儿伊丽莎白小姐现在我们府上,她有事找你。"

"是伊丽莎白小姐找我?"这简直就是当头一棒,"不好了,是国王不好了?"我失声问。

"不会吧，"艾伦望着车夫，"伊丽莎白小姐没有这么说？"

车夫有些莫名其妙："我没看见她，我只是奉夫人之命来请简小姐回家。"

我松了口气，对艾伦说："我们去向诺森伯兰公爵夫人辞行。"

"我就在这里。"诺森伯兰公爵夫人的声音从身后蓦然响起。

"公爵夫人，我母亲托人带话说，先王的女儿伊丽莎白小姐正在我家，我得回去陪她。"我暗暗吸了口气，倍加小心地说。

"你哪里也不能去，你得留下，就在这儿陪伴你的丈夫。"诺森伯兰公爵夫人用不容商量的语气说。

"公爵夫人，她可是国王的姐姐呀。国王的姐姐叫您的儿媳去，您的儿媳怎好不去？"艾伦赔笑相劝。

"我达德利家的儿媳未必不如国王的姐姐。理她做什么？一个来路不明的私生女，玷污了王室的血统与人世的法律。"诺森伯兰公爵夫人半闭着眼睛说。

"我要回去，她是我的朋友。"我坚持道。

"朋友与丈夫相比，孰轻孰重？"诺森伯兰公爵夫人向车夫挥了挥手，"回去告诉你家夫人，让她别再三心二意、瞻前顾后。"

"我们夫人让我来接小姐，您看？"车夫搓着手，很是困窘。

"这里没有简·格雷小姐，这里只有简·达德利夫人。你还不出去？"

车夫只得躬身退出。我正要跟出去，诺森伯兰公爵夫人却出手相拦："我不许你走，你必须留在这里！"

她专横的神气激怒了我。"您跟我的母亲之间有什么秘不可宣的约定吗？别想拿这个约定来胁迫我。我是您的儿媳，不是您的囚犯。您无权限制我的人身自由！"

"都这个时候了你还想超然物外？国王将有遗诏传你，你得跟我儿子一起，让世人看得清清楚楚！"

"国王有遗诏传我，这您怎么知道？国王还活着呢，哪来的什么遗诏？纵有遗诏，也是写给那些大臣，还有他的两个姐姐。我有什么资格去奉遗诏？"

"国王要将王位传给你。"诺森伯兰公爵夫人一语惊人，"你说，你有没有资格听旨候诏？孩子，你可真是命好。可别忘了我们。"

"公爵夫人，"我惊异地望着她，"您是清醒的吗？"

"我清醒得很。这种话可以乱讲吗？从现在起，你得跟我的儿子寸步不离。"

"你们究竟在算计什么？在伊丽莎白小姐与玛丽小姐之间游移不定，把我也给牵扯了进去。请问你们达德利家有多大的势力，你们想扶持谁便是谁吗？你们有没有问过国王，你们当他，当他已经……"我说着说着，不禁垂泪低泣。

"别这么情绪化，我只是就事论事。在生老病死面前，即使至高无上的君主也无能为力。遗诏很快就会出来。继承人是谁，这个谜底已经呼之欲出。我们现在所要做的只能是等待。简，我不管你心里怎么想，这是一个极其关键的时刻，你得跟我们一起，你得顾及你的夫家。不要说什么'你们达德利'，而是我们达德利。你是吉尔福德的妻子，跟我一样，你嫁给了一个达德利人。达德利的姓氏将贯穿我们的命运。你不只是你父母的女儿，你也不再是你自己，你得与我们达德利家共荣辱、同进退。"诺森伯兰公爵夫人热切地说。

"公爵夫人，很抱歉，对达德利这一姓氏，我并未产生深厚的感情。对'简·达德利'这个新身份，我很难融入其中。我从没想过，也从不认为'简·达德利'能让'简·格雷'销声匿迹。没有人能够忘本。您也是有女儿的人。既然您的女儿可以回到父母之家，您为什么非得阻隔我与父母相见呢？"

"你跟我的儿子已经结婚一个多月了，你要什么时候才能融入其中？我偏不许你回去，你的母亲只会教坏了你。她这个人太滑了，遇到困难与危险都推给我们。人在河边走，哪能不湿脚？"诺森伯兰公爵夫人目光慑人，"你是我们的，我不许你反悔！"

我没有走成，当天夜里我就病倒了。

我发着高烧，迷迷糊糊地感到诺森伯兰公爵夫人来看过我，似乎公爵也来了。

"是那碗蘑菇汤里有毒。"这是艾伦的声音吗，远远地像是浮在半空。

"什么，这谁说的？蘑菇汤我也喝过，问题不会出在蘑菇汤上。"这是诺森伯兰公爵夫人在说话。

"可医生是这样说的呀。"这又是艾伦的声音。

"你们俩喝的是同一碗汤吗？总不可能是同一朵蘑菇。"那是一名男性的话音，听上去很像公爵。

"汤里有毒？谁是要害我的人？我会因此丢掉性命吗？"我努力睁开眼睛，如一个溺水的人想要浮出水面，却又再度沉了下去……

"趁热喝吧，这碗汤有神奇的疗效。瞧这朵蘑菇多鲜多美，你恨不得一口吞到肚子里，是这样吗？喝了它，你才能彻底遗忘'简·格雷'。喝了它,你就能与'简·达德利'身心合一了。喝吧,你喝得越多,我越高兴。"诺森伯兰公爵夫人捧着一碗艳红的蘑菇汤站在我的床前,她的笑容随着烛光闪动,而碗里的蘑菇却散发出一股刺鼻的异香。

我拼命地摇了摇头,伸手想推开汤碗,却怎么也推不动。

"你是我的儿媳,还要什么大小姐脾气?我们不吃这一套,你懂吗?你不喝,自有人喝。"诺森伯兰公爵夫人笑容尽敛,"噗"的一声吹灭烛光,步入幽暗的深处。

我悄悄尾随其后。她又来到了另一张床前。"趁热喝吧,这是我儿子的新娘简·达德利为您亲手烹制的蘑菇汤。按照我们家乡的风俗,喝下新娘亲手所做的鲜汤即可除病消灾、心想事成。瞧这朵蘑菇多鲜多美,你恨不得一口吞到肚子里,是这样吗?"她向另一个人说着对我刚刚说过的话,语气却愈见殷勤。

烛光只露微微一线,那个人的脸色更比烛光惨淡。啊,那是爱德华。他含笑望着诺森伯兰公爵夫人,目光中有深深的谢意与惊喜。

"不要喝,不能喝!"我喊破了喉咙却发不出一点声音。爱德华已接过了汤碗。我扑身去抢,却发现自己浑身冻结,别说挪动脚步,我甚至不能转动一下眼珠。"不要喝,不能喝!"我仍在无声地呐喊,急得快要发狂。

然而,爱德华还是喝下了那碗汤。他仍然笑得那样好看,一缕污血沿着他的唇角流了下来。

"你终于还是来了,简。"爱德华一边说,一边缓缓地倒了下去,"你们都来了,朕斗不过你们。朕的胸腔里还剩下一口气呢,你们就这样等不及了?"

"不,不是这样!你起来,起来呀,爱德华!"我拼命地叫,我终于能够叫出声了。我的身体也恢复了行动能力,我用尽力气将他扶了起来,瞬目再看,我扶起的哪里是爱德华,那是一具骷髅,露出森森的白牙向我狞笑:"干得不错,简!"

"简,简,简!"噩梦溃散无迹,我在艾伦的叫声中苏醒了过来。

"感谢上帝,你昏迷了三天。医生说,你能挺过这一关。这太好了,你差点把我吓死了。"艾伦的眼中泪光闪闪。

"是那碗蘑菇汤吗?"

"你怎么知道?"

"我听见你们说话。"

"那你还是有些知觉的。我还以为,你真的已经人事不省了。那碗汤,幸好你喝得不多。连医生都说,好悬好险。"

"谁想害我?"

"是一个新来的丫头,她并不是故意的。"吉尔福德一边说话,一边走了进来,"她并不认得毒蘑菇,在山上采了几朵颜色最鲜的,你恰恰喝到了有毒的那种。你好些了吗,简?"

我点了点头。

"我有一个好消息告诉你。"吉尔福德又说,"你可以走出这个家门了。"

"真的?"我不觉坐直了身子。

"母亲说,生这场病前,你的情绪很差。你出嫁不久,可能还不大适应新的环境。医生建议你病好后到别的地方散散心。你愿意去啼莺庄园吗,简?父亲说,如果你愿意的话,他会让我陪你去。"

啼莺庄园?我那久违的乐园。能够抛开眼前的一切到啼莺庄园,这是求之不得的奢望!

"我愿意!"我用力地点了点头。

"不介意我陪同你去?"吉尔福德扬了扬眉毛。这当然是他父母的意思,他只是遵其而行。

"不,我很乐意。我们明天就去,可以吗?"我急切地说,唯恐他的父母会改变主意。

"你的身体行吗?要不再让医生观察两天,到啼莺庄园至少有半天的行程呢。"

"我已经完全好了。医生说得对,我需要改善心情。我们明天就去吧。"我从床上跳了下来。

第三十二章　凶　信

重回啼莺庄园，感受自然大异于前。那儿再没有凯瑟琳·帕尔的音容笑貌，也没有伊丽莎白的陪伴。那天伊丽莎白突然来到布拉盖特，她为什么会来找我？又为何不到我丈夫的家中直接找我，而是在我父母的家中等待？她绝不是一时兴起。然而，会是什么事呢？爱德华的病情，王位继承人的争夺，她的出现与这两件事有着怎样的联系？

"哎，我的书！"我坐在湖边想得出神，手中的书本竟然掉入了水中。

一根竹竿伸了过去，吉尔福德用竹竿绑着的渔网把我的书捞了起来。

"下雨了？"我接过湿淋淋的书册，这才发觉，空中已飘起了细密的雨丝，我的衣裳上也有了明显的湿痕。

"我本来是要叫你进去的，可又想再钓上一会儿鱼。我在那边蹲守了大半天，连只小虾都没捞到，叫我怎么收手呢。看你读得那么忘乎所以，也就忘了提醒你下雨这件事了。听到啪嗒一声，还道是有大鱼跃出了水面。结果却是你的书，你是怎么读的书嘛？书掉了下去，好在人没有掉下去。"吉尔福德笑嘻嘻地望着我。

"我其实没有读书。我只是在想——"

"在想什么？"

"你父亲为什么会主动提出让我来到啼莺庄园？如果只是病后散心的话，为何不让我回到我父母那里？我生病之前，你母亲说什么也不让我回家。这到底是什么原因？她对我母亲似乎有很大的怨气。还非得让我跟你一起，说了些很奇怪的话……"我没有告诉吉尔福德，他母亲认为国王将有遗诏于我。之所以会产生这种荒诞不经的想法，这只能说明诺森伯兰公爵夫人的情绪已相当混乱。这段时间以来，她的丈夫将娶伊丽莎白的秘闻已令她深受惊扰，而忽然之间，又有迹象显示，玛丽小姐即将成为她丈夫全力拥戴的"新主"。忧己与忧夫互为交缠，公爵夫人对未来失去了判断力，恐慌迷惘之中，她变得怪异而又易怒。

"我也不明白你母亲与我母亲之间发生了什么不愉快，她们像是在暗中较劲。我觉得吧，她们似乎都想争夺你。但很难说，她们是因为爱你而发生争夺。这是我的一种感觉。我们的母亲都很要强,也许她们争夺你,是在争夺一种对于局势的控制。"吉尔福德皱着眉头说。

"是的,你家里有一种不正常的气氛,连你也感觉到了。"

"你家里的气氛就正常?"吉尔福德反唇相讥,"这本来就是一个不正常的世界。我们两个人在一起已经太不正常了。你得把不正常当正常,不然活得多累?"

"简、吉尔福德!"一名年轻女子向我们一边招手,一边急急走了过来。

"玛丽,你怎么来了?"来者是吉尔福德的姐姐玛丽·西德尼。在我们的婚礼上,我见过她。她只比吉尔福德大了两岁,是亨利·西德尼爵士的妻子。

"父亲要你们到西昂庄园去。"玛丽·西德尼看了我一眼,她的眼圈红红的,但说话的态度还算自然。

"西昂庄园?"

"这是我家的一处产业,在泰晤士河畔,离这儿不远。"吉尔福德说。

"什么时候去?"我问。

"就是现在。"玛丽·西德尼拉起我的手说,"我们这就走。"

"这么急啊,去见什么人呢?我身上湿淋淋的,总得换件衣服。"我说。

"是呀,我不能像个渔夫似的说走就走。我也得换身衣服。"吉尔福德捋了捋头发。

"你可以晚来一步,去换你的衣服吧。"玛丽·西德尼对她弟弟说,"我和简先走。"

"可是我的衣服……"话犹未完,玛丽·西德尼捏了我的手腕一下,"大家都在等着你呢,没人会在意你的衣服。"

我被动地奔跑起来:"什么事,什么人,你告诉我呀。"

"到了那里你就知道了。现在别问,什么也别问。我无法回答你,我知道的并不比你多。"玛丽·西德尼避开了我的眼睛,指着前面的一只小船,它在等着我们。

我的心中既惊且乱,河面掀起一个大浪,像只巨兽向人扑来。我们尖叫着,退缩着,那只巨兽却已没入了水心。

船夫笑着说:"到岸了,两位夫人。"

"简,这不是个好兆头呢。"玛丽·西德尼惊魂未定,想说什么却又化作了一声叹息。

我们一同步入西昂庄园，来到大厅。不知什么时候，玛丽·西德尼的手已脱离了我的手，我回头一看，她远远地跟在我的后面。前面黑压压地站着一群人，宏阔的大厅中只听见我的脚步声"嗒嗒"地敲击着地面。我猛然停住，一颗心跳得厉害。

站在我前面的是英格兰最显赫的一群贵族。我的父母、诺森伯兰公爵夫妇、彭布罗克伯爵、哈廷顿伯爵、阿朗德尔伯爵，以及坎特伯雷大主教托马斯·克兰默。一个个面容哀戚，神情悲怆。

"爱德华！"我只觉得一阵天旋地转，连脊梁骨都凉透了。

诺森伯兰公爵夫人唇角微扬，用悦耳的声音说："欢迎您，夫人。"随即以娴熟优美的姿态向我屈膝下跪。

然后是她的丈夫。再然后，是我的父母！所有的人都忽然矮了一大截，所有的人都跪下了来，整齐得犹如排练过一般。我骇然后退，猛一转头，玛丽·西德尼竟也垂首跪立。我呆呆地站着，直到吉尔福德跑了进来。

"跪下，吉尔福德，脱掉你的帽子！"是诺森伯兰公爵在喝令他的儿子。

吉尔福德也跪下了，局促不安地将帽子拿在手中。在这间大厅里，真正不明就里的，可能只有他与我。

"您能允许我站起来说话吗？"诺森伯兰公爵望着我，如同望着一尊神像。

"为什么你们要这样，这是在惩罚我吗？"我两腿一软，却被诺森伯兰公爵给扶住了。

"夫人，这是一个十分艰难的时刻，对于您，对于我们。您有权利知道，我们年轻的国王爱德华六世，亨利八世与简·西摩的独子，已于七月六日晚上在格林威治宫崩逝。现在，我要当着您，当着国王的臣仆们，宣读他的遗旨。"

克兰默大主教双手捧着遗旨渐渐走近，诺森伯兰公爵郑重地接了过去，这样的场景、这样的气氛，给人的感觉是在完成某种交接仪式，诺森伯兰公爵从克兰默大主教的手中接过一个时代。他定定地望着我，那意思再明显不过，从一个时代过渡到另一个时代，而我，我是另一个时代的接收者。

接收爱德华八世的时代？我算什么人，何德何能？ "七月六日晚上……格林威治宫"，又是一记重锤敲在我的心上。这么说，爱德华已经去世三天了？而三天之前，我曾做过一个噩梦。那是爱德华在与我作别吗？他美好的笑容、唇边的污血，以及那具露出深深白牙的骷髅，在我眼前电光火石般地交叠闪现。我热泪如倾，痛哭不已。诺森伯兰公爵不得不停了下来。

"简，这不是哭的时候，这不是流露软弱的时候。我的女儿，你是重任在身的人，你得承担起命运赋予你的光荣使命。"父亲站在我的身后，脸上的平静要多于悲伤。

"重任？"我的目光碰上了诺森伯兰公爵夫人的目光，后者几乎和我父亲一样平静，但平静之中，更有一种傲然。"我的话应验了吧？"那双眼睛是如此阴森可怕。

诺森伯兰公爵开始宣读遗旨："朕由于缺乏子嗣，拟将王位传于萨克福公爵夫人弗朗西丝之子。若朕去世时，弗朗西丝仍无子可继，则将王位传给弗朗西丝的长女简以及简的儿子。若简日后无男丁为继，依次由弗朗西丝的二女凯瑟琳之子、弗朗西丝的三女玛丽之子、先王亨利八世之姐玛格丽特夫人之子继位。如果以上提到的所有女士皆无子而终，则依次由这些女士的孙男继位。倘使继位的男性已满十八岁，他理应获得独立执政的权力；倘使继位的男性不满十八岁，十八岁之前由其生母监护，一切政务皆须取决于朕所任命的二十位枢密院大臣。如若继位的男性在十八岁之前丧母，则由二十位枢密院大臣全权处理政务，待继位者年满十四岁后，重要政务可与其会商。"

在那一长串的继位拟想人中，我竟排在第一位。我们格雷姐妹的男嗣几乎垄断了英格兰的王座，除了玛格丽特夫人的后裔。玛格丽特夫人是先王亨利八世的大姐，苏格兰国王詹姆斯四世的王后。她早已去世，其子孙后裔大多分布在苏格兰。爱德华幼年时，亨利八世为其预定的未婚妻玛丽·斯图亚特即是玛格丽特夫人的孙女。

"爱德华国王绝不可能立下这样的遗旨。"我叫了起来。

全场一时间喧声如麻，划破了脆薄的沉寂。

"保持肃静！"诺森伯兰公爵一声怒喝，既而目光平和地转向我说，"您错了。请仔细看看上面的笔迹，您能否认这道遗旨是出自国王手书？"

我瞪视着笔迹，假如笔迹是模仿的，它能仿制出病人囿于体虚腕弱却仍不失自尊自立的情态吗？遗旨有明显涂改，且不止一处。从遗旨的原文看，最显著的涂改在于：爱德华最初所写的继承人是"简的儿子"，定稿时却改为了"简以及简的儿子"。假如要伪造遗旨，一定是筹之已熟，是闭着眼睛都能写出的，何须涂改，甚至于一改再改？再者即使发生了笔误，按照常理，理当重新誊写，因为此事关系重大。而爱德华却不曾重新誊写。不是他不想，而是他的身体，连握笔在手对他来说都已备感艰难。

"爱德华，这真是他的手书吗？"我满心惶惧，不敢相信，却又不能不信。

"国王的遗旨并非草草写就，事实上，在一周之前，他就立下了遗旨。几位在场的大臣都可以做证。可以说，爱德华国王是经过了深思熟虑的，即使到了临终的一刻，他的神志仍十分清楚。那颗高贵伟大的心灵在最后的时刻仍在为我们指明航向。他将您，夫人，指定为王位的继承人，他要我们向您奉献绝对的忠诚，并以贵族的铁血、傲骨，以及家族的世代光荣对您誓死护卫。"诺森伯兰公爵用斩钉截铁的声音说。

"渺小如我，决不敢当。"我退后几步说，"先王亨利八世曾颁布《继承法案》，号令所有国民对它宣誓效忠。按照《继承法案》的顺序，爱德华国王的后继者首先是玛丽小姐，然后是伊丽莎白小姐。爱德华国王怎会违逆先王意旨，把王位传给都铎以外的姓氏？公爵大人，你们的忠诚、铁血、傲骨，应当献给一个值得的人，一个合格合法的王位继承者。"

"先王亨利八世对于王位继承人从未有过明确的表态。他曾三次修订《继承法案》，最早倾向于玛丽小姐，尔后改立伊丽莎白小姐。爱德华王子出生后，先王将两个女儿定位为'私生女'，玛丽小姐与伊丽莎白小姐的继位权一直饱受争议，这也是先王的一大心病。先王若非匆促辞世，《继承法案》还会继续修改。玛丽与伊丽莎白小姐虽为先王之女，但她们的母亲与先王并非正式夫妻。若立私生女承袭大统，英格兰终不免为邻国所笑，为宿敌所轻。而夫人您，虽不以都铎为姓氏，却是亨利八世之侄外孙女，出身清白、品行端方。在血缘上，与都铎王族最为相近。且又从小陪侍在先王身边，与爱德华国王同受教育，胸襟博大、才气横溢，有人主之度量，颇受推戴。爱德华国王将您确立为继承人，无私、理性且又明智，其用心光同日月，令人感佩。"奇怪的是，诺森伯兰公爵说这番话时似乎能够做到脸不红心不跳。

我却不能做到脸不红心不跳。他将刻意夸大甚至是毫无根据的赞誉之词堆砌在我身上，对我来说，这不是受用而是受罪。"王位应当由玛丽小姐继承！"我用发自内心的声音说，"她的母亲是先王亨利八世的结发之妻。先王之所以不肯承认她是他的合法女儿，那是因为，先王一心想要得到一个男孩来继承王位。假如玛丽小姐是个男孩，那么先王就不会与玛丽小姐的母亲离婚。玛丽小姐将是先王唯一的孩子，她不会有更多的弟妹。"

全场再次引发了骚动。我看见我的母亲离地而起，向我奔来。我瞪着她，失去了知觉。

醒来时,我发现自己在一间类似书房的屋子里,这里没有人群,只有诺森伯兰公爵与我母亲。

"简,谁让你当着众人乱表态?爱德华国王在遗旨上写得明明白白,你才是他的继承人。机不可失,时不再来啊。你这孩子怎么没有一点头脑?玛丽原本心怀怨恨。你这么说,岂不助长了她的气势,你这不是给自己打脸吗?"

"我没有乱表态。我本来就认为玛丽小姐才是王位的继承人。"

"你,你要气死我不成?"母亲狠狠地说,"玛丽上了台会有什么好处?她是个心理阴暗的天主教徒,私下里曾多次扬言,他年一旦身登大宝,必将以异教的鲜血浇灌天主教的根脉。你想看到新教就此被天主教一举剪灭吗?你想看到爱德华国王多年的心血就此摧毁吗?我的女儿,现在谁都知道了你是爱德华的继承人。你若谦逊不受,你以为,玛丽得位后会对你有所回报、有所嘉奖吗?不会的!即使你将王位让给玛丽,玛丽得位后首先要铲除的,必定是你,以及你的家人!因为你使她感受到了威胁。再者出于镇压新教的目的,她也会杀了你以儆效尤。只要玛丽得志,天下就会陷于腥风血雨之中。而我们,你的父母、你的公婆、你的丈夫、英格兰贵族中的精华,以及所有信仰新教、敬奉神明的高尚之士,都会命丧于玛丽的屠刀之下。而这一切,都是因为你。因为你滥施善良,不分对象。对于一颗蛇蝎之心,你不能给她一丝半点的机会。简,不要因为一念之慈而害了你自己,也害了我们大家!你得速下决断。前进一步是天堂,后退一步是地狱。对你,对我们,对英格兰,都是这样。"

"玛丽小姐绝不是您所说的蛇蝎之心。"我连连摇头。然而,母亲的话,还真是一声棒喝,惊得我神魂俱乱。

"你当她杀不得你?你怎么还不明白呢,我的傻孩子?国王的遗旨已经把你推到火山口了。有你没她,有她没你,这不仅是王位之争,这也是生死之争。这不仅关系到我们全家人的生死,同时关系到新教的生死。想一想你父亲的那句话吧,这不是流露软弱的时候。简,难道爱德华希望看到他所选择的人是一个窝囊的弱者、一个无原则的笨蛋吗?"母亲低吼道。

"让我来跟她谈谈。"诺森伯兰公爵对我母亲说,"我想单独跟她谈谈。"

母亲犹豫了一下,哼了一声,走了出去。

"简,让我告诉你一些事实。"诺森伯兰公爵不慌不忙地说,"君子无功不受禄。对爱德华国王给你准备的这样一份大礼,你很不理解,羞于承受,甚至是充满了愤怒与怀疑。那我就来解释一下他这么做的理由。你认为，国王传位给你而将他的两个姐姐排斥在外，这是不讲亲情的表现吗？"

"您说吧，我听着呢，公爵。"

"我作为爱德华国王的辅臣差不多已有五年了。五年来的风雨同舟、朝夕相随，让我对他的内心世界，有着比一般臣民更为深切的认识。一直以来，爱德华的身体时好时坏，对于身后之事，大概从两三年前开始，他便意识到必须预作安排。最初他也想按照先王的遗愿将王位传给玛丽小姐。然而玛丽把他伤得太重了。玛丽小姐绝人太甚，对爱德华国王殊少手足之情。近年以来，在宗教方面，他们姐弟二人已是势不两立、水火不容。他很清楚，就如你母亲刚才所说的那样，玛丽一旦继位，就会毫不迟疑地复辟天主教，且对新教大开杀戒。而玛丽不会为此感到丝毫的不安，因为按照她的理解，这是正义之举，是在为她的母亲以及她所受到的不公平的待遇复仇，她要向所有的异教徒讨还血债。这样的话，整个国家就会倒退一百年，重蹈红白玫瑰战争的混乱局面，到那时山河破碎、生灵涂炭，你将会看到一幅比地狱还更恐怖的惨景。你能忍心吗，简？"

我想起了爱德华每次提及玛丽小姐时，总是既痛心又愤懑，忽然觉得，诺森伯兰公爵所言的确不无道理。

"还有一个原因，玛丽小姐有一半的西班牙血液，她相当于半个外国人。玛丽小姐在幼年时曾与她的表哥查理大帝订过婚。查理大帝如今已成为鳏夫，如果她继位之后，接受查理大帝的提亲，我相信，他并不反对甚至会积极谋划以玛丽小姐为继室。这样的话，倘若玛丽生下子嗣，都铎王朝就会落于外族之手。即使玛丽婚后无子，在处理国事时，当英格兰与西班牙产生矛盾时，她该站到哪一边呢？英格兰的利益难以得到最大限度地保障。她只是一个女人，她将听命于查理大帝，把英格兰变成西班牙的附庸国。简，你愿看到英格兰对西班牙臣妾事之吗？"诺森伯兰公爵一脸痛切的表情。

"可是，如果玛丽小姐出于种种原因不能登上王位，至少伊丽莎白小姐是个合格的人选。"

"这你就不懂了，简。虽然事实不难点透，可是那些条分缕析，都不能够摆上台面啊。帝王的子女继承父业，这是水到渠成之事。至于她是如何执政如何治国，这是无法提前约束的。现在，能够阻止玛丽继位的，亦只有私生女这个理由了。帝王之家，一向将血统的纯正看得很重。血统不纯，必会危及王室的尊严与信誉。'私生女'是把双刃剑。既然玛丽不得因此继位，那么伊丽莎白也无权向王位提出要求。"

"都铎王位竟然传给外姓，无论如何，这解释不通！"

"但如果，爱德华国王的两个姐姐都犯下了大错，这就解释得通了，是吗？"诺森伯兰公爵目光逼人。

"伊丽莎白，她又有什么错呢？"

"苏德里男爵以谋逆罪处死，而她，她的软肋便在于与男爵交往过密，很难说，是男爵对她动机不纯，还是她对男爵另有所图。国王念在姐弟之情上，对她未予深究。但若真的深究下去，只怕也是十分无趣。当然，就我个人看来，伊丽莎白小姐在这件事上是蒙受了一些冤屈，但这也是因为她不知自重所致。据我所知，伊丽莎白小姐置身于谣传非议之中，这已不是第一次了。苏德里男爵夫人曾是先王亨利八世的王后，爱德华国王的继母，同时也是你与伊丽莎白小姐的养母。她在世之时，伊丽莎白竟然罔顾伦常，与苏德里男爵关系暧昧，令爱德华国王深感失望，就连男爵夫人的去世，照世人的说法，与伊丽莎白小姐也难脱干系。爱德华国王纠结于此，对伊丽莎白小姐素来看法欠佳。正所谓'伦常乖舛，立见消亡；德不配位，必有灾殃'。伊丽莎白小姐，她亦不配这个王位！"

我任其评议，竟然无词以驳。

诺森伯兰公爵继续说："先王亨利八世只有三个儿女。若是爱德华国王育有后代，哪怕只是一个女儿，我相信，王位继承的问题也是不难解决的。可他尚未完婚，哪来的后代？当他的身体状况走向末路，当他将你赐婚给我的儿子时，他或许就已拿定主意了。他要把你立为继承人，这是基于他对你的深厚感情与绝对信任。谁能否认呢，除了他的两个姐姐，还能找得出比你更适当的继承人吗？论血缘，观品格，比学问，你都当仁不让。上帝可以做证，爱德华国王的噩耗传到他的两个姐姐那里，她们所表露出的伤心，只怕还不及你的十分之一。只从这一点看，谁是合格的继承人，已是尽在不言中了。简，爱德华国王之所以做出这个决定，他也不是没有痛苦，没有矛盾，没有挣扎。但我可以肯定的是，他是一个意志坚定的人，只要做出了决定就落子无悔。他是我们的好国王，始终将英格兰人民的信仰与国家的前途放在第一位。为此，他不惜压制亲情、将两个姐姐排除在外，这是大义凛然的壮举。你是他所选定的继承人，只有当你做出承诺并切实履行对这个国家的职责时，他才会瞑目无憾。"

"爱德华，这真是他的决定吗？"泪水蒙住了我的眼睛。

"爱德华是什么样的人，想必你了解得比我更多。"诺森伯兰公爵微微一笑，"他虽长年抱病，可他的意志力——有如苍鹰展翼、迎难而上的意志力，那是无法降服、不可战胜的。你以为我能强迫爱德华国王立下言不由衷的遗嘱，我能蛊惑他、欺骗他、改变他？如果你是这样以为，那么很遗憾，你太小看他了，同时也看轻了你自己。我也是直到最后时刻的来临，才第一次见到遗旨的内容。简，请你冷静地想一想，假如是我捏造遗旨，又何必提及其他的那些继承人呢？'简以及她与丈夫吉尔福德的后代'，只要这样写就够了，这就能够满足达德利一族的私心了。"

"是啊，只有一位君王，出于对江山社稷的热爱与眷恋，才会考虑得无所不周。一国之君，最担心的就是后继无人。所以，他罗列了那么一长串继位的对象。"我自言自语道。

"瞧，你已经领会过来了。遗旨上的每一句话都是爱德华国王思想与心灵的真实写照。"诺森伯兰公爵点头叹道。

"然而公爵大人，"我直视着诺森伯兰公爵的眼睛说，"就在几天前，您还忙着向玛丽小姐通报国王的病情，令人以为玛丽小姐即将继承王位。请问这该作何解释呢？"

诺森伯兰公爵一眼不眨地望着我，从容答道："那是因为，我要保护我的家人。我已经说了，我也是在最后的时刻才见到国王的遗旨。而在此之前，我跟世人一样盲目，以为爱德华国王的继任者有一半的可能是玛丽小姐。而事实证明，国王的思维与气魄，岂能以俗眼观之，以常理衡之？"

我几乎被他说服了，爱德华的遗旨，的确是由爱德华本人所拟定。

诺森伯兰公爵以更激昂的语气说："简，宗教改革之路任重道远。爱德华所选中的继承人，必须有远见、有肝胆、有学识、有朝气。他把他的信仰与人民都交给你了。你若拒之不受，让玛丽小姐乘虚而入，那就等于是你亲手毁掉了新教的光荣、国民的未来，你会成为新教的罪人、国家的罪人。逆水行舟，不进则退，简，你必须接过重任。"

"可我根本不懂治国之道，我、我没有这个能力。"我像个傻子般地低着头。

"你会有的，因为，我会帮助你。"诺森伯兰公爵的脸上露出了自信的笑容，"爱德华国王继位之时尚不满十岁。他能做到的事，你也能够做到！走吧，亲爱的孩子。别让他们等得太久了。国不可一日无君。我们要把形势控制在自己手中。"

我与诺森伯兰公爵返回了大厅。所有的人见我进来，复又跪拜在地。我走向克兰默大主教，问道："尊敬的主教大人，请您回答我，爱德华国王将我定为继承人，是否符合国法教规？"

"是的，夫人。"克兰默垂目作答。

我的眼睛向全场扫视了一遍，我的父母、诺森伯兰公爵夫人，以及那些贵族、大臣，他们的表情极其丰富，是读不懂的谜团。

"你只需要说一句话,言简意赅地表明你的态度。"诺森伯兰公爵在我耳畔轻声说。

"我……"我实在开不了口。

"国家事重,莫再迟疑!"诺森伯兰公爵催促道。

"好吧,如果继承王位是我的职责与权利,我将求助于上帝,让我在他的指引下统治这个王国。愿英格兰地久天长!"我听见自己说,仿佛这是发自另一个身体。随后,我听到了飞瀑奔落般的掌声。

不知是谁带头欢呼:"赞美上帝,英格兰进入了简女王的时代!"

诺森伯兰公爵跪下了,一如戏剧中的经典造型。"我宣誓,必以生命与鲜血尽忠于简女王。如有二心,天诛地灭!"

而其余诸人,无不是他的应声筒。大厅里回旋着"如有二心,天诛地灭"的山呼海啸。在我,却是如同一座孤城,渐渐沦陷于千军万马的围困之中……

第三十三章 签 名

我来到格林威治宫,手边放着爱德华惯用的《圣经》,以及我送给他的那个约西亚小雕像,听近臣们说起了爱德华临终前的祈祷:

"上帝啊,我悲惨痛苦的一生即将解脱,您将带我前往另一个世界,虽然就我的年龄而言,此时启程似乎为时过早。可是上帝,我绝对服从您的决定,并将灵魂奉献给您。我将到达至乐之境,这是因为,只有在那个超越了生死的世界,我才能毫无阻隔地追随您左右。然而,还有一种可能。如果您出于别的考虑,继续赐予我生命与健康,我会是您忠诚的仆人,留在世间继续履行您所赋予我的责任。上帝啊,无论您做何决定,请保护您所钟爱的英格兰人民,帮助他们脱离腐朽的教皇统治,让这个独立自强的王国维系真诚的信仰,代代相传,生生不息。我与我的人民将满怀感激,用生命中的每时每刻来颂扬您的圣名。"

"爱德华国王的最后一句话是:我快睡着了,这是上帝的恩典,他将带走我的灵魂。"一名年轻的侍从取走了我那张泪痕湿透的手帕,换了张干净的手帕给我。

"忧能伤人,请夫人节哀。"那名侍从又说,"爱德华国王在生前虽然深受病苦,但他去世时却十分安详。他死在亨利·西德尼的怀里,脸上微微含笑,那是天使才有的微笑。国王回到天堂去了,他会受到上帝与圣母的拥抱。夫人,您要瞻视一下他的遗容吗?"

我点了点头。于是,他们揭开了盖在爱德华身上的白布。他的嘴角弯弯地向上翘着,仍然带有生前的红润。我甚至开始羡慕起他来,他已脱离了这纷纷攘攘的浮世,那宁和的笑颜宛如开在天国的睡莲。"爱德华,爱德华。"我轻声呼唤,生怕惊扰了他的安眠。然而,当我颤抖的手指抚上他的面颊,我禁不住向后一缩。他的脸像大理石般冷硬,他的生命已被带走。他再也不能哭,再也不能笑,再也不能对我有所回应了。

"爱德华,爱德华!"我再一次热泪汹涌,"你说过,你要藏到一个死神找不到的地方。你去了哪里?告诉我呀,告诉我呀,爱德华!"

"别太难过了,夫人。"侍从指着墙上的画像说,"您瞧,爱德华国王已回到他的父王母后身边了。"

　　我抬头望去，画像中有着温馨的三口之家。爱德华只有七八岁的样子，站在亨利先王与王后简·西摩的中间，满脸的稚气，十分可爱。亨利先王气度威严，而王后简·西摩则是典型的贤妻良母，眉目端静柔和，似乎一直与其丈夫、爱子为伴，从来就不曾离开。

　　"爱德华，你们一家人终于能够团聚了。"我轻轻地说，感到了一丝轻松。

　　是的，在这个世间，没有什么不可放下。雄心是什么？君不见万里炎海，无论怎样喧腾沸动，一旦西风乍起，不也化为了万籁俱寂的冰天雪地？唯有亲情是必不可少的支柱，哪怕到了另一世界，也仍愿得到亲情的守护。然而，守护我的亲情呢？我又有了痛哭的冲动。但这一次，不是为了爱德华，而是为了我自己。

　　"诺森伯兰公爵到！"侍卫的传呼为我带来了那个我最不想面对的人。

　　"夫人。"诺森伯兰公爵向我庄重行礼，"我这是最后一次对您使用这个称呼。明天您将以女王的身份入住伦敦塔，您将诏告天下，择定吉日加冕。"

　　"明天？"我大为震惊，"爱德华国王还没有安葬。不，绝不能是明天！"

　　"还是那句话，国不可一日无君。逝者已矣，新王登基必须尽快举行！至于爱德华国王的葬礼，这个您尽管放心，会有专司其责的大臣妥善安排，务要彰显爱德华六世之功德贡献。加冕之后，您以女王的名义为他主丧，亦可告慰爱德华国王的在天之灵了。"

　　"可是，我……"我只感到气怯心虚，"我难以胜任。"

　　"您现在这样说可是太迟了。"诺森伯兰公爵表情严峻，"昨天在西昂庄园，是谁在大臣与贵族之前，誓言自己将统治英格兰？您不是一个言而无信的小女孩，您很清楚这句话的分量！"

　　"我也不知道我当时为什么要那样说。"我惶然四顾，"我觉得，此事还需听取民声民意。我的意思是，不是每个人都认为王位归属于我。名不正则言不顺，我不敢欺世盗名以失天下之心。"

　　"要每个人都认同您继位称王，这是先王亨利八世与爱德华国王都无法做到之事。您若是因此而烦恼，非但太苛求自己，亦苛求了世人。"诺森伯兰公爵说，"我有一样东西给您。"

　　原来，还是那份遗旨。只不过，他现在呈给我的是一份誊写过的，毫无涂改痕迹的文书。这份文书看上去要正式得多，当然，誊写者不会是爱德华本人。

"这我已经看过了，公爵大人。"我匆匆一瞥，无心细看。

"不，这一份，跟您看过的那一份有所不同。这是在爱德华国王的亲自监督下，重新誊写的遗旨。更准确地说，这已不只是国王私人的遗嘱，而是一封写给英格兰的公开信。您再看看，您应当看得出不同的地方。"

我展信再看，果然是有不同。这封所谓的公开信不止一页，而是有好几页。第一页书写的是爱德华的遗旨，而其余诸页，则是密密麻麻的签名。

"在这上面签名的是一百零二个英格兰贵族。这里面，有全体枢密院成员、伦敦市议员、主教以及法律人士。您看，这是克兰默大主教的签名，这是首席国务大臣威廉·塞西尔的签名。每一个签名都能以一胜千，他们代表的是最优秀、最正直、最具远识、最有作为的英格兰人。有了这个，我想，您无须再听取什么民心民意了吧？这里，就是您能触摸到的火热的民心；这里，就是您能感受到的诚挚的民意。"

"那份爱德华国王手写的遗旨是经过了涂改的，这些签名认证的贵族就没有一个人提出过异议吗？"我问。

"这是一个很好的问题。您问得很专业，他为何涂改呢？"诺森伯兰公爵以律师般的口吻反问道。

我没有答话。他继续说："爱德华的初衷，也与先王亨利八世一样，他想遵守王位传男不传女的传统。但迫于形势，英格兰已无男可传。您的母亲弗朗西丝已年近四旬，她以前从未生养过儿子，传位给她的儿子，这极其渺茫。而夫人您，您与令妹凯瑟琳新婚不久，您最小的妹妹玛丽仍然待字闺中。以此看来，你们格雷姐妹也难以在短时间内为英格兰带来子嗣。遗旨指定的继位顺序若是从弗朗西丝的儿子到弗朗西丝的外孙，就会成为一纸空言。由于缺乏现成的继承人，王位会传给先王之妹玛格丽特夫人的后代。可玛格丽特夫人的后代是苏格兰人，这一点，无论是先王亨利八世还是爱德华，都得克服极大的心理障碍。对于英格兰的历代君主，将苏格兰并入版图是他们共同的雄心之一。如今由于子嗣的原因，将多年的梦想与奋斗付之一炬，让苏格兰人来统治英格兰人，这实在是莫大的悲哀。"

"我想见见玛丽小姐与伊丽莎白小姐。"我的这句话，令诺森伯兰公爵变了脸色。

"您要带上那份誊写过的遗旨吗？"诺森伯兰公爵挑起一抹冷笑。

"这是何意？"我愣住了。

"您是不是怀有这样的希望,最好玛丽小姐与伊丽莎白小姐也能将她们的签名添入其中?您太孩子气了!当年先王宣布爱德华为他的唯一继承人时,玛丽小姐是宁死不从。玛丽小姐连先王都敢藐视,她岂会听信于你?"

"可是,我不想与玛丽小姐为敌。她曾历经忧患,王位本来是她的,我不愿让她对我有所怨恨。"

"王位是您的,请您务必记住。"诺森伯兰公爵用一种十分强硬的声音说,"您没有时间重做一次选择。您,既不可以失信于世人,更不能失信于上帝。明天您就要身登王位了,明天不容许有任何差错。夫人,我们这些人的性命都已交托给您,当着万民之面,您要是再有一个字用来宣扬玛丽小姐,您就等于亲手把我们推进了坟墓。我们是谁?这份名单上的一百零二个贵族,以及超出这份名单的所有新教的信徒。有人高兴就有人失意,有人欢喜就有人郁闷,有人继位就有人落败。虽然您是一国之君,但您并不能得到天下人的欢心。别再摇摆不定了,简,为人君者,要懂得取舍,得学会果决。纵然不得不用上狠心的手段,那也是为了规避风险,为了王国的统一与安定。"

他的眼神中透出一股奇怪的狂热与狠劲,我感到很是可怕:"诺森伯兰公爵,您所说的狠心的手段是什么意思?您会对玛丽小姐怎样?"

"啊,您想到哪里去了?"诺森伯兰公爵笑问,"玛丽小姐只是一个女人。一个女人,性子再强,心烦意乱之时无非大哭大闹一场,发泄一下情绪,这有什么不可以呢?当然,我会让人照看玛丽小姐,决不会为难她,更不会干涉她的正常活动。她的表哥,哈布斯堡的查理大帝已经托人给我带了个口信,要我保护好玛丽小姐。查理大帝在口信中并没提及王位的归属问题。我认为,这就是一种心知肚明的默认,查理大帝已接受了英格兰的继任者不是他的玛丽表妹这一事实。我会谨遵查理大帝之意,对玛丽小姐予以特殊关照。对伊丽莎白小姐也是一样。她们会比先王在世时还要富有,会比爱德华国王在世时还要风光,我会让她们过得像真正的英格兰公主。这您满意了吧?"

"也许,您该问问那两位公主是否满意。爱德华也许该考虑一下将王位传给您。因为您的语言,以及您的思维方式,跟一个国君简直相差无几。"我冷然说。

"您说笑了,夫人。您才是一切的出发点。而我,是您的臣仆,会用我的一生来为您效劳。"诺林伯兰公爵形同木雕,连眉头都不曾颤动一下。

我越发觉得他可厌可怕,只想赶快结束这场对话。

"我想回家，回到布拉盖特。"尽管我不想见到我的父母，然而，这总要强于与诺森伯兰公爵相处。他似乎总能把无理说为有理，他的身上有一种魔鬼般的东西，却又总能将我压服。

"您现在哪儿都不能去。您的目的地只有一个，伦敦塔。您得克制自己，君王得有君王样。"

"我想休息了，公爵大人。"我疲倦地说。

"还有一件事，最后一件事，也许不该在这个时候令您分心，可是您知道，这关系到您的信誉。"诺森伯兰公爵目光如电地逼视着我，"夫人，您的王朝即将开启。您可曾认真考虑过您跟我儿子的关系？"

我全身的血液都凝固了。

"您跟我的儿子，应当掀开新的一页，这样才能与您的身份保持同步。君王的婚姻应当如同神话一般，在臣民的心中留下佳偶天成的印象。爱德华国王此生最大的遗憾是无子可继，这样的遗憾绝不能延伸到您的身上。子嗣第一，这对历朝历代的国王都毫无例外。"说完这话，诺森伯兰公爵向我深鞠一躬。他不再看我一眼，转身离去。

第三十四章　谶　言

去往伦敦塔之前，我与我的父母、诺森伯兰公爵夫妇以及他们的儿子吉尔福德，在杜尔汉姆庄园共进午餐。

"简，这真是太有意思了。"我母亲怡然四顾、面有得色，"一个多月前，这里曾是你举行婚宴的地方。而一个多月后，它接待的不再是一个新娘，而是一个女王。这真是一块福地呀。可与伦敦塔相比，就显得有些小家子气了。日后女王省亲，还得准备一个像样的地方。诺森伯兰公爵夫人，您打算什么时候改建杜尔汉姆？这对您还真不是件容易事呢，谁让您的丈夫是这个国家的大忙人呢？"

"萨福克公爵夫人，您的女儿跟我儿子结婚时，您可并没嫌弃达德利家的杜尔汉姆庄园丢了份儿啊。"诺森伯兰公爵夫人笑了笑，"俗话说，饮水不忘掘井人。您的女儿由新娘而到女王，只用了不到两个月的时间。可这人心若是不知足，那就是在自寻烦恼了。夫人若是执意改建，那就改建布拉盖特吧，不妨请萨福克公爵代劳。她是您的丈夫，定然深知您的心意。而我们，我们都是些目光短浅的女人。这种事情，你我还是不问也罢。"

"饮水不忘掘井人，这话可是说到我的心坎上了。"母亲脸色一变，"到底谁是饮水人，谁是掘井人，您可不能昧了良心。您的丈夫是大忙人，我的丈夫却也不会闲着。至于目光短浅，您愿意这样说自己是您的自由，而我，我弗朗西丝的继承权原本排在简的前面，我可不是因为目光短浅而被爱德华国王的遗旨所摒弃的。亲爱的，您没法跟我比，我是公主的女儿，而您，你的母亲只是个一字不识的庸妇。我的女儿即将就任女王，而您的女儿什么都不是。请您注意跟我说话的语气，别这么尖酸刻薄，可以做到吗？"

"那您要我怎样跟您说话？像女仆对着她的主人？"诺森伯兰公爵夫人起身说，"弗朗西丝，你安敢轻视于我？我可不是什么低三下四的人，我是女王的婆母，跟您是完全平等的。既然爱德华国王指定的继承人不是您，您再是牵肠挂肚又有什么用呢？难道您还容不下自己的亲生女儿吗？"

"哎，一家人何必伤了和气。"父亲见势不好，急忙打起了圆场。

"哼！"母亲气得脸色发青。

"哼！"诺森伯兰公爵夫人亦扭过了脸去。

我搁下了手中的切刀，骤冷骤热的两股激流在我心中交战。

"简，你要努力加餐饭啊。今天下午就看你的了。"父亲关切地望着我。

"王位究竟是怎么来的，它究竟是谁的王位？"我忍不住发问，眼睛从母亲的脸上转到诺森伯兰公爵夫人的脸上。

她俩竟都微微一颤。"你们能告诉我实话吗？谁能告诉我实话？"我的眼睛，又从父亲的脸上转到了诺森伯兰公爵脸上。

"夫人，该告诉您的，昨日在西昂庄园，我已和盘道出。至于别的实话，不过是妇人间的一点小心思罢了。这实话就是，您的生母与您的婆母，无不以您为极大的骄傲。"诺森伯兰公爵说。

"这实话就是，您的两位母亲都急于分沾您的荣耀。"吉尔福德拿起餐巾抹了抹嘴唇，"您一步登天，谁不眼馋，谁不想攀龙附凤？"

"吃饭吧，自家人争什么意气？伦敦塔在等着我们呢，今天下午将决定英格兰的命运，也将决定我们的命运。"诺森伯兰公爵露出了一个并不明朗的笑容。

最后一道菜端了上来，是一只大蛋糕，被制作成城堡状。

"这就是我们即将入住的伦敦塔吧？"母亲的心情有了明显改善。

诺森伯兰公爵微笑不语。

"我们两家就住在这东西两端，至于中间的位置，得留给简，我们的女王。"父亲手指蛋糕，快活地说，"公爵，你家的厨子很会用心呢。巧夺天工的杰作，让人怎忍心在那上面动刀动叉？我看，不如将它带到伦敦塔，让贵族与百姓共同欣赏。"

"这里头一层还有两行文字呢，你们看，写的是什么？"母亲有了新发现。

"这是拉丁语吧，看不懂。"诺森伯兰公爵夫人摇了摇头。

"您看不懂，未必别人也看不懂。说到拉丁语，我女儿可最是在行。这些年来她在宫中所受过的教育也该露一手了。简，这写的是什么？肯定是些歌功颂德的话。简，不用害羞，你就快成为女王了。说呀，写了些什么？"母亲一个劲儿地催促我。

"它写的是，简女王，你正享用着伯沙撒的盛宴。你的统治将与伯沙撒一样。"我打着冷战说。

"伯沙撒的盛宴？"母亲一时怔住了。

"撤下蛋糕！立即去查，是谁干的？"诺森伯兰公爵已是脸色煞白。

"约翰，这是怎么了？伯沙撒，谁是伯沙撒？"诺森伯兰公爵夫人茫然不解。

"母亲，这不是歌功颂德而是最恶毒的诅咒。您的历史只怕没学好。这个伯沙撒嘛，伯沙撒是两千年前新巴比伦王国的亡国之君。关于他的传说有很多，其中有一个特别恐怖。这个传说就是，他在某次大开盛宴时命人拿出了他的祖辈们从耶路撒冷圣殿劫来的金银器皿，一来是为饮酒作乐，二来借以炫耀。而宴会的高潮，出现了一只诡异的手指，在墙上写下一行无人认识的文字。伯沙撒到处求解，终于找到一位高人将它破译了出来，那是一行散发着死亡气息的谶言——伯沙撒王，神已计算出你的国运到此结束。"吉尔福德侧过脸来问我，"我解释得正确吗，满腹经纶的女学士？"

"太猖狂了，简直是公然造反！诺森伯兰公爵，府上怎会有反贼呢？"父亲举目四顾，神情紧张。

"不是我府上的人，这个反贼定是有人指使。"诺森伯兰公爵沉吟道，"我对拉丁文倒也略知一二。也许这就是那个幕后主使的签名，玛丽·都铎。"

"玛丽·都铎？不会的，简的祖母岂会诅咒自己最有出息的孙女？"母亲叫了起来，"公爵大人，您的拉丁文大概并不是那么地道。"

"我的拉丁文纵然不及您的女儿地道，倒也不会连个人名都认不出来吧？夫人，请容我稍稍地提醒您，以玛丽·都铎为名字的，可不止于您的母亲一人。"诺森伯兰公爵说。

"玛丽·都铎，一定是玛丽小姐！"父亲惊呼出声，"她想挡住我女儿的路。这头一招，是用恫吓来试探我们！"

"然后呢？"母亲也慌了神，"她会不会抢先赶到伦敦塔，从我女儿的手中抢过王位？"

"这件事是不是受她指使还很难说。也许有人驴蒙虎皮打着她的名号，想打乱我们的安排。这件事暂不用管。见怪不怪，其怪自败。我们先去伦敦塔吧。"诺森伯兰公爵反倒镇静下来。

"去伦敦塔吧，"母亲将杯盘一推，"我简直等不及了。"

"夫人，您这样说，只怕会引起人家的误会，以为即将登基的是您呢。"吉尔福德冷不丁来了一句。

"那有什么关系？"母亲傲然笑答，"我是女王的母亲，我想怎么高兴就怎么高兴，还要看别人的脸色吗？"

我身份蜕变前的最后一顿家人聚餐，在"伯沙撒盛宴"的阴云笼罩下草草结束了。我换上了一件极其华丽的绿丝绒的裙裳，这件衣服由数名裁缝连夜制成，虽然时间紧促，但在选材与工艺方面，仍然可以冠以精湛之名。

"你完全变样了，我亲爱的女儿。不，我的女王陛下。"父亲笑得合不拢嘴。

母亲退后数步，用挑剔的目光从稍远一点的角度打量我："还差了一点呢，威仪不够。"

"这我早就想到了。虽然简的个头不矮，可是跟我儿子站在一起，未免略显不足。吉尔福德挺拔魁伟，一向太过惹眼。简可以穿上这个。"诺森伯兰公爵夫人向一名女仆打了个手势。须臾工夫，女仆送来了一双高跟鞋。

"还是您想得周到，夫人。"母亲全然忘了刚才的那段龃龉，亦无从理会诺森伯兰公爵夫人为爱子所感到的不平，点头称赏道，"有了它，我女儿何愁威仪不丰？"

"您的女儿不也正是我的女儿吗？"诺森伯兰公爵夫人说，"简毕竟是个女孩子，一夕之间，还很难适应登高绝顶的变化。我们这些做父母的，可得齐下心来扶持她。"

打扮停当后，我们一行人登上了精心盛饰的画舫。我与吉尔福德同船而坐，而我的父母与诺森伯兰公爵夫妇，则坐在另一只船上。

"等等！"开船前的一刻，母亲忽然向我奔来。

"这里用不着你，希尔小姐，到那只船上去吧。"她对那名为我托起裙纱的女士说。

"母亲！"她眼中的狂热令我凛然一惊。

"我来为你牵纱。"母亲笑得极其愉悦。

"这样的事怎么能够让您……"

"这个时刻不仅属于你，亲爱的孩子。没有我哪有你？这既是你的时刻，也是我的时刻，我得好好地感受它，我要痛痛快快地得意一下。想想看，只差一步之遥，我就要成为女王了。如果我有一个儿子，如果我的儿子还十分年幼，这王位还轮不到你呢。"母亲望着我，发出一声喟叹，用不胜钦羡的语气说，"别担心，我不会跟你抢，我能嫉妒自己的女儿吗？我一直寄予厚望的女儿，你的成功也就是我的成功。从前因为你的种种怪僻，我不知生了多少闷气。今儿个总算一扫而空了。上天鉴怜，我这一片苦心，终于还是得到回报了。"

　　沿河两岸站满了围观的群众。在万里晴空下，他们的表情一望可知，这与万里晴空落差太大。

　　"他们不喜欢我。也是的，他们凭什么喜欢我呢？既然连我自己都觉得，这王位的得来实属侥幸。"我难过地想。

　　"英格兰的人民非常含蓄非常保守。哪怕一根树枝打落在肩头，他们都会惊讶一番，更何况是江山易主这样的大事呢。几年前，爱德华继承王位时，人们也没给过他好脸色看。后来不也顺顺当当了吗？你会赢得他们的心，我亲爱的女儿。爱德华继位时还只是一个孩子，而你快满十六岁了。你博学多才，温雅有度，身康体健，精力充沛。你已遵照传统成婚，你的夫婿年轻又帅气，你们很快会有下一代，你们会有许多活泼可爱的儿女，这是病体恹恹的爱德华与年老得子的亨利先王所不能比拟的。无论从哪方面看，你都比爱德华强；你有大把的时间来赶超先王。英格兰的人民定会臣服于你，吉尔福德，是这样吧？"母亲在我身后高声谈笑。

　　"未必尽然吧。"吉尔福德轻哼一声，"如果英格兰的人民知道您的女儿跟我只是挂名夫妻，断子绝孙将成为不可避免的命运，他们会怎么想呢？"

　　"好孩子，你切不可如此说。"母亲收起了笑容，"你与简相互依赖、互为映衬，就像花离不了叶，叶离不了花，谁也少不了谁。你们俩如今得合成一个整体，你们得把最佳的一面展示给世人看。你们是一对极其美满的王室夫妻，必须给世人留下这个印象。吉尔福德，我知道你有牢骚，有怨言，我会为你排忧解难的。可是当前，你得全神贯注地做好女王的丈夫。我女儿的前途与你的前途都在此一举了。吉尔福德，振作起你的精神吧，好好地表现你自己。不对，你的眼神得柔软一些，得深情一些。要不时地看着简，把她想象成你痴心所系的爱人。望着自己深爱的人，会是怎样的感觉，会用怎样的目光？没什么难为情的。你就当是为了王位而爱上她。这王位也有你的一半呢，吉尔福德。"

　　吉尔福德果然照此而行。他的目光不时地寻找着我的目光，令我很是气恼。"你老盯着我干吗？没见过像你这么无聊的人。"我愤然掉转视线，却再次与他的视线碰了个正着。

　　"夫人您看，这可怪不着我啊，好心遭雷劈，真是没趣。"吉尔福德不胜委屈地对母亲说，"是您的女儿不肯配合。不肯配合也便罢了，还要口出恶语，既损人又不利己，何苦来？"

　　"简，"母亲从身后掐了我一下，"你真是笨死了，呆透了！像你丈夫这般玉树临风的翩翩少年，走到哪儿都牵系人意。河岸上多少姑娘想要得到他的一个顾盼还不能呢，你也实在太矫情了！哎，看见前面没有，那是西敏寺，多宏伟，多壮观，多气派。再过些时日，你也会在西敏寺加冕，跟都铎王朝的历代帝王一样。"

"你脸上的胭脂分量不够啊。一点喜气也没有，没有一点称王称霸的气概，倒像是……倒像是来送丧的！在西敏寺加冕，你不觉得这太抬举你了？"吉尔福德压低嗓音，很显然，这样做的目的是为了让我一个人能听见。

我注视着西敏寺，神思忧然。爱德华曾在此加冕，之前是先王亨利八世，再往前是亨利八世的父亲亨利七世。如今，亨利七世与亨利八世均已埋葬于此，爱德华，也将在此与他的父祖辈同眠。亨利八世当年为了确保都铎一族能有一个须眉男儿传宗继业，可谓费尽心机。前后娶妻六次，令英格兰在这之前的所有国王相形见绌。但对于身当其事者而言，且不说亨利八世那些不幸至极的妻子，就是亨利八世本人，也已因为婚姻不顺而伤透了脑筋。多娶并非是福，而不停换妻的目的，为来为去不就是为了得到一个以及更多的男性传人？亨利八世最终还是得到了，但这么快就失去了，并且是永远失去，失不再来。倘若亨利八世亲眼看到我即将填补都铎一族永失男性传人所造成的王位空缺时，这对他来说，是不是一个毁灭性的打击呢？我忽然冒出一句："西敏寺是都铎帝王的安息之地。我很怀疑，躺在地底的英灵能否容忍一个异姓的女子来侵占他们的圣域？"

"你胡说什么？"母亲打断了我，"你身为都铎后裔，即使没能用上这个姓氏，遍观一国之人，谁能比你更有资格在西敏寺举行加冕大典？简，别再说这种妄自菲薄的话了。若教我们的敌人听见，可是不得了！"

"我们的敌人？"我在心里暗自苦笑，"我们的敌人会是什么人呢？玛丽小姐还是伊丽莎白？"

第三十五章　登　塔

"伦敦塔宫门已至,请女王陛下移步登岸。"一名身着鲜红上衣的士兵站在军容整肃的列队之前,向我欠身行礼。

我走下船头,尚未站稳,半空里突然礼炮齐鸣,令我惊颤不已。我几乎不知道该怎么走路了,足底绵软,心里好一阵发虚。

"直起腰来,简。当着天下人的面,万不可丢了你的身份!"母亲的声音听上去高而微茫,仿佛隔了时空一般。

我微微转身,发现背后跟着群臣百官,而在较远一些的河岸,那是围观的平民百姓,其中不乏衣衫褴褛的赤贫一族,无不目光灼然。许多人伸长了脖子频频跃起,向着我不住地比画指点。

"她是谁呀?听说爱德华把王位传给了她?就这个一脸稚气的小丫头,哪有一点的女王相?"

"说是爱德华国王的一个什么亲戚。这么年轻的国王说没就没了,即使无儿无女,还有两个同父的姐姐。王位不传给姐姐,反倒给了八竿子打不着的一个亲戚。也不知道大臣们是从哪儿弄来这样一个亲戚。瞧她那副怯生生的样子,就不是一块执掌乾坤的料。嘿,年年有怪事,今年特别多。别说我们英格兰从没有过女王,就有女王,也轮不到她啊。"

"可不是嘛。都铎一族又没有死光。先王的女儿玛丽小姐呢,她知道这事吗?"

"那个给她托纱的女人又是谁?看起来好威风,好像她才是货真价实的女王,这两个人似乎主仆颠倒了。"

"这就叫作恶仆欺主。这女王可真是年轻,一张小脸就跟邻家女孩似的,一跤跌进青云端,难怪压不住场。倒是站在她身旁的那个小伙子,长得真是不错。那是她的哥哥还是丈夫?若是丈夫的话,这姑娘可真是上天的宠儿,全天下的好事可都让她给占尽了。"

"玛丽,玛丽,老王亨利的女儿玛丽才是英格兰的女王!"七嘴八舌的热议之中,忽然响起了声如裂帛的呐喊。越来越多的声音加入进去,渐渐变为压倒性的呐喊。

"刁民鼠辈,安敢无礼!"诺森伯兰公爵已是怒形于色。数名士兵纵马冲向人群，手抡缰绳一阵乱打。一时间人仰马翻，哭声震天。

"住手，住手！上帝，我的上帝！"我半跪于地，惊痛交加。

"起来，简！你的裙子，你的裙子会弄脏的！"母亲狠狠地从背后将我一拉。

"都给我住手！"诺森伯兰公爵一声暴喝，士兵开始后撤，人群亦渐趋平静。

"再有妄议新王者，定斩不饶。"诺森伯兰公爵容色沉峻，"新王心地仁厚，不忍因尔等一时糊涂而略加责罚。都看见了吧，这是她为尔等流下的眼泪。她是尔等的新王，尔等未曾为她有过绵薄之力的报效，她却为尔等跪告上苍，热泪盈眶。这是为什么？因为从今日起，她就是万民之主。其爱民何殷，忧民何切，护民何急，惜民何深！尔等当感念君恩、敬之如神；尔等当幡然悔悟，将功补过。"

"爱德华国王既已离世，新王为什么不是爱德华国王的姐姐玛丽呢？"一个倔强的声音击破了沉寂的水面。

"你是什么人，敢说这样混账的话？站出来，让我看看你的脸！"诺森伯兰公爵虎着脸，在人群前踱来踱去。那神情，好似一只仙鹤在审视一群灰雀。

一个人站出了人群，然后是第二个，第三个，数十个……一个个昂首挺胸，面色不驯。

"很好，很好。"诺森伯兰公爵反倒笑起来，"尔等皆是忠勇之士。可这忠勇，却用错了地方，所托非人！"

那些人并不吱声，只是冷眼相看。

"尔等但知其表，不知其里。"诺森伯兰公爵一脸的正气凛然，"爱德华国王虽有两个姐姐，却都是先王亨利八世非法婚姻所生。先王自知愧对上天，在其有生之日，只许对两个女儿以'小姐'呼之，不给她们公主封号。难道先王不疼爱自己的女儿吗？为人君者，重社稷以利千秋，在这件事上，先王的胸中早已做出明断。英格兰的百姓，你们能让一个连正大光明的身份都没有，虽为国王之女却以'小姐'贬称的女人来统治你们吗？你们虽然贫穷，但人穷志不短啊，你们的身世明明白白，你们的父亲母亲都曾在上帝的祝福中缔结良缘。不像玛丽小姐与伊丽莎白小姐，纵然她们是帝王之女，可她们的出生却是上帝所嫌恶的，是耻辱的降临，灾异的标志，一辈子在人前抬不起头来。两百年间，英格兰从无立私生子为国王的先例，更不用说以私生女为国王。英格兰的百姓，你们若为一个私生女而与朝廷为敌，这可是大错特错啊！"

"可她，她也不是什么公主！"站出来的那群人里，一只扬起的手臂指着我说,"凭什么,她能继承王位?"

"她的身世没有任何污点,她可不是什么私生女小姐,而是无可指摘的大家闺秀。你们听好了,"诺森伯兰公爵大声说,"她是先王亨利八世之妹玛丽公主的孙女,是龙血凤髓,王室宗亲。她与爱德华六世同日出生,先王曾特制水晶盘两只,上刻双喜一词。一只水晶盘的底部刻有王储爱德华·都铎的名字,另一只水晶盘的底部则刻写的是这位女士——简·格雷的名字。先王亨利八世在世时就曾说过,爱德华·都铎与简·格雷的出生乃是天降祥瑞,犹如双星闪耀,必能为英格兰的江山增辉添妍。简·格雷才高学广且颇有容人之量,休名美誉播于山川,一向深得爱德华六世国王的敬重。爱德华六世曾在她结婚之时将刻有自己名字的那只水晶盘赐赠,其后更是亲书遗旨,将她确立为继承人。你们自己看吧!"

那对水晶盘被捧了出来,展示于众。阳光之下,爱德华·都铎与简·格雷这两个名字显得格外光辉动人。

"此非天意乎,此非天意乎?"诺森伯兰公爵以十二分的恭敬向我施行跪拜大礼。

群臣也跟在他的后面行礼如仪。

百姓们的目光有了明显的变化,他们望着我,像是在观望某尊神像。或许,我的衣着也在发生效力了。就如阳光下水晶盘上所铭写的名字,极尽光鲜、极尽奇妙、极尽华贵、极尽飘逸。然而啊,我知道,只有我知道,在这光鲜奇妙、华贵飘逸的层层包裹下,只有一具十五岁的少女的躯体,只有一颗十五岁的少女的心灵。她不是什么神像,更不是水晶铸成,她有许多缺点、许多弱点,她因为紧张害怕而不停地发抖,她恨不能藏到一个人迹罕至的地方。可她不能,唯有硬着头皮支撑。

部分民众开始仿效群臣的举动,向我下跪以示服从。当然,大部分的民众仍是观望的姿态,但至少,没人在脸上公开地显露敌意了。

诺森伯兰公爵站起身来,这一次,他用亲切的语气告诉民众:"新王光降伦敦塔,择日将行加冕圣典。当此吉时,普天同庆、万象更新。尔等若有忠君报国之心,他日新王加冕,当倾城出动、夹道相迎,则必蒙新王嘉赏,福临乡间,泽被子孙。"

我转向人群,很想说些什么,却不知从何说起。

"陛下初继王位,愚民不识圣君,此事不足为奇。"诺森伯兰公爵温和地对我说,"陛下且自宽心,勿再烦忧。请跟我来,伦敦塔正恭候陛下御足亲临呢。"

我抬头望了眼巍巍塔影,又回头看了眼正值盛夏的泰晤士河。我不曾意识到,我人生的盛夏亦已随波远去。我更是没有想到,我剩下的岁月,已被禁锢在深深楼塔中。伦敦塔，是我人生的起点，也是我人生的终点。我从这里升腾，亦从这里陨落。

两名年老的贵族分别站在宫门左右，他们的身后，分列两队肩荷镀金斧头的士兵。

"请容许我为您介绍，女王陛下，这是财务大臣、温切斯特侯爵威廉·保勒特；这是伦敦塔的看守长、爵士约翰·布瑞吉。"诺森伯兰公爵说。

"您好，温切斯特侯爵；您好，布瑞吉爵士。"我向他们点了点头。温切斯特侯爵体形丰硕，年纪要在六十以上了。而布瑞吉爵士的年龄在四五十之间，是个体格健壮的中年人。

"臣等恭迎陛下！"他二人齐声说。

"陛下，"温切斯特侯爵有些吃力地俯身下跪，将一串钥匙高举过头，"这是伦敦塔二十三座塔楼的钥匙，请陛下清点并收纳。"

我再次抬首而望。巍然矗立的塔影仿佛一只展翼欲下的巨型蝙蝠，随时可能将我吞覆或碾作齑粉。伦敦塔，这是一座有着五百年历史的古塔，为征服者威廉所建造。伦敦塔共由二十三座塔楼组成，为军事要塞、宫殿、国库、军械库、监狱、避难所以及天文台的集合体。其核心部分在于白塔，其余诸塔如众星拱月般分布在内外两层。伦敦塔一向是英格兰的象征，更是王权的象征。对于帝王，伦敦塔意味着铁打的江山；而对于囚犯，伦敦塔意味着可怕的地狱。"君临伦敦塔，岂弃于天堂信步？朕可以大施拳脚、坐享天下矣。"不记得这是哪位帝王在登基前入住伦敦塔时所发出的得意之叹。我注视着那一大串沉甸甸的钥匙，心中一阵惊跳。我是到了地狱呢，还是进了天堂？

"陛下，请清点并收纳伦敦塔的钥匙！"见我呆立不动，温切斯特侯爵提高了音量。

"还说是什么龙血凤髓呢，连伦敦塔的钥匙都不敢接，这不是心虚又是什么？"人群中又有了小声喧哗。

"给我！"诺森伯兰公爵忽然走上前来，以命令的口吻向温切斯特侯爵索取钥匙。

"你！"群臣与百姓无不骇然变色。

温切斯特侯爵用犹疑的眼神望着我。诺森伯兰公爵轻声一笑，闪电般抓过了那串钥匙。

"请陛下管好您的家当。"诺森伯兰公爵将钥匙塞进了我的手中。他的目光是谦恭的，然而一望可知，那是装出来的，纯为敷衍，他甚至不肯用心去装。

我深感愤怒却又无奈。他既是在愚弄我，也是在警告我。真正掌握伦敦塔钥匙的人，从一开始便是他诺森伯兰公爵；而我，不过是个徒具空名的君王罢了。他将钥匙交给我，并非是要将这个国家的决定权交给我，而是要我对他言听计从，一切照办。

"女王陛下，请您率领王公贵族、文武百官登塔，以接受万民的朝贺。"礼仪官躬身对我说。

"请女王登塔，请陛下登塔！"群臣的呼喊如波涛翻涌，一波高过一波。而我，就像一朵水花，在前推后涌的声浪中，被推离了原来的位置，越推越远，此身此心，终于非我所有……

怀着沉重的心情，我在群臣的簇拥下登上了白塔，俯视其下的茫茫人海。礼仪官高声宣读："简，按照上帝的意旨，您在今天成为英格兰、法兰西以及爱尔兰之王，以基督的名义，您是英格兰与爱尔兰教会的信仰捍卫者与最高领袖。"

"英格兰、法兰西以及爱尔兰之王"，这样霸气十足的称号似乎是先王亨利八世的发明。尽管与历史颇有出入，与事实并不契合，但对于像亨利八世这样的君王，睥睨法兰西、囊括爱尔兰，倘若时光能够对他更为慷慨一些，他可从不吝于向世人展示他并吞四合的豪情与气魄。而对于当前的我，单单成为"英格兰之王"已令我既惊且愧，若再冠以"法兰西以及爱尔兰之王"，岂不是错得更远？话虽如此，置此情势之中，这一声高遏行云的"英格兰、法兰西以及爱尔兰之王"，怎不令人热血沸腾、荡气回肠？

"百姓们已瞻拜圣颜，但仍期待能有幸听到陛下的天语纶音。"诺森伯兰公爵下巴微仰，这是催促的信号。

塔下摩肩接踵、人头攒动。忽然，我看到了艾伦，看到了米妮，还有我的两个妹妹。她们满面欣喜地频频挥手，玛丽妹妹个子矮小，却跳得极高，我虽听不到她的声音，然而从她的口形却可以知道，她是在振臂高呼"女王陛下万岁！"

当然，呼叫这个口号的可不止她一人。那些尾随在我身后的官员与贵族不也叫得十分高亢、十分卖力吗？他们有的甚至是第一次见到我，却叫得毫不牵强、毫不羞涩，仿佛我在十年以前便已做了他们的国王。是啊，他们的前程皆系于我一人之身，为我呐喊助威，也等于是在为他们的前程呐喊助威。而在塔下的人群中，会有多少人是真心为我叫好，是在默默关注并期待我继位后的举措呢？我不禁黯然。

"嘘！"塔下的众人忽然比画着手指做出噤声的动作。塔上诸人虽觉奇怪，却也随之停止了叫喊。

"天佑女王陛下！愿您为我们找回那个久已失去的乐园，愿您带给我们一个升平盛世!"

"格蕾丝!"循着那奇妙的音调,我将她识别了出来。鹦鹉格蕾丝展开双翼立于约翰的头上,正如它的名字那样,它的嗓音优雅、清甜,灵慧且富有人性。

约翰的妹妹玛拉也来了,高举着小山羊阿瑞尔。阿瑞尔的一双羊角上各戴着一朵火红的玫瑰花,显得十分喜庆。玛拉虽然双目失明,却是眸光闪曳,含满了笑意,仿佛眼睛里有两支红烛在嫣然舞动。

"天佑女王陛下!"她似乎全然忘却了自身的不幸,真诚而又热切地为我欢呼。由于众人都有意让位于格蕾丝的独家演出,在这百口缄默之时,玛拉的欢呼便分外突出。

"那个声音像银铃般的女孩子是谁?"诺森伯兰公爵问。

"公爵您问的是那个跟鹦鹉站得最近的女孩?哎,她的眼睛似乎不大对劲。莫不是个睁眼的瞎子?"有人回答。

"把她找出来,还有那只鹦鹉。"诺森伯兰公爵说。

"公爵大人,那个女孩子和鹦鹉并没碍着您什么事啊,您就不能高抬贵手?"我看了诺森伯兰公爵一眼。

"陛下何出此言?我这是要当众褒奖他们呢,当然,是代陛下褒奖。"诺森伯兰公爵向我躬身说。

伍德兄妹与鹦鹉格蕾丝很快被带到了塔上。诺森伯兰公爵一手揽着约翰,一手揽着玛拉,向塔下俯瞰:"大家可都看清楚,可都听真切了,灵鸟有智,亦对新主祝以吉语。而这个姑娘两眼皆盲却心中透亮,足见新王应天承运、深孚众望啊。尔等身心俱健,岂能不如灵鸟之多智、盲女之敏察?'天佑女王陛下!'请大家跟着我一起喊吧。勇敢的英格兰人,真诚的英格兰人,大声点儿,再大声点儿!"

"天佑女王陛下!"塔下的叫喊果然比前壮大了数倍。我的眼睛从那一张张饱受苦难的面容上一一看过,忽然之间,我不再感到畏惧,我感到了一种强大的责任。"这是我的人民,我的国土。"七年前,爱德华的肺腑之言此时却成了我的切身感受。"让爱德华在我身上重生吧。如果不能重生,我也要倾尽全力来完成他的志愿。"我的眼睛湿润了。

"女王陛下,您得对百姓说些什么。"诺森伯兰公爵再一次提醒我,向我呈上一个托盘。我匆匆扫了一眼,盘中是一页现成的演讲稿。我笑了,他不过是要借我之口,说出他想说出的话。

"安静,我要求的是绝对安静!女王陛下要对你们说话!"诺森伯兰公爵向塔下挥了挥手。

我将盘中现成的定稿拈在指尖,微一松手,那页薄纸又跌回了盘中。

我深吸一口气，用自己的语言、自己的声音说："英格兰的百姓们，在两天之前，我刚刚得到爱德华国王逝世的噩耗。在一天之前，我才被人告知，我来到这儿，是要成为你们的女王。请你们务必相信，在最初得到这些消息的时候，我跟你们一样地悲伤，也跟你们一样地迷茫。我从未想过会荣登王位，何况是继承爱德华·都铎这样的国王。爱德华国王是我的表亲，我永远不会忘记，他初继王位时对我说过的那些话。他这一生，有两大心愿。一是要净化英格兰的宗教，二是要让英格兰的人民过上安居乐业的生活。在宗教改革方面，他删繁就简、提炼精髓，先后颁布了爱德华六世第一、第二祈祷书，用我们的母语取代拉丁语来布道施教，让《圣经》得以真正地亲近百姓。宗教面前人人平等，我们在上帝的惠爱与慈恕之中结为兄弟。爱德华国王忧国忧民，我不会忘记他因民生困蹙而心痛落泪之时。他直斥圈地运动惨无人道，对失去土地的流浪儿满怀同情……"

"咳！"诺森伯兰公爵重重地咳嗽一声，明显是要阻止我。

"让她说！"塔下有人高喝，"爱德华国王，他的确在意过我们！"

"爱德华国王有颗善良的心。他曾关爱过我们，也许在他去世时也不愿放弃。可是那帮大臣，除了萨默塞特公爵外，没一个好货。他们太贪了，他们太狠了，是他们榨干了我们的血汗。只有爱德华国王，他是真心维护我们的！爱德华国王死得太早了，谁能想到呢，他可是令人称羡的上帝之子啊！"有人开始大声啜泣。

我强忍着眼中的泪意说："爱德华国王不愧上帝之子的美誉，他年少继位励精图治，数年之间无一丝懈怠。怎奈天不假年，夺走了我们英才奋发的国王。当今之英格兰，宗教改革仍行进在朝圣途中，而我们的百姓，仍饱受圈地之苦。盗贼横行，叛逆滋生，孤儿无依，济贫院徒有空名……对这些现状，我虽知之不深，却亦有所见闻。可是我要说，英格兰，尽管你有那么多不如人意的地方，我依然爱你，我爱你沧桑却仍坚定的容颜，我爱你百折不屈的往昔，我爱你每一寸的河流山川，我爱你浴火重生的傲气。我爱你，英格兰，我是那样地爱你。成为英格兰的女王，不仅意味着荣耀，同时也意味着重任；这既是压力，也是使命。"

"女王万岁，英格兰万岁！"格蕾丝忽又发出一声高呼，这时机选择得正好，那些原本绷紧的面孔也不禁放出了笑容。

"谢谢你，我的朋友。"我望了眼昂首顾盼的格蕾丝，接着说，"英格兰的百姓们，从今以后，我必以你们的甘苦为我思虑的源泉，我必将你们的利益铭记在心。今天，我们同聚于此，聚于这座有着悠久历史的古塔。同胞们，假如我是垒在伦敦塔最上面的那块砖石，你们就是支撑起伦敦塔身的最坚实的基石。砖石与基石互为依赖，缺一不可；我们也是一样，我们有着共同的祖先,我们同饮一江之水,息息相关、血肉相连。从今以后,让我们以诚相待,和衷共济。从今以后,让我们众志成城、把千万颗心合为一心,改变你我的命运,建造一个强盛、富足的英格兰,作为你们的女王,我祈求你们,我命令你们,让英格兰成为我们的骄傲,让我们成为英格兰的骄傲!在未来的某个日子,愿我们含笑忆起今天的誓言,此心足矣、无愧无憾。上帝必将为我们做证,伦敦塔必将为我们做证!前进,英格兰!英格兰,前进!"

  掌声响起。而在掌声之后,一支歌隐隐传来,音阶在渐渐升高,那是我童年听惯的声音:

    你可知道,金盏花开了?
    天边的云彩对我说,
    快换上你绚丽的衣裳,
    我们一起去把她拜访。

    你可知道,金盏花开了?
    水中的游鱼对我说,
    快划开那拦路的浮萍,
    我们一起去将她探望。

    你可知道,金盏花开了?
    路过的微风对我说,
    快梳理你蓬松的辫发,
    我们一起去熏染她的芬芳。

    你可知道,金盏花开了?
    蓝眼睛的星星对我说,
    快推启那幽暗的窗户,
    我们一起去感受她的容光。

    你可知道,金盏花开了?
    娇小的夜莺对我说,
    快打开你紧闭的嘴唇,
    让我们一起唱出她的喜悦,她的向往。

你可知道，金盏花开了？
世间所有的声音都在歌唱，
赞美你，仁厚的天地，
在这成熟丰收的季节，
为我们送来了一个金盏花一样的姑娘，
她就像是美梦一样。

她将带来五谷丰登、平宁安康，
带来蜜酿的生活、恒久的日月，
明净的清光里不见一丝阴影，
只有纯洁的幸福、无尽的欢畅。

最初是艾伦在唱。渐渐地，汇作成千上万人的合唱。我看到了，我听到了，布拉盖特那一带的人无不含笑相和，乡音乡情联袂而来，如温风习习振于林木，如溶溶甘泉濯我身心。"亲爱的乡邻，我不会辜负你们的期盼，更不会有负英格兰百姓的期盼。"我油然生出一份自信、一种自豪。对于未来，我忽然迸发出一种强烈的热情、一股新奇的希望。

"玛拉、约翰，很高兴在这儿见到你们。"我朝那对兄妹笑了笑，转向诺森伯兰公爵说，"公爵大人，约翰与玛拉是伍德家的兄妹。一个偶然的机缘，我认识了他们。他们都是穷人家的孩子，被艰苦的生活分开在两地，而他们的父母又早已去世，他们本该相依为命。我相信，公爵大人，您会乐意帮助他们。"

"原来女王陛下早就认识他们？"诺森伯兰公爵仔细地看了看约翰，又看了看玛拉，"这个偶然的机缘一定是个特别的机缘吧？我很乐意执行女王陛下的盼咐。不过呢，臣有一点建议。常言道，王者心系天下。陛下继位之初，当以天下为先，而不是以私人的感情好恶为先。这样万事万物才不至于紊乱失序，您说呢？"

如此绵里藏针、庄严正大的一番言辞，竟让我无语以驳，只在心里轻声一叹，还是在日后另寻时机，来兑现我对玛拉所许下的"团圆"承诺吧。

第三十六章　完　婚

"简，你今天说了太多的话。你急于得到百姓的认可，这我明白。可有的话，你未免说的有失身份。像什么'息息相关''血肉相连'，这哪像是女王的口气？还有什么'人人平等''结为兄弟'，会让那帮穷鬼生出多少妄想来？笼络人心用的是恩威并施的手段，有恩无威，这哪像个一国之君？并且这恩威二字，你也施错了对象。一个劲地去讨好那些下层的贫民，却把真正对你有用、能够为你效力的贵族晾在一边。他们尽心竭力地拥戴你一场，这是图个啥呢？你有没有顾及他们的需要？你呀，你又犯了自说自话的毛病。把诺森伯兰公爵急得快要倒噎气，怎么，你没注意到他的表情？"在伦敦塔为我布置一新的卧室里，母亲懒洋洋地斜倚着椅背说。

累了一天，压力与倦意已向我重重袭来，我连一句话都不想多说了，但母亲却是喋喋不休："这样也好，你没有照着诺森伯兰公爵事先拟好的稿子念，这等于给了他一记响亮的耳光！他太需要这记耳光来提醒了。英格兰的女王是你，而他，竟然在众目睽睽之下抢过伦敦塔的钥匙。钥匙由他交到你的手上，真是狂得没个王法了。从来君权神授，你说他这样做，究竟是想传递一个怎样的信息呢？是想以臣压君，还是要你一辈子记得他的拥立之功？"

"我不管他想传递什么信息。从我这里，他只会得到他所应得的东西。其他的人，也是一样。"我不胜烦恼地说。

"是的，不能白吃了这个哑巴亏，断不可纵容了他这股居功自傲的势头。否则的话，尾大不掉，你的日子就好不了了。"母亲想了想又说，"只是目前，有些地方你还得忍耐些。局势未稳，得靠诺森伯兰公爵来撑持调度。"

我点了点头，想到日后将受制于诺森伯兰公爵，不禁灰心失意。

"这点小事无须发愁。怕什么，还有我们呢。有我们在，诺森伯兰公爵决不会无所顾忌。再说了，从大处着眼，诺森伯兰公爵是盟友而不是敌人。"母亲却又轻快地说。

"盟友？"我心里一惊，"什么是盟友？你们都做了什么？"

"盟友就是盟友，这还用得着多问？我只是开心而已，难道我不该开心吗？"母亲畅快地笑了起来，"今天是你成为女王的第一天！英格兰的女王，我的女儿是英格兰有史以来第一个女王！要知道在伦敦塔过去的一千年历史中，还从未接待过一位女王呢。时间紧促，仆人们经验不足，连日继夜地拾掇出这套居室，你也只得将就一下了。听说它最初是为安妮·博林准备的。那还是在二十年前，安妮·博林作为亨利八世的王后来伦敦塔加冕。这些家具都是从法兰西运来的，当年也算是顶呱呱的上等货。安妮·博林所带来的那股法国风，漂亮精妙、朦胧时尚，着实把亨利八世给迷住了，就像蜻蜓掉进了蜘蛛网，哪里还能逃得出去？只可惜啊，她用尽心机也没能给国王生个儿子。还不到三年……"母亲的话忽然停住了。

"还不到三年，安妮·博林重回伦敦塔，在她等待加冕的那间卧室度过了最后一夜。"我惶然起身，打了个冷战。

"这套居室不是她昔日住过的。"母亲忙说，"当时虽然是这么为她准备的，但安妮·博林因为身怀有孕，为着清静起见，搬了个住所。她这一搬，把她一生的好运气都给搬丢了。伊丽莎白小姐的出生砸破了她的一切美梦。简，你别担心，你这居室我让人看过了，好几个人都看过，都说是祥瑞之地。你不喜欢它也没关系。反正也住不了几天，等你加冕后，想住哪儿都行。汉普顿、格林威治、里士满、温莎，哪一处不比伦敦塔赏心悦目？那还不是由得你挑？伦敦塔虽以坚固著称，但在从前毕竟是军事堡垒，杀伐之气太重，不宜久居。"

"安妮夫人，心比天高却命如纸薄。"想到安妮·博林差点入住我的这间卧室，我矍然暗惊。

"所以，有一件事，你必须答应我，孩子。"母亲的神色已大为不同，"你跟吉尔福德，不能再这个样子下去了。"

又来了，跟诺森伯兰公爵正好前呼后应。"您的王朝即将开启。您可曾认真考虑过您跟我儿子的关系？"这是诺森伯兰公爵对我的"忠告"。

"这种话，已经有人替您说过了。"我望着母亲，心里一沉。

"是吉尔福德的母亲？"母亲问。

"不是她。"

"那就是诺森伯兰公爵本人？"母亲叹了口气，"爱德华新逝，你尚未加冕，他身为宰辅之臣，原本不该为着这种事操心。可是他不说，我不说，谁来为你开启迷津？简，你是英格兰的第一个女王。可你知道吗，有人本来可以在你之前成为女王。"

"您说的是玛丽小姐？"

"还提那个私生女做什么，我说的是四百年前的那个英格兰国王，英王亨利一世的女儿玛蒂尔达。"

"是她？"

"亨利一世与爱德华之父亨利八世颇有相似之处。亨利一世虽有子女无数，但与王后所生的合法儿女却只有四个，两个男孩，两个女孩。两个男孩中，次子早夭，长子死于海难；而两个女孩中，长女也早夭了，王位只能由小女儿玛蒂尔达继承。亨利一世在去世前曾令所有的臣僚宣誓，以玛蒂尔达为英格兰的女主人。然而亨利一世刚刚咽气，王位就被他的外甥斯蒂芬篡夺。玛蒂尔达兴兵讨伐，她打败了斯蒂芬，踌躇满志地进军伦敦城，开始计划在西敏寺的加冕典礼。然而玛蒂尔达为人苛酷自负，伦敦市民对她没有好感。英格兰不愿屈从于她，宁可与她血战到底。玛蒂尔达力不能支，屡战屡败极其狼狈。幸好她有一个儿子。最终英格兰人与她达成了妥协，尊奉她的儿子为王，这才休兵罢战。玛蒂尔达能够逢凶化吉，这个儿子可是起了绝大的作用啊。"

"玛蒂尔达，她虽是亨利一世的女儿，却先后嫁给了神圣罗马帝国的亨利五世与法兰西的安茹伯爵，她的大部分生命是在国外度过的。对她的故乡英格兰，她似乎并无深挚的感情。这是她的婚姻所造成的，她这也是身不由己。玛蒂尔达，这个名字在英格兰人的心中，好像只是一个外国人的名字，一个外来入侵者的名字。"我沉吟着说。

"我说这些，不是要跟你讨论玛蒂尔达的功过是非。我要说的是你，"母亲的语气沉重起来，"你也看到了，你这次能登上王位，是因为都铎王朝已无子为继。曾经势焰熏天的安妮·博林为何会走上绝路，那也是因为无子。论聪明，讲才干，玛蒂尔达不及安妮·博林的十分之一。可关键之时，玛蒂尔达却凭借着儿子反败为胜。对女人而言，儿子就是抓在手中的一张王牌啊。简，你得看清形势，如今摆在你面前的第一件大事，既不是压制大臣的傲气，也不是收买百姓的欢心，而是非得有个继承人，得尽快有个儿子。爱德华国王不曾做到，他传位给你，因为他确信你必能做到。"

"我必能做到？他的确信从何而来，难道他亲自问过上帝？"我反问道。

"简，你听我说，你不是都铎王室的直系后裔，你的地位从一开始便并不稳固。而要人心归附，只有儿子才能一锤定音，有儿子江山才能传之万代，才能让英格兰的百姓看到长远的未来。光阴似箭，日月如梭，诞育后代这样的大事，那是不容忽视、不容延误的。先王亨利八世成婚时尚不满十八岁，可他直到四十六岁，才有了唯一的儿子。而我，我也是像你这般年纪与你父亲结婚，生了三个女儿，却终究无子……我这一生，顺风顺水，独有这件事，我总觉得矮了别人一头，我对不起你的父亲。简，我不要你将来也和我一样。得趁早有个儿子。吉尔福德与你本就不是十分投契。你若对他过分冷淡，将来想要挽回他的心意，可就难上加难了。你怎么还能生得出儿子呢，假如他一见到你就避之唯恐不及？"

我痛苦地闭上了眼睛。母亲的话，却是一字一字地刺入了心里："就在刚刚过去的那个下午，在白塔之上，你曾言之凿凿，要对你的人民以诚相待。若是百姓们知道你的婚姻有名无实，这'以诚相待'岂不从一开始就是一句假话？连这点最基本的信任都无法建立，你的人民还会支持你吗？'我既没有丈夫，也没有子女。我仍然愿意用我的一生为你们遮风挡雨，我仍有能力当好你们的女王。'迟早有一天，当真相被揭穿时，你能否用这句自我宽解来搪塞过去？孩子啊，你心里比谁都更清楚，对任何国家、任何一国的百姓来说，一个没有家庭、没有后代的君主是毫无意义的，她只能意味着灭顶之灾。"

"这难道不是你们所一手造成的吗？"我气极怒极，"是你们制造了有名无实的婚姻！"

"可是当上女王的却是你！为了成就帝王之业，婚姻必须全力配合。舍小我而成就大我，是你的承担，是你的责任，是你应有的度量！"

我默然无语。母亲在我的手背上轻轻一压："对帝王而言，王座与爱情不可兼得，轻重利害一目了然。对你而言，王座与爱情却是可以兼得的。孩子，柏拉图是你喜爱的作者。我虽没有读过多少他的文字，但他有两句话，却是我十分佩服的。这第一句是'这个世界就这么不完美，你想得到些什么就不得不失去些什么'。这句话可以用来解释王座与爱情的关系。而第二句却是'人生最遗憾的，莫过于轻易地放弃了不该放弃的，固执地坚持了不该坚持的'。吉尔福德原本可以成为一个好丈夫，而你，你一直在固执地拒绝他，放弃了你不该放弃的，这不只是你个人生活的遗憾，更是这个国家的遗憾，是这个国家潜在的安全隐患。简，你没有任何理由不爱你的丈夫，没有任何理由不让他成为你最亲密的朋友。如果你是一个言而有信的君主，如果你真的想要担当起安邦定国的大任，那么接受我的劝告吧，在伦敦塔兑现你的婚姻，让你的人民对你致以赞许的微笑。这么做可谓一举两得。不只赢得了民心，并且收获了一个得力帮手，你的丈夫。日后你若与诺森伯兰公爵发生争端，吉尔福德必不会令爱妻失望。"

母亲的目光如灼人的烈日，我受不住这目光的烤炙，低着头说："我再想想。"

"不用再想啦。成为吉尔福德的妻子，难道比成为女王更难吗？迈过这前一道坎，可要比后一道坎容易多了。爱他吧，爱你的丈夫。这对你并无损失。既然你成为英格兰的女王是命中注定的，那么达德利家的那个男孩，就注定了要出现在你的生命里。英格兰的女王必须是个已婚的女人，必须同时拥有丈夫与儿子。"母亲笑着说。

"可是，吉尔福德他……"我的脸开始变得滚烫。

"他可不像你。我的意思是，他要比你明白得多。而你现在才想通，不过，你已大大地迈进了一步。"母亲眼中有了喜色，"这有什么难出口的，我去跟他说。"

在稍晚一些时候，吉尔福德走了进来。天哪，我该怎样面对这样的时刻？我直愣愣地瞪着他，他的脸上，带着似笑非笑的表情，仿佛在说："是你们请我来的，难道不是吗？"

我以为，接下来，他又要对我说一些尖刻难听的话。然而，他似乎在等着我开口。在我开口之前，他根本不打算说话。

"我在做什么？我要做什么？"或许，思想的迷乱让我变得跟平时有所不同。或许就一个男子看来，这是一种女性羞怯的表现。如果这个男子像我一样，刚刚被人灌输了关于爱情、子嗣以及家国职责的各种理念之后，那他很难不形成这样的看法。

"简，"他加深了那似笑非笑的表情，"也许，我该叫你亲爱的简。噢，还是抛开这种古怪别扭的叫法吧。正和我预料的那样，你的父母、我的父母，他们终于要我们假戏真做了，这也是英格兰所乐于见到的。怎么样，我的女王？还要不要像在我们的婚礼上那样再一次询问你的意见，成为吉尔福德的妻子，你愿意吗？"

"我不会再说，不愿意。"我努力让自己露出了一个笑容。

"你肯定？"

"肯定。"我轻轻点了下头，"希望我这么说，不会让你感到厌恶。"

"厌恶？"吉尔福德扬了下眉头，"厌恶一个漂亮的姑娘？噢，这是造物主所不允许的。"

"你还不至于一无所取，公爵小姐，你还算是一个值得享用的漂亮姑娘。"吉尔福德昔日的戏言又回响在耳边。那样的轻浮无礼，曾令我愤恨交加。可是，不能再纠结于此了。如果我与吉尔福德再起争执，也许我永远都不会得到一个丈夫了。那时落空的，不仅是我母亲的希望，更是英格兰的希望。"别想得太多。现在，你唯一能想、唯一需要感受的是，他年轻、英俊，很容易让人唤起爱慕的感情。想象着，你这是第一次见到他，一见倾心。就好像,你们的人生从今晚开始。你的眼中只有未来,没有过去。"我闭上眼睛告诉自己。

　　月光如潮,花影在窗,夜已过去了大半。的确如我母亲所言,成为吉尔福德的妻子,比起接受身为女王的命运,根本算不得一件难事。我与吉尔福德,终于在结婚一个半月之后,在伦敦塔,度过了世俗意义上的新婚之夜。我得承认,我对吉尔福德的反感比起初见时已淡化了许多,尤其是在他因私奔而遭遇不测之后,我们之间,就有了一种同病相怜之感。如今,我只是伦敦塔中一个无所适从的孤独的君王,而他,他也同样地孤独,同样地无所适从。如果我是他所爱恋的女孩,他或许是个温柔多情的丈夫;如果他是我所爱恋的男孩,我或许是个开眉解意的妻子。两颗年轻的心,两个青春的身躯,如果能够真正地结合,将会怎样,将会怎样?

　　无从想象,也无从索解,在这世俗意义上的新婚之夜,我所收获的只有苦楚与迷茫。这样做真是为了取信于民?我望了眼躺在我身边的吉尔福德,那个熟睡中的男孩,奇怪而又陌生的丈夫。同床异梦也能取信于民?这岂不是又一个谎话,对原来的谎话加以粉饰,让它离真实越来越远,也让我们离自己越来越远。

　　为了江山万代,为了子嗣绵延,这是个不可战胜的理由吗?可是,即使上帝也无法保证啊,我会成为一个男孩的母亲。我的母亲只生了三个女儿,我的祖母也只有一子二女。祖母的儿子——我的舅舅亨利·伯兰登已经过世。祖母与她的哥哥亨利八世一样,他们留在世上的后代只有女儿没有儿子了。

　　儿子,儿子真是意义非凡、必不可缺吗?假如我不能为英格兰带来一个儿子,我的命运是否就要山穷水尽?人们会怎么待我?将我废黜、流放,而那个时候,吉尔福德也会被勒令随行吗?

　　我再次望向那张睡意正酣的面容,那浓密卷曲的头发,那孩子般紧闭的眼眸,那微皱的眉头像是在生气似的,全然没有往常惯有的那种冷嘲热讽、毫不在乎的神色。"爱他吧,爱你的丈夫。这对你并无损失。既然你成为英格兰的女王是命中注定的,那么达德利家的那个男孩,就注定了要出现在你的生命里。英格兰的女王必须是个已婚的女人,必须同时拥有丈夫与儿子。"此时想起母亲的话,只能让我更增惶惑。吉尔福德,你的一生就这样和我绑在一起了,你可会像我母亲所说的那样"并无损失"?你以后的祸福,都将由我而起。将来,你会不会怨我,会不会怪我?因为我,你将不得不放弃生活中的许多精彩与美丽。

　　柏拉图常常一语中的。"人生最遗憾的,莫过于轻易地放弃了不该放弃的，固执地坚持了不该坚持的。"可谁又能告诉我，什么是不该放弃的，什么又是不该坚持的？我放弃对了吗？我坚持对了吗？透过窗外的茫茫夜色，我望不到我要的答案。我只是，有些鄙视自己，并且隐约感到，我已铸成大错，回头无岸。

第三十七章　王冠（上）

"女王陛下早安。不知伦敦塔的饮食起居可惬圣意？"一个头发灰白的老者扶杖而入，我一眼便认出他来，那是昨日向我进献伦敦塔钥匙的温切斯特侯爵。

"您好，温切斯特侯爵。"我见他行动颇有不便，便抬头看了眼近旁的一把椅子，"请坐下说话。"

"谢陛下。"温切斯特落座后，脸上堆满了笑容，"我为陛下带来了王室的珍宝。从今之后，它们就属于您了。"

"哦，什么珍宝？"我微微一愣。

温切斯特侯爵摇晃着脑袋，笑得极为神秘："陛下一看即知。呈上来，快快呈上来！"

数名侍从捧着形状不一的锦盒鱼贯而入，恭恭敬敬地在长桌上一字排开。

"让我先饱眼福。"站在我身后的吉尔福德忽然纵身跳出，大半个身子扑倒在桌上，托起一只锦盒来，却怎么也弄不开。

"拿把刀给我。我倒不信，撬不开这个硬骨头的家伙！"吉尔福德故意把牙齿咬得咯咯响。

"大人勿急，您没找着机关。请容微臣为您打开。"温切斯特侯爵离开座位走了过去，将手伸到盒底轻轻一按，锦盒揭开了。

"这是头饰吧？"吉尔福德举手遮眼，"真是亮瞎了眼睛！"

"这副头饰，是爱德华四世送给他的王后伊丽莎白·伍德维尔的定情之礼。他遇见她时，她比他年长五岁，青春守寡，独自抚养两个儿子。然而自从在惠特尔伯里森林的那棵大橡树下开始了心醉神迷的邂逅，'有美一人，宛如清扬。妍姿巧笑，和媚心肠'。他宁可与整个世界翻脸，也要与她比翼双飞。为了她，他对法兰西公主抛来的绣球不屑一顾；为了她，他不惜得罪身边最有力的盾牌——擅长翻云覆雨的拥王者理查·内维尔。内维尔既能拥王亦能倒王。爱德华四世被他赶下了王座，伊丽莎白·伍德维尔不得不逃入西敏寺避难，在那儿生下了她与爱德华四世的长子。但爱德华很快又夺回了王位,伊丽莎白也否极泰来,重新当上了王后。他们共同生活了将近二十年,有十个孩子。爱德华离世前,曾凝视着她的眼睛说:'别为我哭泣。你的眼睛是我所知道的最深邃的海洋。它曾激荡、包容并见证过我的生命与活力。如今,我愿把我的一生埋葬在你的微波柔浪里。当夜深人静之时,如果你依然为我悲伤,那你不妨想起,那片最深邃的海洋已成为我永久的皈依。'"温切斯特侯爵用意味深长的目光看着我与吉尔福德,"一个绝美的神话。不过,神话仍未绝迹。谁知道呢?"

"伊丽莎白·伍德维尔,不列颠最美的红颜,玫瑰战争中的乱世佳人。爱德华四世差点为她丢掉了江山。佩戴她的首饰,对任何一个女人都是一种考验心理底线的挑战。夫人,您有没有感到惴惴不安?"吉尔福德含笑望着我。

"它们是很美,美得只宜远远地欣赏。"我笑着回答,"伊丽莎白王后的美貌固然冠绝群芳,会令任何一个时代的女子相形见绌,可更加令人相形见绌的,恐怕是爱德华国王为伊丽莎白王后所付出的那片情意吧。"

"那也未见得。"吉尔福德说,"世间并不缺少重情重义的男子。若是任何一个重情重义的男子都能找到他的伊丽莎白·伍德维尔,何愁爱德华四世不能重现?"

"陛下,您的丈夫对您真是情深如海。臣已经看到爱德华四世重现了,臣贺喜陛下!"温切斯特侯爵呵呵大笑,颌下花白的胡须便抖动起来。

"侯爵大人,言过其实了吧?"我却笑不出来,"爱德华四世是一国之君,而吉尔福德并无爵位。以吉尔福德比拟爱德华四世,这并不恰当。"

"侯爵您听到了吗?"吉尔福德耸了耸肩膀,"女王陛下这是在向您诉苦呢。她一夜飞升位登九五,而她的丈夫却连最低一级的爵位也没能沾边。女王陛下难免会有彩凤随鸦之感。怎么样,足智多谋的侯爵,您能为她想个办法吧?"

"大人,您太自谦了。凭它什么样的爵位,哪能胜过王夫的尊荣?当然啦,身为王夫,您得在方方面面都与女王陛下匹配,你们二位得保持齐头并进。大人且自宽心。这办法嘛,总会有的。"温切斯特侯爵仍是笑嘻嘻的样子。

"那就有劳侯爵费心了。"吉尔福德大剌剌地谢了一声,仿照温切斯特侯爵的手法,将桌上的锦盒一一掀开。

"这是兰开斯特的末代国王亨利六世的王后玛格丽特最爱佩戴的一条珍珠吊坠。玛格丽特的父亲既是安茹公爵又是那不勒斯国王,她身份娇贵、为人强势凌厉,她的丈夫从来都要让她三分。"温切斯特侯爵顺着我目视的方向解释说。

"这个女人可不像伊丽莎白·伍德维尔那样否极泰来。"吉尔福德插话说,"安茹的玛格丽特嫁了个半疯癫的丈夫,尽管对她千依百顺,却也改变不了悲惨的命运。亨利六世被爱德华四世所杀,玛格丽特不仅失去了丈夫,且将唯一的儿子献祭给了战场,自己也被囚禁在伦敦塔以泪洗面。后来还是法王路易十一出资将她赎回,可她孤身一人还能有什么指盼呢?出师未捷身先死,英格兰最有谋略、最具斗志的王后死于贫困,死于心碎。"

我掉转了目光。吉尔福德故意问我:"怎么,一件都选不出来吗?这可是历代英格兰王后的妆奁私藏啊。难道您比她们都更不同?噢,的确是不同。她们是妻以夫贵的王后,而您,却是夫以妻贵的女王。"

"是吗?"我瞟了他一眼,"我倒没有自以为贵,您呢?"

"女王陛下,这个如何?"温切斯特侯爵捧起了另一盒饰物,"您要不要试试?"

我摇了摇头:"这么多的奇珍异宝,我若要一一试戴的话,这辈子大概也做不了别的事了。我还是那句话,不如远远地欣赏吧。这里的每件珍宝都有它们自己的人生与故事,与它们的女主人魂梦相依。我无权惊扰那些沉睡的记忆。"

"哎,说白了,您的意思就是一无可取嘛。侯爵,您对这个结果怎么看?是惊喜还是沮丧?"吉尔福德悠然问道。

"这些珍宝都归女王陛下所有了。至于您用与不用,全凭您的喜好。也许陛下初继王位,略感拘谨,兴趣与信心还在一个形成的阶段。这时间一长,自会习惯有它们陪伴。这些珍品是王室生活的点睛之笔,它们迟早会融入您的血液与生命里,会成为您生活的一部分。"温切斯特侯爵顿了下,微笑着继续说,"只是有一件珍宝,那是格外不同,它可不能等了,一刻也不能。陛下,它期待着早日属于您;而您,您也期待着早日拥有它。"

那只最大的锦盒被打开了,里面是一顶飞彩流金的王冠。它光芒夺目、无比瑰丽。

"陛下,这是您的王冠。它是梦想的极致、荣华的巅峰,曾倾倒多少美人,曾折服多少英雄。能够真正拥有它而得以善终者却寥寥无几。那是在睡梦中被天使吻过的幸运儿,啊哈,这是人们惯用的说法。"温切斯特侯爵一边说,一边探看我的表情。

"多棒的说法,在睡梦中被天使吻过。"吉尔福德忽然皱紧眉头说,"若是一个人梦见被癞蛤蟆吻过,这又代表着什么?"

"哪有人会做这种怪梦？"温切斯特侯爵摇头表示不信。

"我就做过呀，就在昨天晚上。简也做过。不信的话，你问她，问问你的好陛下。女王陛下大半夜的还在长吁短叹，她呀，她在梦中可没见到什么天使，而是梦见了癞蛤蟆，梦见癞蛤蟆大模大样地躺在她的身边。"吉尔福德令我忍俊不禁。

"这……"温切斯特侯爵有些莫名其妙，"大人，您这玩笑开得……小心别让天使听见。否则的话，她一生气，这一天的晴朗会化作乌云。"

"天使不是上帝的仆人吗？既然上帝保佑女王，天使又怎会跟上帝背道而驰呢？侯爵大人，请问您这是多虑呢还是迷信？"吉尔福德继续调侃。

"大人好口才，老臣我笨嘴拙舌的，老臣不敌大人，甘愿认输。"看着苍颜白发的老侯爵用如此谄媚的语气与眼前的这个少年对话，我的心里颇有几分不是滋味。

王冠诱人的光泽把我的目光又牵引了过去，尤其是镶于王冠正中的那颗红宝石，红得惊心动魄，仿佛那是王冠灵魂之所在、精气之所聚。

温切斯特侯爵开始为我详细解说："这颗红宝石最初为西班牙的格拉纳达国王所有，当时就曾有人预言过，得此红宝石者当坐拥天下。只可惜格拉纳达国王无福消受，他被卡斯蒂里的佩德鲁，历史上赫赫有名的残忍之王所杀。佩德鲁将红宝石转赠金雀花王朝的爱德华三世之子，也就是英法百年战争中的那位传奇英雄黑王子，以感谢黑王子在安摩拉多一役中对他的军事援助。黑王子死后，红宝石由黑王子之子理查二世继承。理查二世却也无福消受，他的江山被其表弟亨利四世夺走，亨利四世将红宝石传给其子亨利五世，亨利五世又传给亨利六世。在这之后，红宝石传到了理查三世手中。在红白玫瑰的收尾之战，惨烈的博斯沃思一役宣告终结时，一个士兵从暴尸荒野的理查三世头上取下了镶有红宝石的王冠，把它献给我朝的开国之君亨利七世。自那之后，都铎王朝的国君都以它来镶嵌王冠。这颗红宝石，它象征的是勇敢的心，得红宝石者得天下，当真是名不虚传啊。"

是勇敢的心还是无辜者的鲜血？那王冠上的异彩，是威望的汇集还是仇恨的凝结？从格拉纳达国王到卡斯蒂里的佩德鲁，从黑王子到理查二世，从亨利四世到亨利五世，从理查三世到亨利六世……几易其主，几度春秋。为了这顶王冠，曾折损多少英雄。又有多少美人，因为它而痛失至爱。伊丽莎白·伍德维尔所生的两个小王子，被他们的叔父理查三世残忍扼杀。而安茹的玛格丽特，在王权的争夺战中一向冲锋在前，所得到的最高"奖赏"却是丈夫暴卒，独子阵亡。

纵然王冠再是诱人，但在个人的生命面前，王冠所构建的功业却是如此虚妄，一似水月镜花！我退却了。我不想因为拥有王冠而失去情感。一个除了王冠一无所有的人，那是何等的可悲，何其的可怕。我不想将来变成这样一个人。愧疚与自责如同无数只可厌的小虫攀爬而出，咬痛了我的心脏。我没有权利得到这顶王冠。功绩、资历、才德，我一应俱无。我与王冠，本不该彼此期待。

"不，它不是我的。"我移开目光说。

"陛下，这顶王冠对理查三世的王冠已进行了多处改换。亨利八世加冕时所做的改变是最大的。其后爱德华六世继位，由于爱德华国王年幼，这王冠嘛，只是小有变化，基本上沿用了他父王的风格。陛下若是有何想法，不妨告诉臣，臣这就让人照着陛下的意思更新王冠上的装饰。陛下，您先戴在头上试试。看看整体效果，大小如何。"温切斯特侯爵举起了王冠。

"不，放下它，请您放下！"我重重地摇头。

"亨利八世与爱德华六世都曾戴过它。这又不是什么刚出土的古物，哪有国王不爱王冠的道理？"温切斯特侯爵面露诧异之色。

"它不是你的，简。"泪光隐隐中，凯瑟琳·帕尔向我深深叹息，"都铎王朝已延续三代，我们的国家在百年战乱之后重建、在满目疮痍之中重生，疆土安定是一切的基础，人心离散是最大的祸根。都铎王朝应当由都铎儿女继承。玛丽是王座的不二人选。她的年龄、她的经历，那是成就一个君主的黄金条件。说她是私生女、骂她是有如魔怪的天主教徒，那都是借口而已。仅以出身与信仰为借口，就能问心无愧地夺取别人的财物吗？简，当你戴上王冠时，你可曾看到玛丽的心在流血，你有没有听到玛丽的哭声？"

第三十八章　王冠（下）

　　我痛悔不已。那年在夕霞满天的花园里，凯瑟琳·帕尔对我说过的一段话闪电般地划过了心空："你虽不是王室的金枝玉叶，但你的血缘跟她们太近。你，也不是没有被人利用的可能。"

　　"我被利用了，这一句竟不幸言中！不但是被诺森伯兰公爵所利用，且也被我自己的父母所利用！"温切斯特侯爵的笑颜令我再也无法忍受，我冲他尖叫起来："您在执行谁的命令？这一定又是诺森伯兰公爵！"

　　温切斯特侯爵愕然张大了嘴："陛下，您说什么？"

　　"我从没要求过王冠。"我感到有些喘不过气来，"是谁让您把它们带到这儿来的？我没有要求过您，任何人也不得以我的名义谋取王冠。"

　　"这怎么能说是谋取呢？您即将加冕，身为皇家司库，老臣依照惯例将王冠进奉新君试戴，此事毫不违背礼法程序。"

　　"可是……"我狠狠地咬了下嘴唇，"我还没有答应加冕。我得想一想。事情太仓促。如果英格兰真的需要一个女王，那也不一定是我。"

　　"不是您，那会是谁呢？"吉尔福德颇觉好笑，"既没答应加冕，您又为什么同意来到伦敦塔？伦敦塔可不是一次即兴郊游啊。女王陛下，您的神经绷得太紧，您的顾虑太多。您不该在这个时候表现出怯懦。"

　　"这与怯懦无关！你根本一窍不通！"我心中涌起一股无名之火，怒气腾腾地向他一瞪。

　　"这是在训斥我吗？"吉尔福德拉下脸来，"在我面前摆什么女王的臭架子？头上插了几根凤凰毛，就要抖起威风不认人了？别忘了，我是您的丈夫，不是操持贱役的奴仆。请您耳提面命之时，多少给我留些颜面。"

　　我自知"一窍不通"之语的确有些言之过重，也便不吭声了。

　　"老臣服侍过亨利八世与爱德华六世两代君王。在他们登基之前，都是由老臣呈上王冠。亨利八世是十八岁登基，爱德华六世是十岁登基。亨利八世登基时已是一个英气勃发的青年，而爱德华六世，却有着一份远远超过年龄的沉稳。他们二人，一个被称叹风仪如神，一个被视为天才金童，可以说，正是在他们的加冕大典上，亨利与爱德华父子一炮打响，树立了不可磨灭的形象。陛下正值芳华，您的加冕典礼，也应当成为英格兰的一道视觉盛宴。"温切斯特侯爵越发笑容可掬，"不过呢，您是一位女士，临阵怯场，也在情理之中。女士生来是受到保护的对象。虽然您身份特殊，但请您相信，您永不会陷于独木难支的境地。您的臣民、您最亲近的人，会竭尽所能让您远离危险、永享安乐。骑士的忠诚从来都会敬献给最高贵的女士。女王陛下，请大胆地接受这顶王冠吧。我敢说，它非常适合您。您不会怯场的，这是因为，在加冕典礼上，不只是您一个人在面对英格兰的臣民。我会为您的丈夫也打造一顶王冠。英格兰从前没有王夫，要打造王夫之冠，恐怕您得多等些时候。待到王夫之冠准备就绪，二位陛下一同加冕、双圣临朝，那才是这个国家难逢难遇的一大盛事呢。"

原来如此，原来如此！"这就是您所说的'齐头并进'！"我冷冷一笑，"温切斯特侯爵，您果然是个大大的忠臣，果然很会想办法！"

"老臣但知谨守本分。这个办法嘛，并不是老臣想出来的。"也许注意到了我的神色有异，温切斯特侯爵改变了话风。

"谅你也没有这个神通、这个能耐！您是在为诺森伯兰公爵带话吧？您说您曾服侍过亨利八世与爱德华六世，侯爵大人，那我问您，您当前真心想要服侍的是谁？是诺森伯兰公爵吗？"

温切斯特侯爵摇手说："女王陛下，您这样的话，叫臣下如何当得起？"

吉尔福德也在一旁说："干吗发那么大的脾气？侯爵是高年之人，贴心会意地服侍了你半日，没有功劳也有苦劳。何况他说得句句在理，你怎么就听不进去呢？"

"贴心会意？"我益发想笑，"他这贴的是何人的心？会的是何人的意？他贴合的是你们达德利父子的心意吧？你觉得句句在理，这只代表你的感觉，或者，也是你父亲的感觉。"

"陛下，诺森伯兰公爵是您最忠勇的拥戴者，您不可对他起疑猜忌啊。您是英格兰的新王，但您同时又是一位女士。诺森伯兰公爵以及您的丈夫是您最可靠的后盾，若疏远他们，恐怕您会履冰临渊！"温切斯特侯爵貌似谦恭，语气中却明显含有恫吓的意味。

"吉尔福德，你说呢？究竟你们父子是我的后盾，还是你们以我为幌子？这继位的顺序，究竟是从都铎家的亨利八世、爱德华六世再到格雷家的简一世，还是从亨利八世、爱德华六世绕个小小的弯子到达德利家的吉尔福德一世，要不干脆是约翰·达德利一世？这中间的奥妙，还真是不足为外人道。"

"别这么夹刺带棒好不好？早知道你这么小心眼，我父亲才不会自蹚浑水、为你卖命呢。什么约翰·达德利一世，分明是在丑诋诺森伯兰公爵。说吧，你到底要怎么样呢？"吉尔福德变了脸色。

"我不会让英格兰出现双圣临朝。英格兰的国王只有一个。"

"如果君王是堂堂男子，那自然是国无二主。可陛下您也知道，您以女士的身份临朝，女王的丈夫应当也是国王，这在其他国家是有前例可循的，英格兰不宜违背。比如说吧，先王亨利八世最早的那位西班牙妻子，她的父亲是阿拉贡国王，母亲是卡斯蒂利亚女王。二王并立，西班牙借此声威日重、称雄于世。陛下何不效仿于彼，成就不列颠岛上一段夫荣妻贵的美谈？"

"先王亨利八世最早的那位西班牙妻子，她不就是玛丽小姐之母凯瑟琳王后吗？"我故意问道。

"是的，正是凯瑟琳王后。"温切斯特侯爵忽然反应了过来，"先王亨利八世既与凯瑟琳离异，她就不算是王后了，只是先王错娶的前妻。"

"离异是先王的说法，但在凯瑟琳一方，从未接受过离异的裁定。"

"咳，她接不接受根本不值一提。英格兰是先王的国家，又不是她的国家。陛下，我们现在所要谈到的，并不是阿拉贡的凯瑟琳。"温切斯特侯爵被我一打岔，不免流露出急性来。

"既然凯瑟琳王后'不值一提'，那又何必提到她的父母呢？再说了，您也认为，这'又不是她的国家'，那么她的父母并立为王的经验教训又何必让英格兰生搬硬套？侯爵先生，'女王的丈夫应当也是国王'，这只是你的想当然耳。至于什么'这在其他国家是有前例可循的'，根本毫无依据。"我冷笑着说。

"这……"温切斯特侯爵有些发慌，看了我一眼，又看了吉尔福德一眼，"也不能说是毫无依据。揆情度理，就女士而言，婚姻的重要实不亚于王座的可贵。如果您爱您的丈夫，与他分享江山应当不是一件很为难的事吧？"

"哈，侯爵，终于被您击中要害了。"吉尔福德气冲冲地说，"问题是，她根本不爱我。她想把江山变为独食，还装出一副连王冠都不敢碰的模样来迷惑我们。她这是以退为进、心机深重啊。"

"不，我不敢碰王冠，是因为我自觉不够资格！我不想被人利用！"我望着吉尔福德，急切地说，"你说得对，这是一趟浑水。吉尔福德，你跟我不一样，你还有机会可以置身事外。如果你不想被人利用，那么逃开吧，逃得越快越好，越远越好！"

"我们昨晚才成为枕边人，而今天，你竟要我逃开。你是觉得我已没有利用价值了吧？还是你以为，不再需要我，你也有把握得到一个让你有恃无恐的子嗣？"吉尔福德的眼神冷而厉。

"你，你也与你的父亲一样利欲熏心吗？你也想得到一顶王冠？可你即使得到它了，你能拿它做什么呢？"我气愤地说。

"你的意思是，我只是一个陪衬，一件女王身边的饰物，就跟你的梳子、你的衣扣一样？或者你想告诉我，我是一件比起那些沉默的饰物略高一等的陪衬。白天在公开场合，只消点头称是，且不时用无比仰慕的目光乞盼你的一顾，夜晚则有幸龙床伴驾，就是尽到我的本分了。我之所以娶你为妻，就是为了这个目的？我之所以来到伦敦塔，就是为了制造这个效果？还说什么你不想被人利用，简，你当我是智障啊？为了达成你的女王梦，你与你的父母一直都在利用我，一直都在利用我的父亲。可现在，现在似乎到了过河拆桥的时候。你恶意攻击我的父亲，还想把我一脚踢开。我告诉你，你别想做到！我是你的丈夫，不是你的情夫。对一个女人而言，别说她的丈夫只要求一顶王冠，就是要求整个世界，她也当尽力而为！"吉尔福德吼叫着，急红了眼睛。

"是吗？"我笑了，"从一顶王冠到整个世界，你的口气真大。可我无力满足，我的大人。我跟你的看法不同，吉尔福德。要是有人真心爱我，我只要求他的一个微笑而已。"

"陛下，达德利公子，你们二位有话好好说嘛，可别伤了和气。"温切斯特侯爵把两只手都举了起来，胡乱摆动着，发出沉重的呼吸声。

我笑了："如果吉尔福德先生一定要品尝一下头戴王冠的滋味，侯爵大人，您就辛苦些，为他打造王冠去吧。可我不会承认他是国王。"

"虽同为国王，但您在前，他在后。他这国王还得女王陛下御口亲封呢。陛下，您的丈夫是不会与您争权夺利的。"温切斯特侯爵打着哈哈说。

"我不会封他为国王，如果我还能算是一个女王。"

"您当然是毫无异议的女王。无论您还是您的议会，给予王夫国王的称号，这都并不逾份。"温切斯特侯爵说。

看似尊崇我，实则仍在力捧"王夫"。他既如此坚执，我又岂能口软呢？我的回答是："如果世人承认我的女王地位，那么我给他的封号理应是公爵，而不是国王。"

"公爵？像我父亲那样的公爵还是像你父亲那样的公爵？"吉尔福德怨愤地指着我说，"那你是否应当由女王陛下改称公爵夫人呢？跟你母亲一样，一个公爵夫人而已，凭什么君临天下？"

说罢一阵风似的冲了出去。

温切斯特侯爵叹了口气："陛下今天早晨心情欠佳，臣改个时间再来拜谒。"随即示意侍从收拾那些锦盒。侍从们似乎吓蒙了，有的竟将锦盒里的物件抖搂出来，急得温切斯特侯爵又是检视，又是呵斥。

"女王陛下！"愠怒的音浪如一桶冰水从我的头顶泼下。进来的是诺森伯兰公爵夫人，吉尔福德跟在她的身后。

果然搬来救兵了，我在心中暗笑。

"请问我的儿子侍奉女王可有不周之处？"

"诺森伯兰公爵夫人，此话何意？"我皱了皱眉。

"您为什么要一再贬低他、作践他？一个为人妻者对她的丈夫，难道就不该表示出最起码的一点敬意与尊重？"

"您的话我不懂。"我与她对视着，她的目光中，交会着冰与火的锋芒，而我的目光中，也有冰与火的锋芒，"莫非您指的是封吉尔福德为公爵这件事？吉尔福德无爵位品级，年纪尚轻，未建寸功，作为女王的丈夫，能够跻身公爵之列，这已是逾常的荣宠了。至于其他的非分之望，您比我更为清楚，那是有害无益、为祸不远。"

"这么说，您心意已决，根本只把我的儿子当作隶臣，而不是您的丈夫？"诺森伯兰公爵夫人扬起下巴说，"儿子，咱们走！我倒要看看，一个守活寡的女王生不出继承人来，应当叫作未建寸功呢还是有害无益？我倒要看看她能硬撑多久？哼，为祸不远的这句诅咒，还不知道会落到谁的身上呢？"

"诺森伯兰公爵夫人！"母亲人未到而声音先至，"您这是在威胁女王吗？"

她严妆华服，望之令人目眩。我父亲亦大步踏进："简，我的孩子，他们竟敢欺侮你，这是以下犯上啊。"

"萨福克公爵，您先别急。事情并不复杂，是您的理解出了一点偏差。"温切斯特侯爵劝解道。

"哪里只是出了一点偏差，这完全是黑白颠倒。"诺森伯兰公爵夫人愤然说，"你们的女儿欺侮了我的儿子，竟然反咬一口。也罢，像这样无情无义的女王我们可伺候不起。加冕仪式，就让你的女儿唱台独角戏吧。走吧，吉尔福德。别理他们！"

"这是怎么着？夫人的儿子要抛弃我的女儿，抛弃英格兰的女王？"母亲沉着脸说，"我女儿这几日人都瘦得变了形，她的辛苦与劳累，您都视而不见吗？我昨天费了好一番唇舌，终于说动女王与您的儿子结为连理。

您还有什么不知足的，为何对她恶语相向？'守活寡'那样的话都说出来了，真是笑话！我女儿身为女王，怎么可能守活寡呢？如果您的儿子不肯以她为妻，她难道就嫁不到一个甘愿为她出生入死的丈夫？英格兰的女王会有继承人的。您的儿子若不能胜任，自有符合条件的贤人成为王子的父亲。"

"萨福克公爵夫人，别太得意了。"诺森伯兰公爵夫人斜睨着我，不无挖苦地说，"说句不中听的话，您的这个女儿，若论自身的条件，那是没有理由成为女王的。这王位尚未坐稳就盘算着改嫁他人，这可不是自轻自贱吗？既然你们不再需要我的儿子，你家的女儿，我们又何必非要不可？这女王再是尊贵，也得有人扶持。今后的事，那就走一步算一步了。没准我的儿子福气好，会娶到一个比她更为尊贵、更合心意的媳妇。这也不是没有可能的。"

"夫人是何居心，竟然辱骂女王陛下'自轻自贱'？您这说的究竟是气话呢还是反话？若是气话，我劝您顾全大局，克己收敛；若是反话，那可是天理不容。我女儿之所以成为女王，一来爱德华六世的遗旨中有明文规定，二来嘛，说得不客气点，那是我让给她的。我与爱德华六世是平辈，他的两个姐姐皆无权继位，我本来可以继位。但我并没有这么做，这既是为了我的女儿，也是为了英格兰，为了我们大家。"母亲傲然说。

"你本来可以继位？"吉尔福德忽然失去了控制，面红筋胀地叫嚷起来，"你太抬举你自己了，萨福克公爵夫人。这王位难道是你主动让给你女儿的？不，您才不会那么大方呢。好吧，就让我们来清算一下这事的来龙去脉。在理论上，您是有那么一些微弱的可能，但您的支持率为零。这原因，还需要我来说破吗？您已是个中年妇女，不会再有子嗣。虽然您一向高自期许，可说句掏心窝的话，谁愿意把一个没有子嗣的女人供奉为神龛？为了不使王位旁落，您才求助于我的父亲。您女儿的登基之路是我父亲全力铺筑的。而我，从头彻尾地被你们操纵，为你们的女儿衬托形象。你们把我的生活变得面目全非，还怪我攫取了太多。凭什么，凭什么？"

"都别吵了！"诺森伯兰公爵的厉吼凝止了所有的叫嚣。

"公爵大人，是老臣无能，惊动了您。"温切斯特侯爵趋步向前说。

"这是要自寻败亡吗，你们这么争先恐后地开始窝里斗了？"诺森伯兰公爵神色灰黯。

"公爵，这其实……唉，这都是误会。女王陛下过于自谦，既不肯试戴王冠，也不肯将王夫封为国王。但假以时日，这些心理因素产生的问题必会不治而愈。"温切斯特侯爵说。

"假以时日？恐怕没那么多时间等候您的心理问题不治而愈了。"诺森伯兰公爵看了我一眼，"女王陛下，玛丽给我们下战书了。"

"什么？"我只觉得眼前一黑。

"看看这封信，是玛丽小姐在七月九日口授的。她声称自己才是英格兰的女王。要我们还位于她，否则的话，伦敦将难免一场血战。"

"七月九日？"吉尔福德失声问道，"那不就是宣告爱德华国王逝世的日子？"

"我的女儿在七月九日接受贵族的跪迎，而玛丽，她竟然也在七月九日自称为王。怎么会是这样呢？公爵大人，您说过玛丽不会轻举妄动。连西班牙的查理五世都袖手一旁，玛丽这是从哪儿借来的胆子呀？"母亲已慌了神。

"这件事，是我百密一疏，出了错漏。我原本写了封信，急召玛丽进京，信中只言爱德华病重。玛丽以为继位有望，一旦落网，则天下可定。"诺森伯兰公爵的表情颇为郁闷，"谁知朝中出了内奸，向玛丽通风报信，玛丽本已动身，却又在半途改道，纠集起一群不法之徒，公然向我们索要王冠。哼，这便叫作以卵击石，自取灭亡。"

"那我们现在该怎么做呢？"父亲问。

"先礼后兵。我会再写书信，劝玛丽认清时务，断绝妄念。当然，玛丽如能听从，女王陛下会另施厚恩，以安玛丽之心。"

"她若不从呢？"

"那就以逸待劳，以雄兵劲旅痛击流贼刁民。这王冠，岂是她想拿去便能拿去的？"诺森伯兰公爵将目光再次移向我，"只是女王陛下，您的加冕之日可得延后了。我相信，这只是稍稍延后而已。"

第三十九章　困　井

"简，我好像掉进了一个又冷又黑的深井里。"伫立在空荡荡的大殿，我的耳畔又飘来了凯瑟琳·帕尔的叹息。

"您在哪里？"我左右窥望、前后寻找，"告诉我，怎么才能跳出这口深井？"

"女王陛下，有位蒂尔维特夫人求见。"一名女侍屈膝俯首，远远地与我保持一段距离。

"她一定看到了我在自言自语，她怕被我发现。也许，她会觉得我非常古怪。管她呢，她爱怎么想就怎么想好了。谁还当真把我视作一个女王？"我装出不在意的样子，"有请蒂尔维特夫人。"

"简！"蒂尔维特夫人被带了进来，目光投向我，有一霎的失神，却旋即屈膝行礼，改口称我"女王陛下"。

"你下去吧。"我对女侍说。

"蒂尔维特夫人，请您随意些。我一直都记得，您对凯瑟琳·帕尔夫人的深情厚谊。她是我的养母，在她生命中的最后那段岁月，是您，是我，是我们一起陪伴着她。在苏德里堡，也是在这七月的时节，您与男爵夫人无所不谈。你们还教我用一种，叫作什么红花酢浆草做糕点。结果我做出来的是又酸又辣，把您呛得眼泪汪汪，而男爵夫人也是连呼上当。"

"那不是红花酢浆草，女王陛下。"蒂尔维特夫人发出爽朗的笑声。

"那是什么呢？"

"我记不得了。就记得你满脸惊恐，仿佛闯了大祸，似乎这已危害到了凯特和她的胎儿。"

"那是男爵夫人故意的。她故意捂着胸口一直呻吟：'简，你的甜饼好苦啊。我快……快不行了。'可真把我吓傻了。她呀，她并没有上我的当。倒是我，上了她的当。"我笑了笑。

"凯特，难得她有那样的童心。在众人的眼中，她是母仪天下的王后；而在私下里，我知道她，她是一个带有男子气的调皮的小女孩。我跟她从小就认识。她的某些性情，老早便形成了。经过了那么多事，那么些年，虽说不可能没有改变，可底子总在那里，再变也不会走样。"

"帕尔夫人若是听到您的这些话，一定会既感动又高兴。"

"时光飞逝，转眼之间，凯特已经去世快五年了。我那时就曾说过：'说不定哪一天，您会被命运挑中。'凯特若是看到今天的您，定会喜极而泣。"蒂尔维特夫人擦了擦眼睛，她倒真是喜极而泣了。

被她这么一来，我反倒无话可说。

"女王陛下，我今天贸然求见，是为了一件私事。我是来求陛下的一个恩典。"蒂尔维特夫人的眼中跳动着冀望。

"请说，只要我能有助于您。"

"是这样的。我有一个小女儿阿达，今年刚过十一岁，一向娇养在家，疏于礼教。好在她悟性尚好，心思细巧。我的丈夫常为她的未来忧心。但恐虚度年华，误其一生。陛下初登王位，宫中总要增添侍女。若是不嫌小女笨拙，可否准其入宫执役呢？一来这是我们略尽忠心的机会；二来嘛，小女也得到了一个学习的良机。"

"有学习才有进步，这是人尽皆知的道理。但学习定要局限于宫中吗？其实就我自己的看法，在别处反倒能够放开手脚。只要诚心就学，长此以往，总会有所成就。"

蒂尔维特夫人大概没料到会碰上这么个软钉子，神态上顿时有些不大自然："陛下是否觉得小女入宫有不妥之处？"

"夫人，您是知道的。我从小便被送进宫中。我幸而遇到了帕尔夫人，得到她的悉心教导，我很幸福，也很快乐。但宫中的快乐并不纯粹。我年龄虽幼，却已目睹了百味杂陈的恩怨、错综复杂的争斗。您的挚友帕尔夫人，她在宫中更是乐不敌苦。纵然衣锦曳绣、揽尽风华，终是难掩身心落寞。更多的时候，王宫给人施加的心理影响是悲哀压抑、祸福难测。如果我能选择，我宁可远离王宫。开在荒野的蔷薇能比长在御苑的玫瑰得到更多的光照，也因此具有更为真实、更为丰满的生命力。夫人您的女儿才十一岁。这本该是个天真烂漫的年龄。我相信，在您的身边，她不但能得到充足的光照，并且能得到宝贵的母爱。在您的身边她同样可以获得教益，这是王宫所给不了的。"

"陛下，我也不是没有想过这些。可这也是时势所趋呀。女儿能够入宫当差，不但令门楣增光，对于女儿的未来，也等于开启了一扇别有意味的窗户。当今之世人人如此，我的丈夫更是深恐落后。就情理而言，十一岁的确是个天真烂漫的年龄。可每个人都会告别十一岁，我的阿达也不例外。天真烂漫总有结束的一天，到那时候仍是一张白纸，那就不是可爱，而是可哀了。"

天下的父母都像我的父母那样吗？"时势所趋""女儿的未来"，还真是振振有词。

"何况，"蒂尔维特夫人又说，"您说帕尔夫人在宫中乐不敌苦，容我说句妄加推测的话，这是因为凯特并没有想过要成为英格兰的王后。她爱的是……唉，我便不说，您也是知道的！"

"您认为她在宫中，仅仅是为情所苦吗？她既拥有常人难及的智慧，也就拥有迥出流俗的强大的内心。在亨利先王赴法作战的那段日子，她曾运筹帷幄、号令天下，英气逼人、广受推崇。然而，也是在那段日子，她曾把生活比作一口又冷又黑的深井。而这样的比喻，在七八年后，已经成为我的写照了！"

"陛下是凯特的得意弟子，遇到一些小困难且莫唉声叹气。您已成为英格兰第一代女王，运筹帷幄、号令天下，您一样也能做到！"

"夫人，我并无帕尔夫人之才，也没有像她那样强大的内心。我所遇到的，更不是一些不足为道的小困难。我的良心在深受折磨。这个折磨，正是我的王位带给我的。"

"这有爱德华国王的遗旨为证啊，每一个英格兰人都听到了这份遗旨。"蒂尔维特夫人诧异地说。

"是啊，遗旨已在不同的地点、不同的时间反复宣读。每一个英格兰人都应当听到了，但每一个英格兰人都应当相信吗？"

"我是相信的，深信不疑！"蒂尔维特夫人急忙表白。

"您选择相信我，是因为我是凯特的养女。在我的身上，倾注了您对凯特的思念之情。可是我自己，老实说，我不大能够相信。现在亨利先王之女玛丽小姐已树起反旗。我不愿让您的女儿入宫，是不想让阿达的未来卷入这场是非与风波。"

"陛下，玛丽是由于心理失衡而向您发难。然而，天命难违，爱德华的遗旨毫不含糊地以您为继承人。我们对您的忠心自当毫不含糊、永不动摇。有您在，英格兰就有湛湛晴空。"蒂尔维特夫人微笑着说。

"夫人，当前的局势还很不分明。我与玛丽小姐，谁为英格兰带来晴空，谁为英格兰引发祸患，这还很难预料。爱德华六世是有遗旨，可爱德华之父亨利八世也有他的继承法。爱德华六世更改了亨利八世的继承法，若说这是天命难违，那么真正的天命又是什么？夫人啊，我很感谢您赐予我的这份友谊，让我对您一吐肺腑之言。您的忠心，应当等到风清日朗之时献给一位明君，而不是在匆忙之际做出痛悔终生的决定。"

"陛下，我不否认，我丈夫送女儿入宫的想法是有追名逐利的因素，但我们也不是望风而倒的墙头草。"蒂尔维特夫人一下子涨红了脸。

"亲爱的夫人，请相信我这样说，是出自对于您，以及对您家人的喜爱与关切。平安的环境对小阿达非常重要。"

"好吧，"蒂尔维特夫人点了点头，用略带伤感的声音说，"陛下的话我会铭记在心。您是一位十分特别的君主，一个能为他人设身处地、具有悲天悯人气质的女王。浪费了您这么长的时间，我很是过意不去。不过，今天能够见到您，我很激动，也很欣慰。容我说句僭越的话，我忍不住化身为另一个人，我甚至有些恍惚，因为在某些时候，我是以凯特的眼光、凯特的心态来看待您。陛下，有您这样的养女，她这一生应无遗憾。"

我向她笑了笑，满心凄然。谁能照见我这内心的伤痕啊？我今遍体鳞伤、骑虎难下，凯瑟琳·帕尔又岂能心安、岂能无憾？

"告辞了，女王陛下。"

"再见，蒂尔维特夫人。"

望着她的背影，我犹豫了一下，仍然叫出声来："夫人，您知道吗？三个月前，我曾从我父母的家中出走，我那时一心想要投奔您。"

蒂尔维特夫人回过头来，一脸惊讶："三个月前？陛下是为了何事？"

"为了反抗父母为我拟定的未来。"我淡淡地说，"我把您的家设想为我的避难之地。夫人，您曾是我唯一的机会。如果我的计划能够成功，如果您能留下我，我的命运，会完全有别于今天。然而，他们在中途将我拦截了。我按他们的安排嫁给了诺森伯兰公爵的儿子。"

"诺森伯兰公爵的儿子，就是那天与您并肩站在白塔上的那个青年吗？"蒂尔维特夫人说，"我那天就在泰晤士河的一只船上，和我的丈夫、小女阿达一起观望。您那天美极了，陛下。您的神采，您的言辞，无不令人动容。而您的丈夫，他也很美，他的眼睛是无时无刻不流连在您脸上。怎么，您曾抗拒过与他的婚约？若说他对您没有爱情，这怎么也说不通呀。"

"夫人，您看得不够仔细、不够真切呢。"我笑了，"诺森伯兰公爵的儿子可不是为爱而生的，正如萨福克公爵的女儿不会为爱而生。若是有爱情，那也是他父亲所要求的对于王冠的爱情。啊，爱情这个词儿已经跑调了，将爱情换成希图，那才是恰如其分呢。"

"陛下！"蒂尔维特夫人的眼中尽是同情。

"命运就是这么奇怪，不是吗？我曾想过要去投奔您，而您，反倒想把女儿送入宫廷。这一进一出，所求不同，方向不同。进来是名缰利锁，出去却是海阔天空。夫人，如今我是被困井底、举步维艰。您的女儿，您是愿意把她送进这金玉囚笼呢，还是愿意她自在快乐？"

"陛下，谢谢您点醒了我。"蒂尔维特夫人这才真的是被打动了，"可是你……真是苦了你了，孩子。"

"孩子"一语令我鼻子一酸，为这不似母亲却胜似母亲的声音。

蒂尔维特夫人欲言又止，用万般不舍的眼神望着我，终于说道："望陛下擅自珍摄，我期待着与您的重逢之日。"

她走了。殿外的斜阳姗姗落下，又是一天将要收梢。"女王陛下的晚餐！"只要这个声音响起，我的心便会不由自主地一阵悸动。我究竟是谁，我来到这里，只是为了日复一日地被人叫作女王陛下吗？

我坐在王座上接受臣属的朝拜，有时一天一次，有时一天两次。王座华贵却并不适用，坐上去很硬很难受，而我又不能随时地改变姿势。最初的那两三天，我常常被它害得浑身酸痛、疲惫不堪。

"爱德华，他从前可并没对我说过王座的'坏话'呀。他有成为国王的天赋，他适应王座一定要比我快得多。"我不禁暗笑，"假如爱德华在立遗旨前，能让我坐上王座试试看，他才不会传位于我呢。"

这个思路为我带来了爱德华欢快的笑声："下来吧，简。你坐上王座那真是活受罪呢。"

"陛下！"我的遐想突然中断。在大臣们禀述事务的过程中走神，这对君主的形象，不能说是没有损害的。然而，就连那些华美的仪仗与盛大的排场也不言自明，坐在王座上的君主，不过是差强人意的空架子罢了。他们每日禀述的事体，除了玛丽的动向便是职务任免，这前一项，是诺森伯兰公爵关注的重心，而后一项，却是我母亲关注的重心。

在登塔那日，我曾当着民众慷慨陈词："我必以你们的甘苦为我思虑的源泉，我必将你们的利益铭记在心。"但在朝堂之上，民众的疾苦几乎无人提及。有一次，在听完某个大臣的冗长发言后，我终于失去了耐心："诸位卿家，你们能说点别的什么吗？可不可以让我尽快看到关于流民处置的新拟法案，西北边境的赈灾到底进行得如何？我什么时候才能得到第一手的资料？"

"陛下心系万民，臣等不胜感佩。"诺森伯兰公爵说，"然而事有轻重主次之分，用老话说，眉毛胡子不可一把抓。请陛下听臣一言。玛丽问题才是我们的首要问题，余者皆为次要。且待解决了玛丽小姐对您形成的威胁，那些都可从长计议。"

"公爵高瞻远虑，可我仍有一事不解……"我笑了起来，"流民不问、赈灾不管，因为这是为了让位给您所定义的'首要问题'。但为何官员的升降任免竟也成了我们每日的热议事项呢？难道这也是什么'首要问题'？"

"官员的升降任免之所以也是热议事项，是因为英格兰的纪元从爱德华六世末年变更为了简女王元年。"诺森伯兰公爵的眼中闪着森然冷光，"每个朝代都是如此。新主登基，要重新考量官员，去芜存菁，挑选出德才兼备之人为新朝所用。而陛下继位的背景，又与别的君主不同。尤其是在当下，玛丽小姐兴兵窥视京师，剪除奸佞、任用贤能，越发刻不容缓。此事无须陛下劳神，臣当秉公而为、责无旁贷！"

"是啊，难得公爵这么忠心，又是这么能干，把能够为我想的都想到了，能够为我做的都做到了。我还有什么可劳神的呢？剩下来的，只是等着收听玛丽小姐不攻自破的捷报，等着观看英格兰野无遗贤的景象。我这女王，当得真是太清闲、太成功了。"说着这话，我从王座上抽身而出，在群臣震惊的目光中快步离去。

诺森伯兰公爵当然不会视而不见。那天晚餐之后，他提出要与我谈谈。

"谈什么呢，公爵？"我用无所谓的表情说。

"您是君，我是臣。可是有一点，请您记住，君仁臣直，方是君臣相处之道。无故凌辱大臣，这就是君王失道了。"

"您这么说，是认定我有了失道之举？诺森伯兰公爵，我倒觉得我和你之间，不像君臣而像臣君。让一个君主产生这种感觉，又是否失去了为臣之道呢？"

诺森伯兰公爵目光一凛："爱德华国王在世时，可从未对我有过一句严谴，从不曾说过这样令人寒心的话。简，你是吉尔福德的妻子。我护着你，就像护着自己的女儿一般。为了你，我倾尽了毕生的心血，即使鞠躬尽瘁也毫无怨言，你为什么就一点也体会不到呢？"

"如果爱德华在世，您会把对我说过的话也对他重复一遍吗？他虽未曾亲政，但他是都铎王族的儿子，是成长中的雄狮，您对他的分寸一向拿捏得非常到位。这足以解释您为何后来居上，出人意料地接替了萨默塞特公爵的位置。"

不顾诺森伯兰公爵越来越晦暗的脸色，我继续说："而我，是您把我扶上了王座。您对于我，就像萨默塞特公爵对于昔日的爱德华。萨默塞特公爵是爱德华六世的护国主，而您，则是简女王的护国主。您权倾海内、一言九鼎，在您的操持下，弹指之间，王位的继任已是瓜熟蒂落。我，一个异姓女子，值得您下这么大的力气、花这么多的功夫吗？可是您也说了，我是您的儿媳，私人因素不可忽略。然而，不管您当初的意图是什么，我只想告诉您，希望您能像对待爱德华六世一样对待我，能继续为英格兰建功立业而不是为眼前之利所蒙蔽，那么您将得到两代君主的信任、天下苍生的感激。我不是一个幼稚的、蹒跚学步的小孩，我有自己的思想与看法。如果您真的爱护我，那就不要像爱护女儿一样爱护我。请把我当作一个真正的君主，一个有能力、有决心治理好国家的女王。"

"女王陛下，萨福克公爵夫妇、诺森伯兰公爵夫妇，以及您的丈夫，他们都到齐了。"侍女按时来催我用膳。

晚餐时间，我们两家人总会聚在一起。聚在一起，却往往弄出一个面和心不和的局面，甚至会出现连面子上的平和都无法维持的局面。这是因为母亲对于朝中的人事安排过于热心，与诺森伯兰公爵发生冲突，也就在所难免了。

"夫人，国事非你所能问知。"有一次，诺森伯兰公爵毫不客气地说，"我给您的建议是，空闲时不妨为穷人缝制几件衣服，让萨福克公爵夫人这个名字成为穷人心中的圣名——您的女儿很看重这个；或是乘马遛弯，不吝展露您精绝的骑术；或是赏花观景，这有助于您的健康与气色；或是走亲访友，老是待在伦敦塔内，会让您觉得生活无趣……总之，有太多的消遣方式由您挑选，然而政治除外。政治之于女士，那是风马牛不相及的。打个比方说，如果一只兔子吃腻了鲜草，竟然想到以虎肉为主食，天下能不大乱吗？"

母亲霍然而起，怒目相视："诺森伯兰公爵，您当着女王的面，胆敢口出狂言。我是女王之母，您居然将我比作想吃虎肉的兔子，真是岂有此理。这朝廷是女王的朝廷，不是达德利一家的私宴。该怎么用餐布局，可不是由您一人说了算。"

诺森伯兰公爵也站了起来，冷笑着说："朝廷是女王的朝廷，我约翰·达德利是女王的臣下，而不是公爵夫人您的臣下。我好言相劝，夫人反倒恶语伤人。女王之母便可为所欲为吗？历代以来的国王之母命数多有不同。夫人知是为何？内敛静默者得享清福，强横专断者难得善终。唯愿夫人享前者之福而远后者之祸。"

母亲颜色大变，望着我说："简，你听听看，他这是在放出狠话呀。"又咬牙切齿地对诺森伯兰公爵说，"你敢杀了我？约翰·达德利，还能记得你那横尸街头、被野狗分食而尽的老父亲吗？那才叫作不得善终呢，这便是触怒君王的下场！"

诺森伯兰公爵置若罔闻，向我鞠了一躬后离席而去。诺森伯兰夫人与吉尔福德亦离席而去。

母亲犹不解恨，将满桌的餐具掀翻在地。一时间，碗盘与刀叉齐飞，残羹与剩汤共溅。那真是一个无比凌乱的场面。

"弗朗西丝，弗朗西丝！"父亲总算按住了母亲的手，但母亲的表情仍是狂怒未熄。

"达德利家的贱种，瞧他那副小人得志的嘴脸，我真恨不得杀了他。"母亲喘着气说。

"唉，就此为止吧。"父亲叹了口气说，"弗朗西丝，你也真是的，怎么把他父亲也拉扯了进来？你这不是揭人伤疤吗？爱德蒙·达德利死状至惨，诺森伯兰公爵一向最为忌讳。他若是因此跟你结了仇，你叫我们的女儿如何自处呢？简刚刚继位，玛丽又不肯闲着。诺森伯兰公爵如有异心，这才是祸从天降呢。"

母亲待了半晌，更增怒容："你怕得罪了诺森伯兰，当初是谁想到要跟他家联姻？今日之事，是他阴阳怪气在先，我揭了伤疤又怎么着？心里没鬼还怕被人戳到痛处？你倒对我大发脾气。说吧，要我向他道歉还是向他父亲的亡灵道歉？"

"你！"父亲气得直发抖，"我这是倒了八辈子的霉呀，会遇上你这种女人！当初是谁想到要与他家联姻，这难道不是你的好主意吗？现在跟他闹翻的也是你。我真后悔让简跟吉尔福德结婚。这孩子自打结婚以来就从没有过笑脸，关进塔里当女王，这是什么劳什子女王，我看比人质也好不了多少。弗朗西丝，这是你当初所能想到的吗？我们耗尽心血、屏息凝气地登上了山顶，可那上面什么都没有。往下望去，却是万丈悬崖。夫人，我们现在就站在这悬崖边上啊。"

"呜——呜"，母亲纵声大哭。是的，在悬崖边上，在枯暗井底，我们都被困住了，而以后的事情，只能交给命运。

第四十章　砒　霜

　　我病了，神昏目眩，在床上整整躺了三天。由于上次的毒菇之疑，我产生了某种猜想。这场病，会不会是有人刻意为之呢？假如我的生命突然中止，这个结果虽说意外却仍能令人信服。以自然界为例，哪怕吹过一阵最轻微的风，也极有可能摇落那林梢的新绿，而同栖一枝的黄叶反倒安然无事。在现实生活中，年轻人并不总比老年人耐得疾病的摧折。我若一病不起，对谁会有好处？诺森伯兰公爵的权威将无人顶撞，吉尔福德会心满意足地戴上为王夫定制的新冠。可是，等等，这个说法也有问题。没有女王，何来王夫；没有女王，又何来拥王的能臣？然而，就不能李代桃僵吗？假如能找到一个跟我容貌肖似的女孩，也许不必十分肖似，只要打扮起来有几分相像……王者临朝，群臣焉敢直视？诺森伯兰公爵说她是我，那她便是我了。而她之于诺森伯兰公爵，将会比我要容易应付。毫无疑问，她会比我听话，会令诺森伯兰公爵满意……

　　我从床上坐起身来，惊出一身的冷汗。我快疯了，竟然容许自己这样胡思乱想。

　　在那天的晚餐上，诺森伯兰公爵对我分外亲切，他的夫人也对我问长问短，一反常态。而实际上，我只是缺席了两天的晚餐。正所谓"一日不见，如隔三秋"，承他们如此盛情，我倒暗暗失笑了。"他们才舍不得我死呢。我若能长生不老，他们一准高兴得要命。"

　　"陛下，在您生病期间，我给您的一位朋友写了一封邀请函。她明天就到伦敦塔，您要做好接见她的准备。"诺森伯兰公爵说。

　　"她？是哪一个她？"我问。

　　"爱德华六世的姐姐伊丽莎白小姐。"

　　"啊？"我简直惊呆了，"您请了她，她会来吗？"

　　"她不来也得来！"诺森伯兰公爵面带微笑，"我已对她晓以大义，陈以利害。伊丽莎白小姐颖悟过人，她若能为我所用，那是彼此受益，何乐不为？"

　　"等等，以我对她的了解，她会婉言谢绝。"我说。

"陛下，您所了解的角度与我丈夫所了解的角度并不能够得出相同的结论。"诺森伯兰公爵夫人与诺森伯兰公爵相视一笑，"我的丈夫是正确的。根据我们了解到的最新情况，伊丽莎白在收到邀请函后的当天上午就启程了，雀跃之情，自不待言。"

"此番邀请伊丽莎白小姐前来，是要让她陪您同登白塔，让她当着英格兰的百姓承认您的女王地位。"诺森伯兰公爵侧过头来对我说，"这件事，本该放在您进入伦敦塔的那天。如果当时就给玛丽来个下马威，她或许也还有些顾忌，有所收敛。不过现在再来为英格兰的百姓补上这一课，却也别有深意。既然伊丽莎白都已向您俯首称臣，足见圣德巍巍，玛丽若仍负隅顽抗，就不怕惹怒上天吗？陛下，伊丽莎白小姐与您有同窗共读之谊。你们同为凯瑟琳·帕尔的养女，一同成长，一起受教育，你们两人，简直就是一个模子刻出来的双生花。民间的观点也是这样。人人都这么以为，与其说伊丽莎白与玛丽小姐是一对姐妹，不如说您与伊丽莎白是一对姐妹。玛丽比伊丽莎白年长一大截，就信仰方面，更与伊丽莎白离心离德。陛下明日与伊丽莎白相会，务请以情感化。必要时，许她一个'女公爵'的承诺，只要伊丽莎白有归顺之意。得她一人，并不亚于得到精兵数万。反之，如果伊丽莎白投向玛丽那边，我们就会腹背受敌，受到双重打击。陛下，我们非把伊丽莎白牢牢抓在手中不可！"

怀揣一颗荡荡悠悠、无处安放的心，我等了一个晚上，等了一个上午，等到那个炎热漫长的下午即将被吸入斜阳的余光，一阵风吹，带来了清脆的马铃。那是一个我既盼望又害怕的时刻。我眯了下眼，也许是因为凝望过久，也许是因为斜阳之光骤然增强。瞬目之后，却见一位长身玉立的年轻姑娘正倚着马鞍，偏着头向我发出恬淡的笑意。由于背对着阳光，她整个人显得有些幽暗，但那双黑曜石般的眼睛却闪动着别样的光华，那样坦然又那样坚定。

"贝茜！"我启步向她跑去。原以为，我们在这种情形下相见，很有可能会弄成一个窘态毕现的局面。然而，她那恬淡的笑意驱散了我的各种纠结与不适，让我顿有荣辱俱忘之感。

"简。"她既没有对我以陛下相称，也没有向我屈膝行礼。她站得直直的，不卑不亢，不冷不热。我有些意外，却又在意料之中，有些失望，又有些放松。

"达德利先生，真得谢谢你呀。"伊丽莎白掉转身说。

这时我才看到，吉尔福德就站在她的身后，手里拿着两截长短不一的马鞭。

瞧着他二人的神情，我明白了一二："贝茜，是你的马鞭吗？怎么断成了两半？"

"倘若我说，是因为急着见你，日行千里只管赶路，把马鞭都用废了，你相信吗？"伊丽莎白说。

"这不大可能吧？"我笑着摇头。

"那你信还是不信？"

"不信。"

"算你聪明。"伊丽莎白嘴角一弯，嫣然而笑，"简，你瞧见那棵树没有？它背后有一洼泥潭。这位达德利先生为我带路，他的马纵身一跃而过，我的马却临时胆怯，原地踏步不肯向前。我催了它好几次，不知怎的，才把马鞭扬起来，又被树枝挂断了，这只马呢，没挨到鞭子脾气反倒更大，又是嘶叫又是蹬足，眼看就要失控，险些把我掀下马背。好在有这位达德利先生及时搭救。他从泥潭的另一边把他的马鞭抛给了我，又是吆喝又是吹哨，用不同的声音为这个胆小鬼鼓劲。胆小鬼终于被他说动，两腿不再乱颤，我挥鞭催促，这才涉险而过。"

"伊丽莎白小姐，值得称赞的不是我，而是您的英勇与果断。大多数的女士若是遇到这种情况，早都吓得面无人色了。可您却是谈笑自若，这我还是第一次见到！"吉尔福德微倾着身，语气中充满了敬意。尽管从身量上看，他比伊丽莎白要高出一截，可不知怎么，他站在伊丽莎白的背后，给人的感觉却像是一个模糊的缩影，显得既苍白又淡弱。而他这种驯顺的姿态，用他的话说，我这也是"第一次见到"。仿佛伊丽莎白才是一位女王，而我，我又算是什么呢？

"难为了你，又驱马回去为我取下那根挂断了的马鞭。马鞭已经没用了，不过达德利先生，如果你愿意的话，请保存此物，这是急中生智与英雄行为的见证。而我，我愿保存你在危险关头借给我的这根马鞭，为了纪念你的美德与义举。"伊丽莎白又是一笑。

"谢谢您，伊丽莎白小姐。"吉尔福德一脸惊喜。

我们一同注视着他牵马离去。伊丽莎白举起马鞭，在空中画了一个圆圈说："简，恭喜你。得婿若此，按照一般的看法，也算是不枉此生了。不是每个姑娘都能像你那样福星高照，在最好的年龄嫁给了一个千里挑一、万中无二的阿多尼斯（希腊神话中的美少年）。"

"得了吧，贝茜，对于外表的美，你也算是见多识广了。千帆阅尽，还与从前一样没有免疫力吗？"我轻轻一笑。

"到底是谁没有免疫力呢？你结婚了，我却没有。"伊丽莎白眸光流动,"不过说实在的,达德利家族是当之无愧的美男子家族。诺森伯兰公爵的几个儿子无不以俊美闻名。以诺森伯兰公爵的心计,怎么就没想到把其中的一个儿子引荐给我的玛丽姐姐?她若看得上眼的话,满可以像你一样成为达德利家的媳妇,而不是达德利家的劲敌。"

我未必听不出话中的奚落之意。伊丽莎白是在暗示,诺森伯兰公爵的美男计在玛丽小姐身上毫无所得,而我却是伸颈入套。我不由有些气恼,辩称道:"伊丽莎白,你想到哪里去了?我是结了婚,但我绝不是冲着吉尔福德的外表而结的婚。"

"是吗?那你怎么不把自己嫁给赫淮斯托斯(希腊神话中的火神,形貌丑陋,一腿残瘸)?"

"小姐,这你难道不知道吗?如果我的父母认为嫁给赫淮斯托斯是个不错的选择,那我就会嫁给赫淮斯托斯而不是阿多尼斯。"

"你会吗,简?"伊丽莎白凝视着我。

我满心酸楚,眼泪不争气地一涌而出:"贝茜,你虽然没有父母,但省掉了许多麻烦。没有人逼着你,直到达到目的为止。你不知道,我顶不过那种压力。"

"这么说,你登上王座,也是被逼而为?"伊丽莎白转眸微笑,"现在世人都在猜想,是爱情蒙蔽了你的智商与眼睛。你为了让你的丈夫,那个年轻俊逸的阿多尼斯建立一个崭新的王朝,不惜为其所用。人们说,你的加冕只是走走过场而已。一旦加冕结束,你就会毫不犹豫地将王位转赠给达德利的传人。女王简,那是英格兰的天空中升放得最快,却也凋落得最快的一束烟花。"

"这真是无稽之谈。我登上王位,从始至终都不是为了吉尔福德。我是被逼的,但同时,我也是为了遵从爱德华的遗旨。贝茜,我知道这很难令你相信。可事实就是这样。爱德华既没有选择玛丽,也没有选择你。他把江山交给了我,尽管在很多人看来,我根本不配。然而,只要他认为我配,我就不再退避。我已发誓决不辜负他的信任。"

"爱德华的遗旨,那是爱德华的遗旨吗?"伊丽莎白变得激动起来,"在他所列出的继承人中,只字不提我和玛丽,就像我们不曾存在一般。而你,你不但荣登榜首,就连你的妹妹们也是春风得意、紧步相随。爱德华的遗旨成了你们格雷三姐妹的聚会。难道都铎一族已经死绝了吗?爱德华身为一国之主,只要他还能正常地用他本人的头脑思考,怎会把自己的祖先与姓氏全都抛到了九霄云外?"

"遗旨是爱德华的笔迹,你要想看的话,随时可以。"

"我并没有说,那不是他的笔迹。在某人的蛊惑与逼迫之下,一个即将病死的男孩,还能在字里行间吐露自我的意愿吗?"

"某人?"一股寒流贯彻肌肤,我摇了摇头,几乎站立不稳。

"那份遗旨是诺森伯兰公爵要爱德华写下的。"伊丽莎白说,"在最后一个月,诺森伯兰公爵每天都守在爱德华的床前。爱德华稍微表露一下不满,诺森伯兰就不让人给他送水喂食,甚至不让御医探视。爱德华受苦不过,从床上翻滚到地上呻吟不断。外面的仆人忍不住冲了进来,诺森伯兰却是一脸的安然,反倒把那几个仆人一顿痛骂:'国王还没断气呢,你们就这样大惊小怪起来?'"

"你、你有什么证据?"我心中大乱,声音发颤。

"是御医的助手说的。这算什么,还有比这更惨的呢。"伊丽莎白定定地望着我,脸上没有任何表情,"他还说,诺森伯兰将遗旨哄骗到手后,为防夜长梦多,曾一再威逼御医,要他将砒霜加入药物,美其名曰'助爱德华国王解脱尘累、早归天国'。御医惧祸上身,只得谎称治术不佳而引咎辞职。在这之后,诺森伯兰又为爱德华另找了两个御医。前一个为爱德华医治了七天,后一个是六天。至于这两个御医有没有在药物中动手脚,就不得而知了。"

"这毕竟没有确凿的证据。御医的助手所言,是未经证实的烛光斧影。"

"这事恐怕永远也证实不了。"伊丽莎白深深叹气,"他一个医生的助手想要揭发诺森伯兰公爵,这不是蚍蜉撼大树,可笑不自量吗?以诺森伯兰公爵今日的地位,便是指鹿为马,也会有人信以为真吧?"

"贝茜,你能对我说这些话,至少说明了在你心里,还没有失去对我的信任。如果你能继续相信我,请把御医的助手为我找来。我会彻查此事,不然,我这一辈子都不会安心。"我抓住她的手说。

"那又何必?"伊丽莎白把手腕一抽,从我身边闪开了,"一床锦被遮百丑。你要是真的铁了心捅出一个窟窿眼来,诺森伯兰公爵能放过你吗?为爱德华准备的砒霜假如还不曾动用,那么你……"她忽然住了口。

毒菇之事以及前两日的病,因"砒霜"一词再次发生了关联。诺森伯兰,他果真是谋杀了爱德华生命的元凶吗?为爱德华准备的砒霜,就像是一柄悬在头顶的剑,我会不会成为它的下一个目标?

"贝茜,你是因为没有成为王位的继承人而对诺森伯兰公爵怀有恶感吧?对御医的助手,你不加验证便宁可全信。我的问题是,诺森伯兰果有不轨之心,他尽可采用各种办法来折磨爱德华,但他真能奏效吗?以爱德华的个性与毅力，即使万不得已也不会写下一份冗长苦闷、自欺欺人的遗旨啊。不错，他本来可以不这样写。如果他在世时，你与玛丽能够多陪伴他，多与他交流谈心。如果他离世时，他可以握着姐姐的手，而不是一个臣子的手。那么他的遗旨，可能就是另一种结果。贝茜，他是国王，也是你的弟弟。九岁继位、十五岁病亡，这五六年间，他的身边没有一个亲人，常常是暗伤寂寞、独对宫墙。"

"简，你以为我不想陪伴他？"伊丽莎白凄然泪下，"可是他的心，早就关上了。这五六年间，我们极少见面。尤其是这一两年，我看得出来，我每次入宫，都会令他不快。他哪里还把我当作姐姐，竟是比外人更不如。既如此，我又何必惹人讨厌呢？我也想开了，我和他，原本只有同父之缘。他对我的母亲一向心怀鄙薄，如今父亲已不在了，他自视不凡，当着群臣，动辄将我与玛丽以'私生女'斥之。这姐弟的情分，也就一天天地淡了。"

"姐弟之情日益疏淡，这有他的原因，也有你的原因。"我直视伊丽莎白说，"因为苏德里男爵之事，爱德华对你一再失望。这你难道感觉不到吗？"

"啊，别再提那个人了。"伊丽莎白摇了摇头，"那个冲动自负的狂夫、愚不可及的醉汉。徒有其表，但他罪不至死。是的，为着他，爱德华还真把我给看扁了，竟然疑心我是他的同谋。唉，那都是我年轻糊涂所致啊，却落下一个再也洗刷不白的疤印。我很明白，爱德华那么恨我，他是不会再把我视为继承人了。但我仍是亨利八世的女儿，仅凭爱德华个人的好恶，不足以摈弃我继位的资格。如果爱德华没有儿子，无论按常规还是按国法，我的继位顺序都得排在你的前面。简，你承认吗？"

我点了点头。

"那你为什么还要来此称王继位？"

"我最初的想法是，王位应由玛丽来继承。但诺森伯兰公爵的解释是，爱德华担心玛丽会令天主教复辟，毁弃新教对国民的影响。只得割舍亲情，以玛丽的私生女身份为由，剥夺了玛丽的继位权。而你，基于与玛丽相同的身份，也被排除在外。诺森伯兰公爵劝我继位，要我继承爱德华的遗志，将新教改革向前推行。"

"看来我竟是误会你了。你继承王位，既不是出于私利，也不是为了给你漂亮的夫婿搭建跳板，而是为了我们的宗教、我们的国家。"伊丽莎白的脸上露出了一丝讥诮。

"为什么你一定要把吉尔福德与我继承王位联系在一起呢？七月九日

那天，我毫无准备地被叫到白厅，生平第一次见到那么多的人，所有的人都在焦急地等待，每一张脸上都流露出深深的惧怕，惧怕国体倾圮、玛丽报复。波推浪涌，浪不得不涌；搭弓上弦，箭不得不发。贝茜，你也是个新教徒，易位而处，你又将何以置之呢？"

"不错，我也是个新教徒。易位而处，只要有人为我撑腰，我也可以身登王位。'私生女'不见得是个好借口，就拿伦敦塔的建造者威廉一世来说，他的绰号就叫作'私生子威廉'。就是这个私生子威廉，征服了英格兰，也征服了英格兰的人民。他由此得到了'征服者威廉'的尊称，煌煌功业，映照千秋；赫赫英名，流传至今。私生女又怎么啦？私生子做得了国王，私生女也做得了国王！"伊丽莎白言词激昂。

"原来你今天来，是要向我索要王位，跟你的玛丽姐姐一样。所不同的，玛丽是以武力威胁，而你，却是以语言威逼。此番话你说得太晚了。那天你应当赶到白厅来，当着所有的人，当着诺森伯兰公爵的面。"

"你以为我不敢吗，简？"伊丽莎白冷笑着说，"诺森伯兰的诡计，我早已提防着呢。我就知道他会对你施加影响，把你塑造成国家救星的形象。你还记得吗，有一次，我曾约你相见，可你没有赴约。我就知道事情已十分紧急，可还是迟了一步。我没想到他会行动得那样快，更没想到他对国王的死讯秘而不宣。他逼着贵族们在遗旨上签字，签得慢了半拍的就以剑尖挑破衣领，再慢一点就会刺出鲜血，并呵责他们是对爱德华六世不忠不敬。诺森伯兰公爵不是什么光明坦荡的君子，他只是一个玩弄鬼蜮伎俩的小人。可我不怕他。那天他要有那个胆把我请到白厅，哪怕刀搁在我的脖子上，我也会对他奉陪到底。其实啊，他是怕我的，当然，他更怕我的姐姐。所以白厅之议，他根本不让我与玛丽参加，偷偷摸摸地就想把都铎的江山易帜改姓，这一招真够阴损。"

我脸色发红，颇觉不堪。因为按照伊丽莎白的说法，我继位的过程的确不太光彩。我的心口在隐隐发痛。那天我若是冲破诺森伯兰公爵夫人的阻拦去与伊丽莎白相见了，我也会有所警觉啊，也许她能为我想出什么办法，那就避免了今日的王位之争。

"贝茜，很多事情，都不是你我所能控制的。"我疲倦地说。

"最难控制的，其实是我们的欲望。王冠的诱惑，不单是外力使然吧。如果王冠对你毫无诱惑，便有一百个诺森伯兰公爵也左右不了你的心；反之，只要王冠对你仍有千分之一的隐秘的诱惑，无论是诺森伯兰公爵还是萨福克公爵，你都愿意去相信他们的巧语甘言。你若没有欲望，就不怕煽风点火。你若有了欲望，又怎能不或明或暗地去迎合诱惑？"

是这样吗？她的话如同一声惊雷，令我五内震荡。这一路走来，我固然是为形势所迫，可诺森伯兰公爵也好，我的父母也罢，他们纵使强人所难，却并未对我采取任何激烈行动，我远未被逼到一个刀斧加身、只能权且相从的关头，我为何要接受王位呢？回想整个过程，我是被动的，但在被动之中，我就没有一点自我的意识吗？是不愿承认还是不敢承认，那顶沉重的王冠，那顶令我望而却步的王冠，它同时也是美妙的，一旦戴上它，你就会变成一个与众不同的人，一个必将为成就感所充实的人。

王冠的诱惑是什么？如果让诺森伯兰公爵来回答，他大概会说，王冠可以予人权势；如果让我的母亲来回答，她大概会说，王冠可以予人尊荣。然而对于我，一个不满十六岁的女儿家，既无心贪慕权势，也无意以虚荣自娱，我要王冠何用？这样青春美好的年龄，假如我能生活在父母的关爱与妹妹们的呢哝笑语中，假如我是一个心比蜜甜的新嫁娘，能与丈夫花间吟诗、月下漫步，我要王冠何用？但我没有，我一无所有。仗着比别人多读过几本书，我总是期望我的生活会比别人更为出彩，但现实却给了我迎头一击。现实给了我无尽的失望与无穷的苦恼，我深囿其中，连个喘息的空间都没有。我就像是一株失去了水分的植物，正在急剧地风干，赤手空拳地徒然挣扎，却突破不了现实的铜墙铁壁。

而恰在此时，一份无比奇特的命运摆放在了我的眼前，那就是王位与王冠。是阴谋还是上天的宠眷？我无暇细思，心中的天平却已暗自向着后者倾斜。爱德华在世时，曾经那样骄傲地对我谈起过他的雄心壮志，他也曾一再表明，他不想把王位传给他的两个姐姐，尤其是玛丽。而除此之外，英格兰王位的可传对象似乎真的就只有我了。我虽只是一个女子，但我亦曾见识过执掌国政的另一个女子，我的养母凯瑟琳·帕尔，既然她能做到，我为何不能做到？我所积累的学识，如果不是为了成为一个贤妻良母而准备，那么就该是为了今天而准备。成为英格兰女王，不独是为了我自己，也是为了英格兰。英格兰，我要以你为荣，也要你以我为荣，我宁愿把这当作神意与我的宿命。

然而伊丽莎白却以"欲望""诱惑"二词点穿。是的，我没有抗拒欲望的怂恿，我无力抵制诱惑的牵引。我的心灵已失去了清澈的颜色。这还是简·格雷吗？"不对！"我在心里激烈地争辩，"伊丽莎白这么说，是因为她将王冠视作都铎家的私产。她试图令你产生自惭自责之感，而她的真实目的却并不高尚。"

"伊丽莎白，"我注视着她说，"你排斥我，是否因为王冠的主人换了个姓氏？可你跟我一样清楚，你们都铎一族，既不是王冠最初的主人，也不会是王冠最后的主人。你刚才说到王冠的诱惑，只怕你也是深陷其中吧。假如爱德华指定的继承人不是我，你以为就能得到王冠了吗？你的前面还有玛丽。如果玛丽继位，你的指责与怨言是否就会风吹云散？"

"那是我们两姐妹之间的事，用不着你来操心。"伊丽莎白微扬着脸，目光冷傲，"这么说，你是打定了主意要鸠占鹊巢？简，你别高兴得太早。你的王冠还没有正式戴在头上吧？我姐姐不会让你得逞的。只要有她出兵掣肘，你与达德利一族就永无宁日，你的江山只是纸糊的江山。"

我仿佛又看见了那顶王冠，王冠上的宝石犹如一双双闪动的眼睛。

"简，它是你的。快去，决不能让给别人！"那是我母亲的眼睛，蓄满狂热与狂喜。

"简，它是你的，这可真是天降奇福啊。"那是我父亲的眼睛，带着一种沉醉的乐观。

"简，它是你的，这事就这么定了。我说你是女王，那你就是女王。"那是诺森伯兰公爵的眼睛，于幽厉中透出肯定。

"简，它是你的，但你也别忘了是谁给你带来这顶王冠。你能做到吗？"那是诺森伯兰公爵夫人的眼睛，她在期待回报。

"简，它是你的，但它也是我们的。难道女王的丈夫不应当贵逾侯伯？我也需要一顶王冠。"那是吉尔福德的眼睛，顾盼之间意气自雄。

"不，它是我的。我是亨利八世的长女，是这个世上蒙受过太多冤屈、承受过太多不幸的公主。现在，我要向这个无情的世界、向天良未泯的人心讨还一个公道。篡位者简，停止这场枉费心机的闹剧吧！你这个不知天高地厚的小丫头，你知道你是谁、我是谁吗？我的出身、我的血统，都足以让我成为继爱德华之后的、有资格拥有王冠的第一人！而你，你没有任何资本，你毫无资格！"那是玛丽小姐的眼睛，如同铸炼剑器时溅出的火星。

"它是我的。不但因为我是亨利八世的女儿，更因为我是亨利八世仅存的后嗣中，唯一能将英格兰建造成为新教国家的合格人选。"那是伊丽莎白的眼睛，犀利闪亮，犹如雅典娜（雅典娜为希腊神话中的智慧女神，同时也是乌云与雷电的主宰）的电眼。

"它是我的，它是我的，它是我的！"凯瑟琳妹妹与玛丽妹妹为着那盒珍珠匣而你争我夺的情形又出现在了眼前。那时的我，看到她们怒目互瞪、面红耳赤，只觉得滑稽可笑。那么我们这些人呢，这场王冠之争，看在上帝的眼里，是否也会觉得滑稽可笑？

我笑了起来："王冠真有那么大的诱惑力吗？是否只要一戴上它，就会把一个女孩变成女神？贝茜，你说玛丽与你是姐妹，我呢，我和你难道就不是姐妹？我们曾经住在同一个养母的家里，我们在一起的时间远要长于你与玛丽相处的时间。你却对我了解得这样少。我并不贪恋王位，若说王冠对我有那千分之一的诱惑，我接受它，千分之千的仍是出于一种责任。尽管对这份责任的合法性与合理性，我的心里一直充满怀疑。我直到今天仍然拒绝试戴王冠，这是我在形势相迫下所采取的最为勇敢的举措。从我的内心来说，我也从未有过继位为王之感。如果王位是一项可以转让的私产，我情愿不要它，我将非常乐意离开它前往我想去的地方。一个思想独立、精神自由的女孩，不戴王冠也会很美，那样的人生其实更完整，也更有价值。我是说真的，贝茜，不管你信与不信。"

"鱼游釜中还这么理想化。你连试戴王冠的信心都没有，却又幻想着人生的完整与自由。你如此矛盾，如此迟疑不决。你可知道，再这样耗下去，你会等来什么？你会等来玛丽姐姐的软化呢，还是她的大举进攻？"伊丽莎白用复杂的眼神望着我说。

"贝茜，我已说过了，波推浪涌，浪不得不涌，这就是我的处境。你呢，你为什么要答应诺森伯兰公爵的邀请？既然你不愿看到王冠戴上我的头上，你为什么还要答应他呢？"

"我能不来吗，简？我不来的话，他就要对付我了。他的这点心思可并不神秘，这点手段也并不高明。想借我来诱降玛丽，我才不上他的当呢。"

第四十一章　智　斗

正说着，两名侍女朝我们迎面走来。一名侍女的手中捧着一件银白的衣裳，另一名侍女的手中，则托的是一盒首饰。

"这是什么？"我问。

"陛下，这是诺森伯兰公爵夫人为伊丽莎白小姐准备的衣饰。她说，明天伊丽莎白小姐要陪您登上白塔，这些衣饰会突出伊丽莎白小姐的华贵与明丽。"托着首饰盒的侍女笑着回答。

"诺森伯兰公爵夫人还说了，请伊丽莎白小姐试穿一下。若有不合身的地方，连夜就叫裁缝修改，可不能误了明日的登塔盛事。"捧衣的侍女说，"小姐，请回屋里去吧。让奴婢伺候您更衣。"

"忙什么，便要更衣，也不急于一时。没看见我这是在和谁说话吗？"伊丽莎白看了我一眼，"简，你的这些仆人真没眼色。听她们的口气，诺森伯兰公爵夫人可要比你更像一个正宗的主人。"

"伊丽莎白小姐……不，女王陛下，奴婢知错了。"捧衣的侍女红着脸告罪说。

"衣裳与首饰先带回去吧。"我说。

"不，就搁在那儿。"伊丽莎白用目光示意。我们的附近有一棵无花果树，树下有张石桌。两名侍女在短暂的对视后，依言将带来之物放在了无花果树下的石桌上。

待侍女离开后，伊丽莎白用马鞭的柄端挑起了那件银白色的衣裳："诺森伯兰公爵夫人想得真是周到。自从父王去世后，这么多年了，我这还是头一遭被人视作贵客呢。伊丽莎白小姐已经被人遗忘得太久，是该回到大庭广众的视野中了。"

"遗忘您是不可饶恕的罪过。"诺森伯兰公爵向我们走了过来。他按照惯例向我行礼后，十分殷勤地对伊丽莎白说，"亲爱的小姐，您是那样美。您的某些神情，跟您父王真是惊人地相似。就比如说，您刚才那个奇异的微笑，我敢说，世上找不出第二人能比您更像您的父王。忘了您不就等于忘了伟大的亨利八世吗？我决不允许这样的事发生，英格兰也不会同意。"

"诺森伯兰公爵,您又开我的玩笑了。我是一个早已习惯了被人冷眼相看的姑娘,您这样护着我,您的夫人又这样慈蔼可亲,我就好比枯木逢春,心里又温暖、又感动。"伊丽莎白有意无意地瞧了一下手中的马鞭,"说到美,头一个便要数您的儿子,简的丈夫。您知道吗,我承了他很大一个人情。"说着又将泥潭跃马、与吉尔福德互换马鞭的经过复述了一遍。

　　"公爵大人,您不会见怪吧?"伊丽莎白用小儿女般娇痴的语气问道。

　　"见怪什么?"诺森伯兰公爵反倒一愣。

　　"我扣留了您儿子的这把马鞭作为纪念。我的马鞭已经不能用了,这明摆着是以劣换优、不讲道理嘛。可您的儿子仍然笑容不减,他风度真好,人又漂亮。想不到在伦敦塔竟能遇见阿多尼斯,我也算是不虚此行了。"伊丽莎白益发露出一种痴迷的神气。

　　诺森伯兰公爵大笑起来:"为这事而对您见怪?我绝对不会。您该问问女王陛下,看她是否会见怪。"

　　"她?她才不会呢。"伊丽莎白揽着我说,"她是我最早的朋友,我也是她最早的朋友。我们两个要好得就跟一个人似的。公爵大人,民间有个说法,都说达德利家是美男子的故乡。我冒昧地问一句,您还有未婚的儿子吗?"

　　"哦,您的意思是?"诺森伯兰公爵很感兴趣地问。

　　"一个风华绝代的美男子是攻坚克难的独门暗器。我刚才还与简讨论过的,如果您肯将一个未婚的儿子引荐给我的姐姐玛丽,她干吗还要对您横眉冷对?天下太平那是指日可待呀。"

　　"伊丽莎白小姐,我记得,这个问题您的国王弟弟曾经代您问过。未婚的儿子我还有一个,可他刚刚学会走路,多数时间仍在襁褓之中。因此您看,大概派不上什么用场了。"诺森伯兰公爵呵呵笑道。

　　"爱德华真的问过您?啊,好像是有这么回事,可我无论如何也不愿相信。人说,哀莫大于心死,在我,却是哀莫大于心不死。好吧,算我白问。"伊丽莎白不无怨嗔。

　　"小姐,阿多尼斯也并非无往不胜啊,您高估并夸大了犬子的潜力。据我所知,玛丽小姐是个极难打动的人,她冷静自持、一向不受外物影响,更不会因为他人改变。就比方说,这是一棵无花果树,树上结出来的自然是无花果;你若要它结出葡萄来,这不是白费劲吗?"诺森伯兰公爵说。

　　"那您为什么还要请我前来,您明知道玛丽的心意不可更改?无花果树结不出香甜醉人的葡萄,公爵大人,玛丽宁可一千次地失去生命也不会承认简，这不是显而易见吗？"

"您叫她简？"诺森伯兰公爵眉头一皱。这个突然被他注意并感知的细节令他颇为不悦。他脸上的笑容虽未完全消失，但那笑容里却有了一种肃杀的气息。

"怎么，这有什么不对吗？"伊丽莎白容色如常，"她还没有举行加冕典礼。就是举行了加冕典礼，难道我就不能称呼她的名字了吗？我的父王亨利八世，在他心情高兴的时候，总喜欢被亲近的臣子们以'哈里'相称。简，我没说错吧？"

我笑着说："我认为这样很好。"

"公爵大人，您太多心了。"伊丽莎白笑得愈发明媚，"我跟简，我们之间的交情堪称源远流长、牢不可破。您瞧，我抢了吉尔福德的马鞭她都毫不介意，岂会介意我对她直呼其名呢？"

"她是否介意那是一回事，您是否注重君臣之别是另一回事。伊丽莎白小姐，您倒是说说看，您为何来此呢？"诺森伯兰公爵目光阴郁。

"公爵大人，当着简，我实在没有什么好隐瞒的。我呢，不过是闲人一个。但我毕竟是先王的女儿，一举一动，都逃不开世人的眼睛。我有时难免率性而为、傻里傻气，这在过去，也曾狠狠地栽过跟头。吃一堑，长一智。如今的我，更加倾向于谨慎务实，这不但是出于保护自身考虑，同时也是出于对别人的尊重与好意。"伊丽莎白于平静之中透出淡淡的苦涩。

"伊丽莎白小姐，您的话还是不够明白。明天上午，您会陪简，陪女王陛下登上白塔吗？"诺森伯兰公爵似乎失去了耐心。

"唉，这是个问题，一个很大的问题。"伊丽莎白凝眉愁叹，"虽然我很想……公爵大人，我对简的感情比您的预想还要深得多。但就在接到尊函的头一天，玛丽姐姐托人带了个口信给我。她说，只要我陪简登上白塔，我的生命与简的生命都会立即终结。"

"啊？"我不觉失声惊呼。

"什么？"诺森伯兰公爵面色苍冷。

"她已重金买通刺客，混入人群之中。我们一旦登上白塔，就会寻找时机射出毒箭。玛丽姐姐警告我，千万不要心存侥幸。据她所说，刺客不止一两个人，个个都是身怀绝技、箭无虚发，取人性命就如探囊取物。"

"狂思妄想，她安敢如此？"诺森伯兰公爵说，"玛丽不足为虑。我倒要看看，是她派出的刺客身怀绝技呢，还是宫廷侍卫身怀绝技？"

"公爵大人，我可不敢冒这个险。"伊丽莎白说，"宫廷侍卫的本领与人数纵然远在玛丽派出的刺客之上，然而，我在明，彼在暗，防不胜防，必出意外啊。"

"这个我可以向您担保……"诺森伯兰公爵的安抚才开了口,就被伊丽莎白给打断了,"您保证不了。内廷之中,已有玛丽的眼线。她在尊函到达之前向我发出威胁,说明您的意图已在她的掌控之中。我不敢冒这个险,因为玛丽遣人给我带来口信的同时,还劫走了我的老师路易斯·科勒先生。玛丽有言在先,科勒先生的性命也已悬于登塔一举。若我放弃登塔,科勒先生将安然无事。否则的话,他也将尝到射向我与简的同样的毒箭。公爵大人您想,即使我登上白塔后幸免于难,科勒先生却必定因我而死。那样一来,我还有何面目活在世上?"

"玛丽不过是在装神弄鬼罢了。她若杀了科勒,无面目活于世上的也是她而不是你!你大可不必为此背上心理负担!"诺森伯兰公爵开导道。

"可是,科勒先生是我的老师。玛丽姐姐可以不在乎他的生死,我却必须在乎!"伊丽莎白说。

"你、你这是在抗旨!"诺森伯兰公爵不胜气恼。

"我不要贝茜陪我登上白塔。"我向诺森伯兰公爵做了个制止的手势,"公爵,难道您还不明白,登上白塔,有可能会搭上三个人的性命。我,伊丽莎白,以及科勒先生!"

"是啊。我就说了,我不仅是出于自身安全的考虑。诺森伯兰公爵,其他人的安全哪怕可以抛之不顾,简的安全,您总不能闭目不视吧?"伊丽莎白迫切而又认真地说。

诺森伯兰公爵陷入了冥思苦想中。再开口时,他显得有些意气消沉:"假如暂时不能陪同女王登塔,那您至少应该写份声明,以表明您对女王陛下的爱戴与忠心。"

"这个嘛……"伊丽莎白忽然笑了。

"怎么,这也做不到?"诺森伯兰公爵提高了一个音阶。

"公爵大人,写声明与登塔有多大的区别呢?前者是以文字剖白,后者是以行动剖白。这都犯了玛丽姐姐的大忌啊,她不会轻饶我的。"

"您真的这样怕她?"诺森伯兰公爵厉声问,"玛丽不过是一乱臣贼子。小姐您是个聪明人,请您回答我,是乱臣贼子可怕,还是英格兰女王可畏?"

"诺森伯兰公爵,"我遮护着伊丽莎白说,"我还要再重复一遍吗,伊丽莎白小姐无须陪我登塔。她有她的难处,别再逼她,行吗?"

诺森伯兰公爵悻悻然冷哼一声,说道:"陛下如此偏袒,令臣无话可说。伊丽莎白小姐,既来之,则安之,您就在这伦敦塔中住下吧。"

"多谢公爵大人的美意。"伊丽莎白向诺森伯兰公爵一笑,又望着我说,"既然不能奉陪登塔,我想明天就回去。"

这样一来诺森伯兰公爵的脸上可真是挂不住了:"伊丽莎白小姐,咱们还是打开天窗说亮话吧。您在公开承认女王简的统治之前,休想走出伦敦塔半步。"

"公爵,我与简久别重聚,我们之间的体己话,那是三天三夜也说不完的。你以为我这么快就要离开伦敦塔图的是个啥?"伊丽莎白对我眨了眨眼,我也就会过意来。

"贝茜之所以急于离开,是因为她怕玛丽小姐借此散播流言。一旦众口相传,亨利八世的女儿,玛丽小姐的妹妹伊丽莎白已被软禁起来,这性质可就严重了,会引动千奇百怪的猜想。我们就是有理也说不清了,我们会失去人心。"我对诺森伯兰公爵说。

"这……"诺森伯兰公爵有些失控了,他红着眼睛朝伊丽莎白吼叫,"那你,你要到什么时候才肯承认简女王呢?"

"只要平息了玛丽之乱,还有什么能阻碍您的儿媳、英格兰的好女儿简承统正位呢?"伊丽莎白又笑了,"公爵大人,您没有恨我的理由啊。我回去之后,定会极力在您与玛丽姐姐之间调停。凡事多留一条退路,于您于她,都是用得着的。您说是吧?"

诺森伯兰公爵沉默着,终于从齿缝里迸出了一句话:"伊丽莎白小姐,你且好自为之。"

"那是自然的。"伊丽莎白冲着诺森伯兰公爵粲然一笑,"我胆子小,一向顺的是大流,这不就是公爵所谓的'好自为之'吗?公爵,我这里还有一事相求,您不要这个样子板着面孔嘛,这会让我有口难言。"

"什么事?"诺森伯兰公爵没好气地问。

"我想,"伊丽莎白向着石桌上的衣物望去,"这件衣裳与首饰是您夫人送给我的。我虽然暂时不能陪简登上白塔,但尊夫人的盛情,我却不能不领。好久没穿过这么美丽的衣裳,没戴过这么名贵的首饰了。我回去后穿戴起来,一方面可以感念尊夫人的厚爱,另一方面,也许能吸引一位与我有缘的阿多尼斯。我比简可要年长四岁呢。看到她与吉尔福德是如此郎才女貌,这让我很有感触。公爵大人,您若还有未婚的儿子,可别藏着掖着呀。真的没有了,您能确定?"

诺森伯兰公爵虽仍板着面孔,嘴角边却露出了一丝轻蔑。"伊丽莎白小姐,您愿意留着,那就留着吧。"他淡淡地说。

"贝茜,那边还有一个更大的花园,有一种薄荷草非常少见。我之所以认识它，是因为我在你的哈德菲尔德庄园见过。要不要去看看？"我提议道。

"我那儿的薄荷草今年长得不好，我还以为是气候的原因呢。怎么，伦敦塔的薄荷草并没有受到气候的影响？它在哪儿？"伊丽莎白蛮有兴致地拉着我的手，像是突然想起了什么，转过头来对诺森伯兰公爵说，"公爵大人，您可要同去？"

诺森伯兰公爵摇了摇头，向我鞠了一躬："微臣告退。"

等他走后，我发现我的手心全都汗湿了。

伊丽莎白也发现了，惊叫着松开了我的手："你怎么搞的，简？"

"亏你还像没事人似的。刚才那一阵，你跟他唇枪舌剑地交锋，我紧张得都要透不过气来。"

"你紧张什么，怕他杀了我？他才不会那么傻呢。杀死一个手无寸铁、并无呼风唤雨之能的先王之女，这不是无事生非吗？"

"然而，你的那些推托之词对他总是一种刺激。在这个时候，他也许没有必要杀你，但他只要动了杀心，你总是危险的。"

"简，你真是忠厚可爱。"伊丽莎白的眼睛里有异样的光辉，"谢谢你，谢谢你刚才在暗中对我相助。他虽对我不满，但我就像那匹马跃过泥潭，我闯过了这道难关。诺森伯兰公爵在短时间内是不会再找我的麻烦了。哪怕他对我再是不满，然而，他已对我放心。"

是的，这才是紧要之处，诺森伯兰公爵已对伊丽莎白放心。我恍然有悟，伊丽莎白实在是有勇有谋，就连诺森伯兰公爵，也不知不觉地在与她的较量中落了下风。

她拒绝承认我的女王身份，却以"谨慎务实"、贪生惜命作为烟幕，一面装作尊师敬道的女学生模样，一面又言词轻佻地展露儿女情怀。这就能解释诺森伯兰公爵为何对她会有轻藐之意了。诺森伯兰公爵曾说玛丽小姐"不足为虑"，如今看来，在他的心目中，不足为虑一词恐怕更应用在伊丽莎白的身上吧。这正是伊丽莎白想要做到且已成功做到了的。

"贝茜，你真行。"我由衷地赞叹。

"我这次来，一半是迫于诺森伯兰公爵的威势。但我还有一个目的，我想弄清楚你是否自愿接受王位。"伊丽莎白望着我，欲言又止。

"也许你还有别的目的吧。"我说，"你要让我对诺森伯兰公爵失去信赖。"

"简，我是为了提醒你！当初爱德华对诺森伯兰是何等赏识、何等器重。可他竟然痛下毒手……砒霜之痛，为世间之最。爱德华，爱德华他死得不明不白啊。"伊丽莎白怆然泪下。

"我其实从没信赖过诺森伯兰公爵。但对砒霜之说，却不能认定……"

"总之，你要当心他。当心这个像砒霜一样藏凶不露的男人。"伊丽莎白附在我的耳边说，"我姐姐玛丽的军队，已对伦敦形成合围。诺森伯兰公爵没告诉你实情吧？简，你得用心地想一想啊。"

我的头脑凌乱不堪，却仍强笑着说："你不是要看薄荷草吗？我们走错方向了。"

"那不过是个障眼法罢了，我哪有心情看它？"伊丽莎白的神情变得有些奇怪，"倒是有个地方，我想去看看。简，你不会不同意吧？"

"什么地方？"

"我母亲从前住过的屋子。"

我顿时明白了。她所说的是其生母安妮·博林在伦敦塔的住处。她在1533年曾作为即将加冕的王后入住，又曾于1536年作为等待行刑的死囚居住。三年之间，同一个人，境遇却是天差之别。如果说这是一场命运的游戏，它毁灭的是什么，成全的又是什么？

"贝茜，要我陪你去吗？"我问。

"不，我想自己去，我一个人去。请你让人先把房间打开。"伊丽莎白说。

"女王陛下，房间已经打开了。那里面已多年没有住人，到处都是灰尘。您看我们是不是清扫一下、拾掇一下？"当侍女回来向我禀报时，天边已经微微泛黑了。

"贝茜，你看呢？要不你明天再去？"我问。

"不，我想今晚就走。万一明天诺森伯兰公爵又想起什么，我可是奉陪不起。"伊丽莎白说。

"可现在这么晚了，你也听见了，那里面已空置多年。贝茜，还是让我陪你去吧。"我说。

"那是我母亲住过的房间，我想看看房间的原貌。听说，这伦敦塔里有我母亲的鬼魂。可我不怕。如果她真有鬼魂的话，我也想见见她。我想独自和她说说话。"伊丽莎白对我一笑。

"好吧。"我点了点头，对那侍女说，"绿蒂，你拿盏灯为伊丽莎白小姐照路。"

这些年来，伊丽莎白很少谈到她的母亲。别人有意无意地提及"安妮·博林"时，她通常都会垂目不语、神色漠然，仿佛"安妮·博林"这个名字非但与她毫不相干，她也对此了无兴趣。但她从未将她忘怀，她对安妮·博林竟然怀着那样强烈、那样深切的感情。她骗过了世人，这个与她母亲一样聪明，却被母亲那段耻辱的历史所累及、所困扰的女孩。她孤傲而又敏感，时而温婉，时而冷漠，时而嬉笑，时而尖刻。伊丽莎白是变幻不定的，如同天空中的流云，触摸不到，琢磨不透。望着伊丽莎白的背影消失在茫茫夜色里，我的心中不由涌上了万千愁绪。

第四十二章　出　征

　　形势直转而下。人说一叶落而知天下秋,如今长夏尚未过半,但这秋声秋意,却已争先涌到眼前鼻端。目之所见,是群臣愁惨失措的神色;鼻之所闻,是朝堂上滞重沉闷的空气。

　　如坐危城,如临断崖,就像海风送来的咸腥味,预示着即将奔腾而至的掀天怒波。伦敦塔中的每个人,似乎都有一种惶惶不可终日的之感。

　　"对待玛丽问题,我们不能再按兵不动了。"终于,诺森伯兰公爵打破了僵默,"在她身上,我们浪费了太多的温情。玛丽小姐有着比魔鬼还更顽固的意念,想要让她解甲受降?这是魔鬼都没把握的事情。也许这是上帝为了考验我们,才将玛丽这个毒瘤降生在了英格兰。为今之计,唯有知难不退、我们才能通过上帝的考验。唯有荡除毒瘤,我们才能振兴家国。各位大人,谁能奋臂一呼、挂帅出征,为我们的女王,为我们的国家,为我们的信仰,为我们的良知与逆贼玛丽决一胜负?"

　　无人应声,整座大殿就像一座空屋似的。然而空屋其实不空,因为举目皆是闪烁不定的眼神。

　　"蒙太格爵士,你可愿领受这份重任?"诺森伯兰公爵盯着一位四十上下的中年贵族,"昔年你我同赴苏格兰作战。在平基一役中,你一马当先而身受重伤,是我从死人堆里将你背了出来。你曾跪谢我的再生之恩,并曾表示,愿肝脑涂地为报。我不需要你的回报。爵士果有报恩之心,便以一腔忠义与血性荐于简女王之前吧。"

　　"公爵大人,"蒙太格爵士皱着眉头说,"在下的确说过愿对您肝脑涂地为报。平基一役,是为国征战。你我万死不辞,这是臣子本分,男儿本色。可是今天,您要我对亨利先王的女儿动手,请恕在下无能。我蒙氏一族起自寒微,世受都铎国恩,玛丽小姐纵然有错,但若因此大开杀戒,非但殃及无辜,且令先王虽死犹恨。都铎一族如今只剩下两个传人了——两个连公主称号都没有的弱女子。难道您也不肯放过她们吗?"

　　"这是什么话?玛丽虽为都铎之女,但你却是简女王的臣民。别忘了你是宣过誓的。你既宣誓对简女王效忠,又对都铎的私生女藕断丝连。蒙太格爵士，一个人若是心意不专、二三其德，他还配谈臣子的本分吗？"诺森伯兰公爵喝问。

"我之所言，只是我个人的一点看法罢了。玛丽之事，仍以安抚为上策。既然公爵以不忠不专见责，我愿辞归故里。"蒙太格爵士深深垂首。

"你当发誓是即兴吟诗啊，一拍即散、说过即忘？辞归故里，没那么便宜的事！忠臣不事二主，简女王与玛丽小姐，你究竟忠于哪一个？国家有急，你这一走了之算是什么？"诺森伯兰公爵不依不饶。

"公爵，人各有志、强留无益。您就让他去吧。"我叹了口气。

诺森伯兰公爵转动着目光，被其目光击中者无不脸乌色变，只恨隐身无术。

"温切斯特侯爵，听说你的长子骁勇善战、智谋俱佳，"诺森伯兰公爵用商量的口气说，"本次若能戡乱平叛，令郎当记头功。"

"公爵，"温切斯特侯爵的脸上已是汗出如浆，"小儿素好空谈，不谙时务。近来又忽发足疾，行不得路、骑不得马。而玛丽之乱来势汹汹，小儿岂堪重用？"

"那么，还有谁人能为女王陛下分忧？"诺森伯兰公爵用目光迫视群臣。

大殿的空气再次凝滞，人们面面相觑，嘴唇紧闭。

"怎么，都哑了吗？"诺森伯兰公爵振声一吼。

一个大臣向前踉跄了几步，一头栽倒在地，接着又是一个。有人正要弯身扶抱，抬头望见诺森伯兰公爵的脸色，却又缩回了手来。

"大人先生们，英格兰的精英与柱石们，你们的神经就那么脆弱吗？一听到领兵平叛，不是假装昏厥，便是龟缩不前。你们也不想想，你们的荣华富贵是何人所赐？在座的每一位，你们的身家性命可都压在简女王的身上啊。一旦国家不保、女王危殆，那谋逆之人可会善待你们？知不知道有这么一句话——覆巢之下，安有完卵？谁他妈的都别想全身而退！"诺森伯兰公爵竟然动了粗口。

"女王陛下，公爵大人，臣推举一人，可平玛丽之乱。"殿下传来了一个低沉的声音。

死水之上居然泛起了波澜，这令诺森伯兰公爵目光一亮："阿诺德伯爵，你有何高见？"

"臣推举萨福克公爵。他有过作战经验，又是女王之父。军队交给他，一来可感奋士气，二来断无变故发生。"

"是啊，臣也推举萨福克公爵。"又一个声音说，"萨福克公爵好比是镇山之石。如今形势不明、人心难测，率军在外，一旦发生哗变，那就不可收拾了。"

诺森伯兰公爵思忖着，点了点头，踱步走向我的父亲："萨福克公爵，军队交给他人，的确难保万无一失。你看，是不是由你……"

"我虽无率军之才，却也知道兵来将挡、水来土掩。只是简，她的情绪很不稳定，公爵大人，这儿的一切就要拜托你了。"父亲看了我一眼，朗声说，"我愿为女王陛下出征！"

"不！"我从王座上跳了下来，直奔父亲，"您不能去！"

"简，"父亲试图拨开我的手，"孩子，我会给玛丽应有的教训。我会把她带到你的面前，让天下人都看到、都听到——玛丽必须尊你为王！"

我这个父亲，他真的知道什么"兵来将挡、水来土掩"吗？的确，他是上过战场，但已隔了太远的时空。那时他还年轻，他是一个由亲兵护卫着的贵族老爷，随着部队进退。我这个父亲，他长于狩猎而不是长于征战。他可知道此去凶多吉少、险象环生？

"不！别离开我！"我连连摇头，"这个女王我不要做了，请您不要离开我！"

"女王陛下！"诺森伯兰公爵朝我使了个眼色，"别这样，请回到您的位置！"

"不，我的位置就在这儿。这是一个女儿的位置，我不能让我的父亲深入险地！"

"玛丽之师并非训练有素的正规军，而是这五六天以来，她自肯宁霍尔向伦敦行进途中，以诱骗、胁迫之手段临时拼凑而成的一支杂牌队伍。玛丽不过是个鬼迷心窍、色厉内荏的女人罢了，何足惧哉？你们这是怎么啦？一个个对她畏葸如鼠？这，这真是天大的笑话！"诺森伯兰公爵忽然仰天而笑，其声阴恻瘆人。

"呃，其实还有一个人堪此大任。"阿诺德伯爵吸引了所有人的注意，"诺森伯兰公爵，如果由您亲自出马，玛丽小姐必败无疑。"

"是啊，诺森伯兰公爵，您既是良相更是悍将，昔年驰骋沙场曾屡建奇功。玛丽不过一妇人而已，她跟您斗，这不等于是以兔搏虎吗？"

"公爵大人，恐怕还得劳动您的大驾呢。定大局者，非公爵大人不能！"

群臣的热议令我心头一动。是的，这是绝佳的机会。如果让诺森伯兰公爵出征，我就可以摆脱他的控制，或许只是一时之间，但至少，我能透口气了，可以不在他的颐指气使下过日子，该有多棒！"诺森伯兰公爵，众所周知,您是能彻底制服玛丽的唯一人选。您能为我出征吗?"我渴望而又快意地说。

"可是陛下这里……我不能在这个时候离开!"诺森伯兰公爵显得有些慌乱。

"这里当然也需要您。可您也说过,玛丽问题乃是当前最严重的问题。这里毕竟还有我的父亲与诸位大人。诺森伯兰公爵,您想来不会以蝉翼为重、以千钧为轻吧?"我一眼不眨地望着他。

"女王陛下此言极是,当前最大的问题是玛丽之乱。玛丽平则天下安。"

"是啊,凡事不可舍本逐末。外乱不平,内政难修。"

"王师伐逆,事关我朝兴亡。解决玛丽问题,全看诺森伯兰公爵的手腕。公爵不前,谁人敢前?"

"公爵不肯答应,莫不是也对玛丽怀有畏葸之心?如果连诺森伯兰公爵都不能制伏玛丽,又遑论我辈哉?"

群臣交头接耳,一味地推波助澜。

我从心里笑出声来。原来,想借机支走诺森伯兰公爵的,不止我一人。这真是一场奇怪的狩猎。体形瘦小的狼群将一头身躯庞大的猛虎围在了正中。饶是诺森伯兰公爵口如利箭舌似刀,终究寡不敌众,满脸的激愤狼狈,化作了无奈的喟叹。

"好吧,我这一张嘴怎能敌得过你们几十张嘴?既然大家都希望我去——"诺森伯兰公爵豁然一笑,"女王陛下,臣愿亲率王师,戮力讨贼。朝中之事,就暂且托付萨福克公爵。先生们,你们还有何话可言?"

殿内旋即归于静默。从极热到极冷,只在倏忽之间。诺森伯兰公爵扫视了一下他的那些同僚,正所谓"虎死余威在",其余诸人被他的目光一扫,无不散乱溃退。

"小人误国,不足与谋!"诺森伯兰公爵撂下一句话,头也不回地离殿而去。

当天傍晚,诺森伯兰已集结军队,身着戎装向我辞行。

我又一次登临白塔,在诺森伯兰公爵的陪同下检阅塔下的队列。

我很清楚,在这个时候,我应该用激荡人心的言辞来鼓励士气,可我说不出口。说什么呢?"请你们为了我英勇杀敌,不管这所谓的敌人是你们的弟兄还是你们的乡亲?"我翕动着嘴唇,最终不成一语。

而那些士兵们,脸上也并无勇毅慷慨之容。他们望着我,沉默得犹如泥胎木梗一般。假如你的目光不曾注意到那猎猎战旗上的纹章图案,你根本就想象不出这是一支为谁效命的军队。

然而，一股浓重的悲切之情仍笼上了我的心空。我知道，这些人中的一部分，很有可能是回不来了。他们并不爱我，却将糊里糊涂地因我殒命。这算什么？这能称为"捐躯赴国难"吗？我别过头去，迎上了诺森伯兰公爵的目光。

"公爵大人，愿您此去，旗开得胜。"毫无头绪地搜刮着临别赠言，却只想出了这干巴巴的一句。君臣关系，实无称道之处。若是爱德华仍在王位，以他对诺森伯兰公爵的爱重，他会如何应对这样的场面呢？啊，那是无须应对的，他会带着自然而又真诚的感情执着诺森伯兰公爵的手，他会激励他："公爵在朕危困之际毅然出征，不愧是我朝中首屈一指的忠耿之臣。他日凯旋，朕当亲手为公爵松解战袍，樽酒尽欢。"然而，若爱德华仍在王位，他会让诺森伯兰公爵去攻打他的姐姐吗？

"女王陛下，臣这一走，您就暴露在危险中了。您为何要偏听偏信，被那些鼠目寸光的庸臣所蔽惑？他们这是别有用心啊。"诺森伯兰公爵顿了顿足，"算了，我不说了。说也无益。"

我望着诺森伯兰公爵那副痛心疾首的样子，不觉可怜起他来。明明是他要临危赴险，却说"我会因之暴露在危险中"，他大概气坏了吧？

"诺森伯兰公爵，您要是，您要是对平叛并没有太大的把握，那就不必去了。"我忽然于心不忍起来。

"不去？不去的话难道要等到玛丽兵临城下？"诺森伯兰公爵一咬牙说，"臣若不能生擒玛丽，也会为陛下带回玛丽的首级。"

"不要，千万不要！"我尖叫起来，"您不能伤害玛丽小姐分毫！"

"这可能吗？"诺森伯兰反问道，一向泠然可畏的眼神此时却如死灰一样。

"现在还来得及。改立玛丽为王，我，我情愿退位！"

"什么，这是一场可有可无的游园会吗，想来就来，想走就走？您真是个孩子。"那死灰般的眼神重又扑腾起了火花，"陛下，您能让自己的言行更像一个女王吗？玛丽小姐成不了气候，英格兰变不了天。"

"不过，蒙太格爵士也认为，安抚仍不失为上策。公爵大人，交战就意味着两败俱伤，会把整个国家拖入泥潭。"

"说这种话，证明陛下对玛丽还抱有幻想。在这之前，我正是因为抱有跟您相似的幻想，反令玛丽威风逆长、凶焰更盛。陛下须知，心慈意软，是祸起之源。走到这一步，我们已退无可退。难道您还不明白？成败即生死，我们只有一鼓作气干到底了。"诺森伯兰公爵眉棱一横，转身欲走。

"公爵，"我忍不住说，"我有一句话，想要问你。"

他回过身，向我鞠躬致意。

我的声音在不住地哆嗦："爱德华的遗旨，是真的吗？"

"我记得，这个问题我已经回答过了。"诺森伯兰公爵眼睛微闭，像是不认识我似的。

"是不是真的？"我怕他一走，我就永远得不到真相了。

"我回来后再禀明陛下吧。"诺森伯兰公爵说，"可我看不出重复回答的必要。"

"你，你有没有用砒霜？"他轻描淡写的态度愈发令我想要逼出真相。

此话立见其效。诺森伯兰公爵脸上的肌肉痉挛着，他倒像是一个被砒霜毒害的不幸者："陛下，您的话，臣不懂！我劝陛下，您也不必不懂装懂！"

"公爵……"我再看诺森伯兰公爵时，他的脸色已如常人，那扇刚刚漏出一线缝隙的真相之门，却已严密地合上了。

"等一等！"诺森伯兰公爵夫人气咻咻地赶了来，眼中泛动着泪光。

"约翰，约翰！"诺森伯兰公爵夫人拉着诺森伯兰公爵哭喊，"你竟然瞒着我，这样的事你都瞒着我！"

"简，"诺森伯兰公爵拍抚着妻子的手背，声音无比轻柔，"我并不是要故意瞒着你。我就怕你知道了会哭哭啼啼，怕你既扰乱我意又动摇军心。你瞧瞧看，这么多双眼睛都看着你，全天下的人都看着你呢。我的将士们正整装待发，即将为女王与她的王国而战。诺森伯兰公爵夫人，说几句提神振气的话吧。"

诺森伯兰公爵夫人贴着他的耳朵说："把这趟差使还给萨福克公爵吧，这不是你的……"

"夫人！"诺森伯兰公爵用目光制止了她。

"约翰，我会为你祈福，就像二十年前一样。无论你走到哪里，只要看到北极星出现，那就意味着，我来看你了。"诺森伯兰公爵夫人依着丈夫的肩膀，往日的强悍全然不见。也许，在她丈夫的面前，她就从未强悍过。她的心中，也有柔情的一面。

"我亲爱的简，"诺森伯兰公爵动情地说，"二十年前的约定还会再延续二十年，它将贯穿你我的生命。这二十年中，我们从未分开三天以上。请你相信，这只是一次例外，仅此一次。但这不是没有代价的，我们会因之得到更为稳妥、更为完整的团圆。"

"约翰，万事当心，早去早回。"诺森伯兰公爵夫人满脸不舍地又叮嘱了一句。

　　诺森伯兰公爵及其人马已变为视野中绝小的黑点时，诺森伯兰公爵夫人犹自凭塔攀望不已。

　　我几次想要上前安慰，却又觉得难以出口。好在，吉尔福德来了，对她温言说："母亲，我们回去吧。"

　　诺森伯兰公爵夫人点了个头，徐徐转身，一双冷箭般的目光几乎将我射穿："我的三个儿子，约翰、阿姆布诺斯、罗伯特已经为您打了头阵。他们出去三四天了，我至今还未收到他们的任何消息。这还不够吗，这还不够吗？陛下，您是故意的！您的心真狠，您逼走了我的丈夫，把他逼到火海刀山。您以为，您从此就有太平日子过了？"

　　"母亲，您不能这么说。"吉尔福德叹了口气，"简也是没办法。时危国困，这就好比家有变故，一个做女儿的，自然离不了她的亲生父亲。"

　　"可她，她就是故意的！不明就里的人也许被她瞒过了，可我知道，她这是在装可怜，她这是在报复，虽然这看上去难以理解。她的理由只有一个，那就是，她对我们的恨！"诺森伯兰公爵夫人神态懊丧。

　　"母亲，我明白，您担心父亲的安危，您口不择言了。"吉尔福德说。

　　"不，我没有口不择言。她恨我们，她也恨你，难道不是？"话一出口，连诺森伯兰公爵夫人自己也怔住了。

　　是啊，她与她的丈夫促成我与他们的儿子结婚，可不是为了让他们的儿子恨我，而是为了让我们彼此相爱，这样的话，他们的儿子才能为达德利家族轻松愉快地赢得一顶王冠。可现在，他们的设定不仅远未奏效，并且已经远离了目标。她说那样的话，对我与吉尔福德究竟算是离间呢还是诅咒？这真是急令智昏。

　　吉尔福德深深地望着我，似乎想要取得确证。然而，他要证实这一点，就像我要从他父亲那里探知爱德华的生死之谜一样难乎其难。

　　"如果父亲是去火海刀山，那也不仅仅是为了简。母亲您想过吗？萨福克公爵率军，并无十足的胜算。一旦败北，我们又会怎样？"吉尔福德说。

　　"看来，你和你的妻子想到一起了，你们也有心有灵犀的一天。"诺森伯兰公爵夫人的这声感叹，让人听不出是在讥讽呢还是在肯定。然而她的脸色却有回暖的迹象，终于挽过吉尔福德伸出的臂膀说，"天晚了，咱们走吧，儿子。陛下，你也别在风口里站得太久。"

　　塔上塔下，一片空旷。我的心也是空荡荡的，望着昏黄的云层尽自发呆。

"女王陛下，您要回去了吗？"两名侍女齐声问我。

"好的。"我随口应道。

走到塔下，只听"哑"的一声，一个黑影从我身边擦过，旋即坠落下来。

"那是什么？"我的眼睛有些近视，看得不是十分真切。

"是乌鸦，这只乌鸦又肥又大。"年龄较小的侍女说。

"不，是渡鸦。渡鸦的个头比乌鸦大多了。特瑞莎，渡鸦是伦敦塔中的神鸟。"年龄稍大的侍女一脸老成而有经验的样子。

"哑！"渡鸦在地上一瘸一瘸地跳动着，似乎很难受。

"看看我们的神鸟怎么啦？"我走近它，它不惊也不怕，向我微微扬起它的一只腿，腿上有小块化脓的地方。

我双手托起它，渡鸦扑闪着宽大的翅膀，吓得两名侍女连连后退。

"陛下，别让它伤着您！您快放了它吧。"

说实话，渡鸦的样貌的确有些丑怪，然而，它哀哀的神色令我不忍遗弃。我想起了鹦鹉格蕾丝。渡鸦与格蕾丝相比，真可谓丑女之于佳丽。然而，貌有妍媸，灵无优劣。这只渡鸦使我产生了一种感觉，它的智商与悟性并不低于格蕾丝。

我把渡鸦带了回去，为它清理伤口，并亲自给它喂食。渡鸦张口即啄，我的手指来不及缩回，被它咬出了一道深痕。

"坏东西，你竟敢攻击女王陛下！"侍女作势要打。

渡鸦却毫无畏色，昂首扇翅以示抗争，反令侍女无可奈何。

"馋姑娘，这些都是你的。没人跟你抢，请慢慢享用吧。"我笑着又抓了一把米粒放到渡鸦身前。

我忘记了当前的种种苦恼，与渡鸦玩得不亦乐乎。可是第二天，当我再去看它时，却发现渡鸦飞走了。它神奇的愈合能力令我无法置信。只过了一夜，那溃烂的伤腿就已恢复了吗？我到处问起它的下落，生怕侍女因为厌憎其形而将其扔弃。但所有的人都回答说，她们没见过昨天的那只渡鸦。寻来寻去没有寻着，我也只得作罢。

第四十三章　渡　鸦

"不好了，陛下，外面有大拨的暴民涌向伦敦塔的各座城门。"当侍卫跌跌撞撞地跑进来报信时，我正在灯下阅看那些已由枢密院商定、只待我签署名字的文件，包括一份新近起草的、讨伐玛丽的檄文。

"是玛丽的军队打来了吗？已经攻到伦敦塔了？"一名侍女脸色惨白，见众人都望着她，连忙用手捂住了嘴，对自己的惊呼失态既愧且悔。

我加了件外衣，在侍卫与侍女的簇拥下登楼凝眺。塔下火光冲天，人声喧沸，仿佛踩在千丈波涛之上，我身子一摇，几欲站立不稳。

"快开城门，以玛丽女王的名义！"

"快开城门，以英格兰的名义！"

"快开城门，以耶稣基督的名义！"

人们挥舞着手中的武器，长弓短剑、铁锹锄头、镰刀犁铧、斧钺棍棒……不一而足，有的武器像是来自日常生活中的家当。大多数的人都徒步而行，也有少数的人骑在马上。我从未见过如此狂暴混乱的场面，而身边的众多侍女，已吓得缩成一团、相拥而泣。

"那个站在正中的就是假女王吗？问问她，她是怎么当上女王的？这丫头水葱般的年纪，良心却是坏透了。瞧她那副大模大样、旁若无人的做派！"

"她跟诺森伯兰公爵是一路货色。她能当上女王，凭的是诺森伯兰公爵狗盗鼠窃、只手遮天的那点手段！公爵滥用了爱德华国王的信任，她骗取了都铎王室的江山。这一老一小两个骗子，外场上的强大那是打肿脸充胖子，他们的日子长不了。你们知道吗，他们近来都传染上了同一种病——对西班牙的查理怕得要命。"

"是啊，西班牙的查理不会撂下苦命的玛丽小姐。女王是玛丽的，但凡是个活人，谁能不认这个理？"

"再过一千年，哪怕英格兰的王族统统死绝了，王位也不能白给这个惺惺作态的女骗子！有她和诺森伯兰公爵在，英格兰不被西班牙灭掉，早晚也得被当成白菜一样贱卖给法兰西！"

"同胞们,我们还等什么呢?烧死这个肮脏的女骗子,为英格兰除害安民!"

"烧死这个恶毒的女骗子!为了残害玛丽小姐,她强行征兵,让我们自相残杀、妻离子散、家破人亡!"

"烧死这个女骗子,以玛丽女王的名义!"

"烧死这个女骗子,向玛丽女王致敬!"

一些人开始奋力向上投掷火把。侍女与侍卫们纷纷逃散,几只灯盏被踢倒在地,绊了我一下。我木然而立,心如槁灰。火星燃到了我的发丝,我闻到了一股焦味。有人在用劲拍打我的头发。火灭了,借着地上灯盏的余光,我看见了那个为我扑火的人,是吉尔福德。他蹲下身来,摊开一只手,另一只手的食指揉搓着那只摊开的掌心。掌心有几个大小不一的水泡,显然是为火焰灼伤所致。

"别动,烫伤了不能搓。"我拉过他受伤的那只手,向掌心轻轻吹气,"很疼吗?"

他笑了下,笑容很是惨淡:"你没事吧?"

"简,简!"我母亲却在此时奔上塔来,"你还好吗?刚才我的女仆告诉我,说是玛丽已经引兵攻城了。我却不信!"

"夫人,不是玛丽攻城,而是那些老百姓,他们想推翻您的女儿。"吉尔福德说。

"几个不知死活的流民还能翻得了天?"母亲高高地扬起了马鞭。然而,她很快发现自己的判断严重失误。塔下的流民何止几个,群情激愤涌如川流。她举鞭在手,却无从击打。以鞭击流,徒劳而已。

"快,快去叫人!去告诉阿朗德尔伯爵,让他即刻进宫护驾!"母亲扔下马鞭,以手扶头,两只腿抖个不停。

"阿朗德尔伯爵的住处离这儿至少隔着三条大街呢,他就是飞得过来,也救不了这燃眉之急啊。倒是您的丈夫萨福克公爵,何不宣他速来护驾?"吉尔福德说。

"亨利?"母亲的脸变得煞白,死死地盯着吉尔福德嚷了起来,"亨利在哪里?难道他已?噢,这不可能……"

"夫人,别紧张,跟您一样,对您丈夫的下落,我一无所知。我只是感到有些奇怪,我父亲代您丈夫出征,不就是为着您的丈夫能更好地履行守护女王的职责吗?可他人呢?是不是嫌这夜里太热,拣那清静的去处乘凉去了?"

母亲既惊且怒,马鞭一扬,在吉尔福德笔直的迎视中,扬鞭的手僵在了半空。

"您以为赶走了我的父亲,您与萨福克公爵就能坐拥天下、独断专行?"吉尔福德锐声一笑,"夫人,看看您为您的女儿所精心设计的这条光明大道吧。您的女儿纵然已有女王之尊,可她得到了什么,您又得到了什么?"

"独断专行,那是你那好父亲的德性,这跟我有什么相干?你,你这个人真是反常。这个时候还有心思跟我斗嘴,你这不是发神经吗?"母亲愤然说。

"呼——"又有一束火把落在我们中间。"该死!"母亲一边咒骂,一边把一个吓呆了的侍女拉到了身前。

"不,夫人!"侍女挣扎着,如同一条被钓离水面的鱼,带着扑腾的哭音。

母亲越发攥牢了她。就在这时,一团黑云向着塔下麇聚的人群俯冲而下。

"这是什么?"我们被这奇异的景象分散了注意,几乎忘记了害怕。

黑云渐近,我们终于看清楚了,那是一大群乌鸦,不,应当说是渡鸦。体形壮硕、啼声尖厉,在人群中横冲直撞,如一支从天而降的队伍。塔下人仰马翻,阵脚大乱。

"好啊,妙啊,天降神兵。"母亲喜不自禁,"好样的渡鸦,为我啄掉他们的脑袋,啄瞎他们的眼睛,啄去他们的舌头!"

但在最初的慌乱之后,那些手持弓箭的人开始向着鸦队发射,鸦队纷纷散开。这时又有几支人马从外围冲入,场面重新变得混乱不堪。

"那是我们的人,领头的那匹马,是蒙太格爵士的坐骑。"被母亲拉到身前权作挡护的侍女叫了起来。

"是蒙太格爵士本人!上次宫中比武时,他穿的就是这身铠甲。"又一名侍女忘形地大叫。

流民虽众,终究不敌装备严整的军队。僵持的时间不是太长,很快就是一边倒的局面。流民来时如潮去亦如潮。潮退之后,地面是横七竖八的武器,却有一个八九岁的小男孩被四名骑兵围在当中,四匹马绕着他不停地兜圈。他跑来跑去找不到出口,被一只马腿绊倒在地,吓得哇哇大哭,那洪亮的哭声直达塔楼:"爸爸!爸爸!"

这一定是某个莽撞而又粗心的流民,把孩子带入险境却又未能将他带离。

"小贱民,这真是现世现报!"母亲的眼中闪过幸灾乐祸的笑意。

"今天晚上来闹事的那帮匪徒,一个也不要放过!"母亲向塔下的士兵高喊,"你们手头的这个小贱民,正好用他来引蛇出洞!"

"放了他!"我从侍卫的手中取过灯盏,急匆匆地奔下塔楼。

"简!"后面是母亲的叫声与一串凌乱的脚步声。

"放了他!"我冲着那四名骑兵叫嚷。

"简,他是我们的敌人。对敌人仁慈就是对自己残忍。刚才的形势还不够惊险吗?这么快,难道你就好了伤疤忘了痛?"母亲已追了过来,伸手拉住我说。

"敌人,这么小的孩子也是敌人?我们的敌人太多了,从玛丽小姐到无知的幼童。四面树敌,你虽必欲除之而后快,可你除得尽吗?"我甩开了她的手。

"简,你不要感情用事!为了这个小贱民而跟你的母亲生气,你问问自己,这算什么呢?"母亲脸色一沉。

"放了他!"我再次冲着骑兵叫嚷。

"不许放!"母亲接声而起。

"我们该听谁的?"四名骑兵在那儿发愣,被围困的小男孩忽然止住了哭泣。

"夫人,您该问问自己,您还是个母亲吗?一个做母亲的人,怎么能够对别人的孩子那样心狠、那样冷酷?"不顾母亲对我这句话的反应,我掉过头说,"放了他,这是女王的命令!我是女王!"

"你赢了!"母亲说。她目光低落,神色颓丧。

是的,我赢了。这是我与母亲的长期"较量"中,绝无仅有的一次胜绩。

"夫人,希望您在今晚不至于一无所获。您总算认清了一个基本事实,谁是英格兰的女王,谁的话管用。"吉尔福德微笑着对她说。

"你们,你们是串通一气的!好得很,我为自己的女儿找了个女婿,一个十分必要的装饰符号,但也只是装饰符号而已。没想到弄假成真,不知道是我这个古怪的女儿对你动了真情呢,还是你对我的女儿动了真情。人家夫唱妇随,你们却是妇唱夫随,搭了一台好戏!"母亲的这席话,让吉尔福德脸上红了又白,白了又红。

"我自己的女儿非得跟我对着干,这真是一个颠倒的世界。有你们这样的女儿女婿,我倒宁可没有。"母亲恨恨地扫了我们一眼,"我找亨利去!"

"女王陛下,臣护驾来迟,还望恕罪。"是蒙太格爵士的声音。他躬身站在不远处，一只手里还拿着头盔。

"我偏不恕罪！"这一次，母亲抢在了我的前面，"女王和我，差点为流民所害。昨天朝堂之上，诺森伯兰公爵举荐你去平叛。你多方推托，畏怯不前。今晚又护驾来迟。你是做什么的，攻战不能，守城不能，缩头将军一个！"

"夫人此话言重了。"吉尔福德说，"蒙太格爵士并非是守城的主帅。今晚事出有因，急困之中，情况不明。其余臣属未至而他第一个赶来，为女王陛下逐走了乱民。其心可鉴，其功可彰。如果这样的人尚且要被定罪，那么其余的臣属呢？其余的公爵侯爵、大人先生，又该问何罪？"

"其余的公爵侯爵"，话锋隐隐指向我的父亲萨福克公爵。我听出来了，母亲更没有理由听不出来。

"照你这么说，蒙太格爵士倒是一个大大的忠臣，一个了不起的功臣？"母亲冷哼一声，"蒙太格爵士，你自己说说看，真是这样吗？"

"这……臣不敢居功。"

"本来这就不是你的功劳。"母亲冷笑一声，"眼见为实，明明是那群渡鸦逐走了乱民。我这女婿的眼神不好，我却不能睁着眼睛说瞎话。"

"请陛下容臣告退。还有几座城门，臣要赶去协防。"蒙太格爵士躬身低头，面色很不自然。

蒙太格爵士尚未走远，吉尔福德径直对我母亲说："夫人，这可是用人之际啊。您就不能把话说得婉转动听些吗？您句句带刺，有多伤人。要是逼反了蒙太格爵士……"

"他敢！"母亲白了吉尔福德一眼，"我句句带刺，还不是给你们逼的？蒙太格爵士何足道哉？我女儿于无声无形之中，竟能驱使鸦队助阵，这不再一次地证明了简的女王之位是天命所归吗？"

"得天之愈厚者，天必期之以殷。"蒙太格爵士回过头来，神色郑重，"渡鸦此来，岂无神意？愿陛下勿忘梅林之功。"

真是这样吗，我心中一动。在英格兰的传说中，渡鸦是亚瑟王的助手梅林的化身。（注：亚瑟王是中世纪不列颠传说中的国王，为圆桌骑士团的首领，有着"永恒之王"的誉称。）梅林将预言家、魔法师、贤臣的身份集为一体，享有长盛不衰的威望。每个人都相信，他法力无边、料事如神。不仅如此，人们还相信，渡鸦一旦飞离伦敦塔，亡国之祸则不可避免。

到了后半夜，其余各座城门也相继解围，事态终于平复下来。第二天，有关渡鸦奋勇杀敌的"传奇"被散播得沸沸扬扬，且有越传越神、越传越奇之势。

"亚瑟王显灵了，梅林发威了，玛丽小姐想扳倒伦敦塔，连上天都看不下去。"

"跟梅林相比，玛丽小姐就是小巫见大巫了。一只渡鸦便能挡住玛丽的千军万马。就玛丽的那点招数，很快就要黔驴技穷啦。"

总之，伦敦塔里的每一个人都急于让自己相信，自己所追随的这位君王是真命之主，他们要让自己安心。

然而，果然如此吗？鸦队的到来，真是神意所授？一只渡鸦停在塔尖，观其体态，似曾相识。"你是不是前日啄痛了我的手指的那个馋姑娘？"我暗自发问，"昨晚是你引来的鸦队吧？告诉我，这是你对我的报答呢，还是那位神奇的梅林在暗中相助？"

"哑，哑！"渡鸦如有所答。我想起了那个精通鸟语的少年，鹦鹉格蕾丝的主人约翰·伍德。如果他在这儿，一定可以帮我解此疑惑。约翰·伍德与他的妹妹，他们现在怎么样了？约翰会不会被强征入伍，被"我们"的军队或是玛丽小姐的军队所征用？

漫无目的地游荡了半天，透过覆盖在浓荫密林之上的稀薄的阳光，我望见了圣约翰教堂的塔尖，我走了进去。那道难题——令我昼夜不安、无比烦恼的难题，又一次地涌上了心间：命运会选择谁呢，玛丽还是我？我长跪于地、仰天长叹，泪水盈面却不知道该祈祷什么。

"简。"一个温柔的声音把我从冥想中拉回了现实。

"泰尔妮夫人。"一道长长的影子在我的身后铺开。入住伦敦塔后，我的仆从不再是来自布拉盖特的家仆，而是换了一批新人，多为出自阀阅之族的年轻姑娘，就如蒂尔维特夫人曾经向我推荐过的她的女儿阿达那样。遵照传统，君王的近侍必须出身高贵。以此标准衡量，我的那些家仆自然是不够资格了，就连艾伦也因之受到排挤摈除。我以女王身份亮相的那天，在伦敦塔上见到塔下的艾伦，那缩小的身影令我心痛于我们之间的距离，我的保姆，我的朋友，也许再也不能与我彼此靠近，悲喜相拥了。那些几乎与我同时进入伦敦塔的新人同我年龄相近，生活环境也不无类似。和我一样，她们在家中时，也是坐享其成的娇小姐。第一次入宫当差，难免会有失误不妥之处。而泰尔妮夫人则是这批新人中的年长者，一个富有生活经验的成熟女士。别人的失误与不妥在她身上却化作了十二分的妥帖。她悉心照顾我，从她那儿，我依稀找回了一些与艾伦相处时的亲切之感。

"陛下。"泰尔妮夫人走过来跪下，默然搂住了我的双肩。

"怎么办呢？"我把她的一只手放在自己的脸颊上，"我的人民不喜欢我，他们都恨我，甚至懒得掩饰。"

"不，这不算什么。"泰尔妮夫人说，"那些暴民并不代表英格兰的全体百姓。他们是在玛丽小姐的蒙骗与威胁下而仓促作乱。当他们看清真相后，一定会悔悟当初的暴行。"

"真相，真相到底是什么？"我叫了起来，"看不清真相的，是他们还是我们？"

"简，你要挺住啊，你是英格兰的女王！"泰尔妮夫人摇撼着我说。

"可我现在非常害怕。我怕，万一我们弄错了真相。我感到一种良心上的不安，令人气馁，令人绝望。"我向她诉说道。

"良心上的不安，就像先王亨利八世？"泰尔妮夫人说，"这句话在三十年前是亨利八世的口头禅。他常为自己的第一次婚姻感到良心上的不安，担心自己娶了寡嫂是违法逆天之举。但三十年后，再没有人提起良心上的不安了。亨利八世已彻底了结与凯瑟琳王后的恩怨，最终得到了令他无愧于心的姻缘。简，你是一个好女孩，好君主，你是山谷的幽兰，是一清见底的泉眼。有道是'纵皆阴影，吾心光明'，一颗光明的心，永不会低头，永不会气馁，永不会绝望。"

"可我……"话未说出，泰尔妮夫人已将一件物品塞到了我的手中。

"这是？"

"是亚瑟王的圣像。"

圣像上的亚瑟王怒拔石中之剑，一段动人心弦的传说呼之欲出。一千年前，亚瑟王之父尤瑟·潘德拉刚统治着卡美洛王国，史称尤瑟王。亚瑟自出生起即被托付给魔法师梅林，由梅林秘密抚养长大。尤瑟王去世后，主教接受梅林的建议，将国内的贵族骑士召集起来拔剑选王。一只巨剑插在巨石之中，剑身刻有铭文："谁能拔出此剑，谁就是不列颠之王。"然而，在场的骑士谁也没能做到。一个无人认识的男孩匆匆赶来，他力压群雄，拔出了巨剑。直到此时，梅林才向世人公开了这个男孩的身份，他就是尤瑟王的儿子。唯有他，才能拔出这把天命之剑。他不仅有资格继承卡美洛的王位，更将统一不列颠，成为万世之主。

泰尔妮夫人将亚瑟王的圣像挂在了我的脖子上。"希望你也如此。"她庄重而又热切地说。

"谢谢你，夫人。"我的心中交织着感动与希望。

"再陪我走走吧。"步出教堂，我叹口气说。

"好的。陛下想去哪儿呢？"

"哦，就那儿吧——"我漫不经心地向东一指。

"你还是不要去了。"泰尔妮夫人眼露恐惧之色。

"为什么？"

"那是花园塔。"

我悚然一惊。花园塔，在民间有一个更加广为流传的名字：死亡之塔。相传爱德华四世的两个儿子就是在此遇害的。

爱德华四世病逝后，王弟理查公爵借口要为爱德华的长子小爱德华举行加冕，派人从他们的母亲——伊丽莎白·伍德维尔王后那儿接走了小爱德华与小理查兄弟。两兄弟是爱德华四世仅存的男性骨血，当派来的人表明来意后，伊丽莎白王后未尝没有戒心。然而，她也知道，她的两个儿子很小，就连长子小爱德华也还不到十二岁。在这种情况下，如果与他们的叔父、英格兰的摄政王理查闹翻了脸，后果将十分严峻。经过痛苦的思忖，伊丽莎白决定向理查公爵输诚示好，她交出了自己的孩子，也把英格兰交给了风雨难测的未来。

两兄弟被带到伦敦塔后，理查公爵旋即篡位称王。直至理查垮台、都铎兴起，人们从未在伦敦塔中发现两兄弟的踪迹，这成了一个历史之谜。终其一生，伊丽莎白王后没能等到她的孩子们回来。但在她的每个有生之日，她拒绝接受各种有关她的两个爱子的奇谈异闻，尽管这些谈闻如飞蝗遍野，挥之不去。

其中的一个说法是：两兄弟已被钉死在伦敦塔的墙壁里，因此活不见人，死不见尸。

还有一个更加带有感情色彩的说法是，在两兄弟失踪之前，他们每天都会在塔楼上玩"加冕"的游戏。有时弟弟为哥哥加冕，有时哥哥为弟弟加冕。

"我以圣父、圣子、圣灵的名义宣称，你是湖海的王，你是山川的王，你是人间的王。"

"我以圣父、圣子、圣灵的名义宣称，你付出一切，你拥有一切。"

兄弟俩响朗的笑声如欢乐的小鸟飘扬在云霄。可后来，人们再也没有听到过这样的笑声了。有人曾在雨夜之际，看到伦敦塔的墙壁膨胀变形，十分可怖。而更为可怖的是，那膨胀的墙壁不断喷出暗红的流液，有如人血。

两个天真的少年，尚未拭尽因痛失父亲而流下的眼泪，便被带到了伦敦塔。"亲爱的侄儿，我会让你成为亚瑟王那样的国王；而你，我的小理查，你我的名字相同，我会让你成为比我更强的自己。"或许，理查三世曾向他们承诺。又或许，这只是他们为自己编织的一个梦想。

来到伦敦塔的，不一定都能兑现加冕。那两个失踪的小王子，便是清醒的例证。即使能够加冕，也未必就能如其所愿。亨利八世的安妮王后，这又是悲惨的一例。而在这之前，还有那个羸弱文雅的疯王亨利六世，曾两度被爱德华四世监禁，中间亦曾短暂地获释并复辟，但最终还是被囚杀于伦敦塔中。那么我呢，我会不会成为他们中的一员？在艰难险阻之中有所作为，在巨石中拔出巨剑？神啊，请您赐予我亚瑟王的坚毅与定力。

"走吧，我想去看看爱德华国王的御案。"我说。

"哦，那倒不远。陛下，再往前几步就到了。"艾伦说。

御案上放着爱德华用过的纸笔。看守者对我的到来颇感吃惊。"女王陛下，您瞧，爱德华国王那时的字体还相当稚嫩，他进入伦敦塔时，还是一个小男孩呢。那时他做得最多的，就是在文件上签名，有时签得累了，就趴在这张桌子上睡着了，有时脸上还压着墨水印，真是可爱。"看守这里的是个老人，见我耐心地听着，又笑着说，"后来我听说，爱德华国王完全是个成熟的君主了。他的工作，不只是签签名，许多事情他都开始自己经手了，越来越有他父亲的范儿，少年老成，颇具霸气。可他后来再没有来过伦敦塔。我至今还保留着爱德华国王当年所画的一幅渡鸦，陛下要不要看看？"

我点了点头。他取出了那幅渡鸦图。这是名副其实的涂鸦之作。笔法稚拙却带有童趣，我仿佛看见了一个孤独的孩子，被人高高供在王座之上，却在无人注意之时与一群渡鸦嬉戏。我感到一阵心酸，又是一阵鼓舞。"陛下的成年之日已是为期不远，不妨静观，不妨忍耐，以待亲政之时。"时光倒转，那个童年的爱德华又站在了我的面前，我听到了自己对他的劝勉。

"不妨静观，不妨忍耐"，对我来说，又何尝不是如此？时间还早着哪。跟诺森伯兰公爵相比，我还有的是明天。爱德华没能实现亲政，是因为他的身体；而我，我会代他完成，代他实现！

正是心潮起伏的当儿，我父亲的一名侍从满面惶急地自外奔入："女王陛下，萨福克公爵请您立即回去！"

一看他的神色，我就知道必有大事发生。然而，经过了昨天那样一个动荡的夜晚之后，还能发生什么不祥之事呢？

那名侍从引着我与泰尔妮夫人来到正殿，正殿空无一人，我父亲也不见踪影。

过了许久，稀稀落落来了几名大臣。他们的眼神很怪，不像往日那样对我行礼，但我还是像往日一般走向王座。

这时我的父亲走了进来。"你怎么还坐在那儿，简？"这是他对我所说的第一句话。

我猛地站了起来。父亲像是喝醉了酒，脚步晃荡得厉害，一双眼睛却透着绝望的凄厉。

"下来吧，孩子，那不是你的座位。"父亲向我伸出手，哽咽着说。

"从今天起，你不再是女王了，英格兰的女王是玛丽·都铎。"其中的一名大臣对我说。

父亲怨愤地望了他一眼，向我解释："枢密院已在贝纳德堡开会，事先我并不知道。所有的人都倒向了玛丽小姐，并一致通过诺森伯兰公爵犯有叛国罪。"

"所有的人？"我的眼中闪过了在白厅那日，从我身旁逐一走过、逐一发誓效忠的面孔。"克兰默大主教也在那里？"我也不明白，为何要偏偏问起他。或许在我的潜意识中，他与玛丽小姐有着不可调和的宿怨。当年是克兰默大主教宣判玛丽小姐之母与亨利八世的婚姻非法，这才使得"国王的私生女"一词由此"应运而生"。

"他也参加了表决。"父亲的表情颇为无奈。

"可是诺森伯兰公爵……他仍在为我而战。你们既然要倒向玛丽小姐，为什么不阻止诺森伯兰公爵出征？"

"您错了，应当说是玛丽女王，我的陛下。"一名大臣急于纠正我，可能太着急了，竟然将我仍旧呼之为"我的陛下"，惹来一片笑声。

"是吗？"我故意问，"到底是谁错了，您，还是我？"

"应当说是玛丽女王，格雷小姐。"出错的大臣板着脸，"诺森伯兰公爵出征，这只是他个人的想法罢了。我们可不这样想。这就叫作调虎离山。他如果不走，枢密院仍将陷于瘫痪，而我们这些人，仍将在他的淫威下陷于不忠不义。"

"诺森伯兰公爵已向玛丽女王投降。您的统治结束了，格雷小姐。"又一名大臣昂然说。

"结束了？"莫名的失落之后，我忽然感到了一种彻底的解放与轻松。谁知道呢，这或者是我暗暗期盼的结果。

"父亲，我可以回家了吗？"我跳下王座，惊喜地问。

"现在还不能。"父亲扭转了脸。

"为什么？"

"因为，因为你要等待玛丽女王发落。"

"简！"吉尔福德冲了进来，"怎么了，先生们？"他转向那几个大臣。

"你的妻子不再是女王，你也不再是王夫。"

"这就结束了吗？"吉尔福德仰天大笑，声震屋瓦，"让我算算，她当了几天女王，我当了几天王夫？啊，这可不难计算，事情好像就发生在昨天。让我告诉你们，她进入伦敦塔宣称继位是在七月十号，那么该从七月十一算起。从七月十一到七月十九，不多不少只有九天。这大概是英格兰历史上最短命的王朝。"

"是吗，只有九天？"我也笑了。我还以为在这里已过了几百年，原来只有短短的九天！

"你们既已变节，还留在这里做什么？去向玛丽小姐讨赏献媚吧，去向你们的玛丽女王卖乖乞怜吧。"吉尔福德满面鄙夷地挥了挥手。

"达德利家的小子，你就积点口德吧。我们谨奉玛丽女王的圣谕，在此看守你与格雷小姐，你焉敢无礼？"一名大臣抗声说。

"出卖旧主以邀新恩，这不是犹大惯用的伎俩吗？你们也玩不出什么新花样啊。"吉尔福德冷冷地瞪了他一眼，拉起我的手说，"我们走，简！我早就想要离开这个鬼地方了。伦敦塔，真是天底下最晦气的牢笼。玛丽小姐喜欢，她尽管来住好了。"

"吉尔福德，"泪水蒙住了我的眼睛，我的声音暗如暮钟，"我们出不去了！"

"不！"两个女人在嘶声高喊，那是我的母亲与吉尔福德的母亲。她们几乎同时冲进殿来，目光呆滞、心碎神伤。她们的衣着失去了光华，她们的面容失去了矜傲与锐气，而矜傲与锐气一向是她们生活中之必要、生命中之必需。繁景春逝，天翻地覆，原来只在顷刻之间。两位贵妇相拥而泣，只如民间随时可见、转角可遇的两个落难母亲。

殿外渡鸦齐鸣，哀寒入骨。我狂奔而出，入眼之处，浓黑的羽翼汇成一片肃杀的墨海，天地混沌，在墨海中不辨沉浮。

第四十四章　寒　雨

"简夫人，我奉玛丽女王之命，要您归还伦敦塔的钥匙。"当伦敦塔的看守长约翰·布瑞吉爵士再次出现在我眼前时，我们之间的君臣关系已不复存在。他对我的称呼变了。我的身份一落千丈，从至尊无二的座上客沦为俯首候审的阶下囚，对我对他，都格外感到不是滋味。

"泰尔妮夫人，请把伦敦塔的钥匙取来。"我对泰尔妮夫人说。

泰尔妮夫人向我微微摇了摇头，我明白，她想让我找个理由拖延。然而，还有拖延的必要吗？在我与玛丽之间，命运其实早已做出选择了。

"泰尔妮夫人，请把伦敦塔的钥匙取来。"我对她重复了一遍，语气是那样平静，向我索还伦敦塔的钥匙，毕竟不在我的意料之外。

这一次，泰尔妮夫人照办了。

"钥匙在这里，布瑞吉爵士。"我将那串我从未真正据有、亦从未懂得该如何使用的钥匙交回约翰·布瑞吉的手中。交出这虚幻的权力的象征，我全无留恋，只有深深的厌倦。

"失去它，您觉得这是大局已定呢，还是情非得已？"对我的配合，布瑞吉爵士似乎心存疑虑。

"布瑞吉爵士，夫人何曾薄待过你？说这种话，你有没有摸过你的良心？"泰尔妮夫人上前斥道，"她虽触忤了玛丽女王，可她毕竟是女王的至戚，她是情有可原的。你看她失了势便成心奚落她，这不是落井下石吗？"

"我这不是奚落，其实，我也不想……"布瑞吉爵士话只说了半截。

"那就奇怪得很了。难道有谁捏着您的喉咙，逼着您说出这刺心的话？"

布瑞吉爵士默然不答。

啊，心存疑虑的倒未必是他，更有可能，是他的新主。他之所以那样问我，也是奉了新主之令吧？纵然我已沦为阶下囚，以时势度之，新主还很难做到高枕无忧。

"布瑞吉爵士，您的任务完成了吗？"我笑着问。

"今天就是这样吧。明天我会派人来帮您搬迁，我已为您另外准备了一个住处。"

"这怎么可以？"泰尔妮夫人着急了，"女王，我是说，达德利夫人的住处就在这里，她哪儿也不会去！"

"泰尔妮夫人，"我看了她一眼，"布瑞吉爵士这么说，是出于对我们的照应。"

泰尔妮夫人张了张嘴，想说什么却又硬生生地咽了回去。

"谢谢您的体谅，夫人。您的命运令人惋惜，您的心态令人敬仰。"布瑞吉爵士向我鞠了一躬，转身离去。

我的住处从王宫移往砖塔。前者是君王居所，后者为囚徒居所。这一次，布瑞吉爵士没再露面。登高跌重，物极必反，一夜之间，我从一个平凡的女孩变成了女王。同样是在一夜之间，我从女王变为了待罪之人。我的住处随之变化，这也体现了我身份的变化。

"就是安妮·博林在受审之后，也仍然保留了王后的待遇，住在为她加冕而装饰一新的套房。布瑞吉爵士相煎何急，我相信，玛丽女王并没有给他下令。"泰尔妮夫人恨声说。

"我与安妮·博林不同。安妮·博林是一个失宠的王后，而我，我是一个篡位之君。失宠的王后并不能给这个国家带来多少实质性的危害，而一个篡位之君却是为害无穷。从这个意义上说来，我罪无可赦。我与安妮夫人并无可比性。你不必责怪布瑞吉爵士，他的所作所为合于法度、无可厚非。"

"是的，你与安妮·博林不同。"泰尔妮夫人目光焦灼，"你没有罪，在这件事上，从一开始你就是被动消极的，甚至可以说是违心的。你曾再三辞让过王位，先王那么多臣子没一个肯听你说话，他们非逼着你答应不可。辞让不得而继位，你也从未做过任何坏事。而安妮·博林，她所犯下的罪行骇人听闻。简，你不能拿自己跟她比呀。"

"从未做过任何坏事？"我极感迷惘，"围攻伦敦塔的那一夜，你难道不曾听到众口汹汹？那些人骂我冷血不仁，害得他们家破人亡。至于说到安妮·博林所犯下的那些罪行，却没有一件是能坐实的。那只是一个在情感上遭受重创的丈夫在近乎疯狂地发泄愤恨，安妮·博林并未激起天怒人怨。究竟是她不如我，还是我不如她？"

"你不能这样想，我的好小姐。"泰尔妮夫人连连摇头，"冷血不仁的是诺森伯兰公爵，你是替他背了黑锅，担了骂名。可他已经被捕了，事实明摆在那里，很快就会还你清白。"

"被捕？"我问，"可昨天有人说，他那是投降。"

"管他呢,"泰尔妮夫人厌恶地说,"反正差不多是一个意思。总之,是他害了你,简。"

很快,我从布瑞吉爵士那儿得知了事情的经过。原来,当诺森伯兰公爵率军从剑桥行进至贝里圣埃德蒙兹时,得知玛丽已获得炮兵部队与海军的支持,仓促之中,诺森伯兰公爵难以应战,只得放弃贝里圣埃德蒙兹退守剑桥,等待枢密院增派援军。但在七月二十日那天,诺森伯兰公爵等来的不是援军,而是一纸通牒,根据贝纳德堡会议的结果,枢密院要求诺森伯兰公爵立即解除军队。

瞪着附在通牒之尾的、亲贵大臣们无一遗漏的签名,诺森伯兰公爵仿佛失去了识文断字的能力,他看了正面又看反面,神情昏惑,目光黯淡。终于,他摘下头盔,对将士们说:"放下武器吧,伙计们!我最担心的事情竟然发生了!枢密院的那些大人先生已经背叛了我们。我们在前方打仗,他们在后院放火。这把火放得真够漂亮,它放出了一个奇葩怒放的结果。英格兰的女王是玛丽!玛丽是英格兰的女王!英格兰与女王都是玛丽的!哈哈,这么重要的事情我表述清楚了吗?你们听懂没有,懂了没有?"

诺森伯兰公爵爆发出一阵神经质的大笑,几乎笑得喘不过气来,脸上却已涕泪纵横。

"可是公爵,枢密院背着您私议国事、卖主求荣,此种行为实为人神所共弃。我们理当回宫护主、铲除内奸,至于玛丽小姐,不妨放在第二步。"一名亲信极力劝阻。

"是啊。"又一名亲信应和道,"以公爵您的势力与地位,枢密院的几个跳梁小丑岂是您的对手?我们打回去便是!胜负还远未可知,您又何必说此丧气话?"

"还能打回去吗?"诺森伯兰公爵叹道,"枢密院已斩断我们的后路,而玛丽又在前面眈眈相向、以逸待劳。枢密院的决定有如军令,不可抗逆。我在这条原则下恪行人臣之责已有大半辈子,宁可让枢密院负我,让天下人负我,我却不能失守人臣之责。请大家放下武器,让我最后一次执行枢密院的指令。"

"不能这样啊,公爵大人。"亲信仍未放弃劝阻,"想想看,您若对枢密院低头,这不是置简女王于绝境吗?还有您的家人、我们的家人,以及您这半生奋斗所达到的高度与荣耀,难道就要前功尽弃、付之东流吗?"

"你以为我没有想过他们?"诺森伯兰公爵捶胸重叹,"一着不慎,满盘皆输。枢密院的这群狗才,他们这是给了我捅心窝的一刀啊。这已是一盘死棋了,前有埋伏,后有追兵,不如就此退出博弈。"

"哪怕是一盘死棋,只要我们横了一颗心,自损八百尚能杀敌三千。公爵您是身经百战的人,岂不明白世间只有断头的将军、没有受宠的降臣这个道理?"

"同归于尽、杀身成仁,这我何尝不想?"诺森伯兰公爵捂脸哀号,"然而,我爱我的家人,我得为他们留条生路啊。何况我答应过我的夫人,无论付出怎样的代价,也要回到她的身边。我若死在这里,无论是自杀还是他杀,都再也见不着她了。你们不会明白,哪怕做了鬼,我也不愿留在她目所难及的地方。"

谁人没有家人,谁人没有故乡?谁人没有所恋,谁人没有牵挂?诺森伯兰公爵都已说到这个份儿上了,军心瓦解势所难免。不到一夜工夫,这支"王师"竟已散去了三分之二。剩下来的人一个个都像害了一场大病,与诺森伯兰公爵一道坐在风寒露冷的野地里,等待那惨亮的晨曦,等待受降的耻辱从容不迫地、一分一秒地靠近。

"诺森伯兰公爵,您被捕了。根据枢密院签署的逮捕令,您是玛丽女王与英格兰的公敌。"在大道的另一头,阿朗德尔伯爵缓辔而至,嘴角衔着凉薄的笑意,将逮捕令扔向诺森伯兰公爵的脸上。

"是你?"诺森伯兰公爵反手一拂,逮捕令猝然惊退,在空中颠扑了几下,坠落于路旁的泥洼中。诺森伯兰公爵从鼻孔里哼了一声,一跃而起。

"是我,公爵阁下!"阿朗德尔伯爵用马鞭顶着诺森伯兰公爵的下巴说,"怎么,您不欢迎我?"

"一个脑袋两张脸的叛贼,食言而肥的猪狗!我走之前,你是怎样向我赌咒发誓的?你的信用何在,良心何在?"诺森伯兰公爵怒问昔日的盟友。

"我向你怎样赌咒发誓?'以我之血,溅汝之足。尽忠女王,生死如一。'"阿朗德尔伯爵纵声大笑,"公爵大人,你以为赌咒发誓便能让你遇难呈祥、稳操胜券吗?你架空了枢密院,将它变成了你约翰·达德利指点江山的一言堂。你要我们尽忠于女王,可这女王,是个不得人心的傀儡,你真正想要的,是改朝换代,把玉玺改写为达德利的姓氏。至于说到信用与良心,你倒不如问下自己,你是怎样在爱德华六世的病床前赌咒发誓的?"

"你血口喷人、一派胡言!"诺森伯兰公爵咬牙咆哮。

"是不是血口喷人,我们且到御前分辩吧。公爵大人一向能言善道,请您向玛丽女王好好地解释一下您的信用与良心。"阿朗德尔伯爵持剑挑起了泥水中的逮捕令,喝了一声,"带走!"

这就是诺森伯兰公爵被捕的整个过程。

诺森伯兰公爵被押解回伦敦塔，关入了波尚塔，与他一同关入波尚塔的，还有他的长子约翰、次子阿姆布诺斯、第三子亨利以及第四子罗伯特。诺森伯兰公爵的第五子，我的丈夫吉尔福德被关在射手塔。而我的父亲也已入狱，关在马丁塔。其余贵族随着落网的，更是不计其数。其中最引人注目的应当是坎特伯雷大主教克兰默。二十年前，克兰默力排众议，宣判亨利八世与玛丽之母的婚姻无效，结束了有史以来耗时最长的一场王室离婚诉讼，这对亨利八世固然是天大的福音，但对玛丽及其生母，则无疑是灭顶之灾。在诺森伯兰公爵将我推上王座之前，若是说起玛丽在这世上最为痛恨之人，克兰默大主教可谓首当其冲。

"伦敦塔的监狱，好久没有这么热闹过了。"有一天，我听到两个狱卒在门外闲谈。

"可不是嘛。我记得先王亨利八世的晚年，伦敦塔也曾关满了人犯。可是爱德华国王上台后，就冷清多了。不过爱德华国王一旦狠起心来，跟他父亲也是有的一比。萨默塞特公爵与苏德里男爵这哥儿俩不也都是在伦敦塔人头落地的？两个国舅的死讯传到爱德华国王那里，他一滴眼泪也没有，反倒把那禀报死讯的大臣吓得一愣一愣的。"

"帝王之家，只讲王法，不讲亲情。这位玛丽女王，看来也是个能杀能伐、毫不手软的主儿。一下子押来了这么多人犯，连伦敦塔也收容不下啊。听说许多房间都要改造成牢房，连枢密院大臣的休息室都已腾空，以便随时备用。那些多年以来已经无事可为的刽子手也给找了回来。咳，不知要砍掉多少人的脑袋呢，这伦敦塔，又将化为血海坟场。"

"大臣的休息室都给腾空了，这只怕所传不实吧？每天虽有新犯源源不断地给塞进来，可这段时间，也有许多原来的犯人得到了赦免啊，有的甚至已经入狱十年以上，不也说放就放了？诺福克公爵、温切斯特大主教嘉德纳、杜尔汉姆大主教唐斯铎，还有埃克塞特侯爵之子爱德华·考特尼……他们的出狱已为新犯腾出了关押空间。这一进一出，真是天差地别。出去的喜获新生，进来的命将不保。玛丽小姐是个爱憎分明的女王，她并不是一个只会杀人的魔王。"

他们的话浇了我一个透心凉。"诺福克公爵、温切斯特大主教嘉德纳、杜尔汉姆大主教唐斯铎"，这些人都是狂热无比的天主教徒，对新教恨入骨髓，别说爱德华对之绝难容忍，就连亨利八世亦视之为邪毒，对其施以禁锢。而玛丽却将他们放了出来，其意图那是明白无误了，英格兰又将恢复天主教的统治。始于亨利八世、兴于爱德华六世的新教改革就要被强行中止了，我的命运，也许就是我们的宗教改革即将面临的命运。

两个狱卒仍在兴致勃勃地谈论。"玛丽女王入城的那天，我的小女儿凯利跟着几个邻居去看过热闹。凯利说，新女王面容和蔼，她的马车边挤满了贫民与孤儿，她却毫无嫌弃的表情，而是伸出手让他们握着。那些黑乎乎的大手小手将女王的衣袖印满了汗迹，玛丽女王反倒一个劲地对他们亲切垂询，场面非常感人。你说得对，她并不是一个只会杀人的魔王，她也可以是一个很有爱心的女人。她的妹妹伊丽莎白紧随其后，玛丽女王不时地回头看她，两姐妹都笑得十分甜美。还有那位爱德华·考特尼先生，他刚被释放出来就直奔御驾之前。玛丽女王亲自下车将他双手扶起，噙着热泪称他为'我亲爱的表弟'。据凯利说，在场的人无不动容，欢声与哭声震天撼地，经久不息。"

"考特尼先生已被封为德文伯爵，表姐对表弟似乎别有深情。她在这么短的时间内就擢升了表弟的地位，表姐表弟间的婚事也该提上日程了吧？"

"谁说不是呢，玛丽女王已有三十七岁，这事再也耽搁不得了。如果她能嫁给德文伯爵，英格兰人都这么盼着呢。连大臣都向她进言，说是梦见老王亨利八世托他转告玛丽——'赶紧给我生个孙儿，让都铎王朝能够传之千秋万代。'可问题又来了。爱德华·考特尼只有二十六岁，这年龄上似乎相差得太远了。"

"我倒不认为这是个问题。玛丽女王与德文伯爵有着极其相似的不幸遭遇。德文伯爵被关入伦敦塔是在罗马教皇开除亨利八世教籍的那一年。让我想想看，那是1538年，这么算来，德文伯爵已被关了整整十五年。一个二十六岁的青年人，倒有十五年的光阴是在牢狱中度过的。而这十五年，对玛丽女王来说也是备受煎熬。这难道不是天意吗？在很早以前，命运已将他们联系在了一起。他们的不幸是由同一个人造成的，那就是玛丽女王的父亲亨利八世。如今雨过天晴，玛丽进入伦敦城后的第一件事就是为德文伯爵恢复了自由。德文伯爵能不对她感恩戴德吗？从感恩戴德升华为爱慕之情，这是极其自然的。年龄上的障碍远不足以阻止他们由于同感共鸣而产生的相互怜惜与吸引。至少从德文伯爵的公开表态来看，他对成为王夫是怀有欣喜期待的。"

"啊，如果真是这样，英格兰与都铎家族都会浴火重生。都铎家的红玫瑰与约克家的白玫瑰，他们将再度携手，振兴家国。可是事情不见得会这么顺利。听说玛丽女王的表哥查理五世也没有消停。当日玛丽女王身份未明，查理五世不发一兵一卒相助。玛丽女王凭借一己之力夺回了王位，查理五世却又热乎了起来。他的儿子菲利普已丧偶八年,查理五世要为菲利普求娶玛丽女王为妻。狼子野心的哈布斯堡家族,他们东讨西扩吞并了多少国家呀,终于对我们英格兰张开了血盆巨口。查理五世想捡落地桃子,玛丽女王可不能白上当啊。"

"西班牙的菲利普?我见过他的画像。与英俊的德文伯爵相比,相信任何一个有着爱美之心的女士都会很快做出选择。"

"王室择偶,从来看的都不是相貌。再说了,咱们的女王可不是怀春的少女,她年近不惑、性格刚正,更兼信教笃诚、清心寡欲。若是为了相貌而出嫁,早在二十年前就该心有所属、情有所归了。可她一直独身到现在。玛丽毕竟是国王之女,其思虑及耐性,非常人可及。"

门外的谈话声渐渐低了下去,雨声响起,带着丝丝寒意,敲打着我凌乱的心绪。

狱卒所谈到的爱德华·考特尼,是爱德华四世与伊丽莎白·伍德维尔的曾孙。爱德华四世的长女嫁给了我朝的开国之君亨利七世,人称约克的伊丽莎白,爱德华四世的第六女则嫁给了第一代德文伯爵威廉·考特尼,人称约克的凯瑟琳。这也就是说,约克的凯瑟琳是先王亨利八世之父亨利七世的妻妹,她同时也是爱德华·考特尼的祖母。亨利七世迎娶约克的伊丽莎白,史称红白玫瑰的结合,因为红玫瑰是都铎家族的族徽,而白玫瑰则是约克家族的族徽。两大家族以姻盟终结了长年的征战,然而红白玫瑰的暗中争斗,却并未销声匿迹。

至1538年,亨利八世由于离婚改教被罗马教皇除籍,恰恰是在这一年,爱德华·考特尼之父埃克塞特侯爵被人发现与红衣主教雷吉纳尔德·博勒密谋勾结,欲联合天主教徒将亨利八世赶下王座。"阴谋"败露后,年仅十一岁的爱德华·考特尼及其父母被一同投入伦敦塔。埃克塞特侯爵在受审后即被斩首。受审过程中,他喊冤不断,而官方给出的"阴谋"成立的证据,仅是埃克塞特侯爵与雷吉纳尔德·博勒一堆互致寒暄的通信。

即使是这样的罪证也无法暗示,埃克塞特侯爵的妻儿参与了预谋。两年后,埃克塞特侯爵夫人被放出了伦敦塔,为了将儿子营救出狱,她费尽了全力。

"看在上帝的分儿上,请把一个儿子还给他的母亲吧。"她向亨利八世苦苦哀求,"陛下您只有一个儿子,我和我的丈夫也只有一个儿子。您也许还能继续得到子嗣,可我,我已失去了丈夫,我的终身之靠就只有这个独子了。当您怀着幸福的心情呼唤小爱德华王子时,您可知道,这世间还有一个跟王子同名的小爱德华,他被关在不见天日的监狱,与他的母亲遥遥相隔。陛下，您发发慈悲吧。我的儿子毫无过错，他幼小的心灵甚至还不能理解人世的罪恶为何物。就是我的丈夫，他也是被人陷害的。他死得好惨，他，他没有背叛您的理由啊！"

亨利八世神色冷峻，据埃克塞特侯爵夫人回忆，他的眼中闪出冰屑般的寒光："夫人，您应该去求另一个上帝，您那邪教的上帝！点灯是人，吹灯是鬼，您的那套把戏，朕已看厌了，听烦了。是的，您的丈夫没有背叛朕的理由，可他竟然背叛了。而您，您也没有背叛朕的理由，您不同样背叛了朕吗？"

"我，不过是一妇人，怎么敢？"

"您公开支持阿拉贡的凯瑟琳，几乎掐断了我都铎一族得到男丁的希望。您说，这不是背叛又是什么？"

原来亨利八世是为这个而记恨于她。入狱之前与出狱之后，埃克塞特侯爵夫人皆是玛丽之母、亨利八世的第一任王后凯瑟琳最坚定最热情的支持者之一。为着休妻之事，亨利八世已伤透脑筋。此时他虽已另娶新人，却已因为离婚官司而身心受损，对于前王后凯瑟琳的朋友，自然不肯赐以颜色。

"天下有的是好男人，好丈夫。夫人何必自苦若此？您的儿子是逆臣之后，朕不放他，自有朕的道理。夫人若是难耐寂寞，何不改适他人？若是这一次，您选对了丈夫，那就不仅能够得到朕的原谅，并且您也会得到更多的子嗣。忘了您的第一次婚姻吧，就当它从未有过。"

亨利八世拒绝放出爱德华·考特尼，其实并非只是由于旧恨未消。是的，他自有他的道理、他的忧虑。既然爱德华·考特尼之父埃克塞特侯爵不能排除篡位的企图，那么日后，爱德华·考特尼若在他人的唆使下对王冠发起新一轮的争夺，这也是有可能的。

1540年，也就是埃克塞特侯爵夫人获释的那年，亨利八世四十九岁，爱德华·考特尼十三岁，而亨利八世之子爱德华·都铎年仅三岁。年龄上的对比怵目惊心。假如亨利八世此时亡故，三岁的爱德华·都铎能够顺顺当当地登基继位吗？爱子心切，亨利八世为他清除了潜在的威胁。他将王位的有力竞争者，埃克塞特侯爵父子锁入了牢狱。埃克塞特侯爵已经命丧黄泉，至于他的儿子爱德华·考特尼，亨利八世打算关他多久呢？

直至亨利八世去世，爱德华登上王位后，大赦天下独不能恩及考特尼表兄。"我曾问过父王，"爱德华对我说起此事时，言下仍不胜怅然，"父王要我关他一生一世，把他关到老，关到死。他说，为了江山永固，这是万不得已。可我不想这么做，简。爱德华表哥十分好学，拉丁文很有根基,他在狱中翻译的《基督之死的奉献》,极见功力且感人至深。这样的人才埋没在大狱,真是可惜了。等我长大成人后,我会亲自为他打开牢门。那时我已毛羽丰足,父王的在天之灵亦可安然无忧。都铎的江山,再不怕他人觊觎了。"

话虽如此,爱德华享国九年,考特尼的牢狱生涯又延宕了九年。反倒是新王玛丽,未曾加冕便毫不迟疑地开释了都铎王朝的假想敌。而促成玛丽这么做的动机又是什么呢?一方面,考特尼的母亲埃克塞特侯爵夫人是玛丽之母凯瑟琳王后的岁寒之友,玛丽感念埃克塞特侯爵夫人对凯瑟琳王后的忠义与不弃,乐于为之做出回报。另一方面,这也向世人展示了新王的胸襟与高贵的品质。玛丽并不是一个为了得到王位而不择手段的人。在残酷的权势之争中,她能不计后果地将考特尼释放出来,这是投射在宫廷阴影上的一抹亮色,是人性的光辉,更是女性温柔与善意的真诚流露。

这份善意与温柔也会施予我吗?她该不该,我配不配?在无边无尽的寒雨中,我闭上了眼睛。

"达德利夫人,给您送纸笔来了。"狱卒进来的时候弯着腰,说话时总带着一种卑躬屈膝的语气。看得出来,他们对我仍怀有相当程度的敬畏。毕竟不到一个月之前,我曾被人奉为女王。而这位新来乍到的玛丽女王,还很难说已经站稳了脚跟。

"纸笔?我没说要什么纸笔啊?"我有些意外。

"可您必定需要这个。"狱卒将纸笔小心地放下,"这儿的人都急于向女王悔罪,向女王剖白。所有人的都在写信,克兰默大主教、诺森伯兰公爵,他俩写得最勤,写得最多。还有诺森伯兰公爵的几个儿子,包括您的丈夫,他们也都写了。夫人,如果他们都能为自己辩护,为自己开脱,您为何不能呢?夫人,你再不为自己辩护的话,别人的罪过就要嫁祸到您的身上了。我看得出来,您一心沉浸在忧伤之中。您就一点也没觉察到吗,那些在不久之前还将您奉为至尊的大臣贵族,如今想要做的只是以最快的速度、最干净的手法来洗白自己,为此不惜向您乱泼脏水。夫人,难道您不爱惜自己的声名吗?您再不设法自救,身败名裂是比从容赴死更难接受的结局啊。"

是的,我可以努力做到从容赴死,但我无法接受身败名裂。"是哪些人在泼我脏水?"血液涌到了我的脸上,"我是为谁而身败名裂的?真是卑鄙、无耻!"

狱卒避开了我的怒视:"我不能告诉您,他们都是您的熟人。也许,您在心里已经知道了。"

"知不知道又能怎样？"我用手背抹去了流到嘴唇边的泪滴，那咸咸的涩味一直蔓延到心底，"事实上，我已经身败名裂了！一块白布掉进了墨池，再多泼几桶脏水又有什么改变呢？"

"话不能够这样说，夫人。"狱卒益发为我鸣起了不平，"天下无人不知，弄成今天这个局面，这可不是您的错！您并不情愿，不该为此负责！"

"可我，毕竟还是错了！"我叹息一声，透过重重雨雾回望我生命中最长的、最是不堪承受的九天，一字一泪，字字和血，写下了我的悔罪书。

在书中，我这样写道：尽管我犯下了大错，在善良仁慈的女王面前，我不敢奢望能得到宽恕。然而，造成我犯错的根源，难道不是因为我听信了那些显贵权要的坚称——这完全是出自对王国利益的考虑？我固然应当受到重罚，然而，我必须申明，所有的过错不能算在我一个人的身上，不该由我一个人来承担。在那个极其艰难、无比痛苦的时刻，是整个枢密院，用他们的唆使与鼓励让我接受了我不配接受的王位。而他……他的表态更是言重九鼎。他说爱德华国王的遗旨远比法案重要，谁要是违背爱德华国王的遗旨，将玛丽小姐或伊丽莎白小姐奉为未来的君主，那就是这个国家的叛徒，必将无容于天地……

第四十五章　审　判

　　八月八日，已故的爱德华六世正式下葬，被埋在西敏寺的亨利七世圣母堂。我早早地得到了消息。迎着清晨的初日，我的眼睛越过高墙，用心为他祝祷。假如不曾领受那道黄粱一梦的"遗旨"，如果我还是自由之身，那我肯定会送他最后一程，为他唱一支圣歌，为他添一抔新土。然而，那又有什么好呢？看着那样年轻的生命、那样亲爱的面容归于尘土，真会痛断肝肠。不见也罢，不见也罢。爱德华，我的朋友，我的兄弟。君今人土，我今入狱。天堂人间，从此永诀。你的遗旨断送了我的一生。然而，那也有可能不是你的遗旨。遗旨是真是假，或将成为不解之谜。

　　爱德华的葬礼是由克兰默大主教主持的，完全按照新教的仪式。那时克兰默大主教尚未入狱，可他已经受到严密监视，犹如瓮中之鳖，置之炭火之上只是早晚之事。

　　在这种时刻，玛丽准予克兰默为爱德华六世主持葬礼，究竟是在试探克兰默呢，还是出于对弟弟未曾消亡的那份亲情？

　　可以说，以新教的仪式来安葬爱德华，克兰默无疑承受了巨大的压力。在一个信仰天主教的新君的眼皮底下奉行新教的教义，这，也许称得上是壮烈之举吧。然而，爱德华生是新教徒，死亦新教徒。克兰默成全了爱德华的遗愿。玛丽参加了葬礼的全过程，目凝寒霜，嘴唇紧抿，直到那具装有爱德华遗体的棺材没入地壳深处，她的眼中才微微泛起了泪光。

　　"谢谢你，克兰默先生。"这是她在离开前所说的最后一句话，也是她在整个葬礼中所说的唯一的话。人们说，这是大祸临头的征兆。

　　一个月后，克兰默主教与另外两位主教，其中一位是尼可拉斯·瑞德利——伦敦及西敏寺主教，另一位是休·拉提默——伍斯特主教同时被关入伦敦塔。尼可拉斯·瑞德利曾在七月九日，即我前往白厅的那天，在圣保罗教堂布道，宣称玛丽与伊丽莎白是没有继承权的私生女。而休·拉提默主教，早在十四年前，就曾因为激进的新教言论而被亨利八世关进伦敦塔。爱德华继位后，服膺其学问识见，不但为他开释了罪名，且屡次邀其入宫传道，深受重用。玛丽将这三位新教领袖同时抓捕，用她的话来说，这是"擒贼先擒首""打蛇打七寸"。

八月十八日，诺森伯兰公爵在西敏寺受审。坐在审判席上的法官不是什么生面孔，他们大多是诺森伯兰公爵昔日的同僚。这也就是说，曾在"九日女王"的伪朝担任过职务的臣子甚至不用更换衣服，不用更换姿态，不用更换腔调，只须把对女王陛下的尊称换个名头，提到那个拥有绝对王权的她时，必须说是"玛丽女王"而不是"简女王"，即可在新朝获得一席之位。虽然国家易主，但荣华富贵却并未易主。当然，想要博得新王的宠信，想要彻底地埋葬过去，那就坚决一些吧，那就果断一些吧，那就猛烈一些吧。诺森伯兰公爵，他是罪魁祸首，他得为整个事件承担全责。

庭审中不断出现令人尴尬的场面。诺森伯尔公爵舌战群雄，将连珠炮般的发问左推右挡，一一化解。

按照诺森伯兰公爵的说法，在拥立新君这件事上，他执行的是爱德华的圣谕，且得到过枢密院的授权，盖有玉玺的文件决非凭空伪造。当有人质问，既然玉玺已被篡位者滥用，纵然加盖玉玺又有何真实性可言时，他的回答是，谁是篡位者？今天坐在审判席上的法官谁不曾公开遵从爱德华六世的圣谕与枢密院的决定？如果奉公守法非得被歪曲为篡位谋逆，你们这些所谓的审判者不也是篡位谋逆的实施者吗？这是一个嫁祸于人的法庭。这样的法庭能代表什么？这是一场正义对邪恶的审判吗？请问在场的所有自命正义的人士，你们是否承认自己是爱德华六世的臣民？就在一个月前，你们中的大多数人是站在哪个队列？

与诺森伯兰公爵同时受审的还有与他同名的小约翰·达德利以及诺桑普顿侯爵威廉·帕尔。小约翰·达德利是诺森伯兰公爵的长子，深为父母所钟爱。他承袭了诺森伯兰公爵从前的爵位，年轻的小约翰已是盛名在外的沃威克伯爵。如果诺森伯兰公爵不曾跌倒，小约翰日后非但有望继任公爵之位，或许他能走得更远，倘若他的父亲能够走得更远的话。然而现在，老树将枯，覆荫之下安得完身如故？

诺桑普顿侯爵威廉·帕尔是我的养母凯瑟琳·帕尔的弟弟。我对他并不熟悉，而他之所以与达德利父子并立受审，其罪名是，在拥立伪逆简·格雷的闹剧中出力最多、叫嚣最厉，仅次于元凶诺森伯兰公爵。可惜的是，他对我如此力挺、如此造势，我竟懵然无知。当我从狱中听到诺桑普顿侯爵这一名号时，在最初的一刹那，完全想不起他是何许人也。搜尽枯肠，终于似有所悟。只隐隐记得在白厅那日，诺森伯兰公爵确曾向我介绍过他，却也只是淡然带过。

谁是诺桑普顿侯爵，他的长相与他的姐姐可有几分相似？他为何出力多且叫嚣厉，难道就冲着我是他姐姐的养女？不，显然不是的。在去往白厅之前，我从未与他有过交集。难道那是他吗，一个身材瘦高的中年人？然而，那天出现在白厅的身材瘦高的中年人何其之多，每个人都含悲带笑，为故主而悲，为新君而笑，戴着那个一模一样的面具。面具后的形貌是模糊的，面具之下是百喙如一的欢呼："英格兰万岁，新王万岁！"

谁是诺桑普顿侯爵？我惘然苦笑，这个问题对我来说，已不再重要。

与诺森伯兰公爵的奋起反击相比，小约翰·达德利与诺桑普顿侯爵的表现可要逊色多了。他们只是在无精打采地静候宣判，表情麻木，仿佛灵魂已抽离了外壳。诺森伯兰公爵的孤勇终究只是螳臂当车。庭审的结果是，诺森伯兰父子与诺桑普顿侯爵均被宣判叛国罪成立。

"死刑！"所有的法官皆肃然起立。

这应当不是一个出乎意料的宣判。然而，当诺森伯兰公爵听到"死刑"一词时，却彻底垮掉了。被定罪之后，他继续向玛丽女王写信，恳求女王以慈悲为怀，饶恕他的儿子们。他在信中写道："我的儿子之所以步入歧途，并非由他们的个人意愿所决定，而是受到了我的诱导。父亲的罪过不该记在他的孩子们的身上。女王陛下，您如果心中有恨，那就恨我一人吧。您恨诺森伯兰公爵，他因一时的昏聩而冒犯了您的天威，做了许多追悔莫及的错事。您有充分的理由向诺森伯兰公爵展开高尚的复仇。但您不该恨一个爱子如命的父亲，以及他的那些迷途知返的孩子。"

事实上，诺森伯兰公爵不仅爱子如命，且也格外珍爱自己的生命。

"生活是多么美好，失去生命又是怎样悲哀！"

"哪怕活得像一只下贱的狗，也要胜过一头死去的狮子。"

这是诺森伯兰公爵在面对死亡时所发出的哀叹，一日数叹，绵绵不绝。似乎是为了配合他的这种心理变化，外面开始有了一些传言："诺森伯兰公爵纵然罪恶滔天，但他毕竟是爱德华六世时代最有才干的大臣。文能安邦，武能定国。有道是三军易得，一将难求，玛丽女王犹如刚刚升上天际的月轮，如果月轮之侧没有群星闪耀，月轮的光彩就会被云层侵吞。而诺森伯兰公爵是唯一能够统率群星的人物，假如玛丽女王对他宽大处理、允许其戴罪立功，诺森伯兰公爵定会让玛丽女王大放异彩。玛丽女王若想办成大事，凭诺森伯兰公爵的能力与效率，至少可以节约一半以上的时间。女王已经不年轻了，对她来说，她有务实的考虑，远要胜过复仇的香甜。"

预定执行死刑的时间是在八月二十一日，在审判后的第三天。然而，在八月二十一日那天，人们没能在刑场上看到诺森伯兰公爵，而是在圣彼得教堂，发现了一个全然不同的约翰·达德利。在那里，举行了一场奇怪的仪式，已经绝迹多年的弥撒竟然重现江湖。罪人约翰·达德利佝偻着身子，在众目睽睽中，他按天主教的教规领了圣餐，宣誓弃绝新教，回归天主教的正途。

这是迷途知返的真诚忏悔吗？恐怕上帝也不知道！然而，世人都知道，忏悔只是让他的生命延长了一天。八月二十二日，诺森伯兰公爵被执行死刑。观刑者虽然众多，却没有一个人对他的受刑表达哀悯。

如果他不曾多活一天，如果他不曾在最后的时刻背叛信仰，也许，他还可以赚取一些同情与眼泪。即使得不到这些，他至少能够挺直脊梁受死，带着悲壮的自尊。可他把这一切都毁掉了。或是因为贪生怕死，或是出于护子之心，或是二者兼而有之。当我听到人们谈起诺森伯兰公爵的最后下场时，我无比厌恶地说：“祈祷上帝，别让我，也别让我的任何一个朋友像诺森伯兰公爵那样死去！”

我为诺森伯兰公爵深感羞耻。这个人的名字将与我的名字一同被刻入历史的耻辱柱。由这样一个奸猾卑劣的小人所扶持的女王岂能长久呢？人们提到我时就会联想到他，同样的，提起他时就会联想到我。想到这一点，简直比死亡本身更加令我感到沮丧。

"简，别这么说。"泰尔妮夫人频频摇头，担忧地向我暗指狱门。

我明白她的意思。她怕我的话传到玛丽耳边，为我带来灾祸。是啊，诺森伯兰公爵已引颈就戮。我呢，我的终局还会远吗？

从七月底来到这里，已有近三个月的时间。这三个月内，季节也在悄然变换着。从夏末到秋初，从秋末到冬初，树色由浓转淡，枝头的啼鸟也日渐稀少。偶尔飞来一两只渡鸦，在我的窗外凄切地啼号，似在向我传递什么信息。然而，拣尽寒枝，渡鸦终不可留，在萧飒的晚风中拍翅而去，犹自恋恋回首。

十月一日，玛丽在西敏寺加冕，由嘉德纳主教为其涂抹圣油，戴上王冠。那顶我拒绝试戴的王冠终于找到了归属，都铎家的真正传人。礼炮传到伦敦塔，狱卒的脸上也是喜气洋洋，欢声笑语尽扫牢狱阴沉的空气。可以想见，伦敦在过节，英格兰也在过节。唯有像我这样的囚房，被这欢快的节庆排斥在外。

十月十二日，那是我的生日，也是爱德华的生日。我十六岁了，爱德华也是十六岁，这是连上帝都会羡慕的年龄。如果爱德华仍然在位，朝野上下，定会为他的十六岁生日举办盛大的庆典。这个生日必须不同于以往的任何一个生日，十六岁，这是青春怒放的序曲，是人生走向丰盈的前奏。如果不曾经历这场变故，我的十六岁生日，将留在布拉盖特。全新的一天，将在布拉盖特柔美的晨曦、淡青色的山雾、林鸟的啁啾中从容展开。也许，爱德华会再来一次微服出行，我们一起来到金盏花开遍的原野，庆贺我们共同的生日。

"简，生日快乐！"他的笑容比蓝天丽日还要清朗。

"爱德华，生日快乐！"说这话时，我的眼前已不见了他的笑容。我是在独对狱窗。窗外云起风涌，犹如叹息，莫不是爱德华的灵魂刚刚来过？

十一月十三日，那是我的审判日。我、吉尔福德、吉尔福德的兄弟们——阿姆布诺斯、亨利、罗伯特以及昔日的坎特伯雷大主教托马斯·克兰默同在吉德大厅受审。吉德大厅，跟我的丈夫有着相近的名字。然而，那绝不是一个吉利的去处。审判席上坐着诺福克公爵托马斯·霍华德、伦敦市长托马斯·怀特爵士、德比伯爵爱德华·斯坦利、巴斯伯爵约翰·伯尔奇尔等人。

我多少有点理解诺森伯兰公爵站在受审台上的悲凉心情了。审判我的法官，有相当一部分曾是我的臣民。我知道，无论我的辩词有多真切、有多诚恳，他们很难做到不偏不倚。他们必须摆正位置，眼观鼻、鼻观心地做出正确的裁决。

"有罪！"

"有罪！"

"有罪！"

……

铿锵的宣判整齐划一。虽说我们几个人的罪名不尽相同，然而，我们每个人都是有罪的。一个也不曾幸免，一个也没有漏掉。

我最大的罪名是"以简女王的名义签署文件，篡位盗国"。

吉尔福德的罪名是"承认伪王简；企图向诺森伯兰公爵派送援军，达到废黜玛丽女王的目的"。

这一说法何其不确！彼时玛丽尚未登基，何来废黜之说？然而，她今既已正位承统，以简·格雷为女王的那九日自当一笔抹杀。怎么说都行。对我对她，那九日都是极为痛苦的回忆。

阿姆布诺斯、亨利、罗伯特的罪名与吉尔福德大同小异。为虎作伥，他们被认定为诺森伯兰公爵的助手与同谋。

克兰默大主教则有两项罪名成立，叛国罪与异端罪。

"我没有罪！"吉尔福德奋力挣扎着，被几个士兵强行按倒在地，只露出半边脸来，红得像是火烧。

"我没有罪！我根本没有派送援军！如果说承认简女王就构成叛国罪，你们不也承认过吗？当时所有的人都这么认为，是不是要把全英格兰的人都定成叛国罪？"

"放老实些！"吉尔福德被狠狠地抽了几下嘴巴。

他唾出一口血水，惨笑着说："是啊，我是有罪的。我的罪因就在于娶了她——娶了这个根本不爱我，我，我也根本不爱的女人！"

我的眼睛湿润了。吉尔福德却又说："不信的话，你们去问她！她跟我一样，也是反对这门婚事的。那个时候，我既没有想到要娶一个女王做妻子，她也没有想过，嫁给了我，才能登上王位。虽然我们之间毫无感情可言，但这难道还不能证明吗，我和她都不是阴谋的参与者。我没有罪，她也没有罪！"

"那么，这是谁之罪呢？"诺福克公爵依次指向克兰默大主教以及吉尔福德的那些兄弟，"难道说，应当由他们来慷慨包揽你与你的妻子所犯下的那些罪过吗？"

"不，不是他们！"吉尔福德叫道。

"那么是谁呢？"诺福克公爵走下了审判席，盯着吉尔福德冷笑。

"父亲，我的父亲！"吉尔福德号啕大哭。他的兄弟们也已热泪沾襟。

"让那个死鬼为你们兜底。死无对证，大事化小。这个法子好是好，可并不高明。你说，玛丽女王能这么容易被你糊弄过去吗？小子，真是有其父必有其子。你父亲是个老滑头，你呢，是个小滑头。约翰·达德利真是阴魂不散，后继有人啊。"诺福克公爵面无表情地喝道，"现在，法庭宣布定刑！"

"死刑！"法官们给出了他们的裁决。

然而，死刑也是有区别的。诺森伯兰公爵的儿子们被判斩首，克兰默大主教被判施以火刑。而我，对我的宣判则是，斩首或是随女王的心意处置。所谓"随女王的心意处置"，并非意味着我能够获得减刑。对于处死女犯，英格兰的刑罚往往是在斩首、绞刑、火刑之中三者择一。"随女王的心意处置"，如果我只是由于私人的仇怨而犯罪当死，绞刑无疑是来自女王的恩赐。然而，对于叛国罪，通常都是斩首。尽管斩首的场面血腥而又残酷，然而顷刻之间，一切都会结束。假如女王对我恨入骨髓，那我最有可能得到的刑罚将会是火刑。在漫天的黑焰中被烧得皮焦肉烂、骨断肠裂，啊，即使是地狱也不会比这更为恐怖、更为惨烈吧？

我曾嘲笑过诺森伯兰公爵贪生畏死，曾一再下过决心，在我受审的那天，无论听到何样的宣判，都要面色如常地走出法庭。如果说我在王座上从未像个女王，在走出法庭时，我的自尊与骄傲必须胜过女王。因为只有这样，才能洗尽我在王座上听人摆布那九日给我带来的所有苦恼与耻辱。我希望将来有一天，哪怕我已不在人世，人们谈起我时，不全然是鄙视与挖苦。他们对我，会多出一份尊重。那么我这悲惨的一生，也就有了一丝亮色。这是我最后的安慰与寄托。

然而，只这一句"随女王的心意处置"，却将我完全击倒。吉尔福德曾经讽刺我，说我插了几根凤凰毛便自命不凡。此时此刻，我整个人恍若虚脱，被拔去的又何止是几根凤凰毛，我浑身的羽毛都被拔尽了，现在，我只是一只光秃秃的、从内到外都一败涂地的草鸡。

"上帝！"我叫了一声，随后便失去了知觉。

醒来后，我看到泰尔妮夫人正向我俯首微笑。她的眼睛红红的，笑容却是分外温柔。在经历了那么一场冷酷的审判后看到这样的笑容，真是美好无比。就像一个人在凛冽砭骨的冬夜饮下了一杯热茶，她让我僵冷的心重新感受到了暖意。

"泰尔妮夫人！"我握着她的手说，"今天上午，我出门之时，你曾对我说，愿你无罪归来。可是，已经宣判了。我也许最多还有三天的时间了。诺森伯兰公爵就是在宣判后的第四天被带到断头台的。你知道吗，我被判有罪。不仅如此，我还被判……"

泰尔妮夫人用眼神制止我说下去。"这不算什么，"她说，"诺森伯兰公爵的儿子小约翰·达德利与诺桑普顿侯爵不也被判有罪，不也判的是……可小约翰·达德利至今还好好地活着。诺桑普顿侯爵已被释放出狱。玛丽女王是有道之君。连诺桑普顿侯爵都能既往不咎，又何忍加害于你？"

我点了点头，装作愿意相信她的话。我闭上眼睛，极度的乏累将我再一次带入了梦乡。不知睡了多久，当我再次睁开眼时，但见一灯如豆，有人背对着我嘤嘤而泣。那是泰尔妮夫人，是她的哭声把我惊醒了。

怕被她发现，我又合上了双目。还有三天，我的生命果真就要走到尽头了吗？甚至不能等到下一个春天。我，再也不能听到燕子的呢喃，再也不能看到百花盛开，再也不能奔跑在阳光之下，再也不能梦见深蓝色的大海？

第四十六章　夜晤　（上）

　　三天过去了，我还活着。"感谢上帝，感谢上帝！"泰尔妮夫人激动地对我说，"玛丽女王只诛首恶。诺森布兰公爵既已伏法，不会再有更多的流血了。"

　　"现在就说这个，未免为时过早。"我笑了笑，"对于我的生死去留，这肯定是玛丽女王的一大心病，我实在不敢抱有更大的希望。"

　　"简，你想得太多了。玛丽已经加冕，你对她，根本不能形成任何威胁了。历代新君继位之初都会大赦天下，你也会因此得免。"

　　"玛丽女王，她可是不同于历代新君啊。"我叹了口气，"她是在大赦天下，但她赦免的都是天主教徒。对新教徒，只怕就没有这样的好心了。"

　　"可不是。我听说，前天还在火刑柱上烧死了一批新教徒，有男有女，甚至还有一个未成年的孩子，按官方所定的罪名，就因为他们是信仰新教、死不悔改的狂魔。又听说，有几个神职人员企图秘密出逃，被海岸的巡逻兵发现了，玛丽女王正下旨严惩呢。"

　　"他们为什么要秘密出逃？"

　　"因为玛丽女王力图恢复天主教的旧规，神职人员不得结婚，结过婚的必须抛妻弃子。说是已经写入法令了，下个月就会正式出台。这对那些已经娶妻生子的神职人员，简直就是晴空霹雳呀。"

　　"玛丽上台，他们的日子可要难过了。逼着神职人员抛妻弃子，这是绝人情、灭人伦啊。"

　　"最可气的是，玛丽女王还找了几个天主教的神父到处宣扬她的这套说法。有个神父在布道时激怒了众人，一时间会场大乱，有人乘乱将一把匕首扔到了神父的身上，还有人高叫着：'你只是罗马教皇的一只狗，滚回你的罗马布道！想把英格兰变成罗马教皇的狗窝，咱们英格兰人可要跟你拼了！'"

　　"你刚才还说，不会再有更多的流血了。天主教与新教，却仍然发生着激烈的冲突。"我摇了摇头。

　　"还不光是天主教与新教的冲突呢。现在有件事，更让人惶惶不安。"

泰尔妮夫人说,"我的妹妹写信告诉我,西班牙的使者西蒙·雷纳德一行已到伦敦。雷纳德此来,是为商谈玛丽女王与西班牙王子菲利普的婚事。多可惜呀,爱德华·考特尼不再是王夫的候选人了。玛丽女王终于还是选择了西班牙王子。我妹妹说,大家都认为,玛丽女王更加认同自己身上的那一半西班牙血液,她会把英格兰作为陪嫁,连同她的全部身心不求回报地奉送给西班牙。一路上,伦敦市民对西班牙使者不断地扔掷雪球,呼喊各种反对口号,弄得这群哈布斯堡的来客灰头土脸、狼狈不堪。可他们一入宫中,就是另一番天地了。玛丽女王像是见到了久违的亲人,不仅待以上宾之礼,且留下雷纳德叙谈至深夜。当然,玛丽女王喜欢嫁给谁,这虽是国事,却也是她的私事。瞧不上我们本土的好青年,硬要与西班牙拉上关系,要说呢,这真是一步险棋。就不知道,这事对你会不会有影响。我现在一心挂念的,全都是你,简。只要玛丽女王能对你从宽处置,哪怕她明天就嫁给西班牙王子,我也不会说她一句闲话。你别笑呀。真的,我只想当着女王的面告诉她。"

"但你不会有这个机会。"我说,"你见不着她,我也见不着她。"

"简,要是她肯见你一面,"泰尔妮夫人忽然大受启发,"只要你们好好地谈一谈,她就会打消所有的顾忌。你们会彼此谅解,然后,她会给你自由……简,给女王写信吧,就说你有重要的事要当面陈述。"

"瞧你说得多么容易!你以为这样一来,就能骗她跟我见面?"

"这怎么叫骗呢?这也是,这也是没有办法的办法嘛。"泰尔妮夫人望着我,目光中有无尽的叹息。

十二月的某天夜里,狱卒打开了我的牢门:"简夫人,您有客人来访。请跟我出来一下。"

这个突发的情况令我一愣。真是太奇怪了。像我这样犯有重罪的囚徒居然有客来访,这事不对呀。

"不要去,简!你不能去!"泰尔妮夫人死命抓住我不放。

我不由打了个战。"我的最后时刻,莫不是就要来到了?"我在心里猜测,"来访的客人会是谁呢,是不是——死神?"

"请让我准备一下。"我对狱卒说。

"这就不必了吧。"狱卒似乎看穿了我的心思,"只是出去一下,很快还要回来。"

"别听他的。"泰尔妮夫人仍不松手,"这么晚了,哪有什么访客?简,他们肯定没怀好意。你不能去,你去不得啊!"

"我知道你们误解了,但我现在还不能解释。但可以确定的是,伦敦塔的行刑从来不会选在夜里,而是要在昭昭白日之下公之于众。夫人,如果您与您的女仆想入了歧途,关于这一点,是不难更正的。"狱卒目光坦诚。

"可是,会是什么访客呢?竟有那么大的神通,能够来到伦敦塔?"泰尔妮夫人忽然眼睛一亮,"一定是公爵夫人!简,是你的母亲来了!是的,只有她能做到!"

是她吗,我的母亲?七月二十一日,我的"九日女王"生涯的最后一天,父亲亲口对我说"不能回家",而我的母亲则与吉尔福德的母亲相拥而泣,从那以后,我再也没有见到我的父母。听说父亲已经入狱,而母亲,母亲似乎并未受到株连。以她的强干与应对能力,在家族受到如此重创的情形下,岂会默然承受、无所作为?应当是母亲。诚如泰尔妮夫人所言,只有她能做到。

"如果一定要去,那么,让我陪她去吧。"泰尔妮夫人对狱卒说。

"你不能。我奉上头之令,只让简夫人出来。"

"这是深夜。以她的身份,总得有个女仆跟随。"

"简夫人不会有任何危险。"狱卒说,"在下是奉令行事。简夫人,请别再耽搁。"

我点了点头:"走吧。"又回头了看了泰尔妮夫人一眼,以让她放心。

狱卒将我引向金光烁曳的议事大厅。我几乎有种错觉,仿佛又回到了"九日女王"的某个时间点,我将在那里会见群臣。而一进大厅,诺森伯兰公爵会率先迎上前来,唇角带着隐约的笑意。"女王陛下晨安!"群臣屈膝行礼,声音与动作皆浩然可观。而我,已坐在王座之上,带着一种莫可言喻的心情接受他们的朝拜。

然而,这不是早晨,这是深夜。为什么要将我引进这议事大厅?这是幻觉吗?还是发生了政变?我停下了脚步。

"请您进去吧,简夫人。"狱卒就此止步。

"你不进去?"我问。

"只有您能进去。"狱卒说。

我走向那灯火盛放之处,心里却是直冒冷气。果然是政变了吗?又要将我重新推向那傀儡的王座,推向权力的旋涡与纷争之中?我真怕会在那里遇上诺森伯兰公爵的鬼魂。"女王陛下!""女王陛下!""女王陛下!"我的脑子在轰然乱响。"不!我再也不要听见那些山呼陛下的叫嚣!王座上坐着的,不是什么真命君主,她只是一个上当受骗的女孩。那个人,从来都不是真实的我。"

我蹲下身来，痛苦地以手蒙住了脸。

"简妹妹。"一个略有些嘶哑却仍不失柔和的声音忽然响起，在这空寂的大厅。

我垂下双手，整个人惊呆了。

"朕等你很久了。没想到吧，我们会在这里见面。"说话的是玛丽女王。原来，她就是我今夜的访客。是她，而不是我的母亲。

她的头上戴着那顶我曾试戴过的王冠。然而，王冠并不曾为她增添美丽。我还记得五六年前，先王去世后我们各奔东西之前，她给我的那个拥抱，以及她的祝福——"再见吧，我的小妹妹。再见吧，纯如水晶的好女孩。愿你永如当初、一尘不染。"那时的她，脸上犹有健康的红润。可今晚的她，容颜枯暗、神色凄怆。是啊，她已快到四十岁了，却显得远比四十岁还更苍老。如果没有继位风波给她所制造出的那些磨难，她的容颜与心态定要比今日大不一样吧？这是诺森伯兰公爵的罪过，这也是我的罪过。

"陛下！我做了太多对不起您的事！您能宽恕我吗？"我跪在地上，握着玛丽伸给我的那只手，在那上面洒满了眼泪。

"起来吧，简。朕知道你的难处与苦处，这不是你有意犯下的错！"玛丽将我扶了起来，且脱下斗篷，披在我的身上。

"陛下！"我哽咽着，感激与羞愧同时激荡在心间。

玛丽身着黑衣赭裙。尽管衣裙上绣有玫瑰花样，但其肃重的色泽却让玫瑰失去了原有的富丽。她不像一个女王，更像一个戴着王冠的修女。尤其令人惊畏的是，这位修女的面容上，不时会闪现出近于男性的刚强与严毅。也许正是凭借着这股不亚须眉的刚强与严毅，昔日未曾让人引起重视的"玛丽小姐"才会走到了今天。

"你可能会觉得委屈。然而，你有没有想过，如果失败的是我，你会给我一个见面的机会吗？你会让我留在伦敦塔待罪吗？"玛丽女王指着自己的额头说，"即使你想这么做，诺森伯兰公爵却决不会答应。如果失败的是我，今天来跟你见面的，就只能是亨利八世之女玛丽·都铎的冤魂了。"

"陛下，请您相信，我宁可自己死上百次，也不愿拿您的生命做一次冒险。假如我们两人同时遇险，只有一人能够存活，我会毫不犹豫地决定，活下去的必定是您，而不是我！"我抬起了满是泪痕的脸。

"我相信你。若是在平时，以你的私德与人品，你所说的都是真心的话。可是，这等于是句空话。在王权的争斗中，你已站到了跟我对立的一面,并且做了背叛我的事。下一步,即使有人要你踏着我的尸骨前行,你同样会遵行照办。为了说服你的良心,也许你还会指着我的尸骨痛骂——'看呀,这就是一个叛国者的下场!'"玛丽发出苍凉的笑声,"王权真是一味令人销魂蚀魄的毒药。它会把一个天使变成魔鬼。更何况,我们都不是天使,我们只是凡人。"

"可是,我并非是为了权力。王权对于我,从未有过真正的吸引。"我心中一痛。

"那又如何?你不照样抢走了我的王位?为什么要跟我抢,简?"玛丽的神色变得恍惚起来,"十七岁以前,我一直是父王的独女。人们用了十七年的时间来让我确信,我是这个国家的继承者,绝对而又唯一。童年的我是幸福的。父王曾经当着威尼斯大使的面夸赞我,'朕的女儿从来不哭','她不仅会成为这个国家未来的主人,并且是英格兰从未有过的一位欢乐女神'。然而,欢乐的时光只有九年。在九岁之前,我不知眼泪为何物,而九岁之后的人生,却是泪流成河。别人需要用几个世纪才能流尽的泪,在我这儿仅用了三十年。我的三十年,抵得上十个人的一生了。在自然认可的年龄上,我快满四十了;但在心理年龄上,我仿佛已经四百岁了。人生的苦难为什么会那么长呢,我常常问我自己,要到何时才是个尽头?"

"陛下,苦难已经到头了。您等到了天亮,愿欢乐能够为您重现!"我望着玛丽鬓间刺眼的一缕白发,心情分外沉重。是的,她这一生,得到的太少,失去的太多。在这一时刻,我情愿用我的残生来换取她的欢颜!

"终于等到了天亮,这一点,你说得太对了!"玛丽一笑,却不是欢欣的笑,"至于还能不能获得欢乐,在耗费了大半辈子之后,我其实已经得出结论了。简,我几乎从没有过知心的朋友。世情恶衰歇,万事随转烛。在那些艰危的岁月中,很多人故意避开了我,而我,也避开了许多人。很多时候,我都是独言独语,这是长时间来幽居生活所养成的习性。可是今晚,我想把有些事情说出来,不想一个人再闷着扛着。简,你在听吗,你肯听吗?"

"您说吧,陛下。您的每字每句,我都听在心里呢。"

"该从什么地方说起呢?"玛丽寻思着,点了点头,"九岁之前,就不必再说了。我这一生的欢时吉日,毕于此矣。九岁那年,我被送到威尔士,在卢德堡建立了我的小朝廷。按照惯例,这是英格兰的王储威尔士王子才有的殊荣。在远离父母的地方,我被人们称作威尔士公主,生活得犹如女王一般,有自己的廷臣,有如云的婢仆。但我非常孤独,我想家,我的家在伦敦，在如锦似绣的汉普顿宫，与寒云漠漠的威尔士隔着千山万水。我思念父王，当然，我最思念的，是我的母后。然而，为了做个合格的王位继承人，我必须留在威尔士接受培育，磨砺心志，连圣诞节都不能回家。我与母后，一直靠着书信与礼物来相互慰藉。我们抚摸着彼此的笔迹，如同抚摸彼此的面庞、彼此的心灵。就这样过了几年，当母后再见到我时，昔日那个总是叽叽喳喳、笑不离口的小女孩子变成了一个沉默寡言的大姑娘。而我，我眼中的母后也不再是记忆中的平和美丽，她老了许多，抱着我又哭又笑，眼神中充满了忧虑。那个时候，父王已准备废掉母后以博取安妮·博林的欢心，愁云惨雾笼罩在我们母女的上空。父王向母后允诺，只要母后答应好合好散，即使废除她王后的身份，其他的一切待遇，完全照旧。但他也同时威胁，如果母后'抗旨逆行'，则会'一无所有'。"

"凯瑟琳王后选择了后者。敢与国王对抗，这是许多男人都无法想象的事情。敢对自己的丈夫说不，这更是需要极大的勇气。而您的母后，她是一个有原则、有肝胆、有承担的女人。她做到了连男人都不敢做的事。陛下，和您一样，我非常、非常非常地敬佩她。"我叹息着说。

"从那时起，母亲便成了我终生的楷模，是我精神的支柱、行为的指南。"玛丽继续说，"安妮·博林怀孕了，这让父王下定了决心。他偷偷摸摸地从王宫溜走了，一个国王，在他离开之时不敢与自己的妻子告别，这不是偷偷摸摸又是什么？父王丢下母后去与安妮·博林同居了，尽管他匆匆忙忙地举行了所谓的婚礼，然而，一个妻子尚在人间的男人怎么能有第二个妻子呢？罗马教廷不承认他们的婚礼，严词谴责'这是基督教世界最大的丑闻'。但我父王已为安妮·博林的巫术所迷惑，并且越陷越深。受到罗马教廷的警告与驱逐后，父王把他满腔的恨意都发泄到了我们母女身上。他禁止我与母后相见，把母后的居所一再搬迁。他这么做是有两个目的：一来要把母后完全撵出他的生活，二来要让母后与世人隔绝，让英格兰彻底忘记那个来自西班牙的国王的发妻。而我，父王不再称我为'亲爱的女儿'，对他来说，我已变为有其父无其母的私生女。他对我说——'现在，你跟亨利·费兹罗依没什么两样了。他是私生子，你是私生女。作为国王的子女，你们只须记住生父，至于生母，就当她是大自然所派送的一个偶有宿缘的女人吧。'"

泪珠从玛丽的两颊滑落下来，我也陪着她流下了眼泪，相对唏嘘，感叹人世的残酷。

玛丽又说："后来我生了重病，母后想来探望照顾，也被他一口拒绝。

'夫人，您首要的任务是要让您的女儿学会尊重她的父亲，在她的灵魂驯良后再去照顾她的身心吧。但在此之前，首先要让您的灵魂驯良，您必须学会如何尊重一位国王。'这是父王的应答。我病好后，父王命我前往哈特菲尔德，为我的妹妹、安妮·博林的女儿伊丽莎白充当侍女。我的身份，从英格兰人所熟知的'玛丽公主'变成了'玛丽小姐'，而伊丽莎白，则成了由'玛丽小姐'侍奉的'伊丽莎白公主'。不仅如此，父王订立了《继承法案》。《继承法案》声称，父王与安妮的后代才是英格兰未来的君主，所有的英格兰人都必须宣誓忠于《继承法案》，当时的形势非常严峻，宣誓者生，不宣誓者死，不存在所谓的中间路线。许多忠烈之士为之付出了生命的代价。我害怕极了，违心地宣了誓、签了名，但母后，母后却漠然不动。她这么做，其实不是为了她，而是为了我。"

"是的，她是为了您！"我领悟了过来，"不管她本人的意志如何，事实上，先王当时已娶了另一个妻子，您刚才也说过，凯瑟琳王后已经远离国王的生活。然而，她如果宣誓签名，那就等于公开承认自己的孩子是私生女，那样一来，对您的未来就非常不利。"

"我那时还十分年轻，面对那一连串的、无休止的折辱与打击，我因绝望而近乎崩溃。"玛丽说，"父王在生母问题上的'自然派送'之说伤透了我的心。我有一种强烈的感觉，假如自然派送成立的话，我宁可这样的派送是来自父系。我永远都是母后的女儿，至于父王，他倒更像是大自然所做出的随意安排。'一个男人若是变了心，一段感情若是已经死去，还能回到当初吗？您为什么还要对他抱有幻想呢？'我对母亲说，'随他去吧。他既不认自己的妻女，我们何须死乞白赖地求他回头呢？过去的那个父王已经消失得无影无踪了。难道您还看不出来，他已把他的爱与关怀全部留给了那个妖妇与她的女儿？对他来说，我们已不再是他的亲人，只是点头的工具而已。倘若工具不肯点头，倘若您继续对抗他的欲望，摆在我们面前的，就只剩下一条死路了！'"

说这段话时，玛丽的表情并未发生太大的变化，然而我，却是悚然一惊。夫妻父女之间，竟然决裂如此，先王之心，畸重畸轻，实已到了令人发指的地步。

"母后的回答是——'死不为惧。一个真正的基督徒，可以站着死，不可跪着生。女儿，人必须有信念，必须为了信念英勇奋进、毫不动摇。坚持你认为对的，不要向别人的错误妥协，哪怕犯错的是你的父亲！要相信，他之所以误入歧途，那不是他的本性，是受到了外物的诱骗。但他迟早是会清醒的，在我们终将去往的那个永生的世界，他必将清醒。我们一家人，是拆不散、分不开的。玛丽，你是你父王唯一合法的女儿，我与你父王的婚姻是严肃的结合，是受到过教皇祝福的结合。你生来就是属于英格兰的，英格兰也属于你。我深感痛心的是，你父王迷失在欲望的沼泽中，甚至背弃了教皇，毁坏了教义。然而，浮云岂能永久地蔽日，安妮·博林之流，不过是英格兰史书上的一页败笔而已。女儿，我所要求你的，是咬牙坚持。复兴我们的宗教，重建我们的家国，有朝一日，你必能做到！"说完这些，玛丽舒了口气，眸中绽放出异样的光亮。

第四十七章　夜晤（下）

　　尽管我很难赞同她复兴宗教的理念，然而，我不得不承认，她的信念与坚持，是如此深切地打动了我的心。我大胆地说："您属于英格兰，英格兰也属于您。愿陛下慎思之、明辨之、笃行之。因为英格兰不但属于您，也曾属于您的父王、您的弟弟。请您珍惜他们为英格兰所做的一切，珍惜来之不易的现状，珍惜那些顺时而为的革新。英格兰人懂得爱戴自己的君主，他们有着赤诚的信仰，却决不会接受再度为罗马教廷奴役的命运！"

　　"新教为害至深，必须连根铲除！"两道冷光从玛丽的眼中射出，"简，你还没有回答我呢。为什么跟我抢王位？"

　　"我并没有抢。当我被召唤到白厅，听到爱德华去世的消息时，头脑里是一片空白。我当时的第一反应就是，您才是王位的继承人。我也当众这么说过！"

　　"是的，我听说了。然而，你为什么又改变了想法呢？"

　　"是因为，因为遗旨难违。"我艰难地说。

　　"遗旨，那是谁的遗旨？"玛丽愤怒地反问，"我的弟弟会那样恨我，会立下有悖于国法人情的遗旨？我不相信，就在我为爱德华的健康而日夜祈祷之时，他能昧心地将我与伊丽莎白，将他在这个世上所仅有的两个有着血亲关系的姐姐当成邪祟一样贬逐！听说他在遗旨中将你立为继承人，你大概很愿意信以为然吧？"

　　这话深深地刺入我的心口。是的，我只记住了爱德华对玛丽的反感，但从头到尾，在任何时间、任何地点，爱德华从未向我明示，哪怕只是暗示，他会把王位传给我。伊丽莎白指责我难以拒绝王冠的诱惑，也许她是对的。人们之所以轻信，并非由于他们的智力与见识不足，而是因为他们只选择相信，或者说只愿意相信能够让他们的内心被真正打动，甚至是暗怀希冀的事物。

　　玛丽看了我一眼："人们说，他曾对你产生过某种感情。即使如此，这也不能成为爱德华让位于你的理由！对爱德华，我还是了解的。这是因为，我们都是都铎的后代。都铎一族，为英格兰付出了太多的心血，奉献了太多的牺牲。这个家族的每个成员都把江山社稷看得远重于生命。爱德华可能爱过你，但与江山社稷相比，这点爱实在是轻如鸿毛！简，难道你真认为——"

我满面烧红，慌乱之中极口否认："不，我并不认为，我从来都不认为！爱德华指定我来继位，当然不是这个原因！"

"那还能有什么原因呢？既然连热烈的痴情都解释不通，别的原因，更不能自圆其说了。"玛丽冷笑道，"遗旨是假的，指定你的是诺森伯兰公爵，不是爱德华！诺森伯兰公爵实在太会演戏，他一直都在骗我！而我，竟然一度以为他与萨默塞特公爵会有所不同！爱德华病重的那段时间，他每天都给我写信，你真该读读他的那些信，恭顺到无可挑剔，犹如一只忠实的家犬，随时准备着在旧主弃世后为新主继续效命。他几乎打动了我，我甚至考虑过重用他的可能！尽管他是新教徒，可是我想，这个人也许是可以感化的。只要他以真心报国，我又何吝于以真心报他？殊不知那是他的缓兵之计！图穷而匕首现，这个人的心术实在是凶险！爱德华，我可怜的弟弟，他是被他毒死的！死于他最信任的大臣——他亲手提拔起来的奴才之手！死于砒霜——最惨无人道的死亡！"

"砒霜之说，从未得到过证实。"不知为何，对于已经横尸在断头台上的诺森伯兰公爵，我竟失去了往日的痛恨。斯人已远，他在世之日的行为心态，或许并不是我们臆想中的那样不堪吧。

"你写给我的书信里，不也提到过你有过中毒的迹象吗？你怀疑他们对你下了毒？这完全是有可能的，因为诺森伯兰公爵已经在爱德华的身上试验过了！你若不听他的，他就会对你如法炮制。"

"可是……陛下不可偏听偏信。"忽然之间，我大感不安。是的，我在书信中曾竭力为自己辩护。在那个奋笔疾书的茫茫长夜，我的心中充塞着绝望与愤怒。然而，此时的我已筋疲力尽，不愿再去追究谁是谁非。我只隐隐觉得，若是要将所有的罪恶都推到诺森伯兰公爵身上，这肯定是有失公允的。砒霜杀主的传言，就让它只是一个传言吧。否则的话，一想起爱德华，我的心又要开始滴血了。

"简，你到现在还对那个邪恶的小人抱有好感吗？"玛丽的眼锋从我脸上深深划过，"是啊，他是你的拥立者，可你也别忘了，他也是你的毁灭者！时至今日你若还要向他表示惋惜与同情，那你不是太傻就是太蠢！不过这也难说。也许你既不傻、也不蠢，你还梦想着重新坐回王座吧？"

"陛下！"我急忙跪倒在地，含泪泣诉，"请您相信我的悔恨之心！我不敢，也绝不会再有妄念了！"

"可你为什么要偏祖诺森伯兰公爵呢？"玛丽的眼神仍然极为严厉。

"这……"找不到别的借口，我只得说，"他毕竟是我丈夫的父亲。"

"啊，我也是这样认为。起来吧，简。"玛丽的眼神与口气都软了下来，"人非草木，孰能无情？亲情是最难过的关！一旦权力的角逐中掺入了亲情的成分，善与恶、美与丑就交织在了一起，难解难分，令人痛苦得发狂！我不是没有这种体验啊。十七岁之前，我就被确立为父王的唯一继承人。而十七岁之后，却接连被伊丽莎白、被爱德华夺走了我继位的资格。要说我没埋怨过他们，没妒恨过他们，那是假的。后来又因为信教问题，我与他们矛盾日深。爱德华在世时，常常为此对我发难，弄得我很没颜面。但每逢佳节或是我的生日，他总会寄来情真意切的书信。我知道，在他心灵的一角，永远有他姐姐的位置。我对他，对伊丽莎白，又何尝不是呢？我爱他们。我多想成为他们心目中的好姐姐，也总是把他们想象成我心目中的好弟妹。虽然生母、地位以及信仰的差异令我们三人遥遥相隔，但我们仍是同根而生的手足。哪怕他们夺走了我的……啊，不谈这个了，总而言之，我对他们是爱多于恨！"

"陛下，我明白，我全都明白啊。"我说，"苏德里男爵夫人病逝时，曾将三只玉连环交给我。那三只玉连环分别代表着陛下您、爱德华以及伊丽莎白小姐。当时爱德华国王正伤心来着，让我为你们保管男爵夫人留给你们姐弟的遗物。我现在……如果我出不去了……请陛下向我的母亲取回男爵夫人的遗物。"

"三只玉连环，我没有忘。"玛丽伤感地说，"是男爵夫人的原话吧——只有像玉连环一样相互包容，才有美丽的人生；一旦分裂，则每个玉环都无法保全。一荣俱荣，一损俱损。"

"是的。她还说过——亲爱的孩子们，我和你们永远在一起。愿你们团结一心、携手并进，造就一个无比辉煌的都铎时代。"我重复着凯瑟琳·帕尔的嘱咐，那动人哀思的临终之际又回到了眼前。

"然而，玉连环已经碎了一个，不是吗？"玛丽叹道，"爱德华被打碎了。我的不满十六岁的弟弟呀。你若不是偏离正教、执念太深，你不会这么早就耗尽了心机与精力。无比辉煌的都铎时代终会到来的，可惜你，你却看不到了！"

"玉连环虽已碎了一个，但它还有两个。陛下，您与伊丽莎白小姐要更加团结啊。你们若是携手并进，为英格兰带来一个承前启后的盛世，亦能很好地告慰早逝的男爵夫人与爱德华了。"

"我不会薄待伊丽莎白。"玛丽若有所思地说,"然而,君是君,臣是臣,我与伊丽莎白的关系,首先是君臣,然后才是姐妹。她若肯与我一心、随我前进,这自然是国家之福、姐妹之幸。英格兰会有一个盛世的。但盛世不是来自承前,而是来自纠正谬乱、回归正道。"

"纠正谬乱,回归正道?不,这是在戕害信仰、一错到底!"我在心里惊呼,"我们的宗教,终究是要倒退了!诺森伯兰公爵与我父母的担心看来并不是全无道理!"

"简,诺森伯兰公爵的儿子吉尔福德,跟他的父亲不是一路人吧?"玛丽突然向我发问。

"不,"我答道,"吉尔福德并未参与诺森伯兰公爵的预谋。在整个过程中,他是无知而被动的!"

"他跟你的情况有些相似?"玛丽又问。

"比我还要被动。"我说。

"你很爱他?"

"不。"

玛丽用奇怪的眼神望着我。

我立即改口说:"是的,我很爱他,但我更怕会连累到他。吉尔福德是无罪的。陛下,我愿听凭国法的处置,但是吉尔福德,他真的是个无甚紧要的人物,他跟这次政变毫无关系。请您饶恕他吧!"

"那么你呢?"

"我……"我的声音在打战,却横下心来说,"按照国法,我理应被处死,虽死却决无怨尤。然而,如果可以的话,女王陛下,我唯有一事相求。求陛下别让我烧死在火刑柱上。给我一个利落的死,让我有足够的勇气去承受。"

"你所要求的,就是这些吗?"

"陛下,请您饶了吉尔福德!"我大声说,"我虽身死,仍感念您的恩德!"

"你只为他求情?"玛丽又问。

这话令我有些糊涂。不为他,还能为谁?

"你呀,你就没有想到你的父亲!"玛丽说。

父亲?父亲的罪状未必轻于吉尔福德。如果连吉尔福德都难以脱罪,更遑论父亲呢?为什么她要这样问我?"陛下,也请您饶了我的父亲。"虽明知不可为,我仍硬着头皮说。

"我已经命人将他带出伦敦塔了。"玛丽笑着说。

"这么说，您已赦了他的罪？"

　　这真是难以置信，看玛丽的表情，对于释放父亲，她显得坦然而又怡悦："大概是两个月前的一天深夜，你母亲单骑闯宫，向我力证你父亲的清白。她是一个勇气可嘉的女人。她说的那些话，和你写给我的信可以相互印证。你的父母，事先并不知道诺森伯兰公爵的阴谋。他们的错误在于轻信了一个老奸巨猾的盗国贼，不仅把你许配给了他的儿子，并且被那道伪造的遗旨蒙蔽了心智。你母亲说，诺森伯兰公爵才是真正的篡位者。他的第一步，是毒死爱德华；第二步，是要毒死你，由此完成他的篡位计划。你，你不过是诺森伯兰公爵计划中的一块垫脚石而已。"

　　玛丽顿了下又说："你的母亲弗朗西丝，她是我童年时的玩伴。当她出现在我的眼前时，我虽不愿见她，却狠不下心来将她拒之门外。在我儿时的记忆中，她就是个漂亮爽利、极度自信的女孩。我虽长久没有见到她了，但听人说起她时，总是觉得，无论性情还是容貌，她与从前并无多大的变化。我有时不免感叹，这就是曾经与我一同度过童稚阶段的女伴，她婚姻美满、有聪明出色的女儿，容颜仍然鲜丽如花；而我呢，孤独寂寞是我最忠诚的朋友，我一无所有、未老先衰，还得时时提防奸人的算计、逸邪的围攻。但是那天夜里那个独闯深宫的女人，她看上去其实并不比我幸运。她面如死灰、披散着一头乱如蓬草的头发向我反复地解释、不断地乞求，让人的心都快碎了。在权力的角逐中，女人从来都是最大的牺牲品。我很同情她，我没法不同情她啊。她是一只随风行进的小船，波平如镜时，这只小船美丽而又自在。然而一旦风狂浪急，把小船上的丈夫与女儿都掀了下去，小船还有什么生趣呢？简，倘若天意可以避免，我决不愿意做那毁坏小船的狂风恶浪！我放了你的父亲，接着又放了诺森伯兰公爵的几个儿子。因为诺森伯兰公爵夫人，她的处境也与你的母亲一样。我既能宽容你的母亲，又为何不能宽容她呢？"

　　"陛下的仁善与大度令人感愧无地！"我连连吻着玛丽的手背说。

　　"池鱼堂燕，不应与主谋者同诛。"玛丽说，"连我都被诺森伯兰公爵所精心策划的假象给迷惑住了，你的父母与诺森伯兰公爵夫人又岂能明辨是非？得知你与吉尔福德即将结婚，我那时什么都没想到，只是一心替你感到高兴。我向人了解过，吉尔福德是个很好的青年。我还以为，你会从此成为一个宜于室家的小妇人。你知道吗，当我听到你在伦敦塔称王的消息后，最初的那一刻，那简直就是痛彻心扉。虽然那时我已预感到不妙，可是为什么，抢我王位的会是你？如果诺森伯兰公爵与我真枪实弹地展开争夺，即使他将毒液浸淬过的矛头对准我的心窝，我也不会稍稍地皱下眉头。然而,在你入住伦敦塔的那天,我却哭了。你不但是弗朗西丝的女儿,更是凯瑟琳·帕尔的养女。那是一个有着伟大心灵的女士,我热爱她,仅次于热爱自己的母亲。在父王去世后,她曾叮嘱过我,要我把你当成自己的亲妹妹,要我照顾你、爱护你。可是说来惭愧,这些年来,我由于境遇艰难,对你一直缺少问候,更谈不上什么照顾了。后来,帕尔夫人也去世了。这更是成了我的一个心结。我觉得有负帕尔夫人之托,我悄自盼望,一旦我的境遇有所转变,定会兑现对帕尔夫人做出的承诺。然而,你令我失望了。"

"对不起,实在对不起,女王陛下!"我满心酸痛,"是我有负于您!帕尔夫人还有一个女儿玛丽·西摩,比起我来,她更值得,也更需要您的爱护!"

"凯特选错了丈夫!"玛丽摇了摇头,"苏德里男爵,那个油嘴滑舌、令人恶心的花花公子!帕尔夫人对他用情如海,爱德华对他恩深如山,可他呢,既不是忠实的丈夫,也不是忠心的臣子,竟然还打过我妹妹伊丽莎白的主意!他早就该死了,应该死在凯瑟琳·帕尔和他结婚之前!可是那样一来,凯瑟琳就不会为这个世界留下唯一的珍宝,玛丽·西摩,我最近已去看了她好几次,真是越看越爱,每次我都舍不得离开。我已派人把苏德里男爵被抄没的家产重新登记在玛丽·西摩的名下。当然,我要为她做的,不只是这些。我会为她寻找一位信教笃诚、博学多才的导师。我希望,当她成年之后,会是一个与她母亲一样明达智慧的女人,但不是凯瑟琳·帕尔的翻版。她将超越她的母亲。这是因为,比起她的母亲,她将拥有更为纯正的信仰,更为强大的内心,更加光明的追求。凯特曾经写信告诉我,她给女儿取名为玛丽,是为了表达对我的怀念与祝福。而我,我会把小玛丽培养成一个像我母亲那样的、最真诚、最正直的基督徒,以此表达我对凯特,对那个和我母亲有着同样名字的美好女子的怀念与祝福。"

我并不质疑玛丽说这番话时的诚意。然而,我很清楚,玛丽口中所谓的"最真诚、最正直的基督徒"只能是指天主教徒而非新教徒,这令我的胸中颇感梗然不快。

"简?"玛丽显然注意到了我神情有异。

"陛下,假如您真想看到玛丽·西摩日后成为一个与她母亲一样明达智慧的女人,我请求您,让她顺乎自然地生长发展,让她与时俱进,保留她母亲的信仰,这才是对她母亲最好的怀念、最大的尊重、最佳的祝福。"我凝视着她,字字用心地说。

"新教毒害人心,犹如潘多拉的盒子,不打开便罢;一旦打开,祸患无穷！英格兰数十年之动荡，皆由新教而起！而那个打开盒子的人，是安妮·博林，英格兰臭名昭著的潘多拉。是她以及由此猖獗蔓延的新教造成我们都铎王室夫妻反目、父女离心、手足猜疑，王室尚且如此，民间何能幸免？新教分裂了我们的国家，使多少良民蜕变为奸民！令我英格兰不独为友邦所孤立，为劲敌所窥睨，为梵蒂冈所责罚，亦为上帝所厌弃！我今继位为王，志在恢复旧制、荡除新教。不但玛丽·西摩得成为一个天主教徒，那些叛教之人，上至公爵，下至贱民，包括你，简，必须与堕落的新教一刀两断，洗心革面，皈依天主教的真谛。"玛丽语气专横，她的表情是极热与极冷的共存，恰如一座被烈焰炙烤的冰山。

"您要我改变信仰？"我笑了，"就像诺森伯兰公爵那样？在背叛自己的内心后成为刀斧手的祭品？"

"诺森伯兰死有余辜，他也配作祭品？杀了他还嫌污了刀呢。"玛丽厌恶地皱了下眉，既酸楚又温柔地对我说，"虽然你按律当死，但我，我会替你设法的。简，简，叫这个名字的女孩跟我弟弟同龄，她的生命之树还那样青翠秀美，遽加摧折，何其不仁？简，请你替我想想，是否只有杀了你，我才能如你所祝愿的那样'欢乐重现'？欢乐之于我，本来已是极其稀薄；杀你之后，只怕这点稀薄的欢乐也不能留住了。改教归正吧，简。请你可怜一下自己，可怜一下你的父母、你的丈夫。请你顾念天下苍生，英格兰需要达成宗教统一，当然，你也会顾念我的感受，是不是？"

"陛下，您若真的在意英格兰之统一，窃以为，您此时要做的，不是劝我改教，不是迫害新教徒，而在于听取人民的心声，革新即希望，守旧即衰退。对邻国远邦，望您不卑不亢，与之和平共处，维护我英格兰之独立，而不是为他国所钳制。"玛丽的脸色已经相当难看了，但我仍然咬牙力陈，"陛下，我在狱中听闻您正与西班牙商谈婚约，唯愿传闻非实。"

"你所说的传闻可并不新鲜。我为女王，你为重犯。我与谁订婚，难道还要征求你的意见吗？"玛丽虎着脸说，"如果传闻属实，你待怎样？"

"我知道，西班牙是陛下之母凯瑟琳王后的故国，您对它怀有特殊的好感，这也是人之常情。然而，您是英格兰的女王，岂不闻弱肉强食之说？西班牙之国力，殊非我国可比。彼此敬而远之，自是相安无事；近而昵之，一旦陛下成为西班牙的王后，则我英格兰难免有被西班牙分裂、吞食的危险。陛下，我恳求您三思而后行。"

玛丽面露不耐之色，目光凌厉逼人："西班牙是我唯一的朋友，真正的朋友。这些年来，我每被英格兰所恶嘲、所遗弃时，西班牙始终站在我的身后。我不是没考虑过爱德华·考特尼。然而，同与西班牙的友谊相比，那根本就不是一个重量级别。再说了，西班牙的菲利普王子与我有着共同的宗教信仰，而爱德华·考特尼却不甚契合。选他还是选西班牙王子，上帝早已为我做出判断了。"

"从辈分上说，西班牙王子为陛下的表侄。姑侄通婚，不宜不当。"焦急之下，我有些口不择言了。话一出口，我已深悔孟浪。然而，却收不回了。

玛丽的脸青一阵又红一阵，红一阵又青一阵。她舔了下嘴唇，勉强笑道："你是在暗示我，暗示我已经太老了？是啊，和你这样的小新娘相比，我的确太老了。我的青春，早已被偏心眼的命运、被我的父王、被我的弟弟、被我的国家、被诺森伯兰公爵以及你们这些心怀异志的新教徒摧残得不成样了。我要嫁什么人，还由得你来说三道四吗？我，玛丽·都铎，一个受尽世人欺辱与白眼的国王的女儿，我就不能任性一次吗？"

"陛下，我并无恶意。"我笨拙地说。

"这我知道。"玛丽的情绪有所缓和，"你我都是无法任性的。假如不必成为女王，我也许不会考虑婚姻。婚姻中有太多的苦恼与不可预知，我的母后为我父王付出了一切，可她得到的却是无尽的羞辱与怨恨。就我个人而言，我对婚姻充满了怀疑。然而，女王是不能抗拒婚姻的，为了英格兰的未来。"

"是的，我母亲就曾对我说过，英格兰的女王必须是个已婚女人，必须同时拥有丈夫与儿子。"我苦笑着说。

"难怪你的父母急于安排你的婚事，这一定也是出自诺森伯兰公爵的主意。"玛丽点了点头，"还好，你没有怀孕。不然，你与你腹中的婴儿，我真不知道该怎么处置。"

我叹了口气，避开这个话题说："我所想的，跟陛下您所力图实现的，其实都是向着同一个目标。英格兰的统一是我们共同的心愿。谁是君主这并不重要，重要的是要让我们的国家与人民尽早地拥有平安富足。"

"谁是君主这当然重要，看来你仍妄念未绝啊。"玛丽痛切地抬手指着我说，"你给我一句实话，简，你能为我改教吗？"

她狂乱而又凶狠的神色给我造成了强烈的刺激。"不会，陛下！"我定下心来说，"新教早已融入我的每一滴血液、每一根跳动的脉搏。如果凯瑟琳·帕尔仍然在世，您也会迫使她改教吗？"

"别逼我，简！"玛丽怒极而起，"我不想背上杀汝之名，不想在英格兰的王冠之上，添加更多的血迹！你虽无滔天之罪，却有叛君之实！若继续耽于新教，甘为邪魔所困，那么就是上帝也救不了你。回去好好地反省吧，你我所能掌握的时间已不是太多。我们还能再见面吗，会在什么地方？请记住，这不仅取决于我，这也取决于你。"

她在我的一边脸颊留下了一记冰凉的吻。待我睁眼再看时，我已立于大厅之外，对着一排紧闭的、巍峨的高门。

夜晤结束了，那个戴着王冠的修女，带着她的沧桑、失意与欲言又止的怨怼消失在暗夜的隧道，如果真有这么一条隧道的话。灯火熄尽，寒冷的阳光照在我的身上。

这是真的吗，这场曲未终而人已散的夜晤？我忽然怀疑起来。谁说这不是一场空梦呢？我抬起手来揉了揉困涩的眼睛，金色的斗篷滑落在地。那是玛丽的斗篷，在夜晤之初，她曾那样亲切地为我披上。原来，这并不是梦！我的指尖触过腮底，沾着了一点水滴，那不是水滴，那是眼泪。是我的眼泪还是她的眼泪？想起她决然而去的姿态，我不禁伏倒在地放声大哭："陛下，玛丽！玛丽，陛下！"

"回去吧，简夫人。"狱卒对我说。

我默然起身，跟在他的后面，步入苍茫的晓色中。

第四十八章　神　父

第二天，又一位访客不期而至。这一次，是在我的狱室。

"夫人，我是玛丽女王的忏悔师约翰·费肯汉姆。"一个年约四十、披着教士长袍的男子对我微微一笑。

"先生有何指教？"昨夜与玛丽的长谈让我立即明悉了他的意图。

"女王陛下十分关心夫人的精神与灵魂。我奉命而来，是要劝说夫人弃暗投明，将您流离失据的信仰之舟驶入天主教神圣坚固的港湾。"他开门见山地说。

"费肯汉姆先生，恐怕您此行是徒劳无益的。"我直视着他说，"我的信仰如朝日，如皎月，如恒星，如奔涌不息的泰晤士河，从来不曾流离失据。纵然有一天，我的灵魂被带到忘川（希腊神话冥府中的遗忘之河），哪怕我忘了自己曾经是谁，但我也仍会记得我的信仰，我将隔世拥抱它的深邃与美丽。请您为我回禀女王陛下，她若真是关心我的精神与灵魂，那么请她为所有的新教徒向上帝祈祷。请她给予他们包容、爱护、慈悲以及怜悯。"

"宗教之争犹如王位之争。只有一人能成为英格兰之主，同样的，也只有一种宗教能主宰英格兰人的信仰。"费肯汉姆拉起他的衣袖，露出一大段有着蚯蚓般扭曲伤痕的臂膊，"玛丽女王登基之前，我在伦敦塔差不多已被关了五年。在那之前，我是伦敦大主教爱德蒙·邦纳的助手。在上一任国王爱德华统治期间，邦纳大主教被判终身监禁，信仰天主教是他全部的、唯一的罪名。若非玛丽女王继位，我与邦纳大主教不是被关死于狱中，便是在无数次的审判与逼供之后被处以极刑。若是只为个人的遭遇，我倒宁可保持永久的沉默，以免减损爱德华国王的盛德之辉。然而，这不是为我个人，是为了一个宏大的群体，这个群体由无数的我们组成……夫人，当您高居王座之时，您可曾想过伦敦塔中那些饱受摧残、每时每刻都挣扎于死亡线上的天主教徒？您可曾给予他们包容、爱护、慈悲以及怜悯？"

"可您现在不是脱灾免祸了吗？"我喟然长叹，"冤冤相报何时了？多少罪恶借宗教之名实施，其实早已背离了净化信仰的初衷。"

"我会将您的话转告女王陛下。但是夫人，您何不换个角度思考？宗教的分歧是内乱之隐患。一旦宗教实现了大一统，则人心顺服，海内升平。那时还有什么样的罪恶能乘虚而入，借宗教之名实施呢？明光普照之处，岂容邪暗藏身？只要夫人改教归正，其余新教徒必会望风而从。这对于国家的统一，岂非幸莫大焉？"

"如果宗教必须实现统一，那也应当是，由新教来统一。"我昂起头说。

"玛丽女王告诉我，您对过去的行为颇有悔意。女王陛下之所以对您如此宽待，是因为她相信她的眼力，您会成为她谨顺的臣民。夫人，您对自己这么没有信心？"费肯汉姆反激道。

"您的这句质问让我想起了一个人。"我深吸一口气说，"先王亨利八世的大法官托马斯·莫尔。他在临刑前曾经说过——'我全心全意地侍奉我的国王，但我更加敬畏上帝。我的心中一直有个信念，上帝第一，连国王也不能逾越。'"

"托马斯·莫尔，一个感天动地、必将名垂青史的名字。亨利八世挥泪斩莫尔，英格兰痛失旷世奇才。"费肯汉姆伸臂指天，目光悲伤而又激切，"莫尔是我天主教的卫士，是不朽的殉道者。夫人既知其人且对其多有仰慕，何不效仿莫尔，重投天主教之圣门？"

"对托马斯·莫尔的道德文章，我一向怀有敬仰之心。然而，在信仰方面，我却走上了另一条道路，一旦选定，决不回头。引用他的话，我只是想要表明，我的心中也有这个信念，上帝第一，连国王也不能逾越。"

"是的，上帝第一，这是我们共有的信仰。"费肯汉姆扬声说，"连托马斯·莫尔这样的贤臣与智者都是我们中的一员，夫人您，何以不屑与我们为伍？"

"不是不屑，而是道不同不相为谋。"我说，"对天主教徒而言，在很多时候，'上帝第一，连国王也不能逾越'是被解读为'罗马教皇第一，连英格兰的国王也不能逾越'。天主教已远远落后于时代。它抱残守缺，故步自封，停滞不前，对罗马教廷的千依百顺令我们丧失了民族自豪感；而新教却在不断地革新与发展，它让我们走出蒙昧混沌，发现一个更新更美、更为广阔的世界。"

费肯汉姆摇了摇头："夫人此言差矣。天主教的历史可以追溯到千年之前，而新教，新教不过是个乳臭未干的小孩。在新教不曾煽风点火的年代，是谁照耀了我们的灵魂，是谁灌溉了我们的生活，是谁守护了我们的家国？"

"历史并不意味着因循守旧。璞去瑕疵见玉泽，黄沙吹尽始得金，这才是人生的真谛，历史的魅力。"我反驳道，"刚出生的婴儿会把他所见到的第一个成年人看成是巨人，第一次出门的旅行者在见到阿尔卑斯山之前，会把一座寻常的峰峦看作是难以超越的高山。新教就是我心目中的阿尔卑斯山，它仍有很大的上升空间。它壮丽瑰玮、气象万千，而天主教，那只是旅行者在见识到阿尔卑斯的高度之前，所做出的错误的判断。"

"我很遗憾，您对天主教的认识如此偏狭，对新教却又如此高估。年轻人太容易被热情与想象力所欺骗，当您醒悟时，可就悔之晚矣。您认真考虑过违抗女王陛下的后果吗？她并不欠您什么。而您，却侵犯了她的至尊王权。您让一个国王的女儿几乎失去了安身立命之地，您让我们的国家面临四分五裂、重陷动乱的危险。夫人，您确定这是您所想要的吗？这就是您所谓的巍如阿尔卑斯山的新教所力图建立的壮丽王国？"费肯汉姆饱含怒意地问。

"不，坚持一个人的信仰并不是对于王权的违抗！"我痛苦地说，"坐上王座是我错了，我已向玛丽女王表示忏悔！然而，信仰之光，犹如灯塔，塔光永生不灭，指引我心。哪怕违抗君王，我也要守望塔光，直到生命之火燃烧殆尽。"

"如果是这样，那就更加遗憾了，"费肯汉姆皱紧了眉头，"恐怕您的生命，很快就会燃烧殆尽。"

"与其选择虽生犹死，我宁可选择虽死犹生，就像托马斯·莫尔那样。"我微笑着说，"罗马皇帝奥里利厄斯有句名言——人不应当害怕死亡，他应当害怕的是未曾真正地生活。我想给他再加上一点，他应当害怕的是未曾真正地生活与未曾拥有纯净深沉的信仰。天主教有托马斯·莫尔那样的殉道者，那是天主教的骄傲。新教若要深植人心，它也需要殉道者的热血为之浇灌。我不敢与莫尔学士比。然而，我却愿意用我的生命向他的真诚与勇气致敬！"

这仅仅是个开始。从那日起，费肯汉姆每天都会来到我的狱室，对我进行改教劝导。初始之时，我很是抵触，觉得自己已毫无转圜地表明态度，他是在枉费唇舌、聊尽其责而已。

"也许他感到难以向玛丽女王复命，宁愿一再地拖延时间。"我在心中暗想，"要不则是寄望于我因一时的软弱而转换心意。凭他说什么，我只充耳不闻，看他能够拿我怎样。"

然而，我并未做到充耳不闻。与劝导同时进行的，是我与费肯汉姆之间的神学辩论。

　　费肯汉姆本名约翰·郝曼，出生于乌斯特郡的费肯汉姆村。他从小便被送往伊夫舍姆修道院学习天主教教义，后来又在牛津的格洛斯特大学研修，获神学士之称。他不但在神学上有极深的造诣，在艺术方面也颇具才华。尤其令人称道的，是其踔厉骏发、烂然明析的辩才，常使众生折服、时贤汗颜。费肯汉姆热爱自己的故乡，虽说为了学习与修行，不得不长年与故土暌违，但他思乡心切，将自己的姓名改作约翰·费肯汉姆，亦可说是至情至性之人。

　　"浮云终日行，游子久不至。故园芜已平，归期安可期？"有一次，他曾对我怅叹，"平生所愿，是抛下尘事，回到我的出生地，以费肯汉姆之山泉洗涤身心。在山泉水清，出山泉水浊。我还记得村头的那棵百年老树，多想再爬到树顶摘下那一嘟噜又一嘟噜的树莓，被阳光一照，就像玛瑙石一样红得透亮。我的祖母可爱吃了。她老人家只剩下两个门牙，吃到我给她摘来的树莓时，总是笑眯眯地看着我，那是我一辈子都不能忘记的笑容。"

　　他的话让我想起了布拉盖特，我的故乡。我想起了从苏德里堡归来时，在马车上所看到的那一川芳草，满山新翠。布拉盖特，我美丽的布拉盖特。只要能回到你的身边，我即使失去一切，也不会感到心灰意冷。我所厌倦的，是这几个月以来那大起大落的命运所发动的风暴，以及我的心灵在这场风暴中所产生过的动摇、愤怒、伤心、悔恨以及种种混杂难言的情绪。我，就像一个受窒于火海烈焰之人，所求无他，但能乞得一片来自布拉盖特的绿叶予我清凉，此心将返璞归真、做回自己。

　　既然清凉并不可得，与费肯汉姆之间的神学辩论，就仍得继续下去。好在辩论完全不是我想象的那般。一个天主教徒与一个新教徒之间以学识、智力、灵性、感悟来展开博弈，并非鸡同鸭讲，令人昏昏欲睡，而是精彩纷呈，逸趣横生。凯瑟琳·帕尔昔年曾经对我有言："与智者辩，与学者辩，与思者辩，是人生的极乐。"

　　凯瑟琳·帕尔长于神学辩论，曾以雄辩之才震惊过我们的王国，震惊过这个由男人主导的领域。但她决不会想到，她的养女竟然会在如此特殊的时间、如此特别的空间参与到她所热爱的神学辩论中。而她的养女的对手，不但是智者，是学者，是思者，偏偏还是一个天主教徒。

　　这样的辩论，既是交流，亦是较量。紧张激烈，但亦乐在其中。

　　费肯汉姆之才力、见地，真如"万斛泉源，不择地皆可出。在平地滔滔汩汩，虽一日千里无难"。但我不甘被其击败。信仰的力量、年轻人的倔劲，令我斗志昂扬、头脑兴奋，使尽十八般武艺，将我平生之所学与才智倾囊而出，我时出惊人之语，令费肯汉姆亦拍手称奇。

我与费肯汉姆之间，似乎已建立起了一种奇妙的联系。有些时候，我们各为其教、据理力争，但在另外的一些时候，我们愉快交谈、共同探讨，这个时候的费肯汉姆是多么亲切可敬啊，他如师如友，亦如父如兄。

相信这不是我单方面才有的感觉，费肯汉姆对此也有感应。有一次，我们花了差不多整个下午来谈论柏拉图、亚里士多德以及苏格拉底。在这方面，我们有着太多相同的兴趣与相近的观点，高山流水遇知音，这是人生最难得的沉醉与快意。

"你几乎让我忘了我到这儿来的目的了。"费肯汉姆耸了耸肩，向我笑道。

"这是不对的。"他又摇了摇头。

"有什么不对？"我问，"难道柏拉图也是玛丽女王的死敌吗？必须得到女王陛下的格外开恩，才能提到这个名字？"

"跟你一样，玛丽女王也是柏拉图的超级粉丝。提到柏拉图的名字，玛丽女王是不会感到不快的。然而，我们毕竟谈得太多了。我们严重离题了，难道不是吗，我的女儿？"

他不再称我为"夫人"，有时直呼我的名字"简"，有时则把我唤作"我的孩子"，或是"我的女儿"。而我，也不再冷淡而又客气地称呼他为"费肯汉姆先生"，我已经开始用"约翰神父"来向他表达我的亲近之情了。

然而，这种关系的改善带来的不仅是欢欣，它也带来了新的烦恼。另一次，约翰神父用充满忧虑的目光看着我："我的女儿，我觉得，我很难了解你，而你，也从未完全了解过自己。你的专注与执着令我十分感动，可是一想到你会因为这种与世不合的执着拿生命来冒险，这真让我不寒而栗。简，你真是太年轻了。只有年轻人，才能在巨大的阻力与困苦之前，迸发出奋不顾身的热情与勇气。这固然很高尚，但又何尝不是盲目之举呢？如果这个世界会因此失去你，我会非常难过。在教区布道时，我习惯了将我的每一个教民称为'我的儿子'或'我的女儿'，虽说我本人并无子女。可对我而言，你真的就像女儿一般。看到一个如此优秀的女儿由于走错了道路而不得不终结生命，世上哪个父亲能承受这样的悲剧？简，请你听我一句话吧。不要过于轻率、过于匆忙地站在天主教的敌对面，至少，你要为自己保留一些可能。既然你还那么年轻，并未深彻地了解自己，也并不清楚自己真正的需要，何不把决定权交给未来的岁月？留得青山在,不怕没柴烧,你懂我的意思吗,孩子?"

"您说我未曾深彻地了解自己,可您呢,神父?"我对他说,"您刚才说到,您没有子女,这是否是您人生的一大遗憾呢?假如您是一位新教徒,您就能在从事圣职的同时得到一个温馨的家庭,那不是两全其美吗?那么当您年老的时候,您就会欣慰地看到,您的学识、您的精神、您的信念已被您的孩子所继承。在自己孩子的身上复活了您的年轻时代,有哪一种惊喜能与此相比?又有哪一种奇迹比这更像上帝所创造的奇迹?约翰神父,您会改信新教吗?如果我们远大的理想无人为继,这岂非比肉身的毁灭更为可悲?这符合上帝造人的本意吗?"

"俗世之人可以结婚生子,人类的后代会薪火相传。但神职人员却不能,神职人员为了全心全意地侍奉上帝,必须做出这一牺牲。舍弃小我而成就大我,这是神职人员的优良传统。我虽无亲生子女,但我教化万民,并以万民为我子女。当我年老之时,看到新一代的教民如雨后新笋般成长起来,这与看到我自己的孩子复活了我的年轻时代又有什么区别呢?简,你不能说服我。我是来说服你的,玛丽女王会对我失望的。"约翰神父笑着叹了口气。

第四十九章　流　星

　　有一天风雨大作，约翰神父并未如平常一样到来。我倚窗眺望，直到确定他不会再出现，一股强烈的失落忽然涌上了心头。原来，我居然在盼望他来！还记得他第一次走入我的狱室时，我对他抱有怎样的敌意与反感啊！约翰神父没有来，仅仅是受制于天气吗？如果不是，那会是什么原因？好久不曾感到孤单无助了。我一下子心烦意乱起来。

　　第二天，约翰神父又按时来了，和他一道来的，还有雨后的阳光。但约翰神父的脸色却是连阳光亦无法烘暖。尽管如此，见我手拿一本书，他还是向我挤出了一个笑容："早上好，我的孩子。你在读什么呢？噢，柏拉图，还是柏拉图。昨天下了一整天的雨，你都做了些什么消遣呢？"

　　"昨天吗？"我笑了，"我的消遣就是，柏拉图，还是柏拉图。"

　　"真是个用功的女学生。"约翰神父的表情已不像刚来时那样沉重，"太用功了也不好。你知道吗，这会令人心慌。"

　　"啊，原来您是这样想的。"我得意地说，"如果能够令您心慌那是我的荣幸。我可不想落后您太多。您是一个太强的对手，这些天来跟您连日论战已消耗了我多年的知识积蓄。难得您昨日失约，我得抓住暂停的空当厉兵秣马、补充元气。不然再跟您交上手，我岂不是要焚林而田，竭泽而渔了？"

　　"哈哈，你的心眼真多。简，你太会利用时间了。"这一回，约翰神父笑得如阳光一样灿然照人了。

　　"您呢，神父，您昨天以何消遣？"

　　阳光消退了，愁闷之色又回到了约翰神父的脸上："昨天玛丽女王召我前去问话。她想知道我这段时间的工作有无进展。她与其说对我深感失望，不如说对你深感失望。"

　　我的心不觉一沉："我不想得罪玛丽女王，但无论是她还是我，终将接受一个事实，要我改教，那是万万不能。"

　　"女王陛下现在十分为难。英格兰民众普遍反对她与西班牙王子联姻，更有甚者，公开诅咒她与西班牙王子不会生育后代。一些心怀不轨的新教徒趁势作乱，有人要求玛丽女王将伊丽莎白小姐立为继承人；也有人鼓噪将你立为继承人，而理由竟是，伊丽莎白小姐与玛丽女王一样至今未婚，你却已经成婚了，且年纪最轻，这也就是说，你为英格兰生下继承人的概率要比老王亨利八世的两个女儿都要大得多。"

"玛丽女王不该寻求与西班牙联姻。与狼共舞，后患无穷。然而，英格兰的王位已是尘埃落定了，王位的继承人必为玛丽女王的后代。因为憎恶西班牙而诅咒玛丽女王无后，这事做得过头了！希望玛丽女王不要理会。至于我，我不会再犯同样的错误了，我不会再被那些并无新意的借口所诱骗，不会再让任何外力绑架我的个人意愿！"

"在历史的大风大浪中，个人意愿是无能为力的。"约翰神父目含忧色，"连玛丽女王也无法左右她的个人意愿。她想保住你，但你的存在对她就像一块时隐时现的礁石，没有一个帝王能够忽视礁石的威胁，不管礁石自身是否有着撞翻船只的蓄意。英格兰就是这么一只大船，玛丽女王是它的船长，为了保证安全航行，她必须扫除一切阻碍。即使她下不了这个决心，西班牙也会帮助她快刀斩乱麻。西班牙大使已向玛丽女王传达查理五世之意，除非将您处以国法，西班牙的王子不会冒险来到英格兰与一个立足未稳的女王结婚。英格兰的女王若无处置内乱的魄力与手段，她就不配得到哈布斯堡的佳婿。"

"这么看来，我是必死无疑了。"我的心"咚"地一跳。

"玛丽女王非常孤独。英格兰的人民排斥她，她需要西班牙来稳固她的地位。可在这种复杂的局势下，西班牙的态度却并不明朗，若即若离，让女王陛下继续担惊受怕。简，你就不能帮女王陛下一把吗？"约翰神父向我肃然一躬，"离开新教的荒途僻径，回到天主教的旗下吧。这不但是女王的召唤，这也是祖国的召唤。孩子，你就听我一回吧。"

我眼含热泪，唯有摇头："神父，请您别再说了。我，一个僭位之人，窃据王座仅有九天，但我十分清楚身为人君的孤独与惶惑，因为我有刻骨切肤之感。玛丽女王与我不同。她是天命所归的女王，以她的经历与心志，必能克服孤独，步出困境。她不需要我来帮忙，我也帮不了她的忙。人生在世，各尽其职、各尽其心而已。我静候处置，无怨无憾。"

自此之后，约翰神父来我这儿的次数日渐稀疏。泰尔妮夫人也被调离了，另外换了几张生面孔，我的新女仆是几个年轻的女孩子，无一不是来自恪守传统的天主教家庭。我与她们鲜有交流，与我的书本，则是从未如现在一样亲密。我知道，我已来日无多。虽然我已怀着必死之心，正如苏格拉底所说："站在通往死亡之门的前面，我们要思考的不是生命的空虚，而是它的重要性。"倘使我的死亡能为女王与英格兰换来和平,那么,就让死亡来吧,让它干脆地来、果决地来,我将不再沾恋残生。但我却在为另一件事发愁。在另一个世界,我还能与这些美妙的书籍有幸重逢吗?我是那样强烈地感到,我的生命是如此空虚,似乎只有这些书籍,才能丰满、才能激活我平乏的一生。有了书籍的陪伴,简·格雷就成了一个不一样的女人,释发出她所意想不到的光彩与能量。照理说,人们在临死之前最难分难舍的是他们的亲人,而我,我最舍不得的是这些书籍。我拿起一册《理想国》,把它贴近我的脸颊。趁着我还能呼吸,还能观看,还能思考,让我读得更多、想得更远吧。在另一个世界,我们还得找到彼此吗?

我相信有另一世界的存在。除了看书,如今我最喜欢的,就是凝望夜空。那浩瀚的星云,或圆或缺的月轮,常常令我神飞意扬、飘然若舞,仿佛灵魂已脱离身心,飞升到一个光华万丈的时空。这就是我们死后即将登临的那个世界吧?真是那样的话,死亡就不再是件恐怖的事,而会变得美丽神奇且富有诗意。

伦敦塔建有天文台,位置独特,那儿放置着各类精密的观星仪器。天文台不仅是为观星家准备的,吸引君王的注意是其更大的梦想。然而,梦想终究是梦想。春秋代序、朝代更替,有几位君王曾亲临天文台,通过那些奇特的仪器欣赏夜空的景象呢?我在九日女王期间,是既无时间亦无心情去天文台观星。反倒是现在,不需要通过任何观星仪器,我就能领略天空的高远与圣洁。谁说这不是上帝的启示呢?

圣诞节过去了,新年也紧跟着过去了。今年,再没有人祝我圣诞快乐,再没有人为我送上新年的祝福。约翰神父似乎消失了,已有大半个月不曾来过。然而,事情总是那样出人意料。有天傍晚,约翰神父竟又来了。

"简,我要告诉你一个非常不好的消息。"约翰神父眉心皱成了一个倒写的"V"字,"托马斯·怀亚特爵士在三天前于肯特郡发动叛乱,其口号是扶立新主,把意欲与西班牙联姻的玛丽女王赶下王位。"

我不觉打了个激灵:"扶立新主?他想扶立谁?"

"目前还不是十分清楚。女王的妹妹伊丽莎白小姐、德文伯爵爱德华·考特尼,或者是你,都有可能。"

"天哪!"我发出一声痛苦的呻吟。伊丽莎白、德文伯爵,还有我,无论我们中的哪一个被叛乱者选中,剩下的那两个也都难以洗清自己了。这才多久,英格兰又要燃起内乱的烽火?约翰神父说得对,在历史的大风大浪中,个人意愿是无能为力的。新君继位,伊丽莎白本来可以改善与玛丽女王的关系，而德文伯爵，刚刚脱去相伴多年的囚服，被怀亚特爵士这么一来，他们本已渐趋明朗的命运只怕又要急转直下了。

"肯特郡的叛乱纠集了数万新教徒，你的父亲萨福克公爵也参加了叛军。但萨福克公爵已被擒获，他被再次关进了伦敦塔。"

"父亲？"这些天来，我尽量避免想起我的父母。然而，这样的消息对我来说仍是魂摧胆裂的一击。

"你的母亲已与你的父亲解除夫妻关系。她不再是萨福克公爵夫人。你母亲重新选择了一个她认为适当的未婚夫，她的马官阿德里安·斯托克斯先生。"

我的心快要跳出来了。父亲参与肯特郡之乱，这难道只是父亲一人之所为吗？不，以我母亲对其的影响，我几乎可以肯定，母亲必是幕后的推手。他们两个人，实在是愚蠢的赌徒与狂妄的冒险家。这一次，他们输掉了全部。玛丽女王不会再给母亲夜闯王宫的机会了。为了置身事外，母亲抛弃了父亲，扮成一个所托非人、另觅良缘的弱女子。母亲永远是那么精明。可是，做了这样的事后，她真不畏世人的悠悠之口，不惧良心的日夜拷问吗？

"简，"约翰神父又说，"玛丽女王极其震怒。她已向我表示，事情不能再这么久拖不决了。改教与否，她至多再给你两天的时间。明天，你的妹妹凯瑟琳会来看你。玛丽女王本来是想让你的母亲来规劝你。可是鉴于她新近即将完成身份转换，玛丽女王不欲增加她的烦恼，临时改变主意，让你的妹妹前来探视。孩子，你要珍视这次机会啊。"

第二天，凯瑟琳妹妹果然来了。我已有差不多半年的时间没见到她了，她不再是半年前那个满怀憧憬的美丽少女，却像是一朵枯干了的花，一个悲悲切切的寡妇，扑到我的怀里大哭不已："简，姐姐！我们的那个家，算是彻底完了。"

"凯瑟琳，我的凯瑟琳！"我用力地拥抱着她，对泣良久。

"简，你改了教吧。父亲又被关了起来，母亲会在下个星期改嫁。我，我也成了一个弃妇。亨利·赫伯特不要我了……他父亲彭布罗克伯爵害怕被我们家连累失宠，一见到我就破口大骂，非得证明我与亨利并未实质性完婚……亨利最初并不情愿，可彭布罗克伯爵早也逼他，晚也逼他，他……他无法违抗他的父亲啊。我们家完了，我与亨利·赫伯特也完了。"凯瑟琳妹妹断断续续地哭诉道。

她与我不同。她嫁给亨利·赫伯特时，曾是那样幸福洋溢。我感到，是我毁了她的幸福。"凯瑟琳，噢，凯瑟琳！"我益发失声痛哭。

"改教生、不改教死。简，你何必那么固执呢？连克兰默大主教也已表露了改教之意。为了活下去，母亲可以改嫁；为了不失去国王的宠眷，亨利·赫伯特可以抛下我另娶一个妻子。这是理所当然的生存原则，你必须向它低头！"

"我不会再低头了。"我望着她，坚定地说，"我的命运，在我犯下错误、坐上王位的那一刻便已注定。改教与否，已很难挽转。纵能挽转，我也不会用说谎的方式来挽转。我曾经被人利用过，曾经在别人的意志面前失去了自我。这一次，我会坚持到底，否则连我自己也会看不起自己。我的一生，一直是按照别人的意愿来塑造，如果我不能按照自己的意愿来生活，就让我按照自己的意愿来结束吧。我就只剩下这最后的一点做人的志气与尊严了。对我来说，与其虽生犹死，不如虽死犹生！"

凯瑟琳妹妹哭得像个泪人般地走了。望着她瘦弱的背影，我的心脏又是一阵抽痛。

不久后，叛军在伦敦郊外分崩离析、一哄而散，走投无路的托马斯·怀亚特宣布投降。自叛乱开始到叛乱失败，前后只有九天，与我的九日王朝可谓是殊途同归。

就在怀亚特宣布投降的那个晚上，约翰神父前来告诉我，玛丽女王签署了我与吉尔福德的死刑执行令。

"你的丈夫也已得到这个消息，他想在死刑执行前见你一面，女王陛下表示同意。"约翰神父面容悲戚。

"我和他，没这必要了吧。"我的心忽地咯噔了一下，急忙别过头去。

"怎么能说没必要了呢？"约翰神父颇为惊异，"你们可是生死与共的夫妻啊。看守他的狱卒说，你的丈夫在墙壁上刻写下你的名字，好些地方都有。"

"是这个名字为他带来了奇灾大祸。我不明白他为何要四处刻写，也许，他由于无力自救而耿耿于怀。我不想见他，因为我不知道该怎样来面对他。"我的胸中涌动着复杂的心绪。

"你还是再考虑下吧。毕竟，这是他在人世间的最后一个愿望了。"约翰神父又说。

"此时相见，只会扰乱他的情绪，加重他的苦恼，使他无法集中心力去迎接即将到来的死亡。"我想了想，补充道，"我与他，假如还有缘相见，那也应当是在一个更好的世界，而不是当前。"

"明白了。"约翰神父点了点头。

"神父，我也有最后一个愿望。执行死刑的那天，您能为我送行吗？"

我问。

约翰神父望着我，眼底泛动着波澜："我的女儿，如你所愿，我也很想陪你走完最后一程。不过，我得禀报玛丽女王，由女王决定。除此之外，你还需要什么？"

"还需要什么？"据说，同样的问题在临刑前的一夜曾问过先王的第五任王后凯瑟琳·霍华德。她要了一块木桩，反复练习将头颅放进木桩的凹槽，以便行刑时不会出现差错。"生无王后之德，死有王后之尊。"这是后人对她的评价。

我要不要向凯瑟琳·霍华德学习呢，也许能博得人们的一声赞叹——"生无女王之相，死有女王之态。"不要，我决不需要！尽管在知悉那段历史后，我也曾为凯瑟琳·霍华德悲剧性的一生感到哀切，然而，和这样一个轻浮放荡、德行不修的女人相提并论，我的心里仍难以接受。

那天晚上，月明如水，星空晴朗。一颗流星划过深蓝的苍穹，无声却又悲壮。那颗陨落的星辰会是我吗？就像一颗孤寂的心灵向着海洋坠落，只有坠入大洋深处，它才能找到自由与依托。

第五十章　断　魂

我的最后一天来到了。一百年后、两百年后，还会有人记得起这一天吗？一五五四年二月十二日。我已完成了生命中的最后一次梳妆，如我的身份所要求的那样，我在静坐等待，天知道还有什么可以等待。狱门打开，一束淡金色的晨曦用她留恋的光影将我罩在正中，她想给我保护吗？可是，事已至此，谁还能保护我呢？我即将被带出晨曦之母的温暖怀抱。看守长约翰·布瑞吉爵士走了进来，躬身对我说："简夫人，您准备好了吗？"

"准备好了。"我点了点头。

"夫人，请您容许我陪您走向刑场。"布瑞吉爵士的嗓音有异于平时，在我看来，他从未如此时一样真诚可亲。他力图用微笑来让我振奋，但他的笑容里却充满了悲伤的气息。

"您太年轻了，几乎还是一个孩子。"他嘴角的肌肉痉挛了一下。

我笑了："无论我们活多久，总是难逃一死。只有通过死亡，才能达到永生的彼岸。生有时，死有时，我只是，比你们早一步到达了那个永生的国度。我相信，死后所能获得的快乐一定会大于生前。所以，布瑞吉爵士，请您为我送行，却不要为我悲伤。"

我挽住了布瑞吉爵士向我张开的手臂，一步一步，向着刑场走去。

刑场设在格林塔外的那片空地，背后是带枷锁的圣彼得教堂。就位置来看，这是个较为隐秘的刑场，在此地受刑者，多为与王室关系密切的女性。十八年前，先王亨利八世的第二任王后安妮·博林在此受刑；十三年前，爱德华四世的侄女——金雀花王朝的最后一代传人玛格丽特·波利在此受刑；十二年前，亨利八世的第五任王后凯瑟琳·霍华德在此受刑；同样是在这一年，安妮·博林的弟媳简·博林在此受刑。现在轮到我了，即将步其后尘。

断头台离我已不到三尺远。事实上，这不是我第一次见到它。断头台是在昨夜搭建起来的，通过狱室的窗户，我目睹了搭建的全过程。那是个并不复杂的过程，对一颗已经做好赴死准备的心灵来说，那些敲敲打打的响动并不能激发我的狂躁。或许因为断头台阴惨恐怖的形状已被我提前知晓，此时的我，反倒步履轻快，并未被其吓倒。

德文伯爵爱德华·考特尼曾与断头台失之交臂，但他却在伦敦塔中关了十五年！即使我能得到玛丽女王最大善意的宽容，在这伦敦塔中，我至少也要赌上二十年、三十年的光阴吧？当然，更大的可能性，是拿我的下半辈子赌。二十年后、三十年后才获得自由，我真能等到那么久吗？年复一年、日复一日地在狱室消磨意志，我能确保自己不会失去理智，不会发狂发疯？

"来吧，让死亡来得痛快一点！"与其如干枯的秋叶一样慢慢腐烂，不如像雨中的夏花在短暂的良辰燃尽芳华。

断头台上，刽子手与约翰神父各站一边，静静地等着我。还有两名侍女，她们竟然是艾伦与泰尔妮夫人。显然，这样的安排必然经过了玛丽女王的允可，她真是一个仁慈的君主。忽然之间，泪光模糊了我的视线。

我登上了断头台，艾伦含泪望着我，母亲般慈爱而又伤恸。"简……"她虽控制着自己，却再也说不下去。

"别难过，别担心。我即将获得全身心的解脱。"我脱去手套，递给她说，"请你留下做个纪念吧。戴着它，你会想起那个曾经在你的催眠曲中酣然入睡的小女孩。她从来没有离开过你。即使她离开了，她的心，也会永远陪在你的身边。"

泰尔妮夫人也走了过来。我脱下外套交给她，作为纪念。

"别了，简。"泰尔妮夫人两眼通红。

"谢谢你的陪伴，泰尔妮夫人。请你为了我，别哭。"我亲了下她的面颊。

然后，是我的祈祷书，我送给了约翰·布瑞吉爵士。

断头台下，聚集着前来观刑的人群。人数并不多，大概不会超过一百个。当然，这中间是不会出现平民百姓的，有权前来观看先王亨利八世侄外孙女之死刑执行者，其贵族身份是必不可少的入场券。七个月前，我登上白塔，宣称成为英格兰、法兰西以及爱尔兰的女王，塔下人山人海、场景何其壮观，但此刻，断头台下，我再也找不到伍德兄妹那淳朴、期盼的面容，再也听不到鹦鹉格蕾丝那鲜活、兴奋的欢呼。伍德兄妹有没有改变他们的生活，有没有实现真正的团圆呢？如果爱德华活得够长，他一定不会对他们的诉求置之不理；如果我活得够长，改变他们的生活，改变我的人民的生活，谁说我就不能做到呢？然而，没有那么多的如果了，所有的预想就此止步。在这些前来观刑的贵族中，我只认出了蒂尔维特夫人，她双手扼在脖子上，睁着失神的眼睛，张大着嘴，似乎掉进了一个噩梦里。

可我，却即将走出这个噩梦了，人生的噩梦，即将一了百了。约翰神父目光炯炯地注视着我。我对他说："愿上帝继续赐予您希望。而我，要由衷地感谢您这些天来对我的关顾，尽管您的某些关顾比死亡本身更令我不安。"

"我的孩子，安心地去吧，不会有不安再来烦扰你了。"约翰神父说。

按照惯例，在临刑之前，我要向观刑的人们发表演说："基督徒们，我来到这儿接受死刑。基于法律以及我犯罪的事实，篡夺合法女王的权威是我前来受死的原因。在几个月前所发生的那件不堪回首的往事中，我扮演了极不光彩的角色，给我的国家制造了极大的动荡与混乱，痛定思痛，我对此愧悔不已。然而，在整个过程中，我从未真正地代表过自己。我无法为自己的行为辩驳，但我宁愿相信自己是无辜的，我仍然拥有一颗清白的良心，在上帝之前，在你们之前……"

人群中响起了唏嘘感叹，而在我的那个登塔之日，人群对我的回应却是洪波涌动、震耳欲聋的"天佑女王陛下"。

"简，按照上帝的意旨，您在今天成为英格兰、法兰西以及爱尔兰之王，以基督的名义，您是英格兰与爱尔兰教会的信仰捍卫者与最高领袖。"礼仪官的宣读仍恍然在耳，但我已经什么都不是了，只是一个接近生命终点的罪人。

我接着说："基督徒们，请你们都来见证，我将作为一个具有真诚信仰的女教徒死去，我别无所求，只求得到我主耶稣的怜悯……现在，请你们一起为我祈祷吧。"

我跪了下来，人群也跟随我的动作跪了下来。

"神父，我可以背诵《圣经》诗篇中的第五十一篇吗？"我转向约翰神父。

"如你所愿，我的孩子。"约翰神父跪在我的身边，露出了温和的笑容。

> 神啊，求你用你的慈爱怜悯我，
> 用你丰富的慈悲涂抹我的过失。
> 求你将我的罪孽洗除净尽。
> 因为我知道我的过失，
> 我的罪常在我面前。

我用英语背诵，而约翰神父，则以拉丁语相和。

我起身站立，向刽子手示意，现在，是他履行职责的时候了。锃亮的斧头横陈在刽子手的脚下，他戴着黑色的面罩，整张脸上，只将一双精光慑人的眼眸露在外面。

"夫人，您能原谅我对您即将实施的伤害吗？"他向我跪下身来，那双外露的眼睛看起来已并不年轻。这句例行公事的问话不知已被他重复过多少遍了，他的声音饱含沧桑。

"也许他的技术不错，既然我不是他所行刑的第一个对象。"这一想法令我略感轻松。

"是的，我原谅你。"我对他说。

我最后一次抬起头来，天空湛蓝，二月的晓日虽仍带着寒意，但那鲜亮的色泽却有着出水芙蓉般的秀丽。一切都是那么清新美好，这仿佛是个重生的世界，如果我的生命也能重生的话……

"哑！"一只渡鸦掠过刽子手的斧头，凄然高呼，振羽向上，渐渐没入幽窈的天际。渡鸦是在为我悲号吗？不要悲哀吧，渡鸦。假如你真是梅林的化身，请你向上帝通报我的到来，主啊，我即将归依你的怀抱。

就在此时，我注意到了摆放在我身前的那个带有凹槽的木桩，木桩下铺着一层稻草，以便吸收砍下的头颅所溅起的鲜血。

我不觉心中一紧，对刽子手说："你不会在我完全跪下之前砍下我的头吧？"

"不会的。"他仍是那副彬彬有礼的神气。

"简，你将永远和我一起。在我的有生之年，你总是活在这里——"艾伦指着她的胸口，用颤抖的手为我的眼睛蒙上了黑布，"再见了，我可爱的金盏花。"

眼前变得一片幽暗、一片死寂。我在地上费劲地摸索着，被压在身下的衣裙绊来绊去，却始终摸不到那个置放头颅的凹槽。这让我紧张到了极点。"我该怎么做？它在哪儿？它在哪儿？帮帮我！谁能帮帮我？"我大声呼号，无比沮丧。早知如此，我也该像凯瑟琳·霍华德那样预先进行练习。不，是行刑的程序出了问题，我本该在将头颅放进凹槽之后再蒙上眼睛。无论如何，我不该表现得如此慌乱。或许，这还是出自内心对于死亡的恐惧与抗拒吧。

不知是谁扶动了我的身体，我的头颅，终于放进了预定的槽口。就像一个疲倦的孩子找到了温软的枕头，我那颗沸乱的心，又安静了下来。

"上帝，我把我的灵魂交到你的手中。我将前往一个比人间更为美好的世界，并将在那里遇见一个更为美好的自己。"我闭上眼睛发出最后的祷告。

我的颈后像被什么重物撞击了一下，毫无疑问，斧头已经砍下，灵魂与身体正在切割联系。

那只是一种钝痛，真的，比我预想中要好受得多。片刻之后，我的灵魂似已浮于空中。而地面的断头与身体，则是灵魂所蜕下的空壳。

"来吧，简。"我似乎看到爱德华在向我跑来，仍是我们初见时的模样，微张的嘴唇依约可见因乳牙脱落而露出的缺口。他的手中满握青草翠叶，那是为梅花鹿准备的美食。

"来吧，简。"我似乎看到凯瑟琳·帕尔在冲我微笑，风吹动她的裙裾翩翩起舞，那悦耳的沙沙声恰如林间的春雨，又如归家的鸽铃。

在我与他们之间，隔着一片金黄色的花海。我奋力向他们游去，又闻到了金盏花那芳烈似酒的气息。

金盏花肆意盛放，像是千万只灯盏穿透黑暗的重门，燃亮了深彻壮丽的银河。"来吧，来吧——回家！"熟悉的声音已近在耳旁：这儿是广袤的星空，这儿是奔放的大海，这儿是永生不忘的故乡。

2016 年 6 月 26 日初稿完成
2016 年 8 月 7 日修改
2017 年 3 月 8 日二度修改